WILBUR SMITH

Der Stolz des Löwen

Buch

Seit seiner Jugend träumt Zouga Ballantyre von einem Grundbesitz im Matabeleland. Wie viele Abenteurer des viktorianischen Zeitalters zieht er schließlich mit seiner Frau Aletta und den beiden Söhnen Ralph und Jordan vom Kap der Guten Hoffnung ins Innere des Schwarzen Kontinents, um dort seinen Lebenstraum zu verwirklichen. In den Diamantenminen von Kimberley muß er die ersten großen Schicksalsschläge einstecken: Seine Frau Aletta stirbt an Typhus, und Zouga verliert bei einer Wette seine Claims an Cecil Rhodes, einen reichen Diamantenhändler.

Zouga zieht weiter in die Weidegebiete unterhalb des Sambesi. Doch ein tapferes Volk schwarzer Krieger stellt sich den Eindringlingen entgegen ...

Autor

Wilbur Smith entstammt einer alten Siedlerfamilie aus Rhodesien und ist einer der erfolgreichsten englischsprachigen Autoren. Seine Bücher sind in 14 Weltsprachen übersetzt, ihre Gesamtauflage überschreitet 30 Millionen. Erfolgreiche Verfilmungen mit Roger Moore, Lee Marvin und Susannah York haben seinen Helden zu weltweiter Bekanntheit verholfen.

Von Wilbur Smith außerdem lieferbar:

Das Grabmal des Pharao. Roman (43970)

Tara. Roman (09314)

WILBUR SMITH

Der Stolz des Löwen

Roman

Aus dem Englischen
von Hartmut Huff

PORTOBELLO

Die englische Originalausgabe erschien 1981 unter dem
Titel »Men of Men«
bei William Heinemann Ltd., London

Umwelthinweis:
Alle bedruckten Materialien dieses Taschenbuches
sind chlorfrei und umweltschonend.

Portobello Taschenbücher erscheinen im
Wilhelm Goldmann Verlag, München, einem Unternehmen
der Verlagsgruppe Random House GmbH

Einmalige Sonderausgabe August 2002
First published in 1981 by William Heinemann Ltd
Reprinted in 1997 by Macmillan Publishers Ltd
20 New Wharf Road, London N1 9RR

Umschlaggestaltung: Design Team München
Umschlagfoto: Mauritius/Nonstock
Druck: Elsnerdruck, Berlin
Verlagsnummer: 55297
AL · Herstellung: Lisa Weber
Made in Germany
ISBN 3-442-55297-4
www.portobello-verlag.de

1 3 5 7 9 10 8 6 4 2

Dieses Buch ist meiner Frau Danielle gewidmet,
auf ewig mit all meiner Liebe.

Er war noch nie dem Tageslicht ausgesetzt gewesen, nicht ein einziges Mal in den zweihundert Millionen Jahren, seit er seine gegenwärtige Form angenommen hatte, und doch schien er in seinem Kern einen Tropfen Sonnenlichtes gespeichert zu haben. Er war in einer Hitze entstanden, die so gewaltig war wie jene, die auf der Oberfläche der Sonne herrscht, in jenen Tiefen unter der Erdkruste, in dem geschmolzenen Magma, das aus dem innersten Kern der Erde aufgestiegen war.

In diesen ungeheuren Temperaturen war alle Unreinheit aus ihm herausgebrannt worden, waren nur die reinen Kohlenstoffatome zurückgeblieben, und der ungeheure Druck, der sogar Berge zermalmt hätte, hatte die Masse der Atome reduziert und zu einer Dichte gepreßt, die keine andere natürliche Substanz besaß.

Die kleine Blase flüssigen Kohlenstoffs war von dem langsamen unterirdischen Fluß geschmolzener Lava durch eine der brüchigen Stellen in der Erdkruste aufwärts getragen worden, und sie hatte fast, aber nicht ganz, die Oberfläche erreicht, bevor der Lavastrom sich verlangsamte und schließlich ganz zum Stillstand kam.

Die Lava kühlte im Verlauf des folgenden Jahrtausends ab und veränderte ihre Form; sie wurde zu einem gefleckten bläulichen Felsen, zusammengesetzt aus körnigen Fragmenten, die lose in eine solide Hohlform eingebettet waren. Diese Formation stand in keinerlei Verbindung mit den sie umgebenden Felsen und füllte nur einen tiefen, runden Schacht, dessen Mündung wie ein Trichter von fast einer Meile Durchmesser geformt war und der bis in die unermeßlichen Tiefen der Erde reichte.

Während die Lava abkühlte, durchlief die gereinigte Kohlenstoffblase eine weit wunderbarere Umwandlung. Sie festigte sich zu einem achtfacettigen, symmetrisch gewachsenen Kristall in der Größe einer Feige. In dem höllischen Brennofen im Innern der Erde war die Blase so gründlich von jeder Unreinheit befreit worden, daß sie so durchsichtig und klar wie die Strahlen der Sonne selbst war. So gewaltig und gleichbleibend war der Druck gewesen, dem dieser Kristall ausgesetzt gewesen war, und er hatte sich so langsam und stetig abgekühlt, daß er weder Risse noch Sprünge hatte.

Er war perfekt – ein Ding aus kaltem Feuer, so weiß, daß er in gutem Licht stahlblau gewirkt hätte. Aber er war im Laufe der Zeitalter in völliger Dunkelheit gefangen gewesen, und kein einziger Lichtschimmer hatte je seine glänzenden Tiefen durchdrungen. Und in all diesen Jahrmillionen war das Sonnenlicht nie sehr weit entfernt gewesen, hundert Meter vielleicht nur oder noch weniger; keine Entfernung verglichen mit der Strecke, die er aus der Tiefe zurücklegen mußte.

Jetzt, während dieses letzten Lidschlags der ewigen Zeit, war die Erdoberfläche durch die lächerlichen und unzulänglichen, aber beharrlichen Bemühungen einer ameisengleichen Kolonie von Lebewesen abgetragen, fortgeschabt und weggehackt worden.

Die Vorfahren dieser Kreaturen hatten auf dieser Erde noch längst nicht existiert, als der einzelne reine Kristall seine gegenwärtige Gestalt erhielt, und nun erschütterten sie mit ihren metallenen Werkzeugen das Gestein, das so lange geschlummert hatte; und mit jedem Tage wurden die Vibrationen stärker, wobei die Schicht zwischen ihm und der Oberfläche von hundert auf fünfzig Meter schrumpfte, dann von zehn auf einen Meter. Jetzt, in diesem Moment, trennten ihn nur noch wenige Zentimeter vom gleißenden Sonnenlicht, das endlich seine schlummernden Feuer zum Leben erwecken würde.

Major Morris Zouga Ballantyne stand neben der Seilbahn, die über den tiefen, kreisförmigen Krater führte, wo sich einst ein kleiner Hügel über der flachen und öden Landschaft des afrikanischen Kontinentalschildes erhoben hatte.

Selbst in der sengenden Hitze trug der Major einen Seidenschal, dessen Ende in die zugeknöpfte Vorderseite seines Flanellhemdes gesteckt war. Obwohl erst kürzlich gewaschen und gebügelt, war sein Hemd rotocker verfärbt.

Es war der Farbstoff der afrikanischen Erde – roter Erde –, die fast wie rohes Fleisch aussah, das die eisenbeschlagenen Räder der Wagen zerschnitten oder deren Oberfläche die Schaufeln aufgerissen hatten. Erde, die in dichten roten Staubwolken aufstob, wenn die heißtrockenen Winde über sie hinwegjagten, oder sich in blutend-klebrigen roten Schlamm verwandelte, wenn Gewitter auf sie niedergingen.

Rot war die Farbe der Minen. Dieser Farbton legte sich auf das Fell der Hunde und Lasttiere, er verfärbte die Kleidung der Männer, ihre Bärte und die Haut ihrer Arme, er befleckte das Segeltuch der Zelte und überzog die Wellblechbuden der Ansiedlung.

Nur in dem klaffenden Loch, an dem Zouga stand, hatte sich die Farbe zu weichem Gelb verändert. Das Loch hatte einen Durchmesser von fast einer Meile und bildete einen fast perfekten Kreis. Der Boden reichte an einigen Stellen fast siebzig Meter tief. Die Männer, die dort unten arbeiteten, waren winzige insektengleiche Gestalten, Spinnen vielleicht, die dieses weite Gespinst webten, das in einer silbrigen Wolke über der ganzen Höhle glitzerte.

Zouga verharrte einen Augenblick, um seinen breitkrempigen Hut abzunehmen, der von Schweiß durchtränkt und vom roten Staub gefärbt war. Er wischte sorgfältig die Schweißtropfen von der Stirn, musterte dann den feuchten roten Staub an dem seidenen Halstuch und schnitt angewidert eine Grimasse.

Sein dichtes gekraustes Haar war durch den Hut vor der sengenden afrikanischen Sonne geschützt worden und hatte noch die Farbe rauchigen wilden Honigs, doch sein Bart war zu einem blassen Gold gebleicht und die Jahre hatten ihn mit Silbersträhnen durchzogen. Seine Haut war dunkel wie die Kruste frischen Brotes, nur die Narbe an seiner Wange war porzellanweiß.

Unter seinen Augen verzweigten sich kleine Fältchen, die sich durch das Blinzeln im Sonnenlicht gebildet hatten, und scharfe Linien durchschnitten seine Wangen von den Nasenwinkeln hinab in den Bart – Linien, die von Härte und Herzeleid zeugten. Er schaute in den klaffenden Schlund, und das Grün seiner Augen verdunkelte sich, als er an die Hoffnungen und Erwartungen dachte, die ihn hierhergeführt hatten. War das schon zehn Jahre her? Es schien ihm wie ein Tag und eine Ewigkeit.

Er hatte den Namen Colesberg Kopje zum ersten Mal gehört, als er von Bord des Privatbootes gegangen und den Strand an der Roger Bay unterhalb der gewaltigen, rechteckigen, monolithischen Masse des Tafelberges betreten hatte, und dieser Klang hatte seine Haut erschauern lassen, und sein Nackenhaar richtete sich auf.

»Am Colesberg Kopje sind Diamanten gefunden worden, Diamanten so groß wie Kartätschen und so dick, daß sie einem die Stiefelsohlen durchschneiden, wenn man nur drüberläuft!«

Mit hellseherischer Erkenntnis hatte er gewußt, daß seine Bestimmung ihn dorthin führen würde. Er wußte, daß die beiden Jahre, die er gerade im guten alten England verbracht hatte, wo er verzweifelt versucht hatte, Geld für sein großes Unternehmen im Norden aufzubringen, nur eine Vorbereitungszeit für diesen Augenblick gewesen waren.

Die Straße nach Norden begann in den Diamantenfeldern von Colesberg Kopje. Das wußte er mit Gewißheit, als er den Namen hörte.

Nur ein einziger Wagen war ihm geblieben und ein erschöpftes Gespann Zugochsen. Schon nach achtundvierzig Stunden waren sie mühsam durch den tiefen Sand gestapft, der den Weg über Cape Flats so hinderlich machte, sechshundert Meilen nordwärts zu diesem Hügel unterhalb des Flusses Vaal.

Der Wagen beförderte all seine Besitztümer, und davon gab es nicht allzuviel. Die zwölf Jahre, die auf seinen großartigen

Traum gefolgt waren, hatten seinen Besitz völlig aufgezehrt. Die beachtlichen Tantiemen für das Buch, das er nach seinen Reisen in die unerforschten Gegenden unterhalb des Sambesi-Flusses geschrieben hatte, das Gold und das Elfenbein, das er aus dem abgelegenen Landesinnern mitgebracht hatte, das Elfenbein von vier weiteren Jagdexpeditionen in dieses von Trauer überschattete Paradies – alles war weg. Tausende von Pfund und zwölf Jahre Kummer und Enttäuschung, bis sein großartiger Traum verblaßt und er selbst verbittert geworden war. Alles, was von seinen Hoffnungen übriggeblieben war, war ein zerfetztes Stück Pergament, auf dem die Tinte zu vergilben begann und das so brüchig geworden war, daß er es auf ein anderes Blatt hatte kleben müssen, damit es nicht auseinanderfiel.

Dieses Pergament war »Die Ballantyne Konzession«, der Rechtsanspruch für tausend Jahre auf den gesamten Mineralienreichtum eines riesigen Gebietes des afrikanischen Landesinneren, eines Gebietes von der Größe Frankreichs, das er einem wilden schwarzen König abgeschwatzt hatte. In diesem gewaltigen Territorium hatte Zouga rotes Gold aus den Quarzadern gewaschen.

Es war ein reiches Land, und es gehörte ihm allein, aber er brauchte Kapital, gewaltige Mengen von Kapital, um von ihm Besitz zu ergreifen und die Schätze zu gewinnen, die es barg. Sein halbes Leben als Erwachsener hatte er mit dem Kampf darum verbracht, sich dieses Kapital zu beschaffen – ein fruchtloser Kampf, da er nicht einen einzigen vermögenden Mann gefunden hatte, der seine Vision und seinen Traum mit ihm teilte. Schließlich hatte er sich verzweifelt an die britische Öffentlichkeit gewendet. Er war noch einmal nach London gereist, um die »Zentralafrikanische Land- und Minen-Company« zu gründen und so seine Konzession auswerten zu können.

Er hatte eine ansehnliche Broschüre entworfen und drucken lassen, in der er die Reichtümer des Landes anpries, das er Sambesia genannt hatte. Er hatte die Seiten mit eigenen Zeichnungen von herrlichen Wäldern und grasigen Ebenen illustriert, in denen sich Elefanten und anderes Wild sammelten. Er hatte ein Faksimile seiner Originalkonzession beigefügt, mit dem großen Elefantensiegel von Mzilikazi, dem König der Matabele, darauf. Und er hatte die Broschüre auf den gesamten britischen Inseln verbreitet.

Er war von Edinburgh nach Bristol gereist und hatte Vorträge gehalten, und er hatte diese Kampagne mit ganzseitigen Anzeigen in der *Times* und anderen angesehenen Zeitungen unterstützt.

Doch dieselben Zeitungen, die seine Anzeigengelder nur zu gern genommen hatten, hatten seine Ankündigungen ins Lächerliche gezogen. Das Interesse der Geldanleger wurde von den Gründungen südamerikanischer Eisenbahngesellschaften abgelenkt, die unglücklicherweise mit Zougas Bemühungen konkurrierten. Geblieben waren ihm die Rechnung für den Druck und den Vertrieb der Broschüre, die Anzeigenkosten, die Honorare für die Notare und seine eigenen Reisekosten. Als er alles bezahlt hatte, mußte er auch noch die Rückpassage nach Afrika buchen, und ihm waren nur ein paar hundert Sovereigns von dem geblieben, was einst ein beträchtliches Vermögen gewesen war.

Der Reichtum war zerronnen, aber die Verantwortung blieb. Zouga schaute auf seinem schwarzen Ochsengespann nach hinten.

Aletta saß auf dem Wagenkasten. Ihr Haar war noch immer blaßgolden und schimmerte seidig im Sonnenlicht, aber ihre Augen waren ernst und die Linie ihrer Lippen nicht mehr süß und weich, gerade so, als ob sie sich gegen die vor ihr liegenden Mühen zur Wehr setzte.

Wenn man sie jetzt ansah, schien es unmöglich, daß sie einst wie ein hübscher, sorgloser Schmetterling gewesen war, der verhätschelte Liebling eines reichen Vaters, in deren Kopf keine anderen Gedanken waren als die an die frisch mit dem Postschiff aus London eingetroffene Mode und die Vorbereitungen für den nächsten Ball in der vornehmen Gesellschaft am Kap.

Sie war von der Romantik angezogen worden, die der junge Major Zouga Ballantyne ausstrahlte. Er war Reisender und Abenteurer in den fernen Gegenden des afrikanischen Kontinents. Der Ruf des großen Elefantenjägers, der ihm vorauseilte, der Zauber des Buches, das er kürzlich in London veröffentlicht hatte, das alles hatte sie fasziniert. Die ganze Gesellschaft von Kapstadt war neugierig auf diesen jungen Mann und beneidete Aletta um seine Werbung.

Das war vor vielen Jahren gewesen, und die Erinnerung daran war verblaßt.

Alettas Erziehung hatte sie nicht auf das Leben im wilden Landesinneren, jenseits des sanften und mäßigen Klimas im Küstengebiet des Kap vorbereitet – und das rauhe Land und die noch rauheren Menschen hatten sie erschreckt. Sie litt rasch am Fieber und den Seuchen, und die Krankheiten hatten sie so geschwächt, daß sie mehrere Fehlgeburten hatte.

Seit sie verheiratet war, schien sie die ganze Zeit über im Kindbett zu liegen oder in den Nebeln der Malaria versunken zu sein, oder sie wartete Stunden um Stunden darauf, daß der goldbärtige, gottgleiche Mann, den sie so verehrte, über den Ozean oder aus dem heißen und ungesunden Hinterland zurückkehrte, in das sie ihm nicht mehr folgen konnte.

Diesmal hatte Zouga mit Gewißheit angenommen, daß Aletta im Hause ihres Vaters am Kap bleiben würde, um ihrer schwachen Gesundheit Genüge zu tun und sich um ihre beiden Jungen zu kümmern – die Früchte der einzigen Schwangerschaften, die sie erfolgreich zu Ende gebracht hatte. Jedoch hatte sie plötzlich eine uncharakteristische Entschlossenheit gezeigt, und keines seiner Argumente konnte sie dazu bewegen, zu Hause zu bleiben. Vielleicht hatte sie eine Vorahnung dessen, was kommen würde, – »Ich bin zu lange allein gewesen«, antwortete sie ihm sanft, aber entschieden.

Ralph, der ältere Sohn, war inzwischen alt genug, um mit seinem Vater dem Wagen vorauszureiten und auf die Springbockherden zu schießen, die wie feiner blaßbrauner Rauch über die gestrüppdurchsetzten Ebenen der Großen Karoo trieben. Er ritt sein struppiges kleines Basuto-Pony bereits mit dem Stolz eines Husaren, und er schoß wie ein Mann.

Jordan, der jüngere, übernahm manchmal die Zügel der vier Ochsen des Gespanns, oder er verließ die Wagen, um einen Schmetterling zu jagen oder eine wilde Blume zu pflücken; meistens aber war er zufrieden damit, neben seiner Mutter auf dem

Kutschbock zu sitzen, während sie laut aus einem kleinen, ledergebundenen Buch romantische Gedichte vorlas, wobei seine grünen Augen bei dem Klang der poetischen Worte funkelten, die völlig zu verstehen er noch zu jung war. Das gleißende Sonnenlicht verwandelte seine goldenen Locken in den Glorienschein eines Engels.

Vom Kap der Guten Hoffnung bis zu den Feldern waren es sechshundert Meilen – eine Reise, für die die Familie acht Wochen benötigte. Jede Nacht lagerten sie auf dem offenen Buschland, und der Nachthimmel war klar und kalt. Die weißen Sterne leuchteten wie die Diamanten, die sie, wie sie sicher glaubten, am Ende der Reise erwarteten.

Neben dem Wachfeuer sitzend, von seinen beiden Jungen flankiert, sprach Zouga in diesem unwiderstehlichen Tonfall, der die beiden Jungen vor Aufmerksamkeit völlig reglos werden ließ. Er erzählte von gewaltigen Elefantenjagden und uralten Ruinenstädten, von geschnitzten Götzen und rotem Gold im Land des Nordens, wohin er sie eines Tages mitnehmen würde.

Aletta, die sich wegen der Nachtkühle in einen Schal gewickelt hatte, lauschte der Stimme ihres Mannes und war von diesem romantischen Traum ebenso verzaubert, wie sie es als Mädchen gewesen war. Sie dachte über sich und die seltsame Anziehungskraft dieses goldbärtigen Mannes nach, der seit so vielen Jahren ihr Gatte war und ihr doch so oft wie ein Fremder erschien.

Sie lauschte, als er den Jungen erzählte, daß sie ihre Mützen mit Diamanten füllen würden, mit dicken, funkelnden Diamanten, und dann endlich würden sie sich auf die letzte Reise nach Norden begeben.

Sie merkte, daß sie ihm wieder glaubte, obwohl sie schon vor so langer Zeit die erste Enttäuschung erfahren hatte. Er war so überzeugend, so vital und stark und eindringlich, daß alle Fehlschläge nicht mehr zu zählen schienen.

Colesberg Kopje. Nur wenige Wochen, nachdem sie dort angekommen waren, hörte Zouga die Geschichte, wie der Diamantenhügel entdeckt worden war.

Ein paar Meilen nördlich des Colesberg Kopje wurde die Ebene von einem breiten, flachen Fluß durchschnitten, an dessen

Ufer die Bäume größer und grüner waren. Die Buren hatten ihn Vaal benannt, was auf Africaans »der graue Fluß« bedeutet – nach der Farbe seines trüben Wassers. Aus seinem Bett und aus den angeschwemmten Kiesbänken, hatte eine kleine Gruppe von Diamantengräbern seit Jahren seltsam funkelnde Steine gesammelt.

Es war eine schwere Arbeit und nach dem ersten Ansturm hoffnungsvoller Schürfer waren nur noch wenige geblieben. Diese mannhaften Seelen hatten seit Jahren gewußt, daß man dreißig Meilen vom Fluß entfernt gelegentlich einen kleinen Diamanten minderer Qualität auf dem trockenen Boden finden konnte. Tatsächlich verkaufte der mürrische, alte Boer, der De Beer genannt wurde und dem der Boden in diesem Gebiet gehörte, Lizenzen für Diamantenclaims auf seinem Besitz. Er bevorzugte Digger seines eigenen Volkes und war allgemein bekannt dafür, daß er voreingenommen war, was die Gewährung von »Briefies« an Engländer anbelangte.

Aus diesen Gründen und auch wegen der weit angenehmeren Lebensbedingungen am Fluß, hatten die Digger nicht allzu großes Interesse an dem »trockenen Graben« im Süden gehabt.

Dann, eines Tages, betrank sich der Hottentotten-Diener eines Schürfers sinnlos mit Cape Smoke, dem feurigen Brandy vom Kap. In diesem Zustand setzte er zufällig das Zelt seines Herren Fleetwood Rawstorne in Brand.

Als er wieder nüchtern war, prügelte ihn sein Herr mit einer Sjambokpeitsche aus vulkanisierter Rhinozeroshaut, bis er nicht mehr stehen konnte. Während er sich von dieser Züchtigung erholte, befahl ihm sein Herr, der noch immer wütend war, in das trockene Land zu gehen und so lange zu graben, bis er einen Diamanten gefunden hätte.

Geläutert und immer noch wackelig auf den Beinen, hatte der Hottentotte seine Schaufel und sein Gepäck genommen und war davongehumpelt. Sein Herr vergaß ihn prompt, bis er zwei Wochen später wieder zurückkehrte und in die Hand seines Herren ein halbes Dutzend feiner weißer Steine legte. Die größten waren so groß wie das erste Glied des kleinen Fingers einer Dame.

»Wo?« fragte Fleetwood Rawstorne. Es war das einzige Wort, das er überhaupt aus seiner Kehle pressen konnte, die plötzlich trocken und vor Erregung wie zugeschnürt war.

Minuten später brach Fleetwood seine Arbeit ab und galoppierte aus dem Lager. Daniel, der Hottentotten-Diener, folgte ihm, und die rote Wollmütze, die das Abzeichen von Fleetwoods kleinem Trupp war, wies den anderen Männern, die ihnen folgten, den Weg.

Ein derartiges Verhalten führte augenblicklich zu wilder Panik unter der heftig miteinander konkurrierenden kleinen Gräbergemeinde am Fluß. Innerhalb einer Stunde stieg eine riesige Säule roten Staubes über dem flachen, trockenen Land auf; eine ungestüme Reiterschar trieb ihre Pferde an, während hinter ihnen die Karren rumpelten. Die weniger Glücklichen taumelten und rutschten, in dem Bemühen, in dem Sand Fuß zu fassen, während sie Meilen nach Süden rannten, zu der tauben, durchscharrten Mine des alten Mannes De Beer, auf der sich ein kahler, steiniger, kleiner Kopje erhob, wie Zehntausende anderer, die die Ebenen durchsetzten.

Der Kopje wurde an diesem Tag, in dem unfreundlichen, trockenen Winter des Jahres 1871 »Colesberg« Kopje getauft, weil Colesberg der Geburtsort von Fleetwood Rawstorne war.

Es fing an zu dunkeln, als Fleetwood das Kopje erreichte – nur kurz vor seinen Verfolgern. Sein Pferd war erschöpft, mit Schweiß und weißem Schaum bedeckt. Herr und Diener sprangen ab und rannten auf den Hang zu. Ihre scharlachroten Mützen konnte man aus einer halben Meile Entfernung über dem dornigen Gestrüpp wippen sehen, und ein heiseres, aufgeregtes Hurrageschrei stieg aus der lärmenden Kolonne auf, die sie verfolgte.

Auf der Kuppe des Hügels hatte der Hottentotte einen etwa zehn Fuß tiefen Schacht in den harten Boden gegraben, einen winzigen Kratzer, verglichen mit dem, was folgen sollte. Voller Hast, furchtsame Blicke hügelabwärts auf die Horde werfend, die zu ihm emporgelaufen kam, trieb Fleetwood die Mittellinie seines Claims mit Pflöcken über die schmale Öffnung des engen Schachtes.

Die Nacht senkte sich auf ein Schlachtfeld, auf dem muskulöse Diamantschürfer sich gegenseitig verfluchten und ihre Fäuste und Hacken schwangen, um sich Platz zu schaffen und ihre eigenen Claimpflöcke in den Boden treiben zu können. Gegen Mittag des folgenden Tages, als Farmer De Beer aus seinem primitiven, zweiräumigen Wohnsitz herübergeritten kam, um mit dem Schreiben der »Briefjes« zu beginnen, dem Afrikaans-Wort für Briefe, war das ganze Kopje von Claimpflöcken übersät; selbst die flache Ebene unterhalb der Hänge strotzte von Pflöcken.

Jeder Claim maß dreißig Fuß im Quadrat, Zentrum und Ecken waren mit gespitzten Holzpflöcken markiert, die aus Kameldornzweigen geschnitten worden waren. Gegen Zahlung einer Jahresgebühr von zehn Shilling an Farmer De Beer erhielt der Digger sein schriftliches Briefje, das ihn berechtigte, den Claim auf ewig zu behalten und zu bearbeiten.

Bevor endgültig die Nacht hereinbrach, hatten die glücklichen Digger, die ihre Claims im Zentrum von New Rush abgesteckt hatten, die steinige Erde zwar nur angekratzt, aber bereits über vierzig lupenreine Steine gefunden. Reiter waren bereits nach Süden unterwegs, um der Welt die Nachricht zu überbringen, daß Colesberg Kopje ein Diamantenberg war.

Als Zouga Ballantynes Wagen die letzten paar Meilen über die tiefgefurchte rote Erde nach Colesberg Kopje holperte, kampierten auf der staubigen Ebene unter ihnen beinahe zehntausend Menschen, schwarze, braune und weiße. Der Rauch ihrer Kochfeuer trübte den hohen, chinablauen Himmel mit schmutzigem Grau, und im Umkreis von Meilen in jeder Richtung hatten die Digger die Ebene bereits der schönen Kameldornbäume beraubt, um diese Feuer zu nähren.

Die meisten Leute wohnten unter schmutzigem, verwittertem Segeltuch, obwohl bereits einige Platten des allgegenwärtigen Wellblechs mühsam von der Küste herbeitransportiert und zu kistenähnlichen Baracken zusammengesetzt worden waren. Einige davon waren mit einem feinen Ordnungssinn annähernd in geraden Linien errichtet worden, die so die ersten Straßen bildeten.

Die Hütten gehörten den »Kopje-wallopers«, den ehemals reisenden Diamantenkäufern, die die Grabstätten durchwandert hatten, es jetzt aber für wert befanden, Läden unterhalb der bröckeligen Reste von Colesberg Kopje zu errichten. Den ersten Diamantengesetzen des Burenfreistaates zufolge war jeder lizensierte Verkäufer verpflichtet, seinen Namen deutlich sichtbar an seinem Laden anzubringen. Unbeholfen bemalte Schilder zierten die kleinen Büros, und viele Händler ließen sogar eine große bunte Flagge an einem Mast auf dem Dach flattern, um den Schürfern zu verkünden, daß man hier Geschäfte tätigen konnte.

Zouga Ballantyne ging neben dem Leitochsen seines Gespanns und folgte einer der schmalen, sich windenden, gefurchten Wagenspuren, die durch die Siedlung führten. Manchmal mußte das Gespann beiseite geführt werden, um den Abraumhaufen auszuweichen, die in die Spur geschüttet worden waren, oder um dem tiefen Morast auszuweichen, der durch die Abwässer und das Schlämmen an den Siebtischen entstanden war.

Die Ansiedlung war gedrängt voll – das war der erste Eindruck, den Zouga gewann. Er war ein Mann der Ebenen und der Savannenwälder, gewöhnt an weite Horizonte, und das Gewühl machte ihn nervös. Die Digger lebten fast auf Tuchfühlung miteinander, und jeder Mann versuchte, so dicht wie möglich bei seinem Claim zu bleiben, so daß der Kies, den er gewann, nicht zu weit zu dem Platz geschleppt werden mußte, an dem er ihn weiterbearbeiten würde.

Zouga hatte gehofft, eine leere Stelle zu finden, um seinen Wagen ausspannen und das große Rundzelt errichten zu können, aber im Umkreis von einer Viertelmeile gab es keinen freien Raum.

Er warf einen Blick auf Aletta, die auf der Kiste saß. Sie war sehr still und bewegte sich nur, wenn der Wagen holperte. Sie starrte geradeaus, als nähme sie die halbnackten Männer gar nicht wahr, von denen viele nur einen Fetzen Tuch um die Lenden trugen.

Der Schmutz entsetzte sogar Zouga, der die Krale der Mashona im Norden kennengelernt hatte und in einem Dorf mit

Buschmännern gewohnt hatte, die in ihrem ganzen Leben kein einziges Mal baden.

Der zivilisierte Mensch erzeugt besonders ekelhafte Abfälle, und es schien, als sei jeder Quadratzentimeter der staubigen roten Erde zwischen den Zelten und den Baracken der Siedlung mit einer Abfallschicht bedeckt, die aus rostigen, verbeulten Konservendosen bestand, aus Scherben, die im Sonnenlicht funkelten, einem Schneesturm von Papierfetzen, den verwesenden Leichen von Katzen und Hunden, den Resten aus Kochtöpfen, den Exkrementen derer, die zu faul waren, eine Latrine in die harte Erde zu graben und sie mit einem Strohdach aus silbrigem Karroo-Gras abzuschirmen, und all den anderen nicht identifizierbaren Abfällen und dem Unflat, mit dem sich zehntausend menschliche Wesen, die bar jeder Kontrolle oder sanitärer Vorschriften waren, umgeben hatten.

Zouga erhaschte Alettas Blick und lächelte ihr beruhigend zu, aber sie erwiderte das Lächeln nicht. Ihre Augen waren groß und brannten unter den Tränen, die an ihren Lidrändern hingen.

Sie drängten sich an einem Transportkutscher vorbei, der eine Wagenladung Waren von der Küste über sechshundert Meilen hergebracht hatte und nun sein Geschäft, die Ladefläche seines Wagens eröffnet hatte. Ein Schild, das mit Kreide beschrieben war, verkündete:

Kerzen – £ 1 Pkt
Whisky – £ 12 pro Kiste
Seife – 5 p pro Stück

Zouga schaute Aletta nicht wieder an, die Preise waren zwanzigmal höher als an der Küste. De Beers New Rush war wahrscheinlich in diesem Augenblick der teuerste Fleck auf der Oberfläche des Globus. Die spärlichen Sovereigns in dem breiten, ledernen Geldgürtel um Zougas Hüfte schienen plötzlich federleicht zu sein.

Am Nachmittag hatten sie einen Platz an der Peripherie des riesigen, kreisförmigen Lagers zum Ausspannen gefunden. Während Jan Cheroot, ein Asiate, der Zougas Gefolgsmann war, die Ochsen ausspannte und forttrieb, damit sie Futter und Wasser suchen konnten, errichtete Zouga eilig das schwere Segeltuchzelt, wobei Aletta und die Jungen die Spannseile hielten, während er die Pflöcke einschlug.

»Du mußt essen«, murmelte Aletta, blickte ihn aber noch immer nicht an, als sie zu dem glühenden Kochfeuer hinüberging und in dem gußeisernen Topf rührte, in dem sich die Stücke eines Springbocks befanden, den Ralph drei Tage zuvor geschossen hatte.

Zouga ging zu ihr und legte ihr die Hände auf die Schultern. Sie bewegte sich so steif wie eine alte Frau. Die lange, schwere Reise hatte von ihrem zerbrechlichen Körper reichlichen Tribut gefordert.

»Es wird alles gut werden«, sagte er, aber sie wollte ihn noch immer nicht ansehen, vielleicht weil sie diese Versicherung schon zu oft gehört hatte. Er faßte unter ihr Kinn und hob ihr Gesicht, und endlich brachen die Tränen hervor und rollten über ihre Wangen. Sie hinterließen kleine Rinnen in dem roten Staub, der ihre Haut bedeckte. Die Tränen ärgerten Zouga. Sie wirkten auf ihn wie eine Anklage. Er ließ die Hände sinken und trat zurück.

»Ich werde vor Einbruch der Dunkelheit zurück sein«, sagte er barsch und ging auf die Silhouette von Colesberg Kopje zu, die sich durch den stinkenden Dunst, der über dem Lager schwebte, abzeichnete.

Zouga hätte ebenso ein Geist gewesen sein können, ein Luftgebilde, unsichtbar für menschliche Augen. Die Männer eilten auf dem schmalen Weg an ihm vorbei oder blieben über Mühlen und Schwingtrögen gebeugt, während er vorbeiging, ohne den Kopf zu neigen oder auch nur einen beiläufigen Blick zu verschwenden.

Aus Erfahrung wußte Zouga, daß es einen Platz gab, an dem er vielleicht Kontakt zu Menschen bekommen und Informationen, die er so nötig brauchte, sammeln könnte. Er suchte nach einer Kantine, in der Schnaps verkauft wurde.

Unterhalb des Kopje befand sich ein freier Platz, der von Buden aus Segeltuch und Wellblech gesäumt war.

Zouga entschied sich für eine der Buden, die sich großspurig als »The London Hotel« bezeichnete und auf demselben Schild verkündete: Whisky, bestes englisches Bier.

Er bahnte sich seinen Weg über das abfallübersäte, ausgefahrene Marktgeviert, als ihn lärmende Hochrufe und ein heiserer Chor »For he's a jolly good fellow« aus der Richtung des Kopje erreichten. Eine Gruppe von Diggern kam durch den Staub herangestapft, einige trugen einen Mann auf ihren Schultern. Sie sangen und brüllten, und ihre Gesichter waren vom Staub und von der Erregung ziegelrot. Sie drängten sich an die wacklige Bar, die vor Zouga lag, während aus den anderen Kantinen und von den Wagen Männer herangelaufen kamen, um den Grund für die Freudenrufe herauszufinden.

»Was ist passiert?«

»Black Thomas hat einen Monkey gezogen«, kam es als Antwort.

»Monkey« war ein Diamant von fünfzig Karat oder mehr, ein »Pony« war der größte Traum eines Diggers – ein Stein von einhundert Karat.

»Black Thomas hat einen Monkey gezogen!« Die Antwort wurde aufgegriffen und über den Platz gebrüllt und im ganzen Lager verbreitet, und bald strömte die Menge in die Bar, so daß die schäumenden Bierkrüge über die Köpfe der Männer hinweg zu den Draußenstehenden gereicht werden mußten.

Der glückliche Black Thomas war Zougas Blicken durch die Männer verborgen, die sich um ihn drängten. Jeder versuchte, so dicht wie möglich an ihn heranzukommen, als ob sich etwas von dem Glück des Mannes auf sie durch Berührung übertragen ließe.

Die Diamantenhändler hörten die Aufregung, holten rasch ihre Flaggen ein und liefen über den Platz, alle sammelten sich wie Aasvögel um die Beute eines Löwen. Der erste von ihnen erreichte atemlos den Rand der Menge und sprang auf und ab, um einen Blick auf den Mann zu erhaschen.

»Sagt Black Thomas, daß Löwenherz-Werner ein offenes Gebot macht – gebt's ihm weiter.«

»He, Blackie, Löwenarsch-Werner bietet offen.« Das Angebot änderte sich, als es durch den vollgedrängten Türeingang gebrüllt wurde. Ein »offenes Gebot« war verbindlich, und es stand dem Digger frei, sich an andere Käufer zu wenden. Wenn er keinen höheren Preis für seinen Diamanten erzielen konnte, hatte er das Recht, sich wieder an ihn zu wenden und mit dem offenen Gebot abzuschließen.

Wieder wurde Black Thomas von seinen Kameraden hochgehoben, bis er über ihre Köpfe hinwegsehen konnte. Er war ein kleiner Waliser, dunkel wie ein Zigeuner, und an seinem Schnurrbart haftete Bierschaum. Als er seinen Hohn herausschrie, klang es wie eine walisische Melodie: »Dann hör mich an, Löwenarsch, du Räuber, eher würde ich –« was er mit seinem Diamanten vorhatte, ließ selbst die harten Männer um ihn herum blinzeln und dann vor Überraschung schallend lachen »– als daß ich ihn von deinen Diebesfingern berühren lassen würde.«

Seine Stimme bebte bei der Erinnerung an Hunderte von Demütigungen und unfairen Geschäften, die ihm aufgezwungen worden waren. Heute war Black Thomas mit seinem Monkey der König der Digger, und obwohl seine Regentschaft nur kurz sein mochte, war er entschlossen, all die Privilegien zu genießen, die sie versprach.

Zouga bekam diesen Stein nie zu sehen – er sah auch Black Thomas nie wieder, denn am Mittag des folgenden Tages hatte der kleine Waliser seinen Diamanten und auch sein Briefjes verkauft und sich auf den langen Weg nach Süden gemacht, um seine Reise nach Hause anzutreten, in ein redlicheres und grüneres Land.

Zouga wartete in dem Gedränge heißer, nach Schweiß stinkender Körper, die die Bar füllten, und suchte sich mit Bedacht einen Mann aus, während er lauschte, wie die Stimmen lauter und die Scherze roher wurden, je mehr Krüge sich leerten.

Er wählte einen aus, der seinem Verhalten und seiner Rede nach ein Gentleman und wohl eher ein Brite als ein in den Kolonien geborener Mann war. Der Mann trank Whisky, und als sein Glas leer war, trat Zouga näher heran und ließ es nachfüllen.

»Sehr nett von Ihnen, alter Freund«, dankte der Mann. Er war noch in den Zwanzigern und sah bemerkenswert gut aus, hatte helle Haut und lange Koteletten. »Ich heiße Pickering, Neville Pickering«, sagte er.

»Ballantyne – Zouga Ballantyne.« Zouga ergriff die ausgestreckte Hand, und der Gesichtsausdruck des Mannes änderte sich.

»Gütiger Himmel, Sie sind der Elefantenjäger.« Pickering hob seine Stimme. »Leute, ich sag' euch, das ist Zouga Ballantyne. Ihr wißt doch, der, der *Odyssee eines Jägers* geschrieben hat.«

Zouga bezweifelte, daß auch nur die Hälfte von ihnen lesen konnte, doch die Tatsache, daß er ein Buch geschrieben hatte, machte ihn zum Mittelpunkt der Bewunderung, die von Black Thomas auf ihn übergegangen war.

Es war nach Einbruch der Dunkelheit, als er sich wieder auf den Weg zum Wagen machte. Er hatte ein paar Sovereigns für Schnaps ausgegeben, hatte aber dafür einiges über das Schürfen erfahren. Er hatte viel von den Erwartungen und Ängsten der Digger kennengelernt. Er kannte jetzt den derzeitigen Preis für die Briefjes, wußte, wie die Diamantenpreise zustande kamen, hatte einiges über geologische Zusammensetzung der Gegend gelernt und hundert andere Dinge erfahren. Er hatte auch eine Freundschaft geschlossen, die sein ganzes Leben verändern sollte.

Obwohl Aletta und die beiden Jungen bereits im Wagenzelt schliefen, wartete Jan Cheroot, der kleine Asiate, auf ihn. Er hockte neben dem Wachfeuer, eine kleine, zwergengleiche Gestalt im silbernen Mondlicht.

»Es gibt kein freies Wasser«, erzählte er Zouga verdrossen. »Der Fluß ist einen ganzen Tagesmarsch entfernt, und dieser Gauner Boer, dem die Brunnen gehören, verkauft Wasser zu dem gleichen Preis, den der Brandy in diesem Höllenloch kostet.« Man konnte sich darauf verlassen, daß Jan Cheroot zehn Minuten nach Eintreffen in einer neuen Stadt den Preis für Schnaps kannte.

Zouga kletterte vorsichtig in den Wagen, um die Jungen nicht zu wecken. Aletta lag starr in dem schmalen Riempie-Bett. Er legte sich neben sie, und viele Minuten lang sprach keiner von ihnen ein Wort.

Dann flüsterte sie: »Du bist entschlossen, hier zu bleiben«, und fuhr ruhig, aber eindringlich fort, »an diesem schrecklichen Ort.«

»Heute hat ein Waliser namens Black Thomas einen Diamanten gefunden. Man erzählt, daß ihm einer der Aufkäufer zwölftausend Pfund dafür geboten hat.«

»Eine Frau kam her, um mir etwas Ziegenmilch zu verkaufen, während du fort warst.« Aletta hatte seine Worte vielleicht nicht gehört. »Sie sagt, daß einige in diesem Lager an Typhus erkrankt sind. Eine Frau und zwei Kinder sind bereits gestorben.«

»Man kann einen guten Claim auf dem Kopje für tausend Pfund kaufen.«

»Ich habe Angst um die Jungen, Zouga«, flüsterte Aletta. »Laß uns zurückgehen. Wir könnten dieses Zigeunerleben für immer aufgeben. Papa hat immer gewollt, daß du einen Posten im Geschäft übernimmst –«

Alettas Vater war ein reicher Kaufmann am Kap. Zouga erschauerte bei dem Gedanken an ein hohes Schreibpult in dem engen Kassenraum von Cartwright and Company.

»Es wird Zeit für die Jungen, eine gute Schule zu besuchen, sonst werden sie wie Wilde aufwachsen. Bitte, laß uns zurückkehren, Zouga.«

»Eine Woche«, sagte er. »Gib mir eine Woche – wir sind von so weit gekommen.«

»Ich glaube nicht, daß ich die Fliegen und den Schmutz eine Woche ertragen kann.« Sie seufzte und wandte ihm den Rücken zu, sorgsam darauf bedacht, ihn auf der engen Pritsche nicht zu berühren.

Der Hausarzt in Kapstadt, der bei Alettas eigener Geburt, bei der Geburt der beiden Jungen und ihren zahlreichen Fehlgeburten dabeigewesen war, hatte sie gewarnt: »Eine weitere Schwangerschaft könnte Ihr Ende bedeuten, Aletta. Ich will nicht verantwortlich für das sein, was geschehen könnte.« Seitdem hatte sie drei Jahre lang mit dem Rücken zu ihm gelegen, wenn sich die Gelegenheit ergab, daß sie ein Bett teilten.

Vor Morgengrauen schlüpfte Zouga aus dem Wagen, während Aletta und die Jungen noch schliefen. In der Dunkelheit, vor dem ersten Licht kauerte er vor der Asche des Feuers und trank eine Tasse Kaffee. Dann, beim ersten rosa Schimmer der Dämmerung, schloß er sich dem Strom der Karren und geschäftigen Männer an, die sich zu dem täglichen Ansturm auf den Hügel begaben.

Zouga wanderte von Claim zu Claim, sah den Männern zu und betrachtete die Gegend. Schon lange vorher hatte er sich mit Geologie befaßt. Er hatte jedes Buch gelesen, das er über das Thema finden konnte, oft im Kerzenschein in einsamem Jagdgebiet; und er hatte Tage im Naturhistorischen Museum in London, natürlich in der geologischen Abteilung verbracht. Er hatte sein Urteilsvermögen und seinen Instinkt geschärft für die Lage von Felsformationen und für die Struktur und das Gewicht und die Farbe goldführender Gesteinsadern.

Bei den meisten Claims wurden seine Annäherungen mit einem Schulterzucken beantwortet, doch ein oder zwei Digger erinnerten sich an ihn als den Elefantenjäger oder den Schreiber und nutzten seinen Besuch als Entschuldigung dafür, sich auf ihre Schaufeln zu lehnen und ein paar Minuten zu plaudern.

»Ich habe zwei Briefjes«, erzählte ein Digger, der sich als Jock Danby vorstellte, »ich nenne sie Teufelsloch. Mit diesen beiden Händen«, er hob seine riesigen Pranken hoch, deren Innenflächen von dicken Schwielen überzogen waren, die Nägel abgebrochen und schwarz von Schmutz, »mit meinen eigenen Händen habe ich fünfzehntausend Tonnen Gestein bewegt, und der größte Stein, den ich herausgeholt habe, ist ein Zweier. Das da«, er deutete auf den angrenzenden Claim, »war der Claim von Black Thomas. Gestern hat er einen Monkey herausgeholt, einen verdammt fetten, stinkenden Monkey, nur einen halben Meter von meinem Pflock entfernt. Jesus! Das kann einem das Herz brechen.«

»Ich spendier' Ihnen ein Bier.« Zouga nickte in Richtung auf die nächste Kantine, und der Mann leckte seine Lippen, schüttelte dann aber bedauernd den Kopf.

»Mein Kind ist hungrig – man kann die Rippen bei dem kleinen Burschen zählen, und ich muß bis morgen mittag Lohn zahlen.« Er deutete auf das halbe Dutzend halbnackter Schwarzer, die mit Pickel und Eimer am Grunde der rechteckigen Aushöhlung mit ihm arbeiteten. »Diese Bastarde kosten mich jeden Tag ein Vermögen.«

Jock Danby spuckte in seine schwieligen Handflächen und packte die Schaufel, doch Zouga hielt ihn zurück.

»Man erzählt, daß die Funde auf Höhe der Ebene enden.« An dieser Stelle war der Kopje bis auf knappe sechzig Meter über der umgebenden Ebene abgetragen worden. »Was meinen Sie?«

»Mister, es bringt Unglück, so etwas auch nur zu sagen.« Jock schaute prüfend auf den Schwung seiner Schaufel und blickte finster auf Zouga, der über ihm auf der Straße stand, doch in seinen Augen stand Furcht.

»Haben Sie je daran gedacht, zu verkaufen?« fragte Zouga, und augenblicklich wirkte Jock verschlagen.

»Warum, Mister? Denken Sie an Kaufen?« Jock richtete sich auf. »Ich will Ihnen kostenlos einen kleinen Ratschlag geben. Denken Sie nicht mal daran, es sei denn, Sie haben sechstausend Pfund in der Tasche, die für Sie sprechen.«

Er betrachtete Zouga hoffnungsvoll, und Zouga erwiderte den Blick, ohne eine Miene zu verziehen.

»Danke für Ihre Zeit, Sir, und um Ihretwillen hoffe ich, daß der Kies nicht versiegt.«

Zouga tippte an die breite Krempe seines Hutes und schlenderte davon. Jock Danby sah ihm nach, spuckte dann auf den gelben Boden zu seinen Füßen und stieß in den Sand, als sei er ein Feind.

Während Zouga sich entfernte, empfand er ein starkes Gefühl der Begeisterung. Es gab eine Zeit, in der Zouga vom Kartenspiel und Würfeln gelebt hatte, und sein Spielerinstinkt meldete sich in diesem Augenblick. Er wußte, daß der Kies nicht enden würde. Er wußte, daß er weiter nach unten führte. Er wußte das mit einer tiefen, unerschütterlichen Gewißheit, und er wußte noch etwas mit ebensolcher Gewißheit.

»Die Straße nach Norden beginnt hier«, sagte er laut und spürte das Blut in seinen Adern rauschen. »Hier beginnt sie.«

Er hatte das Bedürfnis, seinen Glauben zum Ausdruck zu bringen, totale Bejahung zu bekunden, und er wußte, was es sein mußte. Die Lebenshaltungskosten an den Grabungsstätten waren überhöht, und das Tränken seiner Ochsen kostete ihn täglich eine Guinea. Er wußte, was er zu tun hatte.

Am Nachmittag hatte er die Ochsen verkauft, einhundert Pfund pro Tier und fünfhundert für seinen Wagen hatte er bekommen. Jetzt war er ausgeliefert, und er spürte die Wellen der Erregung, als er die Goldmünzen auf den rauhen Holzschalter der Blechbaracke zählte, in der sich die Niederlassung der Standard Bank befand.

Der Weg zurück war abgeschnitten. Er setzte alles auf den gelben Kies und die Straße nach Norden.

»Zouga, du hast es versprochen!« flüsterte Aletta, als der Käufer in Zougas Lager kam, um die Ochsen zu holen. »Du hast versprochen, daß wir in einer Woche –« Sie verstummte, als sie sein Gesicht sah. Sie kannte diesen Ausdruck. Sie zog die beiden Jungen an sich und hielt sie fest umklammert.

Jan Cheroot ging zu den Tieren und flüsterte ihnen zärtliche Worte ins Ohr. Sein Blick war anklagend, als er sich an Zouga wandte, während das Gespann fortgeführt wurde.

Keiner der Männer sagte etwas, und schließlich senkte Jan Cheroot den Blick und ging davon, ein schlanker, barfüßiger, säbelbeiniger kleiner gelber Gnom.

Zouga glaubte, ihn verloren zu haben, und er war traurig, denn der kleine Mann war zwölf Jahre lang ein Freund, ein Lehrer und ein Gefährte gewesen. Jan Cheroot hatte seinen ersten Elefanten aufgespürt und Schulter an Schulter bei ihm gestanden, als er ihn erlegte. Gemeinsam waren sie durch die Weite eines wilden Kontinents marschiert und geritten. Sie hatten aus derselben Flasche getrunken und an tausend Lagerfeuern aus demselben Topf gegessen. Und doch konnte sich Zouga nicht überwinden, Jan zurückzurufen. Er wußte, daß Jan Cheroot seine Entscheidung allein treffen mußte.

Er hätte sich keine Sorgen zu machen brauchen. Als an diesem Abend die »Dop«-Zeit kam, war Jan Cheroot da, um seinen angeschlagenen Emaillebecher hinzuhalten. Zouga lächelte und füllte den Becher, die Linie ignorierend, die die tägliche Brandyration markierte, bis zum Rand.

»Es war nötig, alter Freund«, sagte er. Jan Cheroot nickte düster. »Es waren gute Tiere, aber andererseits habe ich so viele gute Tiere aus meinem Leben gehen sehen, vierbeinige und zweibeinige.« Er kostete den scharfen Schnaps. »Nach kurzer Zeit und ein oder zwei Schluck ist das nicht mehr so wichtig.«

Aletta sprach erst wieder, als die beiden Jungen im Zelt schliefen.

»Die Ochsen und den Wagen verkaufen – das war deine Antwort«, sagte sie.

»Sie zu tränken, kostet täglich eine Guinea, und die Weide ist im Umkreis von Meilen abgegrast.«

»Es hat wieder drei Tote im Lager gegeben. Ich habe heute dreißig Wagen gezählt, die fortgefahren sind. Das Lager ist verseucht.«

»Ja.« Zouga nickte. »Einige der Claimbesitzer werden nervös. Ein Claim, der mir gestern für elfhundert Pfund angeboten wurde, ist heute für neunhundert verkauft worden.«

»Zouga, das ist mir und den Kindern gegenüber nicht fair«, beschwerte sie sich, aber er unterbrach sie.

»Ich kann für dich und die Kinder eine Passage bei einem Transportfahrer bekommen. Er hat seine Waren verkauft und bricht in den nächsten Tagen auf. Er wird euch nach Kapstadt zurückbringen.«

Sie entkleideten sich in der Dunkelheit und schwiegen, und als Aletta ihm auf die harte, schmale Pritsche folgte, blieb das Schweigen, bis er glaubte, sie sei eingeschlafen. Dann spürte er ihre Hand, die glatt und leicht seine Wange berührte.

»Es tut mir leid, mein Liebling.« Ihre Stimme war so leise, wie ihre Berührung, und ihr Atem bewegte seinen Bart. »Ich war so müde und niedergeschlagen.«

Er nahm ihre Hand und hielt ihre Fingerspitzen an seine Lippen.

»Ich bin eine so schlechte Frau für dich gewesen, immer zu krank und schwach, wenn du jemand brauchtest, der dir zur Seite steht.« Schüchtern berührte ihr Körper den seinen. »Und jetzt, da ich dir ein Trost sein sollte, tue ich nichts als klagen.«

»Nein«, sagte er. »Das ist nicht wahr.« Und doch hatte er ihr dieses Verhalten über Jahre hinweg oft übelgenommen. Er hatte sich wie ein Mann gefühlt, der versucht, mit Ketten an seinen Füßen zu laufen.

»Und doch liebe ich dich, Zouga. Ich habe dich vom ersten Tag an geliebt, und ich habe nie aufgehört, dich zu lieben.«

»Ich liebe dich auch, Aletta«, versicherte er ihr, doch die Worte kamen ihm automatisch über die Lippen; und um den Mangel an Spontaneität auszugleichen, legte er seinen Arm um ihre Schultern, und sie kam noch näher zu ihm und legte ihre Wange auf seine Brust.

»Ich hasse mich dafür, daß ich so schwach und kränklich bin«, sie zögerte, »und nicht mehr imstande bin, eine richtige Frau zu sein.«

»Psst! Aletta, reg dich nicht auf.«

»Ich werde jetzt stark sein – du wirst schon sehen.«

»Innerlich bist du immer stark gewesen.«

»Nein, aber jetzt werde ich es sein. Wir werden diesen Hut voll Diamanten gemeinsam finden, und anschließend werden wir nach Norden gehen.« Er antwortete nicht, deshalb flüsterte sie: »Zouga, ich möchte, daß du mich liebst – jetzt.«

»Aletta, du weißt, daß das gefährlich ist.«

»Jetzt«, wiederholte sie. »Jetzt, bitte.« Und sie nahm seine Hand und führte sie unter den Saum ihres Nachthemdes auf die glatte, weiche Haut an der Innenseite ihres Schenkels. Sie hatte das nie zuvor getan, und Zouga war schockiert und gleichzeitig seltsam erregt, und danach war er von einer tiefen Zärtlichkeit und Leidenschaft für sie erfüllt, die er seit vielen Jahren nicht mehr empfunden hatte.

Als ihr Atem wieder ruhig geworden war, streifte sie seine Hände behutsam beiseite und glitt von der Pritsche.

Auf einen Ellenbogen gestützt beobachtete er, wie sie die Kerze anzündete und dann neben dem Koffer kniete, der an den Fuß der Pritsche gebunden war. Sie hatte ihr Haar zu einem Zopf geflochten, und ihr Körper war so schlank wie der eines jungen Mädchens. Das Kerzenlicht schmeichelte ihr. Zouga erinnerte sich, wie lieblich sie gewesen war.

Sie hob den Kofferdeckel, nahm etwas heraus und brachte es zu ihm. Es war ein kleines Kästchen mit einem verzierten Messingschloß. Der Schlüssel steckte im Schloß.

»Öffne es«, sagte sie.

Im Kerzenlicht sah er, daß das Kästchen zwei dicke Rollen Fünfpfundnoten enthielt – jede mit einem Seidenband zusammengebunden – und einen Beutel aus dunkelgrünem Samt. Er hob den Beutel hoch, er war voll mit Goldmünzen.

»Ich habe es aufbewahrt«, flüsterte sie, »für den Tag, an dem wir es wirklich brauchen. Es sind fast tausend Pfund.«

»Wo hast du das her?«

»Von meinem Vater, er hat es mir an unserem Hochzeitstag gegeben. Nimm es, Zouga. Kaufe damit diesen Claim. Dieses Mal werden wir es richtig machen. Dieses Mal wird alles gut werden.«

Am Morgen kam der Käufer, um den Wagen abzuholen. Er wartete ungeduldig, während die Familie ihre wenige Habe in das Rundzelt brachte.

Nachdem Zouga die Pritschen aus der überdachten Hälfte des Wagens entfernt hatte, konnte er die Planken von dem schmalen Fach über dem Hinterrad hochheben. Hier wurden die schwereren Dinge aufbewahrt, damit der Schwerpunkt des Wagens tief lag. Die Ersatzzugkette, das Blei für die Kugeln, Axtköpfe, ein kleiner Amboß – und schließlich Zougas Hausgott, den er und Jan Cheroot aus seinem gepolsterten Bett hoben und auf den Boden neben den Wagen stellten.

Gemeinsam trugen sie ihn zum Zelt und stellten ihn aufrecht an die hintere Seitenwand.

»Ich habe diesen Schund von Matabeleland nach Kapstadt und zurück geschleppt«, beklagte sich Jan Cheroot angewidert, als er von der vogelgleichen Götzenfigur zurücktrat, die auf einer steinernen Säulenplatte stand.

Zouga lächelte nachsichtig. Der Asiate hatte dieses uralte Götzenbild vom ersten Tage an gehaßt, als sie es gemeinsam in den überwachsenen Ruinen einer alten ummauerten Stadt im Norden entdeckt hatten.

»Er ist mein Glücksbringer«, lächelte Zouga.

»Welches Glück?« wollte Jan Cheroot bitter wissen. »Ist es Glück, die Ochsen verkaufen zu müssen? Ist es Glück, in einem Zelt voller Fliegen mitten unter wilden Weißen leben zu müssen?« Murmelnd und jammernd stapfte Jan Cheroot aus dem Zelt und raffte die Halfter der beiden Pferde auf, um sie zum Wasser zu führen.

Zouga verharrte einen Augenblick vor der Statue. Auf der Säule aus poliertem grünen Speckstein hockte eine stilisierte Vogelgestalt, die sich zum Flug erheben wollte. Die grausame Krümmung des Falkenschnabels faszinierte Zouga, und mit einer gewohnheitsmäßigen Geste streichelte er den glatten Stein. Die kalten Augen starrten ihn unergründlich an.

Zouga öffnete seine Lippen, um dem Vogel etwas zuzuflüstern, und in diesem Augenblick kam Aletta durch die dreieckige Öffnung des Zeltes und sah, was er tat.

Schnell, fast schuldbewußt, ließ Zouga seine Hand sinken und wandte sich zu ihr, um sie anzuschauen. Aletta haßte das steinerne Götzenbild sogar noch mehr als Jan Cheroot. Jetzt stand sie völlig reglos da. Sie trug einen Stapel sauber gefalteten Leinens und Kleider auf den Armen und betrachtete ihn bestürzt.

»Zouga, müssen wir dieses Ding hier drin haben?«

»Es nimmt keinen Platz weg«, gab er leichthin zurück und ging zu ihr, um ihr die Last abzunehmen, sie auf das Rollbett zu legen und sie dann in seine Arme zu nehmen.

»Ich werde nie vergessen, was du vergangene Nacht getan hast«, flüsterte er, und er spürte, wie die Starre aus ihrem Körper wich. Sie preßte sich an ihn und hob ihr Gesicht zu ihm hoch. Wieder spürte er, wie seine Brust sich vor Leidenschaft spannte, als er die Furchen, die von Krankheit und Sorge zeugten, in den Winkeln ihrer Augen und ihres Mundes sah.

Er neigte den Kopf, um Aletta auf die Lippen zu küssen, und wußte, daß er bei dieser so ungewohnten Demonstration von Zuneigung linkisch wirkte. In diesem Augenblick stürmten die beiden Jungen in das Zelt, heiser vor Gelächter und Aufregung, und zerrten eine Strohpuppe an einem Seil mit sich. Aletta löste sich schnell aus Zougas Umarmung, glättete, vor Verlegenheit errötend, ihre Schürze und begann, ihre Sprößlinge liebevoll zu schelten.

»Hinaus damit! Sie ist ja voller Flöhe.«

»Oh, bitte, Mama!«

»Hinaus, sage ich!«

Sie beobachtete, wie Zouga sich in die Ansiedlung begab und mit geraden Schultern und munterem Schwung der staubigen Wagenspur folgte. Sie seufzte. Die Müdigkeit überkam sie wieder in Wellen.

In ihrer Mädchenzeit hatte es Diener gegeben, die für sie kochten und wuschen. Alles war immer sauber und ordentlich gewesen, aber hier hatte sich schon eine feine rote Staubschicht auf alles gesenkt, selbst auf die Oberfläche der Ziegenmilch in dem irdenen Krug.

Ralph war Jan Cheroot zu den Brunnen gefolgt, um bei den Pferden zu helfen. Sie wußte, daß die beiden nicht vor der nächsten Mahlzeit zurückkehren würden. Sie waren ein ungleiches Paar, der erfahrene, kleine alte Mann und das stattliche, sorglose Kind, das bereits größer und stärker als sein unzertrennlicher Beschützer und Lehrer war.

Jordan blieb bei ihr. Er war noch keine zehn Jahre alt, aber sie bezweifelte, daß sie ohne seine Gesellschaft die schreckliche Reise bis hierher und die sengenden, staubigen Tage und die frostigen Nächte ertragen hätte.

Das Kind konnte bereits die einfachen Lagergerichte kochen, und das ungesäuerte Brot und die Weizenmehlkuchen waren bei jeder Mahlzeit beliebt. Sie hatte ihn Lesen und Schreiben gelehrt und ihm ihre Liebe zur Poesie und zu guten und schönen Dingen vermittelt. Er konnte bereits ein zerrissenes Hemd stopfen und das schwere, kohlengefüllte Eisen schwingen, um ein Hemd zu glätten. Seine süße, piepsende Stimme und seine engelhafte Schönheit waren ständige Quellen der Freude für sie. Sie hatte seine goldenen Locken wachsen lassen und sich ihrem Gatten widersetzt, der sie so kurz schneiden wollte, wie er es bei Ralph getan hatte.

Jordan stand jetzt bei und half ihr, eine Segeltuchwand aufzuhängen, die das Zelt in Schlafraum und Wohnraum teilen sollte. Sie war plötzlich versucht, diese schönen, weichen Locken zu berühren.

Bei der Berührung lächelte er, und mit einemmal drehte sich alles um sie herum. Sie schwankte heftig auf der wackeligen

Pritsche, versuchte, ihr Gleichgewicht zu halten, und als sie stürzte, bemühte sich Jordan, sie aufzufangen und sie zu stützen. Er hatte nicht die Kraft dazu, und ihr Gewicht warf sie beide zu Boden.

Jordans Augen wurden groß und feucht vor Entsetzen. Er half ihr taumelnd zurück auf die Pritsche, auf der sie zusammenbrach.

Wellen von Hitze, Übelkeit und Schwindel überkamen sie.

Zouga war der erste Kunde im Büro der Standard Bank, als der Angestellte die Tür zum Marktplatz öffnete. Nachdem er den Inhalt von Alettas Kästchen dort deponiert und der Angestellte es in dem großen grünen eisernen Safe an der anderen Wand eingeschlossen hatte, besaß Zouga ein Guthaben von fast zweitausendfünfhundert Pfund.

Dieses Wissen stärkte seine Entschlossenheit. Er fühlte sich groß und mächtig, als er über die Rampe der Hauptstraße ging.

Die Fahrwege waren etwa zwei Meter breit. Der Minenkommissar hatte darauf bestanden, daß diese Zufahrtswege offenblieben, damit die Claims in der Mitte der wachsenden Grube versorgt werden konnten. Die Gruben waren ein Mosaik rechteckiger Plattformen, die alle genau neun Meter im Quadrat maßen.

Zouga stand auf dem bröckelnden Damm und überlegte, was das Ergebnis sein würde, wenn die diamanthaltige Schicht noch tiefer führte. Es erforderte bereits einen klaren Kopf und einen starken Magen, um sich in die Grube zu wagen, und er dachte wieder über die Entschlossenheit der Menschen nach, allen Gefahren zum Trotz, Reichtümer zu sammeln.

Er beobachtete, wie ein Ledereimer, randvoll mit den zerbrochenen Klumpen des festen gelben Kieses, hochgezogen wurde. Zwei schwitzende schwarze Männer bückten sich über die Winde, und ihre Muskeln schwollen und streckten sich im gleißenden Sonnenlicht.

Der Eimer erreichte den Grubenrand an der Straße, und sie ergriffen ihn, schleppten ihn zu dem wartenden Karren und entleerten den Inhalt in den halbvollen Behälter. Dann ließ einer von ihnen den leeren Eimer über den Straßenrand zu den wartenden Männern sechzehn Meter unter ihnen hinabfallen. Überall sah man das gleiche Bild.

Manchmal wurde der monotone Rhythmus durchbrochen, wenn der Saum eines Ledereimers zerbarst und die Männer drunten mit zerschlagenen Gesteinsbrocken überschüttet wurden oder wenn ein abgewetztes Seil zerriß und die Arbeiter am Grund mit lauten Warnschreien beiseite sprangen, um dem herabsausenden Geschoß auszuweichen.

Es gab eine ungeduldige, summende Erregung, die sämtliche Gruben zu umfassen schien. Die geschrienen Befehle zwischen Grube und Straße, das Quietschen der Seilwinden, das pochende Schlagen von Pickel und Schaufel, der volle, trällernde Chor einer Gruppe von Basuto-Negern, die sangen, während sie arbeiteten.

Die weißen Digger befahlen und waren geschäftig, kletterten die schwingenden Leitern hinunter oder standen neben ihren Arbeitern und musterten alles mit Argusaugen. Sie wollten verhindern, daß einer der schwarzen Arbeiter einen Diamanten an sich nahm.

Illegale Diamantenkäufe und -verkäufe waren bereits eine Plage für die Digger. In ihren Augen war jeder schwarze Mann ein Verdächtiger. Nur Männern mit weniger als einem Viertel schwarzen Blutes wurde gestattet, einen Claim abzustecken und zu bearbeiten. Ein schwarzer Mann, der einen Diamanten besaß, war auch ohne Prozeß immer schuldig. Aber es gab natürlich auch Gauner unter den Weißen, die um die Gruben herumlungerten: angeblich reisende Verkäufer, Schauspieler oder Besitzer berüchtigter Kneipen, aber sie verdienten ihr Geld mit illegalen Diamantengeschäften. Die Digger haßten sie aus vollstem Herzen, und es kam manchmal zu Ausschreitungen, bei denen unschuldige Händler ebenso wie die Schuldigen in den Flammen all ihre Habe verloren, während der Mob der Digger um die brennenden Buden tanzte und sang.

Zouga bewegte sich vorsichtig an dem Kamm des Dammes vorwärts. Manchmal wurde er von einem mit diamantenhaltigem Gestein beladenen Karren gefährlich nah an den Rand gedrückt.

Er erreichte die Claims von Jock Danby.

Die beiden Claims waren verlassen. Daneben arbeitete ein bärtiger Digger, und auf Zougas Gruß hin blickte er finster auf.

»Was wollen Sie?«

»Ich suche nach Jock Danby.«

»Da suchen Sie an der falschen Stelle.«

Der Mann drehte sich um und gab dem nächsten Arbeiter einen Tritt. »Sebenza, du schwarzer Affe!«

»Wo kann ich ihn finden?«

»Auf der anderen Seite vom Marktplatz, hinter dem Lord Nelson«, antwortete der Mann leichthin, ohne seinen Kopf zu wenden.

Der staubüberzogene offene Platz war ebenso mit Schmutz übersät wie der Rest der Ansiedlung. Wagen der Rollkutscher und Karren der Farmer, die hergekommen waren, um Milch oder Früchte zu verkaufen, und Wasserverkäufer, die das kostbare Naß aus dem Eimer feilboten, standen hier.

Das Lord Nelson bestand aus einem fleckigen, staubigen Segeltuch über einem Holzgerüst. Drei der Trinker der vergangenen Nacht lagen wie einbalsamierte Leichen in der schmalen Gasse neben der Kantine, während der einzige Barraum sich bereits mit ersten Morgenkunden füllte.

Ein Straßenköter schnüffelte an einem der bewußtlosen Betrunkenen und zuckte vor Schreck zurück, bevor er sich davonmachte, um eine der offenen Tonnen zu plündern, die hinter der Bude als Mülleimer dienten.

Zouga trat über die liegenden Körper hinweg und begab sich behutsam in den widerlichen Dreck dahinter. Er mußte noch ein halbes dutzendmal fragen, bis er schließlich Jock Danbys Hütte fand. Die Digger schienen von ihrer eigenen Jagd nach Reichtum so besessen zu sein, und die Bevölkerung an den Gruben wechselte so rasch, daß ein Mann nur die Namen seiner unmittelbaren Nachbarn zu kennen schien. Es war eine Gemeinde von Fremden, in der sich jeder Mann nur um sich selbst kümmerte.

Jock Danbys Hütte war von den anderen kaum zu unterscheiden. Zwei Räume, die aus luftgetrockneten Lehmziegeln erbaut und mit Stroh und zerfetztem Segeltuch gedeckt waren. In einem Anbau rauchte ein Kochfeuer, auf dem ein rußiger, schwarzer, dreibeiniger Topf stand.

In dem engen staubigen Hof befand sich der Diamantensortiertisch, eine niedrige Konstruktion mit stabilen Holzbeinen, die Oberseite mit einem flachen Eisenblech überzogen, das durch die Diamantsplitter glänzend poliert worden war. Die hölzernen Kratzer lagen verlassen oben auf dem Tisch, und ein Haufen gesiebter und gewaschener Kies bildete eine glitzernde Pyramide in der Tischmitte.

Ein zweirädriger Karren mit zwei schläfrigen Eseln wartete vor der Hütte. Durch die offene Tür drang das Weinen einer Frau. Während Zouga noch auf dem Hof stand und zögerte, beunruhigt durch die Geräusche des Leides, erschien eine muskulöse Gestalt im Türrahmen und beschattete seine Augen mit einer knorrigen, verschmutzten Hand.

»Wer sind Sie?« fragte Jock Danby mit unnötiger Grobheit.

»Wir haben uns gestern schon unterhalten«, erklärte Zouga, »an der Grube.«

»Was wollen Sie?« fragte der Digger, der kein Zeichen des Erkennens zeigte. Sein Gesichtsausdruck wirkte streitlustig.

»Sie sprachen davon, daß Sie Ihre Briefjes verkaufen wollten«, erinnerte Zouga ihn.

Jock Danbys Gesicht schien anzuschwellen und wurde häßlich dunkelrot; die Venen und Sehnenstränge traten an seinem Hals hervor.

»Sie dreckiger, gemeiner Geier«, keuchte er, und er kam mit der schweren, unwiderstehlichen Wucht einer abgefeuerten Büffelkugel ins Sonnenlicht gestürmt.

Er war einen Kopf größer als Zouga, zehn Jahre jünger und fünfzig Pfund schwerer. Völlig überrascht, duckte Zouga sich den hundertsten Teil einer Sekunde zu spät. Eine Faust wie eine Kanonenkugel schlug gegen seine Schulter. Zouga fiel rücklings auf den Sortiertisch, und der diamanthaltige Kies verteilte sich über den staubigen Hof.

Jock Danby schlug wieder zu, sein geschwollenes Gesicht verzog sich, seine Augen wirkten irr, seine dicken schmutzigen

Finger waren gekrümmt, als sie nach Zougas Kehle packten. Zouga zog seine Beine an, spannte sich und schnellte nach vorn. Die Hacken seiner Stiefel trafen die Brust des Mannes mit voller Wucht.

Jock Danby keuchte und verharrte mitten in der Bewegung, dann flog er nach hinten, krachte gegen die rote Ziegelwand der Hütte und sank in die Knie.

Zouga sprang auf. Sein linker Arm war durch den unerwarteten Schlag bis in die Fingerspitzen taub, aber er war so leichtfüßig wie ein Tänzer auf den Beinen, und der rasche Schauer von kalter Wut stärkte ihn. Er schloß die Lücke zwischen ihnen mit zwei schnellen Schritten und traf Jock Danby an der Schläfe. Die Wucht des Schlages ließ seine eigenen Zähne knirschen.

Jock Danby war bewußtlos, und seine Augen waren starr. Zouga zog ihn auf die Beine und stieß ihn gegen die Seitenwand des Karrens. Sein Ärger trieb ihn zur Vergeltung für Jocks unberechtigten und sinnlosen Angriff, und Zouga verlagerte sein Gewicht, hielt Jock Danby mit der linken Hand fest und zog die rechte Faust zu einem kräftigen Schwinger zurück.

Dann erstarrte er. Er führte den Schlag nicht aus. Jock Danby weinte wie ein Kind, seine massigen Schultern bebten, Tränen rollten über die sonnenverbrannten Wangen in den staubigen Bart.

Es war schockierend, einen solchen Mann weinen zu sehen, und Zouga spürte, daß sein Zorn rasch verrauchte. Er ließ seine Faust sinken.

»Jesus –«, keuchte Jock Danby heiser. »Was für ein Mann sind Sie, daß Sie aus dem Leid eines anderen Mannes Kapital schlagen wollen?«

Zouga starrte ihn an, unfähig, auf diese Anschuldigung zu antworten.

»Sie müssen es gerochen haben wie eine Hyäne oder ein fetter Aasgeier.«

»Ich bin hergekommen, um Ihnen ein faires Angebot zu machen – das ist alles«, erwiderte Zouga förmlich. Er nahm das Taschentuch aus seiner Jackentasche und reichte es Jock Danby. »Wischen Sie sich Ihr Gesicht ab.«

Jock wischte sich die Tränen ab und schaute dann auf das befleckte Tuch. »Sie wissen es also nicht?« flüsterte er. »Sie wissen nichts von dem Jungen?«

Er blickte auf und musterte Zougas Gesicht, dann reichte er das Taschentuch zurück und schüttelte den Kopf wie ein Spaniel, der Wasser in den Ohren hat, und versuchte, seine Sinne wieder zu sammeln. »Es tut mir leid«, grunzte er. »Ich dachte, Sie hätten von dem Jungen erfahren – und seien gekommen, um mich auszulösen.«

»Ich verstehe Sie nicht«, erwiderte Zouga. Jock Danby ging zur Tür der Hütte.

»Kommen Sie«, forderte er Zouga auf und führte ihn durch das heiße, schwüle, kleine Vorderzimmer. Die Stühle, die mit dunkelgrünem Samt bezogen waren, waren für die Größe des Raumes viel zu wuchtig, und die Familienschätze – die Bibel und verblichene Bilder von Verwandten, billige Bestecke und eine Porzellanschüssel, die an die Hochzeit der Königin mit Prinz Albert erinnerte – waren auf dem Tisch in der Mitte aufgebaut.

In der Tür zum Hinterzimmer verharrte Zouga kurz und spürte ein unangenehmes Stechen in der Magengrube. Eine Frau kniete neben dem Bett. Sie hatte einen Schal über Kopf und Schultern gebreitet. Ihre vor dem Gesicht verschränkten Hände waren durch die schwere Arbeit auf dem Diamantensortiertisch rauh und gerötet.

Sie hob den Kopf und blickte auf Zouga, der im Türrahmen stand. Sie mochte einst ein hübsches Mädchen gewesen sein, aber die Sonne hatte ihre Haut ledern gemacht, und ihre Augen waren geschwollen und gerötet. Die Strähnen ihres Haares, das lang unter dem Schal hervorhing, waren fettig und vorzeitig ergraut.

Nach diesem einen Blick senkte sie wieder den Kopf, und ihre Lippen bewegten sich stumm, während sie betete.

Ein Kind lag auf dem Bett, ein Junge, der nicht älter als Jordan war. Seine Augen waren geschlossen, seine Gesichtszüge sehr blaß – blutleer wie Kerzenwachs –, aber unendlich friedvoll. Er war mit einem sauberen Nachthemd bekleidet, und die Hände waren auf seiner Brust gefaltet.

Zouga brauchte eine ganze Minute, um zu begreifen, daß der Junge tot war. »Das Fieber«, flüsterte Jock an Zougas Seite.

Zouga fuhr mit Jock Danbys Karren zum Marktplatz und erstand ein Dutzend rohgesägter Holzbretter. Er zahlte dem Händler den geforderten Preis, ohne zu feilschen.

In dem staubigen Hof vor Danbys Hütte hobelte er die rohen Bretter, während Jock sägte und sie zusammenfügte. Sie arbeiteten schweigend.

Der rohe Sarg war vor Mittag fertig, doch als Jock den Leichnam seines Sohnes hineinhob, nahm Zouga bereits den ersten Geruch von Verwesung wahr, die in der afrikanischen Hitze rasch eintritt.

Jocks Frau fuhr auf dem wackligen Karren mit dem Sarg, und Zouga ging neben Jack Danby und führte die Esel.

Das Fieber wütete im Lager. Auf dem Friedhof standen bereits zwei andere Karren, jeder umgeben von einer schweigenden Gruppe Trauernder. Weitere Gräber waren bereits ausgehoben.

Auf dem Rückweg vom Friedhof hielt Zouga den Karren vor einer der Kantinen an, die den Marktplatz säumten, und mit den verbliebenen Münzen in seiner Tasche kaufte er drei Flaschen Brandy.

Er und Jock saßen einander gegenüber auf den dickgepolsterten grünen Samtstühlen, auf dem Tisch zwischen ihnen standen eine offene Flasche und zwei Gläser. Die Gläser waren mit Goldbuchstaben verziert: »Die Königin, Gott segne sie.«

Zouga füllte die Gläser zur Hälfte und schob eines zu Jock hinüber.

Der große Mann betrachtete die Flüssigkeit, hielt das Glas in seinen großen Fäusten.

»Es ging so schnell«, murmelte er. »Gestern abend rannte er noch dem Karren entgegen und saß auf meinen Schultern.« Er nahm einen Schluck von dem dunklen Schnaps und schüttelte sich. Seine Stimme klang heiser, als er fortfuhr. »Er war so leicht. Hatte kein Fleisch auf seinen kleinen Knochen.«

Sie tranken gemeinsam.

»Ich wurde vom Pech verfolgt, von dem Augenblick an, als ich meinen ersten Pflock in diese verdammten Claims schlug.« Jock schüttelte seinen großen struppigen Kopf. »Ich hätte bei den Grabfeldern am Fluß bleiben sollen, wie Alice mir geraten hatte.«

Vor dem einzigen, mit Spitzen verhängten Fenster, senkte sich die Sonne bereits. Und als ihr rötlicher Glanz das Zimmer erfüllte, kam Alice Danby herein und stellte eine rauchende Sturmlaterne und zwei Schüsseln mit Boer-Mehlbrei, der in einer dünnen und öligen Hammelfleischbrühe schwamm, auf den Tisch. Dann verschwand sie leise im Hinterzimmer. Zouga konnte ihr leises Schluchzen durch die dünne Trennwand hören.

In der Morgendämmerung räkelte sich Jock Danby in dem grünsamtenen Armsessel, sein Hemd war bis zum Nabel offen und sein behaarter Bauch ragte heraus. Die dritte Flasche war halbleer.

»Sie sind ein Gentleman«, brachte Jock undeutlich heraus. »Ich meine nicht ein feiner Pinkel oder ein Hanswurst, sondern ein verdammt richtiger Gentleman, das sind Sie.«

Zouga saß aufrecht da, ernst und aufmerksam; bis auf eine leichte Rötung seiner Augen schien der Alkohol bei ihm keine Spuren hinterlassen zu haben.

»Einem Gentleman wie Ihnen würde ich das Teufelsloch nicht wünschen.«

Zouga sagte ruhig: »Wenn Sie fortgehen, müssen Sie doch an jemanden verkaufen.«

»Sie sind verhext, diese beiden Claims«, murmelte Jock. »Sie haben bereits fünf Männer getötet, und sie haben mein Leben zerstört. Ich habe zu beiden Seiten von mir Männer große Steine schleppen sehen; ich habe gesehen, wie sie reich wurden – wogegen ich –« er vollzog eine Geste, die die ärmliche kleine Hütte umschloß, »sehen Sie mich doch an.«

Das Segeltuch, das den Durchgang verdeckte, wurde beiseite geschoben, und Alice Danby stand barhäuptig neben ihrem Mann. Aus ihrem grauen Gesicht war deutlich zu entnehmen, daß auch sie nicht geschlafen hatte.

»Verkaufe sie«, sagte sie. »Ich kann hier keinen Tag länger bleiben. Verkaufe sie, verkaufe alles – laß uns gehen, Jock, laß uns von diesem schrecklichen Ort fortgehen. Ich kann es nicht ertragen, noch eine weitere Nacht hier zu verbringen.«

Der Minenkommissar war ein ernster, kleiner Magistrat. Der Präsident des jungen Burenstaates, Brand, hatte ihn eingesetzt, weil er selbst Anspruch auf die Minen erhob.

Brand war nicht der einzige, der das tat. Old Waterboer, der Führer der Griqua Bastaards, wollte die unfruchtbaren Ebenen, auf denen sein Volk fünfzig Jahre und länger gelebt hatte, in seinen Besitz bringen. In London war Lord Kimberley, der Kolonialminister, gerade erst auf den potentiellen Reichtum der Diamantenminen aufmerksam geworden und prüfte zum ersten Mal aufmerksam die Anträge der Imperialisten, den Anspruch des alten Nicholaas Waterboer zu unterstützen und Griqualand in die britische Einflußsphäre einzubeziehen.

In der Zwischenzeit versuchte der Minenkommissar des Burenfreistaates mit nur mäßigem Erfolg etwas Ordnung unter den widerspenstigen Diggern zu halten. Genauso, wie seine Zufahrtswege in die umliegenden Gruben an Colesberg Kopje einbrachen, schwand seine Autorität.

Zouga und Jock Danby fanden den Kommissar, der sein Los bei einem flüssigen Frühstück in der Bar des London Hotel beklagte, und sie eskortierten ihn über den Marktplatz in sein Büro.

Am späten Vormittag hatte der Kommissar den Besitz des Teufelslochs, die Claims Nummer 141 und 142, gehalten durch lebenslangen Pachtvertrag, von J. A. Danby, Esq. auf Major M. Z. Ballantyne übertragen und die Zahlung der vollen Summe in Höhe von zweitausend Pfund durch Scheck bestätigt.

Eine Stunde nach Mittag stand Zouga an der Ecke des Marktplatzes und schaute zu, wie der Karren, hoch beladen mit den grünsamtenen Armsesseln und dem Messingbettgestell auf die Nordecke des Platzes zufuhr. Jock Danby lenkte das Gespann, und seine Frau saß dünn und aufrecht auf der Fracht. Keiner von beiden blickte zu Zouga zurück, und in dem Augenblick, als sie im Gewirr der engen Gassen und Hütten verschwanden, wandte sich Zouga dem Kopje zu.

Obwohl er in dieser Nacht nicht geschlafen hatte, spürte er keine Müdigkeit, und sein Schritt war so munter, daß er fast über den schmalen Weg rannte, der das Wirrwarr von Claims und Gruben kreuzte.

Das Teufelsloch war verlassen. Nur einige Ausrüstungsgegenstände lagen auf der gelben Erde. Die schwarzen Arbeiter hatten sich bereits bei anderen Diggern beworben. Als Jock sie in der Morgendämmerung nicht zusammengerufen hatte, waren sie einfach fortgegangen.

Der größte Teil der auf den Claims zurückgebliebenen Schürfausrüstung schien abgenutzt, die Eimer waren brüchig und die Seile ausgefranst. Zouga würde ihnen sein Gewicht nicht anvertrauen.

Vorsichtig kletterte Zouga die schwankende Leiter hinab, und seine linkischen Bewegungen verrieten den Gräbern auf den Nachbarclaims, daß er ein Fremder war.

»Das sind Jock Danbys Briefjes«, schrie einer von ihnen herausfordernd. »Sie brechen das Diggergesetz. Das ist Privatgrund. Machen Sie lieber, daß Sie wegkommen.«

»Ich habe Jock abgelöst«, schrie Zouga zurück. »Er hat die Stadt vor einer Stunde verlassen.«

»Und wer sagt, daß das stimmt?«

»Warum gehen Sie nicht zum Büro des Kommissars?« fragte Zouga. Der Herausforderer schaute ihn finster, aber verunsichert an. Sein Claim lag sechs Meter unter dem des Teufelslochs.

Alle Männer im näheren Umkreis hatten aufgehört zu arbeiten und sich auf dem Weg aufgebaut. Die Atmosphäre war bedrohlich, bis eine klare, junge Stimme das Schweigen brach.

»Major Ballantyne – das sind Sie doch?« Zouga erkannte Neville Pickering wieder, seinen Trinkgefährten vom ersten Tag im London Hotel.

»In der Tat, Mr. Pickering.«

»Das ist in Ordnung, Freunde. Ich bürge für Major Ballantyne. Er ist der berühmte Elfenbeinjäger, wißt ihr das nicht mehr?«

Fast augenblicklich verloren die Digger das Interesse, und sie machten sie wieder an die Arbeit.

»Danke«, rief Zouga dem Mann auf dem Weg zu.

»Ist mir ein Vergnügen, Sir.« Pickering zeigte ein strahlendes Lächeln, tippte an die Krempe seines Hutes und schlenderte davon.

Zouga blieb allein zurück. Er hatte fast den letzten Penny, den er besaß, für diese wenigen Quadratmeter gelber Erde ausgegeben. Er hatte keine Männer, die ihm bei der Arbeit halfen, keine Erfahrung, kein Kapital – und er bezweifelte, daß er einen ungeschliffenen Diamanten erkennen würde, wenn er einen in seiner Handfläche hielt.

So plötzlich, wie das Hochgefühl des Spielers ihn überkommen hatte, schwand die Vorahnung auf das Glück, das ihn hier erwartete. Augenblicklich wurde er von seiner Anmaßung und der Gewaltigkeit des Spieles, das er riskierte, überwältigt.

Er hatte alles auf Claims gesetzt, die bisher keinen einzigen guten Stein hervorgebracht hatten, der Diamantenpreis fiel, die kleinen Splitter von einem halben Karat oder weniger, die die Masse der geförderten Steine ausmachten, brachten jeweils nur fünf Shilling.

Er war ein hohes Risiko eingegangen, und sein Magen zog sich zusammen, als ihm die Konsequenzen klar wurden.

Die Sonne stand fast senkrecht über ihm und brannte auf den Boden der Gruben; die Luft um ihn waberte vor Hitze. Ihm war, als müsse er ersticken und als ob er keinen Augenblick länger hierbleiben könnte.

In diesem Augenblick wußte er, daß er Angst hatte. Es war ein Gefühl, das er nicht kannte. Er hatte dem Ansturm eines angeschossenen Elefantenbullen widerstanden und an den Grenzen Indiens und in den wilden Grenzkriegen am Kap sein Leben riskiert.

Er war nicht daran gewöhnt, Angst zu haben, und er kämpfte, um sie zu unterdrücken. Die Vorahnung einer drohenden Katastrophe überkam ihn. Unter seinen Füßen konnte er die gebakkene Erde fast spüren, diese nackte Erde, die ihn schließlich entkräften und den Traum zerstören würde, der sein Leben all diese Jahre beherrscht hatte. Sollte alles hier, in dieser heißen und höllischen Grube enden? Er holte tief Atem und hielt für einen Augenblick die Luft an, kämpfte gegen die Wellen blinder Panik, und langsam ließen sie nach. Er war erschöpft wie nach einem schweren Malariaanfall. Er ließ sich auf seine Knie sinken und ließ eine Handvoll der gelben Erde durch seine Finger rieseln.

Er hatte die Panik verdrängen können, aber ein entsetzliches Gefühl von Mutlosigkeit und eine Müdigkeit breitete sich in ihm aus, so daß er kaum die Kraft aufbrachte, die schwankende Leiter emporzuklettern, und seine Füße schleiften und scharrten über die ockerrote Erde der Wagenspur. Während um ihn herum das Lager in Hitze und Staub waberte, machte er sich daran, zurück zu seinem Lagerplatz zu gehen.

Durch den Lärm des Lagers erscholl eine helle Kinderstimme, und Zougas Stimmung hob sich, als er die süße Piepsstimme seines Sohnes erkannte.

»Papa! Oh, Papa!«

Jordan lief auf ihn zu, und seine seidigen Locken flogen um sein hübsches Gesicht.

»Oh, Papa, wir haben nach dir gesucht – die ganze Nacht, den ganzen Tag.«

»Was ist denn, Jordan?« Die Not des Kindes alarmierte Zouga von neuem, und er beschleunigte seine Schritte.

Jordan erreichte ihn, schlang beide Arme um Zougas Hüften und preßte sein Gesicht in Zougas Jacke, so daß seine Stimme erstickt war. Er zitterte wie ein erschrecktes, kleines wildes Tier.

»Es ist Mama! Etwas ist mit Mama passiert! Etwas Schreckliches ist geschehen!«

Das Delirium des Typhusfiebers überkam Aletta in heißen grauen Nebelwellen, die die Wirklichkeit verwischten und ihren Kopf mit Visionen und Phantasien erfüllten, die nach einiger Zeit wieder verschwanden. Danach war sie so schwach, daß sie nicht aufrecht sitzen konnte, aber ihre Sinne waren so überreizt, daß sie kaum die Kleidung auf ihrem Körper vertragen konnte.

Ihr Blick war scharf, und die Bilder schienen so vergrößert, als würde sie sie durch eine starke Lupe sehen. Sie konnte jede der langen, geschwungenen Wimpern erkennen, die einen dichten

Saum über Jordans wunderschönen grünen Augen bildeten. Sie konnte jede Pore in der Haut seiner Wangen sehen, konnte sich an den Linien seiner perfekt geschwungenen Lippen erfreuen, die jetzt voller Furcht zitterten, als er sich über sie beugte.

Sie war der Schönheit ihres Sohnes erlegen, und dann begann wieder das Brüllen in ihren Ohren, und das Gesicht des geliebten Kindes wich zurück, bis sie den Sohn durch einen langen schmalen Tunnel in der schreienden und lärmenden Dunkelheit wieder erblickte.

Sie klammerte sich verzweifelt an das Bild, doch es begann sich zu drehen, langsam zuerst, wie das Rad eines Wagens, dann immer schneller, bis Jordans Gesicht schließlich verschwamm, und sie spürte, daß sie wieder in die feuchte Dunkelheit hinabtauchte wie ein Blatt, das dem tobenden Wind ausgesetzt ist.

Wieder öffnete sich die Dunkelheit, ein Schleier wurde an irgendeinem Platz tief in ihrem Kopf beiseite gezogen, und mit Freude suchte sie das Gesicht des Jungen wieder – doch statt dessen sah sie den Falken hoch über sich.

Es war die Vogelgestalt der Götzenfigur, die Teil ihres Lebens geworden war, seit Zouga sie gefunden hatte. In jeder Hütte, jedem Zelt oder Raum, das sie für einen Tag oder eine Woche oder einen Monat ihr Zuhause genannt hatten, schien dieses steinerne Götzenbild bei ihnen gewesen zu sein – stumm, unerbittlich, umgeben von einer brütenden und uralten Bosheit. Sie hatte das Götzenbild immer gehaßt, hatte immer die Aura des Bösen gespürt. Sie verfluchte die Statue schwach und stumm. Das Hemd, das sie trug, klebte feucht an ihrer Haut; und sie schrie ihren Haß auf das steinerne Götzenbild heraus, das sie auf der polierten grünen Specksteinsäule überragte. Wieder verengte sich ihr Blickfeld, und ihre ganze Aufmerksamkeit konzentrierte sich auf den Falkenkopf.

Die leeren Steinaugen glühten in einem seltsamen goldenen Licht; sie drehten sich langsam in den Höhlen des polierten steinernen Schädels und blickten plötzlich auf sie herab. Die Pupillen waren schwarz und glänzend, lebendig und sehend – doch zugleich grausam und so böse, daß Aletta vor Entsetzen bebte.

Der geschwungene steinerne Schnabel öffnete sich, die Zunge war scharf wie eine Pfeilspitze, und auf ihrer Spitze schimmerte ein rubinroter Blutstropfen, in dem ein Stern von Licht glühte – und Aletta wußte, daß es das Blut eines Opfers war. Über dem Vogel huschten schwarze Schatten hin und her – die Geister der Opfer, die Schatten der Falkenpriester, die so viele tausend Jahre schon tot waren und sich jetzt zusammenfanden, um ihre Kräfte wiederzugewinnen. Sie sammelten sich, um Aletta willkommen zu heißen –

Sie schrie, wieder und wieder, und ihr Entsetzen hallte wie wahnsinnig in ihren Ohren – und dann schüttelten sie starke Hände sanft und zärtlich. Ihr Blickfeld klärte sich aufs neue, doch nicht völlig. Alles war düster und verschwommen, und so verdrehte sie die Augen, noch immer von Schreien geschüttelt.

»Ralph, bist du's?« Die starken, dunklen Gesichtszüge, die bereits männlich zu wirken begannen und so anders waren als das süße Engelsgesicht seines Bruders, waren dicht über ihr.

»Beruhige dich, Mama.«

»Ralphie, warum ist es so dunkel?« murmelte sie.

»Es ist Nacht.«

»Wo ist Jordie?«

»Er schläft, Mama; er konnte nicht mehr wach bleiben. Ich habe ihn zu Bett geschickt.«

»Ruf Papa«, flüsterte sie.

»Jan Cheroot sucht nach ihm – er wird bald kommen.«

»Mir ist kalt.« Sie zitterte heftig und spürte, daß Ralph eine grobe Decke bis zu ihrem Kinn hochzog, bevor sie wieder in die Dunkelheit eintauchte.

In der Finsternis sah sie wieder die Schatten, die sich um sie drängten; sie bemerkte ihre Eile und nahm die Besessenheit ihrer schrecklichen Absicht wahr. Aletta sah ihre Arme in den Schatten glänzen wie das Blitzen weißen Stahls. Hier und da in dem Gedränge machte sie ein Gesicht aus, Gesichter, die sie nie zuvor gesehen hatte, aber in einem einzigen hellseherischen Blitz der Intuition erkannte. Einer war ein erwachsener Mann, bärtig und stark, der ihr Sohn war – er ritt in den Krieg –, und andere, so viele andere. Sie wurde vorwärtsgezogen in dieses schreckliche, wartende Gedränge. Entsetzliches Leid herrschte hier, aber sie konnte nicht weinen. Statt dessen hob sie ihren Blick und sah den Falken ganz deutlich auf dem einzigen funkelnden Sonnenstrahl, der die düsteren und unheimlichen Wolken durchdrang, die von Horizont zu Horizont rollten – die schwarzbraunen und schrecklichen Wolken des Krieges.

Der Falke schwebte auf weit ausgestreckten Flügeln über den Wolken, drehte den grausam schönen Kopf, um nach unten zu spähen, und dann schlossen sich die langen, spitzen Schwingen, und der Vogel schoß wie ein Lichtblitz hinab, die großen Krallen zum Schlagen nach vorn gerichtet. Sie sah, wie er sie in lebendes Fleisch schlug, erkannte die Grimasse auf dem Gesicht, das sie nie zuvor gesehen hatte, und das sie doch so gut kannte wie ihr eigenes.

Und sie schrie wieder. Dann hielten starke Arme sie, die vertrauten, geliebten Arme, auf die sie so lange gewartet hatte. Sie blickte zu ihm auf. Die klaren smaragdgrünen Augen so nah bei den ihren, die kräftige Linie seines Kiefers, halb verdeckt durch den goldglänzenden Vollbart.

»Zouga«, keuchte sie.

»Ich bin hier, mein Liebling.«

Die Phantome wichen zurück, die schreckliche Alptraumwelt ihres Deliriums war verschwunden, und sie fand sich in einem Zelt auf einer staubigen Ebene unter einem halb abgetragenen Hügel wieder, und das grelle afrikanische Sonnenlicht, das durch den Zelteingang fiel, warf einen weißen Streifen über den rotgepuderten Boden. Sie war durch den raschen Wechsel von der Finsternis zur Helligkeit überrascht, und ihr Mund und ihre Kehle waren trocken vor Durst.

»Ich bin durstig«, flüsterte sie krächzend.

Er hielt den Becher an ihre gesprungenen Lippen, und die Kühle der Feuchtigkeit in ihrer Kehle ließ ihr Gesichtsfeld vor Entzücken verschwimmen.

Doch gleich darauf umfing sie die Erinnerung an die Alpträume wieder, und sie warf einen furchtsamen Blick durch das Zelt zu der stummen Statue. Sie wirkte plötzlich harmlos, unbedeutend, doch eine Spur des nächtlichen Schreckens blieb.

»Hüte dich vor dem Falken«, flüsterte sie, und sie sah in Zougas grünen Augen, daß er glaubte, ihre Worte seien noch immer im Fieber gesprochen. Sie wollte ihn überzeugen, aber sie war so schrecklich müde, zum Sterben müde, und sie schloß die Augen und schlief in seinen Armen ein.

Als sie erwachte, waren die Strahlen der Sonne zu einem prächtigen orangefarbenen Licht gereift, das das ganze Zelt erfüllte, und kleine Sterne blitzten in Zougas Bart und Locken. Sie war von einem Gefühl tiefen Friedens erfüllt. Seine Arme waren so stark, so alles umfassend.

»Kümmere dich um meine Babys«, sagte sie leise, aber sehr deutlich, und dann starb sie.

Alettas Grab war nur ein weiterer Hügel von rotem Schmutz in der langen, säuberlichen Reihe frisch aufgeworfener Hügel.

Nachdem er sie begraben hatte, schickte Zouga die Jungen mit Jan Cheroot zum Zelt zurück. Jordan weinte untröstlich, und sein hübsches Gesicht war vom Leid gezeichnet. Ralph saß hinter seinem Bruder auf dem Rücken des hageren Fuchswallachs und hielt den kleineren Jungen mit beiden Armen fest. Ralph war still, aber sein Körper war starr, und seine Augen, die das gleiche klare tiefe Grün wie die seines Vaters hatten, schwelten in unausgesprochenem Leid.

Die beiden Jungen wirkten so zerbrechlich und verlassen wie Schwalben, die auf einem Zaun zurückgeblieben waren, nachdem die anderen längst dem bevorstehenden Winter entflogen waren.

Zouga stand mit militärischer Haltung neben dem Grab, so ausdruckslos, wie sein älterer Sohn gewesen war, doch hinter dieser Maske empfand er Sorge und Schuldgefühle.

Er wollte laut sprechen, wollte Aletta erzählen, daß es ihm leid tat, ihr sagen, daß er wußte, daß er verantwortlich für dieses einsame Grab so fern von ihrer geliebten Familie und den herrlich bewaldeten Bergen am Kap der Guten Hoffnung war, die sie so geliebt hatte. Er wollte um Verzeihung dafür bitten, daß er sie seinem Traum geopfert hatte. Aber er wußte, daß Worte vergeblich waren und daß die rote Erde Alettas Ohren verschloß. Für den ersten Diamanten werde ich einen Grabstein kaufen, versprach er stumm.

»Jordie will nicht essen, Papa«, begrüßte Ralph ihn, als er gebückt in das Zelt trat, und Zouga spürte, wie Bestürzung seine Sorge und seine Schuld erstickte. Er ging zu der Pritsche, auf der das Kind lag.

Jordans Haut war so sengend heiß wie die sonnenverbrannten Steine, die die Ebene vor dem Zelt übersäten, und seine seidenweichen, mit Tränen verschmierten Wangen waren von einem tiefen Fieberrot überzogen.

Am Morgen hatte auch Ralph Fieber, und beide Jungen warfen sich herum und murmelten im Delirium. Ihre Körper waren so heiß wie zwei kleine Schmelzöfen, und die Decken waren von Schweiß durchtränkt.

Ralph kämpfte gegen das Fieber an.

»Ja, so ist es richtig.« Jan Cheroot hielt zärtlich inne, als er den kräftigen, starrknochigen Körper mit einem Schwamm abwischte. »Er sieht die Krankheit als Feind an und kämpft mit ihr.«

Zouga, der an der anderen Seite der Pritsche kniete und Jan half, spürte ein Gefühl des Stolzes auf seinen tapferen Sohn.

»Er wird gesund werden«, murmelte Jan Cheroot. Ralph schlug in seinem Delirium ärgerlich um sich, wobei seine Gesichtszüge sich verfinsterten und vor Entschlossenheit dunkel wurden.

Die beiden Männer zogen die Decke über ihn und wandten sich dann der anderen Pritsche zu.

Jordans lange, dichte Wimpern flatterten wie die Schwingen eines wunderschönen Schmetterlings, und der Junge wimmerte leise. Er wehrte sich nicht, als sie ihn entkleideten und mit einem feuchten Schwamm abrieben. Sein kleiner Körper war ebenso schön wie seine Gesichtszüge.

»Mama«, jammerte er. »Ich will meine Mama sehen.«

Die beiden Männer pflegten den Jungen in abwechselnden Schichten Tag und Nacht, alles andere war vergessen. Sie verließen den Kranken nur, um die Pferde zu versorgen oder Arzneimittel zu kaufen. Die Diamanten waren vergessen und wurden nie erwähnt in dem heißen, kleinen Zelt, in dem der Kampf ums Leben tobte.

Nach achtundvierzig Stunden hatte Ralph das Bewußtsein wiedererlangt. Nach drei Tagen konnte er ohne Hilfe aufrecht sitzen und nahm Nahrung zu sich, und nach sechs Tagen hielt er es nicht länger auf seiner Pritsche aus.

Jordan erholte sich kurz am zweiten Tage, kam wieder zu sich, verlangte verdrossen nach seiner Mutter, und erinnerte sich dann, daß sie fort war. Er begann wieder zu weinen, und sein Zustand verschlechterte sich rasch wieder. Sein Leben hing in der Schwebe, und das Pendel schwang unberechenbar vor und zurück, doch jedesmal, wenn er einen Rückfall erlitt, wurde die Anwesenheit des Todes in dem brütend heißen Segeltuchzelt stärker, bis sein Geruch stärker als der Dunst des Fiebers war.

Das Fleisch schmolz an Jordans Körper, wurde vom Fieber fortgebrannt, und seine Haut nahm einen perligen, halbdurchsichtigen Schimmer an.

Jan Cheroot und Zouga versorgten ihn abwechselnd, der eine schlief, während der andere wachte – oder sie saßen zusammen an der Pritsche.

»Er ist jung und stark«, trösteten sich sich. »Er wird auch gesund werden.«

Aber Tag um Tag verfiel Jordan mehr, seine Wangenknochen stachen aus dem Fleisch, und seine Augen sanken in tiefe Höhlen.

Erschöpft durch Schuld und Sorge, in hilflosem Ärger, verließ Zouga das Zelt jeden Tag vor Sonnenaufgang, um der erste auf dem Marktplatz zu sein – vielleicht war ein neuer Frachtkutscher eingetroffen, der Medizin mitgebracht hatte, und er konnte frisches Gemüse von den Burenfarmern kaufen.

Am zehnten Morgen, als Zouga zum Zelt zurückeilte, hielt er einen Augenblick am Eingang inne und runzelte die Stirn. Die Falkenstatue war aus dem Zelt geschleppt worden. Eine lange Furche, die ihr Sockel in den losen Staub gezogen hatte, führte vom Lager weg. Jetzt stand sie an den Stamm eines struppigen Kameldornbaumes gelehnt, der dem Platz dürftigen Schatten spendete.

Die Zweige des Baumes waren mit schwarzen Streifen getrockneten Springbockfleisches behängt, mit Sattelzeug und Treckausrüstung – so daß die Statue Teil dieser Unordnung zu sein schien. Eine der braunen Hennen des Lagers hockte auf dem Kopf des Falken, und sie hatte eine lange Schmierspur von Exkrementen auf die steinerne Gestalt fallen lassen.

Noch immer ärgerlich betrat Zouga das Zelt. Jan Cheroot hockte neben Ralphs Pritsche, und die beiden waren in ein Fünfsteinspiel vertieft, wozu sie polierte Kiesel aus Achat und Quarz benutzten.

Jordan lag sehr still und blaß da. Zouga war bestürzt. Erst als er sich über die Pritsche beugte, sah er, daß sich Jordans Brust ein wenig hob und wieder senkte. Er vernahm den schwachen Hauch seines Atems.

»Hast du den Steinfalken hinausgetragen?«

Jan Cheroot grunzte, ohne von den glänzenden Steinen aufzublicken. »Er schien Jordan angst zu machen. Der Junge wachte wieder schreiend auf und rief ihm ständig etwas zu.«

Zouga hätte in einer anderen Situation weiter über das Thema gesprochen, aber plötzlich schien es ihm das nicht wert. Er war so müde und entmutigt. Er würde die Statue später in das Zelt zurückbringen, beschloß er.

»Hier sind ein paar Süßkartoffeln – sonst nichts«, grunzte er, als er die Wache neben Jordans Pritsche übernahm.

Jan Cheroot kochte einen Eintopf aus getrockneten Bohnen und Hammelfleisch und gab gestampfte Kartoffeln dazu. Es war ein unappetitlicher Brei, aber an diesem Abend verweigerte Jordan zum ersten Mal nicht die Nahrung. Danach erholte er sich überraschend schnell.

Er fragte nur noch einmal nach Aletta, als er und Zouga allein im Zelt waren.

»Ist sie in den Himmel gegangen, Papa?«

»Ja.« Die Gewißheit in Zougas Stimme schien ihn zu beruhigen.

»Wird sie einer von Gottes Engeln sein?«

»Ja, Jordie, und von nun an wird sie immer dort sein und über dich wachen.«

Jordan nickte zufrieden, und am nächsten Tag schien er kräftig genug, daß Zouga ihn in Ralphs Obhut zurücklassen konnte, während er und Jan Cheroot zum Kopje und über den Damm Nummer sechs gingen, um nach den Teufelsloch-Claims zu schauen.

Die gesamte Minenausrüstung, Schaufeln und Hacken, Eimer und Seile, Flaschenzüge und Leitern waren gestohlen worden. Bei den Preisen, die die Frachtkutscher für Werkzeug nahmen, würde es an die hundert Guineas kosten, sie zu ersetzen.

»Wir werden Männer brauchen«, sagte Zouga.

»Was wirst du tun, wenn du sie hast?« fragte Jan Cheroot.

»Graben.«

»Und dann?« fragte der kleine Hottentotte mit einem boshaften Funkeln in seinen dunklen Augen. Seine Haut war so verschrumpelt wie die eines sauren Fallapfels. »Was tust du dann?« beharrte er.

»Ich werde das schon noch herausfinden«, erwiderte Zouga grimmig. »Wir haben schon genug Zeit vergeudet.«

»Mein lieber Freund«, Neville Pickering schenkte ihm ein charmantes Lächeln, »ich bin erfreut, daß Sie gefragt haben. Hätten Sie es nicht getan, hätte ich es Ihnen angeboten. Es ist immer ein wenig problematisch für einen Neuling, auf die Beine zu kommen.« Er hüstelte ehrerbietig. »Nicht, daß Sie unerfahren wären. Ich wette eine Fünfpfundnote gegen eine Prise Giraffendung, daß Sie mehr über dieses Land wissen als jeder andere von uns.«

»Ich bin in Afrika geboren«, gab Zouga zu, »am Zouga-Fluß in Khamas Land – daher auch der seltsame Name – Zouga.«

»Bei Jupiter, darauf bin ich gar nicht gekommen, muß ich sagen!«

»Verwenden Sie's nicht gegen mich.« Zouga lächelte leicht, aber er wußte, daß es Männer gab, die das tun würden. In England geboren zu sein bedeutete eine erhebliche Überlegenheit gegenüber dem in den Kolonien Aufgewachsenen. Das war der Grund dafür, warum er darauf bestanden hatte, daß Aletta die lange Seereise mit ihm machte, als es schien, daß ihre Schwangerschaft ein glückliches Ende finden würde. Ralph und Jordan waren in demselben Haus in Süd-London geboren worden, und beide waren wieder am Kap der Guten Hoffnung, bevor sie entwöhnt waren. Sie waren in England geboren: Das war sein erstes Geschenk an seine Söhne.

Pickering ging taktvoll über die Bemerkung hinweg. Er hatte seine eigene Geburt nicht zu erklären. Er war ein englischer Gentleman, und niemand würde daran zweifeln.

»Es gibt viele Teile in Ihrem Buch, die mich faszinieren. Ich werde Sie lehren, was ich über die Sparklers – die Diamanten – weiß, wenn Sie meine Fragen beantworten. Abgemacht?«

In den folgenden Tagen bombardierten sie einander mit Fragen. Zouga wollte jedes Detail über das Ausheben und Sortieren der gelben Kieserde aus der tiefer werdenden Grube wissen, wogegen Pickering das Gespräch auf das Land im Norden brachte, nach den Stämmen und Goldadern fragte, sich nach Flüssen und Bergen und den wilden Tieren erkundigte, die die Ebenen und die einsamen Wälder bevölkerten, die Zouga so lebhaft in der *Odyssee eines Jägers* beschrieben hatte.

An jedem Morgen, eine Stunde vor Tagesanbruch, traf sich Zouga mit Pickering am Rande der Straße über den Gruben. Dort blubberte ein Emaillekessel über der Feuerstelle, und sie tranken schwarzen Kaffee, der stark genug war, die Zähne zu verfärben, während sich um sie herum in der Dunkelheit die schwarzen Minenarbeiter sammelten, die ihre Felldecken noch immer um die Schultern gehängt hatten und mit gedämpften Stimmen plauderten.

An Hunderten anderer Punkte rings um die größer werdende Grube sammelten sich die Gruppen und warteten auf das Tageslicht. Wenn es am östlichen Horizont dämmerte, schwärmten die Männer in die Gruben hinab wie Ameisen in ihrem Bau. Der Gesang der Eingeborenen, das Quietschen der Seile, die tyrannischen Schreie der weißen Aufseher und das Rasseln der Eimerladungen erfüllten mit einemmal die Luft.

Pickering bearbeitete vier Claims, an denen er als Partner beteiligt war.

»Mein Teilhaber ist in Kapstadt. Der Himmel weiß, wann er wiederkommen wird.«

Neville Pickering zuckte mit der für ihn typischen lässigen Art mit den Schultern. »Eines schönen Tages werden Sie ihn kennenlernen, und es wird eine Erfahrung sein – einprägsam, aber nicht notwendigerweise erfreulich.«

Es amüsierte Zouga, daß Neville so sehr bemüht war, die geckenhafte Eleganz der Kleidung zu bewahren. Er ging über die ganze Länge des Zufahrtsweges Nummer sechs, ohne daß Staub den Glanz seiner Stiefel trübte.

Die vier Claims lagen nicht nebeneinander, sondern waren von dazwischenliegenden Claims getrennt, und Pickering bewegte sich von einem zum anderen, um die Arbeit zu kontrollieren. Er zog eine Gruppe halbnackter schwarzer Männer von einem Claim ab und führte sie zu einem anderen, wo man mit der Arbeit im Rückstand war. Er überprüfte die Ladung der Karren und war plötzlich an der abgezäunten Stelle hinter dem Marktplatz, wo seine schwarzen Arbeiter die Kieswiegen wiegten.

»Sie würden nie glauben, was die Arbeiter versuchen, um einen guten Stein zu stehlen und damit zu verschwinden. Ich muß manchmal lachen, wenn ich mir vorstelle, was die Herzogin wohl denken würde, wenn sie wüßte, daß der Diamant, der an ihrem Hals hängt, einmal im Hinterteil eines großen, schwarzen Basuto gesteckt hat«, kicherte Pickering. »Kommen Sie, ich zeige Ihnen, worauf Sie zu achten haben.«

Der drahtige kleine Sortierer am Kopfende des Tisches räumte fröhlich seinen Platz an dem Tisch, und Neville Pickering nahm den Schaber und begann den Kies zu sichten, immer nur wenige Körner auf einmal.

»Da!« grunzte er plötzlich. »Ihr erster wilder Diamant, alter Freund! Werfen Sie einen Blick darauf. Wir wollen hoffen, daß es nicht Ihr letzter ist.«

Zouga war überrascht. Es war nicht das, was er erwartet hatte, und dann wich seine Überraschung augenblicklich einer Enttäuschung. Es war ein winziger Steinsplitter, der kaum die Größe eines der Sandflöhe hatte, die über den roten Staub des Lagers schwärmten.

Er hatte nicht das Feuer und das Glitzern, das Zouga erwartet hatte, und seine Farbe war ein schmutziges Gelb: die Farbe von Champagner vielleicht, aber er funkelte nicht.

»Sind Sie sicher?« fragte Zouga. »Für mich sieht das gar nicht wie ein Diamant aus. Wie kann man das feststellen?«

»Es ist ein Splitter, wahrscheinlich ein Stück von einem größeren Stein. Er wird zehn Punkt haben, das ist der zehnte Teil eines Karat, und mit Glück bekommen wir fünf Shilling dafür, aber damit kann ich den Wochenlohn für meine Männer bezahlen.«

»Wie stellen Sie den Unterschied zwischen diesem und – denen fest?« Zouga deutete auf den Kieshaufen in der Tischmitte, der noch feucht von der Waschwanne war, und in tausend verschiedenen Schattierungen von Rot und Gold, Anthrazitschwarz und Fleischrosa funkelte.

»Es ist die Seifigkeit«, erklärte Pickering, »die Seifenstruktur. Sie werden bald auch ein geübtes Auge haben. Kümmern Sie sich nicht um die Farbe – achten Sie auf die Seife.« Er nahm den Stein mit einer Holzpinzette und hielt ihn ins Sonnenlicht. »Ein Diamant kann nicht feucht werden, er stößt Wasser ab, deshalb erkennt man ihn in feuchtem Kies.«

Neville gab ihm den Stein. »Hier, behalten Sie ihn als Geschenk, Ihren ersten Diamanten.«

Sie hatten jetzt seit fast zehn Tagen gejagt und sich allmählich weiter und weiter nach Norden bewegt.

Zweimal hatten sie Beute gesichtet, doch jedesmal war sie bei der ersten Annäherung davongejagt.

Zouga verzweifelte langsam. Seine Claims lagen verlassen in den Grabstätten von New Rush. In den daneben liegenden Gruben wurde fleißig gearbeitet, und die Gefahr eines Erdrutsches nahm jeden Tag zu. Seine Claims hatten bereits fünf Männer getötet. Jock Danby hatte ihn gewarnt.

Zouga lag jetzt bäuchlings auf einem winzigen, felsigen Kopje fünfzig Meilen nördlich des Flusses Vaal, achtzig Meilen von New Rush entfernt, und er war sich noch immer nicht sicher, wann er dieses Geschäft beenden und sich wieder südwärts wenden könnte.

Jan Cheroot und die beiden Jungen waren weiter unten am Hang. Sie hielten die Pferde in einer schmalen Schlucht, die mit Dornengestrüpp bewachsen war, verborgen. Jordans mädchenhafte Stimme ertönte und mischte sich mit den Schreien der kreisenden Vögel. Zouga ließ sein Fernglas sinken, um seine Augen auszuruhen und der Stimme seines Sohnes zu lauschen.

Er hatte gezögert, den Jungen mit auf diese beschwerliche Reise zu nehmen, schließlich war er erst vor kurzem sehr krank gewesen, aber es hatte keine Alternative gegeben und keinen sicheren Ort, an dem er ihn zurücklassen konnte. Wieder hatte Jordans zarte Gestalt über seine Widerstandskraft hinweggetäuscht. Er war hart geritten und hatte gut mit seinem Bruder mitgehalten. Jetzt erholte er sich zusehends, und in den letzten Tagen war die tödliche Blässe in seinem Gesicht einer gesunden Färbung gewichen.

Der Gedanke an Jordan führte Zougas Erinnerungen direkt zu Aletta. Er wurde von Gewissensbissen geplagt, wenn er an sie dachte. Er hob das Fernglas wieder und beobachtete die Umgebung. Auf der weiten Ebene erkannte er eine ungewöhnliche Bewegung. Zouga entdeckte eine Herde von hundert Gnus, den wilden Rindern der Buren. Diese linkischen Tiere mit ihren traurigen römischen Nasen und zottigen Bärten waren die Clowns des Buschlandes. Sie jagten sich in ziellosen Kreisen, beendeten dann jählings diese verrückte Hatz und standen schnaufend einander gegenüber, die Augen weit aufgerissen.

Hinter ihnen nahm Zouga den Hauch einer anderen Bewegung wahr – bis zu diesem Augenblick war sie durch den Staub verborgen gewesen, den die Hufe der Gnus aufgewirbelt hatten. Vorsichtig stellte er die Schärfe seines Fernglases nach, und die Hitzebilder zitterten und schmolzen in seinem Blickfeld, wandelten die Bewegung in ein schlängelndes Winden, das über der Ebene auf einem See silbrig schimmernden Wassers zu treiben schien.

»Strauße!« dachte er. Die fernen Gestalten schienen sich wie lange schwarze Kaulquappen in dem wäßrigen, wabernden Trugbild der Ferne zu winden. Die langbeinigen Vögel schienen frei auf der Erde zu treiben, wunderbarerweise in der gequälten

Luft über der Ebene zu blühen. Zouga versuchte, sie zu zählen, aber sie wechselten die Gestalt und schmolzen zu einer dunklen, wabernden Masse, und ihre gefiederten Rücken wippten.

Plötzlich richtete sich Zouga auf. Er senkte das Fernglas und reinigte die Linsen mit dem Zipfel des seidenen Tuchs, das um seinen Hals geschlungen war. Dann führte er es rasch wieder an die Augen. Die grotesken dunklen Formen waren deutlicher geworden, und die überlangen Beine hatten normale Proportionen angenommen.

»Männer!« flüsterte Zouga und zählte sie eifrig, so eifrig, wie er es immer mit den riesigen, elfenbeintragenden Elefantenbullen getan hatte. Er kam bis elf, bevor eine weitere Schicht erhitzter Luft dazwischenfuhr und die fernen Gestalten wieder in groteske, unregelmäßige Monster verwandelte.

Zouga ging den Hang hinab, wobei das lose Geröll unter seinen Stiefeln wegrollte. Jan Cheroot und die Jungen lagen auf dem Boden der Schlucht auf ihren Satteldecken.

Zouga glitt über die Wand hinab und landete zwischen ihnen, bevor sie aus dem Märchenland zurückkehrten, das Jan Cheroot mit seiner Geschichte gesponnen hatte.

»Eine gute Gruppe«, erzählte er Jan Cheroot.

Zouga griff nach unten und zog den kurzen Martini-Henry-Karabiner aus dem Lederholster an Ralphs Sattel. Er schob den Verschluß vor und überzeugte sich, daß die Waffe leer war.

»Wir jagen keine Springböcke. Lade erst, wenn Jan Cheroot oder ich es dir sagen«, hatte er streng befohlen.

Jordan war noch zu klein, um mit dem schweren Gewehr umgehen zu können, aber er ritt gut genug, um den weiten Kreis zu schaffen, mit dem sie versuchen würden, das Netz zu schließen.

»Vergiß nicht, Jordie, daß du nahe genug bei Jan Cheroot bleibst, um zu hören, was er dir sagt«, erinnerte Zouga ihn.

Es war weit nach Mittag; er mußte sich sehr bald in Bewegung setzen – denn wenn es ihnen nicht gelang, die kleine Gruppe schwarzer Männer beim ersten Versuch einzukreisen, müßte er sie einzeln verfolgen. Das war meist ein aussichtsloses Unterfangen.

»Satteln«, befahl Zouga, und sie begaben sich zu ihren Pferden.

Zouga schwang sich auf den Fuchswallach und musterte Ralph streng.

»Und du tust jetzt, was dir gesagt wird – oder ich werde deine Schwanzfedern anheizen, junger Mann.«

Er deutete in die Schlucht, während Ralph hinter seinem Rücken Jan Cheroot verschwörerisch zugrinste. Der kleine Asiate schloß ganz kurz ein Augenlid, sein flaches, runzliges Gesicht blieb aber ansonsten ausdruckslos.

Zouga hatte den Kopje sorgfältig ausgewählt; von dort aus führte eine Schlucht auf die Ebene in annähernd ostwestlicher Richtung – und er folgte ihr nun. Er duckte sich tief über den Rücken des Pferdes, damit sein Kopf von der Ebene aus nicht zu sehen war, und er hielt den Wallach im Schritt, damit kein Staub aufgewirbelt wurde.

Nach einer Meile nahm er den breitkrempigen Hut von seinem Kopf und richtete sich vorsichtig in den Steigbügeln auf. Er warf einen raschen Blick nach Norden und duckte sich dann sofort wieder.

»Bleib hier«, sagte er zu Ralph.

Sie bewegten sich weiter in der Schlucht vorwärts. Zouga postierte Jan Cheroot und Jordan Seite an Seite in einer Biegung der Schlucht, wo die Seitenwand zusammengebrochen war und eine leichte Schräge bildete.

»Halte Jordie dicht bei dir«, ermahnte Zouga Jan Cheroot, dann trottete Zouga zurück, bis er auf der Hälfte der Strecke zwischen Ralph und den beiden anderen angelangt war. Dort hielt er an und blickte wiederholt auf die sich senkende Sonne.

So bald würde es wahrscheinlich keine Chance mehr geben, und jeder Tag war für die unbeaufsichtigten Claims lebenswichtig. Zouga zog das Gewehr aus dem Lederholster neben seinem Knie, nahm eine Patrone aus dem Gurt, der um seine Hüfte geschlungen war, und schob sie in den Verschluß. Dann schob er die Waffe wieder ungespannt in das Holster. Es war lediglich eine Vorsichtsmaßnahme, aber er konnte nicht wissen, was für Männer die näher kommenden Gestalten waren.

Selbst wenn ihre Absichten friedlich waren und ihr eigentliches Ziel mit dem von Zouga identisch war, würden sie doch bewaffnet und nervös sein, so nervös, daß sie die Straße von Norden her gemieden hatten und über das offene Buschland gezogen waren. Sie waren zusammengeblieben, um sich verteidigen zu können, und Zouga wußte, daß sie auf ihrem Weg oft belästigt worden waren – von schwarzen Männern und von Weißen: die schwarzen Männer versuchten, sie zu berauben und sie um ihre magere Habe zu betrügen, die weißen Männer wollten etwas weit Wertvolleres von ihnen, nämlich das Recht, ihre Arbeitskraft an den Meistbietenden zu verdingen.

An dem Tag, an dem Zouga Neville Pickering für seinen Unterricht gedankt und begonnen hatte, die Arbeit an den Teufelsloch-Claims vorzubereiten, sah er sich dem Problem gegenüber, das bereits den ganzen Subkontinent zugrunde richtete.

Nur schwarze Männer konnten die körperlichen Arbeitsbedingungen beim Schürfen ertragen. Nur schwarze Männer würden für einen Lohn arbeiten, der das Diamantensuchen profitabel machte, und selbst dieser kärgliche Lohn war mehr, als die Burenfarmer der umliegenden Backveld-Republiken zu zahlen sich leisten konnten.

Wegen der Diamantenminen gab es im Umkreis von fünfhundert Meilen keine Arbeitskräfte mehr, und die Buren-Farmer wehrten sich dagegen ebenso heftig, wie sie den Ansturm von Abenteurern und Glücksrittern bekämpften, die von den Gruben angelockt wurden.

Die Diamanten hatten die traditionelle Lebensweise der Buren verändert; die Digger nahmen ihnen nicht nur die billigen Arbeitskräfte, die allein es einem fleißigen und sparsamen Farmer erlaubten, sich selbst und seine Familie aus dem wilden Land kümmerlich zu ernähren, sondern sie taten noch etwas, was die Buren unverzeihlich fanden und was nicht nur ihren Lebensunterhalt, sondern auch ihre physische Existenz bedrohte. Die Diamantenschürfer bezahlten die schwarzen Eingeborenen mit *Waffen*. Die Buren hatten gegen die Stämme am Blood River und Mosega gekämpft und in ihren Wagenburgen den Angriffen standgehalten. Sie hatten den Rauch aus ihren brennenden Häusern und von den Feldern aufsteigen sehen, sie waren in Trupps hinausgeritten auf der Spur ihrer gestohlenen Herden, und sie hatten die blassen Leichen ihrer Kinder begraben, aus deren zarten Körpern das Blut durch die klaffenden und schrecklichen Wunden geronnen war. Sie hatten sie am Weenen begraben – der Stätte des Weinens – und in anderen verfluchten und verlassenen Grabstätten überall im Land.

Die Bezahlung schwarzer Männer mit Waffen war ein Verstoß gegen ihre Gesetze und beleidigte das Andenken an ihre toten Helden.

Aus diesen Gründen strichen Burenkommandos aus den kleinen Backveld-Republiken durch das Land und bewachten die einsamen Straßen, um zu verhindern, daß die Eingeborenen die Minen erreichten, und sie statt dessen zu zwingen, auf dem Land zu arbeiten.

Jedoch fünf Shilling die Woche und eine Muskete nach Ablauf eines Dreijahresvertrages waren eine Verlockung, die die Eingeborenen allen Gefahren zum Trotz von weither anzog.

Sie kamen zu Hunderten, doch noch immer trafen nicht genug von ihnen ein, um die hungrigen Diamantengruben zu füllen. Vergeblich hatten Zouga und Jan Cheroot die Gruben durchstreift. Jeder schwarze Mann stand unter Vertrag und wurde eifersüchtig von seinem Arbeitgeber bewacht.

Zouga hatte Jan Cheroot gesagt: »Wir werden sieben Shilling und Sixpence die Woche bieten.«

Sie verpflichteten noch am gleichen Tage fünf Männer für den höheren Lohn, und am nächsten wartete ein Dutzend Deserteure vor Zougas Lager, begierig auf die gute Bezahlung.

Doch bevor Zouga sie verpflichten konnte, war Neville Pickering herangeschlendert gekommen. »Offizieller Besuch, alter Freund«, murmelte er entschuldigend. »Als ein Mitglied des Diggerkomitees muß ich Ihnen mitteilen, daß der Wochenlohn fünf Shilling beträgt und nicht sieben oder sechs.«

Als Zouga seinen Mund öffnete, um zu protestieren, lächelte Pickering nur und hob seine Hand.

»Nein, Major. Es sind fünf Shilling und kein Penny mehr.«

Zouga hatte keinerlei Zweifel an der Macht des Diggerkomitees. Eine Forderung des gewählten Ausschusses wurde zunächst mit einer Warnung kundgetan, dann durch Schläge und schließlich durch die volle Aggression der ganzen Diggergemeinschaft durchgesetzt, die mit einem Niederbrennen oder gar Lynchen enden konnte.

»Was soll ich denn tun, um Arbeiter zu finden?« hatte Zouga gefragt.

»Tun Sie, was alle tun; ziehen Sie los, und finden Sie eine Gruppe, bevor ein anderer Digger oder ein Burenkommando sie schnappt.«

»Dann müßte ich ja weit nach Norden, bis hin zum Shashi«, gab Zouga sarkastisch zurück, und Pickering nickte zustimmend.

»Ja, das müssen Sie vielleicht.«

Zouga lächelte dünn bei der Erinnerung an die erste Lektion über die Arbeitsverhältnisse bei Diggern.

»Na gut«, murmelte er, »dann wollen wir ein paar Männer rekrutieren!« Er schlug seine Hacken in die Flanken des Wallachs und stürmte den Hang der Schlucht hinauf und auf die offene Ebene.

Die Eingeborenen waren vielleicht fünfhundert Meter entfernt, und er zählte rasch: Es waren sechzehn Männer. Wenn er sie alle bekommen könnte, konnte er sich morgen in der Dämmerung auf den Rückweg machen. Sechzehn Männer reichten aus, um das Teufelsloch zu bearbeiten, und in diesem Augenblick hatten sie für Zouga denselben Wert wie ein Diamant von fünfzig Karat. Sie liefen im Gänsemarsch, bewegten sich rasch in dem trottenden Gang der Zulukrieger, und bei ihnen waren weder Frauen noch Kinder.

»Gut«, grunzte Zouga, als der Wallach sich unter ihm streckte. Zouga sah nach rechts.

Jan Cheroot stürmte über die Ebene, und Jordan preschte in seinem Staub etwa fünfzig Schritte hinter ihm her. Auf diese Entfernung sah Jordan nicht wie ein Kind aus; sie hätten ein Paar bewaffneter Reiter sein können, und Jan Cheroot ritt einen weiten Bogen, versuchte, hinter die kleine Gruppe der Männer zu gelangen und sie festzuhalten, bevor sie sich zerstreuten.

Zouga spähte nach links. Er war ungehalten, als er sah, daß Ralph in vollem Galopp ritt, dicht über den Hals seines Pferdes gebeugt, und das Martini-Henry-Gewehr in der Hand hielt. Zouga hoffte, daß es noch immer ungeladen war, und wünschte, daß er Ralph eindeutig befohlen hätte, das Gewehr nicht zu zeigen, und doch – in diesem Augenblick der Verärgerung durchschauerte ihn etwas prickelnder Stolz, als er seinen Sohn so reiten sah: Der Junge war für den Sattel geboren.

Zouga zügelte den Wallach und brachte ihn in Trab. Dadurch gab er seinen Männern an den Flanken Zeit, den Kreis zu vervollständigen. Er versuchte gleichzeitig, die dramatische Wirkung seines Auftauchens zu mildern. Er wußte, daß sie auf die Eingeborenen wie ein bewaffnetes Kommando wirken mußten. Deshalb hob er seinen Hut und schwenkte ihn über dem Kopf.

Dann zügelte Jan Cheroot sein Pferd plötzlich und bedeutete Jordan, das gleiche zu tun. Sie waren hinter die Gruppe gelangt, und ihnen gegenüber, auf der anderen Seite des weiten Kreises, wendete Ralph seine Stute und brachte sie scharf auf ihrer Hinterhand hoch, so daß sie sich aufrichtete.

Die Eingeborenen in der Mitte hatten sich rasch bewegt, mit der gemeinsamen Aktion kampferprobter Männer.

Sie hatten ihre gerollten Bündel mit Schlafmatte, Kochtopf und ledernem Getreidebeutel, die sie auf ihren Köpfen getragen hatten, fallen gelassen und sich Schulter an Schulter zu einem Verteidigungskreis zusammengeschlossen, in dem ein Kriegsschild den anderen Kriegsschild überlappte, während auf dem Stahl ihrer Assegais das Sonnenlicht blitzte.

Die kleine Gruppe von Männern stand unbeweglich im Sonnenlicht und schaute zu, wie Zouga heranritt. Sie waren die besten Krieger von Afrika – Matabele –, aber sie waren fast fünfhundert Meilen von ihrem Land entfernt.

»Ich habe ein Rebhuhnvolk erwartet«, lächelte Zouga in sich hinein, »und eine Adlerbrut gefangen.«

Einhundert Meter vor dem Ring der Schilde hielt Zouga an, und der Wallach, der die Spannung spürte, tänzelte unter ihm.

Zouga hob seine rechte Hand, die Finger in der universellen Geste guten Willens gespreizt.

»Krieger der Matabele«, rief er ihnen zu, wobei er ihre Sprache so fließend wie einer von ihnen sprach. Er sah die kleine Bewegung hinter den Kriegsschilden, mit der sie auf seine Worte reagierten.

»Jordan!« rief Zouga, und das Kind scherte aus und trieb sein Pony an Zougas Seite. Jetzt war der Größenunterschied zwischen Mann und Junge offensichtlich.

»Seht, Krieger des Königs Lobengula, mein Sohn reitet mit mir.« Kein Mann nahm seine Kinder mit in den Krieg. Die Schilde sanken ein paar Zentimeter, so daß Zouga die dunklen und wachsamen Augen der Männer dahinter sehen konnte, aber als Zouga den Wallach ein paar Schritte vorantrieb, wurden die Schilde augenblicklich wieder gehoben.

»Was bringt ihr Neues von Gandang, dem Induna des Inyati-Regimentes, von Gandang, der wie ein Bruder für mich ist?« rief Zouga wieder überzeugend.

Bei der Erwähnung des Namens konnte sich einer der Krieger nicht länger beherrschen, schob seinen Schild beiseite und trat aus dem Kreis der Speere.

»Wer nennt Gandang Bruder?« fragte er mit klarer, fester Stimme.

»Ich bin Bakela, die Faust.« Zouga nannte seinen Matabele-Namen, und er erkannte, daß der Krieger, der ihm gegenüberstand, noch ein Junge war, kaum älter als Ralph. Aber er war schlank und groß, schmal in den Hüften und mit Muskeln an Schultern und Armen, die sich durch Kriegsspiele entwickelt hatten. Zouga vermutete, daß er wahrscheinlich schon einen Mann getötet und seinen Speer in dessen Blut getaucht hatte.

Jetzt kam der Krieger auf Zouga zu.

»Bakela«, sagte er, als er ein Dutzend Schritte vom Kopf des Wallachs entfernt stehenblieb. »Bakela.« Er lächelte und entblößte weiße, ebenmäßige Zähne. »Das ist ein Name, den ich von Geburt an kenne, denn ich bin Bazo, die Axt, Sohn des Gandang, den du Bruder nennst und der sich an dich als alten und vertrauenswürdigen Freund erinnert. Ich erkenne dich an der Narbe auf deiner Wange und an dem Gold in deinem Bart. Ich grüße dich, Bakela.«

Zouga schwang sich aus dem Sattel und ging breit grinsend zu dem Jungen, um dessen Oberarme zum herzlichen Gruß zu umfassen.

Dann drehte sich Zouga, noch immer lächelnd, um, die Fäuste in die Hüften gestemmt und rief Ralph zu: »Geh und sieh, ob du einen Springbock schießen kannst, oder noch besser ein Gnu; heute abend werden wir viel Fleisch brauchen.«

Ralph stieß auf diesen Befehl hin einen lauten Freudenruf aus und trieb die Stute an. Ihre Mähne flog und ihre Hufe klopften, als sie davongaloppierte. Ohne daß es ihm befohlen worden war, brachte Jan Cheroot seine knochige Mähre in Galopp und folgte Ralph.

Die beiden Reiter kehrten in der Dämmerung zurück. Die Jagd war erfolgreich gewesen, und sie brachten eine seltene Beute mit – einen Elefantenantilopenbullen, den sie mit einem Lasso eingefangen hatten. Er war so groß wie ein preisgekrönter Zuchtbulle, mit einer Brust, rund wie ein Brandyfaß. Zouga schätzte, daß er ungefähr eine Tonne wiegen müsse. Er war in der Tat eine grandiose Beute, und die Matabele-Krieger trommelten vor Freude mit ihren Assegai auf die Hautschilde und stießen Begeisterungsrufe aus, als sie ihn sahen.

Der Bulle schnaufte bei diesem Lärm und verfiel in einen schwerfälligen Galopp. Er versuchte auszubrechen, doch Ralph schwang die Stute herum und schnitt ihm den Weg ab. Nach hundert Metern wechselte der Bulle vom Galopp in einen kurzen, erschöpften Trab und ließ sich zu der Gruppe der wartenden Männer treiben.

Ralph sprang leichtfüßig aus dem Sattel, legte den Karabiner an, als er katzengleich auf den Zehen landete, und schien im selben Augenblick zu feuern.

Der Kopf des Bullen zuckte bei dem Schuß zurück, die großen, glänzenden Augen blinzelten, als die Kugel zwischen ihnen in seinen Schädel schlug, und er brach mit einem dumpfen Schlag, der die Erde erbeben ließ, zusammen.

Die Matabele strömten wie ein Rudel wilder Hunde los, umschwärmten den gewaltigen Koloß, benutzten die rasiermesserscharfen Kanten ihrer Kriegs-Assegai als Schlachtermesser und stürzten sich auf die Leckerbissen, die Kaldaunen und die Leber, das Herz und das süße, weiße Fett.

Die Matabele grillten die Kaldaunen über dem Feuer, spießten Leber, Fett und das saftige Herz auf weiße Mimosenzweige, deren Rinde sie abgeschält hatten, so daß das schmelzende Fett über den Fleischschichten zischte und blubberte.

»Wir haben kein Wild erlegt, seit wir die Wälder verlassen haben«, erklärte Bazo. Obwohl die Wüste von Springbockherden wimmelte, konnte man sie nicht zu Fuß und mit einem dolchartigen Speer zur Strecke bringen.

»Ohne Fleisch ist der Bauch eines Mannes wie eine Kriegstrommel, voll von nichts, außer von Lärm und Wind.«

»Ihr seid weit von dem Land der Matabele entfernt«, sagte Zouga. »Kein Matabele ist so weit im Süden gewesen, seit der alte König den Stamm im Norden über den Limpopo geführt hat, und zu dieser Zeit war Gandang, dein Vater, noch ein Kind.«

»Wir sind die ersten, die diese Reise machen«, nickte Bazo stolz. »Wir sind die Speerspitze.«

Die Krieger blickten auf, und alle waren stolz auf ihre Leistung. Keiner von ihnen war älter als neunzehn.

»Wohin führt euch diese lange Reise?« fragte Zouga.

»Zu einem wundervollen Ort im Süden, von dem ein Mann mit großen Schätzen zurückkehrt.«

»Welche Art von Schätzen?« fragte Zouga wieder.

»Diesen.« Bazo deutete auf den polierten Holzkolben der Martini-Henry, die aus Ralphs Gewehrholster herausragte.

»*Isibamu* – Gewehre!« sagte Bazo.

»Gewehre?« fragte Zouga. »Ein Matabele *indoda* mit einem Gewehr?« Seine Stimme klang leicht spöttisch. »Ist nicht der Assegai die Waffe des wahren Kriegers?«

Bazo wirkte für einen Augenblick etwas unsicher, gewann dann aber sein Selbstbewußtsein wieder.

»Die alten Wege sind nicht immer die besten«, sagte er. »Obwohl die alten Männer uns sagen, daß sie es sind, deshalb halten die jungen Männer sie für weise.« Und die Matabele im Kreise um das Feuer nickten und summten Zustimmung.

Obwohl er sicherlich der jüngste der Gruppe war, war Bazo eindeutig ihr Anführer. Er war der Neffe von König Lobengula und Enkel des alten Königs Mzilikazi. Seine edle Herkunft sicherte ihm eine Vorrangstellung, aber es war klar, daß er auch geschickt und klug war.

»Um die Gewehre zu verdienen, die ihr begehrt, muß ein Mann hart arbeiten, in einer tiefen Grube in der Erde«, erklärte Zouga. »Er muß drei Jahre lang jeden vollen Tag seinen Schweiß vergießen, bevor er mit einem Gewehr bezahlt wird.«

»Wir haben davon gehört«, nickte Bazo.

»Dann sollt ihr eure Gewehre haben, jeder von euch soll ein schönes Gewehr haben, am Ende dieser drei Jahre. Ich, Bakela, die Faust, gebe euch mein Wort darauf.«

Es war ein Brauch in den Minen, daß die etablieren Arbeiter schwarze Neuankömmlinge verhöhnten. Sie verspotteten ihre neu eintreffenden Brüder: »Seht, die Paviane sind von den Hügeln herunter gekommen.«

»Nein! Paviane sind schlau; das können keine Paviane sein.« Sie überschütteten die Neuankömmlinge mit Beleidigungen.

Bazos Gruppe waren die ersten Matabele, die die Minen erreichten. Die Sprache der Matabele ist fast identisch mit der in Zululand und sehr eng verwandt mit der der Xhosa im Süden. Bazo verstand jedes Wort der Neckerei, und er gab seiner kleinen Gruppe einen leisen, aber grimmigen Befehl.

Seine Männer ließen ihre Schlafmatten fallen, die langen Schilde rasselten gegeneinander, und die breiten, hellen Assegais blitzten im Sonnenlicht, als sie gezogen wurden. Der Spott und das höhnische Gelächter erstarben augenblicklich und wichen dem Ausdruck von Erstaunen und echter Bestürzung.

»*Manje!* Jetzt!« zischte Bazo. Der Ring der Schilde explodierte nach außen, und die Arbeiter flohen in kopfloser Panik.

Auf dem Rücken seines Wallachs hatte Zouga einen Tribünenblick auf den Angriff, und er begriff natürlich den Ernst der Situation. Selbst eine so kleine Kriegergruppe konnte, wenn sie durch das Lager tobte, Chaos und ein entsetzliches Gemetzel unter den unbewaffneten schwarzen Arbeitern anrichten.

»Bazo! Halte sie auf!« brüllte er und sprang vor die Front der mörderischen Reihe aus Ochsenhautschildern und Stahl.

Die Arbeiter rannten davon, schrien vor Entsetzen, und ihre Augen waren weit aufgerissen.

Bazo blies nur einmal in seine Ziegenhornpfeife, die an einer Schnur um seinen Hals hing, und die Speerträger blieben stehen. Der Angriff erstarb auf der Stelle, und die Matabele trotteten zu ihrem Gepäck zurück. Sie grinsten vor Freude.

Der Einzug der kleinen Kriegergruppe in die Minen von New Rush wurde zu einem Triumphzug. Und Zouga, der ihnen voranritt, fühlte sich wie ein römischer Imperator.

Doch keiner der jungen Krieger hatte je eine Pickhacke geschwungen oder eine Schaufel angefaßt. Jan Cheroot mußte ihnen die Geräte in die Hände drücken, ihre Finger in richtiger Position um die Stiele legen, und dabei tat er die ganze Zeit über seine Verachtung über solche Unkenntnis kund. Die Männer hatten jedoch den Dreh innerhalb weniger Minuten heraus, und die samtenen schwarzen Muskeln, im Krieg und in Übungen für den Krieg gestählt, verwandelten die irdischen Geräte rasch in tödliche Waffen; sie griffen die gelbe Erde an, als ob sie ein sterblicher Gegner sei.

Zum ersten Mal mit einem Schubkarren konfrontiert, hoben zwei von ihnen diesen mit Leichtigkeit an und spazierten mit ihm und seinem Inhalt davon. Als Ralph den richtigen Gebrauch des Gefährtes demonstrierte, waren sie erstaunt und begeistert wie Kinder, und Bazo erklärte selbstgefällig: »Ich habe euch doch viele Wunder versprochen, oder etwa nicht?«

Zouga teilte die Männer in vier Gruppen zu jeweils vier Männern auf und gab ihnen Namen: die Kraniche, die Falken, die Würger und die Khorhaans. Die Gruppe, die den meisten Kies ausgehoben hatte, war berechtigt, die Federn ihres Namensvogels in ihrem Haar zu tragen, und erhielt außerdem eine doppelte Ration Fleisch und Maismehl sowie *twala,* das afrikanische Bier, das aus Hirse gebraut wird. Die Matabele machten die Arbeit zum Spiel und wetteiferten miteinander.

Normalerweise waren die Matabele Rinderzüchter. Ihr ganzes Leben war der Aufzucht, dem Schutz und der Vergrößerung ihrer Herden gewidmet. Ihre Hauptnahrung war Rindfleisch und *maas*, die in Kalabassen gesäuerte Milch der Nguni.

Rindfleisch war in den Minen kostspielig, und sie sammelten mit absolutem Ekel das fette, sehnige Hammelfleisch, das Zouga ihnen gab. Aber schwere körperliche Arbeit fördert den Appetit, und innerhalb weniger Tage aßen sie diese fremde Nahrung, zwar nicht mit Vergnügen, aber immerhin ohne zu klagen.

Jan Cheroot ließ sich nicht zu der Arbeit in den Gruben verlocken. »Ich bin kein Mungo: Ich lebe nicht in einem Loch im Boden«, erklärte er.

Zouga war das recht, er brauchte einen vertrauenswürdigen Mann an den Sortiertischen, und dort führte Jan Cheroot das Regiment. Er hockte wie ein gelber Götze über den glitzernden Haufen gewaschenen Kieses. Die dreieckige Form seines Gesichtes wurde durch den struppigen kleinen Bart an seiner Kinnspitze, durch die hohen asiatischen Wangenknochen und die Schlitzaugen, die in einem Spinnennetz von Fältchen steckten, noch betont.

Er hatte rasch gelernt, den seifigen Schein der edlen Steine aus dem Haufen von Wertlosem herauszufinden, doch es gab ein anderes Augenpaar, das schärfer und schneller war. Jordan bewies, daß er ein geradezu unheimliches Talent dafür hatte, Diamanten zu entdecken, gleich, welche Größe oder Farbe sie hatten.

Das Kind griff den ersten Stein aus dem ersten vollen Sieb heraus. Es war ein Minute-Stein, zwanzig Punkt, ein Fünftel Karat, die Farbe war ein dunkles Cognacbraun, so daß Zouga seine Echtheit bezweifelte. Doch als er ihn einem der Händler zeigte, war es ein wahrhaftiger Diamant, und der Aufkäufer bot ihm drei Shilling dafür.

Danach stellte niemand mehr Jordans Talent in Frage, und statt dessen wurde ihm jeder zweifelhafte Stein zur Beurteilung vorgelegt. Innerhalb einer Woche war er der Chefsortierer des Teufelslochs.

Er saß, fast ebenso groß wie der Asiate, Jan Cheroot an dem niedrigen Metalltisch gegenüber. Er trug einen großen Sombrero aus geflochtenem Maisstroh, um seine empfindliche Pfirsichhaut vor der Sonne zu schützen, und er sortierte den Kies, als sei es ein Spiel, dessen er nie müde wurde. Begierig darauf, mit Jan Cheroot in Wettbewerb zu treten, verkündete ein hoher, aufgeregter Schrei jede Entdeckung, und seine schönen kleinen Hände flogen über den Kies wie die eines Pianisten über die Tastatur.

Zouga hatte jemanden gefunden, der Ralph und Jordan Unterricht erteilte. Die Frau eines lutherischen Predigers, eine dickbusige Frau mit freundlichem Gesicht und eisengrauem Haar, das an ihrem Hinterkopf zu einem gewaltigen Knoten zusammengebunden war. Mrs. Gander war die einzige Lehrerin in fünfhundert Meilen Umkreis, und jeden Morgen erteilte sie einer kleinen Gruppe von Diggerkindern ein paar Stunden Unterricht in Lesen, Schreiben und Rechnen in der kleinen Eisenblechkirche hinter dem Marktplatz.

Es war ein tägliches Ritual, zu dem Ralph durch Drohungen seines Vaters getrieben werden mußte und zu dem Jordan mit derselben Begeisterung eilte, mit er er sich nach Schulschluß an den Sortiertisch begab. Mit seinem engelhaften Aussehen und seinem starken Interesse am geschriebenen Wort, das Aletta in ihm zum Keimen gebracht hatte, war Jordan sofort Mrs. Ganders Liebling.

Sie machte sich keine Mühe, diese Bevorzugung zu verbergen. Sie nannte ihn »Jordie-Liebling« und erteilte ihm die Aufgabe, die Tafel sauberzuwischen, was augenblicklich zu einer Ehre wurde, für die ihm das Dutzend anderer Kinder in der Klasse am liebsten die dichtbewimperten Engelsaugen ausgekratzt hätte.

In Mrs. Ganders Klasse gab es ein Zwillingspaar. Es waren die grobschlächtigen Söhne eines glücklosen Diggers von den australischen Opalfeldern. Sie hatten geschorene Köpfe und waren barfüßig, da ihr Vater einen wenig ergiebigen Claim am Ostrand der Gruben bearbeitete. Ihre Hosenträger hielten geflickte Segeltuchbreeches über verblichenen und ausgefransten Hemden. Henry und Douglas Stewart waren ein schreckliches

Paar. Sie handelten in völliger Übereinstimmung, waren schnell mit einem grausamen Spott, der zu leise war, als daß Mrs. Gander ihn hätte hören können. Sie wurden aber auch schnell handgreiflich.

Jordan war ihr Opfer. »Jordie-Mädchen«, tauften sie ihn, und seine weichen Locken fühlten sich gut zwischen ihren Fingern an, und seine Tränen waren ungeheuer befriedigend – vor allem, als sie merkten, daß Jordan aus irgendeinem seltsamen Stolz heraus seinen großen Bruder nicht um Schutz bitten wollte.

»Sag Goosie-Gander, daß ich Bauchschmerzen habe«, wies Ralph Jordan an. »Und daß Papa sagt, ich sei zu krank, um zum Unterricht zu kommen.«

»Wohin gehst du?« fragte Jordan. »Was hast du vor?«

»Ich gehe zum Nest – ich glaube, die Küken sind so weit.« Ralph hatte das Nest eines Blaufußfalken auf der Kuppe eines felsigen Hügels, etwa fünf Meilen von der Kapstraße entfernt, entdeckt. Er hatte vor, die Jungen mitzunehmen und sie zu Jagdfalken auszubilden. Ralph hatte immer aufregende Pläne; das war einer der vielen Gründe, warum Jordan ihn bewunderte. »Oh, laß mich doch mitkommen. Bitte, Ralph.«

»Du bist noch ein Baby, Jordie.«

»Ich bin fast elf.«

»Du bist erst zehn«, korrigierte ihn Ralph stolz, und aus Erfahrung wußte Jordan, daß es keinen Sinn hatte, mit Ralph zu streiten.

Jordan trug Ralphs Lüge mit so sanfter Stimme und einem so arglosen Augenaufschlag vor, daß es Mrs. Gander nie in den Sinn gekommen wäre, die Aussage zu bezweifeln. Die Stewart-Zwillinge jedoch wechselten einen raschen, bestätigenden Blick.

An der Rückseite der Kirche befand sich eine Latrine, ein Schilderhaus aus Wellblech, mit einem Holzsitz, in den ein Oval geschnitten war und unter dem sich ein verzinkter Stahleimer befand. In diesem winzigen Raum herrschte immer eine Gluthitze, und der Inhalt des Eimers stank entsetzlich. Die Zwillinge überrumpelten Jordan dort in der Morgenpause.

Sie hielten ihn jeweils an einem Knöchel und standen auf dem

Holzsitz, das Loch zwischen ihnen. Jordan baumelte mit dem Kopf nach unten und klammerte sich verzweifelt an den Buchsbaumholzsitz, während die Stewarts versuchten, seinen Kopf und seine Schultern durch die Öffnung und in den randvollen Eimer zu zwingen.

»Tritt auf seine Finger«, keuchte Douglas. Jordan hatte unerwarteten Widerstand geleistet. Douglas hatte einen roten Kratzer am Hals, und sie hatten Jordans Kiefer fast brechen müssen, um seinen Biß auf Henrys Daumen zu lösen. Die Verletzungen hatten die Stimmung der Zwillinge angeheizt. Sie hatten sich mit boshaftem Gelächter auf Jordan gestürzt, aber jetzt waren sie zornig und bösartig. Ihr angeknackstes Selbstwertgefühl schmerzte ebenso wie ihre Verletzungen.

»Hör auf, du kleiner Weichling«, brüllte Henry, während er mit seiner hornigen Ferse auf Jordans Finger trat. Jordans Schreie hallten in dem winzigen Blechschuppen, während er um sich trat und kämpfte.

Doch gegen ihre vereinten Kräfte waren Jordans Anstrengungen nutzlos. Seine Fingernägel kratzten weiße Splitter aus dem hölzernen Sitz und seine Schreie gellten laut, aber sein Kopf wurde nach unten gezwungen. Der Gestank war grauenvoll, und der Ekel schnürte ihm die Kehle zu und erstickte seine Schreie.

In dem Augenblick, als er spürte, wie der kalte, feuchte Kot seine goldenen Locken durchtränkte, wurde die Tür des Schuppens aufgerissen, und Mrs. Gander stand drohend in der Tür.

Einen Augenblick starrte sie ungläubig auf die Szene, und dann wurde sie wütend. Ihr rechter Arm, muskulös vom Brotteigkneten und vom Schlagen feuchter Wäsche, vollzog einen vehementen Rundschlag, der die Zwillinge in die Ecken der Latrine fliegen ließ – und sie zog Jordan hoch und hielt ihn eine Armeslänge von sich. Mit rotem Gesicht eilte sie mit ihm hinaus und schrie ihrem Gatten zu, er solle einen Eimer mit kostbarem Wasser und ein Stück Seife bringen.

Eine halbe Stunde später roch Jordan nach Karbolseife, und seine Locken glänzten wieder, als die Sonne sie trocknete. Durch die geschlossenen Türen der Sakristei waren die Schmerzensschreie der Zwillinge zu hören. Reverend Gander, den seine Frau zu größeren Anstrengungen anfeuerte, schwang heftig seinen Malacca-Spazierstock.

Um den Colesberg Kopje herum war eine Miniaturlandschaft entstanden, die aus von Menschenhand errichteten Hügeln bestand. Dies war der Abraum der Diamantengruben, wahllos auf den offenen Boden jenseits der Ansiedlung geworfen. Einige dieser künstlichen Hügel waren bereits sechs Meter hoch. Ein Gewirr enger Fußpfade durchkreuzte das Gebiet, auf denen Hunderte schwarzer Arbeiter täglich zur Grube gingen.

Der nächste Weg zwischen der lutherischen Kirche und Zougas Lager folgte einem dieser Fußpfade, und in der sengenden Stunde der Mittagshitze waren die Arbeiter noch in den Gruben und die Hügel waren verlassen. Die senkrecht stehende Sonne warf nur schmale schwarze Schatten auf den losen Kies, als Jordan über den staubigen Pfad lief. Seine Augen waren noch immer rotgerändert von den Tränen der Erniedrigung und der scharfen Karbolseife.

»Hallo, Jordie-Mädchen.« Jordan erkannte die Stimme sofort, und er erstarrte. Er blinzelte ins Sonnenlicht und schaute zu der Kuppe eines der Kieshügel neben dem Pfad.

Einer der Zwillinge stand dort und zeichnete sich silhouettenhaft gegen den blaßblauen Mittagshimmel ab. Er hatte die Daumen hinter die Hosenträger gehakt, hielt den geschorenen Kopf vorgereckt, und seine Augen mit den dünnen farblosen Wimpern blickten den Gegner bösartig an.

»Du hast gepetzt, Jordie-Mädchen«, beschuldigte ihn der Zwilling gleichmütig.

»Ich habe nicht gepetzt«, leugnete Jordan, dessen Stimme unsicher quietschte.

»Du hast geschrien. Das ist dasselbe wie petzen – und jetzt wirst du wieder schreien, aber diesmal ist niemand da, der dich hört, Jordie-Mädchen.«

Jordan wirbelte herum und rannte mit der Geschwindigkeit einer Gazelle davon, aber er hatte noch kein Dutzend Schritte hinter sich gebracht, als der zweite Zwilling den Hang herunterrutschte und sich Jordan in den Weg stellte, seine Arme zum Willkommen ausgebreitet und seinen Mund zu einem erwartungsvollen Grinsen verzerrt.

Sie hatten die Falle sorgfältig gestellt. Hinter Jordan rutschte der erste Zwilling geschickt auf den Pfad.

»Jordie-Liebling«, rief ein Zwilling.

»Jordie-Mädchen«, echote der andere, und sie kamen von beiden Seiten langsam näher. Henry kicherte atemlos.

»Kleine Mädchen sollten nicht petzen.«

»Ich bin kein Mädchen«, flüsterte Jordan, der vor ihm zurückwich.

»Dann solltest du aber auch keine Locken haben; nur Mädchen haben Locken.« Douglas griff in seine Tasche und holte ein Klappmesser mit Beingriff heraus. Er öffnete die Klinge mit seinen Zähnen.

»Wir werden dich zu einem Jungen machen, Jordie-Mädchen.«

»Und dann werden wir dir beibringen, nicht zu petzen.« Henry brachte seine Hand hinter dem Rücken hervor. Er hatte einen Kameldornast abgeschnitten, und die spitzen Blätter abgestreift, nicht aber die Dornen. »Wir werden mit dir dasselbe tun, was der alte Gander mit uns gemacht hat. Für jeden fünfzehn Schläge. Das sind dreißig für dich, Jordie-Mädchen.«

Jordans Blick heftete sich mit seltsamer Faszination auf den Ast. Er war zweimal so dick wie der Daumen eines Mannes, mehr eine Keule als ein Stock, und die Dornen waren einen Zentimeter lang. Henry schwang ihn probeweise, und er zischte wie eine Natter.

Das Geräusch elektrisierte Jordan, er wirbelte herum und floh auf den hohen Kieshang neben sich; die Steine rutschten gefährlich unter seinen Füßen, so daß er seine Hände benutzen mußte, um nach oben zu gelangen.

Hinter ihm schrien die Zwillinge vor Aufregung und rannten hinter ihm her.

Ihr Gewicht ließ sie bei jedem Schritt bis über die Knöchel einsinken, so daß Jordan, der leichter war und von der Angst vorwärts getrieben wurde, die Kuppe des Hanges vor ihnen erreichte, und er rannte stumm weiter und vergrößerte den Abstand.

Henry ergriff im Laufen einen Stein, einen Quarzklumpen von der Größe seiner eigenen Faust, und schleuderte ihn mit Schwung von sich. Er flog zwei Zentimeter an Jordans Ohr vorbei. Jordan zuckte zusammen, verlor das Gleichgewicht, taumelte und fiel sich überschlagend den steilen Hang hinunter.

»Halt ihn«, schrie Douglas. Jordan rollte auf seine Füße, er verschenkte eine wertvolle Sekunde, indem er sich verzweifelt umschaute, und lief dann über den schmalen Fußpfad zwischen den engen Kieshügeln weg.

»Faß ihn. Laß ihn nicht entkommen.« Die Zwillinge brüllten sich gegenseitig an und rannten, so schnell sie konnten. Auf der Ebene holten sie Jordan ein.

Er hörte das Klatschen ihrer nackten Füße auf der harten Erde in einem gebrochenen Rhythmus dicht hinter sich, und er schaute über die Schulter.

Henry sammelte sich, holte mit seinem angewinkelten rechten Arm aus und ließ den Dornenstock wie ein Wagenrad dicht über den Boden tanzen, so daß er in Jordans Kniekehlen schlug. Die Dornen rissen Wunden in die weiche, nackte Haut.

Jordans Beine knickten ein, und er ging zu Boden. Bevor er sich aufrichten konnte, landete Douglas mit seinem ganzen Gewicht auf Jordans Rücken und stieß sein Gesicht auf den Boden, während Henry den Dornenknüppel ergriff und um sie herumtanzte.

»Zuerst sein Haar«, keuchte Douglas, der vor Erregung schnaufte. »Halt seinen Kopf fest.«

Henry ließ den Stock fallen und beugte sich über Jordan, packte zwei Büschel der feinen Locken. Douglas hockte noch immer auf Jordans Rücken und befahl seinem Zwillingsbruder: »Halt ihn still.« Das feine goldene Haar war wie die Saiten einer Violine gespannt, und Douglas säbelte mit seinem Messer die Strähnen ab.

»Jetzt wirst du ein Junge!«

Aller Widerstand verließ Jordan. Er lag gegen die Erde gepreßt, nur von seinem eigenen Schluchzen geschüttelt, und Henry packte ein weiteres Haarbüschel.

»Schneid es kürzer«, befahl er seinem Zwillingsbruder und schrie dann voller Entsetzen und Schmerz auf.

Das spitz zulaufende Ende einer Reitpeitsche klatschte auf die Sitzfläche von Henrys Hosenboden direkt auf die noch frischen Striemen, die der Malacca-Stock von Reverend Gander gezogen hatte. Henry schoß in die Höhe, faßte sein Hinterteil mit beiden Händen und hüpfte auf und ab.

Eine Hand ergriff den Kragen seines Hemdes und hob ihn hoch. Henry strampelte dreißig Zentimeter über dem Boden.

Sein Bruder blickte von seinem Sitz auf Jordans Rücken auf. In dem Bestreben, den kleineren Jungen zu peinigen, hatte keiner der Zwillinge den Reiter gehört oder gesehen. Der Mann war durch die Kieshaufen geritten und durch die lauten Stimmen auf die Jungen aufmerksam geworden. Er hatte die Zwillinge sofort erkannt; sie hatten sich in den Minen rasch einen üblen Ruf erworben, und er hatte nur eine Sekunde gebraucht, um den Grund des Tumultes zu erfassen.

Douglas umriß die veränderten Umstände schnell, als er zu seinem Zwillingsbruder aufblickte, der von der Faust des Reiters wie ein Mann an einem Galgen baumelte. Douglas rappelte sich auf und rannte davon, aber der Reiter wendete sein Pferd und ließ seine lange Reitpeitsche vorschnellen. Der Schmerz lähmte Douglas, seine Haut war aufgerissen. Bevor er sich gefaßt hatte, bückte sich der Reiter, ergriff seinen Oberarm und hob ihn mit Leichtigkeit hoch. Zu beiden Seiten des Pferdes krümmten sich nun die Zwillinge und winselten.

»Ich kenne euch zwei«, erklärte der Reiter ruhig. »Ihr seid die Stewart-Bengel, die das Maultier des alten Jacob in den Stacheldraht getrieben haben.«

»Bitte, Sir, bitte«, plärrte Douglas.

»Halt den Mund, Junge«, sagte der Reiter gleichmütig. »Ihr habt die Zügel an De Kocks Wagen durchgeschnitten. Das kostet euren Papa etwas, und das Diggerkomitee würde zu gerne wissen, wer damals das Feuer im Zelt von Carlo gelegt hat –«

»Das waren wir nicht, Mister«, jammerte Henry. Es war klar, daß beide wußten, mit wem sie es zu tun hatten, und daß sie wirklich Angst vor ihm hatten.

Jordan kroch auf die Knie und schaute zu seinem Retter auf. Er mußte ein sehr wichtiger Mann sein – vielleicht sogar ein Mitglied des Komitees, das er erwähnt hatte. Selbst in seinem Kummer war Jordan voller Ehrfurcht. Ralph hatte ihm erklärt, daß ein Mitglied des Komitees ein Mittelding zwischen einem Polizisten, einem Prinzen und dem Menschenfresser aus den Märchen war, die ihnen ihre Mutter vorzulesen pflegte.

Und jetzt schaute dieses Fabelwesen auf Jordan herab. Sein Gesicht war von Staub und von den Tränen verschmiert, sein Hemd war zerrissen, und die Knöpfe baumelten an ihren Fäden. Seine Kniekehlen waren mit blutigen Striemen überzogen.

»Der Kleine ist halb so groß wie ihr«, sagte der Reiter. Seine Augen waren leuchtend blau.

»Es war nur ein Spiel, Sir«, murmelte Henry.

»Wir haben doch gar nichts getan, Mister.«

Der Reiter richtete einen glühenden, blauen Blick von Jordan auf die beiden zappelnden Körper in seinen Händen.

»Es war also ein Spiel?« fragte er. »Nun, wenn ich euch beim nächsten Mal dabei erwische, solltet ihr und euer Vater dem Komitee eine plausible Erklärung abgeben.« Er schüttelte die beiden heftig. »Habt ihr mich klar verstanden?«

»Ja, Sir –«

»Ihr habt also Spaß an Spielen? Na schön, hier ist ein neues, und wir werden es jedesmal spielen, wenn ihr eine Hand an ein Kind legt, das kleiner ist als ihr.«

Er ließ sie unerwartet zu Boden fallen, und bevor die Zwillinge ihr Gleichgewicht wiederfinden konnten, hatte er nach links und rechts mit der Peitsche geschlagen und brachte sie zum Laufen. Dann trabte er etwa hundert Meter hinter ihnen her und ließ die Peitsche zwischen ihre Beine sausen, daß sie rannten, so schnell sie konnten. Plötzlich ließ er sie ziehen und wendete das Pferd, um zu Jordan zurückzugaloppieren, der zitternd und blaß auf dem Pfad stand.

»Wenn du schon kämpfen willst, dann solltest du dich besser immer nur einem Gegner entgegenstellen, junger Mann«, sagte der Reiter und sprang aus dem Sattel. Er kniete sich neben Jordan und musterte den Jungen prüfend.

»Wo tut's am meisten weh?« fragte er.

Für Jordan war es plötzlich ungeheuer wichtig, daß er nicht wie ein Baby wirkte. Er schluckte geräuschvoll, als er gegen seine Tränen ankämpfte. Der Mann schien ihn zu verstehen.

»Guter Junge«, nickte er. »Das ist der richtige Geist.« Er zog ein Baumwolltaschentuch aus seiner Tasche und wischte damit die schmutzigen Tränen weg.

»Wie heißt du?«

»Jordie – Jordan«, korrigierte er sich und schniefte lautstark.

»Wie alt bist du, Jordan?«

»Fast elf, Sir.«

Seine Verletzungen taten plötzlich gar nicht mehr so weh, er empfand nur noch eine grenzenlose Dankbarkeit gegenüber seinem Erretter.

Der Mann reinigte mit dem Taschentuch die blutigen Wunden an Jordans Beinen. Es war eine oberflächliche Behandlung, aber die Berührung des Mannes erinnerte Jordan an seine Mutter. Der Gedanke an sie brachte ihn fast wieder zum Weinen. Er unterdrückte die Tränen und drehte den Kopf, um den Mann anzuschauen, der seine Wunden versorgte.

Der Mann sah Jordan an. Sein Gesicht war glattrasiert und wirkte makellos rein, bis auf den schmalen, hübschen Schnurrbart. Seine Lippen waren voll und sinnlich. Die Nase war groß, aber nicht zu groß für den großen, runden Kopf und die dichten Wellen hellbraunen Haares.

Er war jung, vielleicht nur zehn Jahre älter als Jordan, obwohl er eine so starke Ausstrahlung hatte, daß er viel älter wirkte.

Und doch war etwas an ihm, das diesem ersten Eindruck zu widersprechen schien. Die kräftige Farbe der Lippen und Wangen war nicht die Röte von Gesundheit und dem Leben an freier Luft. Sie war eher hektisch, und obwohl die Haut faltenlos war, erkannte man feine Spuren von Leid und Schmerz in diesem schönen Gesicht. Einen langen Augenblick schauten der Mann und der Junge sich in die Augen, und etwas regte sich fast schmerzhaft tief in Jordans Seele – ein süßer Schmerz – Dankbarkeit, Vaterliebe, Heldenverehrung –, es war all dies und noch etwas anderes, für das er keine Worte fand.

Dann richtete sich der Mann auf; er war groß und kräftig gebaut, und Jordan reichte ihm nur bis zur Brust.

»Wer ist dein Vater, Jordan?« Jordan sagte es ihm, und der Reiter nickte.

»Ja«, sagte er. »Ich habe von ihm gehört. Der Elefantenjäger. Nun, dann bringe ich dich am besten nach Hause.«

Er hob den Jungen auf das Pferd und schwang sich vor ihm auf den Sattel. Als das Pferd antrabte, legte Jordan beide Arme um die Hüfte des Reiters.

Jan Cheroot kam vom Sortiertisch herbeigeeilt, als sie in Zougas Lager traten. Er half dem Jungen vom Pferd.

»Es hat einen Kampf gegeben«, berichtete der Reiter Jan Cheroot. »Streich ein wenig Jod auf seine Wunden, dann wird alles gut. Der Junge hat Mut.«

Jan Cheroot benahm sich unterwürfig, fast kriecherisch. Er schien durch den direkten und verwirrenden Blick des Mannes auf dem Pferd die Sprache verloren zu haben. Jan hielt Jordan mit der einen Hand fest und nahm mit der anderen seine alte Regimentsmütze vom Kopf und hielt sie vor die Brust. Er nickte in sklavischer Zustimmung auf die Befehle hin, die der Mann ihm gab.

Der Reiter richtete seinen Blick wieder auf Jordan und lächelte zum ersten Mal.

»Such dir beim nächsten Mal jemanden in deiner Größe aus, Jordan«, rief er, nahm die Zügel auf und trabte aus dem Lager, ohne sich umzusehen.

»Weißt du, wer das war, Jordie?« fragte Jan Cheroot ehrfürchtig. »Das ist der große Boß des Diggerkomitees, das ist der wichtigste Mann in New Rush, Jordie –« er legte eine theatralische Pause ein und verkündete dann, »das ist Mr. Rhodes.«

»Mr. Rhodes.« Jordan wiederholte den Namen für sich. »Mr. Rhodes.« Der Junge wußte, daß sich soeben etwas sehr Wichtiges in seinem Leben ereignet hatte.

Zougas Söhne und seine Männer fanden schnell einen Platz bei der Arbeit, fast so, als ob eine spezielle Nische für jeden von ihnen reserviert sei: Jan Cheroot und Jordan am Sortiertisch, die

Matabele in den offenen Gruben, und es gab natürlich nur einen Platz für Ralph – bei ihnen in den Gruben.

So fanden sie die Steine; sie gewannen sie aus den winzigen Rechtecken des Bodens in den Tiefen der wachsenden Grube und beförderten sie in den schwingenden Eimern an die Oberfläche, karrten sie über die Dämme, die jeden Tag gefährlicher wurden, und sie wuschen und siebten sie, bis schließlich Jan Cheroot oder Jordan auf dem Sortiertisch über sie herfallen konnten.

Dann, am Abend, warteten vielleicht drei oder vier von Zougas Matabele-Arbeitern unter dem Kameldornbaum neben Zougas Zelt.

»Laßt mich sehen«, knurrte Zouga dann, und mit einer gewissen effektvollen Darbietung knotete einer der Männer ein schmutziges Taschentuch auf, um einen Steinsplitter oder einen kleinen durchsichtigen Kristall herzuzeigen.

Dies waren die »Pickups« aus den Claims. Während die Matabele die Erde aushoben, schaufelten und die Ledereimer entleerten, fiel ihnen vielleicht ein Glitzern oder das Funkeln eines Steins ins Auge – und es gab eine Belohnung für einen aufgehobenen und überreichten Diamanten.

Die meisten dieser Pickups waren keine echten Diamanten, da sie alles aufhoben, was funkelte, oder alles, was hübsch oder ungewöhnlich gefärbt war. Sie brachten Achat und Quarz, Feldspat und Bergkristall, Jaspis und Zirkone – und gelegentlich einen Diamanten. Zouga überreichte für jeden Diamanten, ob groß oder klein, klar oder verfärbt, einen goldenen Sovereign aus seinem schwindenden Vorrat, und er legte den Diamanten in den kleinen Wildlederbeutel, den er in seiner zugeknöpften Brusttasche mit sich trug, und der nachts, wenn er schlief, unter seinem Kissen lag.

Jeden Samstagmorgen, wenn sich Jan Cheroot und die beiden Jungen um den Lagertisch unter dem Kameldornbaum neben dem Zelt sammelten, schüttete Zouga vorsichtig den Inhalt des Lederbeutels auf ein sauberes weißes Papier, und sie untersuchten die Funde der Woche. Zouga versuchte seine Enttäuschung zu verbergen und seine Sorgen zu ignorieren, wenn er auf die winzigen verfärbten und wolkigen Diamanten schaute, die das Teufelsloch so widerwillig von sich gab.

Dann ritt Zouga in die Ansiedlung, machte das zuversichtlichste Gesicht, das er aufsetzen konnte, rauchte eine Zigarre, um zu zeigen, wie wenig er das Geld tatsächlich brauchte, und band seinen Wallach schließlich an der Tür der Zinkblechhütte des ersten Diamantenaufkäufers an.

Der erste Händler war ein Holländer, und sein Akzent war schwer zu verstehen, doch Zougas Schauspiel täuschte ihn nicht. Er sog die Luft durch seine Zähne und schüttelte düster den Kopf über Zougas Angebot. »Das Teufelsloch«, sagte er, »hat fünf Männer getötet und drei andere zu Grunde gerichtet. Jock Danby hatte Glück, einen anständigen Preis zu bekommen.«

»Wie ist Ihr Angebot?« fragte Zouga ruhig, und der Aufkäufer schüttete die winzigen Steine auf den Tisch.

»Wollen Sie einen richtigen Diamanten sehen?« fragte er, und ohne Zougas Antwort abzuwarten, drehte er seinen Stuhl und öffnete den eisernen Safe an der Wand hinter seinem Schreibtisch.

Ehrerbietig entfaltete er ein weißes Blatt Papier und stellte den wundervoll blitzenden Kristall zur Schau, der fast die Größe einer reifen Eichel hatte.

»Achtundfünfzig Karat«, flüsterte er, und Zouga starrte darauf, wobei der saure Geschmack von Neid in seiner Kehle aufstieg. »Ich habe ihn gestern gekauft.«

»Wieviel?« fragte er, und haßte sich selbst für seine Schwäche.

»Sechstausend Pfund!« sagte der Aufkäufer und faltete das Papier wieder sorgfältig zusammen, legte den Diamanten zurück in den Safe, verschloß die dicke Eisentür, hängte den Schlüssel an seine Uhrenkette und betrachtete Zougas Steine.

»Vierzig Pfund«, sagte er beiläufig.

»Das ist alles?« fragte Zouga ruhig. Er hatte sechzehn Männer zu bezahlen und mußte Lebensmittel kaufen, und er brauchte ein neues Seil.

»Der Preis für Teichware ist weit unten.« Der Aufkäufer zuckte mit den Achseln. »Jeder Digger südlich des Vaal bringt solchen Abfall her.«

Zouga füllte den Beutel wieder und erhob sich.

»Ich habe Ihnen diesen Preis aus Gefälligkeit geboten«, warnte der Aufkäufer. »Wenn Sie später wieder kommen, bekommen Sie nur dreißig Pfund.«

»Ich werd's riskieren.« Zouga tippte an seine Hutkrempe und ging hinaus ins Sonnenlicht.

Der zweite Händler, den er besuchte, schüttete die Diamanten in die Schale der Diamantenwaage und setzte dann vorsichtig Gewichte in die andere Schale, bis die Skala im Gleichgewicht war.

»Sie hätten bei der Elefantenjagd bleiben sollen«, sagte er, während er die Gewichte aufschrieb und seine Berechnungen in einem ledernen Notizbuch machte. »Der Diamantenmarkt ist übervoll. Es gibt nicht allzu viele reiche Ladys, die sich Klunker um ihren Hals hängen wollen, und hier, auf den Schürffeldern des Vaal haben wir in wenigen Jahren mehr Steine herausgeholt als in den sechstausend Jahren davor.«

»Sie werden in Uhren eingesetzt und als Werkzeuge zum Schneiden von Glas und Stahl benutzt«, erklärte Zouga ruhig.

»Eine Marotte«, der Aufkäufer schwenkte herablassend seine Hand. »Mit Diamanten ist Schluß. Ich gebe Ihnen fünfundfünfzig Pfund für diese Steine, und das ist ein großzügiges Angebot.«

Eines Morgens fand Zouga Ralph Seite an Seite neben Bazo auf dem Boden der Grube arbeitend und die Pickhacke im Rhythmus des Matabele-Gesanges schwingend. Er stand da und beobachtete ein paar Minuten lang seinen muskulösen Sohn.

»Ralph«, rief er ihm schließlich zu.

»Ja, Papa.« Er war voller Staub, den der Schweiß an einigen Stellen weggewaschen hatte. Glitzernde Tropfen hingen in seinen dunklen Locken, die auf seiner Brust sprießten.

»Zieh dein Hemd an«, befahl Zouga.

»Warum?« Ralph wirkte überrascht.

»Weil du durch die Gnade Gottes ein Engländer bist. Falls es nötig ist, werde ich dich durch die Stärke meines rechten Armes zu einem Gentleman machen.«

Also arbeitete Ralph gestiefelt und bis zum Hals zugeknöpft

neben den nackten Matabele, und er erntete erst ihren Respekt und dann ihre Zuneigung und Freundschaft.

Vom ersten Tage an, als sie sich auf dem offenen Feld begegnet waren, waren die Matabele von seiner Reitkunst und von seinen Fähigkeiten bei der Jagd beeindruckt gewesen. Jetzt begannen sie, ihn als Mann zu akzeptieren, zuerst in der wohlwollenden Art älterer Brüder, allmählich dann mehr und mehr als gleichwertigen Menschen, bis Ralph mit ihnen in allem wetteiferte, was sie taten, in ihrer Arbeit und in ihrem Sport. Er war noch nicht so groß oder stark wie die Matabele, deshalb siegte er selten; und wenn er geschlagen wurde, verfinsterte sich sein Gesicht, und die dichten Brauen über seiner großen Nase stießen zusammen.

»Ein guter Sportsmann weiß mit Würde zu verlieren«, erklärte Zouga.

»Ich will kein Sportsmann sein. Ich will nicht lernen, wie man verliert«, erwiderte Ralph. »Ich will lernen, wie man gewinnt.« Und er stürzte sich mit neuer fester Entschlossenheit auf seine Aufgabe.

Es schien, als würde seine Kraft mit jedem Tag wachsen, der Babyspeck war weggebrannt. Er machte diesen letzten Spurt zum Erwachsenwerden, ohne seine Kraft zu überanstrengen, und er lernte zu siegen.

Er gewann die Wettkämpfe mit Bazo beim Kiesschaufeln, füllte Eimer um Eimer, so daß gelbe Staubwolken aufstoben. Er gewann eines der gefährlichen Rennen über das Leitergewirr hinab von dem Zufahrtsdamm zum Grund der Grube, versengte sich seine Handflächen an den Seilen und schwang weit hinaus, um an einem anderen Mann auf der entgegengesetzten Seite der Leiter vorbeizukommen, benutzte den Ausleger eines Kranes, um eine tiefe Grube zwischen zwei Claims zu überwinden, rannte aufrecht über ihn hinüber wie ein Seiltänzer, ohne auf seine Füße zu blicken oder in die dreißig Meter Tiefe darunter. Sogar Bazo schüttelte den Kopf und rief: »Hau!«, was ein Ausdruck großen Erstaunens ist. Ralph stand keuchend auf dem Boden der Grube, blickte zu Bazo hoch und lachte triumphierend.

Dann lernte Ralph die Kampfstöcke zu benutzen – dies war das Spiel, das die Matabele seit ihren ersten Tagen als Herdenjungen gespielt hatten. Bevor er die Kunst der Stöcke beherrschte, hatte er gezwungenermaßen lernen müssen, wie ein blutender Schnitt in seinem Schädel zu versorgen war, den Bazos Knüppel herbeigeführt hatte. Er stopfte ihn mit einer Handvoll Staub, die er mitten im Wettkampf ergriff.

Eine Woche kurz vor seinem sechzehnten Geburtstag schlug Ralph Bazo zum ersten Mal. Sie kämpften hinter den Strohhütten, die die Matabele auf dem offenen Grasland hinter Zougas Lager errichtet hatten.

Der Kampf begann harmlos. Bazo, der Lehrer, bedrohte seinen Schüler und führte die wiegenden Schritte des traditionellen Kampfes mit lässiger Anmut wie ein schläfriger schwarzer Panther aus. Er hielt einen Kampfstock in jeder Hand und schwang sie mit einstudierter Kunstfertigkeit.

Ralph wandte ihm sein Gesicht zu, so daß sie sich wie ein ausbalanciertes Rad umkreisten. Als sie einander verspotteten, erfolgte Ralphs schlagfertige Antwort in fließendem Matabele. Er war bis zum Hüftriemen seiner Breeches nackt, und sein Oberkörper, der auf Zougas Befehl hin lange vor der Sonne geschützt gewesen war, war milchweiß; nur seine Arme und das tiefe V an seinem Hals waren sonnengebräunt.

»Ich hatte einmal einen Pavian als Haustier«, erzählte Bazo ihm. »Es war ein Albino-Pavian, so weiß wie der Mond, und so dumm, daß er nie auch nur einen einzigen Trick lernte. Dieser Pavian erinnert mich an jemanden, obwohl mir nicht einfällt, an wen.«

Nur Ralphs Lippen lächelten, und er zeigte seine weißen Zähne, aber die schwarzen Brauen über seiner Nase waren dicht zusammengezogen. »Ich bin nur überrascht, daß ein Matabele glaubte, einen Pavian etwas lehren zu können – es sollte doch eigentlich umgekehrt sein.«

Bazo sprang zurück und schrie auf, begann den *giya* – den herausfordernden Tanz des Kriegers –, sprang dabei hoch und ließ die Stöcke in der Luft singen, bis sie wie die Schwingen eines Sonnenvogels im Flug schwirrten.

»Laß uns sehen, ob deine Stöcke so schnell wie deine Zunge sind«, schrie er; und dann plötzlich griff er an, und die Melodie der surrenden Stöcke hob sich zu einem Kreischen, als er nach Ralphs Knie schlug. Das Kreischen endete mit einem Krachen gleich dem eines Gewehrschusses, als Ralph den Schlag parierte; und sofort schlug Bazo mit der anderen Hand zu, nach dem Ellenbogen und – Krach! – wieder wehrte Ralph den Schlag mit seinem eigenen Stock ab.

Die Stöcke klapperten in steigendem Tempo gegeneinander, und der Kreis der zuschauenden Matabele feuerte sie mit dem langgezogenen »Jee!« an, wenn ein Schlag geschickt abgewehrt und zu einem zischenden Gegenstoß umgewandelt wurde.

Bazo hörte zuerst auf, sprang zurück, und ein leichter Schimmer von Schweiß verwandelte seine Muskeln in schwarzen Samt, und seine Brust hob und senkte sich, und sein Kichern war heiser.

Jetzt hätte eine Pause eintreten sollen, während die Gegner einander mit diesem schlurfenden Tanz umkreisten, sich Beleidigungen zuwarfen, Atem holten, sich bückten, um ihre Hände im Staub zu trocknen und so den Griff um ihre Stöcke zu festigen – aber diesmal nicht, denn als Bazo unterbrach und zurückwich und für einen Augenblick seine rechte Hand senkte, griff Ralph an.

Selbst die Andeutung eines Lächelns war von Ralphs Mund verschwunden. Seine Kiefer waren gespannt, Muskeln strafften sich, Bazo hatte seine Aufmerksamkeit den Matabele-Gesichtern zugewendet und überlegte sich den nächsten Spott.

»Jee!« Sie brüllten Ermutigung und Warnung zugleich, und Bazo versuchte verzweifelt, seine Deckung zu heben und sein Gesicht dem unerwarteten Angriff zuzuwenden. Ihm gelang eine Berührung Stock gegen Stock, gerade genug, um den Schlag zu dämpfen, andernfalls hätte er sich die Knochen gebrochen. Ralphs Stock prallte gegen seine Schulter, und plötzlich war es kein Spiel mehr.

Der Schlag gegen Bazos Schulter riß eine fingerdicke Wunde in den Muskel und lähmte den Arm fast bis in die Fingerspitzen. Und als er Ralphs nächsten Schlag parierte, spürte er den Stock zucken und sich in seinen tauben Fingern drehen. Bazo grunzte vor Schmerz, und Ralph schien dadurch nur noch mehr angestachelt zu werden.

Sein Gesicht war verzerrt vor Kampfeswut, seine Augen waren kalt und grün, und Schweißtropfen flogen mit der Wucht jedes Schlages, den er tat, von seinem langen schwarzen Haar.

Die Matabele hatten ihn so noch nie gesehen, aber sie erkannten die Mordlust, denn sie selbst waren alle im Kampf gewesen und hatten getötet, und es übertrug sich auf sie, so daß sie vor Erregung tanzten und stampften und Ralph anfeuerten.

»Jee!« sangen sie, und Bazo wich zurück, gab Ralphs Angriff nach, während die Stöcke gegeneinander schlugen und klapperten. Sein Mund war weit offen, während er keuchend nach Luft rang. Blut sickerte in einem dünnen, glänzenden Rinnsal über seinen Hals. Dann umging ein weiterer Schlag Bazos Deckung, und das elfenbeinerne Blitzen von seinen Zähnen wurde durch einen Blutfilm getrübt, der sich von einem Nasenloch zum Mund schlängelte. Er wurde noch einmal getroffen – am Schenkel, und die Schwellung war augenblicklich sichtbar, die Haut spannte sich glänzend und schwarz. Bazo war durch das verletzte Bein unbeweglich – und Ralph griff noch immer an. Bazo war langsam und schwerfällig; und wieder pfiff einer von Ralphs Stöcken und schlug auf gummiweiche Muskeln. Bazo schwankte und ging fast zu Boden, riß sich aber mit ungeheurer Anstrengung zusammen, sein Gegenstoß war schwach und ohne Wirkung. Ralph parierte ihn mit Leichtigkeit und trieb das Ende seines Stockes durch Bazos Abwehr. Er benutzte seine Waffe fast wie ein Schwert, darauf war Bazo nicht vorbereitet. Ralphs Stock bohrte sich in Bazos Bauchmuskeln, direkt unter dem großen Brustkasten, und der Matabale sank zu Boden.

Ralphs Blick fiel auf den ungeschützten Hals. Seine Bewegungen waren zu schnell, um etwas anderes als Instinkt zu sein. Er nahm den Stock hoch und verlagerte sein Gewicht vom einen Fuß auf den anderen. All seine Kraft floß in seinen Arm, als er zum tödlichen Schlag ansetzte.

»Jee!« brüllten die Zuschauer, die selbst von der heißen Welle der Kampfeslust davongetragen worden waren.

Ralph erstarrte, als er so dastand, den rechten Arm hoch erhoben. Sein ganzer Körper war wie ein Bogen gespannt, und der gestürzte Matabele lag zu seinen Füßen. Ganz langsam wich die Spannung aus seinen Gliedmaßen, und er schüttelte den Kopf. Er blickte wie betäubt um sich, blinzelte mit den Augen, als wolle er sich aus einem Alptraum befreien und plötzlich zitterten seine Beine. Er sank vor Bazo in die Knie, streckte einen Arm aus und schlang ihn um den Hals des Matabele.

»Gott«, flüsterte er. »O Gott – ich hätte dich fast getötet.«

Schwer atmend hielten sie sich eine Weile umschlungen.

»Lehre einen Albino-Pavian nie einen Trick«, sagte Bazo schließlich, und seine Stimme klang heiser und unsicher. »Er könnte ihn ein bißchen zu gut lernen.«

Dann wurden sie von den lachenden, schreienden Matabele auf die Beine gezogen und zur nächsten Hütte getragen.

Ralph trank zuerst aus der Kalabasse dickes, blubberndes Hirsebier und reichte sie dann Bazo.

Bazo wischte das Blut von seinem Mund und spuckte es auf den Boden, dann trank er ein paar große Schlucke, bevor er Ralph anschaute. Einen Augenblick lang waren sie ernst, die grünen Augen hielten dem Blick der glühenden schwarzen stand, und dann plötzlich lachten sie beide laut und dröhnend. Die Männer, die im Kreis hockten, begannen ebenfalls zu kichern.

Noch immer lachend, beugte sich Bazo vor und umfaßte kurz Ralphs Unterarm. »Ich bin dein Mann«, stöhnte er.

Als Zouga auf dem Boden des Teufelslochs von der Leiter trat, war die Hitze bereits so groß, daß sich ein dunkler Schweißfleck auf dem blauen Flanellhemd abzeichnete. Er hob den Hut, um die Schweißtropfen von der Stirn zu wischen, unterbrach sich und runzelte schnell die Stirn.

»Ralph!« schnappte er. Sein Sohn schlug die Pickhacke in den gelben Kies, ließ sie dort stehen und richtete sich auf, die Hände in die Hüften gestemmt.

»Was glaubst du eigentlich, was du da tust?« fragte Zouga.

»Ich hab' eine neue Arbeitsweise entwickelt«, erklärte Ralph.

»Zuerst bricht Bazos Gruppe den Felsen, anschließend kommt Wengi und dann –«

»Du weißt, wovon ich spreche«, fiel ihm Zouga ungeduldig ins Wort. »Es ist Montag; du solltest in der Schule sein.«

»Ich bin jetzt sechzehn«, erwiderte Ralph. »Und außerdem kann ich lesen und schreiben.«

»Meinst du nicht, du hättest mit mir darüber reden sollen?« fragte Zouga mit trügerischer Milde.

»Du warst zu beschäftigt, Papa. Ich wollte dich nicht mit etwas so Unwichtigem behelligen. Du hast schon genug Sorgen.«

Zouga zögerte. War das nur die übliche Ausrede, oder begriff Ralph tatsächlich, wie schwierig ihre Situation war?

Ralph spürte seinen Vorteil. »Wir brauchen jedes Paar Hände, das wir bekommen können, und die hier sind frei.« Er hielt sie hoch.

»Und welche neue Idee hast du?« Zougas Ärger war verflogen, und Ralph grinste, als er erkannte, daß er nicht länger ein Schuljunge war. Er begann seine Pläne darzulegen, und Zouga nickte.

»Also gut«, sagte er schließlich. »Das leuchtet mir ein. Wir werden's versuchen.«

Zouga drehte sich um und ging davon. Ralph spuckte in die Hände und feuerte die Matabele an.

In Claim Nummer 183 stieß ein amerikanischer Digger namens Calvin Hine auf eine Ausbuchtung, eine winzige Tasche, und in einem einzigen Eimer holte er zweihundertundsechzehn Diamanten heraus, von denen der größte über zwanzig Karat hatte. Mit einem Streich wurde er von einem zerlumpten, bärtigen, sonnenverbrannten Bettler, der in gelbem Staub wühlte, zu einem reichen Mann.

Calvin war in der Bar, als Diamond Lil auf den hölzernen Tresen ihrer Schnapsbar stieg, und ihre Straußenfedern wirbelten und ihre Spangen im Lampenlicht glitzerten. Sie fragte: »Würde irgendeiner der freundlichen Herren einen Preis für diese Köstlichkeiten nennen?« Sie drückte ihre großen Brüste mit rot bemalten Fingerspitzen, so daß sie über den Saum ihres scharlachroten Samtmieders quollen.

»Kommt schon, meine Lieben, eine Nacht im Paradies, ein kleiner Blick in den Himmel für den, der mich liebt.«

»Einen Zehner, Lil, Schätzchen. Zehn Eisenmänner«, brüllte ein Digger, der hinter der Bar stand, und Lil drehte sich um und hob das Hinterteil ihrer Röcke für ihn.

»Schäm dich, du kleiner, gemeiner Mann«, schalt sie ihn über ihre weiße Schulter; und die mit Spitzen und Bändchen besetzten Unterhosen unter ihren raschelnden Röcken waren im Schritt offen, so daß die Männer für den Bruchteil einer Sekunde sahen, was sie zu verkaufen hatte. Die Kerle grölten wie Zugochsen, die nach fünf Tagen in der Wüste das Wasserloch wittern.

»Lil, meine Schöne.« Calvin kletterte unsicher auf die Packkiste, die als Tisch diente. Er hatte seit Mittag getrunken. »Lily, Mond meiner Seele«, summte er vor sich hin, »seit einem Jahr und länger habe ich jede Nacht von diesem Augenblick geträumt.«

Er steckte die Hand in seine Jackentasche und hielt eine Handvoll zerknautschter Fünfpfundnoten hoch.

»Ich weiß nicht, wieviel das ist«, sagte er undeutlich, »aber es gehört dir.«

Einen Augenblick lang zogen sich Lilys gezupfte und nachgezogene Augenbrauen zusammen, als sie den Wert der dargebotenen Banknoten rasch überschlug, und dann lächelte sie, so daß der winzige Diamant, der in ihren Schneidezahn eingelassen war, wie der Abendstern funkelte.

»Du wundervoller Junge«, sang sie. »Heute nacht bin ich deine Braut. Nimm mich in deine Arme, mein Geliebter.«

Am nächsten Tag fand jemand in der östlichen Sektion einen Stein von dreißig Karat, einen herrlichen, lupenreinen weißen Stein, und am Tag darauf kam ein riesiger champagnerfarbener Diamant aus Neville Pickerings Gruben.

»Verlassen Sie uns jetzt?« fragte Zouga, als sie sich auf dem Weg oberhalb des Teufelslochs begegneten, und er hoffte, daß in seinem Lächeln der Neid nicht zu sehen war.

»Nein.« Pickering schüttelte den Kopf und antwortete mit seinem typischen charmanten, sonnigen Lächeln. »Ich habe immer auf eine Gewinnsträhne gesetzt. Mein Partner und ich bleiben im Spiel.«

Es schien, als hätte der Diamantengott die Absicht, New Rush mit Freigebigkeit zu überschütten, und ein Fieber der Erwartung und Erregung erfaßte die Digger, so daß die große Grube am Mittag wie ein Schwarm wilder Bienen klang. Drei große Funde in drei Tagen – niemand hatte so etwas zuvor erlebt.

Und nachts an den Lagerfeuern und in den von Laternen erleuchteten Schnapskneipen und Kantinen wurden die wildesten Theorien in Umlauf gebracht.

»Es ist eine Schichtbereicherung«, behauptete einer. »Merkt euch meine Worte, noch bevor die Woche um ist, wird jemand ein Pony finden.«

»Teufel, nein«, warf ein anderer ein. »Die Steine liegen in Höhlen. Irgendein Glückspilz wird den Topf herausschaufeln.«

In der Donnerstagnacht regnete es. Hier, an den Rändern der Kalahariwüste, betrug die Niederschlagsmenge weniger als fünfzig Zentimeter im Jahr. Fast die Hälfte davon fiel in dieser einzigen Nacht.

Bei Morgendämmerung regnete es noch immer, und zu jeder anderen Zeit wären die Digger der Grube ferngeblieben und hätten darauf gewartet, daß die Erde trocknete. Doch nicht an diesem Tag, nicht bei dieser fiebrigen Erregung, die die ganze Ansiedlung erfaßt hatte.

Die Gruben waren schmierig. Die tiefsten Claims waren kniehoch mit gelbem Schlamm gefüllt, der auf den nackten Beinen der schwarzen Arbeiter eine dicke Kruste bildete.

Der dicke rote Morast auf den Versorgungsdämmen klebte an den Rädern der Kieskarren und mußte mit Brecheisen weggestemmt werden.

Was keiner der Männer in den Gruben erkannte, war, daß sie, abgesehen von den körperlichen Beschwerden und dem Schmutz, den der Platzregen des nächtlichen Gewittersturms über die Grube gebracht hatte, eine weniger sichtbare aber unendlich schwerwiegendere Veränderung in den durchlöcherten Resten des Colesberg Kopje geschaffen hatten.

Die strömenden Bäche hatten am Rand des Zufahrtsdammes Nummer sechs einen Spalt gefunden und das Erdreich unterspült.

Sechzehn Maultierkarren drängten sich auf dem Damm, die meisten von ihnen waren voll beladen mit der ersten Fuhre dieses Morgens. Die Treiber verfluchten sich gegenseitig, als sie versuchten, ihre Ladung zu den wartenden Wiegen zu schaffen.

Drunten im Teufelsloch arbeiteten die Matabele Seite an Seite, doch das eisige Stechen des Regens auf nackten Schultern und Rücken verlangsamte den Schwung der Hacken, und bei jedem Vorwärtsschritt rutschten sie auf dem unsicheren Boden aus. Der Arbeitsgesang klang wie ein Klagelied; Zouga trieb sie an.

Auf dem Versorgungsdamm rutschte ein überladener Kieskarren seitwärts in den Schlamm, und das Zugmuli wurde in die Knie gezwungen und konnte ihn nicht halten. Das abseitige Rad sackte über den Rand, der Karren schwankte wie trunken und hing dann über der Grube. Das Gespann drehte sich in ungleichmäßigen Kreisen auf dem schmalen Weg. Die Achse des Karrens brach. Zougas Wagen war direkt hinter dem festsitzenden Gespann. Ralph sprang vom Kutschbock und brüllte wütend.

»Du verdammter Narr – du hast uns alle blockiert.«

»Du unverschämter Bube«, brüllte der Fahrer des umgekippten Fahrzeugs zurück. »Du brauchst einen Schlag mit der Peitsche auf dein Hinterteil.«

Augenblicklich kam ein halbes Dutzend Männer dazu. Jeder ergriff Partei, rief Ratschläge oder Schimpfworte.

»Schneide die Zügel durch, führe diese verdammten Tiere vom Weg.«

»Schaufle den Kies heraus, du hast überladen.«

»Faß ja nicht mein Geschirr an«, kreischte der Treiber des umgestürzten Karrens. Ralph hatte den Dolch aus seinem Gürtel gezogen und stürmte vorwärts.

Männer und Fahrzeuge und schlammverschmierte Tiere verursachten einen wütenden Tumult. Auf dem Grund der Grube warf Zouga seinen Kopf zurück und legte seine Hände an seinen Mund.

»Ralph!« bellte er. Er konnte sehen, wie gefährlich das Durcheinander geworden war.

Zougas Stimme war durch den Lärm kaum zu hören. Ralph kümmerte sich gar nicht um den Vater. Er kniete neben dem gestürzten Muli und hackte mit seinem Dolch auf die Riemen des Geschirrs ein.

»Geh da weg«, heulte der Treiber und holte aus. Die lange Treckpeitsche flog hoch über seine Schultern und zuckte dann vorwärts.

Ralph sah sie und duckte sich hinter dem schweren, faßgleichen Rumpf des Muli; die Peitsche explodierte in der Luft wie eine berstende Granate, und das Maultier schlug wild aus, schwang die Deichsel des Karrens über den Weg, so daß die angebrochene Achse ganz zerbarst. Die halb durchtrennten Ledergürtel rissen, und das Muli kam wieder auf die Beine.

Ralph erhob sich und rannte zu seinem eigenen Gespann. Er rief seinem Zugmuli zu: »Zieh, Bishop!« Die Räder schmatzten im Schlamm, als Ralph sie zu der Engstelle trieb. Der steckengebliebene Karren auf der einen Seite, halb auf der Spur liegend, auf der anderen der ungesicherte Steilhang in die offenen Gruben.

Ralph packte den Zaum des Leitmulis Rosie und führte es in die entstandene Lücke.

»Ralph, verdammt!« brüllte Zouga. »Hörst du mich, halt an!«

Ralph hörte seinen Vater nicht.

Der wütende Besitzer des steckengebliebenen Karrens war noch immer auf seinem Gefährt, schwang seine lange Peitsche und heulte vor Wut und Enttäuschung. Er war kein großer Mann, vielleicht zwei Zentimeter kleiner als Ralph – doch breit in den Schultern und kräftig. Seine Hände am Griff der Peitsche waren so rauh wie Eichenrinde, von der Sonne versengt und durch den Kies und die Stiele von Picke und Schaufel aufgeraut.

»Das werd' ich dir heimzahlen, du kleiner Nichtsnutz«,

brüllte er, und wieder holte er mit der Peitsche aus. Ralph duckte sich erneut, aber die Peitsche traf den Ärmel seines verblichenen und geflickten Hemdes, zerfetzte den brüchigen Stoff und zerschnitt die Haut von Ralphs Oberarm.

Ralph stützte eine Hand auf den Widerrist des Leitmulis und nutzte seinen eigenen Schwung, um hoch in die Luft zu springen. Es war ein Trick, den Jan Cheroot ihn gelehrt hatte, um von einer Seite des Gespanns zur anderen zu kommen. Sein nächster Sprung brachte ihn auf das Radgestell der Karre, und in derselben Bewegung ergriff er seine eigene lange Treckpeitsche, die in dem Schlitz neben dem Bremsgriff steckte.

»Ralph!« Zouga brüllte vergebens. Er hatte seinen Sohn schon vorher so wütend gesehen. Es erschreckte ihn. »Ralph! Hör auf!«

Hoch auf dem Karren stehend, holte Ralph mit der Peitsche weit aus. Es war eine leichte, anmutige Bewegung, wie die eines Lachsfischers, der die Rute auswirft. Mit derselben Bewegung brachte er die Peitschenspitze nach vorn, allein aus Handgelenk und Schultern, und die Peitsche erfaßte den Treiber.

Sie traf ihn wie ein Schwertstreich, von der Brust bis zur Gürtelschnalle, und nur das schwere Ölzeug, das er trug, bewahrte ihn vor einer ernsten Verletzung.

Bei dem Knall der Peitsche schwangen Ralphs Mulis herum, und das abseitige Rad verhakte sich an dem feststeckenden Karren, womit beide Gefährte hoffnungslos in dem weichen Schlamm steckten.

Ralph war jetzt zu dicht bei dem anderen Fahrer, um mit der Peitsche auszuholen. Er drehte den Peitschenstock um und benutzte ihn wie eine Keule, die er auf den Kopf des Mannes schleuderte.

Unter ihnen, in den Gruben, ermutigten die Matabele ihren Freund mit dem kämpferischen »Jee!«. Ralph war schneller als sein Gegner, flink genug, um dessen schwingendem Stock auszuweichen, und er benutzte seinen eigenen wie die Kampfstöcke, mit denen er so fleißig geübt hatte.

Die Maultiere gerieten durch den Lärm in Panik.

Rosie bäumte sich auf und schlug mit ihren Vorderhufen aus,

wieherte hysterisch, und Bishop schlug und stemmte sich gegen das klemmende abseitige Rad.

Dann, ganz sanft, wie ein Schläfer, der aus einem tiefen Schlummer erwacht, schüttelte sich die gelbe Erde.

Die Bewegung begann unter den Rädern der ineinander verhakten Karren und den trampelnden Hufen der erschreckten Maultiere – setzte sich dann bis dorthin fort, wo der Weg auf den Rand der Grube stieß – und an diesem Punkt öffnete sich ein tiefer, vertikaler Riß in der schlammigen gelben Wand. Er öffnete sich mit einem leisen Schmatzen. Augenblicklich erstarrten die schreienden und singenden Männer, als sie sahen, was passierte.

Ralph stand wie eine griechische Statue auf seinem Karren.

»Ralph!« Dieses Mal erreichte ihn Zougas Stimme deutlich, und Ralph schaute in die Grube hinab, sah die Gesichter und erkannte das Entsetzen.

»Lauf!« brüllte Zouga, und der Schrei erweckte Ralph aus seiner Starre. »Runter von dem Weg!«

Ralph warf die Peitsche beiseite und sprang von dem Karren. Er hatte wieder den Dolch in der Hand.

Die Zügel, die das große, graue Muli hielten, waren straff gespannt. Sie wurden durch die Berührung der Klinge glatt zertrennt, und das Muli stürzte im freien Fall ab. Die Männer in der Grube sprangen auseinander und das schwere Tier klatschte auf den Schlamm. Dann rappelte sich das Muli auf die Beine und stand ängstlich zitternd da, bis zum Bauch in dem gelben Schlamm versunken, der es gerettet hatte.

Die Erde zitterte wie Gelee unter Ralphs Füßen, als er auf die Riemen hackte, die die anderen drei Maultiere hielten, und in dem Augenblick, als sie frei waren, trieb er sie vor sich auf dem Wege her und brachte sie schreiend in Galopp. Der gelbe Schlamm schüttelte und kippte, als die Risse sich gähnend öffneten, und der ganze Damm wegzusacken begann.

»Lauf, du verdammter Narr«, rief Ralph keuchend dem Mann zu, mit dem er gekämpft hatte.

»Los schon, renn!« und Ralph ergriff seinen Arm und zog ihn hinter dem galoppierenden Maultiergespann her.

Nacheinander brachen die Stützblöcke, die den Versorgungsweg säumten. Das Holz barst, und die Seile verhedderten sich und zerrissen wie Baumwollfäden.

Vor Ralph erreichten die drei Maultiere festen Boden und galoppierten davon.

Der Damm sank langsam in sich zusammen. Ralph lief, so schnell er konnte. Der Fahrer neben ihm tat einen Fehltritt und ging in die Knie, und dann, als er rückwärts zu gleiten begann, warf er sich mit dem Gesicht zu Boden und breitete seine Arme aus, als wolle er die Erde umfangen.

»Steh auf.« Ralph blieb stehen und beugte sich über ihn.

Hinter ihnen brüllte die Erde wie ein gefräßiges Tier, und noch immer standen vierzehn Karren auf dem zusammenbrechenden Damm. Ein halbes Dutzend Fahrer hatten ihre Gespanne verlassen und rannten über den zitternden, wegrutschenden Erdhügel, aber sie hatten ihn zu spät verlassen. Sie blieben plötzlich stehen. Einer machte kehrt und sprang kühn vom Rand in die klaffende Grube.

Er stürzte in den Schlamm, und drei schwarze Arbeiter packten ihn und zogen ihn in Sicherheit. Ein gebrochenes Bein schleifte er durch den Schlamm hinter sich her.

Einer der beladenen Karren, der von vier Maultieren gezogen wurde, stürzte ab, und als er auf dem Boden der Grube auftraf, zerbrach er. Ein struppiges, schwarzes Maultier, das von der Deichsel aufgespießt wurde, schrie in entsetzlicher Qual.

Ralph bückte sich und zog den Fahrer auf seine Füße, zerrte ihn den steilen Hang hinauf.

Die Mitte des Dammes brach plötzlich durch, und Karren und Tiere wurden in die Grube geschleudert.

Ralph warf einen Blick über seine Schulter zurück auf das entsetzliche Chaos und sah, daß der ganze Erdwall zusammenbrach.

»Los schon«, knurrte Ralph dem Mann an seinem Arm zu, und plötzlich zitterte die Erde unter ihren Füßen und schleuderte sie auf den Grubenrand.

Sie gingen eilends weiter vorwärts, und der Fahrer klammerte sich an Ralphs Schulter, um Halt zu finden. Ein Dutzend Schritte nur noch zum festen Grund. Ralph blickte nicht wieder zurück.

Die erstickten Geräusche aus der Grube zerrten an seinen Nerven und er spürte, daß ein weiterer Blick auf diese anstürmende Welle einbrechender Erde seine eigenen Beine vielleicht lähmen würde.

»Komm«, keuchte er. »Wir schaffen es – wir sind fast da. Komm, weiter!« Und als er das sagte, öffnete sich die Erde vor ihren Füßen wie unter einem gigantischen Axthieb. Das Loch war fünfundzwanzig Meter tief und einen Meter breit, doch in den kurzen Sekunden, die sie an seinem Rande wankten, riß es weiter auf – zwei Meter, zweieinhalb Meter, und der Damm neigte sich zur Seite.

»Spring!« brüllte Ralph. »Spring, Mann.« Und er schob den Treiber auf den Spalt zu.

Der Mann verlor fast das Gleichgewicht und machte einen unbeholfenen Satz über den Rand. Er traf mit der Brust auf die andere Seite des Spaltes, doch seine Beine baumelten in die Tiefe, und er strampelte hoffnungslos und klammerte sich an die schlammige Erde. Doch seine Bemühungen waren sinnlos, und unausweichlich begann er, rückwärts zu rutschen.

Ralph wußte, daß es keine Chance gab, einen Anlauf für einen Sprung zu nehmen. Er mußte aus dem Stand springen, und der Riß wurde mit jeder Sekunde breiter.

Er sank auf ein Knie und schnellte wie eine Sprungfeder los. Er sprang hoch, weil der Damm bereits unter das Niveau des Randes gesackt war.

Die Kraft dieses Sprunges überraschte selbst Ralph; er gelangte über den zappelnden Körper des Fahrers hinweg und landete auf festem, felsigen Boden. Benommen von seiner eigenen Wucht rannte er ein halbes Dutzend Schritte vorwärts.

Hinter ihm jammerte der Fahrer und rutschte ein paar Zentimeter zurück, und um seine gespreizten Finger herum öffnete sich ein Netz kleinerer Risse, die parallel zu der großen Bruchlinie verliefen. Ralph wirbelte herum und lief zurück. Er warf sich flach auf den Boden und griff nach dem Handgelenk des Fahrers. Es war glatt von Schlamm, so schlüpfrig wie eine frisch gefangene Forelle, und er wußte, daß er ihn nicht lange halten konnte.

Über den Kopf des Fahrers hinweg starrte Ralph in die Grube.

Er sah die Erdmassen und den zähflüssigen Schlamm, der Männer und Tiere unter sich begrub und erstickte.

Auf dem Boden der Gruben wirkten die Gestalten der Männer zerbrechlich und insektengleich, und ihre Schreie waren dünn und bedeutungslos.

Ralph erkannte plötzlich seinen Vater. Er stand unbeweglich da, den Kopf zurückgeworfen, und selbst über diese Entfernung konnte Ralph die Intensität seines Blickes erkennen.

»Halte aus, Junge!« Zougas Stimme drang schwach über den Höllenlärm hinweg. »Sie kommen! Halte aus!«

Doch unter Ralphs Bauch wisperte die Erde und zuckte ungeduldig, und das Gewicht des Fahrers zog ihn weitere zwei Zentimeter auf den Abgrund zu.

»Halte aus, Ralph!«

Über diesen schmerzend atemlosen Raum hinweg streckte Zouga beide Hände aus, eine Geste, die mehr sagte, als jedes Wort – eine Geste des Leidens und der hilflosen Liebe.

Dann plötzlich spürte Ralph, wie feste Hände seine Knöchel umfaßten, hörte die Schreie von Männern hinter sich. Ein haariges Manilaseil berührte seine Wange, die Schlinge baumelte vor seinem Gesicht – und mit einem tiefen Seufzer der Erleichterung sah er, wie der Fahrer seinen freien Arm durch die Schlinge steckte und vom Abgrund weggezogen wurde.

Ralph kroch vom Rand zurück.

Er blickte zu seinem Vater hinab. Einen Moment noch starrte Zouga zu ihm hinauf. Dann drehte er sich abrupt um, um seinen Matabele Befehle zu erteilen.

Die Rettungsarbeiten wurden den ganzen Tag über fortgesetzt. Endlich einmal waren alle Digger in New Rush zu einer gemeinsamen Aufgabe vereint.

Das Diggerkomitee schloß die Gruben und ordnete an, daß jeder Mann die nicht betroffenen Bereiche zu verlassen hatte. Die fünf Versorgungswege, die nicht zusammengebrochen waren, wurden für den Verkehr gesperrt.

In den aufgewühlten und geborstenen Resten vom Versorgungsdamm Nummer sechs arbeiteten sich die Retter vorwärts.

Im Gebiet von Nummer sechs befand sich kein Mitglied des Komitees, und Zouga Ballantyne, der eine natürliche Autorität ausstrahlte, wurde rasch als Führer akzeptiert. Er hatte die Positionen der Kieskarren und der Fahrer auf dem Weg im Augenblick des Einsturzes markiert, und nun teilte er die verfügbaren Männer in Gruppen auf und veranlaßte sie, dort zu graben, wo er vermutete, daß Mäner und Fahrzeuge verschüttet waren.

In der ersten Stunde gruben sie lebende Männer aus, von denen einige wunderbarerweise durch umgestürzte Karren oder den Leib eines toten Maultieres geschützt worden waren. Einer dieser Überlebenden erhob sich zitternd auf die Beine, als die Erde weggeschaufelt worden war, und die Retter ließen ihn in einer Art wilder Hysterie hochleben.

Drei Maultiere hatten den Einsturz überlebt – eines davon war Zougas alter, grauer Bishop.

Unter der Leitung des Diggerkomitees flochten die Männer Strickleitern und bauten einen Behelfskran, um die Toten und Verletzten nach oben zu transportieren. Am Mittag des Tages wurden die ersten Verletzten an die Oberfläche gebracht.

Dann fanden sie den ersten toten Mann.

Der letzte der vermißten Männer war in den kalten, schlammigen Schoß der Erde eingeschlossen. Zouga und Bazo beugten sich Schulter an Schulter in die Öffnung der Aushöhlung, ergriffen das schlaffe Handgelenk, das aus der Wand herausragte, und befreiten den Leichnam mit vereinten Kräften. Andere Hände hoben den Leichnam aus der Grube und trugen ihn weg. Zouga beugte seinen Rücken und stöhnte. Kälte und Müdigkeit ließen seine Muskeln schmerzen.

»Wir sind noch nicht fertig«, sagte er, und der junge Matabele nickte.

»Was ist noch zu tun?« fragte er, und Zouga spürte eine Welle der Dankbarkeit und Zuneigung ihm gegenüber. Er legte seine Hand auf Bazos Schulter, und einen Augenblick lang schauten sie sich nachdenklich an. Dann fragte Bazo wieder: »Was muß getan werden?«

»Der Damm ist weg. In diesen Claims wird es keine Arbeit geben – für lange Zeit nicht«, erklärte Zouga, und seine Stimme klang dumpf. »Wenn wir irgendwelches Gerät oder Ausrüstungsgegenstände hier unten lassen, wird es gestohlen.«

Sie hatten den Kieskarren, die Winde mit den eisernen Scheibenrädern und dem kostbaren Seil und die Kieseimer verloren.

Zouga seufzte, und die Müdigkeit überkam ihn wie eine kalte, dunkle Welle. Er hatte kein Geld, um diese wichtigen Geräte zu ersetzen. »Wir müssen vor den Geiern retten, was wir können.«

Bazo rief seine Männer in ihrer eigenen Sprache an und führte sie an dem formlosen Wall entlang zu dem verlassenen Teufelsloch.

Der eingestürzte Damm hatte die Ostecke von Claim 142 begraben, doch der Rest des Claims war frei. Ein Riß führte im Zickzack über den Grubenboden, und ein Teil von Zougas Ausrüstung war dort hineingefallen und lag halb versunken im schlammigen Wasser.

Bazo kletterte in den Spalt hinab und tastete nach den Seilen und Geräten und reichte sie einem anderen Matabele nach oben. Zouga beobachtete sie, wie sie die Geräte zu Bündeln banden und sie zur hohen Ostwand brachten, zu dem einzigen funktionierenden Kran.

Allmählich drang die Abendsonne durch die dichten Wolken und beleuchtete die große Grube.

Im Boden des Spaltes fand Bazo die letzte fehlende Pickhacke, reichte sie nach oben und lehnte sich erschöpft an die Wand, um einen Augenblick zu ruhen. Er spürte, daß er nicht mehr die Kraft hatte, aus dem tiefen Spalt herauszuklettern. Die Kälte hatte seine Beine betäubt und seine Haut so aufgeweicht, daß sie verrunzelt und aufgeschwemmt wie die eines ertrunkenen Mannes war. Er schauderte und legte seine Stirn auf seinen Arm. Er wußte, daß er im Stehen einschlafen würde, wenn er seine Augen schloß.

Er hielt sie mit Mühe offen und starrte auf die Erde vor seinem Gesicht. Regenwasser rann noch immer von der Ebene über seinem Kopf herunter; es hatte einen Kanal gegraben, der ein paar Zentimeter breit und ziemlich tief war. Der meiste Schlamm war durch diesen kleinen Bach fortgespült worden, und das Wasser war fast klar. An einem Punkt war es auf ein Hindernis gestoßen und sprudelte wie ein winziger Wasserfall in die Tiefe.

Plötzlich war Bazo durstig. Seine Kehle war rauh und trocken. Er beugt sich vor und ließ das Rinnsal über seine Lippen und Zunge fließen.

Die blasse Sonne fiel auf die Wand und ein seltsam gleißendes Licht funkelte nur Zentimeter von Bazos Gesicht entfernt. Er starrte verständnislos darauf, und dann verstand er langsam, daß das Hindernis, über das das Wasser spritzte, etwas war, das in der Kieswand eingebettet lag. Es erglühte und funkelte, wenn das Sonnenlicht darauf spielte.

Er berührte es mit seinem Zeigefinger, und das kalte Wasser rann an seinem Unterarm hinunter und tropfte von seinem Ellenbogen. Er versuchte, den Gegenstand herauszubekommen, aber er steckte sehr fest. Mit seinen tauben Fingern konnte er ihn nicht richtig ergreifen. Bazo nahm die Ziegenhornflöte von seinem Hals und benutzte die Spitze, um das hübsche, funkelnde Ding aus dem Morast zu lösen, und es fiel schwer in seine rauhe Handfläche und füllte sie fast ganz.

Es war ein Stein, aber ein Stein, wie er ihn noch nie zuvor gesehen hatte. Er hielt ihn unter das rieselnde Regenwasser und rieb mit seinem Daumen den Schmutz ab, bis er sauber war. Dann betrachtete er ihn wieder und drehte ihn im schwachen Sonnenlicht.

Bazo dachte über den Stein in seiner Handfläche nach. Er war riesig; er konnte kaum seine Finger darum schließen. Die Steine, die Zouga wollte, hatten gewöhnlich eine regelmäßige Gestalt und acht glatte Seiten. Dieser große Stein war nicht so geformt. Er hatte eine glatte Seite, als ob er mit einer Messerklinge durchgeschnitten worden sei, und der Rest war rund und glänzte in einem eigenartig seifigen Schein.

Bazo hielt den Kristall wieder unter das rieselnde Regenwasser, und als er ihn wegzog, bildeten sich an seiner Oberfläche augenblicklich winzige Tropfen – der Stein blieb trocken und glänzend.

Das war eigenartig, fand Bazo, aber der Stein hatte die falsche

Farbe. Zouga hatte erklärt, daß sie nach hellgelben, glänzend grauen oder nach braunen Steinen suchen sollten. Dieser war so klar wie ein Bergsee. Er konnte sogar durch ihn hindurchsehen, und er war voller blitzender Sterne, die kleine Lichtpfeile in seine Augen schleuderten. Nein, er war zu groß und viel zu schön, um wertvoll zu sein, befand Bazo.

»Bazo! rief Zouga. »Komm, laß uns gehen, damit wir essen und schlafen können.«

Bazo ließ den Stein in den Lederbeutel an seiner Hüfte fallen und kletterte aus dem offenen Spalt. Die Gruppe der Matabele-Arbeiter stapfte bereits unter Zougas Führung durch den Schlamm davon, jeder von ihnen gebeugt unter einem Bündel Spaten oder Pickhacken, einem der großen Ledereimer oder einem Stück des schlammigen Seils.

»Er hat den Tod von sechs Männern verschuldet. Ich war dort, ich habe gesehen, was passiert ist. Er hat sein Gespann in Mark Sandersons Kieskarren getrieben.« Der Ankläger war ein großer Digger mit einer riesigen, struppigen Mähne grauen Haares, breiten Schultern und einem dicken Bauch. Er redete sich in Zorn, und Zouga sah, daß das ansteckend war, denn die Menge begann zu knurren.

Das Diggerkomitee von New Rush tagte öffentlich. Zehn Minuten zuvor hatte es einen Untersuchungsausschuß für den Einsturz von Versorgungsdamm Nummer sechs gebildet.

Ein Wagen war in die Mitte des Marktplatzes geschoben worden und bildete das Podium für ihre Beratungen. Eine dichte Menge von Diggern der Sektion sechs drängte sich um den Wagen. Seit dem Einsturz hatten sie nicht wieder zu ihren Gruben zurückkehren können, um ihre Claims zu bearbeiten, und gerade waren sie von dem Begräbnis der sechs Männer gekommen, die von dem heimtückischen gelben Kies zu Tode gequetscht worden waren. Die meisten von ihnen hatten Totenwache bei ihren Kameraden gehalten und dabei kräftig dem Brandy zugesprochen.

Unter die Digger hatten sich die Müßiggänger von New Rush gemischt, die Transportfahrer und Kaufleute; selbst die Händler hatten ihre Büros geschlossen. Dies war etwas, was alle anging.

»Laßt uns den kleinen Taugenichts doch mal sehen«, schrie jemand aus der Menge, und darauf folgte ein drohendes Knurren der Zustimmung.

»Richtig, wir wollen ihn sehen.«

Zouga stand neben dem großen Hinterrad des Wagens und schaute zu Ralph, der neben ihm stand.

»Ich werde ihnen entgegentreten«, flüsterte Ralph. Unter der dunkelbraunen Farbe war seine Haut grau, und sein Blick wirkte besorgt. Er wußte ebensogut wie Zouga, wie ernst die Lage war: Er sollte von einem Mob verurteilt werden, der wütend und rachsüchtig war, und außerdem von billigem Schnaps betrunken war.

Der Zusammenbruch des Versorgungsdammes hatte den Wert ihrer Claims gemindert. Sie konnten den Kies nicht mehr wegbefördern; ihre Gruben waren isoliert, und sie waren versessen darauf, einen Sündenbock zu finden und Rache zu üben. Diese Rache würde brutal sein.

Ralph legte eine Hand auf die Speichen des Wagenrades, bereit auf den Wagen zu steigen, wo das Dutzend Mitglieder des Komitees bereits wartete.

»Ralph.« Zouga hielt ihn zurück, indem er eine Hand auf seinen Arm legte. »Warte.«

»Papa –«, protestierte Ralph leise.

»Bleib«, beharrte Zouga und sprang geschickt auf die Wagenfläche.

Er nickte kurz den Mitgliedern des Komitees zu und wandte dann sein Gesicht dem Mob zu. Er war barhäuptig, und in seinem goldenen Bart fing sich das Sonnenlicht, als er seine geballten Fäuste in die Hüften stemmte und seine Beine leicht spreizte.

»Gentlemen«, begann er, und seine Stimme drang klar bis in die letzte Reihe der Menge, »mein Sohn ist erst sechzehn Jahre alt. Ich bin hier, um für ihn zu antworten.«

»Wenn er alt genug ist, sechs Männer zu töten, dann ist er auch alt genug, dafür die Verantwortung zu tragen.«

»Er hat niemanden getötet«, antwortete Zouga kalt. »Wenn ihr einen Schuldigen sucht, dann wendet euch an den Regen. Geht in die Grube hinunter, dann seht ihr, wie er die Wand unterspült hat.«

»Der Junge hat mit dem Kampf begonnen«, bellte der struppige Ankläger. »Ich habe gesehen, wie er gegen Mark Sanderson die Peitsche geschleudert hat.«

»An jedem Tag finden auf den Dämmen Kämpfe statt«, fuhr Zouga ihn an. »Ich habe gesehen, wie du dort Schläge ausgeteilt hast und daraufhin ausgepeitscht wurdest.«

Ein leises Gelächter kam auf, die Stimmung lockerte sich, und Zouga nutzte seinen Vorteil.

»Gentlemen, keiner ist unter uns, der seine Rechte nicht verteidigen würde. Mein Sohn hat das getan – gegen einen Mann, der älter und stärker war als er, und wenn er deshalb schuldig ist, dann seid ihr es alle.«

Das gefiel ihnen, die Digger mochten es, wenn man ihnen sagte, daß sie hart und unabhängig waren. Sie waren stolz darauf, tapfere Kämpfer zu sein und ein hartes Leben zu führen.

»Wollt ihr mir sagen, daß ein Junge ganz allein mit einer Treckpeitsche den Damm zum Einsturz gebracht hat? Wenn das so ist, dann bin ich stolz darauf, daß dieser Junge mein Sohn ist.«

Sie lachten wieder, und auf dem Wagen hinter Zouga lächelte der große, blonde Mann mit dem gespaltenen Kinn und den blaßblauen Augen nachdenklich und flüsterte mit dem Komiteemitglied neben sich.

»Er ist gut, Pickling«, wobei er Neville Pickerings vertrauten Spitznamen gebrauchte. »Er spricht so gut, wie er schreibt.«

»Nein, Gentlemen«, Zouga wechselte die Tonart. »Dieser Damm war eine tödliche Falle, bereit zusammenzubrechen, als der erste Kieseimer am Freitagmorgen auf ihm abgestellt wurde. Der Zusammenbruch war niemandes Schuld; wir haben einfach zu tief gegraben, und es gab zuviel Regen.«

Jetzt nickten alle, ihr Gesichtsausdruck war besorgt und düster, als Zouga fortfuhr.

»Wir sind zu tief vorgedrungen, und wenn wir nicht ein neues System erarbeiten, um den Kies aus unseren Claims zu bekommen, dann wird es noch viele tote Männer geben, die wir begraben müssen.«

Zouga blickte nach unten, als einer der Digger sich seinen Weg durch die Menge bahnte und dann auf die Wagendeichsel kletterte.

»Jetzt hört mal genau zu, ihr Hundesöhne«, brüllte er.

»Das Komitee erteilt Mister Sanderson das Wort«, murmelte Neville Pickering sarkastisch.

»Danke, Mister.« Der Digger hob seinen ramponierten Derbyhut, drehte sich dann um und warf der Menge einen finsteren Blick zu. »Dieser Sprößling von Zouga Ballantyne wird noch mal ein harter Bursche und einer, den man gern an seiner Seite haben wird, wenn es schwierig wird.« Noch immer finster blikkend, drehte er sich um und rief Ralph zu: »Komm mal hierher, junger Ballantyne.«

Starke Arme hoben den noch ängstlichen Ralph auf den Wagen.

Der Digger mußte sich strecken, um seinen Arm um Ralphs Schulter zu legen.

»Dieser Junge hätte mich wie eine faule Tomate in die Grube fallen lassen können, und genauso wäre ich zerplatzt, wenn ich auf den Boden geprallt wäre.« Er gab ein ziemlich obszönes Schmatzgeräusch mit seinen Lippen von sich. »Er hätte weglaufen und mich zurücklassen können, aber das hat er nicht getan.«

»Weil er jung und dumm ist«, rief jemand. »Wenn er nur etwas Verstand gehabt hätte, dann hätte er dir einen Tritt gegeben, du miserabler Hund.«

Es gab ein Durcheinander von Hurrarufen und heulendem Gespött.

»Ich werde diesem Jungen einen Drink spendieren«, verkündete Sanderson mutwillig.

»Das wird eine Sensation. Du hast noch nie jemandem einen Drink spendiert.«

Sanderson ignorierte die Einwürfe stolz. »Sobald er achtzehn geworden ist, werde ich ihm einen Drink spendieren.«

Die Stimmung wurde freundschaftlich, und die Digger strömten über den Platz zu den Kantinen.

Selbst den blutrünstigsten unter ihnen war klar, daß es kein Lynchen geben würde, und kaum einer von ihnen hielt sich damit auf, das Urteil des Komitees abzuwarten. Es war viel wichtiger, einen guten Platz an der Bar zu bekommen.

»Das bedeutet nicht, daß wir dein Verhalten billigen, junger Mann«, sagte Pickering ernst zu Ralph. »Das hier ist nicht Bultfontein oder Dutoitspan. Hier, in New Rush, versuchen wir ein gutes Beispiel für andere Minen zu geben. In Zukunft beherrsch dich und benimm dich wie ein Gentleman. Ich meine, Fäuste sind eine Sache, aber Peitschen –« Er hob geringschätzig eine Augenbraue und wandte sich an Zouga. »Wenn Sie irgendwelche Ideen haben, wie wir das Gebiet besser bearbeiten können, nachdem nun der Damm gebrochen ist, würden wir sie gern hören, Major Ballantyne.«

In Hendrick Naaimans Adern floß das Blut mehrerer Rassen. Er war ein »Bastard«, und er war stolz darauf. Er hatte dunkle Zigeunerlöckchen, die bis auf den Kragen seiner braunen Wildlederjacke hingen. Seine Zähne waren ebenmäßig und stark, und seine Augen waren so schwarz wie Teerflecken. Die kaffeebraune Haut war von unzähligen Pockennarben übersät. Trotz dieser Narben war Hendrick ein gutaussehender Mann: groß, breitschultrig, mit langen, kräftigen Beinen, blitzenden schwarzen Augen und einem sonnigen Lächeln. Jetzt hockte er Bazo am Feuer gegenüber, seinen breitkrempigen Hut noch auf dem Kopf; die Straußenfedern nickten und wirbelten über der flachen Kappe, als er heftig gestikulierte, lachte und schmeichelte.

»Nur der Ameisenbär und der Mungo graben in der Erde, um als Belohnung eine Mundvoll Insekten zu bekommen.« Naaiman sprach in fließendem Zulu, das mit ihrer eigenen Sprache so eng verwandt war, daß die Matabele ihm leicht folgen konnten. »Gehört diesen haarigen, weißgesichtigen Kreaturen denn die ganze Erde und alles darauf und darunter? Sind sie denn irgendwelche Zauberwesen, irgendein Gott aus dem Himmel, daß sie zu euch sagen können: ›Mir gehört jeder Stein in der Erde, jeder Tropfen Wasser in den –‹«, Hendrick stockte, denn er hatte Meere sagen wollen, aber er wußte, daß seine Zuhörer die

Ozeane noch nie gesehen hatten, »›– jeder Tropfen Wasser in den Flüssen und Seen.‹«

Hendrick schüttelte den Kopf, daß die Locken flogen. »Schaut sie euch einmal an, wie sie aussehen, wenn die Sonne ihre Haut wegbrennt. Das rote Fleisch, das dann zu sehen ist, hat dieselbe Farbe wie eures oder meines. Wenn ihr sie für Götter haltet, dann riecht einmal ihren Atem am Morgen oder schaut zu, wenn sie über der Latrinengrube hocken. Sie tun es genauso wie ihr oder ich, meine Freunde.«

Der Kreis der schwarzen Männer lauschte fasziniert, denn sie hatten noch nie gehört, daß solche Gedanken laut ausgesprochen wurden.

»Sie haben Gewehre«, warf Bazo ein, und Hendrick lachte verächtlich.

»Gewehre«, wiederholte er, und klopfte auf die Enfield, die auf seinem Schoß lag. »Ich habe ein Gewehr, und wenn ihr euren Vertrag einhaltet, werdet ihr auch Gewehre haben. Dann sind wir auch Götter, ihr und ich. Dann besitzen wir die Steine und auch die Flüsse.«

Listig benutzte Hendrick »wir« und »unser«, nicht »ich« und »mein«, obwohl er diese nackten schwarzen Wilden genauso verabscheute wie all die anderen Eiferer von New Rush.

Bazo nahm den Verschluß von seinem Schnupfhorn und schüttete etwas von dem feinen roten Pulver auf seine rosa Handfläche, eine Handfläche, die noch immer von der Rettungsaktion in Sektion Nummer sechs wundgescheuert und schorfig war. Er schloß ein Nasenloch mit seinem Daumen und zog mit dem anderen das Pulver tief ein. Dann lehnte er sich zurück und blinzelte genießend die Tränen weg, bevor er das Schnupfhorn an Kamuza weiterreichte, seinen Kusin, der neben ihm saß.

Hendrick Naaiman wartete mit der Geduld eines Mannes, der Afrika genau kannte, daß das Schnupfhorn den Kreis vollendete und in seine Hände gelangte. Er nahm eine Prise in jedes Nasenloch und legte seinen Kopf in den Nacken, um ins Feuer zu niesen. Es schwieg und wartete darauf, daß Bazo das Wort ergriff.

Der Matabele schaute stirnrunzelnd in die brennenden Kohlen, beobachtete die Geister der Flammen – und er wünschte, sie würden ihm einen Rat geben.

Endlich hob er seinen Blick zu dem Mann auf der anderen Seite des Feuers. Er war ohne Zweifel ein wichtiger Mann, aber auch ein Schurke. Bazo traute ihm nicht. Er konnte die Falschheit und Hinterlist fast riechen.

»Warum kommt ein großer Häuptling wie du dazu, uns diese Dinge zu erzählen?«

»Bazo, Sohn des Gandang«, sagte Hendrick, und seine Stimme wurde tief und war von Unheil schwer. »Ich habe letzte Nacht einen Traum gehabt. Ich träumte, daß unter dem Boden deiner Hütte gewisse Steine vergraben liegen.«

Für einen Moment glitten die Augen der Matabele-Krieger von Hendricks Gesicht zu dem gestampften Lehmboden an der Rückseite der niedrigen, rauchigen Hütte, dem dunkelsten Winkel des kreisförmigen Raumes, und Hendrick unterdrückte das Lächeln, das seine Lippen umspielte.

Ein Schatz war immer unter dem Boden der Hütte vergraben, an der Stelle, wo ein Mann über Nacht seine Schlafmatte ausbreitet und ihn so sogar im Schlaf bewachen konnte. Es war nicht schwer gewesen, zu erraten wo, die einzige Frage war, ob die Gruppe der Matabele den Wert von Diamanten schon erkannt hatte oder nicht und ob sie damit begonnen hatte, selbst welche zu sammeln, wie es jede andere Gruppe in den Minen tat. Diese schuldbewußten Blicke waren die Antwort, aber Hendrick zeigte keine Spur von Genugtuung, als er fortfuhr: »In meinem Traum sah ich, daß du betrogen wurdest, als du die Steine zu dem weißen Mann brachtest, zu Zouga. Er gab dir eine einzige Goldmünze mit dem Kopf der weißen Königin darauf.« Hendricks breites, stattliches Gesicht verdüsterte sich vor Traurigkeit. »Mein Freund, ich komme, um dich zu warnen. Um dich davor zu bewahren, daß du betrogen wirst. Um dir zu sagen, daß es einen Mann gibt, der dir den wahren Wert deiner Steine bezahlen wird. Du wirst ein gutes, neues Gewehr haben, ein Pferd mit einem Sattel, einen Beutel mit Goldmünzen; was immer du wünschst, wird dein sein.«

»Wer ist dieser Mann?« fragte Bazo vorsichtig, und Hendrick breitete seine Arme aus und lächelte zum ersten Mal.

»Ich bin es, Hendrick Naaiman, dein Freund.«

»Wieviel willst du geben? Wie viele weiße Königinnen willst du für diese Steine geben?«

Hendrick zuckte mit den Achseln. »Ich muß die Steine erst sehen. Aber eines verspreche ich, es wird viel, viel mehr sein, als die einzelne Münze, die Zouga dir geben wird.«

Wieder schwieg Bazo.

»Ich habe einen Stein«, gab er schließlich zu. »Aber ich weiß nicht, ob er den Geist hat, den du suchst, denn es ist ein eigenartiger Stein, wie kein anderer, den ich je gesehen habe.«

»Zeig ihn mir, alter Freund«, flüsterte Hendrick ermutigend, »ich werde dir einen Rat geben, wie ihn sein Vater seinem Lieblingssohn gibt.«

Bazo nahm das Schnupfhorn und drehte es immer wieder zwischen seinen Fingern. Sein glattes, ebenmäßiges Gesicht war jetzt nachdenklich.

»Geh«, sagte er schließlich. »Komm wieder, wenn der Mond untergeht. Komm allein, ohne Gewehr, ohne Messer. Du sollst wissen, daß einer meiner Brüder immer hinter dir stehen wird, bereit, die Klinge seines Assegai in deinen Rücken zu stoßen, wenn du auch nur einen betrügerischen Gedanken hegst.«

Als Hendrick Naaiman wieder durch den niedrigen Eingang kroch, war es nach Mitternacht; das Feuer war zu einem Haufen rötlicher Asche zusammengefallen, und der Rauch wirbelte wie graue Phantome im Licht der Laterne, die er trug. Die nackten Klingen der kurzen, breiten Stoßspeere blitzten in den Schatten.

Er konnte den Schweiß der Männer riechen, die diese schrecklichen Waffen führten, und die Geierschwingen des Todes schienen in den dunklen Winkeln der Hütte zu rascheln. Hendrick wußte, wie dicht sich diese dunklen Gestalten um ihn drängen konnten. Ängstliche Männer waren gefährliche Männer. Die Gefahr gehörte zu seinem Geschäft, aber er konnte sich nie an die Nähe des Todes gewöhnen, und er hörte das Beben in seiner Stimme, als er Bazo begrüßte.

Der junge Matabele saß so, wie er ihn verlassen hatte, das Gesicht auf die einzige Tür der Hütte gerichtet. Er hatte seinen Assegai an seiner Seite, den Schaft in Reichweite.

»Setz dich«, wies er den Besucher an, und Hendrick hockte sich ihm gegenüber hin.

Bazo nickte zweien seiner Männer zu, und sie glitten so lautlos davon, wie jagende Leoparde, um Wache im Sternenlicht zu halten, während zwei andere hinter Hendricks Rücken knieten, ihre Assegais in den Händen, die Spitzen nur wenige Zentimeter von Hendricks Rückgrat entfernt.

Da ertönte der unheimliche »Hu-hu«-Schrei einer Nachteule – eindeutig das Signal, auf das Bazo gewartet hatte; einer seiner Matabele versicherte ihm, daß sie unbeobachtet waren. Hendrick Naaiman nickte zustimmend, der junge Matabele war klug und vorsichtig.

Jetzt legte Bazo ein kleines, in Tuch gewickeltes Päckchen in seinen Schoß, an dem noch frische Erde klebte. Er wickelte es rasch aus und legte, sich über das glimmende Feuer vorbeugend, den Inhalt in Hendricks geöffnete Hände.

Hendrick saß wie gelähmt da, seine Handflächen vor dem Gesicht, sein dunkles, pockennarbiges Gesicht in einem Ausdruck von Unglauben erstarrt. Dann begannen seine Hände leicht zu zittern, und er legte den riesigen, glitzernden Stein rasch auf den festgestampften Lehmboden, als ob er sich die Finger verbrannt hätte. Seine pechschwarzen Augen schienen aus ihren Höhlen zu quellen, und er konnte den Blick nicht von dem Kristall wenden.

Fast eine Minute lang sprach oder bewegte sich niemand, und dann schüttelte Hendrick sich, als ob er aus tiefem Schlaf erwache.

»Er ist zu groß«, flüsterte er auf englisch. »Es kann nicht sein.«

Dann plötzlich wurde er lebendig; er ergriff rasch den Stein und tauchte ihn in die Kalabasse mit Trinkwasser, die neben dem Feuer stand; dann beobachtete er, während er ihn ins Laternenlicht hielt, wie das Wasser von dem großen Stein abperlte, als ob er fettig sei.

»Beim jungfräulichen Blut meiner Tochter«, flüsterte er, und die Männer, die ihn beobachteten, bewegten sich leicht in den Schatten. Seine Emotionen hatten sie mit ruheloser Erregung angesteckt.

Hendrick griff in die Seitentasche seiner Wildlederjacke, und augenblicklich drang die Spitze des Assegai in die weiche Haut hinter seinem Ohr.

»Ruf ihn zurück«, zischte Hendrick, und Bazo schüttelte den Kopf. Das Stechen des Stahles schwand, und Hendrick nahm aus seiner Tasche eine grüne Glasscherbe.

Hendrick drückte die scharfe Glasspitze in den Lehm auf dem Hüttenboden. Dann betrachtete er den Stein genau. Eine Fläche des Kristalls war glatt durchgeschnitten, wobei ringsum ein scharfer Rand entstanden war, und die Rundung fügte sich in Hendricks gewölbte Hand.

Er führte die scharfe Kante des Steines gegen die Glasscherbe, drückte dann mit seiner ganzen Kraft darauf und begann, die Kante über das Glas zu ziehen. Ein feines, schleifendes Kratzen war zu hören. Der Kristall zog eine tiefe, weiße Rille in das grüne Glas, das der Stein so zerschnitten hatte, wie ein scharfes Messer Käse schneidet.

Ehrfürchtig legte Hendrick den Stein vor sich auf den nackten Boden. Es schien, als würde er sich bewegen, als das Licht in seinen klaren Tiefen spielte, das in malvenfarbene, grüne und scharlachrote Zaubersterne verwandelt wurde.

Hendricks Kehle war wie zugeschnürt, und er konnte kaum atmen, weil eiserne Bänder der Habsucht seine Brust umschnürten.

Hendrick Naaiman erkannte Diamanten so gut wie ein Jockey schnelle Pferde erkennt oder ein Schneider einen guten Tweedstoff. Diamanten waren sein Leben, und er wußte, daß vor ihm, auf dem gestampften Lehmboden dieser kleinen, strohgedeckten Hütte etwas lag, das eines Tages in der Schatzkammer des Palastes irgendeines großen Königs ruhen würde.

Der Kristall war bereits jetzt eine Legende: etwas, das nur ein König kaufen konnte, etwas, dessen Wert selbst einen reichen Mann erschrecken würde.

»Hat dieser Stein den Geist, den du suchst?« fragte Bazo ruhig, und Hendrick schluckte, bevor er sprechen konnte.

»Ich werde dir fünfhundert goldene Königinnen für diesen Stein geben«, antwortete er, und seine Stimme war heiser und brüchig, als litte er Schmerzen. »Fünfhundert«, wiederholte Hendrick Naaiman. »Damit kannst du dir fünfzig Gewehre kaufen oder viele gute Rinder.«

»Gib mir den Stein«, befahl Bazo, und als Hendrick zögerte, stach ihn der Assegai wieder, so daß er sich rasch bewegte.

Bazo nahm den Stein, starrte brütend darauf und seufzte dann.

»Das ist eine wichtige Sache«, sagte er. »Ich muß darüber nachdenken. Gehe jetzt und kehre morgen um dieselbe Zeit wieder. Dann werde ich eine Antwort für dich haben.«

Lange nachdem Hendrick gegangen war, herrschte Schweigen in der dunklen Hütte, das schließlich von Kamuza durchbrochen wurde.

»Fünfhundert Goldstücke«, sagte er. »Ich sehne mich danach, die Hügel von Matopos wiederzusehen; ich sehne mich nach der süßen Milch der Herden meines Vaters. Mit fünfhundert goldenen Königinnen könnten wir diesen Ort verlassen.«

»Weißt du, was die weißen Männer mit Leuten tun, die diese Steine stehlen?« fragte Bazo leise.

»Nicht ihre Steine. Der Griqua Hendrick hat uns erzählt –«

»Gleich, was der gelbe Fremde dir erzählt hat, du wirst ein toter Matabele sein, wenn die weißen Männer dich fangen.«

»Sie haben einen Mann bei lebendigem Leibe in seiner Hütte verbrannt. Sie sagen, er roch wie das gebratene Fleisch eines Warzenschweins«, murmelte einer der anderen.

»Einen anderen haben sie an den Füßen gefesselt und hinter einem galoppierenden Pferd bis zum Fluß geschleift. Als sie damit fertig waren, sah er nicht mehr wie ein Mensch aus.«

Sie dachten eine Weile über diese Greueltaten nach.

»Feuer ist eine schlechte Art zu sterben«, sagte Kamuza und entkorkte seine Schnupfflasche.

»Fünfhundert Königinnen sind eine Menge Gold«, entgegnete einer seiner Freunde.

»Stiehlt ein Sohn Kälber aus der Herde seines Vaters?« fragte Bazo. Jetzt waren sie schockiert. Für die Matabele waren die großen Rinderherden der ganze Reichtum, und sie hatten strenge Gesetze, und Verstöße wurden mit drastischen Strafen belegt.

»Es wird mit dem Tode bestraft, die Milch der Kuh eines anderen Mannes zu trinken«, erinnerte Bazo sie.

»Es ist kein Kalb«, erwiderte Kamuza, »sondern nur ein kleiner Stein.«

»Gandang, der mein Vater ist, betrachtet den weißen Mann Zouga, den er Bakela nennt, als einen Bruder. Wenn ich Bakela etwas stehle, dann ist es, als würde ich meinen eigenen Vater berauben.«

»Wenn du Bakela diesen Stein gibst, wird er dir eine einzige Münze geben. Wenn du ihn dem Bastard gibst, wird er dir fünfhundert geben.«

»Es ist eine wichtige Angelegenheit«, murmelte Bazo. »Ich werde darüber nachdenken.« Und lange nachdem die anderen sich auf ihren Schilfschlafmatten unter ihren Felldecken zusammengerollt hatten, saß er allein an dem ersterbenden Feuer. Der große Diamant brannte in seiner rechten Hand.

An diesem Montagmorgen ritten drei Männer in Zougas Lager, und Zouga trat aus seinem Zelt, um sie zu begrüßen. Er stand barhäuptig im Sonnenlicht.

Neville Pickering führte die Gruppe an, und als er aus seinen Steigbügeln glitt, sagte er: »Ich hoffe, wir stören Sie nicht, Major, aber ich möchte Sie gerne mit zwei meiner Freunde bekannt machen.«

»Ich kenne Mr. Hayes.« Zouga schüttelte die Hand des schlanken texanischen Ingenieurs und wandte sich dann an den dritten Mann.

»Und natürlich kenne ich Mr. Rhodes.«

Rhodes' Hand war kühl, die Haut trocken, und die Knöchel waren groß und knochig. Sie zeugte von Kraft, obwohl sein Händedruck schnell und leicht war. Zouga schaute in die blaßblauen Augen, die auf einer Höhe mit den seinen waren. Der

Mann war groß und überraschend jung, er konnte nur wenig älter als zwanzig sein, sehr jung, um einen so schrecklichen Ruf zu haben.

»Mr. Rhodes.« Niemand, nicht einmal Pickering, sprach ihn mit seinem Vornamen an.

»Major Ballantyne.« Zouga war wieder überrascht, denn Rhodes hatte eine hohe Stimme, die fast atemlos klang. »Ich freue mich, Sie endlich kennenzulernen. Natürlich habe ich Ihr Buch gelesen, und es gibt viele Fragen, die ich Ihnen gern stellen würde.«

»Jordan, nimm die Pferde«, rief Zouga und führte seine Gäste zu dem spärlichen Schatten des Kameldornbaumes. Doch Rhodes blieb stehen, als Jordan aus dem Zelt eilte, um den Befehl seines Vaters zu befolgen.

»Guten Morgen, junger Jordan«, sagte er. Das Kind blieb plötzlich stehen und starrte sprachlos zu ihm auf. Jordan wurde tiefrot.

»Ich sehe, du hast dich jetzt dem Lesen statt dem Faustkampf zugewendet.«

Jordan hatte ein Buch in der Hand. Rhodes bückte sich und nahm es ihm ab.

»Mein Gott –«, sagte er. »Plutarch! Für dein Alter hast du einen sehr kultivierten Geschmack.«

»Es ist ein faszinierendes Buch, Sir.«

»Das ist es in der Tat, eines meiner Lieblingsbücher. Hast du schon Gibbon gelesen?«

»Nein, Sir«, flüsterte Jordan scheu. »Ich weiß nicht, wo ich ein Exemplar finden könnte.«

»Ich werde dir eins leihen, wenn du mit dem fertig bist.« Er gab dem Jungen das Buch zurück. »Weißt du, wo mein Lager ist?«

»O ja, Mr. Rhodes.«

Jeden Tag machte Jordan einen Umweg, wenn er von der Schule nach Hause ging, um an dem Zelt- und Strohlager vorbeizuschleichen, in dem Pickering und Rhodes ihr Junggesellenleben führten. Zweimal hatte er aus der Ferne sein Idol gesehen, und jedesmal war er davongelaufen.

»Gut. Komm zu mir, wenn du damit fertig bist.« Noch einen Augenblick lang musterte er das engelhafte Gesicht des Kindes, wandte sich dann um und folgte den anderen Männern in den Schatten des Baumes.

Dort standen leere Packkisten und Baumstämme, auf denen man Platz nehmen konnte. Die vier Männer setzten sich. Zouga war erleichtert darüber, daß es zu früh war, seinen Gästen Schnaps anzubieten. Er hatte kaum genügend Geld, um Lebensmittel für seine Leute zu kaufen, ganz zu schweigen davon, daß er sich Whisky hätte leisten können. Er vermutete, daß eine Flasche in dieser Gesellschaft nicht lange reichen würde; alle drei Gäste waren Trinker.

Sie tranken Kaffee und plauderten ein paar Minuten über die Neuigkeiten aus der Ansiedlung, bevor Pickering zum eigentlichen Anlaß ihres Besuches kam.

»Wir sind nur auf zwei Pläne gekommen, wie wir das Gebiet Nummer sechs wieder in Betrieb nehmen können«, sagte er. »Da wäre zunächst einmal der Damm –«

»Ich bin dagegen«, sagte Rhodes schroff und ungeduldig. »In wenigen Monaten werden wir vor demselben Problem stehen – die Gruben sind einfach zu tief!«

»Ich bin derselben Meinung wie Mr. Rhodes«, sagte Hayes, der Ingenieur. »Allenfalls wäre das eine vorübergehende Lösung. Denn der Damm würde wieder zusammenbrechen.«

»Major Ballantynes Idee ist die einzige, die wirklich erfolgversprechend ist«, warf Rhodes ein, und Zouga war beeindruckt von der Art des Mannes, eine unnötige Diskussion zu verhindern und auf den Kern des Problems zu kommen. »Die Idee, Gerüste am Rand der Gruben zu errichten und von dort aus Drähte nach unten zu führen, ist die einzige, mit der das Problem zu lösen ist. Hayes hat ein paar Zeichnungen angefertigt.«

Der Ingenieur entrollte Pläne, breitete sie auf dem staubigen Boden zu seinen Füßen aus und befestigte die Ecken mit den diamanthaltigen Steinen von Zougas Abraumhaufen.

»Ich habe ein Auslegersystem in Betracht gezogen«, begann Hayes die Zeichnungen in kurzen technischen Begriffen zu erläutern. Die anderen rückten näher heran und beugten sich über die Pläne. »Wir werden Handwinden benutzen müssen und vielleicht pferdegetriebene Göpel, bis wir eine Dampfmaschine für die Förderung bekommen können.«

Sie diskutierten ruhig darüber, stellten Fragen, und wenn die Antworten zu unklar waren, hakten sie mit scharfem Verstand und raschen Worten nach.

»Wir werden Stahlseile benötigen«, sagte Hayes. »Zu jedem einzelnen Claim wird ein Draht führen. Eine Menge Draht.«

»Wie lange dauert es, um ihn herzubekommen?«

»Zwei Monate.«

»Wieviel wird das kosten?« Zouga stellte die Frage, die ihm den ganzen Morgen auf den Lippen gebrannt hatte.

»Mehr, als sich jeder von uns leisten kann«, lächelte Pickering.

»Was wir uns nicht leisten können, ist, es nicht zu tun«, erwiderte Rhodes, ohne zu lächeln.

»Was ist mit den Diggern, die ihren Anteil an den Gerüsten nicht aufbringen können?« fragte Zouga, und Rhodes zuckte mit den Achseln.

»Entweder bringen sie das Geld auf, oder sie werden keinen Draht haben, der zu ihren Claims führt. Von jetzt an heißt es, Kapital aufzunehmen, um einen Claim in New Rush zu bearbeiten.«

»Diejenigen, die kein Geld haben, werden verkaufen müssen – so einfach ist das.«

»Seit dem Einbruch ist der Preis für einen Claim in Nummer sechs auf hundert Pfund gefallen«, sagte Zouga. »Jeder, der jetzt verkauft, wird einen großen Verlust erleiden.«

»Und jemand, der für hundert Pfund kauft, wird einen Mann ruinieren«, antwortete Rhodes ihm und hob seine blaßblauen Augen von Hayes Plänen und schaute Zouga einen Augenblick bedeutsam an. Zouga erkannte, daß er damit einen Rat gab, aber was Zouga beeindruckte, war die Kraft und Entschlossenheit, die in diesem Blick steckte. Er wunderte sich nicht mehr, warum jemand, der so jung war, solchen Respekt in den Gruben genoß.

»Wir sind also alle einverstanden?« fragte er.

Da Zouga nur noch weniger als zwanzig Pfund hatte und seine

Claims teilweise von dem Erdrutsch verschüttet waren, zögerte er.

»Major Ballantyne.« Sie alle schauten ihn an. »Sind Sie dabei?«

»Ja«, nickte er entschlossen. »Auf mich können Sie zählen.« Er würde das Geld auftreiben, irgendwo, irgendwie.

Sie alle entspannten sich, und Pickering kicherte. »Es ist nie leicht, alles auf eine Karte zu setzen.«

»Pickling, habe ich nicht Ihre Satteltasche klirren hören, als Sie abgestiegen sind?« fragte Rhodes. Pickering lachte wieder und ging, um die Flasche zu holen.

»Cordon Argent«, verkündete er, als er den Korken zog. »Der richtige Saft für eine solche Gelegenheit, Gentlemen.«

Sie kippten die Kaffeereste aus ihren Bechern und hielten sie ihm für einen Schluck Cognac hin.

»Auf die Gerüste von Nummer sechs – schnell mögen sie stehen und lange mögen sie halten!« Pickering sprach den Toast, und sie tranken gemeinsam.

Hayes wischte sich seinen Schnauzbart mit dem Handrücken ab und erhob sich. »Ich werde die Mengenberechnungen fertigmachen, damit ich sie morgen mit der Mittagskutsche wegschikken kann«, sagte er und ging zu seinem Pferd. Männer, die für Rhodes arbeiteten, waren immer beschäftigt. Doch weder Pickering noch Rhodes machten Anstalten, ihm zu folgen.

Statt dessen streckte Rhodes seine langen Beine aus, wobei er Pickering seinen Kaffeebecher entgegenhielt.

»Ich will verdammt sein, wenn wir heute nicht noch etwas zu feiern haben«, sagte er, als Pickering den Cognac in ihre Becher gluckern ließ.

»Der Imperiale Faktor«, schlug Pickering vor.

»Der Imperiale Faktor«, nickte Rhodes, und als er lächelte, vertiefte sich das Grübchen in seinem rasierten Kinn, und die melancholische Linie seiner vollen Lippen unter dem dünnen Schnurrbart entspannte sich. »Selbst dieser schreckliche Mensch Gladstone hat den Marsch des Empires nach Norden nicht aufhalten können. Das Außenministerium hat sich endlich gerührt. Die Griquas werden als britische Untertanen betrachtet und Waterboers Ersuchen ist angenommen worden. Griqualand West wird Teil der Kapkolonie werden, und damit des Empires. Wir haben Lord Kimberleys Versprechen.«

»Das sind wundervolle Neuigkeiten«, unterbrach ihn Zouga.

»Meinen Sie?« Die blaßblauen Augen musterten Zouga.

»Ich wußte, daß es so kommen würde«, behauptete Zouga. »Es gibt nur eine Möglichkeit Frieden und Zivilisation nach Afrika zu bringen, und die besteht nur unter dem Union Jack.«

Augenblicklich herrschte eine unausgesprochene Gemeinsamkeit zwischen den drei Männern.

»Wir sind die führende Nation der Welt, und wir werden noch mehr erreichen«, fuhr Zouga fort, und Rhodes nickte. »Wir haben den Sklavenhandel auf diesem Kontinent abgeschafft; das war erst der Anfang. Wenn Sie die Zustände gesehen haben, die noch existieren, die Wildheit und Barbarei im Norden, nur dann können Sie verstehen, was noch alles getan werden muß.«

»Erzählen Sie mir von dem Hinterland«, bat Rhodes mit seiner hohen Stimme, die so gar nicht zu ihm paßte.

Zouga beschrieb die Wildnis, durch die er gereist war, in der er gejagt und geforscht hatte.

Rhodes saß auf einem Feuerholzklotz, den Kopf nach vorn gesenkt, nachdenklich und schweigend, und nur seine Augen waren lebhaft und aufmerksam. Er lauschte mit fast religiösem Eifer, richtete sich alle paar Minuten auf, um eine Frage zu stellen.

Zouga sprach über die breiten, trägen Flüsse, von den tödlichen Malariasümpfen, den weitgedehnten Papyrusschilffeldern und von den unendlichen Weiten des Buschlandes und den Wildherden.

Als der Tag zur Neige ging und die Sonne sich anschickte, hinter einem flammenden Vorhang roten Staubes zu versinken, erzählte Zouga gerade von den Kralen der Matabele, den Impis und den wilden Kämpfen, die diese Krieger ausfochten.

»Wie würden Sie sie unter Ihre Herrschaft bringen, Ballantyne?« Rhodes feuerte die Frage barsch ab, und sie traf Zouga mitten in seinem lyrischen Erguß. Die beiden Männer starrten sich einen bedeutungsvollen Augenblick an.

»Ich würde direkt in ihre Mitte vorstoßen«, sagte Zouga, dessen Augen plötzlich kalt und grün waren, »eine kleine, bewegliche Streitmacht von Berittenen –«

»Wie viele Männer?«

Und plötzlich sprachen sie über Krieg, während die Sonne sank und nur die finsteren Schatten zurückließ, die sich um die kleine Gruppe unter dem Kameldornbaum schlossen.

Jan Cheroot warf Holz auf das Feuer, und die Männer saßen in dem rötlich flackernden Licht. Ihr Gespräch ging um Gold und Krieg, um Diamanten und Krieg, das Empire und Krieg.

Plötzlich stockte Zouga mitten in einem Satz, und sein Gesichtsausdruck veränderte sich, als habe er einen Geist gesehen oder einen alten unversöhnlichen Feind in den Schatten unter dem Kameldornbaum wiedererkannt.

»Was ist, Ballantyne?« fragte Rhodes scharf, wobei er den Kopf drehte, um der Richtung von Zougas Blick zu folgen.

An den Stamm des Dornbaumes gelehnt, stand die große grüne Vogelstatue aus Speckstein. Bisher unbemerkt, verborgen von den vielen Ausrüstungsgegenständen, die an seinen Ästen hingen. Eine Laune der Flammen hatte sie mit plötzlichem Feuerschein erhellt.

Sie ragte größer auf als die sitzenden Männer, schien ihrem Rat vorzusitzen und dem Gespräch über Gold und Blut zu lauschen. Der Falkenkopf, zeitlos wie das Böse selbst, so alt wie die fernen Hügel des Landes, aus dem er geholt worden war, starrte Zouga mit blicklosen und doch allsehenden Augen an, die grausame Krümmung seines Schnabels schien sich öffnen zu wollen, um den Jagdschrei des Falken auszustoßen oder sich in lebendes Fleisch zu bohren. Zouga schien es, daß in der Dunkelheit über der Statue die prophetischen Worte, die die schöne, nackte Hexe vor so langer Zeit in der Tiefe der Matapos-Hügel gesprochen hatte, schwebten:

»Die steinernen Falken werden weit fortfliegen... Es wird keinen Frieden in den Königreichen der Mambos oder der Monomatapas geben, bis sie zurückkehren: Denn der weiße Adler wird mit dem schwarzen Bullen kämpfen bis die steinernen Falken zurückkehren, um zu ruhen.«

In seiner Erinnerung hörte Zouga die Worte und die seidenweiche Stimme wieder, und sie schienen in seinem Schädel zu hallen und auf seine Trommelfelle zu schlagen.

»Was ist, mein lieber Freund?« Pickering wiederholte die Frage, und etwas schlängelte sich über Zougas Rückgrat und kroch über die Haut seiner Unterarme, so daß seine Haare sich sträubten und er sich schütteln mußte, um sich von dem Unbehagen zu befreien.

»Nichts«, antwortete er heiser. »Es ist nichts; ich war nur in Gedanken.« Doch er starrte weiter auf die Statue, und Rhodes folgte seinem Blick.

»Bei Jupiter. Ist das nicht der Vogel, über den Sie in Ihrem Buch geschrieben haben?« Rhodes sprang auf die Füße.

Eifrig ging er auf den Vogel zu und blieb einen langen, stummen Augenblick vor ihm stehen, bevor er die Hand ausstreckte und den Kopf berührte.

»Welch ein außergewöhnliches Stück«, sagte er leise und ging in die Knie, um das Haifischzahnmuster zu untersuchen, das in die Plinthe geschnitten war. In dieser Haltung wirkte Rhodes wie ein Gottesanbeter, wie ein Priester, der vor dem Götzenbild einen unheimlichen Ritus vollzog.

Und wieder spürte Zouga dieses abergläubische Zittern, und um den eigenartigen Bann zu brechen, rief er Jan Cheroot laut zu, er möge eine Laterne bringen.

Im Laternenschein untersuchten sie den glänzenden, grünlichen Stein, und als Rhodes mit seiner knochigen Hand darüberfuhr, war sein Gesichtsausdruck entzückt, der Blick dieser seltsam blassen Augen wirkte abwesend.

Noch lange nachdem Pickering und Zouga zu ihren Plätzen am Holzfeuer zurückgekehrt waren, stand Rhodes allein unter dem Kameldornbaum mit dem Falken – und als er sich schließlich wieder zu ihnen gesellte, klang seine Stimme anklagend.

»Dieses Ding ist ein Schatz, Ballantyne. Es ist unverzeihlich, ihn unter einem Baum liegen zu lassen.«

»Er hat unter schlimmeren Bedingungen Hunderte, ja vielleicht Tausende von Jahren überdauert«, erwiderte Zouga trokken.

»Sie haben recht.« Rhodes seufzte, und seine Aufmerksamkeit richtete sich wieder auf den Vogel. Und dann, impulsiv: »Ich möchte ihn Ihnen abkaufen. Nennen Sie einen Preis.«

»Er ist unverkäuflich«, sagte Zouga zu ihm.

»Fünfhundert Pfund«, bot Rhodes.

Die Summe verwirrte Zouga, aber seine Antwort erfolgte sofort.

»Nein.«

»Eintausend.«

»Hör mal!« fiel Pickering ein. »Dafür kann man zehn Claims in Sektion Nummer sechs erwerben.«

Rhodes schaute ihn nicht an, nickte aber. »Ja, das könnte man, oder Major Ballantyne könnte mit eintausend Pfund seinen Anteil an den neuen Gerüsten bezahlen.«

Eintausend Pfund. Zouga fühlte sich versucht. Eintausend Pfund würden ihm auf die Sprünge helfen.

»Nein.« Er schüttelte den Kopf. »Ich bedaure.« Er wußte, daß er das erklären mußte. »Er ist mein Hausgott geworden, mein persönliches Glückssymbol.«

»Glück!« höhnte Jan Cheroot von der anderen Seite des Feuers, und alle drei wandten ihre Köpfe in seine Richtung. Keiner von ihnen hatte bemerkt, daß er am Rand der Schatten wie ein runzliger kleiner gelber Gnom saß.

»Glück!« wiederholte der Asiate verächtlich. »Seit wir diesen verdammten Vogel mitgenommen haben, haben wir keinen Tag Glück gehabt.« Er spuckte in das Feuer, und sein Speichel zischte und explodierte in einer kleinen Dampfwolke. »Dieser Vogel hat Blasen unter unsere Füße gebracht und uns die Haut vom Rükken gefetzt, er hat die Achsen unserer Wagen zerbrochen und unsere Pferde lahm gemacht. Er hat uns Fieber gebracht und Krankheit und Tod. Miss Aletta starb, als sie auf diesen Vogel schaute, und Jordie wäre ihr gefolgt, wenn ich dieses verdammte Ding nicht hinausgeworfen hätte.«

»Das ist Unsinn«, schnappte Zouga scharf. »Das ist der Aberglaube einer alten Frau.«

Jan Cheroot forderte ihn hitzig heraus: »Ist es ein alter Aberglaube, daß wir im Staub dieses Höllenlochs sitzen, Fliegen zerquetschen und leere Bäuche reiben? Ist es Aberglaube, daß alle um uns herum dicke Diamanten fördern und wir nur Splitter und Mist finden? Ist es Aberglaube, daß unsere Claims verschüttet sind und Ralph fast begraben worden wäre? Ist das das Glück, das der Vogel dir bringt, Major Zouga? Wenn es so ist, dann hör auf die Worte des alten Jan Cheroot: Nimm die tausend Pfund, die Mr. Rhodes dir bietet; nimm sie mit beiden Händen und danke ihm dafür, daß du dieses –« Jan Cheroot fehlten die Worte, und er schaute über das Feuer hinweg auf die Vogelgestalt unter dem Dornenbaum.

»Ich will verflucht sein«, lächelte Pickering. »Du keifst wie ein Weib.«

Keiner von ihnen war überrascht, wie Diener und Herr miteinander sprachen. In Afrika waren Beziehungen wie diese üblich; der Diener betrachtete sich als Mitglied der Familie.

»Jan Cheroot hat den Götzen von Anfang an gehaßt.«

»Erzähl mir von diesem Fund, Jan Cheroot«, befahl Rhodes kurz; und Jan Cheroot blies sich vor Wichtigkeit sichtbar auf. Es gab wenige Dinge, die er mehr genoß, als eine aufmerksame Zuhörerschaft und eine gute Geschichte, die er erzählen konnte. Während er eine Schau daraus machte, seine Tonpfeife mit schwarzem Tabak zu stopfen und sie mit einem Funken aus dem Feuer zu entzünden, krochen die beiden Jungen aus dem Zelt. Sie schauten Zouga vorsichtig an, und als er keine Anstalten machte, sie zurückzuschicken, fühlten sie sich ermutigt.

Jordan setzte sich neben Jan Cheroot und lehnte seinen lockigen goldenen Kopf an die Schulter des Asiaten, wohingegen Ralph sich schüchtern zu den Männern ans Feuer setzte.

»Wir waren ein Jahr im Busch gewesen«, begann Jan Cheroot, »ein Jahr, ohne einen zivilisierten Menschen zu sehen, ein Jahr des Wanderns und Jagens –« Die Jungen lauschten in freudiger Erwartung. Sie hatten die Geschichte schon hundertmal vorher gehört und genossen sie immer wieder.

»Wir hatten zweihundert große Elefanten getötet, seit wir den Sambesi verlassen hatten, und wir hatten gegen böse Männer und Wilde gekämpft. Unsere Träger waren fast alle fortgelaufen oder durch Krankheit und wilde Tiere umgekommen, unser

Proviant war längst verbraucht, kein Salz, kein Tee, keine Medizin und nur wenig Schwarzpulver. Unsere Kleidung bestand nur noch aus Lumpen, unsere Stiefel waren durchgelaufen und mit feuchter Büffelhaut geflickt. Es war eine mörderische Reise gewesen, über Berge ohne Pässe und Flüsse ohne Namen, und gewöhnliche Männer wären schon längst zugrunde gegangen, und Vögel hätten ihre Knochen weiß gepickt. Wir waren erschöpft und krank, und wir waren verloren. Um uns war, so weit unsere Augen sehen konnten, nichts als wilde Hügel und dichter Busch, den nur ein Büffel durchdringen konnte.«

»Und ihr brauchtet Honig, um euch zu stärken«, platzte Jordan heraus, der sich nicht beherrschen konnte und die Geschichte Wort für Wort kannte.

»Und wir brauchten Honig, um uns zu stärken, sonst wären wir im Busch gestorben«, stimmte Jan Cheroot düster zu. »Aus dem Busch kam ein kleiner, brauner Honigvogel, und er sang dies – « Jan Cheroot machte den hohen, schleifenden Ruf des Vogels nach und ließ seine Finger in einer unheimlichen Nachahmung des Vogels flattern. »›Kommt!‹, rief er uns zu. ›Kommt, folgt mir, und ich werde euch zu dem Bienenstock führen‹.«

»Aber er war doch kein richtiger Honigvogel, nicht wahr, Jan Cheroot?« rief Jordan aufgeregt.

»Nein, Jordie, es war kein richtiger Honigvogel.«

»Und ihr folgtet ihm!«

»Und wir folgten ihm viele Tage durch ein schlimmes Land. Selbst als Master Zouga, dein Vater, umkehren wollte, blieb der alte Jan Cheroot fest. Wir müssen weitergehen, sagte ich, denn dieses Mal erkannte ich, der ich ein tiefes Wissen und Verstehen um Gespenster und Geister habe, daß dies kein richtiger Honigvogel war, sondern ein Kobold in Vogelgestalt.«

Zouga lächelte mild. Er erinnerte sich etwas anders an die Geschichte. Sie waren dem Vogel ein paar Stunden lang gefolgt, und es war Jan Cheroot gewesen, der das Interesse daran verloren hatte, ihn zu jagen. Er mußte angetrieben und überredet werden, ihm weiter zu folgen.

»Dann plötzlich –«, Jan Cheroot stockte und streckte beide Hände theatralisch aus – »vor unseren Augen stand eine Mauer aus grauem Stein. Eine Mauer so hoch wie ein Gebirge. Mit meiner Axt schlug ich das Rankwerk fort und fand ein großes Tor, von feurigen Geistern bewacht –«

»Von Geistern?« Zouga lächelte.

»Für gewöhnliche Augen waren sie unsichtbar«, erklärte Cheroot herablassend. »Und ich schlug sie mit einem magischen Zeichen in die Flucht.«

Zouga zwinkerte Pickering zu, aber Jan Cheroot ignorierte ihr Lächeln.

»Jenseits des Torgangs war ein Tempelhof, in dem die Falkenstatuen lagen, umgeworfen, einige von ihnen zerbrochen, doch alle mit Gold überhäuft, Bergen von Gold.«

Zouga seufzte. »Fünfzig Pfund Gewicht, um genau zu sein. Bruchstücke und winzige Teile, die wir aus dem Boden sieben mußten. Wie sehr ich wünsche, es wäre ein Berg gewesen.«

»Wir sammelten das Gold auf und nahmen die Statue auf unsere Schultern und trugen sie eintausend Meilen weit –«

»Und klagten bei jedem Schritt des Weges«, betonte Zouga, »– bis wir Kapstadt erreichten.«

Es war nach Mitternacht, als Jan Cheroot die gesattelten Pferde zum Lagerfeuer brachte, und als Rhodes die Zügel nahm, hielt er mitten im Aufsteigen inne.

»Sagen Sie mir, Major, dieses Land im Norden, dieses Sambesia, wie Sie es in Ihrem Buch nennen – was hält Sie davon fern? Was tun Sie hier?«

»Ich brauche Geld«, entgegnete Zouga schlicht. »Und irgendwie weiß ich, daß die Straße nach Norden hier beginnt. Das Geld, um Sambesia zu nehmen und zu behalten, wird aus den Gruben von New Rush kommen.«

»Ich liebe Männer, die so denken, Männer, die nicht auf weniges aus sind«, nickte Rhodes zustimmend.

»In diesem Augenblick muß ich mit wenig zufrieden sein.«

»Das könnten wir ändern.« Rhodes warf noch einen blassen, durchdringenden Blick auf die Statue, aber Zouga kicherte und schüttelte den Kopf.

»Ich hätte gern ein Erstkaufsrecht«, beharrte Rhodes.

»Wenn ich verkaufe, dann biete ich sie Ihnen an«, erklärte

Zouga sich einverstanden, und Rhodes trat in den Steigbügel, schwang ein Bein über den Rumpf des Pferdes, setzte sich in den Sattel und ritt aus dem Lager.

Pickering führte sein Pferd näher an Zouga heran und beugte sich aus dem Sattel, um ihm voller Ernst zu sagen: »Er will diesen Götzen von Ihnen haben – und am Ende wird er ihn besitzen.«

»Ich denke nicht.«

Aber Pickering lächelte. »Er bekommt immer, woran er sein Herz hängt. Immer.«

Er grüßte Zouga mit der Hand, trieb dann sein Pferd zum Galopp an und folgte Rhodes auf den staubigen, von Sternen beleuchteten Weg.

»Gib den Stein dem gelben Mann«, drängte Kamuza. »Fünfhundert goldene Königinnen, und wir werden mit Schätzen zu unserem Volk zurückkehren. Dein Vater, der Induna von Inyati, wird erfreut sein, und sogar der König wird uns zum großen Kral von Thabas Indunas zur Audienz rufen. Wir werden bedeutende Männer sein.«

»Ich traue dem Fremden nicht.«

»Vertraue nicht ihm. Traue nur den goldenen Münzen, die er bringt.«

»Ich mag seine Augen nicht. Sie sind kalt, und er zischt wie eine Kobra, wenn er spricht.«

Dann schwiegen sie – ein Kreis dunkler Gestalten in der rauchigen Hütte, der um den Diamanten hockte, der auf dem Lehmboden lag und im Widerschein des Feuers in unheimlichen Farben schimmerte.

Sie hatten geredet, seit der Sonnenuntergang sie von ihrer Arbeit befreit hatte, und jetzt war es spät. Bald, sehr bald, würde ein Kratzen an der Hüttentür zu hören sein, wenn der Fremde kam, um seine Antwort zu holen.

»Wir können den Stein nicht verkaufen, weil er uns nicht gehört. Er gehört Bakela. Verkauft ein Sohn die Kälber der Herde seines Vaters?«

Kamuza gab ein schnalzendes Geräusch der Verärgerung von sich. »Sicher verstößt es gegen Gesetz und Brauch, einen Stamm zu bestehlen, aber Bakela ist kein Matabele. Er ist ein *buni*, weißer Mann. Es ist nicht schlimmer, ihm etwas zu nehmen, als einen Assegai durch das Herz eines Mashona-Hundes zu stoßen.«

»Bakela ist wie mein Vater, der Stein ist sein Kalb, das er mir anvertraut hat.«

»Er wird dir eine einzige Münze geben«, lamentierte Kamuza, aber Bazo schien ihn nicht zu hören.

Er ergriff den Diamanten und drehte ihn in seiner Hand.

»Es ist ein großer Stein«, grübelte er laut, »ein sehr großer Stein.« Er hielt ihn an ein Auge, blickte in den Stein, als wäre er ein Bergsee, und betrachtete voller Scheu die Feuer und Schatten, die sich darin bewegten.

Dann sagte er: »Wenn ich meinem Vater ein neugeborenes Kalb bringe, wird er glücklich sein und mir eine Belohnung geben. Aber wenn ich ihm einhundert Kälber bringe, wieviel größer wird seine Freude sein, und einhundertmal größer wird die Belohnung sein, die er mir geben wird.«

Er senkte den Stein und erteilte ein paar Befehle, die seine Männer hinaus in die Nacht schickten. Sie kehrten kurz darauf mit den Werkzeugen zurück, die Bazo ihnen zu holen befohlen hatte.

Dann beobachteten sie schweigend, wie er seine Vorbereitungen traf.

Zuerst legte er eine Decke aus silbernen Schakalfellen auf den Boden und stellte dann in deren Mitte einen kleinen stählernen Amboß, auf dem er Zouga hatte Hufeisen formen und die eisernen Reifen bearbeiten sehen, um die Wagenräder zu reparieren.

Bazo legte den Diamanten auf den Amboß und warf seinen Umhang beiseite, so daß er völlig nackt im Feuerschein stand – groß, schlank und stark.

Bazos Augen wurden zu Schlitzen, dann holte er mit der Hacke weit aus, so daß er fast das Strohdach berührte. Er legte sein ganzes Körpergewicht in den Schlag, und die stählerne Hacke kam zischend aus der Höhe hernieder.

Die Spitze traf den Diamanten genau in der erhabenen Mitte seiner geschwungenen Oberfläche, und der große Stein explodierte, als ob ein Eimer Bergwassers auf die Erde geschüttet worden wäre. Die funkelnden Tropfen, die zersplitterten Bruchstücke, die glänzenden Teile des unschätzbaren Kristalls, schienen die ganze Hütte mit gleißendem Sonnenlicht zu erfüllen.

Die Stücke sprangen gegen die Strohwände, stachen in die nackte Haut der zuschauenden Matabele, wirbelten kleine Wolken grauer Asche auf, als sie ins Feuer fielen und verteilten sich auf dem schimmernden Fell der Silberschakaldecke, wo sie wie lebende Fische in einem Netz glänzten.

»Sohn der Großen Schlangen«, jubelte Kamuzo fröhlich. »Wir sind reiche Männer.« Und die lachenden Matabele machten sich an die Arbeit, die Bruchstücke einzusammeln.

Sie lasen sie aus der Asche auf, fegten sie vom Lehmboden, schüttelten sie aus der Schakaldecke – und legten sie in Bazos hohle Hand, bis diese zum Überfließen gefüllt war. Sie übersahen dennoch einige der winzigen Stücke, die in den Staub oder ins Feuer gefallen und für immer verloren waren.

»Du bist ein weiser Mann«, sagte Kamuza zu Bazo mit ehrlicher Bewunderung. »Bakela hat seine Steine – einhundert Kälber – und wir werden mehr Münzen haben, als dieser gelbe Mann uns geben wollte.«

In der eingestürzten Sektion wurde nicht gearbeitet, und es gab keinen Grund, vor Sonnenaufgang aufzustehen. Die Sonne stand über dem Horizont, als Zouga aus dem Zelt trat und seinen Gürtel zuschnallte, um sich zu Jan Cheroot und den beiden Jungen unter dem Kameldornbaum zu gesellen.

Das Frühstück bestand aus Maismehlporridge in angeschlagenen Emailschalen, ungesüßt, denn der Preis für Zucker war in den Diamantenfeldern enorm gestiegen.

Zougas Augen waren rot gerändert, denn er hatte in der vergangenen Nacht wenig geschlafen. Er war in Gedanken wieder und wieder jede Einzelheit der Pläne für das neue Gerüst durchgegangen und jedesmal auf das wichtigste Detail zurückgekommen, für das es keine Lösung zu geben schien: die Kosten, die enormen Kosten von all dem.

Die beiden Jungen sahen sein Gesicht, erkannten seine Stimmung und schwiegen.

Ein Schatten fiel auf die Gruppe, und Zouga blickte gereizt auf, blinzelte in das frühe Sonnenlicht, den Löffel halb an die Lippen geführt. »Was ist, Bazo?«

»Pickups, Bakela.« Zouga grunzte.

»Laß mich sehen.« Zouga war nicht besonders interessiert. Mit Sicherheit waren es wieder wertlose Splitter von Quarz oder Bergkristall. Aber Bazo legte ein kleines Bündel, das in einen schmutzigen Stoffetzen gewickelt war, neben Zougas Schale.

»Nun, öffne es«, befahl Zouga; und Bazo löste den Knoten und breitete das Tuch aus.

»Glas!« dachte Zouga angewidert. Es war fast eine Handvoll davon, Splitter und Stücke, das größte nicht größer als der Kopf eines Wachsstreichholzes. »Glas!« und er machte eine Geste, als wolle er es wegwischen, und dann verhielt seine Hand, als das Sonnenlicht auf das Häufchen fiel und einer der Strahlen in allen Regenbogenfarben in sein Auge fiel.

Langsam und ungläubig griff er zögernd, fast ehrfürchtig, nach dem glitzernden Haufen, doch Jordan kam ihm zuvor.

Mit einem Freudenschrei tanzten die schmalen, anmutigen Finger des Kindes über das Häufchen.

»Diamanten, Papa«, schrie er. »Es sind Diamanten, echte Diamanten.«

»Bist du sicher, Jordie?« Zouga stellte die Frage mit heiserer Stimme. Es mußten viele Hunderte dieser kostbaren Steine sein, klein, sehr klein, aber von welch makelloser Farbe! Weiß, eisweiß. Sie waren so gleißend wie knisternde Blitze.

Noch zögernd nahm Zouga einen der größten Steine aus Jordans Fingern.

»Bist du sicher, Jordie?« wiederholte er.

»Es sind Diamanten, Papa. Alle.«

Zougas letzte Zweifel schwanden, um gleich darauf von einer tieferen Unsicherheit ersetzt zu werden.

»Bazo«, sagte er. »Es sind so viele –« Und dann verwirrte ihn etwas anderes. Schnell ergriff er zwanzig der größten Steine und baute sie in einer Reihe oben auf der Packkiste auf.

»Dieselbe Farbe, sie alle haben genau dieselbe Farbe.«

Zouga schüttelte den Kopf und runzelte die Stirn. Dann plötzlich klärten sich die Schatten in seinen Augen.

»Oh, mein Gott«, flüsterte er, und langsam wich alles Blut aus seinem Gesicht, und seine Haut wurde schmutziggelb wie die eines Mannes nach zehn Tagen Malariafieber.

»Dasselbe, sie sind alle gleich. Die Brüche sind sauber und frisch.«

Langsam richtete er den Blick auf Bazos Gesicht.

»Bazo, wie groß –«, seine Stimme wurde rauh und erstarb, so daß er sich räuspern mußte, »wie groß war der Stein bevor – bevor du ihn zerschlagen hast?«

»So groß.« Bazo zeigte seine Faust. »Mit meiner Pickhacke habe ich viele Steine daraus gemacht, für dich, Bakela, weil ich weiß, wie sehr du viele Steine schätzt.«

Zougas Stimme war noch immer ein heiseres Flüstern. »Ich werde dich töten«, sagte er auf englisch. »Dafür bringe ich dich um.«

Die Narbe auf seiner Wange verwandelte sich langsam in ein häßliches Flammenmal – das Stigma seiner Wut – und jetzt bebte er am ganzen Leib, seine Lippen zitterten, als er sich langsam erhob.

»Ich werde dich umbringen.« Seine Stimme schwoll zu einem Bellen, und Jordan schrie wieder, diesmal vor Entsetzen. Noch nie zuvor hatte er seinen Vater so erlebt; es war etwas Entsetzliches, etwas wie Wahnsinn an ihm.

»Das war der Stein, auf den ich gewartet habe, du Bastard, du schwarzer Bastard. Das war der Schlüssel zum Norden.«

Zouga ergriff das Martini-Henry-Gewehr, das am Stamm des Kameldornbaumes neben dem Falken lehnte. Der Stahl klirrte und klickte, als er eine Patrone in die Kammer schob und im selben Augenblick den Lauf hochschwang.

»Ich werde dich umbringen«, brüllte er und legte an.

Ralph war auf die Füße gesprungen und stand jetzt seinem Vater gegenüber, trat vorwärts, bis die Mündung des geladenen und gespannten Gewehrs fast die ineinander verschlungenen Messingschlangen seiner Gürtelschnalle berührten.

»Du mußt mich zuerst töten, Papa«, sagte er. Er war ebenso blaß wie Zouga, und seine Augen waren von demselben unheimlichen Grün.

»Geh aus dem Weg.« Zougas Stimme senkte sich zu einem krächzenden, heiseren Flüstern. Ralph schüttelte nur den Kopf und preßte seine starken Kiefer so entschlossen zusammen, daß seine Zähne hörbar knirschten.

»Ich warne dich, tritt beiseite«, keuchte Zouga. Sie standen sich gegenüber, beide vor Anspannung und Wut zitternd.

Dann schwankte die Mündung des schweren Gewehrs in Zougas Händen und senkte sich langsam, bis sie auf die staubige rote Erde gerichtet war.

Das Schweigen währte viele Sekunden; dann holte Zouga tief Luft, und sein Brustkorb schwoll unter dem verblichenen, blauen Flanellhemd an.

Mit einer Geste äußerster Enttäuschung schleuderte er das Gewehr gegen den Baumstamm und der Kolben zerbrach. Dann sank er zurück auf seinen Platz an dem Packkistentisch, und sein Kopf sank langsam in seine Hände.

»Geht weg.« Alles Feuer und alle Wut waren aus seiner Stimme gewichen; sie war leise und klang hoffnungslos. »Geht weg, geht alle weg.«

Zouga saß allein unter dem Dornenbaum. Er fühlte sich ausgebrannt, innerlich leer und dumpf.

Als er schließlich den Kopf hob, war das erste Ding, das er sah, der Falke, der ihm gegenüber auf seiner steinernen Säule hockte. Er schien zu lächeln.

Der Händler war ein kleiner Mann, mit so kurzen Beinen, daß seine polierten, hochhackigen Stiefel den Boden nicht berührten, wenn er auf dem Klavierdrehstuhl hinter seinem Schreibtisch saß.

Der Schreibtisch füllte die winzige Zinkblechhütte fast völlig aus. Es war heiß und stickig in dem Raum. Auf den rauhen Brettern des Schreibtischs stand die für das Geschäft der Diamantenhändler übliche Ausrüstung – eine Whiskyflasche und Schnapsgläser, um den Mann mit den Steinen zum Verkauf weichzumachen, das weiße Papier, um die Steine auf ihre Güte zu untersuchen; die Holzpinzette, die Juwelierlupe, Waage und Gewichte und das Scheckbuch.

»Wieviel, Mr. Werner?« fragte Zouga.

Werner hatte schnell den glitzernden Haufen von Diamantensplittern in separate Haufen sortiert, der Größe nach, denn jeder Stein hatte dieselbe feine weiße Farbe.

Die kleinsten Steine hatten drei Punkt, dreihundertstel eines Karats, kaum größer als ein Körnchen Strandsand, und der größte hatte fast ein Karat.

Jetzt legte Werner seine Pinzette beiseite und fuhr sich mit der Hand durch die dunklen Locken.

»Nehmen Sie noch einen Whisky«, murmelte er, und als Zouga ablehnte, »nun, ich, ich werde jetzt einen trinken.«

Er schenkte beide Gläser randvoll und schob Zouga trotz seiner Verweigerung eines hin.

»Wieviel?« beharrte Zouga.

»Das Gewicht?« Werner nippte den Whisky und ließ seine dicken, leberfarbenen Lippen schmatzen. »Insgesamt neunundsechzig Karat. Was muß das für ein Diamant gewesen sein. So etwas werden wir nie wieder sehen –«

»Wieviel in bar?«

»Major, ich hätte Ihnen fünfzigtausend Pfund geboten, wenn es ein einziger Stein gewesen wäre.«

Zouga zuckte zusammen und hielt seine Augen einen Augenblick lang geschlossen, als ob er einen Schlag ins Gesicht bekommen hätte.

Mit fünfzigtausend Pfund hätte er Sambesia erobern können – Geld für Männer, Pferde und Gewehre, Geld für Wagen und Ochsengespanne, Maschinen, um die Minen zu bohren und das Gold zu mahlen, Geld für die Farmen, für Saatgut und Werkzeuge. Er öffnete die Augen wieder.

»Verdammt, ich bin nicht an dem interessiert, was hätte sein können«, flüsterte er. »Sagen Sie mir einfach, was Sie dafür zahlen wollen.«

»Zweitausend Pfund; das ist mein äußerster Preis, und es ist kein offenes Gebot.«

Der Stein war in fast zweihundert Stücke zersplittert. Das bedeutete eine Bezahlung an Bazo von zweihundert Souvereigns. Zouga wollte diese Zahlung eigentlich nicht leisten, aber er war sie dem Arbeiter schuldig, und er würde sein Versprechen nicht brechen. Von dem, was nach Bazos Bezahlung übriggeblieben war, würden mindestens tausend Pfund für die neuen Gerüste in Sektion Nummer sechs weggehen.

Blieben achthundert, und es kostete ihn einhundert die Woche, seine Claims zu bearbeiten. Also hatte er zwei Monate gewonnen. Sechzig Tage statt einem ganzen Land. Sechzig Tage statt einhunderttausend Quadratmeilen eines reichen Landes.

»Ich nehme es«, sagte er leise, ergriff das Whiskyglas und leerte es. Es brannte den bitteren Geschmack weg, der tief in seiner Kehle steckte.

Ralphs Vogel war ein Blaufußfalke. Das Weibchen war fast flügge, als er es aus dem Nest geholt hatte. Ralph war zu dem Nest hoch droben in den Ästen einer riesigen Akazie gestiegen und hatte den Vogel in seinem Hemd nach unten gebracht.

Bazo hatte ihm geholfen, die Haube für den stolzen Kopf und die Fesseln aus weichem Handschuhleder genau passend anzufertigen. Ralph führte den Vogel Tag um Tag auf seiner Hand spazieren. Er streichelte und liebkoste das Tier und nannte es »Liebling« und »Schöne« und »Herz«, bis er ihm aus der Hand fraß und ihn mit einem weichen »Kwiiet! Kwiiet!« des Erkennens begrüßte, wenn er ihn sah. Dann machte Ralph das Falkenmädchen mit dem Köder aus Taubenfedern vertraut und lehrte es zuzuschlagen, wenn er den Köder an einem langen Seil herumschwang.

Schließlich verbrachte er in dem traditionellen Ritual der Falkner eine ganze Nacht mit dem Vogel auf seiner Faust, wobei eine Kerze neben ihm brannte. Er saß mit dem Falken da zu einer Willensprüfung, die seine Herrschaft über ihn beweisen sollte, starrte Stunde um Stunde in die funkelnden gelben Augen, bis der Vogel schließlich seine Lider schloß und auf der Faust einschlief. Ralph hatte gesiegt. Dann endlich konnte er mit dem Falken jagen.

Jordan liebte den Vogel wegen seiner Schönheit, und nachdem er abgerichtet war, erlaubte Ralph ihm, das Tier gelegentlich zu tragen und das heiße, schlanke Gefieder mit seinen zarten Fingern zu streicheln. Jordan fand einen Namen, den er in Plutarchs *Leben* gelesen hatte: Scipio. Jordan war nur einmal auf der Jagd dabei, brach aber in dem Augenblick, als Scipio zuschlagen sollte, in Tränen aus. Ralph lud ihn nie wieder ein.

Derselbe Regen, der Damm Nummer sechs unterhöhlt hatte, hatte jede Vertiefung im Umkreis von hundert Meilen um New Rush überflutet. Langsam waren die seichteren Teiche und Sümpfe in den heißen trockenen Monaten seit dieser Sintflut ausgetrocknet; aber fünf Meilen südlich, auf der Kapstraße, auf halbem Wege zu der niedrigen Linie blauer Magersfontein-Hügel, war noch eine große, offene Wasserfläche, und ringsum waren bereits Schilfbüschel gewachsen, und Kolonien scharlachroter und ebenholzschwarzer Webervögel hatten ihre hängenden Korbnester an die nickenden Schilfhalme gewebt. Zwischen dem Schilf bauten Ralph und Bazo ihren Jagdschirm.

Sie zogen die langen, dichten Wedel über ihre Köpfe, vorsichtig darauf bedacht, sich nicht ihre Hände an den rasiermesserscharfen Blättern zu zerschneiden, und stellten das Rohrdach auf, das sie vor dem offenen Himmel verbarg.

Ralph nahm eine Handvoll schwarzen Schlammes und schmierte ihn über sein Gesicht. Er wußte, daß sein nach oben gewandtes weißes Gesicht wie ein Spiegel leuchten und von jedem Vogel entdeckt werden würde.

»Du hättest als Matabele geboren sein sollen, dann brauchtest du keinen Schlamm.« Bazo kicherte, als er ihm zuschaute.

Es war faszinierend, wie Scipio, blind unter der Lederhaube, den Schlag nahender Flügel wahrnehmen konnte, lange bevor die Menschen sie hören oder sehen konnten. Ralph wurde durch die Kopfhaltung des Vogels und das erwartungsvolle Strecken der Schwingen alarmiert.

»Noch nicht, Liebling«, flüsterte Ralph. »Aber bald, meine Schöne.«

Dann pfiff Bazo scharf und deutete mit seinem Kinn zur Seite.

Über dem Sumpf, noch etwa zwei Meilen entfernt, sah sie Ralph, sehr hoch gegen den leeren Himmel – es waren drei.

»Da kommen sie, mein Liebling«, murmelte Ralph Scipio zu und berührte die rotbraun gesprenkelte Brust mit seinen Lippen. Er spürte den Schlag des wilden Herzens an seinem Gesicht.

»Gott, sind die groß«, murmelte Ralph. Er hatte Scipio noch nie zuvor auf Gänse gehen lassen, und er war von Zweifeln zerrissen.

Die Gänse flogen in allmählich sinkendem Kreis weit über den Sumpf hinaus, und dann kamen sie zurück. Es war perfekt. Scipio würde die Sonne hinter sich haben, und Ralph gewann an Sicherheit.

Er streifte die weiche Lederhaube von Scipios schönem, taubengrauem Kopf, und die gelben Augen öffneten sich wie Vollmonde und blickten rasch um sich. Scipio schüttelte sich, plusterte sich auf – bis die gelben Augen die Gänse am Himmel entdeckt hatten. Das Gefieder glättete sich.

Während Ralph sich mit dem Vogel auf der Faust drehte, um den Flug der Gänse zu verfolgen, konnte er die Spitzen der Fänge durch den Lederschutz und die Anspannung des kleinen Körpers spüren.

Mit seiner freien Hand löste er den Knoten, der die Fesseln an Scipios Fuß sicherte.

»Jag!« schrie er und warf den Vogel hoch. Scipio stieg wie ein Wurfspieß, eilte rasch der Sonne auf Schwingen entgegen, die wie die bösen Klingen eines Kampfmesserpaares geformt waren.

Die Gänse sahen sie kommen und sanken tiefer.

Scipio stieß diesen schrecklichen, tödlichen Schrei des Falken aus, hoch und schrill und wütend, und dann faltete sie ihre Schwingen und stürzte in die Tiefe.

»Sie schlägt den niedrigen Vogel«, schrie Ralph triumphierend; sie würde nicht kneifen. Sie hatte die Gans gewählt, die dicht über der Erde flog.

»In diesem kleinen Körper steckt das Herz eines Löwen.« Bazos Stimme war voller Staunen, als er zu dem winzigen, tödlichen Pfeil hochschaute, der jetzt aus dem Blau schoß.

Die Geschwindigkeit, mit der Scipio sich der Beute näherte,

war unheimlich. Ralph spürte, wie das Haar in seiner Nackenbeuge sich aufrichtete, als ob ein eisiger Wind ihn gestreift hätte, als Scipio ihre stählernen Klauen vorstreckte.

Dies war der Augenblick, auf den er und der Vogel so lange hingearbeitet und trainiert hatten. Der letzte Augenblick des Tötens – ein unfreiwilliger Schrei drang aus seiner Kehle, als Scipio gegen die große Gans schlug, und der Klang des Aufpralls war wie ein einzelner Schlag auf einer Pauke, der die Luft über Ralphs Kopf zu erschüttern schien.

Die gespreizten Schwingen der Gans wirbelten wie die Speichen eines Rades herum, und eine Explosion schwarzer Federn erfüllte die Luft, als ob ein Schrapnell aus einer schweren Kanone abgefeuert worden wäre. Dann fiel die Gans in sich zusammen. Die Wucht von Scipios Aufprall hatte die Knochen in dem großen Leib zerschmettert und die pulsierenden Blutgefäße um das Herz der Gans platzen lassen.

Ralph lief los, brüllte vor Aufregung, und Bazo war dicht hinter ihm und lachte.

Ein Habicht bleibt bei seiner Beute, vom Augenblick des Schlagens bis hinab zur Erde. Ein Falke nicht. Scipio hätte loslassen und die Gans fallen lassen sollen, aber das hatte der Falke nicht getan. Seine Krallen waren noch immer in die Beute verhakt, und Ralph machte sich ernsthafte Sorgen. Hatte sich sein Vogel bei diesem furchtbaren Aufschlag verletzt?

»Schöne!« rief er ihr zu. »Laß los! Laß los!« Der Falke könnte unter die schwere Gans gelangen und auf die Erde geschmettert werden.

»Laß los!« schrie er wieder und sah seinen Vogel flattern, die Luft mit diesen scharfgeschnittenen Schwingen durchschneiden. Der Falke war betäubt und die Erde raste ihm entgegen.

Dann plötzlich löste sich Scipio von der Beute, schwebte und ließ die Gans auf den felsigen Boden jenseits des Sumpfes fallen, erst dann sank der Falke zu Boden und hockte sich auf den buckligen, schwarzen Kadaver. Ralph spürte, daß seine Brust eng vor Stolz und Liebe wurde.

»Kwiiet«, rief Scipio. »Kwiiet«, der Erkennungsruf, und der Falke verließ die Beute und kam bereitwillig auf Ralphs Faust.

Ralph neigte sich über seinen Vogel, seine Augen brannten vor Stolz, und er küßte den schönen Kopf.

»Ich werde dich das nie wieder tun lassen«, flüsterte er. »Ich mußte einfach sehen, ob du es kannst – aber ich werde dich das nie wieder tun lassen.«

Ralph verfütterte den Gänsekopf an Scipio, und der Vogel zerriß ihn mit seinem gekrümmten Schnabel in Stücke, und hielt zwischen jedem Bissen inne, um Ralph anzustarren.

»Der Vogel liebt dich.« Bazo blickte von dem Feuer auf, über dem er die Keulen der fetten Gans briet. Das Fett tropfte auf die Glut und zischte. Ralph lächelte.

»Ich liebe ihn auch.«

»Du und der Vogel, ihr habt denselben Geist. Kamuza und ich haben oft darüber gesprochen.«

»Niemand ist so mutig wie Scipio.«

Bazo schüttelte den Kopf. »Erinnerst du dich an den Tag, als Bakela mich umbringen wollte? In dem Augenblick, als er das Gewehr auf mich richtete, war er verrückt, so verrückt, daß er mich getötet hätte.«

Ralphs Gesichtsausdruck veränderte sich. Es war viele Monate her, seit er eingegriffen hatte, um den jungen Matabele vor dem Zorn seines Vaters zu bewahren.

»Ich habe vorher nicht darüber gesprochen.« Bazo hielt Ralphs Blick stand. »Es ist keine Sache, über die ein Mann wie eine Frau am Wasserloch klatscht. Wahrscheinlich werden wir nie wieder darüber sprechen, du und ich, aber du sollst wissen, daß ich das nie vergessen werde –« Bazo schwieg kurz. »Ich werde mich daran erinnern, Henshaw.«

Ralph verstand sofort. »Henshaw, der Falke.« Die Matabele hatten ihm einen Ehrennamen gegeben, etwas, was sie nicht oft taten – ein Ausdruck gewaltiger Achtung. Sein Vater war Bakela, die Faust, und jetzt war er Henshaw, der Falke, so benannt nach dem mutigen und schönen Vogel auf seiner Faust.

»Ich werde mich daran erinnern, Henshaw, mein Bruder«, wiederholte Bazo, die Axt. »Ich werde mich erinnern.«

Zouga war sich nie ganz sicher, warum er sich auf die Verabredung eingelassen hatte; sicherlich lag das nicht nur daran, weil Jan Cheroot ihn dazu drängte, und auch nicht an der Tatsache, daß die Summe von zweitausend Pfund für die zersplitterten Stücke des großen Ballantyne-Diamanten bei weitem nicht so lange reichten, wie er gehofft hatte. Grund war auch nicht, daß die Kosten für die neuen Gerüste gestiegen waren. Manchmal vermutete Zouga, daß Pickering und Rhodes und einige der anderen Mitglieder des Komitees zufrieden waren, daß die Kosten stiegen. Sie konnten auf diese Weise die kleineren Digger aus dem Geschäft drängen. Der Verkaufspreis für die Claims in der zusammengebrochenen Sektion sackte in dem Maße, wie sich die Gerüste verteuerten. Irgend jemand kaufte alles auf, wenn nicht Rhodes und seine Partner, dann mußten es Beit oder Werner sein, oder sogar der Newcomer Barnato.

Vielleicht ging Zouga zu dieser Verabredung, um sich von seinen Sorgen abzulenken, vielleicht war auch nur seine Neugier geweckt worden, doch wenn er sich selbstkritisch prüfte, war es wahrscheinlich mehr die Aussicht auf Profit. Die ganze Angelegenheit roch nach Profit, und Zouga war ein verzweifelter Mann. Ihm war, von den Claims abgesehen, wenig geblieben, was er verkaufen konnte. Seine Claims zu verkaufen bedeutete, seinen Traum aufzugeben. Er war bereit, jeden anderen Weg zu erkunden, alle möglichen Risiken einzugehen, nur um nicht aufgeben zu müssen.

»Da ist ein Mann, der mit dir sprechen möchte.« Mit Jan Cheroots Worten hatte es angefangen, und etwas in seiner Stimme ließ Zouga aufblicken. Sie waren seit vielen Jahren zusammen, und sie kannten sich sehr genau.

»Schick ihn ins Lager.«

»Er möchte kein Aufsehen erregen und dich an einem verschwiegenen Ort sprechen.«

»Das klingt nach einer Schurkerei.« Zouga runzelte die Stirn. »Wie heißt der Mann?«

»Ich kenne seinen Namen nicht«, gab Jan Cheroot zu, und als er Zougas Miene sah, erklärte er: »Er hat ein Kind mit einer Nachricht geschickt.«

»Dann schicke das Kind zu ihm zurück, egal, wer er ist. Sag ihm, daß er mich jeden Abend hier finden kann, und ich werde ihm in meinem Zelt zuhören.«

»Wie du willst«, brummte Jan Cheroot. »Dann können wir ja weiter Maisbrei essen.« Sie sprachen viele Wochen lang nicht wieder darüber, aber die Saat war gesät und nagte an Zouga, bis er schließlich fragte.

»Jan Cheroot, was ist mit deinem namenlosen Freund? Wie lautete seine Antwort?«

»Er hat ausrichten lassen, daß es nicht möglich sei, einem Mann zu helfen, der sich weigert, sich selbst zu helfen«, berichtete Jan Cheroot von oben herab. »Aller Welt ist klar, daß wir keine Hilfe brauchen. Sieh dir nur deine herrliche Kleidung an. Jetzt ist es Mode, die Hosen so zu tragen, daß der Hintern raushängt.«

Zouga lächelte über diese Übertreibung, denn seine Breeches waren sauber geflickt. Jordan hatte das erledigt.

»Und sieh mich an«, fuhr Jan Cheroot fort. »Welchen Grund habe ich eigentlich zur Klage? Vor einem Jahr bin ich doch bezahlt worden, oder?«

»Vor sechs Monaten«, korrigierte Zouga ihn.

»Ich kann mich nicht erinnern«, schmollte Jan Cheroot. »Genauso, wie ich vergessen habe, wie Rindfleisch eigentlich schmeckt.«

»Wenn die Gerüste erst einmal stehen –«, setzte Zouga an, und Jan Cheroot schnaubte.

»Sie werden uns auf die Köpfe fallen. Zumindest brauchen wir uns dann weniger Gedanken darüber zu machen, daß wir hungrig sind.«

Die Konstruktion der Gerüste hatte sich als fehlerhaft erwiesen. Sie schienen dem Gewicht der Kabel nicht standhalten zu können. Die Kabel zwischen ihnen wogen über dreihundert Tonnen, und sie mußten genügend Spannung haben, um die Kiesbehälter zu tragen, ohne übermäßig durchzuhängen.

Am ersten Betriebstag gaben die Gerüste am Nordende der Sektion unter der Belastung nach. Zwei Winden rissen, und die Drähte fielen schwirrend in die Gruben. An dem Draht hatte ein

Kiesbehälter gehangen, der fünf schwarze Arbeiter zum Boden der Gruben tragen sollte. Sie schrien bei ihrem Sturz. Den Rest des Tages verbrachten viele Männer damit, die gräßlich verstümmelten Körper zu bergen. Das Diggerkomitee schloß die Sektion wieder, während Pläne entworfen wurden, wie man die Gerüste verstärken konnte.

Die Sektion war noch immer geschlossen.

Zouga hatte eine Flasche Kap-Brandy aufbewahrt, die er jetzt aus seinem Spind nahm. Er zog den Korken mit den Zähnen heraus und schenkte zwei Becher voll.

Er und Jan Cheroot tranken eine Weile in düsterem Schweigen, und dann seufzte Zouga: »Sag deinem Freund, daß ich mich mit ihm treffen werde.«

Blasser Staub trübte den Himmel über der Ebene. Die kleine Gebäudegruppe wirkte verlassen. Die Dächer waren eingestürzt, und der Lehmputz fiel in großen Klumpen von den Wänden.

Zouga faßte die Zügel kürzer, und sein Wallach ging im Schritt. Er selbst zeigte die uninteressierte Miene eines Mannes, der auf einer langen und langweiligen Reise ist – doch seine Augen unter der Krempe seines breiten Hutes waren aufmerksam und ruhelos.

Voller Unbehagen war er sich des leeren Gewehrholsters unter seinem rechten Knie bewußt.

»Unbewaffnet.« Die Einladung war eindeutig gewesen. »Man wird Sie beobachten.«

Der Mann hatte einen idealen Treffpunkt ausgewählt. Es gab keine andere Möglichkeit sich diesen verlassenen Häusern zu nähern, als über meilenweites, kahles Grasland, ohne eine Dekkung, die höher als das Knie eines Mannes war – und da die Sonne im Westen stand, war das Büchsenlicht gut. Zouga verlagerte sein Gewicht im Sattel, und der große, plumpe Colt-Revolver unter seiner Jacke bohrte sich in seine Seite, ein Schmerz, den er gern erduldete – obwohl die Beruhigung, die er ihm vermittelte, illusorisch war. Ein Mann mit einem Gewehr hätte ihn aus großer Entfernung treffen können.

Zouga berührte den Hals des Wallachs, und er hielt neben einem kaputten Wagen. Er stieg rasch ab und benutzte das Pferd als Deckung. Während er so tat, als lockere er den Sattelgurt, musterte er das leere Gebäude.

Die Fenster waren dunkle, leere Löcher, und im düsteren Inneren könnte ein Scharfschütze Posten bezogen haben. Die Eingangstür war zerbrochen.

Verdeckt von dem Rumpf des Wallachs löste Zouga den Revolver in seinem Gürtel und vergewisserte sich, daß er ihn rasch ziehen konnte. Er band die Zügel des Wallachs mit einem Gleitknoten, der sich bei einem Ruck sofort öffnen würde, an den Wagen. Dann holte er tief Luft, zog die Schultern hoch und trat hinter dem Pferd hervor.

Er ging langsam auf die Eingangstür zu, seine rechte Hand berührte fast den Kolben des Revolvers.

Er erreichte die Schwelle, trat aber zur Seite und preßte seinen Rücken an die Wand.

Mit leichter Überraschung bemerkte er, daß sein Atem schwer ging, so als sei er gerannt.

Er legte eine Hand auf den Fenstersims und schwang sich darüber, fiel bei der Landung auf den Lehmboden, kam aber rasch wieder auf die Beine und spähte in den Raum. Er war klein und leer. Büschel staubiger Spinnweben hingen von den Dachsparren, und der Boden war mit den weißfleckigen Exkrementen von Geckos übersät.

Zouga bewegte sich an der Wand entlang, deckte so seinen Rücken und trat in den zweiten Raum. Die Feuerstelle war rußgeschwärzt, und der Geruch kalter Asche drang in seine Nase. Er blickte durch den offenen Türeingang in den sonnenbeschienenen Schafskral. Ein reiterloses Pferd war dort an die Wand gebunden – eine graue, scheckige Kruppe, eine ungestutzte, dunkle Mähne und ein voller Schweif, der fast den Boden berührte. Das Gewehrholster am Sattel war leer, und Zougas Nerven bebten. Der unbekannte Reiter mußte das Gewehr bei sich haben.

Zouga löste den langen Lauf des Colt-Revolvers in seinem Gürtel und spähte in das Sonnenlicht hinaus.

»Nehmen Sie Ihre Hände von der Waffe.« Die Stimme ertönte hinter ihm, kam aus dem leeren Vorderraum, durch den Zouga gerade gegangen war. »Ziehen Sie sie nicht, und drehen Sie sich nicht um.«

Die Stimme war ruhig, beherrscht und sehr nahe. Zouga gehorchte. Er spürte die Berührung eines Gewehrlaufs zwischen seinen Schulterblättern. Der Mann war schlau, er hatte draußen gelegen, ihn durch das Haus gehen lassen und war dann hinter ihn getreten.

»Ziehen Sie jetzt langsam die Waffe heraus, und legen Sie sie zwischen Ihren Füßen auf den Boden. Ganz langsam, bitte, Major Ballantyne. Ich möchte Sie nicht töten müssen, aber wenn ich höre, daß der Hammer gespannt wird, werde ich das tun – glauben Sie mir.«

Langsam zog Zouga die schwere Pistole heraus und bückte sich, um sie auf den schmutzigen Boden zu legen. Er schaute zwischen seinen Beinen zurück und sah die Füße des Mannes. Er trug Velskoen aus brauner Kuduhaut und Ledergamaschen. Große Füße, kräftige Beine.

Zouga richtete sich auf und hielt beide Hände von seinem Körper weit abgespreizt.

»Sie hätten keine Waffe mitbringen sollen, Major. Ihr Mißtrauen ist für uns beide gefährlich.« Er konnte die Erleichterung im Tonfall des Mannes erkennen. Die Stimme klang vertraut, und Zouga überlegte angestrengt. Der seltsame Akzent, wo hatte er den schon gehört? Die Schritte zogen sich durch die Küche zurück.

»Und jetzt, Major, können Sie sich langsam, ganz langsam umdrehen.«

Der Mann stand im Schatten der rußgeschwärzten Wände, doch ein Sonnenstrahl fiel durch das hohe Fenster auf seine Hände und die Waffe, die sie hielten. Es war eine Schrotflinte. Die beiden verzierten Hämmer waren gespannt, und die Finger des Mannes waren um die Abzüge gekrümmt.

»Sie!« sagte Zouga.

»Ja, Major, ich.« Hendrick Naaimans pockennarbiges Gesicht lächelte ihn an. »Hendrick Naaiman, wieder einmal zu Ihren Diensten.«

»Wenn Sie Vieh kaufen wollen, ist das eine merkwürdige Art,

Geschäfte zu machen.« Hendrick war der Mann, der Zougas Ochsengespann gekauft hatte, mit dessen Erlös Zouga das Teufelsloch gekauft hatte.

»Nein, Major, diesmal ist es etwas anderes.« Und dann scharf: »Nein, Major, bewegen Sie sich nicht, und halten Sie Ihre Hände da, wo ich sie sehen kann. Ich habe mit Löwenschrot geladen, Major. Auf diese Entfernung wird das Geschoß Sie in zwei Teile zerfetzen.«

Zouga hob seine Hände.

»Was bieten Sie mir an?«

»Reichtum, Major, ein neues Leben für Sie und für mich.«

Zouga lächelte schwach und sarkastisch.

»Ich bin Ihnen für Ihre Freundlichkeit wahrhaft dankbar, Naaiman.«

»Bitte, nennen Sie mich Hendrick, Major – da wir Partner werden.«

»Tatsächlich?« Zouga neigte seinen Kopf. »Ich bin geehrt.«

»Wissen Sie, Sie haben etwas, was ich brauche, und ich habe etwas, was Sie brauchen.«

»Nur weiter.«

»Sie haben zwei ausgezeichnete Claims, es sind wahrhaftig sehr ausgezeichnete Claims, abgesehen von der Tatsache, daß wenige Diamanten darin stecken.«

Zouga spürte, daß die Narbe auf seiner Wange heiß wurde, aber sein Gesichtsausdruck blieb unbewegt.

»Und wie Sie wissen, Major, bin ich durch meine Vorfahren, kurz gesagt durch mein Kaffernblut, davon ausgeschlossen, Claims zu erwerben.«

Sie schwiegen beide eine Weile und beobachteten sich wachsam. Zouga hatte jede Hoffnung aufgegeben, an die Schrotflinte heranzukommen.

»Aus diesem Grunde kann ich Ihnen meine Claims nicht verkaufen, nicht einmal unter Waffendrohung«, sagt Zouga ruhig.

»Nein, nein, Sie verstehen mich nicht. Sie haben die Claims, aber nicht die Diamanten, während ich keine Claims habe, aber –«

Hendrick zog einen zugeschnürten Tabakbeutel aus seiner Innentasche und ließ ihn an der Schnur von seinem Zeigefinger baumeln.

»Aber ich habe Diamanten.« Er warf den Beutel durch den Raum.

Instinktiv streckte Zouga eine Hand aus und fing ihn auf. Der Beutel knirschte in seinen Händen. Zouga hielt ihn fest und starrte Hendrick Naaiman noch immer an.

»Öffnen Sie ihn bitte, Major.«

Langsam gehorchte Zouga. Das Licht war schlecht, doch in dem Beutel funkelte etwas. Zouga spürte, wie die Faust des Diamantenfiebers seine Brust umschloß. So ist es immer, dachte er, immer dieses erstickende Gefühl, wenn die Steine funkeln. Er schüttete den kleinen Haufen ungeschliffener Diamanten in seine Hand. Er zählte sie rasch; es waren insgesamt acht.

Einer war ein kanariengelber Stein, zwanzig Karat, wenn er echt war. Zweitausend Pfund wert, schätzte Zouga.

»Dies sind nur Muster meiner Waren, Major, Ausbeute einer Woche.«

Da war ein perfekter achtseitiger Kristall, schmal und von seifigem Silbergrau, größer als der gelbe Diamant und mindestens dreitausend Pfund wert. Ein anderer war dreieckig wie diese Halspastillen, die nach Likör schmeckten. Ein silberner Stein, klar und schön. Zouga nahm ihn zwischen Daumen und Zeigefinger und hielt ihn gegen das Licht des hohen Fensters.

»Ist das illegal gekaufte Ware?« fragte er.

»Schmutzige Worte, Major; sie beleidigen mich. Machen Sie sich keine Sorgen darüber, woher ich sie habe. Gehen Sie nur davon aus, daß es mehr, viel mehr von ihnen geben wird, jede Woche wird ein Päckchen mit lupenreinen Steinen kommen.«

»Jede Woche?« fragte Zouga und hörte selbst die Gier in seiner Stimme.

»Jede Woche«, bestätigte Hendrick, der Zougas Gesichtsausdruck beobachtete. Er wußte, daß die Fliege die klebrigen Fäden seines Netzes berührt hatte, und ließ die Mündung seiner Schrotflinte auf den Lehmboden sinken. Er lächelte dieses blitzende, auffallende Lächeln. »Jede Woche werden Sie ein Päckchen wie dieses erhalten, das Sie in Ihre Wiege schütten können, damit Ihr Sortierer die Steine finden kann.«

Da war ein anderer Stein in seiner Handfläche. Zuerst hatte Zouga geglaubt, es wäre ein wertloser schwarzer Bort, aber dann machte sein Herz plötzlich einen Sprung, als das schwache Licht auf den Kristall fiel und er die tiefgrüne Farbe in seinem Innern blitzen sah. Seine Finger zitterten leicht, als er ihn hochhob.

»Ja, Major«, nickte Hendrick Naaiman zustimmend. »Sie haben ein gutes Auge; das ist ein grüner Drache.«

Ein grüner Diamant, ein »Fancy« in der Sprache der Händler. Es gab Fancy-Diamanten, die die Farben von Rubinen oder Saphiren oder Topasen hatten. Fancys brachten viel Geld. Es war nicht unmöglich, daß dieser grüne Drache an die zehntausend Pfund bringen und schließlich in den Kronjuwelen eines Herrschers enden würde.

»Sie sagten Partner?« fragte Zouga leise.

»Ja, Partner.« Hendrick nickte. »Ich werde die Steine finden. Lassen Sie mich ein Beispiel nennen. Ich habe einem meiner Männer dreihundert für diesen grünen Drachen bezahlt. Sie legen ihn auf ihren Tisch und behaupten, daß er aus dem Teufelsloch stammt –«

Zouga starrte ihn begierig an, seine Hände zitterten noch immer, und Hendrick trat vertrauensvoll auf ihn zu.

»– für einen solchen Stein sollten Sie viertausend Pfund bekommen, ein Gewinn von dreitausend und siebenhundert; und wir teilen den Erlös gerecht. Gleichwertige Partner, Major.«

Zouga ließ die glitzernden Steine in seine linke Hand gleiten. Seine Augen waren nicht von Hendrick Naaimans Lippen gewichen.

»Was sagen Sie, Major? Gleichwertige Partner?« Hendrick nahm die Schrotflinte in die linke Hand und streckte die rechte aus.

»Gleichwertige Partner«, wiederholte er. »Schlagen Sie ein.«

Langsam streckte Zouga seine rechte Hand mit geöffneten Fingern aus, die Handfläche nach oben. Und dann, als sich ihre Finger berührten, schleuderte er die Diamanten in Hendrick

Naaimans Gesicht. Zougas ganze Kraft steckte hinter dem Wurf, all sein Ärger darüber, so stark in Versuchung geführt worden zu sein, all seine Erbitterung über diesen teuflischen Angriff gegen sein Ehrgefühl.

Die Diamanten bohrten sich in Hendrick Naaimans Fleisch. Ein scharfer Kristall riß seine olivenbraune Stirn über dem rechten Auge auf, ein anderer zerschnitt seine Lippe.

Unfreiwillig riß Hendrick seine Hände hoch, hob die Schrotflintenmündung hoch vor sein Gesicht, als er vor diesem unerwarteten Angriff zurückwankte, doch im gleichen Augenblick schloß sich seine rechte Hand um den Gewehrkolben und sein Zeigefinger hakte sich um den Abzug. Hendrick richtete die Mündung auf Zougas Bauch.

Zouga ergriff den Lauf und drückte ihn nach oben, dann packte er mit der linken Hand Hendricks rechtes Handgelenk. Der große Griqua riß beide Arme nach hinten. Zouga sprang vorwärts und drückte das Gewehr in Hendricks Gesicht. Die blauen Stahlläufe prallten gegen seinen Wangenknochen, und Hendrick stöhnte unter dem Schlag auf und stürzte nach hinten. Zouga bestürmte ihn wieder und drängte ihn gegen die rußgeschwärzte Wand. In diesen Sekunden griff Zouga mit seiner linken Hand zu, hakte seinen Daumen um die Abzüge und zog sie durch.

Beide Läufe wurden gleichzeitig abgefeuert.

Die Explosion der Schüsse in der kleinen Küche war ohrenbetäubend. Das hellorangefarbene Mündungsfeuer lohte wie ein Blitz. Die Schrotladungen durchschlugen das zerfallene Dach, und durch die klaffenden Löcher fiel heller Sonnenschein.

Durch den heftigen Rückschlag bohrte sich der Kolben in Hendricks Bauch. Der Grinqua sank stöhnend zu Boden.

Die Waffe war jetzt ungeladen und harmlos. Zouga ließ sie los und sprang über den staubigen Boden und tastete nach seinem Revolver. Plötzlich hörte er das leichte Knirschen von Schritten auf dem Erdboden hinter sich, und er rollte sich nach rechts auf den Rücken, ohne seinen Kopf zu heben.

Hendrick stand über ihm, die leere Schrotflinte hoch über seinem Kopf erhoben. Er setzte zum Schlag an. Das Gewehr schwang in weitem Bogen herunter, der blaue Stahl funkelte düster. Zouga rollte sich rasch zur Seite. Aber der Kolben der Schrotflinte traf ihn an der Schulter. Sein Kopf prallte heftig auf dem Boden auf, so daß seine Zähne aufeinanderschlugen. Sein Arm war gefühllos, taub. Der Revolver fiel ihm aus der Hand und klapperte über den Küchenboden, bis er an die andere Wand traf.

Sofort jagte Hendrick hinter der Waffe her. Zouga trat ihm in die Kniekehle, er traf ihn voll mit dem Absatz seines Stiefels. Hendricks Beine knickten unter dem Schlag ein, und er wäre zu Boden gefallen, wenn die Wand ihn nicht aufgefangen hätte. Er stürzte dagegen und verharrte einen Augenblick. Zouga sprang auf die Füße. Er schlug mit seiner unverletzten linken Hand zu und traf den Griqua am Kiefer. Dann holte Zouga erneut aus und zertrümmerte mit seiner Faust das Nasenbein seines Gegners. Das frische Blut, das aus Hendricks Nasenlöchern schoß, bereitete ihm heftige Genugtuung.

Er würde diesen Mann zu einem blutigen Klumpen schlagen.

»Halt!« schrie Hendrick. »Bitte! Schlagen Sie mich nicht wieder.«

Die Bitte klang so flehend, und das Entsetzen im blutigen Gesicht des Griqua war so bemitleidenswert, daß Zouga trotz seiner kalten Wut innehielt.

Er trat zurück. Der Griqua schleuderte ihm die leere Schrotflinte ins Gesicht. Der Angriff kam völlig unerwartet und hatte Zouga überrumpelt. Zouga wußte, noch ehe er sich duckte, daß es ohnehin zu spät war. Er haßte sich dafür, sich zum Narren gemacht zu haben.

Es fühlte sich an, als hätte jemand eine Tür hinter Zougas Augen zugeschlagen, und sein Blickfeld war plötzlich verengt und durch Blut getrübt. Er warf sich vorwärts und tastete wieder nach dem Revolver. Er hatte eine Hand an dem Lauf. Als er ihn berührte, krachte das volle Gewicht von Hendricks massigem Körper auf seinen Rücken. Aber Zouga hielt den Revolverlauf noch immer umklammert und schlug blindlings zu, er benutzte die Waffe wie eine Keule.

Er konnte spüren, wie der stählerne Kolben sein Ziel traf, und er schlug wieder und wieder zu, wobei einige der Schläge in die Luft gingen, andere aber erfolgreich waren.

Er stöhnte und keuchte und war geblendet von seinem eigenen Blut. Er merkte gar nicht, daß Hendrick sich nicht mehr an ihn klammerte und an ihm zerrte.

Zouga wich zurück und wischte sich das Blut aus den Augen. Hendrick lag neben ihm. Er lag auf dem Rücken, die Arme weit ausgestreckt, und das Blut blubberte aus seinen Nasenlöchern. Er lag bewegungslos da, aber er atmete noch.

Zouga senkte die Pistole und stützte sich an die Wand, um auf die Beine zu kommen. Er stand schwankend da, den Kopf hängend, und die Pistole baumelte aus seiner Hand, die plötzlich so schwach war, daß er kaum ihr Gewicht halten konnte.

»Master Zouga!« Jan Cheroot stürmte keuchend in den Hof, und er hielt das Lee-Enfield-Gewehr in Brusthöhe. Schweiß rann ihm über die Stirn, und sein Gesicht schrumpfte vor Entsetzen, als er Zougas blutiges Gesicht sah.

»Du hast dir Zeit gelassen«, klagte Zouga ihn heiser an und hielt sich am Türrahmen fest. Er hatte Jan Cheroot mit dem Gewehr in einer Klamm versteckt zurückgelassen, etwa in einer halben Meile Entfernung in der staubigen Ebene.

»Ich bin losgelaufen, als ich die Schüsse hörte.«

Zouga merkte erst jetzt, daß der Kampf nur wenige Minuten gedauert hatte – so lange, wie ein Mann braucht, um eine halbe Meile zu rennen. Jan Cheroot nahm die Wasserflasche, die über seiner Schulter hing und versuchte, das Blut von Zougas Gesicht zu waschen.

»Laß das.« Zouga entzog sich ihm brüsk. »Sieh in den Satteltaschen des Bastards nach, wir müssen etwas finden, um ihn zu fesseln, ein Seil oder etwas Ähnliches.«

Am Sattelknauf der grauen Mähre hing ein aufgerolltes Seil aus geflochtener Rinderhaut. Jan Cheroot nahm es an sich und blieb in der Tür stehen.

»Ich kenne ihn.« Er starrte Hendrick Naaimans Gesicht an. »Ich glaube, ich kenne ihn. Du hast ihn ganz schön zugerichtet.«

»Fessle ihn«, flüsterte Zouga und trank einen Schluck Wasser. Dann nahm er den Seidenschal von seinem Hals und befeuchtete ihn, bevor er sich vorsichtig Blut und Staub aus seinen Wunden wischte.

Die schlimmste Verletzung befand sich an seinem Scheitel, wo der Verschluß der zerbrochenen Schrotflinte ihn getroffen hatte.

Jan Cheroot murmelte Schimpfwörter und verfluchte Hendrick Naaiman, während er ihn fesselte.

»Du gelbe Schlange.« Er rollte den Griqua auf den Rücken. »Du trägst Schuhe an deinen Füßen und Hosen, die deinen schwarzen Arsch bedecken, und du glaubst, du seist ein Gentleman.«

Er zog Hendricks Arme auf dessen Rücken und band sie schnell und geschickt an Handgelenken und Ellenbogen zusammen.

»Du würdest sogar noch einen Geier in Verruf bringen.« Jan Cheroot schlang die Rinderhaut um Hendricks Knöchel und zog sie fest. »Nicht mal die Hyänen würden neben dir Mist fressen, du Widerling.«

Zouga verschloß die Wasserflasche und hob den leeren Beutel auf. Dann suchte er nach den Diamanten. Sie waren in der ganzen Küche verstreut. Der achte und letzte war der grüne Drache, der dunkel und unauffällig in einer düsteren Ecke lag.

Zouga warf Jan Cheroot den Beutel zu, und der pfiff, als er hineinschaute.

Sein faltiges braunes Gesicht war die pure Habsucht. »Die gelbe Schlange ist ein illegaler Händler.«

»Er wollte, daß wir die Steine über unsere Sortiertische laufen lassen.«

»Welcher Anteil?« fragte Jan Cheroot, der mit den Steinen spielte.

»Die Hälfte.«

»Das ist ein gutes Geschäft. Wir wären in sechs Monaten reich und könnten diese gottverdammte und verfluchte Wüste für immer verlassen.«

Zouga riß den Beutel wieder an sich. Er war dieser Versuchung bereits einmal ausgesetzt gewesen.

»Hol sein Pferd«, befahl er ärgerlich.

Sie packten den schlaffen Körper des Griqua und warfen ihn

über den Sattel. Als Jan Cheroot den Griqua an das Pferd band, bewegte Hendrick seine Beine und versuchte, den Kopf zu heben, um Zouga trübe anzuschauen.

»Major«, krächzte er, nur halb bei Bewußtsein. »Major, lassen Sie mich erklären. Sie verstehen nicht.«

»Halts Maul«, knurrte Zouga.

»Major. Ich bin kein Dieb, lassen Sie mich das mit den Diamanten erklären.«

»Ich sagte, du sollst still sein«, warnte Zouga, riß den Mund des Griqua auf und stopfte den Diamantenbeutel hinein.

»Erstick an deinen verdammten Diamanten, du hinterhältiger Bastard«, zischte er grimmig, während er seinen Schal über Hendricks Mund band und ihn an seinem Hinterkopf fest verknotete. Hendrick würgte und verdrehte die Augen. Er warf seinen Kopf herum und versuchte vergeblich den festgebundenen Beutel auszuspucken.

»Das wird dich ruhighalten, bis wir dich vor das Komitee gebracht haben.«

Jan Cheroot saß hinter dem gefesselten Griqua auf dem Rükken des Grauen auf und folgte Zouga.

»Welch eine Vergeudung!« murrte er so laut, daß Zouga es gerade noch hören konnte. »Dieser Beutel hätte uns nach Norden gebracht.«

Zouga zeigte keine Reaktion.

»Das Komitee wird dafür sorgen, daß dieser gelbe Bastard so oder so bestraft wird. Er ist bereits ein Fressen für die Geier.«

Hendrick zappelte hilflos und schnaubte.

»Wenn wir ihnen einfach die Arbeit abnehmen, ganz nett und leise, eine Kugel in den Kopf, und ihn den Schakalen und Hyänen zum Fraß vorwerfen – niemand würde davon erfahren.« Wieder warf Jan Zouga einen hoffnungsvollen Blick zu. »Was im Beutel ist, kann uns nach Norden bringen – so weit, wie wir wollen.«

Zouga trieb den Wallach zum Galopp an. Jan Cheroot seufzte, schlug dem doppelt beladenen Grauen auf die Kruppe und folgte Zouga ins Lager.

Pickering und Rhodes saßen mit ein paar anderen Diggern hinter dem Marktplatz zusammen. Jedes Mitglied dieser Runde besaß gute Claims und fand Steine; das mußten sie auch, da sie sich den teueren Champagner und den alten Cognac leisten konnten. Einer von ihnen war der jüngere Sohn eines Grafen, ein anderer ein Baron. Die meisten waren Mitglieder des Diggerkomitees, und ihre Lebensart hatte der Gruppe den Titel »Die Angeber« eingebracht.

Als Zouga näher kam, saß ein halbes Dutzend der Angeber unter den Akazienbäumen und dinierte mit Veuve Cliquout Champagner, obwohl die Sonne noch hoch über dem Horizont stand.

Pickering blickte auf, und seine gleichmäßigen, offenen Gesichtszüge zeigten endlich einmal Erstaunen, als Zouga ins Lager geritten kam.

»Gentlemen«, verkündete Zouga grimmig, »ich habe etwas für Sie.«

Er beugte sich im Sattel vor und schnitt die Seile durch, die Hendrick Naaiman am Sattelgurt der grauen Mähre gehalten hatten. Dann stieß er ihn vom Pferd.

»Ein illegaler Händler«, erklärte Zouga, als sie ihn anstarrten.

Pickering bewegte sich zuerst. Er sprang auf die Füße.

»Wo sind seine Diamanten, Major?« fragte er.

»In seinem Mund.«

Pickering ging neben dem Griqua in die Knie und löste den Schal.

Er holte den speicheldurchtränkten Beutel aus Hendricks Mund und schüttete den Inhalt auf den Tisch.

»Acht«, Rhodes zählte sie rasch und wirkte ungeheuer erleichtert. »Sie sind alle noch da.«

»Ich sagte doch, daß Sie sich nicht zu beunruhigen brauchen. Ich habe fünfzig Guineas gewettet, daß er alle herbringt. Vergessen Sie das nicht.«

Pickering lächelte Rhodes zu und wandte sich dann wieder dem Griqua zu, der wie ein zusammengebundenes Huhn um sich schlug.

Pickering half ihm auf die Füße.

»Mein lieber Freund«, fragte er. »Ist alles in Ordnung?«

»Er hätte mich fast umgebracht«, blökte Hendrick erbittert. »Er ist ein Wahnsinniger!«

»Ich hatte dir geraten, vorsichtig zu sein«, sagte Pickering. »Er ist kein Mann, der mit sich spaßen läßt.« Er klopfte dem Griqua auf den Rücken. »Gut gemacht, Hendrick.«

Dann wandte sich Pickering an Zouga. »Wir sind Ihnen eine Erklärung schuldig, Major.« Er breitete die Arme aus und lächelte gewinnend.

Zouga starrte ihn wortlos an. Sein Gesicht war so blaß, daß sich seine Kratzer und Risse blaugrau abhoben. Nach einer Weile fand er seine Stimme wieder.

»Eine Falle!« flüsterte er. »Sie haben mir eine Falle gestellt!«

»Wir mußten ganz sicher sein«, erklärte Rhodes sachlich. »Wir mußten herausfinden, was für ein Mann Sie wirklich sind, bevor wir Sie ins Diggerkomitee berufen.«

»Sie Schwein«, brachte Zouga heiser heraus. »Sie arrogantes Schwein.«

»Sie haben die Probe bestanden, Sir«, erwiderte Rhodes pikiert. Er war nicht daran gewöhnt, so beschimpft zu werden.

»Wenn ich auf Ihre List hereingefallen wäre, was hätten Sie dann getan?«

Rhodes zuckte mit den breiten Schultern. »Die Frage stellt sich nicht. Sie haben sich wie ein wirklicher englischer Gentleman verhalten.«

»Sie werden nie wissen, wie schwer es mir gefallen ist«, knurrte Zouga.

»Oh, das weiß ich. Die meisten von uns sind so auf die Probe gestellt worden.«

Zouga wandte sich an Pickering. »Was wäre passiert, eine Lynchveranstaltung?«

»Mein lieber Freund, wahrscheinlich nichts so Theatralisches. Sie wären vielleicht einfach auf einem Damm ausgerutscht und in eine der Gruben gestürzt, oder Sie hätten das Pech gehabt, ausgerechnet in dem Augenblick unter einem Kieseimer zu stehen, in dem das Seil reißt.«

Dann schwieg Pickering plötzlich, und sein Gesichtsausdruck veränderte sich.

Zouga war abgesprungen und stand ihm nun gegenüber. Sie waren etwa gleich groß. Die Gruppe am Lagertisch beobachtete die Szene gespannt.

»Bei Gott, er wird Pickling den Schädel einschlagen.«

»Oder Pickling kommt ihm zuvor.«

»Zehn Guineas, daß der Elefantenjäger gewinnt.«

»Ich billige diese Schlägerei nicht«, murmelte Rhodes, »aber ich setze zehn auf Pickling.«

Pickerings Lächeln war frostig geworden. Er hatte seine Hände zu Fäusten geballt und beobachtete Zouga aufmerksam.

Zouga entspannte sich und wandte sich verächtlich an die Gruppe unter den Akazien: »Ich habe Ihnen für einen Tag wohl genügend Erheiterung geboten. Nehmen Sie Ihre verdammten Diamanten, und behalten Sie Ihr verdammtes Komitee. Sie können –«

Auf Zougas Wutausbruch erfolgte heftiges Händeklatschen und lachendes Hurragebrüll. Zouga schwang sich wieder auf den Rücken des Wallachs und spornte ihn zum Galopp an. Der ironische Beifall folgte ihm.

»Ich hoffe, wir haben ihn nicht zu sehr verärgert.« Pickering senkte die Fäuste und starrte Zouga nach. »Gott weiß, wir brauchen ehrliche Männer.«

»Oh, keine Sorge«, sagte Rhodes. »Geben Sie ihm Zeit, sich zu beruhigen. Dann werden wir das schon in Ordnung bringen.«

»Henshaw.« Bazo hielt den geflochtenen roten Korb auf seinem Schoß und schaute traurig hinein.

»Henshaw, das Tier kann noch nicht so schnell wieder kämpfen.«

Sie saßen am Kochfeuer in der Mitte der strohgedeckten Hütte. Ralph fühlte sich bei den Matabele mehr zu Hause als in dem Zelt unter dem Kameldornbaum. Hier war er bei seinen Freunden, den engsten Freunden, die er je in seinem Nomadenleben kennengelernt hatte, und hier war er auch fern von der strengen und unerbittlichen Aufsicht seines Vaters.

Ralph tauchte die linke Hand in den gemeinschaftlichen dreifüßigen schwarzen Topf und nahm etwas von dem lockeren weißen Maisbrei heraus. Während er ihn zwischen seinen Fingern zu einer Kugel rollte, sprach er mit den Matabele, die ihm gegenüber kauerten.

»Wenn die Entscheidung bei dir läge, würde sie nie wieder kämpfen«, sagte er und tauchte die Maiskugel in die Tunke aus Hammelfett und wilden Kräutern.

»Das Bein ist noch nicht stark genug«, schüttelte Bazo den Kopf.

Ralph steckte den Bissen in den Mund und kaute, während er sprach. »Das Bein ist fest und hart wie ein Messer.«

Bazo blies die Wangen auf und schaute noch kummervoller drein. Auf dem Pfahl in den Schatten hinter ihm schüttelte Scipio die Federn.

»Jede Nacht, die der Vogel nicht kämpft, werden wir, deine Brüder, ärmer«, fiel Kamuza zu Ralphs Unterstützung ein. »Henshaw hat recht. Sie ist stark wie eine Löwin und bereit, uns allen viele goldene Königinnen zu verdienen.«

»Du sprichst und denkst bereits wie ein weißer Mann«, erwiderte Bazo verächtlich. »Die gelben Münzen füllen Tag und Nacht deinen Kopf.«

»Welchen anderen Nutzen hat dieses«, Kamuza schauderte leicht, als er auf den Korb deutete, »dieses Ding. Wenn es dich sticht, wird der Speer deiner Männlichkeit wie eine faule Frucht schrumpfen, bis er nicht größer als der Finger eines neugeborenen Babys ist.«

»Das wäre vielleicht ein Schrumpfen«, kicherte Ralph. »Wie ein Rhinozerosbulle, der zu einer gestreiften Feldmaus schrumpft.«

Bazo grinste und machte eine Geste, als wolle er den winzigen Korb auf Kamuzas Schoß stellen. »Komm, laß das Ding ein bißchen saugen, damit es Kraft für den Kampf bekommt«, schlug er vor, und der Kreis explodierte in einem lauten Gelächter über Kamuzas offensichtliche Angst. Er schrie auf und sprang mit einem wilden Satz davon.

Das laute Geschrei verbarg ihr eigenes Unbehagen über die Nähe des Korbes, und sie wurden augenblicklich still, als Bazo vorsichtig den Deckel anhob.

Mit ängstlicher Faszination krochen sie etwas näher heran, und auf dem Boden des Korbes regte sich etwas, das so dunkel und haarig und groß wie eine Ratte war.

»Hau! Inkosikazi!« grüßte Bazo, und die Kreatur stellte sich auf ihre vielen Beine, wobei sie das vordere Paar abwehrend hob. Die Augen glitzerten im weichen, flackernden Feuerschein. Bazo hob seine eigene rechte Hand, um den Gruß der langen, haarigen Beine zu erwidern.

»Ich sehe dich auch, Inkosikazi.«

Bazo hatte sie Inkosikazi, die Königin, getauft und Ralph erklärt: »Sie ist in ihrer Wut königlich und so blutdürstig wie eine Matabele-Königin.«

Er und Ralph hatten Holzbalken am Ostrand abgeladen, wo neue Gerüste entstehen sollten, und als eine Ladung in den Schlingen nach oben gehievt worden war, war die große Spinne aus ihrem Nest zwischen den gesägten Planken hervorgekommen. Sie hatte ihren dickgeschwollenen, samtenen Hinterleib angehoben, war über Ralphs Arm gejagt und dann drei Meter tief auf den Boden gesprungen.

Die Spinne hatte die Größe eines Eßtellers, wenn ihre Beine ausgestreckt waren. Ihr haariges Äußeres und ihr außergewöhnliches Sprungvermögen hatten der Spezies den verbreiteten Namen Pavianspinne eingebracht.

»Pack sie, Bazo!« hatte Ralph von dem beladenen Wagen herabgebrüllt.

Jetzt, da Griqualand West und die Gruben von New Rush Teil der Kapkolonie und des Britischen Empire waren, hatte es viele Veränderungen gegeben.

New Rush war in Kimberley umbenannt worden, nach Lord Kimberley, dem Kolonialminister in London, und die Stadt Kimberley begann, die Segnungen der britischen Zivilisation und viktorianischer Moral zu genießen, wozu auch das strikte Verbot von Hahnenkämpfen gehörte. Die Digger, die immer auf Ablenkung begierig waren, hatten nicht lange gebraucht, um einen anderen Wettkampf zu finden. Spinnenkämpfe waren in den Gruben in Mode.

»Laß sie nicht entkommen!« Ralph war vom Wagen gesprungen und hatte sich das Hemd vom Leib gerissen, aber Bazo war schneller gewesen. Er hatte seinen Lendenschurz abgenommen und ihn vor die Spinne gehalten. Das riesige Spinnentier hatte sich auf seine Hinterbeine gestellt. Und dann hatte Bazo nackt und triumphierend das Tuch darüber geworfen und es schnell zu einem Bündel zusammengeschlungen.

Jetzt streckte er langsam und bedächtig seine Hand in den Korb, und die Spinne richtete sich höher auf. Ihre wolfsähnlichen Kinnladen kauten drohend, und dazwischen erhob sich der einzige Zahn, geschwungen und rot, aus seiner flachen Scheide. An der nadelscharfen Spitze glitzerte ein blasser Tropfen Gift.

In der dunklen Hütte war es totenstill, als die Matabele zuschauten, wie Bazos offene Hand der Kreatur näher und näher kam.

Dann berührte er sie mit seinen Fingerspitzen und begann, ihren pelzigen Rückenschild zu streicheln. Langsam gab die Spinne ihre drohende Haltung auf, und die Zuschauer seufzten erleichtert auf.

Inkosikazi hatte fünfmal gekämpft, und fünfmal hatte sie getötet, obwohl sie beim letzten Kampf gegen ein anderes riesiges, wildes Weibchen eines ihrer Beine verloren hatte. Das war jetzt fast drei Monate her; das abgetrennte Glied hatte sich jetzt regeneriert, und das neue Bein war heller gefärbt als die anderen – wie die frischen Triebe an einem Rosenstrauch.

Langsam drehte Bazo seine Handfläche nach oben, und die Spinne glitt darauf und hockte sich darauf und füllte sie aus, ohne ihre vielgliedrigen Beine auszustrecken.

»Eine Königin«, sagte Bazo, »eine wahrhaftige Königin. Henshaw möchte dich gern wieder kämpfen sehen.« Er schaute zu Ralph, und um seine vollen Lippen spielte ein schelmisches Lächeln.

»Geh zu Henshaw und sag ihm, ob du kämpfen willst oder nicht.« Und er reichte Ralph das Tier. Voller Entsetzen starrte Ralph auf die Spinne vor ihm.

»Henshaw«, lächelte Bazo. »Sprich mit ihr und streichle sie.«

Es war eine Herausforderung, und die Zuschauer regten sich erwartungsvoll. Wenn die Herausforderung nicht angenommen wurde, würde ihr Spott gnadenlos sein. Ralph zwang sich dazu, sich zu bewegen, doch der Ekel schnürte ihm die Kehle zu. Der Schweißfilm auf seiner Stirn war plötzlich kalt wie ein Gletscher.

Bazo lächelte noch immer, aber sein Blick veränderte sich langsam zu höhnischer Verachtung. Mit ungeheurer Anstrengung streckte Ralph die Hand aus. Auf diese Bewegung hin hob die Spinne sich, und ihr leicht aufgeschwollener Hinterleib schien leise und obszön zu pulsieren.

Nur ein Mensch hatte bisher Inkosikazi angefaßt, und ihre Reaktion auf eine fremde Berührung war unvorhersehbar; aber Ralph zwang sich, die Hand zu ihr auszustrecken.

Langsam kamen seine Fingerspitzen näher, zwölf Zentimeter, fünf Zentimeter von dem haarigen Leib entfernt, und die Spinne sprang. Sie beschrieb einen hohen Bogen und landete auf Ralphs Schulter.

Die Zuschauer schrien vor Entsetzen auf und rempelten sich gegenseitig an bei dem Versuch, die niedrige Tür zu erreichen. Nur Bazo und Ralph hatten sich nicht gerührt. Ralph saß mit noch ausgestreckter Hand da, und die Spinne hockte auf seiner Schulter. Die langen buschigen Beine bewegten sich langsam. Die Spinne kroch seitwärts auf Ralphs Hals zu, er spürte die scharfen Spitzen ihrer Füße auf seiner Haut.

Tief in Ralphs Kehle steckte ein Schrei des Entsetzens, aber mit äußerster Willensanstrengung unterdrückte er ihn. Die Spinne erkletterte sein Kinn und hing dort einen Augenblick lang wie eine riesige, schwarze Fledermaus nach unten. Ralph rührte sich nicht.

Statt dessen sah er Bazo fest in die Augen. Der Spott war aus Bazos Augen gewichen, und hinter ihm rückten die anderen Zuschauer wieder näher heran, fasziniert und ängstlich zugleich. So saßen sie vielleicht eine Minute lang, und dann hob Ralph seine Hand. Die Geste war so ruhig, so beherrscht, daß die Spinne kaum Alarmreaktionen zeigte. Dann krabbelte sie bereitwillig auf die dargebotene Hand, und Ralph hob sie behutsam in ihren Korb zurück.

Ralph wollte aufspringen und in die Dunkelheit hinausrennen, um allein zu sein, aber er zwang sich, sitzen zu bleiben. Er starrte Bazo ausdruckslos an, bis der Matabele schließlich seinen Blick senkte.

»Sie wird kämpfen«, sagte er leise. »Wie du es wünschst, Henshaw. Sie wird morgen wieder kämpfen.«

Inkosikazi hatte seit fast drei Monaten nicht gekämpft, und die Wettenden, die immer launisch waren, hatten sie vergessen. Andere Champions waren aufgetaucht und beanspruchten die fanatische Loyalität ihrer Gefolgsleute. Die Männer sammelten sich in Viererreihen um die Transportbehälter und versuchten, einen Blick in die Körbe zu werfen und die Kampfeslust der eingesperrten Kreaturen zu beurteilen.

Obwohl an jedem Abend im Laternenlicht Wettbewerbe hinter Diamond Lils Kantine abgehalten wurden, fand das Hauptereignis immer am Sonntagnachmittag statt, wenn die Digger in Kimberley Zeit hatten, sich an die Westecke des Marktplatzes zu drängen und den Wettbewerb zu beobachten.

Die Arena war eine rechteckige Holzkonstruktion, einsachtzig im Geviert und neunzig Zentimeter tief, abgedeckt mit einer Klarglasscheibe.

Die Glasscheibe und die hölzerne Arena gehörten einem ehemaligen Diamantenhändler, Chaim Cohen, der festgestellt hatte, daß mit Spinnen mehr Geld zu verdienen war als mit den Steinen. Der Besitz des Glases sicherte ihm ein Monopol an dem Spiel und erlaubte ihm, enorme Eintrittspreise zu verlangen und den Löwenanteil der Gewinne einzustreichen.

Ein halbes Dutzend Wagen war in einem Rechteck um die Arena aufgestellt worden, um Tribünen für die Zuschauer zu schaffen. Die Kantinen um den Platz boten Service an, und die Kellner wankten unter den Tabletts, die mit schäumenden Bierkrügen beladen waren.

Der weibliche Anteil der Bevölkerung hatte sich verdoppelt und vervierfacht, seit Kimberley Teil des Empires geworden war, und die Ladys nutzten die Gelegenheit, um einen hübschen Hut und eine schön geformte Fessel zu zeigen. Ihre entzückenden Entsetzensschreie steigerten die fieberhafte Erregung, wenn die kämpfenden Spinnen in die Arena gelassen wurden.

In einer der Gassen, die zu dem Platz führten, standen Ralph und seine Matabele und führten eine ernste Diskussion.

»Ich weiß nicht, was der Name bedeutet«, protestierte Bazo.

»Es ist der Name einer gefährlichen Frau, die so wundervoll tanzte, daß der König den Kopf eines Mannes abschneiden ließ und ihn ihr schenkte, als sie das verlangte«, erklärte Ralph.

Sie waren alle beeindruckt. Das war die Art von Geschichten, die den Matabele gefielen.

»Wie war der Name doch gleich?« fragte Bazo nachdenklich.

»Salome –«

»Aber warum kann sie nicht unter ihrem richtigen Namen kämpfen?« Bazo warf einen Blick auf den Korb unter seinem Arm. »Warum müssen wir Inkosikazis Namen für diesen Kampf ändern? Das ist kein gutes Omen.«

Ralph schaute verbittert drein. »Wenn wir sie unter ihrem Namen anmelden, erinnern sich die Wetter daran, daß sie bereits fünfmal getötet hat. Wenn wir sie Salome nennen, nun ja, eine Spinne sieht wie die andere aus. Sie werden sie nicht erkennen. Sie werden glauben, daß sie keine Kampferfahrung hat, und wir werden mehr Geld gewinnen.«

»Das ist ein guter Grund«, fiel Kamuza ein, doch Bazo ignorierte ihn.

»Wer ist auf diesen Namen gekommen?« wollte Bazo wissen.

»Jordie. Er fand ihn in dem großen Buch.« Das war die Entscheidung. Bazo hatte großen Respekt vor dem hübschen, sanften Jungen und seinem Bücherwissen.

»Salome.« Er nickte. »Abgemacht, aber nur für heute.«

»Gut.« Ralph rieb sich die Hände. »Wo ist das Geld?« Und sie alle blickten auf Kamuza. Er war der Schatzmeister der Gruppe. Die jungen Matabele hatten inzwischen einen hübschen Haufen Gold- und Silbermünzen gesammelt, seit sie sich im Lager aufhielten.

Kamuza hatte seinen Schatz im Boden der gemeinsamen Hütte vergraben, am Abend zuvor aber widerwillig einen Teil davon hervorgeholt. Jetzt hielt er einen Beutel in der Hand, der aus der braunen Hodenhaut eines Springbocks gemacht war, und zählte wiederwillig Münzen in Ralphs Hand. Kein weißer Buchmacher würde die Wette eines schwarzen Mannes akzeptieren, und deshalb war Ralph der Strohmann des Matabele-Syndikats.

»Mach eine Quittung«, forderte Kamuza, und Ralph kritzelte auf eine Seite seines Notizbuches eine Empfangsbescheinigung über sechzehn Sovereigns, riß das Blatt heraus und reichte es Kamuza, der kurz darauf schaute. Er vertraute Ralph, ohne zu fragen. Er konnte nicht lesen, aber die europäischen Geschäftsgebaren faszinierten Kamuza. Er hatte beobachtet, daß weiße Männer immer Papierstücke erhielten, wenn sie Münzen hergeben.

»Gut.« Er steckte die Quittung in den Springbockhautbeutel.

»Ich selbst habe vier goldene Königinnen.« Ralph zeigte seine ganzen Ersparnisse. »Ich werde meinen Anteil für das Startgeld davon zahlen und den Rest davon verwetten.«

»Mögen die Götter mit uns allen sein, Henshaw«, seufzte Bazo und reichte Ralph den kleinen Korb.

Ralph zog seine Mütze so tief nach unten, daß sie den Großteil seines Gesichts verbarg. Es war unwahrscheinlich, daß sein Vater in der Menge war, und falls er doch hier war, würde er ihn ohnehin erkennen, deshalb war die Geste mehr instinktiv.

»Ich werde hier auf das Geld warten«, sagte Kamuza.

»Wenn sie gewinnt«, warf Ralph ein.

»Sie wird gewinnen«, behauptete Bazo düster. »Wenn ich könnte, würde ich sie mit eigenen Händen hineintragen.«

Es gab kein Gesetz, das einem schwarzen Mann verbot, einen eigenen Teilnehmer aufzustellen, aber keiner von ihnen hatte je so etwas getan.

Ralph schlüpfte aus der Gasse und mischte sich unter die Menge, bahnte sich einen Weg durch das Gewühl, bis er die Gruppe der Tierbesitzer erreicht hatte. Jeder von ihnen hatte einen geflochtenen Korb in der Hand und wartete darauf, seinen Liebling eintragen zu können.

»Ah, der junge Ballantyne.« Chaim Cohen blickte von seinem Verzeichnis auf. Die drahtgerahmte Brille saß auf seiner Nasenspitze. »Hab' dich ja eine Weile nicht gesehen.«

»Ich hatte kein Tier, Mr. Cohen. Hab' mir jetzt eine Neue gefangen«, log Ralph zungenfertig.

»Was ist denn mit – wie hieß sie doch gleich, hatte doch diesen Kaffernnamen, passiert?«

»Ist gestorben. Hatte ein Bein verloren und starb nach ihrem letzten Kampf.«

»Und wie heißt deine neue Lady?«

»Salome.«

»Also Salome. Das macht zwei Pfund, Ballantyne.« Die Münzen verschwanden mit unglaublicher Geschwindigkeit in der vergrößerten Tasche, die Cohen sich an die Innenseite seines Gehrocks genäht hatte. Ralph begab sich erleichtert unter die Menge.

Er fand einen Platz in der Nähe der Hinterklappe eines Wagens. Dort war er ziemlich versteckt und konnte trotzdem die Damen in der Menge beobachten. Einige von ihnen waren jung und hübsch, und sie wußten das. Alle paar Minuten kam eine von ihnen so nah an Ralph vorbei, daß er das Rascheln ihrer Petticoats hören und ihren Duft riechen konnte.

Eine heisere Stimme drang an sein Ohr: »Du kämpfst mit einem neuen Tier, wie ich sehe, junger Ballantyne.«

»Ja, Sir. Das ist richtig, Mr. Lennox.«

Barry Lennox war ein großer Mann, der für seine schnellen Fäuste bekannt war und deshalb allgemein respektiert wurde. Er war ein Wetter, der tausend Guineas auf einen einzigen Hahnenkampf gesetzt und gewonnen hatte. Das war in den Tagen, bevor die Zivilisation die Gruben erreicht hatte. Jetzt riskierte er ebensoviel bei einem Spinnenkampf. An den Maßstäben von New Rush gemessen, war er ein reicher Mann, denn er besaß achtzehn Claims im Dammblock Nummer vier. Er hatte die rotgeäderten Wangen und die heisere Stimme eines Gewohnheitstrinkers, aber was Ralph an diesem Mann am meisten fesselte, war die Tatsache, daß er gleich drei junge Frauen beschäftigte, die seinen Haushalt führten. Eine war ein hübsches, gelbes Griqua-Mädchen, ein anderes eine großäugige portugiesische Mulattin, und die dritte eine schwarze Basuto, die Hüften wie eine tragende Stute hatte. Wann immer Ralph an dieses Trio dachte, was sehr häufig geschah, beschwor seine Phantasie einen Garten verbotener Köstlichkeiten herauf.

Natürlich nahmen weder Ralphs Vater noch irgendein anderes Mitglied des Komitees die Existenz von Lennox zur Kenntnis. Lennox Aufnahmeantrag zum Kimberley Club war mit dem Rekordergebnis von fünfundsechzig schwarzen Kugeln abgelehnt worden. Doch Ralph nahm resepktvoll seine Mütze ab, als Lennox ihn jetzt fragte: »Was ist mit Inkosikazi passiert? Ich hab' an ihr gut verdient.«

»Sie ist gestorben, Mr. Lennox. An Altersschwäche, nehme ich an.«

»Pavianspinnen leben fast zwanzig Jahre und länger«, gab Lennox zurück. »Schauen wir uns doch mal deine neue Lady an.«

»Ich möchte sie nicht aufregen – nicht vor dem Kampf, Sir.«

»Weiß dein Vater, wo du deine Sonntagnachmittage verbringst, junger Ballantyne?«

»In Ordnung, Sir.« Ralph kapitulierte schnell und lüftete den Deckel seines Korbes einen Spaltbreit. Lennox warf einen Blick auf das Tier.

»Sieht wie ein kräftiges linkes Vorderbein aus – neu gewachsen.«

»Nein, Sir. Nun ja, es könnte sein. Hab' sie ja erst gestern gefangen. Ich kenne ihre Geschichte nicht, Mr. Lennox.«

»Junge, du würdest doch keinen Neuling antreten lassen! Gestehe.« Lennox schaute Ralph streng in die Augen, und Ralph senkte seinen Blick. »Du willst doch nicht vors Diggerkomitee gebracht werden, oder? Die Schande, die du über deinen Papa bringen würdest, würde ihm das Herz brechen.«

Zouga Ballantynes Herz hätte wahrscheinlich die Schande überstanden, aber bestimmt nicht Ralphs Schädel.

Kläglich schüttelte Ralph den Kopf. »Also schön, Mr. Lennox. Es ist Inkosikazi, ihr ist ein neues Bein gewachsen. Ich dachte, ich hätte so bessere Chancen, aber jetzt werde ich sie zurückziehen. Ich werde Mr. Cohen sagen, daß ich gelogen habe.«

Barry Lennox beugte sich so weit vor, daß seine Lippen Ralphs Ohr berührten.

»So etwas Dummes wirst du nicht tun, Ralph, mein Freund.

Laß deinen Favoriten kämpfen, und wenn sie gewinnt, wird's für dich etwas ganz Spezielles geben. Das ist ein Versprechen. Wenn du mich jetzt entschuldigst, ich hab' noch was Geschäftliches zu erledigen.« Lennox bahnte sich einen Weg durch die Menge.

Chaim Cohen kletterte auf die Deichsel des Wagens, der am nächsten an der Arena stand und begann, die Kampfpaarungen mit Kreide auf eine grünlinierte Tafel zu schreiben. Die Buchmacher reckten die Hälse und begangen ihre Wetten auszurufen.

»Drei auf Mr. Gladstone im ersten.«

»Dreadnought hält. Buttercup fünf im zweiten.«

Ralph wartete, während Kampf um Kampf angesagt wurde. Es gab nur zehn Kämpfe, und Mr. Cohen hatte den neunten bereits angeschrieben, ohne Salome erwähnt zu haben.

»Kampf Nummer zehn«, rief er, während er schrieb. »Dies ist ein biblisches Match, meine Damen und Herren, ein Kampf direkt aus dem Alten Testament.« Chaim Cohen benutzte das Adjektiv »diamanthaltig«, stets um alles Großartige zu beschreiben – angefangen von einem Vollblutpferd bis zu einem fünfzehn Jahre alten Whisky –, so auch jetzt: »Ein wirklich diamanthaltiges Match, mit der einen und einzigartigen, der großen und tödlichen Goliath!« Es hagelte Applaus, und beifällige Pfiffe schrillten. Goliath war die Championspinne der Diamantenfelder, die zwölf Tötungen in ununterbrochener Reihenfolge zu verzeichnen hatte. »Gegen den Favoriten tritt eine kleine, hübsche Neue an, Salome!«

Auf den Namen wurde mit Gleichgültigkeit reagiert, während die Wettenden sich beeilten, Geld auf den Champion zu setzen.

»Ich setze zehn auf Salome«, rief einer der verzweifelten Buchmacher, der versuchte, sich der Flut der Wetten zu widersetzen. Alle setzten auf Goliath, und Ralph teilte seine Not.

Mit schwerem Schritt kehrte er in die Gasse zurück. Kamuza hatte gehört, wie die Paarungen verkündet wurden.

»Gib uns die sechzehn Königinnen zurück«, begrüßte er Ralph. Bazo protestierte: »Inkosikazi wird ihr Blut trinken –«

»Die andere ist ein Riese –«

»Inkosikazi ist schnell, schnell wie eine Mamba und mutig wie ein Honigdachs.«

Sie diskutierten, während das plötzliche Gebrüll vom Geviert den Beginn des ersten Kampfes signalisierte, und das Kreischen der Damen verriet ihnen, daß der erste Mord rasch begangen worden war.

Sie stritten hitzig, und Bazo war so aufgebracht, daß er nicht länger stillsitzen konnte. Er sprang auf und begann den *giya*, den herausfordernden Tanz der Matabele-Krieger, mit dem sie sich auf den Kampf vorbereiteten.

»So sprang Inkosikazi, und so trieb sie ihren Assegai in die Brust von Nero«, schrie Bazo, während er den tödlichen Stoß seines Lieblings nachahmte.

»Du mußt entscheiden«, unterbrach Ralph seine Heldengeschichten, und Bazo beendete abrupt seinen *giya* und schaute Kamuza an.

In Geldangelegenheiten war Kamuza fraglos der Führer der Gruppe, so wie es Bazo in allen anderen Dingen war.

»Henshaw«, begann Kamuza feierlich. »Riskierst du deine Königinnen gegen dieses Monster?«

»Inkosikazi riskiert ihr Leben«, erwiderte Ralph, ohne zu zögern. »Und ich setze mein Geld auf sie.«

»So sei es denn. Wir werden dir folgen.«

Es blieben nur noch Minuten, bis der zehnte Kampf begann. Chaim Cohen trank seinen Krug Bier leer und wischte sich sichtlich erfrischt den Schaum von seinem Schnurrbart. Jeden Augenblick würde er wieder auf den Wagen steigen und die Besitzer aufrufen, ihre Kämpfer in die Arena zu bringen.

Ralph hatte noch fünf Sovereigns zum Setzen.

»Sie sagten zu zwölf«, argumentierte er verzweifelt mit dem frettchenäugigen Buchmacher, der eine fließende Ascotkrawatte trug.

»Wenn du auf deinen eigenen Liebling setzt, dann geht's nur zu zehn.«

»Das ist Betrug.«

»Das ganze Leben ist Betrug«, entgegnete der Buchmacher. »Nimm's oder laß es.«

»Also gut, ich mach's.« Ralph nahm die Quittung und eilte

auf den Wagenkreis zu, und wieder wurde ihm der Weg von Barry Lennox versperrt.

»Hast du selbst auf sie gesetzt?«

»Alles, was ich habe, Sir.«

»Das wollte ich nur wissen, mein Junge.« Er ging zum nächsten Buchmacher und zog seine Börse gerade in dem Augenblick aus der Gesäßtasche, als Chaim Cohen sich von seinem Platz auf dem Wagen entfernte.

»Geehrte Damen und verehrte Herren! Der zehnte und letzte Kampf des Tages! Der mächtige Goliath gegen die tanzende Dame Salome!«

Goliath krabbelte in die glasüberdachte Arena. Ihre vier Beinpaare bewegten sich gleichmäßig wellenförmig, so daß ihr Vorankommen majestätisch und besonnen wirkte.

Sie war eine riesige Bestie, frisch gehäutet, denn ihr Chitinpanzer war von prächtiger Kupferfarbe, und die langen Haare, die ihren Hinterleib und ihre Beine bedeckten, glänzten wie gesponnenes Gold. Sie hinterließ ein doppeltes Band winziger, punktförmiger Abdrücke in dem feuchten Sand des Arenabodens, und die Menge ließ sie hochleben.

»Töte sie!« kreischte ein hübsches blondes Mädchen mit goldenen Locken und Blumen auf dem Hut. »Reiß sie in Stücke!«

»Also dann, Mr. Ballantyne. Bringen Sie Ihren Kämpfer hinein«, befahl Chaim Cohen und hob seine Stimme, um den Tumult zu übertönen. Ralph zögerte noch ein paar Sekunden, ließ die andere Spinne ihren Kreis vollenden und sich von seiner Seite des Käfigs abwenden. Dann hob er die Schiebetür und stieß an den Korb, um Inkosikazi zu wecken.

Sie krabbelte vorsichtig vorwärts, hob ihren Hinterleib über den Sand, trippelte auf ihren dicken Beinen und erstarrte dann, als sie ihre Gegnerin auf der anderen Seite des Käfigs sah. Ihre vielfachen, juwelenartigen Augen funkelten wie Splitter eines schwarzen Diamanten.

Goliath spürte ihre Anwesenheit und sprang hoch, drehte sich in der Luft und landete so, daß sie sie anblickte. Die beiden Spinnen standen einander auf dem glattgewischten Boden aus weißem Flußsand gegenüber – und jetzt erst wurde der Größenunterschied zwischen ihnen deutlich. Goliath war riesig, vor Zorn angeschwollen, und die langen Haare stellten sich wie die Stacheln eines Stachelschweins auf, als sie begann, ihre kleinere Gegnerin tanzend herauszufordern.

Augenblicklich erwiderte Inkosikazi die Herausforderung, hob und senkte ihren Hinterleib rhythmisch, schwenkte ihre Beine mit schrecklicher Anmut wie der vielarmige Hindugott Shiva.

Völliges Schweigen hatte sich auf die Zuschauer gesenkt, die sich mühten, jede Nuance dieses Totentanzes zu verfolgen – und dann brüllte ein lustvolles Geschrei auf, als Goliath sprang.

Er segelte über die ganze Länge der Arena und landete genau da, wo Inkosikazi noch den tausendsten Teil einer Sekunde zuvor gestanden hatte. Inkosikazi war diesem blitzartigen Satz durch eine hüpfende Bewegung ausgewichen, und jetzt stand sie der riesigen, wütenden Kreatur gegenüber und forderte sie heraus.

Die beeindruckende Gewandtheit dieser großen Spinnen war die eigentliche Attraktion. Es gab kein Vorgeplänkel oder ein tastendes Herankriechen, das einen dieser schwalbenleichten Sprünge ankündigte. Die Spinnen schossen wie Gewehrkugeln plötzlich in die Luft und zielten auf ihre Rivalinnen, um gleich darauf ebenso schnell zum Gegenangriff überzugehen. Zwischen den Angriffen tanzten sie diesen hypnotisierenden, unheimlichen Tanz.

»Jee! Jee!« Das angespannte Schweigen wurde durch den schauerlichen, tödlichen Schrei eines Matabele-Kriegers unterbrochen.

Bazo hatte es in der Gasse hinter dem Wagengeviert nicht aushalten können. Er hatte sich durch die Menge vorgedrängt, bis er die Wagen erreichte, doch mit dem sich steigernden Kampf war auch sein Kriegerblut in Wallung geraten. Er schob sich durch die engen Reihen und war jetzt ganz vorn. Er konnte sich nicht mehr beherrschen.

»Jee! Jee!« ertönte der Kampfschrei, und Ralph merkte, daß er ihn selbst ausstieß.

Inkosikazi kämpfte instinktiv, reagierte ohne Zögern. Die winkenden Arme des gigantischen Weibchens auf der anderen Seite des Käfigs machten sie wütend, und es war bloßer Zufall, daß ihr erster Angriffssprung mit dem Kriegsgesang zusammenfiel.

Zweimal schleuderte sie sich hoch, und zweimal wich Goliath ihr aus, und dann, beim dritten Sprung, schoß Inkosikazi zu hoch und berührte die Glasabdeckung der Arena. Der Aufprall durchbrach den perfekten Bogen ihres Fluges, und sie landete unsanft und verlor das Gleichgewicht. Sie scharrte wild im feinen weißen Sand, während Goliath ihre Chance sah und zum Töten heranflog.

Die Männer heulten vor grausamer Begeisterung auf, die Frauen kreischten entsetzt auf, als die beiden pelzigen Leiber Brust an Brust zusammenstießen und die Glieder des Gegners in heimtückischer, krakengleicher Umarmung umschlangen.

Die Wucht von Goliaths Sprung ließ die beiden Tiere wie einen Gummiball durch die Arena rollen, bis sie an eine Wand stießen, ineinander zu einem Knäuel sich schlängelnder Glieder verschlungen. Sie hackten mit ihren haarigen Wolfsmäulern aufeinander ein. Die nadelspitzen Fänge schlugen auf die undurchdringlichen glänzenden Rückenpanzer und die vielgliedrigen Beine, glitten von der funkelnden Oberfläche ab und hinterließen kleine Tropfen farblosen Giftes auf der Brust der anderen.

Instinktiv hielten sie ihre verwundbaren Hinterleiber zurück, während sie sich mühten, der Umarmung zu entrinnen, und auf eine Gelegenheit warteten, in die weiche Haut der Widersacherin zu stechen. Sie stiegen auf ihren Hinterbeinen auf und rangen miteinander, und Goliaths Gewicht zeigte Wirkung.

Mit einem scharfen, knisternden Geräusch, wie eine Walnuß im Kiefer eines silbernen Nußknackers, wurde eines von Inkosikazis Beinen aus dem Gelenk unter ihrem Rückenschild gerissen, und sie zuckte krampfartig zusammen, zog ihren weichen Bauch in schrecklichem Schmerz ein.

»Töte sie! Reiß sie in Stücke!« kreischte das hübsche blonde Mädchen wieder.

Goliath tastete nach einer weichen Stelle, in die sie den roten Zahn versenken konnte.

»Jee! Jee!« sang Bazo, dessen Augen vor Begeisterung blutunterlaufen waren, und Inkosikazi strengte sich an, den Griff zu lösen, der sie langsam erstickte. Wieder gab es dieses unheimliche Knistern, als eines ihrer Vorderbeine in einem kleinen Sprudel von Körpersaft abbrach, und instinktiv führte Goliath das abgetrennte Glied an ihr Maul.

Die Ablenkung genügte, und Inkosikazi riß sich los und sprang halb durch die Arena, landete schwankend, wobei ihre Körperflüssigkeit aus den Beinstümpfen tropfte, fing sich aber rasch wieder. Goliath beschäftigte sich noch immer mit den abgetrennten Beinen, und der Geruch des Blutes ihrer Gegnerin fesselte sie so, daß sie die verdrehten Gliedmaßen in ihr Maul nahm und sich nur noch darauf konzentrierte, sie zu zermalmen. Inkosikazi sprang wie ein Gummiball zurück, der gegen eine Ziegelwand geprallt war. Sie fiel auf Goliaths breiten behaarten Rücken, umschloß die Gegnerin mit ihren verbliebenen Beinen, und dann stieß der lange, blutrote Fang in Goliaths Hinterleib, und ihr Kopf pumpte, als sie einen gleichmäßigen Giftstrom in den aufgeblähten Körper zwang.

Goliaths Körper bäumte sich auf, ihre langen Gliederbeine streckten sich zu einem qualvollen Rhythmus, und der Ballon ihres Leibes zuckte und zog sich zusammen, als das Gift in sie zu dringen begann. Inkosikazi spritzte die tödliche Flüssigkeit in den Körper der Gegnerin, bis die Gliedmaßen der größeren Kreatur nachgaben und ihr Bauch allmählich auf den weißen Sand der Arena sackte.

Ralph und Bazo stürmten aufeinander zu und umarmten sich unter Triumphschreien. In der gläsernen Arena zog Inkosikazi langsam den langen, unter der Haut liegenden Fang zurück. Ihr Gift lähmte und tötete die Körperhülle ihrer Beute nicht nur, sondern verflüssigte sie auch. Ihre Kiefer öffneten sich und schlossen sich dann um den geleeweichen leblosen Körper unter ihr, und ihr eigener Hinterleib begann anzuschwellen und herabzusinken, als sie die Flüssigkeit ihrer besiegten Gegnerin aufsaugte.

Ralph löste sich aus Bazos Umarmung.

»Hol sie aus dem Käfig«, sagte er. »Ich gehe und hole das Geld.«

Auf der Rückkehr von der Kampfstätte trug Bazo den Korb hoch. Die barbrüstigen Matabele liefen singend hinter ihm her, halb tanzend, halb hüpfend.

Zu gerne wäre Ralph bei diesem Triumphzug mit ihnen gelaufen, aber er wußte, was sein Vater sagen würde, wenn er erfuhr, daß sein Sohn sich einem solch barbarischen Schauspiel durch die staubigen Straßen angeschlossen hätte.

Ralph folgte ihnen gemessenen Schrittes. Seine Hände steckten tief in den Taschen, wo sie die Goldmünzen klingeln ließen. Auf seinem Gesicht lag ein seliges Grinsen, das sich noch verbreiterte, als eine vertraute, dickbäuchige Gestalt durch die Türen von Diamond Lils Kantine herausrollte.

»Mr. Ballantyne«, bellte Barry Lennox über die Straße. »Mr. Ballantyne, wollen Sie mir die große Ehre erweisen, ein Glas mit mir zu trinken?«

»Nur zu gern, Sir.« Lennox brach in schallendes Gelächter aus, legte einen Arm um Ralphs Schultern und führte ihn in die Kantine.

Ralph blickte sich rasch um; es war das erste Mal, daß er einen solchen Ort betrat. Er hoffte, nackte Frauen auf den Tischen tanzen und Spieler in geblümten Westen zu sehen.

Die einzig teilweise nackte Gestalt war Charly, der Wirt, der auf dem Boden schnarchte, sein Hemd bis zum behaarten Bauch geöffnet; und die Spieler waren alle vertraute Gesichter, Männer, neben denen Ralph jeden Tag auf den Gerüsten oder in der Grube arbeitete.

»Ralph«, sagte einer von ihnen, der aufblickte. »Weiß dein Vater, wo du bist?«

»Weiß es deiner?« schoß Ralph zurück. »Weißt du überhaupt, wer das ist?«

Gelächter brandete auf, und der Mann grinste gutmütig. »Verdammt, der Junge hat wirklich eine scharfe Zunge.«

»Geben Sie meinem Sportsfreund ein Bier«, forderte Lennox den Barkeeper auf, doch der zögerte.

»Wie alt ist Ihr Sportsfreund?«

»An einem seiner künftigen Geburtstage wird er vierzig. Ich glaube, daß eine solche Frage meinen Sportsfreund beleidigt. Ich habe schon Kiefer gebrochen, die weniger unverschämte Fragen gestellt haben.«

»Zwei Bier für Sie, Mr. Lennox.«

Barry Lennox und Ralph prosteten sich mit den Krügen zu, und Lennox sagte: »Auf eine Dame, die wir beide kennen. Gesegnet seien ihre funkelnden Augen und ihre lieblichen Beine.«

Das Bier war lauwarm und schmeckte wie Seife und Chinin, aber Ralph zwang einen Schluck hinunter und schmatzte anerkennend mit den Lippen. Er hätte eine kühle grüne Flasche Gingerbier mehr genossen.

»Zigarre?« Lennox öffnete sein silbernes Etui, und Ralph zögerte nur einen Augenblick, wählte dann eine der dicken Havannas aus und biß die Spitze in getreuer Nachahmung seines Vaters ab.

Lennox hielt ihm ein Streichholz hin, und Ralph saugte vorsichtig an der Zigarre. Das war der letzte Zug, den er nahm, und danach benutzte er die Zigarre wie einen Dirigentenstock, schwenkte sie lebhaft herum.

»– ich meine, jeder kennt doch die klassische Zulu-Kampftaktik. Sie warten auf schlechten Boden und dichtes Gestrüpp, und es gibt wenig Soldaten, die Deckung nutzen und in Deckung gehen, wie sie.« Ralph schlürfte sein Bier und schwenkte seine Zigarre, während sie über Lord Chelmsfords derzeitigen Feldzug gegen den Zulukönig Cetewayo diskutierten. Die Ansichten, die er ausdrückte, waren die von Zouga Ballantyne, die er auswendig kannte und unverfälscht wiedergab; und obwohl seine Zuhörer sich zuzwinkerten und sich wegen seines Gehabes anknufften, konnten sie an seiner Logik nichts aussetzen. Ralph beendete seinen Kampfplan nicht, sondern verlor plötzlich den Faden seiner Gedanken und begann wie ein Idiot zu stottern. Röte überzog sein jugendliches Gesicht.

Barry Lennox folgte der Richtung von Ralphs Blick, und dann grinste er entzückt.

Diamond Lil hatte die Kantine durch die Hintertür betreten.

Sie war dreiundzwanzig Jahre alt, und sie war einen langen, harten Weg von dem Haus in Mayfair gegangen, wo Madame Hortense ihre Jungfernschaft für einhundert Guineas an einen ältlichen liberalen Staatssekretär verkauft hatte. Damals war sie dreizehn Jahre alt gewesen. Das Haus in Mayfair war das einzige Zuhause gewesen, das sie je gehabt hatte, und oft dachte sie voller Wehmut daran zurück.

Jetzt betrat Lil ihre Kantine. Rasch schätzte sie ihre Kundschaft ab. Es war die für einen Sonntagnachmittag übliche Menge. Es würde bald besser werden. Sie bückte sich und zählte die Flaschen unter der Theke, prüfte die Wachssiegel, um sich zu vergewissern, daß daran nicht herumgepfuscht worden war.

Sie richtete sich auf und öffnete die große, verzierte Registrierkasse, prüfte, ob sie den richtigen Preis anzeigte und berührte dann die Reihe der goldenen Sovereigns. Das Metall fühlte sich wundervoll an, und sie nahm eine Münze heraus, als ob sie nur einfach ihr Gewicht spüren und sich daran erfreuen wollte. Gold war das einzige Ding auf der Welt, dem sie vertraute. Ihr Barkeeper beobachtete sie im Spiegel, während er die Theke abwischte; sie tat so, als lege sie den Sovereign zurück, ließ ihn klirren und nahm ihn dann leise in die Hand und schloß die Schublade der Kasse wieder. Der Barkeeper war neu. Es würde interessant sein, zu sehen, ob er die Differenz entdeckte oder sie meldete.

Sie blickte in den Spiegel auf und taxierte wieder Gesicht und Schultern in dem wenig schmeichelhaften Sonnenlicht, das die Kantine durchströmte.

Sie wandte ihren Blick von ihrem Gesicht ab und ließ ihn durch die Kantine schweifen.

Ralph errötete wieder, als sie ihn musterte, das war das einzige, was ihre Aufmerksamkeit erregt hatte. Als sie ihn jetzt betrachtete, bemerkte sie, daß er wahrscheinlich noch nicht volljährig war, und sie hatte ohnehin schon Probleme mit dem Komitee. Er trug eine Knabenmütze auf dem Hinterkopf und war offensichtlich noch im Wachstum.

Sie mußte den Jungen schnell hinausschaffen. Sie drehte sich rasch um, ihre Fäuste in die Hüften gestemmt und ihren blonden Kopf aggressiv geneigt.

»Guten Tag, Miss Lil.« Ralph war von seiner eigenen Kühnheit überrascht, als er dieses himmlische Wesen so direkt ansprach. »Ich wollte meinen Freunden gerade eine Runde Drinks spendieren. Wir wären geehrt, wenn Sie ein Glas mit uns nehmen würden, Ma'am.« Ralph schlug mit einem Sovereign auf die Theke, und Lil nahm ihren Kopf wieder hoch und hob eine Hand von ihrer Hüfte, um ihr Haar zu berühren.

»Ich mag großzügige Männer.« Sie ließ den kleinen Diamanten in ihrem Schneidezahn blitzen und nickte dem Barkeeper zu. Er würde ihr einen Drink aus ihrer Spezialflasche einschenken, auf deren Etikett Booth's Gin stand, die aber mit Regenwasser gefüllt war.

Plötzlich bemerkte sie, daß der Junge sehr hübsch war. Seine Haut wirkte so klar und glatt wie ihre eigene, und seine Augen waren von einem durchdringenden Smaragdgrün. Der Eifer und die Frische, die er ausstrahlte, unterschied ihn von den haarigen Diggern, die mit rotem Staub verkrustet waren und wie Ziegenböcke stanken.

Sollte der Junge doch die Runde Drinks bezahlen. Danach war noch genug Zeit, ihn loszuwerden. In der Zwischenzeit konnte sie sich über seine offensichtliche Bewunderung amüsieren.

»Lil, mein Liebling.« Barry Lennox beugte sich über den Tresen. »Schenk mir dein kleines Ohr.«

Lächelnd hielt sie ihr Ohr an seine Lippen. »Arbeitest du heute nacht, Lil?«

»Für ein rasches Würfelspiel mit dir bin ich immer bereit, mein Süßer. Willst du jetzt gleich gehen, oder willst du erst austrinken?«

»Nein, Liebling, nicht ich. Würde es dir gefallen, die erste zu sein, die einen Sattel auf ein ungebrochenes Fohlen legt?«

Ihre Augen wanderten wieder zu Ralphs Gesicht, und ihr breites Lächeln wurde nachdenklich. Er war ein hübscher Junge, und sie spürte ein Prickeln in ihren Lenden und eine bittere Süße in ihrer Kehle, so daß ihre Stimme nicht ganz fest klang.

»Es ist noch früh, Lil, und das Geschäft ist sonntags um diese Zeit nicht gut, Lil, Liebste.« Barry Lennox schmeichelte und kicherte zugleich. »Er ist ein netter Junge, und ich müßte dir für das Vergnügen eigentlich was berechnen, aber ich biete dir einen Sonderpreis.«

»Ich werde kein Schulgeld verlangen, Barry Lennox, nur die üblichen zehn Guineas.«

Lennox schüttelte den Kopf. »Du bist wirklich hart, Lil. Ich werde ihn zu dir schicken, Liebste. Aber mach es gut, damit er sich noch daran erinnert, wenn er hundert Jahre alt ist.«

»Halt den Mund, ich hab' dir ja auch nicht beigebracht, wie man Diamanten gräbt, Barry Lennox«, sagte sie und schwebte aus der Kantine. Sie hörten die Tür ihres Schlafzimmers knallen, und Ralph schaute ihr enttäuscht nach – Barry Lennox legte einen Arm um seine Schultern, und während er leise sprach und jeden Satz mit einem heiseren, schmierigen Kichern begleitete, wich alle Farbe aus Ralphs Gesicht.

»Komm rein.« Ihre Stimme erinnerte Ralph an das sanfte, zufriedene Gurren, das die dicken wilden Tauben bei Sonnenuntergang von sich gaben.

Er blickte auf seine Hand an dem Türknopf, sah die schwarzen Ränder unter seinen Fingernägeln und führte sie rasch an seinen Mund, um den Schmutz mit Hilfe seines Eckzahnes herauszukratzen.

»Komm rein!« Die Aufforderung wurde wiederholt; doch diesmal war es kein Gurren von Tauben, sondern ein scharfer, herrischer Befehl, und Ralph öffnete die Tür. Er betrat Diamond Lils Boudoir, stolperte über den Fransenrand eines billigen orientalischen Teppichs und stürzte mit dem Kopf voran auf das Messingbett.

In einer Ecke des kleinen, grell möblierten Zimmers stand ein chinesischer Lackparavent, und über den hob sich Diamond Lils großartig geformte, blonde Frisur.

»Oh«, sagte sie süß, und die scharf geschlitzten Augen weiteten sich amüsiert. »Willst du ohne mich anfangen, Liebling?«

Ralph rappelte sich verlegen wieder auf die Füße und blieb

verlegen in der Mitte des Zimmers stehen. Er hielt seine Stoffmütze mit beiden Händen vor den Bauch.

Hinter dem Paravent drangen die erregendsten Geräusche hervor, die er je gehört hatte. Das Rascheln von Spitzen und Stoff, das Klirren von Porzellan und das Gurgeln von Wasser, das aus einem Krug gegossen wurde. Ralph spürte, daß seine Ohren und der Hals wieder heiß wurden – und er haßte sich dafür. Er wünschte, er hätte wenigstens ein frisches Hemd angezogen.

Lil trat hinter dem Paravent hervor. Sie war barfuß, und ihre Zehen waren rundlich und rosa wie die eines kleinen Mädchens.

»Ich habe Sie auf der Straße gesehen, Mr. Ballantyne«, flüsterte Lil leise. »Und ich habe Ihre männliche Art bewundert. Ich bin so froh, daß wir die Gelegenheit haben, uns kennenzulernen.«

Die Worte hatten ein Wunder bewirkt. Ralph fühlte, wie er an Sicherheit gewann. Das Zittern in seinen Beinen legte sich. »Gefällt Ihnen mein Kleid?« fragte Lil. Sie nahm die langen Röcke in ihre Hand und drehte sich, damit sie sich bauschten.

Ralph nickte stumm. Seine neu gewonnene Kraft hatte seine Zunge noch nicht gelöst, und seine Augen waren groß und glänzten fiebrig.

Lil trat zu ihm. Ohne ihre hohen Absätze reichte sie ihm nur bis zur Schulter. »Lassen Sie mich Ihnen bei Ihrer Jacke helfen.« Und als er in Hemdsärmeln dastand, forderte sie ihn auf: »Kommen Sie, und setzen Sie sich auf das Sofa.« Sie nahm seine Hand und führte ihn durch das Zimmer.

»Mögen Sie mich, Mr. Ballantyne?«

Endlich konnte er sprechen. »O ja. O ja!«

»Darf ich Sie Ralph nennen? Ich habe das Gefühl, daß ich Sie sehr gut kenne.«

Lil zog Ralph das Hemd aus. Die Sonne hatte seinen Hals gebräunt, doch die Haut auf seiner Brust und seinem flachen Bauch war weiß wie frisch gefallener Schnee. Sie berührte sie mit ihren Lippen, und als sich seine kleinen, staubigrosigen Brustwarzen zusammenzogen und aufrichteten und ihre eigene Haut köstlich kribbelte, ergriff sie seine Hände. Seine Handflächen waren rauh und schwielig von der Arbeit in der Grube. Die Fingernägel waren gerissen und gesprungen und tiefer Schmutz steckte darunter. Aber es war ehrlicher Schmutz, und die Hände waren wohlgeformt, schön und anmutig. Sie hatte gelernt, Männer nach der Form ihrer Hände zu beurteilen. Jetzt küßte sie leicht Ralphs Lippen.

Dann legte sie seine Hände auf ihre weichen Brüste. Sie spürte, wie die rauhe Haut ihre Brustwarzen streifte, und sie reckten sich wie Vollmonde, blaßrosa und straff.

»Magst du das, Ralph?«

Sie stellte fünfmal dieselbe Frage. Beim letzten Mal war der Raum fast dunkel. Ralph bewegte sich rhythmisch, und sein Atem ging in kleinen keuchenden Stößen.

»Magst du das, Ralph?»

Und seine Antwort klang gebrochen und abgerissen: »O ja. O ja, Miss Lil.«

Plötzlich war Lil traurig. Der Zauber der Unschuld war verflogen.

In zehn langen, harten Jahren hatte sie nicht mehr geweint, und jetzt war sie erschrocken über diesen Kloß in ihrer Kehle und das Brennen hinter ihren Augen.

»Was gibt es da zu weinen?« überlegte sie traurig. »Für Tränen ist es viel zu spät.«

Sie rollte Ralph geschickt auf seinen Rücken. Sein Körper war schlaff, und er leistete keinen Widerstand. Einen Augenblick lang starrte sie ihn haßerfüllt an. Er hatte etwas in ihr berührt, das unerträglich geschmerzt hatte. Dann verging der Haß, und es blieb nur noch Wehmut.

Sie küßte ihn noch einmal, weich und bedauernd.

»Du mußt jetzt gehen, Ralph«, sagte sie.

Er hielt an der Tür noch einmal inne, die Jacke über seinem Arm und die Mütze in seiner Hand.

»Ich werde Sie wieder besuchen, Lil.«

Sie formte ihre Lippen zu einem Bogen, malte sie schnell mit entschlossenen Strichen an und beobachtete ihn im Spiegel, bevor sie antwortete.

Er hatte sich bereits verändert. Er stand aufrecht da. Die süße

Schüchternheit war verschwunden, die anziehende Scheu vergangen. Eine Stunde zuvor hätte er gesagt: »Bitte, darf ich kommen und Sie wiedersehen, Miss Lil?«

Sie lächelte ihm im Spiegel zu, und der Diamant in ihrem Zahn blitzte.

»Du kannst jederzeit kommen, Liebling – immer, wenn du zehn Guineas gespart hast.«

Es war nur überraschend, daß es so lange gedauert hatte, bis Zonga von Ralphs Streifzug erfuhr. Barry Lennox hatte die Geschichte mit würzenden Zutaten und reichlich ausgeschmückt jedem erzählt, der sie hören wollte, und die Witze und die zotigen Bemerkungen tobten jeden Abend wie ein Kalahari-Sandsturm in Lils Kantine.

»Meine Herren, Sie sprechen über den ältesten Sohn einer der Säulen der Gesellschaft von Kimberley«, ermahnte Lil sie frech. »Vergessen Sie nicht, daß Major Ballantyne nicht nur Mitglied des Kimberley Clubs ist, sondern auch eine Zierde des Diggerkomitees.« Sie wußte, daß bald einer von ihnen der Versuchung erliegen würde, die Geschichte Zouga Ballantyne vorzutragen. »Ich würde zu gerne hören, was dieser kaltschnäuzige, aufgeblasene Kerl sagen wird, wenn er das hört«, sagte sie insgeheim zu sich. »Das eisige Wasser in seinen Venen wird kochen.«

»Huren und Hurenböcke«, sagte Zouga. Er hatte sich auf der breiten Veranda im Schatten des Strohdachs, das das Zelt des ersten Lagers ersetzt hatte, vor seinem Sohn aufgebaut. Ralph stand unter ihm im Sonnenlicht und blinzelte zu seinem Vater hoch.

»Vielleicht hast du keinen Respekt vor deiner Familie, vor dem Namen Ballantyne – aber hast du denn überhaupt keine Achtung vor dir und deinem eigenen Körper?«

Zouga versperrte die Eingangstür zu der Hütte aus rohen ungebrannten Ziegeln. Er war barhäuptig, so daß sein dichtes goldenes Haar wie ein Kriegshelm funkelte. Die lange schwarze, spitz zulaufende Peitsche baumelte in seiner rechten Hand und berührte den Boden neben den Zehen seines Reitstiefels.

»Hast du darauf eine Antwort?« Zougas Tonfall war ruhig und von tödlicher Kälte.

Ralph war gerade aus der Grube gekommen. Der Staub klebte dick und rot in seinem Haar und auf seinem Gesicht. Er wischte seine Stirn mit einem Hemdsärmel ab, um dem Blick seines Vaters auszuweichen, und dann betrachtete er die schlammige Schmiere auf dem Stoff aufmerksam.

»Antworte mir.« Zougas Tonfall veränderte sich nicht. »Nenne mir einen Grund – nur einen einzigen Grund, warum ich dich nicht aus diesem Haus werfen sollte – für immer.«

Jordan konnte es nicht länger ertragen, der Gedanke, daß er Ralph verlieren könnte war stärker als die Furcht vor der Wut seines Vaters.

Er lief über die Veranda und ergriff den Arm, der die Peitsche hielt.

»Papa! Bitte, Papa – schick ihn nicht fort.«

Ohne Jordan zu beachten, holte Zouga aus. Der Schlag traf Jordan an der Brust und schleuderte ihn gegen die Verandawand zurück.

»Jordie hat nichts getan«, sagte Ralph ebenso ruhig, wie sein Vater gesprochen hatte.

»Oh, du kannst reden?« fragte Zouga.

»Geh weg, Jordie«, befahl Ralph. »Die Sache geht dich nichts an.«

»Bleib, wo du bist, Jordan.« Zouga schaute seinen Jüngsten noch immer nicht an, denn sein Blick war starr auf Ralphs Gesicht gerichtet. »Bleib hier und lerne etwas über Huren und die Sorte Männer, die es mit ihnen treiben.«

Jordan war erschrocken, sein Gesicht war weiß wie die Asche des Lagerfeuers vom vergangenen Abend. Er wußte, worüber sie sprachen – denn er hatte einmal gelauscht, als Ralph und Bazo sich laut von ihren Phantasien erzählten, und da sein Interesse geweckt war, hatte er Jan Cheroot eindringlich gefragt – und die Antworten hatten ihn angeekelt und entsetzt.

»Nicht wie Tiere, Jan Cheroot, sicherlich nicht wie Hunde oder Ziegen.«

Jordans Fragen an Jan Cheroot waren allgemein gewesen – er

hatte von Männern und Frauen gesprochen und niemanden erwähnt, den er kannte oder liebte oder respektierte. Er hatte Tage gebraucht, um Jan Cheroots Antwort voll zu begreifen, und dann hatte ihn die entsetzliche Erkenntnis überkommen – alle Männer und Frauen, sein Vater, der für ihn alles verkörperte, was edel und stark und gut war, seine Mutter, dieses süße und sanfte Wesen, die bereits nur noch geisterhafte Erinnerung war... sie doch nicht auch, doch sicher nicht sie!

Er war richtig krank geworden und hatte sich übergeben müssen.

Und jetzt sprachen sie über diese Sache, diese Sache, die so furchtbar war, daß er versuchte, sie zu vergessen. Die beiden wichtigsten Menschen in seinem Leben sprachen ganz offen darüber und benutzten Wörter, die ihm die Schamröte ins Gesicht trieben.

»Du hast wie ein Schwein da gesuhlt, wo Tausende anderer Schweine vor dir gesuhlt haben, in der fötalen Abtrittgrube zwischen den scharlachroten Schenkeln dieser Hure.«

Jordan kroch an der Wand entlang und erreichte den Rand der Stufe.

»Wenn du dich schon nicht geschämt hast, in diesem Trog herumzustochern, hast du nicht wenigstens einen Gedanken daran verschwendet, was diese anderen brünstigen Eber für dich da hinterlassen haben?«

Die Worte seines Vaters beschworen lebhafte Bilder in Jordans Geist herauf. Sein Magen arbeitete, und er bedeckte seinen Mund mit seiner Hand.

»Die Krankheit, die eine Hure dort trägt, ist der Fluch Gottes für Geschlechtsverkehr und Lust. Wenn du sie nur sehen könntest in dem Syphilis-Krankenhaus in Greenwich – tobende Idioten, deren Hirne durch die Krankheit halb weggefressen worden sind, die aus leeren Mäulern seibern, ihre Zähne herausgefault, ihre Nasen eingefallen zu schwarzen, stinkenden Höhlen, und in ihren wahnsinnigen Schädeln rollen blinde Augen –«

Jordan erbrach sich auf seine Wildlederstiefel.

»Hör auf«, sagte Ralph. »Deinetwegen ist Jordie übel geworden.«

»Meinetwegen ist ihm übel geworden?« fragte Zouga ruhig. »Du bist es, der jedem anständigen Menschen Übelkeit bereitet.«

Zouga trat die Stufen hinunter auf den staubigen Hof. Er schwang die Peitsche und durchschnitt die Luft damit.

Ralph blieb stehen, wo er war. Sein Kinn war trotzig vorgeschoben.

»Wenn du mich mit dieser Peitsche schlägst, Papa – dann werde ich mich verteidigen.«

»Du forderst mich heraus?« Zouga blieb stehen.

»Mit einer Peitsche schlägt man Tiere.«

»Ja.« Zouga nickte. »Ein Tier – deshalb schlage ich dich damit.«

»Papa, ich warne dich.«

Düster neigte Zouga seinen Kopf und musterte den jungen Mann vor sich. »Also gut. Du behauptest, ein Mann zu sein. Dann rechtfertige diese Behauptung.« Zouga warf die Peitsche auf die Veranda und wandte sich dann wieder seinem Sohn zu.

Ralph war vorbereitet. Er hatte sein Gewicht auf die Fußballen verlagert, und seine Hände waren zu Fäusten geballt.

Er hatte es gar nicht gesehen. Einen Augenblick lang glaubte er, daß jemand anders ihn von hinten mit einer Keule geschlagen hätte. Das Krachen schien unter seiner Schädelkuppe zu explodieren. Er wurde rückwärts geschleudert, seine Nase fühlte sich taub an. Seine Oberlippe pochte und benommen leckte er daran. Es schmeckte nach kupfernem Salz, und er wischte es mit seinem Handrücken ab, und dann schaute er auf das verschmierte Blut auf seiner Hand.

Die Wut überkam ihn mit überraschender Wildheit, als ob eine Bestie auf seinen Rücken gesprungen sei, eine schwarze Bestie, die ihn mit ihren Klauen anspornte. Er hörte die Bestie in seinen Ohren knurren, erkannte seine eigene Stimme nicht und stürmte dann vorwärts.

Das Gesicht seines Vaters war vor ihm, stattlich, ernst und kalt, und er schwang mit all seiner Kraft seine Faust. Er wollte den Knorpel dieser arrogant geschwungenen Nase brechen und die Zähne aus diesem erbarmungslosen Mund herausschlagen.

Seine Faust wirbelte durch die Luft, traf keine Wange, schwang plötzlich hoch über seinem eigenen Kopf, wo der Schlag erstarb.

Wieder dieser dröhnende Schlag in seinem Schädel, so daß seine Zähne rasselten und sein Kopf zurückgeworfen wurde.

Bis zu diesem Augenblick waren die einzigen Gefühle, die er je vor Zouga gehabt hatte, Respekt und Furcht und eine tiefe, ungeheure Liebe, doch plötzlich stieg aus irgendeinem verborgenen Winkel seiner Seele ein tobender, grenzenloser Haß auf.

Er haßte ihn für Hunderte von Demütigungen und Bestrafungen, er haßte ihn für die Kontrollen und Enttäuschungen, mit denen er jeden kostbaren Tag von Ralphs Leben füllte, haßte ihn für die Ehrerbietung und den tiefen Respekt, den andere Männer ihm zollten. Er haßte ihn für die ungeheure Last von Pflicht und Ergebenheit, die er ihm schuldete, die er, wie er wußte, nie abtragen konnte. Er haßte ihn für die Liebe, die er ihm gestohlen hatte, die Liebe, die seine Mutter reichlich seinem Vater geschenkt hatte und die er für sich ganz allein haben wollte. Er haßte ihn, weil seine Mutter tot war und er ihr Fortgehen nicht verhindert hatte. Vor allem aber haßte er ihn, weil er etwas in den Schmutz gezogen hatte, das wundervoll gewesen war.

Ralph stürmte wieder auf Zouga zu, schwang wild seine Fäuste, die nur die Luft trafen, und die Schläge, die auf seinem Kopf und in seinem Gesicht landeten, dröhnten in seinen Ohren.

Zouga wich jedem Angriff aus, schwang seinen Kopf zurück oder zur Seite, wehrte einen Schlag mit seinen Armen ab, duckte sich wachsam unter einer heranschießenden Faust und schlug nur mit seiner linken Hand zurück, die er mit trügerischer Leichtigkeit vorschnellen ließ. Bei jedem Schlag ruckte Ralphs Kopf scharf zurück, und das Blut aus seiner Nase und seiner geschwollenen Lippe verwandelte sein Gesicht langsam in eine rote Masse.

»Hört auf, bitte, hört auf!« Jordan kauerte an der Verandawand, und das gelbe Erbrochene befleckte die Vorderseite seines Hemdes. »Bitte, hört auf!«

Er wollte sein Gesicht mit seinen Händen bedecken, aber er konnte es nicht.

Ralph kam schließlich dicht heran und stand mit weitgespreizten Beinen da. Seine Knie gaben nach wie Schilf, das überladen von Tau ist, und er versuchte schwach, die Schwärze aus seinem Kopf zu schütteln. Seine Fäuste waren noch immer geballt, aber er war zu schwach, um sie zu heben. Er rang nach Atem und schwankte, brachte sich mit unkontrolliertem Taumeln alle paar Sekunden wieder ins Gleichgewicht und hielt blind nach seinem Peiniger Ausschau.

»Hier«, rief Zouga, und Ralph machte einen Satz auf die Stimme zu, und Zouga benutzte zum ersten Mal seine rechte Hand. Er traf seinen Sohn unter dem Ohr – ein kurzer, genau kalkulierter Schlag. Ralph kippte mit dem Gesicht voran in den Staub und stöhnte.

Jordan fiel neben seinem Bruder auf die Knie und drehte ihm den Kopf zur Seite, damit er frei atmen konnte.

»Jan Cheroot«, rief Zouga. Er atmete tief, aber langsam; er wischte sich ein paar Schweißtropfen mit dem Tuch von seiner Stirn, das um seinen Hals geschlungen war.

»Jan Cheroot«, rief er wieder verärgert, und dieses Mal erhob der kleine Asiate sich und eilte die Stufen hinab.

»Hol einen Eimer Wasser«, befahl Zouga.

Jan Cheroot schüttete eiskaltes Wasser in Ralphs Gesicht. Ralph keuchte und schnaufte und versuchte aufzustehen.

Jan Cheroot stellte den Eimer ab und faßte seinen Arm; Jordan bückte sich und schob seinen Kopf unter Ralphs andere Achsel. So hoben sie ihn gemeinsam auf die Beine.

Sie beide waren viel kleiner als Ralph, und er hing zwischen ihnen wie eine Decke an einer Wäscheleine. Die Mischung aus Wasser und Blut tropfte von seinem Gesicht und bildete blaßrosa Rosetten auf der Vorderseite seines Hemdes.

Zouga zündete sich eine Zigarre an und trat zu seinem ältesten Sohn. Mit seinem Daumen zog er nacheinander die Augenlider herab und schaute in die Pupillen. Dann brummte er zufrieden. Er untersuchte den Riß über Ralphs Augenbraue, nahm dann seine Nase zwischen die Finger und bewegte sie vorsichtig von einer Seite zur anderen, um zu sehen, ob sie gebrochen war. Schließlich zog er Ralphs Lippe herunter und inspizierte die Zähne.

»Jan Cheroot, bring ihn zu Doktor Jameson. Bitte den Doktor, den Riß über dem Auge zu nähen und ihm eine Handvoll Quecksilberpillen gegen Syphilis zu geben.«

Jan Cheroot wollte mit Ralph losgehen, aber Zouga war noch nicht fertg: »Und auf dem Rückweg geh zu Barnatos Turnhalle und melde ihn für den Boxunterricht an. Er muß noch viel besser kämpfen lernen, sonst wird ihm der Schädel eingeschlagen, bevor er an Syphilis stirbt.«

Auf dem Weg zurück hatten Jan Cheroot und Ralph die Köpfe dicht zusammengesteckt und unterhielten sich ernst.

»Warum, glaubst du, nennt man ihn Bakela, die Faust?« fragte Jan Cheroot, und Ralph zog unter Schmerzen eine Grimasse.

Sein Gesicht war geschwollen und seine Blutergüsse verfärbten sich zu tiefem Pflaumenblau. Die Roßhaarfäden standen steif von der Augenbraue und der Lippe ab, und die Schnitte waren verschorft.

Jan Cheroot grinste und gluckste voller Mitgefühl. Dann stellte er die Frage, die ihm auf der Zunge gebrannt hatte, seit er den Grund für Zougas Zorn erfahren hatte.

»Und wie hat dir der erste Happen vom rosa Zucker gefallen?«

Die Frage ließ Ralph jäh erstarren, während er ernsthaft darüber nachdachte, und dann antwortete er, ohne seine lädierte Lippe zu bewegen.

»Es war verdammt schön«, gestand er.

Jan Cheroot kicherte und hielt sich vor Freude den Bauch. »Jetzt hör mir mal zu, Junge. Ich liebe deinen Vater, wir sind so viele Jahre zusammen, daß ich sie gar nicht zählen kann, und wenn er dir etwas erzählt, dann kannst du ihm das glauben – fast immer. Aber ich, ich habe mir nie in meinem Leben eine Chance entgehen lassen, eine Scheibe von diesem wunderbaren Glück zu bekommen – niemals, ob alt oder jung oder dazwischen, ob häßlich wie ein Affe oder so schön, daß es einem das Herz bricht – wann immer sich die Gelegenheit bot, und auch oft genug, wenn ich sie mir erkämpfen mußte, hat der alte Jan Cheroot zugegriffen.«

»Und es hat dich nicht umgebracht«, stellte Ralph fest.

»Ich denke, ohne das wäre ich schon tot.«

Ralph ging weiter. »Ich hoffe, Bazo wird seinen Liebling am nächsten Sonntag wieder kämpfen lassen. Bis dahin brauche ich nämlich dringend zehn Guineas.«

Der Mond berührte den Horizont und ließ die Sterne vor Scham erblassen. Es war noch ein paar Tage bis Vollmond, doch auf Zougas Veranda war es hell genug, daß man die Schlagzeilen eines zerknautschten Exemplars des *Diamond Fields Advertiser* lesen konnte, die auf dem Tisch lag.

Die einzigen Geräusche waren das ferne Kläffen eines mondsüchtigen Hundes und das Flattern der Schwingen von Fledermäusen, die sich ins Mondlicht schwangen oder unter das Verandadach flogen, um einen Nachtfalter in der Luft zu fassen. Die Eingangstür war weit geöffnet, damit die Kühle die Innenräume der Hütte durchdringen konnte. Jordan schlich schüchtern aus dem Haus.

Er war barfüßig und mit einem alten Flanellhemd seines Vaters bekleidet, das ihm als Nachthemd diente. Die Schöße schlugen um seine nackten Knie, als er über den Holzboden ging und vor dem großen falkenköpfigen Götzen stehenblieb, der auf seinem Sockel am Ende der überdachten Veranda stand.

Das Mondlicht beleuchtete die düstere Statue von der einen Seite, ließ die andere aber in schwarzem, rätselhaftem Schatten.

Jordan verhielt vor dem Vogelgott. Der Boden unter seinen nackten Fußsohlen war kalt. Jordan erschauerte nicht nur vor Kälte und blickte sich verstohlen um.

Alles war still.

Jordans Locken funkelten im Mondlicht, und unter seinen Augen lagen tiefe Schatten. Die ganze Nacht hatte er starr in seinem schmalen Bett gelegen und dem schweren Atem seines verletzten Bruders gelauscht.

Durch den fehlenden Schlaf fühlte Jordan sich berauscht und benommen zugleich. Er entfaltete das kleine Stück Zeitungspapier, das er unter seinem Kissen versteckt hatte, als er zu Bett gegangen war.

Darin befanden sich eine halbe Handvoll Reis und eine dünne

Scheibe gebratenes Lammfleisch. Er legte es auf den Fuß der Specksteinsäule und trat zurück.

Wieder schaute er sich um, um sich zu vergewissern, daß er allein und unbeobachtet war. Dann sank er auf die bloßen Knie und neigte den Kopf.

Das Buch, das er an seine Brust preßte, war in blaues Leder gebunden und hatte eine Blattgoldprägung auf seinem Rücken: *Religionen der amerikanischen Indianer*.

»Ich grüße dich, Panes«, flüsterte Jordan.

Das Buch war das bei weitem kostbarste von Jordans Besitztümern geworden. Es war das einzige Ding, das er in seinem Leben gestohlen hatte, aber diese Sünde war ihm vergeben worden. Er hatte zu der Göttin gebetet, und ihm war vergeben worden.

»Panes war eine Frau, eine junge und wunderschöne Frau, die in die Berge geflohen und von dem Gott Chinigchinich in einen Vogel verwandelt worden war.«

Jordan wußte mit all seinem Sein, wer die schöne Frau war. Seine Mutter war jung und wunderschön gewesen, und sie war ohne ihn zu dem schwarzen Berg des Todes geflohen.

Jetzt öffnete er das Buch und neigte seinen Kopf darüber. Es war nicht hell genug, den kleingedruckten Text zu lesen, aber Jordan kannte die Anrufung der Göttin auswendig.

»Warum bist du geflohen?« flüsterte er. »Du wärst besser bei uns geblieben. Lieben wir dich nicht? Es wäre besser gewesen, du wärest geblieben, denn jetzt bist du Panes. Willst du nicht zurückkommen, wenn wir dir ein Opfer von Reis und Fleisch bringen? Sieh das Opfer, das wir dir dargeboten haben, große Panes.«

Der Morgenwind kam auf, und Jordan hörte einen Ast des Kameldorns auf dem Dach scharren, als die Brise ihn erfaßte.

Jordan schloß die Augen, und er empfand eine grenzenlose Ehrfurcht. Die Göttin kannte viele Wege, ihre Anwesenheit zu zeigen. Dies war das erste Mal, daß sie als weicher, warmer Wind gekommen war.

»O große Panes, ich möchte mich nicht wie Ralph im Schmutz suhlen. Ich will nie den Gestank des Troges riechen, in dem sich tausend Schweine gesuhlt haben. Ich will nicht wahnsinnig werden, und ich will nicht, daß meine Zähne aus meinem Mund herausfaulen.« Er flüsterte leise, aber eindringlich, und dann begannen die Tränen unter seinen Lidern hervorzuquellen.

»Bitte, rette mich, große Panes.« Er offenbarte all seine Furcht und all seinen Ekel vor der geheiligten Vogelfrau. »Sie haben sich geschlagen. Sie haben sich gehaßt, und das Blut, das Blut –«

Schließlich schwieg er und schaute den Götzen an.

Der Vogel starrte steinern zurück, aber Jordan neigte seinen lieblichen goldenen Kopf, als ob er lausche, und das Mondlicht versilberte seine Haut.

Er wandte sich um, das Buch noch immer umklammert, und schlich über die Veranda zurück. Als er um die Ecke bog, war das pelzige Rascheln dunkler Leiber aus den Schatten zu hören, und das leise Quieken der Buschratten, als sie sich auf das Opfer stürzten.

Jordan stieß die Küchentür auf.

Er beugte sich über den Aschenkasten des gußeisernen Ofens, und als er durch den Rost leicht hineinblies, glühte die Asche.

Er steckte einen langen Wachsspan durch die Stäbe und pustete wieder. Eine kleine blaue Flamme erwachte zum Leben. Er trug sie vorsichtig durch die Küche, beschützte sie mit seiner gewölbten Hand und zündete den Kerzenstumpf, der in einer dunkelgrünen Champagnerflasche steckte, an. Dann blies er den Span aus, stellte die Flasche auf den gescheuerten gelben Holztisch und trat zurück.

Er zögerte noch ein paar Sekunden, dann nahm er die Säume seines verblichenen und geflickten Nachthemdes, hob sie bis an die Schultern hoch und blickte an seinem Körper hinab.

Der Babyspeck war von seinem Bauch und den Hüften verschwunden. Sein Nabel war wie ein dunkles Auge in der flachen, sauberen Ebene seines Rumpfes, und seine Beine waren lang. Sein Gesäß war schlank und fest, wie eine unreife Frucht.

Sein Körper war glatt und haarlos bis auf die goldenen Fäden am Knotenpunkt seiner Beine. Es war noch nicht so stark, daß es sich kräuselte, und es war so dünn und fein wie Seidengarn.

Aus der Mitte dieses feinen Gespinstes hing sein Penis schlaff herab. In den letzten paar Monaten war er beunruhigend größer geworden, und Jordan sah in seiner entsetzten Einbildung den Tag kommen, wo er so dick und schwer wie sein Arm sein würde, eine riesige, schamvolle Last, die er durch sein Leben schleppen müßte. In diesem Augenblick sah er so weich und weiß und unschuldig aus, aber wenn Jordan morgens erwachte, war er knochenhart, heiß und pochte mit einem sündhaft lustvollen Schmerz. Das war schlimm, und in den letzten Wochen hatte ihn diese entsetzliche Schwellung zu den unerwartetesten Zeiten überrascht: am Eßtisch, während sein Vater ihm gegenübersaß, in der Schule, als die neue Lehrerin sich über ihn gebeugt hatte, um seine Rechtschreibung zu korrigieren, als er am Sortiertisch neben Jan Cheroot saß, auf dem Rücken des Wallachs, als die Reibung des Sattels ihn gereizt hatte, und dieses schreckliche steife Ding hatte sich an die Vorderseite seiner Breeches gepreßt.

Er nahm es jetzt in die Hand, und es schien hilflos und weich wie ein neugeborenes Kätzchen zu sein, aber er ließ sich nicht täuschen. Er strich vorsichtig darüber vor und zurück und spürte augenblicklich, wie es zwischen seinen Fingern seine Gestalt veränderte. Er ließ es rasch los.

Die Reste der Hammelkeule, die sie am Abend gegessen hatten, stand auf dem Holztisch unter einer stählernen Fliegendrahthaube. Jordan hob die Haube. Das Bein war unter dem Knochen abgehackt.

Das Jagdmesser seines Vaters lag neben der kalten Keule. Jordan ergriff das Messer mit seiner rechten Hand.

Am Abend zuvor hatte er zugeschaut, wie sein Vater die Klinge an dem langen Stahl gewetzt hatte. Es faszinierte ihn immer, weil Zouga die rasiermesserscharfe Klinge auf seine eigenen Finger gerichtet hielt, wenn er das tat.

Der Beweis für den Sachverstand, mit dem sein Vater mit dem Stahl umging, war die Art, wie das schwere Messer mühelos durch das Fleisch der Keule zu dringen schien. Es war verteufelt scharf.

Jordan blickte wieder auf das lange weiße Ding hinunter, das aus seinem Körper herausragte. Die lockere Haut an seiner

Spitze war halb zurückgezogen, so daß die rosafarbene Eichel darunter hervordrängte.

Er klemmte sich den Zipfel seines Hemdes unter das Kinn, um beide Hände frei zu haben. Er ergriff seinen Penis an der Wurzel und umschloß mit seinen Fingern den faltigen Beutel mit den weichen Fleischmurmeln. Er zog ihn heraus, streckte ihn vor, wie den Hals eines verurteilten Mannes auf den Block des Scharfrichters, während er mit der anderen Hand das Messer senkte und die Klinge gegen seinen Bauch drückte, direkt oberhalb des feinen goldenen Flaums von Schamhaar.

Die Klinge war so kalt, daß er keuchte, und das Hammelfett, das noch an ihr haftete, hinterließ eine kleine, fettige Spur auf seinem Bauch. Er holte tief Atem, um sich zu stählen, und begann dann langsam, die Klinge nach unten zu führen, um sich für immer von diesem beschämenden, wurmgleichen Auswuchs zu befreien.

»Jordie, was tust du denn da?« Die Stimme vom Türeingang hinter ihm brachte ihn so durcheinander, daß er laut aufschrie. Er warf das Messer auf den Tisch und ließ gleichzeitig das Hemd fallen, um seine eigene Blöße zu verdecken.

»Jordie!«

Er drehte sich rasch um und atmete in scharfen, kleinen Stößen. Ralph kam von der Küchentür auf ihn zu. Er trug nur eine kurze Hose, und seine glatte, bloße Brust war durch die Morgenkühle von einer Gänsehaut überzogen.

»Was hast du gemacht?« fragte Ralph eindringlich.

»Nichts, ich hab' überhaupt nichts getan.« Jordan schüttelte heftig den Kopf.

»Du hast wohl an deinem Pimmel rumgespielt, was?« sagte Ralph und grinste. »Du schmutziger kleiner Kerl.«

Jordan stieß einen keuchenden Seufzer aus und floh zur Tür. Ralph kicherte und schüttelte den Kopf.

Dann ergriff er das Messer und schnitt sich eine dicke Scheibe Hammelfleisch ab, tauchte die Klinge in den Steintopf und schmierte einen Klecks gelben Senf über das Fleisch. Er kaute, während er sich daranmachte, das Feuer im Ofen zu entzünden und das Kaffeewasser zum Kochen zu bringen.

Am folgenden Sonntagnachmittag starb die Spinne Inkosikazi auf dem weißen Sand der Kampfarena einen qualvollen Tod in der gräßlichen Umarmung einer kleineren, wendigeren Gegnerin.

Bazo betrauerte sie wie eine Geliebte, und Kamuza sang den Grabgesang. Mit ihrem Ableben hatte das Matabele-Syndikat zwanzig Sovereigns verloren.

Die Rückkehr vom Marktplatz zu Zougas Lager erinnerte an Napoleons Rückzug aus Moskau, angeführt wurde er von Ralph und Bazo, die zwischen sich den Korb und die kläglichen Überreste trugen.

Gegenüber von Diamond Lils Kantine hielt Ralph den Trauerzug für einen Augenblick an und betrachtete sehnsüchtig die bemalten Fenster auf der anderen Straßenseite. Er lauschte einen Moment dem Gelächter, das durch die grüne Tür drang – und er bildete sich ein, Lils klingendes Lachen von den anderen Stimmen unterscheiden zu können.

Als sie die Gemeinschaftshütte erreichten, reichte Kamuza Ralph den Tontopf mit dem blubbernden Hirsebier.

»Wieviel hast du verloren, Henshaw?«

»Alles«, erwiderte Ralph tragisch. »Meinen ganzen Lebensinhalt.« Er nahm einen tiefen Schluck von dem dicken, breiartigen Bier.

»Das ist schlimm; nur ein törichter Mann hält all seine Kühe im selben Kral.«

»Kamuza, deine Worte sind immer ein großer Trost«, sagte Ralph bitter. »Aber ich bin solcher Weisheit unwürdig. Behalte deine Schätze für dich.«

Kamuza schaute selbstgefällig drein und wandte sich an Bazo. »Jetzt weißt du, warum ich nicht fünfzig goldene Königinnen wetten wollte, wie du mir gesagt hattest.«

Bazo warf Ralph einen Blick zu, und sie handelten gemeinsam.

Ralph schlang scheinbar brüderlich einen Arm um Kamuzas Schulter, aber es war ein stählernes Joch, das Kamuza hilflos machte, und mit der anderen Hand zog er das Vorderteil von Kamuzas Lendenschurz auf – und Bazo holte den weichen haarigen Kadaver der großen Spinne aus dem Korb und ließ ihn auf Kamuzas Penis fallen.

Als Ralph ihn losließ, sprang Kamuza in die Luft, bäumte sich wie ein ungebrochener Hengst, der Sattel und Sporen zum ersten Mal spürt, wieherte wild vor Entsetzen und schlug sich mit beiden Händen auf seine eigenen Lenden.

Kamuza war fast drei Jahre fort gewesen.

Als Bazo und die anderen Matabele ihre Verträge für eine dritte Periode unterzeichnet hatten, hatte Kamuza Bakela gebeten, den Vertrag als beendet anzusehen, und er hatte die Straße nach Norden genommen – zurück nach Matabeleland.

Bazo hatte ihn sehr vermißt. Er hatte die spitze Zunge und den scharfsinnigen Rat vermißt. Ihm hatte Kamuzas intuitives Verständnis für die Denkweise des weißen Mannes gefehlt.

Obwohl Henshaw sein Freund war, der all die langen Jahre an Bazos Seite gearbeitet hatte, obwohl sie gemeinsam gefalknert und gejagt hatten, aus denselben Schüsseln gegessen und vom selben Rand des Biertopfes getrunken hatten – obwohl Henshaw seine Sprache fließend sprach, würde er doch nie so Matabele sein, wie Kamuza Matabele war. Henshaw konnte nicht der Bruder sein, der Kamuza gewesen war. Er hatte nie die Einführungsriten mit Bazo geteilt, wie Kamuza es getan hatte, hatte nie die »Hörner des Bullen« mit ihm gebildet, als die Impi zum Töten näherrückten.

Und deshalb war Bazo voller Freude, als er die Nachricht hörte.

»Kamuza ist auf dem Weg zu uns.«

Bazo hatte es von einem anderen Matabele gehört, während sie in einer Reihe vor dem Tor der Umzäunung standen.

»Kamuza kommt als Mann des Königs«, wurde an den Nachtfeuern geflüstert, und in ihren Stimmen schwang Achtung, sogar Furcht mit. »Kamuza trägt jetzt den Kopfring.«

Viele junge Matabele waren in diesen letzten paar Jahren gekommen, um in den Gruben zu arbeiten, und jeden Monat kamen weitere.

Auch in der Fremde bildeten die Matabele eine enge Stammesgemeinschaft. Jeder Neuankömmling aus dem Norden brachte Nachrichten mit, lange Botschaften von Vätern und Indunas, die wortwörtlich wiederholt wurden. So wie jeder Matabele, der die Diamantenfelder verließ, Botschaften und Anweisungen zurückbrachte.

Jetzt wurde die Neuigkeit rasch von Matabele zu Matabele weitergegeben.

»Kamuza kommt zurück.«

Nie zuvor war Kamuza solche Aufmerksamkeit zuteil geworden. Er war einer unter Tausenden gewesen; doch jetzt war er als Mann des Königs zurückgekehrt, und seine Stammesbrüder senkten ihre Stimmen, wenn sie seinen Namen aussprachen.

Bazo hielt jeden Tag nach ihm Ausschau und suchte ihn in den Gesichtern auf den hohen Gerüsten und den gleitenden Förderkörben. Er lag schlaflos auf seiner Matte neben dem erkaltenden Wachfeuer und lauschte in der Dunkelheit nach Kamuzas Flüstern.

Er wartete viele Tage und viele Nächte, und dann plötzlich betrat Kamuza die Hütte und begrüßte Bazo.

»Ich sehe dich Bazo, Sohn des Gandang.«

Bazo unterdrückte seine Freude und erwiderte ruhig: »Ich sehe dich auch, Kamuza.«

Die Matabele machten Platz für Kamuza, rückten ihm nicht zu nahe, gaben ihm Raum, denn jetzt trug Kamuza die schlichte schwarze Tiata auf seinem kurzgeschorenen Kopf – das Zeichen eines Ratsmitgliedes, des Königs von Matabeleland.

Sie nannten ihn »Baba«, ein Ausdruck großer Achtung, und selbst Bazo klatschte zum Gruß leise in seine Hände und reichte ihm den Biertopf.

Erst nachdem Kamuza sich erfrischt hatte, konnte Bazo damit beginnen, ihm Fragen zu stellen, und er verbarg seine Neugier hinter gemessenen Worten und einem Ausdruck ruhiger Würde.

Kamuza war kein Junge mehr, wie auch alle anderen von ihnen; die Jahre waren vergangen, und sie standen in der vollen Blüte ihrer Männlichkeit. Kamuzas Gesichtszüge waren schärfer als die echter Matabele, denn sein Blut war mit dem der Tswana gemischt.

Es gab nur sehr wenige Matabele, die ihre Blutlinie bis hin zu den reinen Zanzi zurückverfolgen konnten, zu der Linie von Chaka und Dingaan, den Söhnen des Himmels, und Bazo war einer von diesen. Doch Kamuza trug jetzt den Ring der Induna auf seinem Kopf.

Kamuza erzählte an diesem Abend die lange Geschichte des Matabele-Stammes. Die Männer, die am Feuer saßen, lauschten ihm gespannt und waren stolz auf die großen Taten ihrer Vorfahren.

»Die weißen Vögel sammeln sich wieder«, schloß Kamuza. »Jeden Tag kommen sie zu der Straße nach Thabas Indunas, und sie bringen ihre wertlosen Geschenke mit und die kleinen grünen Flaschen des Wahnsinns. Ihre Worte sind so süß wie Honig, aber sie schnappen nach den Kehlen derer, die versuchen sie zu schlucken, als wären sie die grüne Galle des Krokodils.«

»Was wollen die Weißen von unserem König?« Bazo stellte die Frage für alle, die lauschten, und Kamuza zuckte mit den Achseln.

»Der eine bittet um die Erlaubnis, Elefanten zu jagen und die Zähne behalten zu dürfen. Der andere bittet darum, daß junge Mädchen zu seinem Wagen geschickt werden. Wieder ein anderer will unserem Volk von einem seltsamen weißen Gott erzählen, der drei Köpfe hat. Ein anderer möchte ein Loch graben und nach dem gelben Eisen suchen, und wieder ein anderer will Vieh kaufen. Die Weißen werden von einem Hunger verzehrt, der nie gesättigt werden kann. Sie wollen alles, was sie sehen, und nicht einmal das ist genug für sie. Sie nehmen die bloße Erde, aber auch das ist nicht genug, und deshalb reißen sie sie auf wie ein Mann, der ein Kind aus dem Mutterschoß reißt. Sie nehmen die Flüsse, aber sie genügen ihnen nicht, also bauen sie Mauern durch sie hindurch und machen Seen daraus. Sie reiten den Elefantenherden nach und schießen sie nieder, nicht nur einen oder zwei, nicht nur die großen Bullen, sondern alle – die tragenden Kühe und die Kälber mit Stoßzähnen, die nicht länger als eure Finger sind. Alles, was sie sehen, nehmen sie; und sie sehen alles, denn sie bewegen sich ständig und suchen.«

»Lobengula muß sie aufessen«, sagte Bazo. »Er muß sie aufessen, wie Mzilikazi, sein Vater, sie aufgegessen hätte.«

»Hau!« Kamuza lächelte sein dünnes Lächeln. »Solche Weisheit von meinem Bruder! Er erinnert sich, wie Mzilikazi die weißen Männer auf den Ufern des Gariep aß, und ein Land verlor. Hört auf Bazo, meine Brüder. Er rät König Lobengula, den Kriegsspeer zu werfen.«

Bazos Gesichtsausdruck blieb ernst und würdevoll, während Kamuza ihn verspottete, aber er drehte das Schnupfhorn zwischen seinen Fingern, und einmal blickte er in die dunkle Ecke der strohgedeckten Hütte, wo die langen Kriegsschilde und die breiten Assegai standen.

»Niemand hier wagt es, den König zu beraten; wir sind nur seine Hunde. Niemand hier bezweifelt die Macht und die Beschlüsse der weißen Männer. Alles, was wir wissen wollen, ist dies: Welches Wort spricht der König? Sag uns, was Lobengula wünscht – denn zuhören heißt gehorchen.«

Kamuza nickte. »So hört also des Königs Stimme. Der König ist mit all seinen älteren Indunas – Babiaan und Somabula und Gandang – und mit allen Indunas des Hauses Kumalo – fortgereist – sie sind in die Hügel von Matopos gegangen, an den Ort der Umlimo –«

Ein abergläubisches Zittern erfaßte die Gruppe, ein kleines Schaudern, als ob der Name der Hexe von Matopos wie die sichelflüglige Tsetsefliege über ihre Haut gekrochen wäre.

»Die Umlimo hat das Orakel gesprochen«, berichtete Kamuza weiter und schwieg dann eine Weile, um ihre Aufmerksamkeit zu steigern. »Am ersten Tage wiederholte die Umlimo die alte Prophezeiung, die Worte, die aus der Zeit der Monomatapa überliefert sind. Am ersten Tag sprach Umlimo folgendes:

›*Die steinernen Falken werden weit fortfliegen. Es wird keinen Frieden in den Königreichen der Mamos oder der Monomatapas geben, bis sie zurückkehren. Denn der weiße Adler wird mit dem schwarzen Bullen kämpfen, bis die steinernen Falken zurückkehren, um zu ruhen.*‹«

Sie alle hatten die Worte schon vorher gehört, doch jetzt bekamen sie eine neue und unheimliche Bedeutung.

»Der König hat über die alte Prophezeiung nachgedacht, und er sagt dies: ›Die weißen Vögel sammeln sich. Adler und Geier – sie alle sind weiß, und sie hocken bereits auf dem Dach meines Krals.‹«

»Was bedeuten die steinernen Falken?« fragte einer der Zuhörer.

»Die steinernen Falken sind die Vogelgötter, die die Uralten an der Beerdigungsstätte der alten Könige zurückgelassen haben, in Simbabwe.«

»Wie wollen die steinernen Vögel fliegen?«

»Einer ist bereits geflogen«, warf Bazo ein. »Einer der steinernen Falken ist jetzt dicht bei uns. Er steht unter dem Dach von Bakela, der Faust. Er war es, der den Falken forttrug.«

»Wenn die anderen Vögel fliegen, dann wird Krieg Matabeleland überschwemmen«, erklärte Kamuza feierlich. »Doch lauscht nun dem Orakel der Umlimo. Am zweiten Tag prophezeite uns Umlimo dies:

›*Wenn der Mitternachtshimmel sich zum Mittag wendet und die Sterne auf den Hügeln leuchten – dann wird die Faust die Klinge an die Kehle des schwarzen Bullen halten.*‹

Dies war die Prophezeiung des zweiten Tages.«

Wieder herrschte Schweigen, als sie über die Worte nachdachten, und dann schauten sie Kamuza verblüfft an, um eine Deutung der Worte zu erfahren.

»Lobengula allein, der Schwarze Elefant, versteht die Bedeutung der Prophezeiung des zweiten Tages. Ist er nicht bewandert in den Geheimnissen der Hexen? Hat er nicht seine Kindheit in den Höhlen und an den geheimen Orten der Zauberer verbracht? Lobengula sagt: ›Es ist noch nicht an der Zeit, die Worte der Umlimo meinen Kindern zu erklären, denn es sind in der Tat gewaltige Worte, und es wird eine Zeit geben, in der das Volk versteht.‹«

Bazo nickte und reichte sein Schnupfhorn weiter. Kamuza nahm es und sog das rote Pulver mit zwei scharfen Zügen in seine Nasenlöcher. Bazo, der ihn beobachtete, wagte nicht, seinen Verdacht zum Ausdruck zu bringen, daß vielleicht Lobengula, der mächtige Donner des Himmels, ebenso verblüfft über die

Prophezeiung des zweiten Tages war wie die kleine Gruppe, die um das Feuer saß.

»War dies das ganze Orakel?« fragte Bazo statt dessen, und Kamuza schüttelte den Kopf.

»Am dritten Tage sprach die Umlimo zum letzten Mal: *›Töte die Mamba mit ihrem eigenen Gift, reiße den Löwen mit seinen eigenen Klauen, täusche den klugen Chacma-Pavian mit seinen eigenen Tricks.‹*

Dies war die Prophezeiung des dritten und letzten Tages.«

»Möchte der König, daß wir, sein erbärmliches Vieh, die Bedeutung dieser Worte erfahren?«

»So sprach Lobengula: ›Wir, die Matabele, können nur siegen, wenn wir uns wie unsere Feinde bewaffnen, wenn wir für uns die Kraft sammeln, die nur in den gelben Münzen und den leuchtenden Steinen zu finden ist. Denn diese Dinge sind es, die den weißen Mann stark gemacht haben.‹«

Niemand unterbrach das darauf folgende Schweigen, da sie alle spürten, daß noch mehr kommen würde.

Kamuza fuhr schließlich fort: »Und so rief mich der König in den königlichen Kral und befahl mir, sein Wort zu allen Matabele zu tragen, die jenseits der Grenzen leben. Denn so sprach der König: ›Bringt mir Gewehre, um auf die Gewehre des weißen Mannes zu antworten. Bringt mir Diamanten und bringt mir die gelben Münzen, damit ich so stark werde wie die weiße Königin, die jenseits des Sees lebt. Denn dann werden ihre Soldaten nicht wagen, mich anzugreifen.‹«

Bazo antwortete für sie alle. »Laß Lobengula wissen, daß er bekommen wird, was er von uns fordert. Gewehre soll er haben, denn dies ist Teil unseres Vertrages mit dem weißen Mann. Jeder von uns wird ein Gewehr tragen, wenn wir nach Matabeleland zurückkehren, und einige von uns, die zwei *Isitupa* gearbeitet haben, werden zwei Gewehre tragen, wenn wir zurückkehren. Einige von uns werden sogar drei Gewehre mitbringen.«

»Das ist bekannt«, nickte Kamuza.

»Lobengula wird Goldmünzen haben, denn wir werden mit Münzen bezahlt. Was wir nach Thabas Indunas heimbringen, gehört dem König.«

»Das ist recht und schicklich.«

»Aber Diamanten?« fragte Bazo. »Die Diamanten gehören den weißen Männern. Sie sind so wild darauf, wie eine Löwin auf ihre Jungen wild ist. Wie sollen wir dem König Diamanten bringen?«

»Hört mir zu«, flüsterte Kamuza. »Es wird keine Pickups mehr geben. Wenn einer von euch das Funkeln eines Diamanten im gelben Kies sieht, dann gehört dieser Diamant Lobengula.«

»Es ist gegen das Gesetz.«

»Nur gegen das Gesetz des weißen Mannes, nicht gegen das Gesetz von Lobengula, der euer König ist.«

»Zu hören, heißt gehorchen«, grunzte Bazo, aber er dachte an Bakela, die Faust, der sein Vater war, und an Henshaw, den Falken, der sein Bruder war. Er verspürte keine Neigung, die Steine zu stehlen, für die sie ebenso hart arbeiteten wie Bazo selbst.

»Nicht nur in der Grube«, fuhr Kamuza fort. »Jeder von euch wird auf die Gelegenheit am Sortiertisch warten, du« – er wählte einen Matabele aus, der ihm gegenüber am Feuer saß –, »du bist ausgewählt worden, in dem neuen Fetthaus zu arbeiten.«

»Die Tische sind bewacht«, erwiderte Donsela. »Sie sind mit einem Stahlschirm überdeckt.«

Sie alle hatten zugehört, als Donsela von dem Wunder des neuen Fetthauses erzählte.

Wieder einmal hatte der Erfindergeist des weißen Mannes die einzigartigen Vorzüge des Diamanten zu seinem Vorteil genutzt. Der Diamant nahm keine Feuchtigkeit an, sondern stieß Flüssigkeit ab wie die Daunenfedern einer Gans. Während also der feuchte Kies über einen Stahltisch rollte, der mit einer Schicht dicken gelben Fettes eingeschmiert war, blieben die trockenen Diamanten darin kleben.

Die Pipeline vom Fluß Vaal hatte endlich Kimberley erreicht, und jetzt konnte Wasser aus den Tiefen hochgepumpt werden. Jetzt gab es Wasser genug, um den Kies zu waschen statt ihn mühevoll trocken zu sortieren und um den gesiebten Kies auf den geneigten Fettischen zu waschen. Die Diamanten klebten wie dicke kleine Blasen, halb in das Fett eingebettet, und wurden am Ende jeder Schicht mit einem Stahlspachtel abgekratzt.

»Über den Tischen ist ein stählerner Schirm«, wiederholte Donsela. Kamuza lächelte und reichte ihm ein dünnes Rohr hinüber, das er am Flußbett geschnitten hatte. An der Spitze des Rohres klebte ein kleiner Klumpen Bienenwachs.

»Das Rohr wird durch das Geflecht des Schirmes dringen«, erzählte ihm Kamuza. »Der Diamant wird fester an dem Wachs kleben als in dem Fett.«

Donsela musterte das Rohr bedächtig. »Letzte Woche wurde ein Basuto mit einem Stein entdeckt. Am selben Tag fiel er aus dem Förderkorb, als er aus der Grube hochgebracht wurde. Männer, die Steine stehlen, haben Unfälle. Diese Unfälle töten sie immer.«

»Es ist die Pflicht eines Kriegers für seinen König zu sterben«, sagte Kamuza trocken. »Laß dich nicht von einem Aufseher erwischen, und nimm nur die größten und hellsten Steine heraus.«

In den letzten drei Jahren war Ralph ganz erwachsen geworden. Nur wenige Monate vor seinem einundzwanzigsten Geburtstag war er ebenso groß wie Zouga; doch anders als sein Vater war er glattrasiert, bis auf einen dicken, dunklen Schnurrbart, den er bis in seine Mundwinkel hinab wachsen ließ.

Ab und zu gelang es ihm, zehn Guineas zusammenzubringen, um seine heimliche Freundschaft mit Diamond Lil aufrechtzuerhalten. Dann plötzlich war das nicht mehr wichtig, weil Ralph sich verliebt hatte.

Es war am frühen Vormittag, und Ralph brachte einen der Kieskarren von dem Hufschmied zurück, der die eisernen Reifen auf den Holzspeichenrädern gewechselt hatte.

Vor ihm auf der Straße gab es einen Tumult. Er sah Männer aus den Kantinen und den Büros der Händler laufen, die meisten von ihnen barhäuptig und in Hemdsärmeln.

Ein Fahrzeug kam über den Marktplatz gerollt – ein außergewöhnliches Fahrzeug, leicht und schnell, mit hohen, schmalen

Rädern, die so geschickt gefedert waren, daß es hinter dem Pferdepaar, das es zog, zu schweben schien. Die Tiere waren gleich, seltsam honigfarben, und ihre Mähnen waren weißblond.

Der Kutscher führte sie so, daß sich ihre Vorderhufe in völligem Gleichtakt hoben.

Ralph war von einem solch durchdringenden Neid getroffen, daß er körperlichen Schmerz empfand. Er hatte noch nie etwas so Schönes wie diese blassen, schimmernden Tiere und die Kutsche, die sie zogen, gesehen – bis er einen Blick auf den Kutscher warf.

Sie trug einen mitternachtsblauen Dreispitz, der in einem eleganten Winkel über eine Augenbraue gezogen war. Ihre Augenbrauen waren pechschwarz, schmal und wundervoll gewölbt über großen, tropfenförmigen Augen.

Als sie an dem schwerfälligen Kieskarren vorbeifuhr, hob sie die behandschuhte Hand, die die Zügel hielten, ein paar Zentimeter, und die Pferde wichen aus. Die elegante Kutsche huschte so nah an ihm vorbei, daß Ralph – wenn er es gewagt hätte – die Hand hätte ausstrecken und eine dieser schlanken Fesseln in dem hochgeknöpften Lackstiefel berühren können, die knapp unter dem Rock aus Moiréstoff hervorragten.

Der Wagen hielt vor dem gußeisernen Tor des Kimberley Clubs.

»Bazo«, rief Ralph. »Fahr zu den Gerüsten weiter. Ich folge dir.« Dann lief er über die Straße und streckte den Arm, um den Kopf des nächsten Vollblüters zu fassen.

Er kam gerade rechtzeitig, denn ein halbes Dutzend anderer Müßiggänger war hinzugekommen. Ralph nahm seine Mütze ab und schaute zu der Frau auf dem gepolsterten Ledersitz der Kutsche hoch. Sie lächelte ihm flüchtigen Dank zu, und Ralph sah, daß ihre Augen fast von demselben Mitternachtsblau wie ihr Hut waren. Diese Augen sahen ihn nur für einen Augenblick an und glitten dann wieder zu der buntverglasten Eingangstür des Clubs, aber Ralph spürte durch ihren Blick einen körperlichen Schreck wie einen Schlag gegen seine Brust, so daß er kaum zu atmen vermochte.

Ralph hörte Stimmen, Männerstimmen, aus der Richtung des Clubs, aber er konnte seinen Blick nicht von dem lieblichen Gesicht wenden. Er saugte jedes feine Detail in sich ein, ihren schwarzen, glänzenden Zopf, der unter dem Hut heraus auf ihre Schultern fiel und bis zu ihrer Taille reichte. Der feine Staub dunkler Sommersprossen hoch auf ihren Wangenknochen schien die Reinheit ihrer Haut zu betonen. Ihre Nase war schmal und gerade, mit elegant geschwungenen Flügeln, was ihrem Gesichtsausdruck eine Arroganz verlieh, die augenblicklich Lügen gestraft wurde, wenn sie lächelte, wie sie es jetzt tat. Aber sie lächelte nicht Ralph zu.

Sie lächelte einer Gruppe von Männern zu, die auf die Veranda des Clubs heraustraten und angeregt plauderten, während sie ihre Hüte richteten.

»Ein ausgezeichnetes Essen, Sir.« Der einzige aus dieser Gruppe, der Ralph fremd war, dankte seinen Gastgebern und ging ihnen dann das kurze Stück auf die Straße voraus.

Er war ein großer, gutproportionierter Mann. Sein Anzug wirkte gesetzt.

Er trug eine dunkle Klappe über einem Auge, was ihm ein piratenhaftes Aussehen vermittelte. Sein Bart war gestutzt und silbern durchsetzt.

»Er ist mindestens vierzig Jahre alt«, dachte Ralph bitter, als er bemerkte, daß die Frau diesen Mann direkt anlächelte.

Zu seiner Rechten stand eine kleine, zierliche Gestalt, ein Mann mit einem unauffälligen Gesicht und dünnem, schwindendem Haar, einem kleinen Schnurrbart unbestimmbarer Farbe – aber Augen, so intelligent und lustig, daß sie den Mann interessant machten.

»Ah, Ralph«, murmelte dieser Mann, als er den jungen Mann bemerkte, der neben dem Pferd stand; aber Ralph konnte seinem Blick nicht standhalten.

Doktor Leander Starr Jameson war ein sehr guter Freund seines Vaters und Eingeweihter von Ralphs Scham und Schande. Er war es gewesen, der ihm die Quecksilbertabletten gegeben und sie ihm mit der strengen Ermahnung überreicht hatte, in Zukunft die Schlingen der Hurerei zu meiden. Einen

Augenblick lang überlegte Ralph, ob der Doktor wohl sein nichtswürdiges Geheimnis der hübschen Dame auf dem Kutschbock mitteilen würde – und der Gedanke brannte in seiner Seele.

An der anderen Seite des großen Mannes stand Mr. Rhodes, groß und ernst, seine Kleidung unordentlich, der Knoten seiner Krawatte verrutscht und seine Breeches ausgebeult, doch mit dieser Ausstrahlung von Entschlossenheit und Sicherheit, die Ralph immer ehrfürchtig werden ließ.

Hinter der Gruppe folgte die gebeugte Gelehrtengestalt von Alfred Beit.

Die vier Männer blieben zusammen neben der Kutsche stehen, und der große Fremde streckte seine Hand aus und ergriff die Frau.

Er führte die Finger an seine Lippen.

»Gentlemen, darf ich Ihnen meine Frau vorstellen, Mrs. St. John.« Der Akzent des großen Mannes war unmißverständlich; selbst Ralph erkannte die Melodie, die aus den Südstaaten Nordamerikas herrührte.

Aber es waren die Worte und nicht der Akzent, die wie ein feuriger Pfeil durch Ralphs Brust schossen.

»Mrs. St. John, meine Frau – Mrs. St. John.«

Ralph war grenzenlos enttäuscht.

»Louise, meine Liebe, dies ist Mr. Rhodes, von dem du schon viel gehört hast –«

Die förmlichen Sätze hätten, was Ralph anbelangte, in einer fremden Sprache gesprochen werden können. Ihr Name war Louise, und sie war verheiratet. Das war alles, was er verstand.

General St. John stieg neben seiner Frau auf. Er bewegte sich geschmeidig für einen so großen und alten Mann, dachte Ralph widerwillig, und er haßte ihn dafür. St. John nahm die Zügel aus Louises behandschuhter Hand, hob kurz seinen Hut zum Gruß und ließ die Pferde antraben. Ralph mußte zurückspringen, um nicht umgestoßen zu werden, und Louise sprach angeregt mit dem General. Keiner der beiden beachtete Ralph.

Jordan verzierte die Ränder der Speisekarten mit Szenen aus den Gruben: Die Gerüste ragten über der klaffenden Grube, heroische Gestalten arbeiteten an den Wänden gelber Erde, ein Sortierer an seinem Tisch – und am Kopf des Blattes die gewölbten Hände eines Mannes, die von ungeschnittenen Diamanten überflossen. Jordan kolorierte die Illustrationen mit Wasserfarben.

»Was ist Velouté de la Nouvelle Ruée?« fragte Ralph.

»New Rush Suppe«, sagte Jordie ihm, ohne von seiner Arbeit aufzublicken.

»Und was ist da drin?«

»Markknochen und Perlgraupen.«

»Und was ist Quartier de Chevreuil Diamant Bleu?«

»Springbockkeule blauer Diamant.«

»Ich weiß nicht, warum wir nicht ganz einfach Englisch sprechen können«, beschwerte sich Ralph. »Was ist denn nun eigentlich ›Springbock blauer Diamant‹?«

»Die Keule wird mit fettem Speck gespickt, dann in Olivenöl und Cognac mit wildem Knoblauch mariniert, und schließlich in einer Pastetenkruste gebacken.«

Ralph schluckte. Jordans kulinarische Künste hatten ihn schon lange begeistert.

»Na schön – ich werd's essen.«

Jordan leckte seinen Pinsel, wobei ein Streifen Preußischblau auf seiner Zunge zurückblieb, und blickte dann zu seinem Bruder auf.

»Du sollst servieren, und nicht selber essen –« Jordan stockte bedeutungsvoll. »Mr. Rhodes kommt zum Mittagessen«, betonte er, als ob das alles erklärte.

»Schön, wenn ich nicht gut genug bin, mit deinem Mr. Rhodes am selben Tisch zu sitzen – dann werde ich, verdammt noch mal, auch nicht den Kellner spielen. Du kannst ja Donsela anheuern. Für einen Shilling würde er Suppe über Mr. Rhodes schütten, für einen Shilling würde er sogar Suppe über König Lobengula persönlich kippen. Ich werde ihn bestechen.«

Doch am Ende siegten Ralphs Neugier und Jordans Versprechen, daß er die Reste aufessen könnte. Ralph zog die lächerliche Affenjacke an, die Jordan für ihn entworfen und geschneidert hatte, und trug das Tablett mit dem Velouté auf die breite Veranda hinaus – und ließ es fast fallen.

»Madame, Sie erinnern mich an die Heldin aus Mr. Longfellows Gedicht«, schmeichelte Neville Pickering Louise St. John, und sie lächelte ihm von ihrem Platz in der Mitte des Speisetisches zu.

»Danke, Sir.«

Ihre Jacke bestand aus cremefarbenem Ziegenleder, die Ärmel waren mit Quasten verziert, und das Mieder war mit hellbunten Perlen in geraden geometrischen Mustern bestickt.

Louise war die einzige Frau an dem langen Tisch. Die Männer, die zu ihren Seiten saßen, waren schon zu dieser Zeit die einflußreichsten Persönlichkeiten dieses Kontinents, der einer allmächtigen Königin gehörte. Wie die Männer, die eine andere englische Königin in alle Winkel der Erde geschickt hatte, waren dies die neuen Elisabethaner, die meisten von ihnen bereits reich – alle rastlos und machthungrig. Jeder hatte einen anderen Traum, dem er sein Leben auf Gedeih und Verderb widmete.

Ballantyne. Beit. Jameson. Rhodes. Robinson. Die Liste der Namen las sich wie ein Appell eines Regiments von Seeräubern, und doch lauschten sie einem Vortrag über Damenmode, als ob es ein wichtiger Wirtschaftsbericht wäre.

Nur Zouga Ballantyne lächelte nicht. Die Frau beleidigte Zouga. Ihre Schönheit war zu auffallend, ihre Farben zu lebhaft. Zouga bevorzugte goldblondes Haar und einen blassen Teint – das Schönheitsideal eines Engländers. Die Kleidung dieser Frau war empörend, die Frisur – diese dicken schwarzen Zöpfe, die ihr bis auf den Busen fielen, war skandalös. Ihr Blick war zu direkt, ihre Augen zu blau, ihr Gespräch zu glatt und ihre Umgangsformen zu familiär. Natürlich standen amerikanische Frauen in dem Ruf, maskulines Verhalten übernommen zu haben, aber Zouga merkte, daß er wünschte, Louise St. John hätte dieses Verhalten auf der anderen Seite des Atlantischen Ozeans gelassen, wo es hingehörte.

Es war schon genug, daß sie ihrem Gatten vorausgeritten – noch dazu auf einem Herrensattel – und abgestiegen war, indem sie ihre beiden schmalen Füße aus den Steigbügeln genommen und gewandt auf den Boden gesprungen war; aber dann war sie auch noch mit selbstbewußtem Schritt und Lächeln auf die

Veranda getreten, die rechte Hand wie ein Mann ausgestreckt, und hatte, ohne darauf zu warten, sich von ihrem Gatten vorstellen zu lassen, gesagt: »Sie müssen Zouga Ballantyne sein. Nach Mungos Beschreibung würde ich Sie überall erkennen.«

Ihre Hand war schmal, ihre Haut warm und trocken, aber ihr Händedruck war unweiblich fest. Diese Sonntagsessen waren die einzige Extravaganz, die Zouga sich leistete, und sie waren eine der Traditionen Kimberleys geworden, bei denen man bei einem exzellenten Mahl und gutem Schnaps und in der Gesellschaft intelligenter Männer erinnernswerte Nachmittage verbrachte.

Frauen wurden zu diesen Zusammenkünften nur selten eingeladen, und Louise St. John wäre nicht da, wenn Zouga ihren Gatten dazu hätte bringen können, allein zu kommen, aber Mungo St. John hatte ausdrücklich auf die Einladung geschrieben »General *und Mrs. St. John* nehmen mit Freuden an.«

Die Freundschaft zwischen St. John und Zouga hatte vor vielen Jahren begonnen. Er war einer der Männer, die Zouga bewundern konnte: Ein Mann wie er selbst, hart und zielstrebig, einer, der nach seinem eigenen Kodex ohne Kompromisse lebte. Jemand, der weder Bevorzugung noch einen Gefallen erwartete und um seine Triumphe selbst kämpfte.

Ende der fünfziger Jahre hatte St. John ein Handelsimperium aufgebaut, eine Flotte von Handelsschiffen, die Sklaven vom afrikanischen Kontinent nach Nordamerika transportierten. Die Legende sagt, daß er bei drei Reisen, im Laufe von zwölf Monaten, über die berüchtigte Mittelpassage des Atlantiks Sklaven im Wert von fast zwei Millionen Dollar verfrachtet hatte. Mit diesen Gewinnen hatte er riesige Besitztümer in Louisiana erworben.

Zu dieser Zeit hatte Zouga ihn kennengelernt. Zouga war als Passagier auf St. Johns großartigem Klipper *Huron* aus dem Hafen von Bristol in Südengland zum Kap der Guten Hoffnung gereist. Die Ironie war, daß Zouga zu der Zeit nicht gewußt hatte, daß St. John in Sklavengeschäfte verwickelt war. Zouga war in Begleitung seiner einzigen Schwester, Robyn Ballantyne, einer Missionskrankenschwester, deren Lebensziel die Ausrottung des Sklavenhandels auf dem amerikanischen Kontinent war.

Als Robyn herausgefunden hatte, daß St. John nicht nach Afrika segelte, um Perlen und Kupferdraht gegen Elfenbein und Straußenfedern zu tauschen, sondern lebende Fracht suchte, wurde aus ihrem Haß eine unversöhnliche Scham darüber, in Gesellschaft eines solchen Mannes gereist zu sein.

Robyn hatte die Royal Navy zu Hilfe gerufen. Sie war die Person gewesen, die St. John und seinen herrlichen Klipper *Huron* mit der Fracht von fünfhundert erstklassigen Sklaven den Kanonenbooten der britischen Anti-Sklaven-Schwadron auslieferte.

Obwohl der britische Gouverneur St. John schließlich freigelassen hatte, nachdem er in Kapstadt ins Gefängnis gesteckt worden war, waren die Sklaven von ihren Ketten befreit und die afrikanische Küste für seine Schiffe für immer gesperrt worden.

Damals hatte Zouga die Verbindung zu ihm verloren; doch nachdem Zougas Buch *Odyssee eines Jägers* erschienen war, hatte St. John über Zougas Londoner Verleger den Kontakt wieder aufgenommen.

Durch den darauffolgenden Briefwechsel hatte Zouga St. Johns Karriere verfolgen können, und er erfuhr, daß St. John nach seiner Freilassung nach Fairfields zu seinen Zuckerrohr- und Baumwollplantagen zurückgekehrt war.

In Louisiana tobte zu dieser Zeit der Sezessionskrieg, bei dem St. John eine ruhmreiche Rolle spielte und ein Auge verlor.

Jetzt, nach vielen Jahren, war St. John wieder nach Afrika gekommen. Er besaß ein Paar großartige hellblonde Pferde mit fliegenden weißen Mähnen, die er »Palominos« nannte, hatte eine lange, schwarze Zigarre zwischen seine Zähne geklemmt und diese seltsam beunruhigende Frau an seiner Seite.

St. Johns erste Handlung in Kimberley war die gewesen, in das Büro der Standard Bank am Marktplatz zu spazieren und dem verblüfften Angestellten einen Kreditbrief zu präsentieren. Dieser Kreditbrief war eine halbe Million Pfund Sterling wert.

St. John hatte bescheidene hundert Pfund von der beachtlichen Summe abgehoben und Zimmer für sich und seine Frau im

Craven Hotel genommen, dem elegantesten und komfortabelsten in Kimberley.

Als der Bankangestellte sich von seinem Schock erholt hatte, begann er aufgeregt, diese Neuigkeiten zu verbreiten. Da war ein amerikanischer General auf den Feldern, der eine halbe Million Pfund auf der Bank deponiert hatte.

Am folgenden Mittag hatte St. John gleichgültig eine Einladung zum Lunch im Kimberley Club angenommen und lächelte milde, als Mr. C. J. Rhodes, unterstützt von Dr. Leander Starr Jameson, ihn zur Mitgliedschaft im Club vorgeschlagen hatte. Es gab Männer, reiche und einflußreiche Männer, die seit der Gründung des Clubs vergeblich versucht hatten, die Mitgliedschaft zu erhalten.

St. John lächelte jetzt dasselbe milde Lächeln, als er sich zurücklehnte, den Stiel seines Champagnerglases zwischen seinen Fingern drehte und die Männer beobachtete, die seine Frau umschmeichelten.

Selbst Mr. Rhodes, der bekannt für seine Immunität gegen weibliche Reize war und der gewöhnlich sehr barsch frivole Unterhaltungen beendete, antwortete charmant auf ihre ungekünstelten Fragen und kicherte über ihre witzigen Einfälle.

Mit Mühe lenkte Zouga seine eigene Aufmerksamkeit von Louise ab und wandte sich an Mungo St. John. Sehr betont wechselte er das Thema von dem geschlitzten Rock, der es seiner Frau erlaubte, im Herrensitz zu reiten, auf das, was Mungo seit ihrer letzten Zusammenkunft getan hatte.

Der Grund für den Themawechsel entging Louise nicht. Sie warf Zouga einen scharfen, nachdenklichen Blick zu, lächelte dann aber graziös und verfiel in pflichtbewußtes Schweigen, als die Unterhaltung schließlich ernst und wichtig wurde.

St. John war in Kanada und Australien gewesen, und ohne daß er näher darauf einging, begriffen alle, daß beide Reisen reich belohnt worden waren, denn St. John sprach von Weizen und Opalen und Wolle und Gold. Die Männer lauschten aufmerksam, schossen ihre Fragen wie Pfeile ab und nickten zu den flinken Antworten, bis St. John endlich schloß: »Nun, ich habe von meinem lieben Freund Zouga gehört, was Sie, meine Herren, hier getan haben, und ich dachte, es sei an der Zeit, herzukommen und mir das einmal anzusehen.«

Fast wie auf ein Stichwort kam Ralph auf die Veranda. Er trug das geschrubbte Tranchierbrett, auf dem der Braten in einer knusprigen braunen Pastetenhülle lag. Die Gesellschaft applaudierte mit Ausrufen des Entzückens und der Zustimmung.

Zouga erhob sich, um den Braten zu schneiden, und während er das Jagdmesser an dem Stahl wetzte, warf er Ralph einen Blick zu.

»Fühlst du dich gut?« fragte er aus dem Mundwinkel, und Ralph schreckte auf und wendete seinen bewundernden Blick von Louise St. John ab.

»O ja, Papa, mir geht es gut.«

»Du siehst aber aus, als ob du Bauchschmerzen hättest. Laß dir von Jan Cheroot lieber eine Dosis Schwefel und Sirup geben.«

Jan Cheroot, mit seiner alten Regimentsjacke bekleidet, deren Knöpfe poliert waren, brachte neuen Champagner, der in einem Kübel mit Eis gekühlt wurde.

»Eis!« Louise klatschte vor Entzücken in die Hände. »Soviel Kultiviertheit hätte ich hier nie erwartet.«

»Oh, hier gibt es fast alles«, versicherte Rhodes. »Meine Eisfabrik ist seit einem Jahr oder schon länger in Betrieb. In etwa einem Jahr wird die Eisenbahnlinie hier vorbeiführen, und dann wird Kimberley eine richtige Stadt.«

»Mr. Rhodes«, Louise beugte sich ein wenig vor, »ich bin jetzt schon fünf Tage hier – und obwohl ich die Bürgersteige genauestens betrachtet habe, habe ich keinen einzigen Diamanten gesehen – und man hatte mir versichert, die Straßen von Kimberley seien mit Diamanten gepflastert.«

Sie alle lachten herzlicher, als es dieser Scherz rechtfertigte, und Rhodes murmelte Pickering ein paar Worte zu, bevor er sich wieder an Louise wandte.

»Wir werden tun, was wir können, um dem abzuhelfen, Mrs. St. John«, und während er sprach, kritzelte Pickering eine Notiz und winkte dann einen der farbigen Diener heran, der im Schatten des Kameldornbaumes herumlungerte und rauchte.

»Major, darf ich mir einen Ihrer Champagnerkübel leihen?« fragte Pickering, und als Zouga nickte, reichte er den leeren Kübel und die Notiz dem Diener.

Zouga schnitt zum zweiten Mal von dem Braten ab, als der Diener zurückkehrte. Ihm folgte ein Mann, der unsicher auf seinem friedlichen Roß saß. Er kam auf die Veranda und trug den Kübel so vorsichtig, als sei er mit Mr. Alfred Nobels neu erfundenem Plastiksprengstoff gefüllt.

Er stellte den Kübel mit einem schüchternen Erröten vor Rhodes auf den Tisch und verschwand dann wieder.

»Wo ist der junge Jordan?« fragte Rhodes. »Dieser Junge liebt Diamanten sehr.«

Jordan kam in seiner Schürze aus der Küche. Sein Gesicht war durch die Hitze des Ofens gerötet. Er begrüßte Rhodes scheu.

»Mr. Jordan Ballantyne ist nicht nur der beste Koch in den Diamantenfeldern – er ist auch einer der besten Diamantensortierer, die wir haben.« Rhodes war so überschwenglich, wie ihn nur wenige je erlebt hatten. »Komm zu mir, Jordan, hier kannst du am besten sehen.«

Als Jordan neben seinem Stuhl stand, neigte Rhodes den Kübel vorsichtig, und selbst Zouga hörte sich vor Schreck keuchen, während Louise St. John laut aufschrie.

Der Kübel war bis zum Rand mit ungeschnittenen Diamanten gefüllt, und jetzt regneten sie zu einer funkelnden Pyramide auf das Tischtuch.

»Nun, Jordan. Erzähl uns etwas darüber«, forderte Rhodes ihn auf. Und der Junge beugte sich über den unglaublichen Schatz. Seine langen schlanken Finger flogen leicht über die Steine, breiteten sie aus und sortierten sie zu Häufchen. Während er arbeitete, sprach er, und seine Stimme war so hübsch wie sein Gesicht. Er erklärte die Kristallformen, wies auf die Fehler in einem hin, legte zwei Seite an Seite nebeneinander, um die Farben zu vergleichen und drehte einen ins Licht, um sein glimmendes Feuer zu zeigen.

Zouga war überrascht. Diese kleine Vorstellung war zu aufwendig für Rhodes. Durch das Zusammenwerfen der Steine in den Kübel hatte er seinen Sortierern mehrere Tage zusätzliche

Arbeit beschert. Jeder einzelne dieser Steine würde neu geschätzt werden müssen, um dann in einen kleinen weißen Umschlag gesteckt zu werden.

»Hier ist ein perfekter Stein.« Jordan nahm einen erbsengroßen Diamanten in die Hand. »Beachten Sie die Farbe, blau wie ein Blitzstrahl und voller Feuer.«

Rhodes nahm den Stein, betrachtete ihn einen Augenblick, wobei er ihn zwischen Daumen und Zeigefinger hielt, beugte sich dann über den Tisch und legte ihn vor Louise St. John hin.

»Madame, Ihr erster Diamant. Ich hoffe aufrichtig, daß es nicht Ihr letzter sein wird«, sagte Rhodes.

»Mr. Rhodes, ein so großzügiges Geschenk kann ich nicht annehmen«, protestierte Louise und wandte sich an Mungo St. John. »Nicht wahr?«

»Wenn ich dir zustimmte, würdest du mir es nie verzeihen«, murmelte Mungo St. John.

Louise schaute wieder Rhodes an. »Mr. Rhodes, mein Gatte besteht darauf, und ich finde keine Worte, um meine Dankbarkeit auszudrücken.«

Zouga beobachtete die Szene sehr aufmerksam; hier geschah so viel im Verborgenen.

Rein oberflächlich war es lediglich eine Demonstration der bemerkenswerten Wirkung, die diese funkelnden Steine auf eine Frau hatten. Das war ihr wahrer Wert, vielleicht ihr einziger Wert. In Louise St. Johns Gesicht konnte er erkennen, daß es nicht Habsucht war, die es erhellte, sondern eine rätselhafte Regung, die nicht weit von Liebe entfernt war.

Ganz plötzlich merkte Zouga, daß er sich wünschte, er sei der Urheber einer solchen Freude gewesen, daß es er und nicht Rhodes gewesen wäre, der dieses Geschenk gemacht hätte, das sie so verwandelt hatte. Es dauerte einen Augenblick, bis er sich von diesem Wunsch befreien konnte, so daß ihm der Blick fast entging, den Rhodes auf Mungo St. John warf.

Plötzlich war Zouga alles klar. Rhodes köderte nicht die Frau; er angelte nach dem Mann. Dieses Schauspiel sollte Mungo St. John beeindrucken.

Rhodes brauchte Kapital. Wenn ein Mann das Bestreben hat,

jeden einzelnen Claim auf dem Kimberley-Feld aufzukaufen, und wenn er das möglichst schnell bewerkstelligen möchte, muß er immer unter Kapitalmangel leiden. Rhodes Ambitionen waren kein Geheimnis. Zouga selbst war an der langen Bar des Kimberley Club dabeigewesen, als Rhodes seine Absicht erklärt hatte.

»Es gibt nur einen Weg, den Preis der Ware« – das war Rhodes Euphemismus für Diamanten – »zu stabilisieren, und das ist eine strenge, zentralisierte Marktpolitik. Es gibt nur einen Weg, den Diebstahl der Waren und die illegalen Käufe aufzuhalten: die Errichtung eines strengen Sicherheitsschirmes; um beide Ziele zu erreichen, muß jeder Claim auf diesen Feldern einer einzigen Gesellschaft gehören.« Jeder, der ihm zugehört hatte, hatte gewußt, daß Rhodes beabsichtigte, der Kopf dieser Gesellschaft zu werden.

Das war vor einem Jahr gewesen, und jetzt war der Kübel voller Diamanten auf Zougas Eßtisch der Beweis dafür, wie weit Rhodes seine Ankündigung verwirklicht hatte. Er hatte bereits über die Hälfte seines Ziels erreicht, aber er war gezwungen, Partner miteinzubeziehen, und es fehlte ihm an flüssigem Kapital.

Ein ernstes Hindernis für seine Pläne war Barney Baranatos Gesellschaft. Um sie zu erwerben, würde er Millionen Pfund brauchen.

Zouga war der Grund für diese kleine Scharade jetzt klar. Er wollte gerade seinen Kopf wenden, um General Mungo St. Johns Reaktion zu beobachten, als ihn der Anblick, der sich ihm vom anderen Ende des Tisches bot, erschreckte: Der unordentlich gekleidete junge Rhodes, neben dem sein hübscher junger Sohn stand – und über beiden stand drohend die Götzenstatue – der Falkengott.

Zouga erschauerte. Zum ersten Mal spürte er, daß die Statue etwas Böses ausstrahlte. Einen entsetzlichen Augenblick lang war Zouga davon überzeugt, daß der Vogel seine scharfen, klingenförmigen Schwingen ausbreiten und sie wie einen besitzgierigen Baldachin über die beiden menschlichen Gestalten darunter halten würde – und dann war die Vision vorbei – das Bild zerfloß.

Rhodes strich die Edelsteine wieder in den Kübel zurück und sprach leise mit Jordan.

»Studierst du noch das Buch über Mr. Pitmans Kurzschrift, das ich dir geschickt habe, Jordan?«

»Ja, Mr. Rhodes.«

»Gut – du wirst feststellen, daß es eines Tages von großem Wert für dich ist.«

Der Junge begriff, daß er entlassen war, und huschte über die Veranda zur Küche, während Rhodes den Kübel seinem Diener überreichte und General St. John direkt ansprach.

»In den Gruben, die uns gehören, finden wir durchschnittlich zehn Karat in jeder bearbeiteten Tonne Kies, wozu mindestens zwei weitere Karat pro Tonne kommen, die von den Arbeitern auf dem Weg zwischen Grubenboden und Schätzraum gestohlen werden. Wenn unser Sicherheitssystem wirksamer wird und wir bessere Gesetze entwerfen, können wir damit rechnen, diese Verluste zu dezimieren –« Rhodes sprach mit dieser hohen Stimme, die so unpassend für einen so großen Mann war, und gestikulierte mit seinen starken, kantigen Händen. Er spulte die Zahlen für Produktionskosten und geschätzten Gewinn herunter, die Gewinnerwartungen für bearbeitetes Gestein, die Verzinsung für Fremdkapital. Seine Worte galten nur einem Mann, doch er wirkte so überzeugend, daß jeder am Tisch ihm aufmerksam lauschte, sogar Louise St. John.

Zouga schaute zu ihr und sah, daß sie sich auf das verwirrende Durcheinander von Zahlen konzentrierte, und sie schien alles zu verstehen.

St. John hatte eine kalte Zigarre zwischen seinen Zähnen gehalten; jetzt nahm er sie heraus und schaute Rhodes durchdringend mit seinem einzigen Auge an.

»Bisher, Mr. Rhodes, haben Sie das Blau noch nicht erwähnt.«

»Das Blau.« Alle am langen Tisch erstarrten.

»Das Blau.« Es war, als ob St. John eine ungeheuerliche Obszönität ausgesprochen hätte, die sie alle schockiert schweigen ließ. Das Blau war der Hauptgrund für Rhodes Hunger nach Kapital. Das Blau war der Grund, warum die Banken alle Digger aufgefordert hatten, die Darlehen mit ihren Claims abgesichert hatten, ihre Überziehung um fünfzig Prozent zu reduzieren.

Rhodes hatte eine Million Pfund aufgenommen, um seinen Versuch zu finanzieren, jeden einzelnen Claim auf dem New Rush Feld in seinen Besitz zu bekommen. Jeden Block, den er erwarb, hatte Rhodes sofort als Sicherheit für einen neuen Kredit benutzt, und so häufte sich Darlehen auf Darlehen, Schuld auf Schuld.

Zouga war einer der wenigen, die bisher Rhodes Vormarsch widerstanden hatten. Er hatte fast widerstrebend ein Angebot von fünftausend Pfund für seine Claims im Teufelsloch abgelehnt. Das Angebot war vor sechs Monaten gemacht worden, bevor diese verfluchten Worte »das Blau« an der langen Bar im Kimberley Club zum ersten Mal geflüstert wurden.

Niemand wollte Zouga jetzt noch fünftausend Pfund für seine Claims bieten. Der Direktor der Standard Bank hatte ihm sogar eine Nachricht geschickt, worin er ihn bat, ihn zu besuchen.

»Major Ballantyne, angesichts der jüngsten Entwicklungen sieht sich die Bank gezwungen, den Wert der Sicherheiten für die Überziehungen unserer Klienten zu überprüfen. Wir haben ermittelt, daß der gegenwärtige Marktwert Ihrer Claims jeweils fünfhundert Pfund beträgt.«

»Das ist lächerlich, Sir.«

»Major, das Blau ist in den Claims der Orphan Company zutage getreten.« Der Bankdirektor mußte nichts weiter erklären. Der Orphan-Block war vom Teufelsloch nur durch ein Dutzend dazwischenliegender Claims getrennt. »Ich tue das sehr ungern, Major, aber ich muß Sie bitten, Ihre Überziehung auf eintausend Pfund zu reduzieren.«

Das Blau war der Grund, warum viele Händler der Stadt den Preis ihrer Waren reduzierten, und sich auf die Abreise vorbereiteten. Viele Rollkutscher lenkten nun ihre Wagen zu den neuen Goldfeldern bei Pilgrim's Rest.

»Was ist das Blau?« fragte Louise St. John, und als keiner sprach, fühlte sich Zouga als Gastgeber verpflichtet zu antworten.

»Das Blau ist die Bezeichnung der Digger für eine bestimmte Felsformation, Mrs. St. John. Ein vulkanisches Konglomerat, von dunkelblauer Farbe und sehr hart – zu hart, um es leicht bearbeiten zu können.« Zouga hob sein Champagnerglas, nahm einen Schluck und musterte dann die aufsteigenden, nadelfeinen Bläschen.

»Ist das alles?« fragte Louise ruhig.

»Darin sind Zirkone, kleine Zirkone von der Größe von Zukkerkörnchen, aber es gibt keinen Markt für Zirkone«, fuhr Zouga mürrisch fort.

»Welche Bedeutung hat dieses – Blau?« fragte Louise nach. Zouga wählte seine Worte sorgsam.

»Die diamanthaltige Erde ist ein mürber gelber Kies – mürbe bedeutet bröcklig.«

»Danke«, Louise lächelte ohne Groll. »Ich kenne das Wort.«

»Nun, also, in einigen der tieferen Claims im Nordabschnitt ist der gelbe Kies dünn geworden, und wir sind auf diesen harten blauen Felsen gestoßen.«

»Es ist nicht bewiesen, daß dieses Gestein unergiebig ist«, fiel Rhodes scharf ein, und Zouga neigte zustimmend seinen Kopf.

»Nein, es ist nicht bewiesen, aber es ist das, was wir alle fürchten. Daß wir am Ende angelangt sind. Daß die Felder erschöpft sind.«

Daraufhin schwiegen alle und dachten über diese erschrekkende Möglichkeit nach.

»Wann werden Sie das mit Bestimmtheit wissen?« fragte Mungo St. John. »Wann werden Sie wissen, daß sich dieser blaue Boden unter dem ganzen Feld befindet und daß es keine Diamanten darin gibt?«

»Es wird noch einige Monate dauern, bis die flacheren Claims tief genug abgetragen sind«, antwortete Rhodes. »Wenn wir dann feststellen, daß es auch dort hartes Gestein gibt, werden wir Bohrungen machen müssen, um feststellen zu können, wie dick diese Schicht ist.«

»Ich verstehe«, nickte St. John. »Es scheint, als hätte ich Glück gehabt, daß ich meinen Besuch in Kimberley hinausgeschoben habe, bis man auf diesen blauen Boden gestoßen ist. Vermutlich wäre ich andernfalls der Besitzer eines Berges aus blauem, wertlosen Marmor.«

»Du bist immer ein Mann gewesen, dem das Glück hold war,

Mungo.« Louise schenkte ihm ein blendendes Lächeln, und er erwiderte ernst: »Du, meine Liebe, warst immer mein größtes Glück.«

Mit offensichtlicher Erleichterung ließ die Gesellschaft das unerfreuliche Thema fallen und wandte sich heitereren Gesprächsstoffen zu. Nur Rhodes saß stumm und nachdenklich am Kopf des langen Tisches.

Obwohl Zouga lächelte, war auch er durch das Gespräch über die drohende Katastrophe abgelenkt.

Louise St. John mußte ihre Frage wiederholen, um seine Aufmerksamkeit zu gewinnen. »Ist das möglich, Major Ballantyne?«

Zouga schreckte auf und wandte sich an sie. »Verzeihen Sie, Mrs. St. John. Ich habe Ihre Frage nicht verstanden.«

Louise war nicht dran gewöhnt, daß die Gedanken eines Mannes woanders waren, wenn sie mit ihm sprach. Dieser kühle und korrekte Engländer begann sie wirklich zu verärgern, und sie merkte, daß sie den Wunsch hatte, ihn zu einer ungewöhnlichen Reaktion zu bewegen. Sie hatte daran gedacht, in ihrer Unterhaltung ein Männerwort zu benutzen, eines von Mungos Soldatenwörtern, doch ihr Feingefühl hatte sie gewarnt, daß sie nur ein Stirnrunzeln ernten würde. Sie hatte daran gedacht, ihn zu ignorieren, aber ihre Intuition sagte ihr, daß er eine solche Behandlung wahrscheinlich begrüßen würde. Der beste Weg, der ihr offenstand, war der, ihre Fragen an ihn zu richten und ihn zu zwingen, ihre Existenz zur Kenntnis zu nehmen.

»Man hat mir gesagt, daß Sie der Präsident des Kimberley Clubs seien.«

»Ich habe diese Ehre«, nickte Zouga.

»Ich habe auch gehört, daß Ihre Hindernisrennen oder Ihre Point-to-Point-Rennen – ich bin mir Ihrer britischen Terminologie nie ganz sicher – einer der populärsten Zeitvertreibe auf den Diamantenfeldern sind.«

Zouga schüttelte den Kopf und lächelte. »Ich konnte bis jetzt selbst keine genaue Bezeichnung für die Rennen finden. Gewiß sind es keine Hindernisrennen, da es uns hier an Hindernissen mangelt, und es sind auch keine richtigen Point-to-Point-

Rennen. Deshalb bevorzugen wir es, von Geländeritten zu sprechen.«

»Ich dachte daran, mit einem meiner Pferde an einem solchen Wettbewerb teilzunehmen«, sagte Louise.

»Wir würden Ihre Teilnahme sehr begrüßen«, erwiderte Zouga. »Ich könnte eine Liste unserer besseren Reiter aufstellen, unter denen Sie wählen könnten.«

»Ich ziehe es vor, selbst zu reiten.«

»Ich fürchte, das wird nicht möglich sein, Mrs. St. John.«

»Warum nicht?«

»Weil Sie eine Frau sind.«

Ihr Gesichtsausdruck bereitete Zouga Genugtuung. Sie war wachsbleich geworden, und ihre Augen funkelten ärgerlich.

Zouga wartete auf ihre Erwiderung, aber sie spürte seine Vorfreude darauf und zwang sich mit großer Anstrengung, ihm diese Genugtuung nicht zu geben. Statt dessen wandte sie sich an ihren Mann.

»Es ist schon nach drei. Es war ein sehr angenehmes Essen, aber ich würde jetzt gern ins Hotel gehen.« Sie stand rasch auf, und Mungo St. John zuckte ergeben mit den Achseln und trat neben sie. Sein Lächeln bat um Nachsicht für die Laune einer Frau.

Der Diener brachte Louises Pferd. Sie liebkoste sein helles Maul. Dann nahm sie die Zügel, schaute zu der Gruppe von Männern und blickte Zouga einen Moment an, bevor sie sich entschlossen abwandte.

Sie schwang sich geschickt in den Sattel. Zouga war erstaunt. Er hatte noch nie eine Frau allein ein Pferd besteigen sehen. Gewöhnlich war ihr ein Diener dabei behilflich.

Zouga stand auf den Zentralgerüsten, die so hoch waren wie ein dreistöckiges Gebäude. Von diesem günstigen Punkt aus konnte er bis zum Fluß Vaal sehen. Die Gerüste klebten gefährlich nah an dem steilen Abgrund, der durch die Gruben entstanden war. Streckenweise hatten die Digger schon sechzig Meter tief gegraben.

Zouga wischte sich mit einem Baumwolltuch die Hände ab

und nickte dem Matabele zu, der den Schalthebel der Dampfwinde betätigte.

Wieder hämmerte das ohrenbetäubende Gerassel gegen Zougas Schädel, und der schlanke Draht des glänzenden Stahlkabels rollte über die Trommeln. Die Winde und die Dampfmaschine hatten Zouga über zweitausend Pfund gekostet, den ganzen Gewinn aus der Arbeit einer ungewöhnlich erfolgreichen Woche, in der Jordan elf gute Diamanten auf dem Sortiertisch ausgelesen hatte. Die Funde dieser Woche waren eine der falschen Versprechungen, die das Teufelsloch ihm wie eine ungetreue Frau zugeflüstert hatte.

Zouga begab sich zur Vorderseite der Gerüste, um dem ohrenbetäubenden Lärm der Winde zu entrinnen. Jetzt konnte er zehn Minuten ausruhen, die Zeit, die es währte, bis der Kiesbehälter von den Claims an die Oberfläche gelangte. Er konnte sehen, wie er wie eine fette Spinne vom Boden abhob, die an ihrem speziellen seidenen Faden auf ihn zuglitt, doch sie war noch zu tief, als daß er die menschliche Gestalt sicher hätte erkennen können, die auf dem riesigen Stahlbehälter mitfuhr.

Zouga steckte sich eine Zigarre an, und sie schmeckte nach dem Maschinenfett an seinen Fingern. Er spähte wieder in die Tiefe.

Der Stahlkorb war jetzt so nahe, daß er die junge Gestalt, die lässig beide Hände in die Hüften gestemmt hatte, erkennen konnte.

Ralph kam langsam näher. Während Zouga darauf wartete, daß die Gondel ihn erreichte, wanderten seine Gedanken zurück zu diesem ersten Tag, als er den Ochsen in das Lager geführt hatte und Aletta auf dem Wagenkasten neben ihm saß. Sie hatten damals zu dem durchlöcherten Kopje aufschauen müssen. Seither war so viel Erde bewegt worden, und so viele Männer waren in dieser schrecklichen Grube gestorben, die einst ein stattlicher Hügel gewesen war, und so viele Träume waren mit ihnen zugrunde gegangen.

Zouga nahm den breitkrempigen Hut ab. Behutsam wischte er die Schweißtropfen von seiner glatten Stirn und dann inspizierte er den feuchten roten Fleck auf dem seidenen Halstuch und verzog angewidert das Gesicht. Dieser verdammte Staub sah aus wie Blut.

Er knotete den Seidenschal wieder um den Hals, schaute noch immer in die Tiefen hinab. Seine Augen verdunkelten sich, als er sich an die Hoffnungen und die grenzenlosen Erwartungen erinnerte, die er an diesem Tag gehabt hatte – war es wirklich erst zehn Jahre her? Ihm erschien es wie ein Tag und eine Ewigkeit.

Er merkte, daß er träumte und ihm wahllose Ereignisse aus diesen verlorenen Jahren in den Sinn kamen.

Nach ein paar Minuten schreckte Zouga auf. Träumen war das Laster eines alten Mannes. Der Vergangenheit sollte man nie nachtrauern; das Heute allein zählte. Er hob seine Schultern und blickte zu Ralph in der schwingenden Gondel hinab. Etwas berührte in unangenehm, zerschmetterte den letzten seiner Träume.

Die Gondel bewegte sich völlig anders, sie barg nicht die übliche Last in sich. Ralph überlud den Behälter trotz seiner Anweisungen gewöhnlich, so daß er hoch über die stählernen Seitenwände ragte. Jetzt war er leer, und Ralph war allein. Er kam ohne die Matabele nach oben.

Zouga legte seine Hände trichterförmig an den Mund, um eine Frage zu brüllen – doch die Worte blieben in seiner Kehle stecken.

Ralph war jetzt so nah bei Zouga, daß er seinen Gesichtsausdruck sehen konnte. Er war tragisch, gekennzeichnet durch eine schreckliche Gefühlsregung.

Zouga senkte seine Hände und starrte in furchtsamer Erwartung auf seinen Sohn. Die Gondel stieß mit eisernem Klirren gegen die Gitterstäbe, und der Mann an der Winde nahm den Gang heraus und bremste die stählerne Gondel geschickt an den Stäben.

Ralph sprang aus dem schmalen Loch auf die Plattform und starrte Zouga nur an.

»Was ist los, mein Junge?« fragte Zouga leise, ängstlich – und als Antwort drehte Ralph sich um und starrte in den leeren Gondelbehälter.

Zouga trat neben ihn und folgte seinem Blick. Er sah, daß er sich geirrt hatte – die Gondel war nicht leer.

»Wir haben den ganzen Morgen gebraucht, um das aus der Ostecke herauszuschlagen«, berichtete Ralph.

Der Stein sah aus wie ein roh behauener Grabstein – so breit, wie die Arme eines Mannes reichten und nicht ganz exakt rechteckig, und die Spuren der stählernen Meißel und der Pickhacken waren noch zu erkennen.

»Drei Hackenstiele sind abgebrochen«, fuhr Ralph grimmig fort, »und wir haben ihn nur herausbekommen, weil es eine natürliche Bruchlinie gab, die wir mit unseren Meißeln weiter aufstemmen konnten.«

Zouga starrte auf den häßlichen Steinquader. Er wollte nicht glauben, was er sah.

»Darunter ist dasselbe, hart wie das Herz einer Hure, keine Schwachstellen, keine Bruchspuren.«

Der Steinklumpen war ein glanzloses, häßlich marmoriertes Ding, auf dem die stählernen Werkzeuge hellere Striemen und Kratzer hinterlassen hatten.

»Wir waren sechzehn Leute«, erzählte Ralph weiter. »Wir haben den ganzen Morgen daran gearbeitet.« Er öffnete seine Hände und hielt die Handflächen nach oben. Die hornigen Schwielen waren aufgebrochen, das rohe Fleisch darunter war weich und von Staub und Erde verklebt. »Den ganzen Morgen haben wir unsere Herzen und unsere Hacken daran zerbrochen – und dieser verdammte kleine Stein wiegt weniger als eine halbe Tonne.«

Langsam bückte sich Zouga über den Rand der Gondel und berührte den Stein. Er war so kalt wie sein Herz – und seine Farbe war ein dunkles, marmoriertes Blau.

»Das Blau«, bestätigte Ralph ruhig. »Wir sind auf das Blau gestoßen.«

»Dynamit«, sagte Ralph. »Das ist die einzige Möglichkeit, wie wir das je wegbekommen können.«

Er war bis zur Hüfte nackt, Schweiß überzog glänzend seine Arme.

Der Stein aus blauem Marmor lag zu seinen Füßen, und Ralph ruhte sich auf dem Stiel des Vorschlaghammers aus. Die Schläge, die er dem Stein versetzt hatte, hatten Funken sprühen und winzige Wölkchen weißen Staubes auffliegen lassen, der wie Pfeffer in ihren Nasen brannte – aber er hatte den Felsen nicht zerschlagen können.

»Wir können in der Grube nicht sprengen«, sagte Zouga müde. »Kannst du dir vorstellen, daß zweihundert Digger Dynamit in die Luft jagen, und jeder tut das, wann und wie er's will?« Er schüttelte seinen Kopf.

»Es gibt keine andere Möglichkeit«, beharrte Ralph. »Keine andere Möglichkeit, um es herauszubekommen.«

»Und wenn du es rausbekommst?« fragte Jordan, der die letzte Stunde geschwiegen hatte.

»Was meinst du?« Zouga konnte die Anspannung in seiner eigenen Stimme hören und wußte, wie kurz er davor war, daß Ärger und Enttäuschung an die Oberfläche drangen.

»Was willst du tun, wenn ihr es herausbekommt?« wiederholte Jordan, und sie alle starrten auf den schrecklichen blauen Klumpen.

»In diesem Zeug gibt es keine Diamanten«, stellte Jordan fest.

»Woher wissen wir das?« schnappte Ralph, und seine Stimme klang rauh und häßlich vor Nervosität.

»Ich weiß es«, sagte Jordan gleichmütig. »Ich kann es spüren – sieh ihn doch nur an. Er ist hart und leer und nackt.«

Niemand antwortete, und Jordan schüttelte bedauernd seine Locken. »Und selbst wenn Diamanten darin wären, wie wolltet ihr sie aus dem Blau befreien? Man kann sie nicht mit dem Vorschlaghammer zerschmettern. Am Ende bliebe nur Diamantstaub.

»Ralph«, Zouga wandte sich von Jordan ab, »dieses Zeug, dieses Blau – es ist doch nur in der Ostecke, nicht wahr?«

»Bisher«, nickte Ralph. »Aber –«

»Ich möchte, daß du die Ostecke zuschüttest«, befahl Zouga barsch. »Schaufle Kies über den Felsen. Niemand sonst darf davon etwas erfahren.«

Ralph nickte, und Zouga fuhr fort: »Wir werden den gelben

Kies weiter aus den anderen Sektionen schaufeln, als ob nichts geschehen sei; und niemand darf ein Wort darüber verlieren.« Er schaute Jordan scharf an. »Verstehst du? Kein Wort darüber.«

Zouga wußte, daß Rhodes in den nächsten paar Wochen wegfahren würde, um sein Semester an der Oxford Universität zu beginnen. Vielleicht würde diese bevorstehende Abreise seine Entscheidung beeinflussen.

»Das wollen wir jedenfalls hoffen«, sagte er laut, und sein Pferd drehte die Ohren nach hinten, um seiner Stimme zu lauschen. »Ruhig, alter Freund.« Zouga berührte die Kruppe und spürte wegen seiner Absichten Schuldgefühle. Er wollte eine faule Ware verkaufen, und er stählte sich gegen seine eigenen Gewissensbisse, als er in Rhodes Lager ritt.

Rhodes saß mit dem Rücken an der Lehmwand der Hütte, einen Becher in seiner Hand, den großen, zerzausten löwengleichen Kopf geneigt, um zu hören, was Pickering sagte.

In den Minen hieß es, daß er bereits Multimillionär sei, zumindest auf dem Papier, und Zouga hatte zugesehen, wie ein Champagnerkübel voller ungeschliffener Diamanten auf seinen Eßtisch entleert wurde. Doch hier saß Rhodes auf einer Seifenkiste auf dem staubigen Hof. Er war bekleidet mit schäbiger, schlechtsitzender Kleidung und trank aus einem angeschlagenen Emailbecher.

Zouga ließ seine Zügel sinken, und sein Pferd blieb gehorsam stehen. Nachdem er aus dem Sattel gestiegen war, gab es keinen Grund, es anzubinden. Es würde so lange stehen bleiben, wie Zouga es wollte.

Er überquerte den Hof und ging auf die kleine Gruppe von Männern zu. Zouga lächelte in sich hinein. Rhodes' Becher war zwar angeschlagen – doch darin befand sich ein zwanzig Jahre alter Cognac. Rhodes' Sitz mochte eine Seifenkiste sein, aber er saß darauf, als sei es ein Thron, und die Männer, die um ihn herum wie Höflinge oder Bittsteller hockten, waren alle reiche und mächtige Männer: die neue Aristokratie der Minen.

Einer von ihnen erhob sich jetzt und kam, um Zouga zu

begrüßen. Er lachte laut und schwang eine zusammengerollte Zeitung.

»Bei Gott, Major, es heißt ja, man müsse nur vom Teufel sprechen.« Er schlug Zouga auf die Schulter. »Ich hoffe, Sie nehmen diesen Angriff auf Ihren Männerstolz ebenso ernst wie wir – und sind gekommen, um uns anzubieten, für unsere Sache zu kämpfen.«

»Ich verstehe nicht.« Zougas Einwurf ging in Gelächter und freundlichen Knuffen unter, als sie auf ihn zukamen und ihn umringten. Nur Rhodes hatte seinen Sitz an der Wand nicht verlassen, aber selbst er lächelte.

»Laß ihn doch selbst lesen, Pickling«, schlug Rhodes sanft vor, und Pickering reichte Zouga die Zeitung.

Es war ein Exemplar des *Diamond Fields Advertiser* – so frisch gedruckt, daß die schwarze Farbe unter Zougas Fingern verschmierte.

»Die Titelseite«, sagte Pickering vergnügt. »Die Überschrift.«

HERAUSFORDERUNG ZUM KAMPF
GEKRÄNKTE LADY
FORDERT GENUGTUUNG

Heute morgen wurde unserem Herausgeber die Ehre des Besuches einer schönen und vornehmen Dame zuteil. Mrs. Louise St. John ist die Gattin eines Helden des amerikanischen Bürgerkrieges und von Geburt an eine ausgezeichnete Reiterin.

Ihr Hengst »Shooting Star« ist ein bemerkenswertes Exemplar der erst kürzlich gezüchteten amerikanischen Rasse, die als Palomino bekannt ist. Er ist ein ehemaliger Zuchthengst aus Louisiana und sicherlich eines der prächtigsten Tiere, die auf den Diamantenfeldern je zu sehen gewesen sind.

Mrs. St. John versuchte ihr Pferd für die regulären Point-to-Point-Rennen anzumelden, die vom Kimberley Sporting Club organisiert werden – wurde aber von Major Ballantyne, dem Clubpräsidenten informiert, daß sie vom Reiten ausgeschlossen sei –

Zouga überflog rasch die nächsten paar Absätze:

Nur weil ich zufällig eine Frau bin...

Unerträgliche männliche Arroganz.

Er lächelte und schüttelte den Kopf.

Ich fordere den guten Major heraus, gegen mich über jeden Kurs seiner Wahl und jede vereinbarte Summe zu reiten.

Jetzt lachte Zouga laut und warf Pickering die Zeitung wieder zu.

»Die Lady hat wirklich etwas an sich«, gab er zu, »in jeder Bedeutung des Wortes.«

»Ich werde Ihnen King Chaka leihen«, versprach Beit. King Chaka war ein gutes Jagdpferd von englischem und arabischem Blut und stammte aus einem der berühmten Kap-Gestüte. Beit hatte dreihundert Guineas für ihn bezahlt.

Zouga schüttelte den Kopf und warf einen liebevollen Blick zu seinem eigenen Jagdpferd, das auf dem Hof stand.

»Das wird nicht nötig sein, da ich nicht reiten werde.«

Ein heiteres Protestgeheul wurde von allen laut.

»Bei Gott, Ballantyne, Sie können uns nicht im Stich lassen.«

»Diese verdammte Giftspritze wird sagen, Sie hätten sich gedrückt, alter Freund.«

»Meine Frau wird eine Woche lang frohlocken – Sie werden meine Ehe ruinieren.«

Zouga hielt beide Hände hoch. »Ich bedaure, Gentlemen. Dies ist nur ein Beweis für weiblichen Unsinn – und Sie können mich zitieren.«

»Also werden Sie nicht reiten?«

»Gewiß nicht.« Zouga lächelte, aber seine Stimme klang ein wenig gereizt. »Ich habe mich mit ernsteren Dingen zu beschäftigen.«

»Sie haben natürlich recht.« Rhodes piepsende Stimme ließ sie alle respektvoll schweigen. »Dieses blasse Tier ist ein fliegender Teufel, und die Lady reitet wie eine Hexe – das haben wir alle gesehen.«

Die Narbe auf Zougas Wange färbte sich blaßrosa, und in seinen Augen war plötzlich ein grünes Funkeln, aber das Lächeln blieb auf seinen Lippen.

»Dieses hübsche Pferd bewegt sich gut auf ebenem Boden, das gebe ich gern zu, aber den Kurs, den ich wählen würde, würde er nur mit Glück hinter sich bringen, vom Siegen ganz abgesehen.«

»Sie werden also reiten?« Die Männer begannen sofort wieder zu schreien.

»Nein, Gentlemen. Und das ist mein letztes Wort.«

Lange nachdem die anderen gegangen waren, saßen noch drei Männer am Tisch: Pickering, Rhodes und Zouga. Die Sonne war untergegangen, und nur das orangefarbene Glühen des Feuers erleuchtete ihre Gesichter. Die erste Flasche Cognac war leer, und Pickering hatte eine weitere geöffnet. Jetzt starrte Rhodes in seinen Becher und sagte, ohne den Blick zu heben: »Also, Major, Sie sind also endlich bereit zu verkaufen, und ich muß mir eine Frage stellen, eine ganz einfache kleine Frage – warum?«

Zouga antwortete nicht, und nach einem Augenblick hob Rhodes seinen Kopf.

»Warum, Major?« wiederholte er. »Warum jetzt plötzlich?«

Zouga merkte, daß die Lüge, die er vorbereitet hatte, nicht über seine Lippen kommen wollte. Er war stumm, aber er erwiderte den Blick dieser blaßblauen Augen. Rhodes brach das Schweigen.

»In meinem Leben habe ich nur sehr wenigen Männer vertraut«, und unfreiwillig wanderte sein Blick zu Pickering und dann zurück zu Zouga, »jetzt aber, Major, sind Sie einer von ihnen.«

Er nahm die Cognacflasche und goß etwas von der honigfarbenen Flüssigkeit in Zougas Becher.

»Einmal wurden Ihnen hunderttausend Pfund für gestohlene Diamanten angeboten – und Sie konnten sich nicht dazu überwinden, sie zu nehmen.« Rhodes sprach so leise, daß Zouga sich vorbeugen mußte, um die Worte zu verstehen. »Gestern hat Ihr Sohn das erste Stück blauen Bodens aus dem Teufelsloch hochgebracht – und noch immer können Sie nicht lügen.«

»Sie wußten es!« flüsterte Zouga. Rhodes nickte und seufzte dann.

»Bei Gott, ich wünschte, ich würde mehr Männer wie Sie

kennen.« Er schüttelte seinen mächtigen Lockenkopf, und seine Stimme wurde kurz und geschäftig. »Ich habe Ihnen einmal fünftausend Pfund für Ihre Claims geboten. In Ordnung, ich werde Ihnen dieselbe Summe zahlen –« Er hob eine fleischige Hand, um Zouga zurückzuhalten. »Warten Sie! Hören Sie den Rest, bevor Sie mir danken. Der große Vogel geht mit den Claims.«

»Was?« Für einen Moment verstand Zouga nicht.

»Der steinerne Vogel, die Statue. Sie ist Teil des Geschäfts.«

»Verdammt!« Zouga erhob sich halb von dem Holzklotz, auf dem er saß.

»Warten Sie!« Rhodes stoppte ihn wieder. »Hören Sie zu, bevor Sie ablehnen«, und Zouga nahm wieder Platz. »Sie werden außerdem dafür reiten.«

Zouga schüttelte verständnislos den Kopf.

»Sie werden gegen diese Frau, St. John, zu Ihren Bedingungen antreten, und wenn Sie gewinnen, behalten Sie die Claims und den Vogel und meine fünftausend.«

Das Schweigen herrschte eine volle Minute – und dann fragte Zouga mit heiserer, belegter Stimme: »Und wenn ich verliere?«

»Sie haben selbst gesagt, daß diese Wahrscheinlichkeit sehr gering ist«, erinnerte Rhodes ihn.

»Und wenn ich verliere?« beharrte Zouga.

»Dann verlassen Sie diese Felder so, wie Sie gekommen sind – mit nichts.«

Zouga blickte zu seinem Pferd. Er hatte es Tom genannt, nach einem Freund, der jetzt schon so viele Jahre tot war. Dieses Pferd war wirklich außergewöhnlich, und er hatte ihm so viel beigebracht...

»Abgemacht«, sagte Zouga ohne Betonung. »Brauchen wir noch weitere Zeugen.«

»Ich glaube nicht, Major«, entgegnete Rhodes. »Oder was meinen Sie?«

»Nach dem Schuß werden die Konkurrenten zur ersten Flagge reiten –« Neville Pickering war der Oberschiedsrichter, und seine Stimme drang durch das Megaphon zu der riesigen Menge, die sich über das trockene Feld unterhalb der Magersfontein-Hügel ergoß.

»Bei der ersten roten Flagge werden sie auf feste Ziele schießen. Wenn sie alle vier Ziele zur Zufriedenheit des Schiedsrichters getroffen haben, dürfen sie die zweite gelbe Flagge umrunden und danach zur Ziellinie zurückreiten.« Er deutete auf die beiden Pfähle, die mit farbigen Flaggen gekrönt waren. »Der erste Reiter, der zwischen ihnen hindurchreitet, wird zum Sieger erklärt.« Pickering hielt inne und holte tief Luft, bevor er fortfuhr. »Gibt es irgendwelche Fragen?«

»Würden Sie bitte die Regeln nennen, Mr. Pickering«, rief Louise St. John. Sie sah auf dem Rücken des großen glänzenden Hengstes Shooting Star wie ein Kind aus. Sie führte ihn in Kreisen, beugte sich vor, um seinen Hals zu tätscheln, da die vielen Menschen ihn nervös gemacht hatten. Er kaute auf der leichten Trense, und auf seinen wellig-muskulösen Schultern stand Schweiß.

»Es gibt keine weiteren Regeln, Ma'am«, erwiderte Pickering so laut, daß es auch die Leute hörten, die ganz hinten standen.

»Keine Regeln – Anrempeln oder Fouls?«

»Es gibt keine Fouls, Ma'am«, erwiderte Pickering. »Wenn allerdings einer von Ihnen vorsätzlich auf den Gegner schießt, könnte er oder sie sich der Anklage eines Verbrechens ausgesetzt sehen, nicht aber einer Disqualifikation.«

Louise wandte ihren Kopf zu der Gestalt auf dem Vordersitz der hochrädrigen Kutsche, die jenseits der Markierungen des Parcours stand. Ihr Gesicht war bleich und die Sommersprossen zeichneten sich auf ihren Wangen ab; der dicke dunkle Zopf schlug gegen ihre Schulter.

Mungo St. John lächelte ihr über die Köpfe hinweg zu und zuckte leicht mit den Schultern, so daß Louise gezwungen war, sich wieder Pickering zuzuwenden.

»Also gut«, stimmte sie zu. »Aber der Preis. Wir haben noch nicht über die Siegesprämie gesprochen.«

»Major Ballantyne«, rief Pickering. Zouga stand neben Tom. »Sie haben die Strecke festgelegt. Würden Sie jetzt so freundlich sein, die Prämie zu nennen?«

Plötzlich geschah etwas Seltsames. Zum ersten Mal, seit Zouga ihr begegnet war, war Louise St. John unsicher. Niemand sonst schien das zu bemerken, vielleicht war Zouga auch nur besonders aufmerksam. Er war sicher, daß er ein dunkles Blitzen in den blauen Tiefen ihrer Augen erkannt hatte, und er sah, daß sie nervös auf ihre Unterlippe biß. Zouga bildete sich das nicht nur ein. Louise warf tatsächlich ihrem Mann einen hilflosen Blick zu. Mungo St. John erwiderte Louises Blick nicht mit seiner üblichen amüsierten Nachsicht. Er musterte Zouga, und hinter seiner Ruhe steckte eine kleine Unterströmung von Unbehagen.

Zouga hob seine Stimme so, daß sie bis zu St. John drang.

»Erstens, der Verlierer wird eine Anzeige auf seine Kosten auf der Titelseite des *Advertiser* veröffentlichen, deren Wortlaut der Sieger diktieren wird, eine Erklärung der Niederlage.«

»Das werde ich genießen.« Louise hatte rasch ihre Haltung wiedergefunden. »Und was noch, Major?«

»Eine Zahlung des Verlierers für einen Zweck, den der Sieger bestimmt, in Höhe von –«, Zouga hielt inne, und beide, Mungo und Louise beobachteten sein Gesicht mit äußerlicher Ruhe, »von einem Shilling.«

»Abgemacht!«

Louises Gelächter klang ein wenig zu schrill, und obwohl sich Mungo St. Johns Gesichtsausdruck nicht veränderte, war seine Haltung nicht mehr so starr.

»Mrs. St. John«, rief Pickering durch sein Sprachrohr. »Seien Sie so freundlich und bringen Sie Ihr Pferd unter Kontrolle.«

»Es ist völlig unter Kontrolle, Sir«, schrie sie zurück, und Shooting Star nahm seinen Kopf nach unten und schlug mit beiden Hinterhufen in Richtung auf die Menge aus.

»Wenn der unter Kontrolle ist, Missus, dann ist es meine Schwiegermutter auch«, rief ein Witzbold, und lautes Gelächter erschallte.

»Also dann, bei drei ertönt der Startschuß«, brüllte Pickering, dessen Stimme durch das Rohr hohl und feierlich klang. »Eins.«

Shooting Star drehte sich mit dem Hinterteil zur Menge, und sie zerstreute sich, als er buckelte.

»Zwei.«

Das Pferd ging in einen gequälten Hochtrabkreis, so eng, daß seine Nase fast die Spitze von Louises Stiefel in dem feinen Silbersteigbügel berührte.

»Und ... drei.« Louise hob ihre linke Hand. Shooting Star kam glatt aus dem Zirkel und ging majestätisch auf die Startlinie zu. Der Pistolenschuß ertönte, und der Hengst jagte davon.

Es gab kein Pferd auf den Diamantenfeldern, das sich mit diesem sausenden Ausbruch von Geschwindigkeit hätte messen können, und so wurde der Abstand zwischen den beiden Reitern größer. Aber die Zuschauer hatten mehr erwartet. Toms linkischer Galopp brachte ihn mit überraschender Geschwindigkeit über die Ebene, und er folgte nicht direkt in Shooting Stars Spuren.

»Sie reitet ihn voll aus, Tom«, murmelte Zouga voller Genugtuung, und Tom drehte seine Ohren nach hinten, um zu lauschen. »Sie wird's am Fluß nicht riskieren. Nun ja, das haben wir ja auch nicht geglaubt, oder?«

Zouga hatte die rote Flagge so plaziert, daß die direkte Linie das Flußbett zweimal schnitt, und wie bei den meisten afrikanischen Flüssen waren die Ufer steil, fielen fast senkrecht drei Meter tief auf den trockenen Sand ab, und hier und da gab es auch Felsen. Jede Überquerung war eine Falle, in der sich ein Pferd ein Bein und der Reiter seinen Hals brechen konnte.

Als Alternative zum Überqueren des Flusses konnte man einen großen Kreis, der die Strecke fast verdoppelte, beschreiben.

Weit rechts von ihm sah Zouga Shooting Star in der Ferne.

»Da wären wir«, sagte Zouga und unter Toms häßlicher römischer Nase öffnete sich der Boden plötzlich.

Zouga hielt die Zügel locker, und Tom blieb am Rand des steilen Lehmufers kaum stehen. Er stützte sich und rutschte auf seinen runden, dicken Hinterbacken über den Rand, die Vorderbeine steif vor sich ausgestreckt, und sie schlitterten in das Flußbett hinab und stießen knirschend auf den Sand; und dann war Tom wieder auf den Beinen und stürmte zum anderen Ufer, stieg halb hoch, bevor der trockene Lehm unter seinen Hufen zerbröckelte, und sie rutschten wieder. Tom war steifbeinig und zitterte vor Anstrengung.

Zouga führte ihn in dem festen weißen Sand einmal im Kreis und trieb ihn dann wieder auf das Ufer zu. Tom stieg in einer Reihe entschlossener Bocksprünge hoch, verlagerte sein Gewicht, bevor der Lehm unter seinen Hufen brechen konnte, und sie flogen über den Rand und galoppierten weiter. Die nächste Flußbiegung lag eine halbe Meile voraus.

Bei der nächsten Überquerung wußte Tom schon, was sein Herr von ihm verlangte, und sie gingen ohne Halt das Ufer hinunter und auf der anderen Seite wieder hinauf. Jetzt war die rote Flagge nur noch zweihundert Schritt entfernt.

Zouga drehte sich im Sattel und hielt Ausschau.

»Gut, Tom«, rief er. »Du hast eine Meile Vorsprung.«

Weit draußen auf der Ebene schwang sich das goldblonde Pferd gerade um die letzte Flußbiegung. Louise war tief über seinen Hals gebeugt, und es jagte mit unermüdlicher Geschwindigkeit über den unebenen Boden.

»Wenn sie so für einen Shilling reitet –« Zouga brach ab. Eine Meile war nur ein geringer Vorsprung, und der Preis, um den er ritt, war enorm. Sein Vermögen, sein Traum – nein, seine ganze Existenz – standen auf dem Spiel.

»Los, Tom, los!« flüsterte Zouga grimmig in die langen, haarigen Ohren, und Tom flog in seinem linkischen, buckligen Galopp über das Gelände.

Zouga schaute nicht wieder zurück; er wußte, daß der Hengst sie einholte, schnell, zu schnell, aber Zouga verdrängte Louise aus seinem Bewußtsein und zog den Karabiner aus dem Lederholster neben seinem Knie, öffnete den Verschluß und überprüfte die Ladung.

Die Ziele waren weiße Porzellanteller, und die Entfernung betrug etwa zweihundert Meter, eine enorme Distanz nach einem solchen Galopp. Die Schiedsrichter schwenkten ihre Hüte, um ihn zur Feuerlinie zu leiten.

»Hier entlang, Major.«

Zouga ließ die Zügel fallen, als er die niedrige Barriere aus Dornensträuchern erreicht hatte, die die Feuerlinie markierten. Tom blieb stehen. Zouga nahm den Karabiner hoch und feuerte, als der Kolben an seiner Schulter lag. Einer der fernen weißen

Flecken zerbarst. Zouga schob die nächste Patrone in die Kammer und spähte über seine Schulter. Der Hengst war noch eine halbe Meile entfernt, kam aber mit laut trommelnden Hufen näher.

Zouga feuerte wieder, aber Tom hatte sich ein wenig bewegt.

»Verdammt!«

Hast wäre jetzt verhängnisvoll gewesen, doch seine Finger zitterten beim nächsten Schuß, und eine glänzende Messingpatrone rutschte weg und streifte seinen Stiefel, bevor sie in den Sand fiel. Er schob eine andere in den Verschluß und holte langsam Luft.

Wieder sprang das Gewehr gegen seine Schulter, und der beißende Geruch trieb in sein Gesicht. Das zweite Ziel explodierte.

»Zwei unten, Major«, schrie einer der Schiedsrichter, und dann, nachdem er wieder gefeuert hatte,

»Drei unten – noch eine!«

Dann kam der goldene Hengst neben Zouga stampfend zum Halt.

Louise sprang in einem Rauschen perlenbestickter Wildlederröcke aus dem Sattel. Da war ein Blitzen von seidener Haut ihrer oberen Wade über dem Stiefel, und das Grübchen einer Kniekehle. Selbst unter der Anspannung des Augenblicks empfand Zouga das weiße schöne Fleisch als so störend, daß er sein Ziel verfehlte. Er fluchte.

Louise schoß mit dem neuesten Modell des legendären 73-Winchester Repetiergewehres, dessen ursprünglicher polierter Messingrahmen durch blauen Stahl ersetzt worden war, und Zouga wußte, daß die moderne Mittelfeuerpatrone das schwere Bleigeschoß mit erstaunlicher Kraft und Genauigkeit wegtrieb.

Sie warf die Zügel des Hengstes über ihre linke Schulter und spannte sich, um aus stehender Position zu schießen, beugte sich vor, um den Rückschlag der Winchester abzufangen und gab den ersten Schuß ab.

Sie schoß im amerikanischen Stil, zog die Waffe an ihre Schulter und feuerte sofort, ohne ihr Ziel zu halten. Sie schoß gut.

»Ein Treffer für Mrs. St. John«, schrie der Aufseher. Doch der Knall des Schusses hatte Shooting Star erschreckt, und er tänzelte wild, bäumte sich auf und zerrte an den Zügeln, die über Louises Schulter geschlungen waren. Dadurch wurde sie nach hinten gezogen, so daß ihr zweiter Schuß mit langer Pulverrauchfahne himmelwärts spritzte; und dann lag sie auf dem Rücken, und ihre Röcke wickelten sich um ihre Beine und das Winchestergewehr fiel ihr aus der Hand.

Der Hengst beruhigte sich wieder. Ein Huf, scharf wie die Axt eines Holzfällers, streifte die weiche Stelle an Louises Nacken, kurz unterhalb des dicken Zopfes und hinterließ einen grellrosa Streifen auf der blassen Haut.

Zouga spürte, wie er zitterte. Ihm stockte der Atem. Er schwenkte Tom herum, um Shooting Star abzulenken.

Schreckliche Sekunden lang war Louises Körper durch fliegenden Staub und trampelnde Hufe verborgen. Zouga versuchte ihr zuzurufen, sie solle das Pferd loslassen, aber seine Stimme war erstickt, und plötzlich war Louise wieder auf ihren Knien.

Sie schaute Shooting Star an und klammerte sich mit beiden Händen an seine Zügel, und als er wieder stieg, nutzte sie seine Kraft, um sich von ihm auf die Füße ziehen zu lassen.

»Ruhig!« schrie sie ihn an. »Ruhig, sag' ich dir!«

Sie war staubig. Eine Strähne des dunklen Haares hatte sich aus dem Geflecht gelöst und hing über ihre Augen, aber sie war unverletzt und sehr wütend. Ihre Stimme war schrill wie brechendes Eis. Zouga war erleichtert, aber er verhöhnte sie, als er Tom wieder auf die Feuerlinie zuschwenkte, um sein letztes Ziel zu treffen.

»Ich rate Ihnen, das Tier besser zu dressieren, Madame.«

»Zur Hölle mit Ihnen, Major Ballantyne!« sagte sie ihm in demselben Tonfall, in dem sie ihr Pferd angebrüllt hatte. Irgendwie war der Fluch auf ihren Lippen nicht schockierend, sondern seltsam anregend.

Zouga gab Tom ein paar Sekunden, sich zu beruhigen und seinen Atem zu normalisieren. Dann nahm er das Gewehr hoch, legte auf den fernen weißen Fleck an und feuerte den Schuß ab.

»Vier Treffer – Sie können weiterreiten, Major«, schrie der Schiedsrichter.

Louise zerrte Shooting Star an den Zügeln zu einem wilden

Pflaumenbaum, einen Baum mit niedrigen und kräftigen Ästen. Rasch wickelte sie die Zügel des Hengstes an einen Zweig. Dann lief sie zurück und hielt ihre Röcke hoch bis kurz unters Knie. Die Schiedsrichter starrten auf ihre Waden über den engsitzenden geknöpften Stiefeln.

Sie ergriff die Winchester und hastete auf die Feuerlinie zu, während sie nachlud. Zouga konnte sehen, daß kleine Schweißperlen auf ihrer Stirn standen, und er wußte, daß sie heftig zitterte, denn nachdem sie das Gewehr hochgenommen hatte, zielte sie lange und die schwere Waffe schwankte unsicher.

Louises Schultern bebten. Sie holte zweimal tief Atem und schoß.

»Treffer!« schrie der Schiedsrichter.

Louise biß sich auf die Unterlippe und schoß wieder.

Zouga schob den Karabiner zurück in sein Lederholster und berührte den Rand seines Hutes zum Reitergruß. »Gut Schuß, Ma'am.«

Er schwenkte Toms Kopf von der Feuerlinie weg.

Als Zouga den wilden Pflaumenbaum erreichte, lehnte er sich aus dem Sattel. Louise hatte Shooting Stars Zügel mit einem lockeren Fishermanknoten an dem Ast befestigt. Das war ein Seemannsknoten, der sich auf leichten Zug sofort öffnete.

Zouga zog an dem freien Ende, und der Knoten löste sich. Dann schlug er Shooting Star mit der offenen Hand auf den Hals. »Lauf«, zischte er. »Verschwinde!«

Der Hengst drehte den Kopf, merkte, daß er frei war und trat aus.

Zouga schaute zurück, als er die nächste niedrige Senke in der Ebene erreichte.

Der Hengst graste mit gesenktem Kopf, doch selbst über diese Entfernung war deutlich erkennbar, daß er ein wachsames Auge auf die einsame Gestalt hatte, die mit fliegenden Röcken auf ihn zulief. Sobald Louise auf Armeslänge an seinen Zügel herangekommen war, nahm er den Kopf hoch und trabte zu dem nächsten Grasbüschel.

»Komm, Tom.« Zouga wandte sich ab und versuchte, seine

Gewissensbisse zu unterdrücken. Es gab keine Regeln, jede List war erlaubt, aber er fühlte sich trotzdem schlecht – bis er sich selbst daran erinnerte, was für ihn auf dem Spiel stand. Ein Shilling gegen alles, was er besaß – und er brachte Tom zum Galopp.

Nach einer Meile blickte er zurück, gerade rechtzeitig, um zu sehen, wie Shooting Star und seine Reiterin über die Kuppe kamen. Sie schienen über das Grasland zu fliegen.

»Lauf! Tom! Lauf!« Zouga zog den Hut von seinem Kopf, schlug ihn gegen Toms Hals und trieb ihn so zu größter Schnelligkeit an.

Nach einer weiteren halben Meile waren Toms Schultern heiß und glatt vom salzigen Schweiß. Schaumspeichelbänder sprühten von seinen Lippen und spritzten auf Zougas Stiefel – aber die gelbe Flagge war bereits in Sicht.

»Es ist nicht mehr weit!« rief Zouga eifrig. »Wir müssen vor ihnen an der Flagge sein.«

Er blickte zurück. Er konnte nicht glauben, daß Louise schon so nahe war.

Der Kopf des Hengstes schlug bei jedem Schritt wie ein Hammer, und sein Hals und seine Schultern waren dunkel vom Schweiß. Sie hatte ihn fürchterlich getrieben.

Als sie ihren Gegner einholte, richtete sie sich im Sattel auf, ihr Kinn hoch erhoben, und sie schaute Zouga kalt und ausdruckslos an.

Zouga hob seine rechte Hand, um ihre Leistung zu würdigen. Es war ein ungeheurer Galopp gewesen. Er wandte sich leicht zu ihr – und ihr Ausdruck kalten Desinteresses lullte ihn für den wichtigen Augenblick ein, den sie brauchte, um Shooting Star auf eine Höhe mit Toms Schulter zu bringen.

Sicher hatte Zouga nicht damit gerechnet, daß ein solches Pferd die billigen Tricks eines Poloponys beherrschte. Shooting Stars riesige, schweißbedeckte Schulter prallte gegen Tom, erfaßte ihn an den kurzen Rippen mit einer Wucht, die ihm mit einem rülpsenden Grunzen die Luft aus der Lunge trieb. Und als er beiseite gewirbelt wurde, stoppte Tom verzweifelt, um nicht zu stürzen, drehte sich und ging in die Knie, seine Nase auf dem

Boden. Er war zu müde und zu überrascht, um auf die Wucht des wilden Stoßes reagieren zu können.

Zouga verlor einen Steigbügel und wurde auf Toms Hals geworfen. Er klammerte sich verzweifelt fest und spürte, daß der Sattel sich durch die Gewichtsverlagerung verschob. Dann kam Tom wieder hoch, und Zouga stürzte ab. Er landete auf seinen Schultern und seiner Nackenbeuge.

Er schien auf massiven Felsen geschlagen zu sein, und Schwärze senkte sich über ihn. Als sie sich klärte, stand er wieder auf den Beinen, schwankte wie ein Betrunkener und blinzelte unsicher hinter dem stampfenden Hengst her, der auf die letzte Flagge zugaloppierte.

Zouga zog an dem Zügel und prüfte rasch die Beine seines Pferdes. Dann sprang er wieder in den Sattel.

»Wir sind noch nicht geschlagen«, rief er. »Da sind noch die Dornen.«

Weit voraus schlug Shooting Star den Bogen um die letzte Flagge. Von dort aus konnte Louise nach Belieben zur Ziellinie zurückreiten, aber da waren noch die Dornen.

Tom ging die Luft aus. Seine Brust erzitterte bei jedem mühsamen Atemzug, und sie erreichten die Flagge in einem rüttelnden Trab und vollzogen die Wendung. Vor ihnen erstreckte sich das Dornendickicht zu einer massiven grünen Barriere. Dies war das letzte Hindernis – und dahinter lag freies Feld bis zum Ziel.

Die Reiter hatten die Wahl: durch die Dornen reiten oder um sie herum.

»Wie ist sie geritten?« schrie Zouga dem Schiedsrichter unter der Flagge zu, als er daran vorbeikam.

»Sie ist auf die Lücke zugeritten«, schrie er zurück, und dann sah Zouga die kleine Staubwolke eine halbe Meile oder mehr voraus.

Die Dornenbarriere ging an den felsigen Hängen der Magersfontein-Hügel zu Ende. Es gab eine Lücke zwischen den steilen Eisensteinklippen – und dorthin führte Louise den Hengst.

Grimmig richtete Zouga Tom direkt auf die Dornen aus. Diese Strecke war fast zwei Meilen kürzer, aber er würde wirklich jeden Zentimeter brauchen. Trotzdem hielt er Tom an, als sie den

Rand des Dornendickichts erreichten und ließ ihn zu Atem kommen, während er den schweren Reitmantel von seinem Sattelknopf löste und in ihn hineinschlüpfte. Er knöpfte ihn bis zum Hals hoch zu und spürte, wie der Schweiß auf seiner Stirn perlte, als er die dicken Lederstulpenhandschuhe anzog, um seine Hände zu schützen.

»Los geht's«, flüsterte er, und legte sich flach auf Toms Hals, als sie in das Dorngestrüpp eindrangen.

Die spitzen, gebogenen Haken der Dornen glitten mit einem kratzenden, reißenden Geräusch über Zougas dicken Filzhut und zerrten an seinem Mantel.

Das Dickicht war hoch, und die kräftigen Stämme standen gerade so weit auseinander, daß ein Pferd hindurch konnte, doch die stacheligen Zweige waren verflochten und forderten einen grausamen Tribut. Tom jedoch lief unbeirrt weiter, schwenkte von Seite zu Seite; er ging den weißrindigen Stämmen aus dem Weg, hatte die Ohren flach an seinen Schädel gelegt und die Augen zu Schlitzen geschlossen. Alle paar Sekunden schnaufte er, wenn ein Dorn seine harte, zottige Haut durchstoßen hatte. Shooting Stars glänzende Haut war so dünn und hochgezüchtet, daß das Netzwerk der Venen und Arterien zu sehen war – die Dornen hätten es zu blutigen Fetzen zerrissen.

Zouga spürte, daß Blut an seinem Nacken herabrieselte, aber er duckte sich tiefer und ließ Tom den Weg selbst suchen. »Armer Tom«, ermutigte er ihn. »Armer, tapferer Tom.« Das Pferd zuckte unter dem Schmerz der stechenden roten Nadeln zusammen, aber es verhielt nicht im Schritt. Sein Atem ging jetzt ruhiger. Die langsamere Gangart hatte ihm geholfen; und der Schweiß auf seinen Schultern trocknete zu salzigen weißen Kristallen.

Dann endete das Dornendickicht und öffnete sich zur Ebene. Zouga zog die ledernen Stulpenhandschuhe aus und warf sie fort. Er riß an den Knöpfen des Reitmantels und ließ ihn fallen. Dann stand er hoch in den Steigbügeln und beschattete seine Augen mit der Krempe seines Hutes.

Schnell hatte er das offene Gelände überblickt, und nichts war zu sehen, außer den bunten Flaggen, die in der Ferne das Ziel markierten. Sein Herz machte vor Erleichterung einen Satz, und unter ihm fiel Tom in holprigen Galopp.

Noch immer in seinen Steigbügeln stehend schaute Zouga auf die Linie der Hügel zu seiner rechten Hand, und dann sah er sie.

Der Hengst hatte das ferne Ende der Dornenbarriere umrundet und kam jetzt den felsigen Hang auf den ebenen Boden in gefährlicher Jagd herunter.

Die winzige Gestalt auf seinem Rücken wurde heftig durchgeschüttelt. In einem Augenblick schien Louise auf seinem Hals zu liegen, im nächsten lag sie auf seinen Hinterbacken, als Shooting Star hüpfte und sprang, um sein Gleichgewicht zu halten.

»Jetzt haben wir sie, Tom. Dort ist es. Dort ist das Ziel, direkt vor deiner Nase. Jetzt können sie uns nicht mehr einholen. Lauf, alter Freund, los!«

Toms Hufe krachten auf die harte Erde. Das Durchqueren des Dornengestrüpps war zwar grausame Arbeit gewesen, aber er hatte sich ein wenig ausgeruht, und jetzt galoppierte er, so schnell er konnte.

»Vorsicht, ein Loch!« rief Zouga, und Tom drehte vorwurfsvoll seine Ohren. Er hatte es vor Tom gesehen, und er wich der Erdhöhle gekonnt aus.

Zouga blickte über seine Schulter. Shooting Star hatte den steilen Hang überwunden und war auf der freien Ebene. Es war offensichtlich, daß er seine letzten Reserven mobilisierte, als er in schnellem Galopp näher kam. Er griff mit seinen Vorderbeinen weit aus und schwenkte dann seine schweißbedeckte Hinterhand hoch, um sich selbst in den nächsten Schritt zu bringen. Louise trieb ihn mit beiden Armen an.

Zouga konnte schon deutlich die Menschen zu beiden Seiten der Ziellinie sehen. Er hörte den leisen Knall von Gewehren und erkannte die kleinen Wölkchen von Pulverrauch über den Köpfen der Menge, als seine Anhänger vor Begeisterung in die Luft schossen. Bald würde er ihre Stimme hören.

Es war alles vorbei. Er hatte gesiegt. Er konnte seine Claims und den Falkengott behalten – und hatte fünftausend Pfund gewonnen, die seiner Familie ein neues Leben ermöglichten. Er hatte auf die Glücksgötter gesetzt und gewonnen.

Er bedauerte nur eines – daß der Mut seiner Gegnerin vergeblich gewesen war. Er blickte unter seinen Armen hindurch zurück.

Bei Gott, sie hatte die Niederlage noch nicht akzeptiert. Sie trieb mit all ihrer Kraft und ihrem ganzen Herzen das große Pferd an und kam so schnell heran, daß Zouga voller Unbehagen die Entfernung zur Ziellinie abschätzte. Nein, es gab keine Möglichkeit, daß Shooting Star sie einholen könnte.

Zouga hörte bereits die Stimmen und erkannte sogar Pickering auf seinem Wagensitz. Neben ihm stand Rhodes. Mit ihm als Zeuge war Zougas Triumph vollständig.

Er drehte sich zum letzten Mal um, um nach Shooting Star zu schauen – gerade rechtzeitig, um ihn stürzen zu sehen. Er war zu schnell gewesen, zu unkontrolliert, dieser wilde Galopp über den Boden, der von Erdlöchern durchsiebt war. Shooting Stars Vorderbeine knickten ein, und das große Pferd brach in vollem Galopp zusammen. Staub stob auf.

Als sich die Wolke gelegt hatte, erkannte man das tragische Knäuel von Pferd und Reiterin. Shooting Star lag auf der Seite, und als Zouga parierte und Toms Nase herumschwang, mühte sich der große Hengst schwach, den Kopf vom Boden zu heben, aber er ließ ihn gleich wieder erschöpft fallen.

Louise lag zusammengerollt wie ein schlafendes Kind auf der Erde – reglos und sehr klein.

»Ha, Tom, ha!« Zouga trieb sein Pferd zu größerer Geschwindigkeit. Er war entsetzt über das Gefühl äußerster Trostlosigkeit, das ihn überfiel, als er auf Louise zugaloppierte. In ihrer Reglosigkeit war etwas so Endgültiges, so schrecklich Kaltes.

»Bitte, Gott«, sagte Zouga laut, und seine Kehle war ausgetrocknet. »Bitte, laß das nicht zu.«

Als er nahe bei ihr war, sprang er ab und lief auf sie zu.

Louise streckte sich und sprang dann behende auf ihre Füße.

»Komm, Liebling, auf, Liebling«, rief sie Shooting Star zu, während sie zu ihm eilte. Der Hengst schlug einmal, zweimal aus und stand dann mit erhobenem Kopf.

»Kluger Liebling«, lachte Louise, aber mit der Heiserkeit von Erregung und dem Zittern herzbrechender Anstrengung darin.

Sie hatte nicht mehr die Kraft, in den Sattel zu springen, und einen Augenblick lang hüpfte sie mit einem Fuß im Steigbügel, bevor sie die Energie fand, ihr anderes Bein über Shooting Stars Rücken zu schwingen. Zouga verfolgte die Szene mit offenem Mund.

Aus dem Sattel blickte sie zu Zouga herab. »Sich tot stellen ist ein alter Trick der Schwarzfußindianer, Major.«

Louise schwang den Kopf des Hengstes in Richtung auf die Ziellinie.

»Wollen mal sehen, wie Sie die letzten Meter zu gleichen Bedingungen galoppieren«, forderte sie ihn heraus, und Shooting Star galoppierte an.

Einen Augenblick lang mochte Zouga nicht glauben, daß sie dem Hengst so etwas hatte beibringen können. Dann wandelte sich plötzlich seine Sorge um ihre Sicherheit in kalte Wut.

Während er auf Tom zulief, brüllte er hinter ihr her.

»Madame, Sie sind eine Betrügerin – möge Gott Ihnen vergeben.«

Sie drehte sich im Sattel um und winkte fröhlich. »Sir, Sie sind ziemlich leichtgläubig.« Shooting Star trug sie der Ziellinie in einer Geschwindigkeit zu, die der arme Tom nie hätte laufen können.

Zouga Ballantyne war betrunken. Es war das erste Mal in den zweiundzwanzig Jahren, die sie zusammen waren, daß Jan Cheroot ihn so gesehen hatte.

Er saß aufrecht in dem hochlehnigen Holzstuhl, und sein Gesicht über dem Bart wirkte seltsam wächsern. Seine Augen schimmerten wie ungeschliffene Diamanten. Die dritte Flasche Kap Brandy stand auf dem Tisch und als Zouga danach tastete, schmiß er sie um.

Jan Cheroot stellte sie wieder aufrecht hin und schimpfte: »Mann, wenn du das Teufelsloch verlieren willst, hab' ich nichts dagegen, aber wenn du den Brandy verschüttest – das ist eine andere Sache.«

Jan Cheroots Zunge war auch schon schwer, denn sie sprachen schon seit Sonnenuntergang dem Alkohol zu.

»Was, zum Teufel, soll ich den Jungen sagen?« murmelte Zouga.

»Sag ihnen, daß sie Ferien haben – zum ersten Mal seit zehn Jahren. Wir haben alle Ferien.«

Jan Cheroot schenkte Brandy in Zougas Becher und schob ihn in dessen Hand. Dann schüttete er einen guten Schluck in seinen eigenen, dachte einen Augenblick nach, und goß noch einmal dieselbe Menge nach.

»Ich habe alles verloren, alter Jan.«

»Ja«, sagte Jan Cheroot fröhlich. »Und das war ja nicht sehr viel, nicht wahr?«

»Ich habe die Claims verloren.«

»Gut.« Jan Cheroot nickte. »Zehn Jahre lang haben diese zweifach verfluchten Dreckquadrate unsere Seelen zerfressen – und uns dabei auch noch ausgehungert.«

»Ich habe den Vogel verloren.«

»Auch gut!« Jan Cheroot nahm einen Schluck und schmatzte genießerisch mit den Lippen. »Soll doch jetzt Mr. Rhodes sein Teil Pech abkriegen. Dieser Vogel wird ihn fertigmachen, wie er uns fast fertiggemacht hat. Schick ihn ihm, sobald du kannst, und danke Gott, daß du ihn los bist.«

Langsam senkte Zouga sein Gesicht in die Hände.

»Jan Cheroot. Es ist alles vorbei. Für mich ist die Straße nach Norden gesperrt. Mein Traum ist ausgeträumt. Es war alles umsonst.«

Das trunkene Grinsen schwand langsam aus Jan Cheroots Gesicht.

»Er ist nicht vorbei – du bist jung und stark – und du hast zwei starke Söhne.«

»Die werden wir auch verlieren – bald, sehr bald.«

»Dann wirst du immer noch mich haben, alter Freund, so wie früher.«

Zouga hob den Kopf und starrte den kleinen Asiaten an.

»Was sollen wir tun, Jan Cheroot?«

»Wir werden diese Flasche leeren und dann die nächste öffnen«, entschied Jan Cheroot.

Am Morgen luden sie den Specksteingötzen auf den Kieskarren und legten ihn auf ein Strohbett; dann breitete Zouga eine fleckige und zerfetzte Persenning darüber, und Jordan half ihm, sie festzubinden.

Keiner der beiden sprach ein Wort – bis sie fertig waren, und dann flüsterte Jordan so leise, daß Zouga die Worte kaum verstehen konnte:

»Du kannst ihn nicht gehen lassen, Papa.« Und Zouga drehte sich um, um seinen jüngeren Sohn anzusehen. Er betrachtete ihn zum ersten Mal seit vielen Jahren richtig.

Mit einem kleinen Schreck erkannte er, daß Jordan ein Mann geworden war. Vielleicht um Ralph nachzuahmen, hatte er sich ebenfalls einen Schnurrbart wachsen lassen. Er betonte die zarte Linie seines Mundes – dieser junge Mann war bei weitem schöner, als er als Kind gewesen war.

»Gibt es denn keine Möglichkeit, daß wir ihn behalten können?« beharrte Jordan, und in seiner Stimme schwang etwas wie Verzweiflung mit, während Zouga ihn weiter anstarrte. Wie alt war er jetzt? Zwanzig Jahre alt, und gestern war er noch ein Baby gewesen – der kleine Jordie. Alles hatte sich geändert.

Zouga wandte sich von ihm ab und legte eine Hand auf die eingewickelte Statue.

»Nein, Jordan. Es war eine Wette – eine Ehrensache.«

»Aber Mama –« setzte Jordan an und brach abrupt ab, als Zouga ihn scharf anblickte.

»Was ist mit Aletta?« wollte er wissen, und Jordan wandte den Blick ab und errötete.

»Nichts«, sagte er rasch und ging zum Leitmuli. »Ich werde den Vogel zu Mr. Rhodes bringen«, bot er sich an, und Zouga nickte sofort, erleichtert darüber, daß ihm diese peinliche Pflicht erspart blieb.

»Frage ihn, wann er Zeit hat, die Übertragung der Claims zu unterzeichnen.«

Zouga berührte die eingewickelte Statue wieder wie zu einem Lebewohl und zog dann seine Hand weg, ging die Treppen zu der Veranda hoch, ohne sich noch einmal umzuschauen.

Jordan führte die Maultiere auf die gefurchte Straße und trieb sie auf die Ansiedlung zu. Er war groß und schlank und bewegte sich mit eigenartiger Anmut. Sein Kinn trug er hoch, und seine Augen waren nach vorn gerichtet mit dem träumenden und doch alles sehenden Blick eines Poeten.

Männer und Frauen, besonders Frauen, schauten ihm nach, als er vorbeiging, und ihr Gesichtsausdruck wurde weich, doch Jordan lief weiter, als sei er allein auf einer verlassenen Straße.

Obwohl seine Lippen sich nie bewegten, gingen die Worte der Anrufung der Göttin Panes ständig durch sein Hirn.

»– Warum bist du fortgegangen? Du hättest besser bei uns bleiben sollen –« So viele Male hatte er die Göttin angerufen und die Worte gesprochen, die Teil seiner Existenz waren. »Willst du nicht zu uns zurückkommen, große Panes?«

Die Göttin ging fort – und Jordan glaubte, daß er diesen Schmerz nicht ertragen konnte. Statue, Göttin und Mutter, sie alle waren in seinem Geist, seine letzte Verbindung zu Aletta. Aletta, die Panes geworden war.

Er fühlte sich einsam, und als er den Zaun von Rhodes Lager erreichte, blieb er stehen, und wilde Phantasien schossen durch sein Gehirn. Er würde die Göttin nehmen und mit ihr in die Wildnis davonlaufen, sie in irgendeiner fernen Höhle verstekken. Sein Herz hämmerte. Nein, er mußte sie zu der alten Ruinenstadt zurückbringen, aus der sie gekommen war, zu diesem fernen Ort im Norden, aus dem sein Vater sie gestohlen hatte. Dort war sie sicher.

Dann nahm er seinen ganzen Verstand zusammen. Er erkannte mit einem Gefühl der Verzweiflung, daß dies kindliche Träume waren, aber er war kein Kind mehr.

Er berührte den Zügel des Leitmulis leicht und führte das Tier in das Lager. Rhodes stand vor der Vordertür seines Bungalows, barhäuptig und in Hemdsärmeln. Er sprach ruhig und eindringlich mit einem Mann. Jordan erkannte ihn als einen Aufseher der Central Diamond Company.

Als Rhodes aufblickte und Jordan sah, wandte er sich von dem Aufseher mit einem kurzen Wort ab und nickte.

»Jordan.« Rhodes Begrüßung war ernst, weil er vielleicht die Stimmung des jungen Mannes spürte. »Du hast ihn gebracht?«

Als Jordan nickte, wandte er sich wieder an den wartenden Aufseher.

»Holen Sie vier Ihrer besten Männer«, befahl er. »Ich möchte, daß dieser Karren entladen wird – und das vorsichtig. Es handelt sich um ein wertvolles Kunstwerk.«

Er schaute gespannt zu, als sie die Seile lösten, die die Persenning festhielten, doch er neigte den großen, gelockten Kopf, als Jordan sprach.

»Wenn wir ihn schon verlieren müssen, bin ich doch froh, daß er zu Ihnen kommt, Mr. Rhodes.«

»Der Vogel bedeutet dir auch etwas, Jordan?«

»Alles«, sagte Jordan einfach und nahm sich dann zusammen; das klang lächerlich. Mr. Rhodes würde ihn für verrückt halten. »Ich meine, er war schon vor meiner Geburt in der Familie. Ich weiß wirklich nicht, wie es ohne die Göttin sein wird. Ich will auch nicht darüber nachdenken, sie zu verlieren.«

»Du brauchst sie nicht zu verlieren, Jordan.«

Jordan blickte ihn verständnislos an.

»Du kannst der Göttin folgen, Jordan.«

»Bitte, verspotten Sie mich nicht, Mr. Rhodes.«

»Du bist klug und hilfsbereit, du hast Pitmans Kurzschrift gelernt, und du hast eine ausgezeichnete Schrift«, sagte Rhodes. »Ich brauche einen Sekretär, jemanden, der Diamanten so kennt und liebt wie ich und bei dem ich mich wohl fühle, den ich kenne und dem ich vertrauen kann.«

Jordan spürte ein überwältigendes Gefühl der Freude. Er konnte nicht sprechen; er stand wie angewurzelt da und schaute in die blaßblauen und schönen Augen des Mannes, den er seit so vielen Jahren schon verehrt hatte.

»Nun, Jordan, ich biete dir die Position an. Willst du sie annehmen?«

»Ja«, sagte Jordan leise. »Lieber als alles andere auf der Welt.«

»Gut, dann ist deine erste Aufgabe, den Vogel aufzustellen.«

Der weiße Aufseher hatte die Persenning beiseite gezogen, um die Statue freizulegen.

»Ganz vorsichtig«, rief er der Gruppe schwarzer Arbeiter zu. »Legt ein Seil darum. Laßt sie nicht fallen.«

Sie liefen um die Statue herum und standen sich gegenseitig im Weg. Jordans Freude über Rhodes Angebot wich schnell der Sorge um die Sicherheit des Vogels.

Er trat vor, um die Seile selbst anzubringen, doch in diesem Augenblick war das Klappern von Hufen zu hören, und Neville Pickering ritt in den Hof.

Er warf Jordan einen Blick zu, und sein Gesicht verdüsterte sich für einen Augenblick – ein Zeichen der Verärgerung. Plötzlich erkannte Jordan, daß Pickering seine Anwesenheit hier störte.

Doch so schnell wie er gekommen war, schwand der Schatten von Pickerings gutaussehendem Gesicht. Er lächelte sein sonniges, charmantes Lächeln und blickte auf die Statue in dem Karren herab.

»Was haben wir denn da?« Sein Tonfall klang belustigt.

»Oh, der Vogel.« Er blickte zu Rhodes, der auf der Veranda stand. »So haben Sie ihn also endlich, wie Sie es gesagt haben. Ich sollte Ihnen gratulieren.«

Der Tag war ruhig und heiß gewesen, doch das würde sich bald ändern. Der Wind würde von Süden herkommen und die Temperatur würde sinken, doch bis dahin waren die einzigen Bewegungen der Luft die plötzlichen kleinen Windböen, die aus dem Nichts entstanden.

Einer dieser Windstöße erhob sich jetzt auf dem offenen Gelände jenseits des Zauns. Er riß eine dichte rote Wolke wirbelnden Staubes von der Straßenoberfläche, änderte dann jäh die Richtung und raste in den Hof. Jordan spürte, wie sein Herz von einem eisigen Schraubstock abergläubischer Furcht umklammert wurde.

»Panes!« Der Schrei war stumm in seinem Kopf. »Große Panes!«

Er wußte, was der Wind war, er wußte um die Anwesenheit der Göttin – denn wie viele Male war sie auf seine Beschwörung hin gekommen? Plötzlich war der ganze Hof von dem wirbelnden Staub erfüllt. Er flog in Jordans Gesicht, so daß er seine Augen schließen mußte.

Dann fegte der Wind unter die zerfetzte alte Persenning und

füllte sie mit einem lauten Kreischen. Die harte Leinwand peitschte den Kopf von Pickerings Stute, und sie stieg auf den Hinterbeinen und wieherte angstvoll. Sie stieg so hoch, daß Jordan glaubte, sie würde auf den Rücken fallen, und er sprang durch den roten Staubvorhang, um ihren Kopf zu fassen; aber er kam einen Augenblick zu spät. Pickering hatte seine Hand vor seinem Gesicht, und der Satz der Stute brachte ihn aus dem Gleichgewicht; er stürzte aus dem Sattel und schlug mit dem Kopf und einer Schulter auf die Erde.

Das stürmische Geräusch des Windes übertönte fast das leise Geräusch von brechenden Knochen.

Dann brach die Stute aus und flog auf das Tor zu. Pickering, dessen Fuß im Steigbügel verhakt war, wurde hinter ihr hergeschleift.

Als die Stute auf das Loch in der Hecke zuschwenkte, wurde Pickering in die Hecke geschleudert, und die weißen Dornen, alle so lang wie der Zeigefinger eines Mannes, bohrten sich wie Nadeln in sein Fleisch.

Dann wurde er weitergezerrt, hinaus in das offene Gelände und über felsigen Boden geschleift.

Jordan rannte hinter ihm her, schluchzend vor Entsetzen – und er rief die Stute.

»Mädchen! Ruhig, Mädchen!«

Aber sie war völlig verrückt, zuerst wegen des Windes und der Berührung des Segeltuchs an ihrem Kopf und jetzt wegen des ungewohnten Gewichts, das an ihr zerrte. Sie erreichte den Hang der Abraumhalden und schwenkte wieder, und der Lederriemen des Steigbügels zerriß. Von ihrer Last befreit, galoppierte die Stute über den Weg zwischen den Abraumhügeln davon.

Jordan sank neben Pickerings verdrehtem Körper auf die Knie. Er lag mit dem Gesicht nach unten.

Behutsam, seinen Kopf mit den Händen stützend, rollte ihn Jordan auf den Rücken. Pickerings Gesicht war eine blutverschmierte Maske, mit Staub verkrustet und ein Fetzen weißer Haut baumelte von seiner Wange – doch seine Augen standen weit offen.

Trotz der absoluten Bewegungslosigkeit seines Körpers war

Pickering bei vollem Bewußtsein. Sein Blick glitt zu Jordans Gesicht, und seine Lippen bewegten sich.

»Jordie«, flüsterte er. »Ich kann nichts fühlen, ich kann überhaupt nichts fühlen. Taub – meine Hände, meine Füße, mein ganzer Körper ist taub.«

Sie trugen ihn in einer Decke zurück, ein Mann an jedem Zipfel, und legten ihn vorsichtig auf die schmale, eisengerahmte Pritsche in das Schlafzimmer neben Rhodes eigenem Zimmer.

Dr. Jameson kam binnen einer Stunde, und er nickte, als er sah, daß Jordan die Wunden gereinigt und versorgt hatte.

»Gut. Wer hat dich das gelehrt?« Aber er wartete die Antwort nicht ab. »Hier!« sagte er. »Ich brauche deine Hilfe.« Und er reichte Jordan seine Tasche, schlüpfte aus seiner Jacke und rollte die Hemdsärmel hoch.

»Gehen Sie hinaus«, befahl er Rhodes. »Hier stehen Sie nur im Weg.«

Jameson brauchte nur Minuten, um festzustellen, daß der ganze Körper gelähmt war, und dann blickte er zu Jordan auf und schüttelte kurz den Kopf.

»Ich bin gleich wieder da«, sagte er. »Ich muß mit Mr. Rhodes sprechen.«

»Jordie«, flüsterte Pickering in dem Augenblick unter Schmerzen, als Jameson den Raum verließ, und Jordan beugte sich an seine Lippen. »Es ist mein Hals – er ist gebrochen.«

»Nein.«

»Sei still. Hör zu.« Pickering runzelte über die Unterbrechung die Stirn. »Ich glaube, ich wußte es immer – daß du es sein würdest. So oder so, du mußtest es sein –«

Er brach ab, Schweiß glänzte auf seiner Stirn, aber er machte einen weiteren Versuch zu sprechen. »Ich dachte, ich hasse dich. Aber nun nicht mehr – nicht jetzt. Es bleibt nicht mehr genügend Zeit für Haß.«

Er sprach nicht wieder, nicht in dieser Nacht noch am folgenden Tag. Doch bei Einbruch der Dämmerung, als die Hitze in dem kleinen, blechwandigen Raum etwas nachließ, öffnete er wieder die Augen und erblickte Rhodes. Es war erschreckend zu sehen, wie eingefallen Pickering war.

Rhodes beugte seinen großen, zottigen Kopf vor, bis sein Ohr Pickerings trockene Lippen berührte. Das Geflüster war so leise wie ein totes Blatt, das um Mitternacht über ein Dach geweht wird, und Jordan konnte die Worte nicht verstehen. Rhodes aber preßte seine Lider über seinen blaßblauen Augen zu, als erlitte er Todesqualen.

»Ja«, antwortete er fast ebenso leise wie der sterbende Mann. »Ja, ich weiß, Pickling.«

Als Rhodes die Augen wieder öffnete, waren sie mit Tränen gefüllt.

»Er ist tot, Jordan«, keuchte er und legte eine Hand auf seine Brust, als wolle er den Schlag seines tobenden Herzens beruhigen.

Dann senkte er ganz langsam und bedächtig den Kopf und küßte die spröden Lippen des Mannes auf der eisernen Pritsche.

Zouga glaubte, die Stimme sei Teil seines Traumes – so süß, so leise und doch so zitternd und mit schrecklicher Furcht erfüllt. Dann wurde er wach. Die Stimme rief noch immer, und jetzt war da ein leises Pochen an dem Fenster über dem Kopfende seines Bettes.

»Ich komme«, erwiderte Zouga ebenso leise, wie er gerufen wurde. Er brauchte nicht zu fragen, wer das war.

Er zog sich in völliger Dunkelheit rasch an, da sein Instinkt ihn warnte, eine Kerze zu entzünden, und er trug die Stiefel in seiner Hand, als er auf die Veranda trat.

Die Höhe des Mondes sagte ihm, daß es nach Mitternacht war.

»Sind Sie allein?« fragte er leise. Es war etwas in der Art, wie die Gestalt dort zusammengesunken stand, das ihn erschreckte.

»Ja.« Das Leid und der Schmerz waren jetzt deutlich in der Stimme zu erkennen.

»Sie hätten nicht herkommen sollen, Mrs. St. John, nicht allein.«

»Es gab niemanden, an den ich mich sonst wenden könnte.«

»Wo ist Mungo? Wo ist Ihr Mann?«

»Er ist in Schwierigkeiten – in schrecklichen Schwierigkeiten.«

»Wo ist er?«

»Ich habe ihn an der Kap-Kreuzung zurückgelassen.«

Für einen Moment versagte ihr die Stimme, und dann sprudelten die Worte über ihre Lippen. »Er ist verwundet, schwer verwundet.«

Ihre Stimme war lauter geworden, so daß sie Jan Cheroot und die Jungen vielleicht wecken würde. Zouga ergriff ihren Arm, um sie zu beruhigen, und augenblicklich sank sie gegen ihn. Die Berührung erschreckte ihn, aber er konnte sich ihr nicht entziehen.

»Ich habe Angst, Zouga. Ich habe Angst, daß er sterben wird.« Es war das erste Mal, daß sie ihn mit seinem Vornamen ansprach.

»Was ist geschehen?«

»O Gott.« Sie weinte jetzt und klammerte sich an ihn. Wie fest sie war. Er schlang seinen Arm um ihre Hüfte und führte sie über die Veranda.

In der Küche half er ihr auf einen der harten Holzstühle und zündete die Kerze an. Er war entsetzt, als er ihr Gesicht sah. Sie war bleich und zitterte, ihr Haar war völlig durcheinander, und ihre Augen waren rotgerändert und blutunterlaufen.

Er schenkte Kaffee aus der blauen Kanne ein und goß einen Schuß Brandy hinzu.

»Trinken Sie.«

Sie schüttelte sich und stöhnte, als sie das starke, schwarze Gebräu schluckte, aber es schien sie ein wenig zu beruhigen.

»Ich wollte nicht, daß er ging. Ich versuchte, ihn aufzuhalten. Ich hatte es so satt. Ich erzählte ihm, daß ich es nicht länger ertragen könnte, dieses Betrügen und Lügen. Die Schande und das Fliehen –«

»Was Sie da sagen, ergibt keinen Sinn«, unterbrach er sie barsch.

Sie holte tief Atem und setzte von neuem an: »Mungo wollte sich heute nacht mit einem Mann treffen. Der Mann sollte ihm ein Päckchen Diamanten bringen, ein Päckchen Diamanten im Wert von einhunderttausend Pfund. Und Mungo wollte sie für zweitausend Pfund kaufen.«

Zougas Gesicht wurde grimmig, er setzte sich ihr gegenüber und starrte sie an. Sein Gesichtsausdruck erschreckte sie.

»O Gott, Zouga. Ich wußte es. Ich verabscheue so etwas auch. Ich habe mit ihm so lange zusammengelebt, aber er versprach mir, daß es das letzte Mal sein würde.«

»Weiter«, befahl Zouga.

»Er hatte keine zweitausend Pfund, Zouga. Wir sind fast bankrott – ein paar Pfund sind alles, was uns geblieben ist.«

Dieses Mal konnte Zouga sich nicht beherrschen und fiel ihr ins Wort.

»Der Kreditbrief, eine halbe Million Pfund –«

»Gefälscht«, sagte sie ruhig.

»Weiter.«

»Er hatte das Geld nicht, um die Diamanten zu bezahlen – und ich wußte, was er vorhatte. Ich versuchte, ihn aufzuhalten. Das schwöre ich.«

»Ich glaube Ihnen.«

»Er verabredete sich mit diesem Mann für heute nacht an einem Ort draußen an der Kapstraße.«

»Kennen Sie den Namen des Mannes?«

»Ich bin mir nicht sicher. Ich glaube nicht.« Sie strich sich mit der Hand über die Augen. »Er ist ein farbiger Mann, Henry – nein, Hendrick irgendwas –«

»Hendrick Naaiman?«

»Ja, Naaiman, so heißt er.«

»Er ist ein Spitzel.«

»Polizei?«

»Ja, Polizei.«

»O gütiger Gott, das ganze ist ja noch schlimmer, als ich dachte.«

»Was ist geschehen?« bohrte Zouga.

»Mungo sagte, ich solle auf ihn warten, und er ging allein zu dieser Verabredung. Er sagte, er müsse sich schützen – er nahm seine Pistole mit. Er ritt auf meinem Pferd – auf Shooting Star, und dann hörte ich Schüsse.« Sie nahm einen weiteren Schluck Kaffee und hustete. »Er kam zurück. Er war angeschossen worden, und Shooting Star ebenfalls. Sie sind beide schwer verwundet, Zouga. Ich versteckte ihn nahe der Straße, und dann bin ich zu Ihnen gelaufen.«

Zougas Stimme war streng. »Hat Mungo ihn getötet?«

»Ich weiß es nicht. Mungo sagt, der andere Mann hätte zuerst geschossen und er selbst hätte nur versucht, sich zu verteidigen.«

»Mungo hat versucht, ihn zu überfallen und die Diamanten zu stehlen, ohne dafür zu bezahlen«, vermutete Zouga. »Aber Naaiman ist ein gefährlicher Mann.«

»In Mungos Pistole waren vier leere Patronenhülsen, aber ich weiß nicht, was mit dem anderen Mann geschehen ist. Ich weiß nur, daß Mungo entkommen konnte, aber er ist sehr schwer verwundet.«

»Verhalten Sie sich jetzt ganz ruhig, und ruhen Sie sich ein wenig aus.« Er stand auf und ging in der Küche auf und ab.

Louise St. John beobachtete ihn ängstlich, fast furchtsam, bis er abrupt stehenblieb und sich zu ihr wandte.

»Wir beide wissen, was ich tun sollte. Ihr Gatte ist ein Dieb, und wahrscheinlich ist er sogar ein Mörder.«

»Er ist auch Ihr Freund«, sagte sie einfach. »Und er ist sehr schwer verwundet.«

»Also gut«, sagte er. »Ich werde Ihnen helfen, ihn fortzubringen.«

»Oh, Major Ballantyne – Zouga –«

Er brachte sie mit einer Geste zum Schweigen. »Vergeuden Sie keine Zeit mit Reden. Wir brauchen Bandagen, Laudanum, Lebensmittel –« Er zählte die Liste an seinen Fingern ab. »Sie können so nicht gehen. Sie werden nach einer Frau suchen. Jordans Kleider müßten Ihnen passen – Breeches, Mütze und Mantel –«

Zouga ging neben dem Muli her. Der Kieskarren war mit Strohballen beladen. Louise lag schweigend zwischen zwei Ballen, ein weiterer lag in der Nähe, so daß sie ihn über sich ziehen konnte, wenn der Karren angehalten wurde.

Die eisenbeschlagenen Räder knirschten im Sand. Die Laterne am hinteren Brett des Karrens schwang und wackelte bei jeder Bewegung. Sie hatten gerade das letzte Haus an der Kapstraße passiert und befanden sich auf Höhe des Friedhofes, als Pferdegetrappel hinter ihnen zu hören war. Louise hatte gerade noch

Zeit, sich zusammenzukauern und zuzudecken, bevor eine kleine Gruppe von Reitern aus der Dunkelheit herankam und sie überholte.

Als sie durch den Bogen des Laternenlichtes galoppierten, sah Zouga, daß sie alle bewaffnet waren. Er zog die Wollmütze tiefer ins Gesicht und schlug den Mantelkragen hoch.

»He, du! Hast du heute nacht jemanden auf dieser Straße gesehen?«

»Niemand nie! Niemand!« erwiderte Zouga auf Afrikaans, und der Klang des gutturalen Dialektes überzeugte den Mann. Er wirbelte sein Pferd herum und galoppierte hinter seinen Gefährten her.

Als der Hufschlag nicht mehr zu hören war, sagte Zouga leise: »Das bedeutet, daß Naaiman entkommen ist und alles erzählt hat. Wenn er nicht an seinen Verletzungen stirbt, ist es wenigstens kein Mord.«

»Bitte, Gott«, flüsterte Louise.

»Es bedeutet auch, daß Sie weder versuchen können über die Kapstraße zu entkommen noch über die Straße nach Transvaal. Die werden bewacht sein.«

»Wohin können wir denn gehen?«

»An Ihrer Stelle würde ich den Weg nach Norden nehmen, er führt nach Kuruman. Dort ist eine Missionsstation – mein Großvater leitet sie. Sein Name ist Moffat, Doktor Moffat. Er gewährt Ihnen bestimmt Schutz, und Mungo wird einen Arzt brauchen. Wenn Mungo kräftig genug ist, können Sie versuchen, deutsches oder portugiesisches Territorium zu erreichen und über Lüderitz Bay oder Lourenço Marques hinauskommen.«

Beide schwiegen lange Zeit, während Zouga neben dem Maultier hertrottete. Louise kroch aus ihrem Versteck und setzte sich auf die Bank des Karrens. Schließlich brach sie das Schweigen. »Ich bin das Weglaufen so leid. Wir scheinen nur aus Ländern geflohen zu sein, aus Amerika, Kanada, aus Australien, wir können nirgendwohin zurück.«

»Sie könnten heim nach Frankreich gehen«, sagte Zouga, »zu Ihren Söhnen.«

Louises Kopf zuckte hoch. »Warum sagen Sie das?«

»Als Mungo und ich uns zum ersten Mal begegneten, erzählte er mir von Ihnen, seiner Frau – daß sie aus einer vornehmen französischen Familie stammen. Er erzählte mir, daß Sie und er drei Söhne hätten.«

Louises Kopf sank auf die Brust. »Ich habe keine Söhne«, murmelte sie. »Doch ich bete darum, daß ich eines Tages welche haben werde. Ich stamme aus einer angesehenen Familie, ja – aber nicht aus einer französischen und auch nicht aus einer vornehmen. Meine Großmutter war die Tochter von Leichtfliegender Falke, dem Kriegshäuptling der Schwarzfußindianer.«

»Ich verstehe nicht, Mungo erzählte mir –«

»Er hat Ihnen von der Frau erzählt, die seine Gattin ist, von Madame Solange de Montijo St. John.«

Louise schwieg wieder, und Zouga fragte: »Ist sie tot?«

»Ihre Ehe war unglücklich. Nein, sie ist nicht tot. Sie ist zu Beginn des Bürgerkrieges mit ihren drei Söhnen nach Frankreich zurückgekehrt. Seitdem hat er sie nicht mehr gesehen.«

»Dann sind sie und Mungo ...« Zouga zögerte bei dem anstößigen Wort, »geschieden?«

»Sie ist Katholikin«, erwiderte Louise einfach; und es dauerte ganze fünf Minuten, bevor einer von ihnen wieder sprach.

»Ja«, sagte Louise. »Was Sie glauben, stimmt. Mungo und ich, wir sind nicht verheiratet.«

»Es geht mich nichts an«, murmelte Zouga, und doch erstaunte ihn das, was sie ihm erzählt hatte, nicht. Statt dessen empfand er eine eigenartige, strahlende Freude.

»Es ist eine Erleichterung, völlig aufrichtig zu sein«, gestand sie. »Nach all diesen Lügen. Irgendwie mußten Sie es sein, Zouga. Einem anderen hätte ich all dies nicht anvertrauen können.«

»Lieben Sie ihn?« Zougas Stimme war scharf und barsch.

»Früher habe ich ihn sehr geliebt, hemmungslos, wild – besessen.«

»Und jetzt?«

»Ich weiß es nicht – es hat so viele Lügen gegeben, soviel Schande, so viele Geheimnisse.«

»Warum bleiben Sie bei ihm, Louise?«

»Weil er mich jetzt braucht.«

»Das verstehe ich.« Seine Stimme war sanfter. Er verstand es wirklich. »Pflicht ist ein harter und unversöhnlicher Herr. Aber Sie haben auch eine Pflicht sich selbst gegenüber.« Er schwieg eine Weile. »Louise«, sagte er schließlich. »Ich tue dies nicht für Mungo, denn selbst eine Freundschaft kann Raub und versuchten Mord nicht gutheißen. Viele Male müssen Sie bemerkt haben, wie ich Sie angesehen habe – denn, Gott weiß, ich konnte nicht anders.«

Sie schwieg.

»Sie wußten es«, beharrte er. »Sie, als Frau, müssen gewußt haben, was ich empfinde.«

»Ja«, sagte sie schließlich.

»Als ich glaubte, Sie seien mit einem Freund verheiratet, hatte ich keine Hoffnung. Nun endlich kann ich Ihnen sagen, was ich empfinde.«

»Zouga, bitte, tun Sie es nicht.«

»Ich würde alles tun, worum Sie mich bitten – selbst einen Mörder decken.«

»Zouga –«

»Ich habe nie jemanden gekannt, der so wunderschön und mutig war –«

»Das bin ich nicht.«

»Ich könnte Sie und Mungo auf die Straße nach Kuruman bringen, dann nach Kimberley zurückkehren und der Diamantenpolizei erzählen, wo Sie zu finden sind. Sie würden Mungo verhaften, und dann wären Sie frei.«

»Das könnten Sie«, stimmte sie zu. »Aber das würden Sie nie tun. Wir beide sind gebunden, Zouga, durch unsere besondere Pflichtauffassung und durch unser Ehrgefühl.«

»Louise –«

»Wir sind da«, sagte sie mit offenkundiger Erleichterung. »Die Kreuzung. Biegen Sie hier von der Straße ab.«

Sie wies ihm den Weg, während er den Karren durch das Gebüsch führte und die hohen Räder über Fels und unebenen Boden holperten. Eine Viertelmeile von der Straße entfernt stand ein großer Kameldornbaum.

Aus der Dunkelheit war eine heisere Stimme zu hören.

»Bleiben Sie, wo Sie sind! Kommen Sie nicht näher!«

»Mungo, ich bin's, und Zouga ist bei mir.«

Louise sprang von dem Karren, hob die Laterne aus ihrer Halterung und ging vorwärts. Zouga band die Maultiere fest und folgte ihr. Mungo St. John lag auf einer Satteldecke.

»Danke, daß du gekommen bist«, begrüßte er Zouga, und seine Stimme klang schmerzerfüllt.

»Wie schwer bist du verwundet?«

»Schwer genug«, gab er zu. »Hast du einen Stumpen?«

Zouga zündete einen an der Laterne an und reichte ihn ihm. Louise wickelte die zerrissenen Streifen von Hemd und Petticoat ab, die um seine Brust gebunden waren.

»Schrot?« fragte Zouga kurz und bündig.

»Nein, Gott sei Dank«, sagte Mungo. »Pistole.«

»Du hattest Glück«, grunzte Zouga. »Gewöhnlich bedient sich Naaiman einer abgesägten Schrotflinte. Er hätte dich in zwei Hälften zerlegt.«

»Du kennst Naaiman?«

»Er ist ein Polizeispitzel.«

»Polizei«, flüsterte Mungo. »O Gott.«

»Ja«, nickte Zouga. »Du steckst in Schwierigkeiten.«

»Das wußte ich nicht.«

»Ist das wirklich wichtig?« fragte Zouga. »Du hast ein illegales Geschäft geplant, und du wußtest, daß du vielleicht einen Mann töten würdest.«

»Halte mir keine Predigten, Zouga.«

»In Ordnung.« Zouga hockte sich neben Louise, während sie die Wunde in Mungos Rücken freilegte.

Sie hoben Mungo zwischen sich in eine sitzende Position.

»Glatter Durchschuß«, murmelte Zouga, als er die Austrittswunde auf dem Rücken sah. »Es scheint, als sei die Lunge nicht getroffen. Du weißt gar nicht, wieviel Glück du hattest.«

»Eine ist drin geblieben«, behauptete Mungo St. John und tastete nach seinem Bein. Seine Breeches waren zerrissen, und jetzt zog er den blutdurchtränkten Stoff beiseite. Sein Schenkel war verwundet und blutete.

»Die Kugel steckt noch drin«, wiederholte Mungo.

»Knochen?« fragte Zouga.

»Nein.« St. John schüttelte den Kopf. »Ich glaube nicht. Ich konnte noch damit laufen.«

»Es hat keinen Sinn zu versuchen, die Kugel herauszuschneiden. Louise weiß, wo sie einen Doktor finden kann, und ich habe ihr gesagt, wie sie dorthin kommt.«

»Louise?« fragte Mungo, wobei er bitter die Lippen verzog.

Sie blickte nicht auf, sondern konzentrierte sich darauf, die Haut um die Wunden mit Jod zu bestreichen.

Mungo starrte Zouga an, und sein einziges Auge funkelte. Zouga spürte die Narbe auf seiner Wange pochen, und er gab sich keine Mühe, seinen Ärger zu verbergen.

»Glaube nicht, daß ich das für dich tue«, sagte er. »Ich hasse Diamantendiebe ebenso wie jeder andere Digger in den Gruben.« Er nahm die Pistole von der Decke und überprüfte die Ladung, während er dorthin ging, wo Shooting Star mit gesenktem Kopf im Mondlicht unter dem Kameldornbaum stand.

Der Hengst hob den Kopf und blähte die Nüstern, als Zouga näher kam.

»Ruhig, mein Junge. Ganz ruhig.« Zouga ließ seine Hand über die Flanke des Tieres gleiten. Sie war von trocknendem Blut klebrig, und Shooting Star zuckte zusammen, als er die Wunde berührte.

Hinter den Rippen war das Kugelloch, und Zouga schnüffelte kurz daran. Die Kugel hatte den Darm oder die Eingeweide zerrissen – er konnte es riechen.

Zouga ließ sich auf ein Knie sinken und betastete behutsam die Vorderhand, die der Hengst entlastete. Er fand die Verletzung, ein weiteres Kugelloch. Die Kugel war ein paar Zentimeter über der Fessel eingeschlagen und hatte den Knochen zerschmettert. Und doch hatte das Pferd Mungo getragen, einen großen, schweren Mann, und ihn über so viele Meilen hergebracht. Der Schmerz mußte gräßlich gewesen sein, doch das große Herz des Hengstes hatte die beiden durchgebracht.

Zouga streifte seinen Mantel ab und wickelte ihn um die Pistole in seiner rechten Hand. Ein lauter Schuß hätte die Suchmannschaften auf der nicht allzu weit entfernten Straße alarmieren können.

»Ruhig, Junge«, flüsterte Zouga und legte die Mündung zwischen den Augen des Pferdes an.

Der Stoff dämpfte den Knall. Es war ein dumpfes, platzendes Geräusch, und der Hengst fiel schwer auf die Seite.

Louise war noch immer über Mungo gebeugt und verknotete die Verbände. Zouga sah im Mondlicht, daß ihre Augen voller Tränen standen.

»Danke«, wisperte sie. »Ich selbst hätte das nicht tun können.«

Zouga half ihr, Mungo auf den Karren zu heben. Mungos Atem pfiff in seiner Brust, und der durch den Schmerz verursachte Schweiß durchtränkte sein Hemd.

Sie betteten ihn in das Strohnest und deckten ihn mit einem Ballen zu. Dann führte Zouga die Maultiere über das Feld, bis sie auf einen Weg stießen, der nach Norden führte.

»Reisen Sie nur nachts und pflocken Sie die Maultiere tagsüber an, damit sie grasen können«, riet Zouga. »Essen und Biltong ist mehr als genug da; aber mit dem Kaffee und dem Zucker müssen Sie sparsam umgehen.«

»Worte können Ihnen nicht genug danken«, flüsterte sie.

»Versuchen Sie nicht, dem Vaal zu folgen.«

»Irgendwie weiß ich, daß dies kein Abschied für immer ist.« Sie schien seinen Rat nicht gehört zu haben. »Und wenn wir uns wiedersehen …« Sie brach ab.

»Was dann?« fragte er, aber sie schüttelte den Kopf und nahm die Zügel aus seinen Händen und führte die Maultiere auf den Weg.

Der Karren schien mit der Nacht zu verschmelzen, und die Räder verursachten kein Geräusch in dem dicken Sand. Zouga stand da und starrte ihnen nach, bis sie längst verschwunden waren – und dann kam Louise zurück.

Sie kam so lautlos wie ein Gespenst. Das lange Haar hatte sich gelöst und war unter der Mütze hervorgerutscht. Ihr Gesicht wirkte im Mondlicht bleich und krank.

Die Umklammerung ihrer Arme um seinen Hals war wild, fast

schmerzhaft, und ihr Mund war erschreckend heiß und feucht, als er sich auf seinen legte. Diesen Geschmack würde er nie vergessen.

Für Sekunden nur umarmten sie sich so. Zouga dachte, daß sein Herz zerspringen würde; dann riß sie sich aus seinen Armen und lief ohne ein Wort in die Nacht.

Zehn Tage nach Neville Pickerings Beerdigung unterzeichnete Zouga die Übertragungsurkunde der Teufelsloch-Claims und schaute zu, wie einer von Rhodes Sekretären sie für die Central Diamond Company eintrug.

Zum ersten Mal seit Menschengedenken hatte es auf den Diamantenfeldern geschneit. Große, weiche Flocken wirbelten vom Himmel.

Die Schneeflocken verschwanden, als sie die Erde berührten, aber die Kälte war durchdringend, und Zougas Atem dampfte in der Luft, als er zu den Gruben ging, um zuzuschauen, wie die Schicht zum letzten Mal aus den Teufelsloch-Claims kam. Während er ging, formulierte er in seinem Geist die Worte, mit denen er Ralph sagen würde, daß dies seine letzte Schicht war.

Sie kamen in der Gondel hoch. Zouga konnte Ralph ausmachen, denn er war der einzige Mann, der eine Jacke trug. Die anderen Männer, die bei ihm waren, waren fast nackt.

Wieder wunderte sich Zouga, daß die Männer gegen die harten Maßnahmen des neuen Diamanten Trade Act nicht rebelliert hatten, das von Colonel John Fry der kürzlich rekrutierten Diamantenpolizei durchgesetzt worden war und darauf abzielte, die Diebstähle auf den Feldern auszumerzen.

Die schwarzen Arbeiter waren jetzt hinter Stacheldraht untergebracht; es gab neue Sperrstundenvorschriften, um sie nach Einbruch der Nacht in ihren Lagern zu halten; und es gab Suchscheinwerfer und Überprüfungen der Lager. Bei Tageslicht wurden die Männer auf den Straßen durchsucht.

Selbst die Digger, oder zumindest einige von ihnen, hatten sich gegen die drakonischsten von John Frys neuen Maßnahmen gewehrt. Alle schwarzen Arbeiter waren gezwungen, fast nackt in die Grube zu gehen, so daß sie keine Steine in ihrer Kleidung verbergen konnten.

John Fry war verblüfft gewesen, als Zouga und ein Dutzend anderer Digger verlangt hatten, dagegen zu protestieren.

Ralph blickte zu Bazo herab, der neben der Wand des stählernen Behälters kauerte. Ralph zog seine Jacke aus, legte sie dem Freund um die Schultern. Darunter trug Ralph eine alte Tweedjacke und eine staubige Wollweste.

»Es verstößt gegen das Gesetz des weißen Mannes«, wehrte Bazo ab und machte Anstalten, sie abzustreifen.

»In dieser Gondel ist keine Polizei«, gab Ralph zurück, und Bazo zögerte einen Augenblick, duckte sich dann tiefer und zog dankbar das Segeltuch über Kopf und Schultern.

Ralph nahm einen halb gerauchten Stumpen aus seiner Brusttasche und brachte ihn zwischen seinen Fingern vorsichtig wieder in Form und zündete ihn an. Er sog den Rauch tief ein, dann reichte er Bazo den Stummel.

»Dir ist nicht nur kalt, du bist auch unglücklich«, sagte Ralph, und Bazo antwortete nicht. Er umhüllte den kurzen Stumpen mit beiden Händen und sog bedächtig daran.

»Ist es Donsela?« fragte Ralph. »Er kannte das Gesetz, Bazo. Er weiß, was mit denen passiert, die Steine stehlen.«

»Es war ein kleiner Stein«, murmelte Bazo. »Fünfzehn Jahre sind eine lange Zeit.«

»Er lebt aber«, betonte Ralph und nahm den Stumpen, den Bazo ihm zurückreichte. »In den alten Zeiten, vor dem Diamond Trade Act, wäre er jetzt tot.«

»Er könnte ebenso gut tot sein«, flüsterte Bazo bitter. »Man erzählt, daß die Männer auf den Wellenbrechern im Hafen von Kapstadt wie Tiere arbeiten und wie Affen aneinandergekettet sind. Und du, Henshaw – bist du denn so glücklich?« fragte er ruhig. Ralph zuckte mit den Achseln. »Glücklich? Wer ist schon glücklich?«

»Ist nicht diese Grube« – mit einer Geste umfaßte Bazo die gewaltige Aushöhlung, über der sie schwebten –, »ist nicht dies dein Gefängnis, hält es dich nicht ebenso fest wie die Ketten, die Donsela halten?«

Sie hatten fast die hohen Gerüste erreicht, und Bazo streifte die Segeltuchjacke ab, bevor er von einem der Aufseher entdeckt werden konnte, die in dem Gebiet innerhalb der neuen Sicherheitszäune patrouillierten.

»Du fragst mich, ob ich unglücklich bin.« Bazo stand auf. »Ich dachte an das Land, in dem ich ein Prinz des Hauses von Kumalo bin. In diesem Land sind die Kälber, die ich als Knabe gehütet habe, zu Bullen geworden und haben selbst Kälber gezeugt, die ich nie gesehen habe. Einst kannte ich jedes Tier der Herden meines Vaters, fünfzehntausend Rinder, und ich kannte jedes einzelne, die Jahreszeit, in der es geboren war, die Drehung seiner Hörner und die Zeichnung seines Felles.«

Bazo seufzte und stellte sich neben Ralph auf den Rand der Gondel. »Zehnmal bin ich nicht bei meinen Impi gewesen, wenn das Fest der Frischen Früchte getanzt wurde, zehnmal war ich nicht Zeuge, wie mein König seinen Kriegsspeer warf und uns auf die rote Straße schickte.« Bazos düstere Stimmung vertiefte sich, und seine Stimme wurde leiser. »Knaben sind zu Männern herangewachsen, seit ich fortging, und einige von ihnen tragen die Kuhschwänze der Tapferkeit an ihren Beinen und Armen. Kleine Mädchen sind zu Frauen geworden, bereit, von Kriegern bestiegen zu werden, die auf der roten Straße des Krieges Ehre errungen haben. Ich denke an meinen Vater, und ich frage mich, ob der Schnee des Alters sich bereits auf sein Haupt gesetzt hat. Jeder Mann meines Stammes, der die Straße von Norden herunterkommt, bringt mir die Worte von Juba, der Taube, die meine Mutter ist. Sie hat zwölf Söhne, aber ich bin der erste und älteste von ihnen.«

»Warum bist du so lange geblieben?« fragte Ralph rauh.

»Warum bist du so lange geblieben, Henshaw?« Der junge Matabele forderte ihn heraus, und Ralph wußte keine Antwort.

»Hast du Ruhm und Reichtümer in diesem Loch gefunden?« Wieder schauten sie beide in die Grube hinab, und aus dieser Höhe sah die abgelöste Schicht, die darauf wartete, in den Gondeln nach oben gebracht zu werden, wie Reihen von Wanderameisen aus.

»Hast du eine Frau, die dir die Nacht behaglich macht, Henshaw? Hörst du die Musik des Gelächters deiner Söhne? Henshaw? Was hält dich hier?«

Ralph hob seinen Blick und starrte Bazo an, doch bevor er eine Antwort finden konnte, erreichte die Gondel die Plattform auf der ersten Rampe der Gerüste. Der Ruck brachte Ralph in die Wirklichkeit zurück, und er winkte seinem Vater zu.

Das Gebrüll der Dampfwinde legte sich. Die Gondel wurde langsamer, und Bazo führte die Gruppe der Matabele auf die Rampe.

Ralph gab wieder das Signal. Dann knurrte die Winde, und das Stahlkabel jaulte auf seinen Blöcken. Die schwerbeladene Gondel glitt weiter, bis sie gegen die Prellböcke stieß. Ralph und Bazo schoben die Kippstäbe darunter und warfen sich mit ihrem ganzen Gewicht auf sie. Die Gondel kippte, und die Kiesladung schoß brüllend über die Rutsche in den wartenden Karren.

Ralph schaute auf, um das ermutigende Lächeln seines Vaters zu sehen und seine gebrüllten Glückwünsche zu hören.

»Gut gemacht, Junge! Zweihundert Tonnen heute!«

Aber das Gerüst war leer. Zouga war gegangen.

Zouga hatte eine einzige Kiste gepackt, die Kiste, die Aletta gehört und die sie vom Kap mitgebracht hatte.

Zouga legte Alettas Bibel auf den Boden der Kiste und mit ihr das Tagebuch und die Schmuckkassette, die ihre restlichen Schmuckstücke enthielt. Die wertvolleren Stücke waren schon längst verkauft worden.

Auf diese wenigen Erinnerungsstücke packte er seine eigenen Habseligkeiten. Als er auf den gebündelten Stapel seines unvollendeten Manuskriptes stieß, hielt er inne, um es in seiner Hand zu wiegen.

»Vielleicht werde ich jetzt Zeit finden, es zu vollenden«, murmelte er und legte es vorsichtig in die Kiste.

Dann packte er seine Kleidung zusammen. Die Kiste war nur halb gefüllt, und er trug sie mit Leichtigkeit die Stufen hinunter und auf den Hof. Das war alles, was er mitnahm – den Rest, das spärliche Mobiliar, hatte er an einen der Auktionatoren am Marktplatz verkauft. Zehn Pfund hatte das gebracht. Wie Rhodes vorhergesagt hatte, ging er so, wie er gekommen war.

»Wo ist Ralph?« wollte er von Jan Cheroot wissen, und der kleine Asiate unterbrach seine Arbeit.

»Vielleicht hat er bei Diamond Lil reingeschaut. Der Junge hat ein Recht auf sein Vergnügen – hart genug gearbeitet hat er ja dafür.«

Zouga ging nicht auf sein Geschwätz ein und ließ den Blick über den Karren schweifen. Es war der neueste und stärkste der drei Wagen, die er besaß. Einen hatte er Louise St. John überlassen, und sie hatte auch die besten Maultiere mitgenommen – doch dieses Gespann würde sie zurück nach Kapstadt bringen.

Jan Cheroot schlenderte gemächlich zu Zouga und nahm den anderen Griff der Kiste, bereit, sie auf den Wagen zu wuchten.

»Warte«, sagte Zouga. »Das zuerst.« Und er deutete auf den rohbehauenen, blau marmorierten Felsblock, der unter dem Kameldornbaum lag.

»Gütige Mutter –« keuchte Jan Cheroot. »Das glaube ich einfach nicht. In zweiundzwanzig Jahren hab' ich dich ja schon so manche dummen, verrückten Dinge tun sehen –«

Zouga ging zu dem blauen Felsblock hinüber, den Ralph aus dem Teufelsloch geholt hatte, und setzte seinen Fuß darauf. »Wir werden ihn mit dem Flaschenzug hochhieven.« Er schaute auf den stämmigen Ast über seinem Kopf, an dem der Flaschenzug und das Hanfseil hingen.

»Das reicht.« Jan Cheroot setzte sich auf die Kiste und verschränkte die Arme. »Dieses Mal weigere ich mich. Schon einmal habe ich mir für dich den Rücken gebrochen, aber das war, als ich noch jung und dumm war.«

»Komm schon, Jan Cheroot, du vergeudest nur deine und meine Zeit.«

»Was willst du denn mit diesem häßlichen Stein?«

»Ich habe den Vogel verloren – ich brauche einen Hausgott.«

»Ich habe von jemandem gehört, der einem mutigen Mann ein Denkmal gesetzt hat, aber niemals hat jemand erzählt, daß man für Dummheit eines aufstellt«, klagte Jan Cheroot.

»Zieh den Karren unter den Baum.«

»Ich weigere mich – diesmal weigere ich mich. Ich werde es nicht tun. Keinesfalls. Um keinen Preis der Welt.«

»Wenn wir ihn aufgeladen haben – kannst du für dich ganz allein eine Flasche Schnaps zum Feiern haben.«

Jan Cheroot seufzte und erhob sich. »Das ist mein Preis.« Er schüttelte den Kopf, kam herüber und blieb neben Zouga stehen. Er starrte boshaft auf den blauen Steinblock. »Aber erwarte nicht, daß ich ihn mag.«

Zouga kicherte zum ersten Mal seit Wochen, und in einer ungewöhnlichen Zurschaustellung von Zuneigung schlang er einen Arm um Jan Cheroots Schulter.

»Jetzt hast du wieder etwas, auf das du wütend sein kannst – denk mal daran, wie glücklich dich das machen wird«, sagte er.

»Du hast getrunken«, sagte Zouga, als Ralph seinen Hut in die Ecke warf.

»Ja, ich habe ein oder zwei Bier getrunken.« Er ging zu dem gußeisernen Ofen und wärmte seine Hände daran. »Ich hätte mehr getrunken, wenn ich Geld gehabt hätte.«

»Ich habe auf dich gewartet.«

»Ich gebe dir jede Stunde meines Tages, Papa – laß mir doch wenigstens am Abend etwas Zeit.«

»Ich habe dir etwas Wichtiges zu erzählen«, Zouga nickte zu dem Holzstuhl ihm gegenüber. »Setz dich, Ralph.«

Zouga rieb seine Augen, bevor er anfing zu sprechen. Er hatte so oft in den letzten Tagen versucht, einen Weg zu finden, wie er Ralph sagen könnte, daß es vorbei war, daß sie verarmt waren, daß all diese Plackerei und dieses Herzeleid vergebens gewesen waren – aber es gab keinen einfachen Weg. Es blieben nur die harten Worte der Wirklichkeit.

Zouga ließ die Hand sinken und schaute seinen Sohn an. Dann berichtete er langsam und bedächtig, was passiert war. Als er damit fertig war, wartete er auf Ralphs Erwiderung. Ralph hatte sich während des langen Vortrages nicht bewegt, und jetzt starrte er Zouga steinern an.

Zouga war gezwungen, wieder zu sprechen. »Wir werden morgen früh aufbrechen. Jan Cheroot und ich haben den Wagen beladen, und wir werden alle Maultiere brauchen – es ist ein langer Treck.«

Wieder wartete er, aber noch immer erfolgte keine Reaktion.

»Du wirst dich fragen, wohin wir gehen und was wir tun werden. Nun, wenn wir erst zum Kap zurückgekehrt sind, haben wir noch die Harkness-Hütte.«

»Du hast alles verspielt«, flüsterte Ralph schließlich. »Und du hast es mir verschwiegen. Du, der du mir immer über Spielen und Ehrlichkeit Predigten gehalten hast.«

»Ralph!«

»Es war nicht dein Eigentum, es gehörte uns allen.«

»Du bist betrunken«, sagte Zouga.

»All diese Jahre habe ich auf deine Versprechen gehört. Wir werden nach Norden gehen, Ralph.« Er äffte Zouga mit einer plötzlichen Wildheit in der Stimme nach. »Es gehört alles uns, Ralph. Du wirst es mit mir teilen. Dort wartet ein Land auf uns. Es wird ebenso deines wie meines sein, Ralph.«

»Es ist nicht vorbei – ich habe die Konzession noch. Wenn wir wieder in Kapstadt sind –«

»Du, nicht ich.« Ralphs Stimme klang entschieden. »Geh du nach Kapstadt zurück. Geh und träume deine alten Männerträume. Ich bin sie so leid.«

»Du wagst es, in diesem Ton mit mir zu sprechen?«

»Ja, das wage ich. Bei Gott, ich werde mehr wagen als das. Ich werde das wagen, wozu du zu schwach bist oder was du fürchtest –«

»Du unverschämter und dummer Laffe!«

»Du zahnloser alter Hund!«

Zouga warf sich halb über den Tisch, und sein rechter Arm schlug zu. Seine offene Hand traf Ralph im Gesicht.

»Das«, sagte Ralph langsam, »war das letzte Mal, daß du mich geschlagen hast.« Er stand auf und ging auf die Tür zu. Er drehte sich noch einmal um. »Träume deine Träume – ich werde meine verwirklichen.«

»Dann geh«, sagte Zouga, und die Narbe auf seiner Wange war glasig und weiß wie Eis. »Geh und sei verflucht.«

»Denk daran, daß ich nichts mitgenommen habe, Papa, nicht einmal deinen Segen«, sagte Ralph und trat in die Nacht.

Bazo erwachte bei der Berührung seiner Wange augenblicklich und griff nach dem Assegai an seiner Seite. Eine Hand schloß sich um sein Handgelenk, hielt seine Speerhand von der Waffe fern, und dann sprach eine Stimme leise über ihm.

»Erinnerst du dich an die Straße nach Matabeleland, o Prinz von Kumalo?«

Bazo brauchte einen Augenblick, um seine Gedanken zu sammeln, die der Schlaf zerstreut hatte.

»Ich erinnere mich an jede Furt und an jeden grünen Hügel, an jedes süße Wasserloch auf dem Wege«, flüsterte er zurück, »so klar, wie ich mich an die Stimme meines Vaters und das Lachen meiner Mutter erinnere.«

»Dann roll deine Schlafmatte zusammen, Bazo, die Axt, und zeige mir den Weg«, sagte Ralph.

Diamond Lil lächelte in diesen Tagen nicht sehr oft, nicht, seit der Zahn, der den Diamanten hielt, eine schmutziggraue Farbe angenommen hatte und zu schmerzen begann. Der reisende Zahnarzt vom Kap hatte ihr den Zahn gezogen und den bösartigen Abszeß geöffnet. Die Schmerzen waren sofort vergangen, aber nun hatte Lil eine häßliche Zahnlücke.

Sie hatte auch Fleisch angesetzt, die Folge von gutem Essen und diesen kleinen Schlückchen Gin, die ihr den Tag versüßten.

Die Hand, die die durchsichtige Porzellanteetasse hielt, war dick und hatte Grübchen an den Knöcheln, und die Ringe, die jeden ihrer plumpen kleinen Finger schmückten, waren tief in das Fleisch gesunken, doch die Diamanten, Rubine und Smaragde zeugten von Lils Reichtum.

Sie saß in einer Ecke der Veranda. Von ihrem reichverzierten Stuhl aus konnte sie jede Bewegung auf den Straßen beobachten, die auf den Marktplatz mündeten, und den Puls der Diamantenstadt spüren. Jedes Kommen und Gehen, das Hasten eines Käufers, der etwas witterte, die Prahlerei eines Diggers, der einen großen Stein gefunden hatte, konnte sie von hier aus beobachten. Sie sah die Frontseite der vier Bars rings um den Platz, die ihr jetzt alle gehörten und war in der Lage, den Umsatz einzuschätzen, den sie machen würde.

Auch die De Beers Road zu ihrer Linken konnte sie überblikken, die rotgeziegelte Hütte mit dem weißen Staketenzaun und dem dezenten Schild »Französische Damenschneiderei. Haute Couture. Sechs kontinentale Näherinnen. Mode für den individuellen Geschmack.« Das Geschäft dort war immer lebhaft – von Mittag bis Mitternacht. Die Mädchen hielten das Tempo selten länger als etwa sechs Monate aus, bis sie wieder die Kutsche nach Süden nahmen – erschöpft, doch beträchtlich reicher.

Lil selbst arbeitete nur noch gelegentlich, vielleicht ein- oder zweimal die Woche mit einem bevorzugten Stammgast, wegen der guten alten Zeiten, und weil es ihr Blut in Wallung brachte und sie dann nachts besser schlafen konnte. Es gab zuviel anderes, was ihre ständige Aufmerksamkeit erforderte.

Jetzt schenkte sie frischen Tee aus der silbernen Kanne in die hübschen dünnen Porzellanschälchen, die mit rosa Rosen und gelben Schmetterlingen bemalt waren.

»Wieviel Löffel Zucker?« fragte sie.

Ralph saß auf dem Rohrsessel ihr gegenüber. Er roch nach Rasierseife und billigem Eau de Cologne. Sein Hemd war so sehr gebügelt und gestärkt, daß es bei jeder Bewegung knisterte.

Lil musterte ihn nachdenklich über den Rand ihrer Teetasse hinweg. »Kennt der gute Major deine Pläne?« fragte sie ruhig, und Ralph schüttelte den Kopf. Lil dachte eine Weile darüber nach, und sie freute sich, den Sohn eines angesehenen Mannes als Gast zu haben. Den Sohn eines der Gentlemen aus Kimberley, die sie auf der Straße nicht grüßten, die ihre Spende für das neue Krankenhaus zurückgeschickt hatten, die nicht einmal auf ihre Einladung zur Grundsteinlegung ihres neuen Gebäudes geantwortet hatten – oh, die Liste der Demütigungen war zu lang, als daß sie alle im Gedächtnis haben könnte.

»Warum hast du ihm nichts erzählt?« fragte sie.

»Mein Vater ist kein reicher Mann.« Mehr wollte Ralph nicht preisgeben. Er war zu loyal, um zu erklären, daß Zouga bankrott war, daß er Kimberley bald mit seiner wenigen Habe verlassen würde. Er wollte nicht, daß Lil wußte, daß er und sein Vater sich mit harten Worten voneinander getrennt hatten.

Lil musterte einen Augenblick sein Gesicht, nahm dann das

handbeschriebene Blatt von dem Teetablett auf und schaute auf die Liste und die Zahlen.

»Neunhundert Pfund für Ochsen?«

»Wir brauchen viele kräftige Tiere«, erklärte Ralph kurz. »Die Straße zum Shashi-Fluß führt über sandiges Feld und ist nur schwer befahrbar. Ich möchte eine volle Ladung ziehen können, achttausend Pfund Gewicht.«

»Handelswaren – fünfzehntausend.« Sie schaute wieder zu ihm auf.

»Gewehre, Pulver, Brandy, Perlen und Tuch.«

»Was für Gewehre?«

»Musketen. Das Stück für fünf Pfund und zehn Shilling.«

Lil schüttelte den Kopf. »Sie haben die Verschlußlader gesehen. Deine Musketen werden kein großes Interesse finden.«

»Ich kann mir keine Verschlußlader leisten, und ich weiß auch nicht, wo ich eine Ladung finden kann.«

»Mein lieber Ralph, ich könnte eine Horde alter Weiber von Whitechapel für meine Läden anheuern, und ich könnte sie billig bekommen. Aber das tue ich nicht. Ich suche mir die jungen und frischen und hübschen aus. Wenn du klein denkst, werden deine Gewinne klein sein. Sei nicht zu billig, Ralph, mein Lieber, sei nie zu billig.« Sie schenkte ein wenig Gin aus dem silbernen Flakon in die leere Teetasse, bevor sie fortfuhr. »Ich kann Martini-Henry-Gewehre bekommen, aber sie werden uns fünfzehnhundert mehr kosten.« Lil tauchte ihre Feder in das Tintenfaß, strich dann die Zahlen durch und schrieb neue an die Seite.

»Brandy?«

»Cape Smoke in Zwanziggallonenfässern.«

»Ich habe gehört, daß Lobengula Courvoisier-Cognac schätzt, und seine Schwester Ningi trinkt nur Piper-Heidsieck-Champagner.«

»Weitere fünfhundert Pfund – mindestens«, klagte Ralph.

»Dreihundert.« Lil korrigierte die Liste. »Den kann ich zum Großhandelspreis bekommen. Jetzt die Munition – zehntausend Schuß?«

»Ich brauche mindestens eintausend für mich selbst und den Rest für den Verkauf der Gewehre.«

»Falls Lobengula dir die Erlaubnis gibt, Elefanten zu jagen.«

»Mein Großvater ist einer seiner ältesten Freunde; meine Tante Robyn und ihr Mann sind seit fast zwanzig Jahren in der Mission am Khami-Fluß.«

»Ja, ich weiß, daß du Freunde bei Hof hast.« Lil schürzte die Lippen. »Aber ich habe gehört, daß die Elefanten in ganz Matabele-Land ausgerottet sind.«

»Die Herden sind in den Fliegengürtel am Sambesi getrieben worden.«

»Du kannst keine Pferde in den Fliegengürtel mitnehmen, und Elefanten dort zu Fuß zu jagen, ist keine Arbeit für einen weißen Mann.«

»Mein Vater hat zu Fuß gejagt, und ein Pferd kann ich mir sowieso nicht leisten.«

»Also gut«, stimmte sie widerwillig zu und hakte den Posten ab.

Sie arbeiteten noch eine Stunde weiter, gingen die Liste Punkt für Punkt durch – und dann begannen sie wieder ganz von vorn. Lil tauchte die Feder wieder ein und kritzelte auf dem Blatt herum, kürzte da um zehn Pfund und dort um hundert, bis sie schließlich den Federhalter auf das Teetablett warf, sich noch ein wenig Gin in ihre Teetasse schenkte und daran nippte.

»Also gut«, sagte sie wieder.

»Heißt das, du willst mir das Geld leihen?«

»Ja.«

»Ich weiß nicht, was ich sagen soll.« Er beugte sich zu ihr, jung und glühend eifrig. »Lil, ich kann einfach nicht –«

»Sag nichts, bevor du meine Bedingungen gehört hast.« Sie lächelte dünn, ohne ihre Zahnlücke zu entblößen.

»Zwanzig Prozent Zinsen pro Jahr auf das Darlehen.«

»Zwanzig Prozent!« keuchte er. »In Gottes Namen – das ist Wucher, Lily!«

»Genau«, sagte sie ihm steif. »Aber laß mich ausreden. Zwanzig Prozent Zinsen und die Hälfte des Gewinns.«

»Und die Hälfte des, Lil – das ist kein Wucher, das ist Raub.«

»Stimmt auch«, räumte sie ein. »Zumindest bist du klug genug, um das zu erkennen.«

»Können wir nicht einfach –« setzte er verzweifelt an.

»Nein, das können wir nicht. Das sind meine Bedingungen.« Und Ralph erinnerte sich an Scipio, seinen Falken, mit der schönen, hervorragenden Brust und den feurigen, kalten Augen.

»Einverstanden«, sagte er, und obwohl ihre Lippen nicht lächelten, waren ihre Augen plötzlich weich und fröhlich.

»Partner«, murmelte sie und legte ihre dicke weiße Hand auf seinen Unterarm. Seine Muskeln waren fest und stark, die Haut von der Sonne rotgefärbt. Sie streichelte sie langsam und gefühlvoll.

»Bleib nur, unsere Abmachung zu besiegeln«, flötete sie. »Komm!« Sie ließ ihre Hand über seinen Arm gleiten und verschränkte ihre Finger mit den seinen.

Sie führte ihn durch die buntverglaste Tür, und als sie die Samtvorhänge zuzog, war es kühl und dunkel in dem Zimmer. Sie wandte sich wieder ihm zu und öffnete sein Hemd. Er stand ganz still, während sie sich langsam zu seiner Gürtelschnalle herunterarbeitete.

»Ralph« – ihre Stimme war ein heiseres Zittern –, »ich möchte, daß du etwas für mich tust.«

»Was denn?« fragte er. Sie stand auf ihren Zehenspitzen, preßte ihre Lippen an sein Ohr und flüsterte ihm ihr Anliegen zu. Sie spürte, wie er sich unter ihrer Hand zurückzog.

»Partner?« fragte sie, und er zögerte noch einen Augenblick, bückte sich dann, hob sie hoch und trug sie zu dem breiten Messingbett mit der Steppdecke.

»Du wirst das weniger mühsam finden, als Elefanten im Fliegengürtel zu jagen«, sagte sie, und es war so dunkel im Zimmer, daß sie sich wegen ihres fehlenden Zahnes keine Gedanken machte und breit lächelte.

»Das Gute am Leben ist, mein Liebling, daß du alles haben kannst, was du willst, solange du bereit bist, den Preis zu bezahlen«, kicherte sie.

»Das sind keine Ochsen«, sagte Bazo. »Jeder von denen ist der Sohn einer Schlange, der sich mit dem Geist eines Mashona-Hundes gepaart hat.«

Es waren alles kräftige Ochsen, starkknochig, schwer in den Schultern, mit weiten, geraden Hörnern, die Stärke verrieten, und gleichmäßigen gelben Zähnen. Bazo hatte sie ausgesucht.

Bazo kannte sich mit Rindern aus, aber er war kein Treck-Mann. Er hatte nie einen sechs Meter langen Wagen mit achtzehntausend Pfund Fracht darauf gelenkt. Er hatte nie versucht, vierundzwanzig Ochsen auf dem Weg zu halten. Die ganze Matabele-Nation besaß nur zwei geräderte Fahrzeuge, und die gehörten König Lobengula. Das größte Gespann, das er oder Ralph je gelenkt hatten, waren die kleinen, zweirädrigen Kieskarren.

Ralph hatte geglaubt, daß die Ochsen, die er gekauft hatte, ausgebildet und zahm seien, aber in wenigen Minuten spürten die Tiere das Unvermögen ihres Herrn und wurden so unruhig und wild wie gehetzte Büffel.

Die wilde Jagd über die dürren Grasebenen außerhalb der Stadt dauerte zwei Stunden, zwei Stunden, in denen sie rannten und fluchten und die Peitschen knallen ließen, um die Ochsen zusammenzutreiben und die Joche auf ihre Rücken zu bekommen. Die Hälfte der Tiere war anschließend erschöpft und legte sich prompt nieder, und die anderen schlugen aus und drehten ihre großen behörnten Köpfe auf die Ladung zu, zerrten an der Treckkette und brachten alles durcheinander.

Die Aufregung hatte die meisten der Gaffer und Faulenzer aus den Kantinen um den Marktplatz gelockt, wobei sie genügend Weitsicht besaßen, ihre Flaschen mitzunehmen. Sie bildeten ein aufmerksames und heiteres Publikum und bejubelten jede neue Anstrengung von Bazo und Ralph mit begeistertem Gebrüll und scherzhaften Ratschlägen.

Bazo wischte sich den Schweiß von Gesicht und Brust und blickte nachdenklich über die staubige Straße zur Stadt.

»Bald wird Bakela davon hören und kommen, um unsere Schande zu sehen«, sagte er.

Ralph hatte seinen Vater seit jener hitzigen Nacht nicht gesehen, aber er hatte Jordan in dem winzigen Büro neben dem von Mr. Rhodes besucht, in dem prächtigen neuen Gebäude der Central Diamond Company an der De Beers Street.

Vielleicht hatte sich Zouga Ballantyne noch nicht von dem

Schlag erholt, von seinen beiden Söhnen verlassen worden zu sein, aber Jordan hatte gesagt, daß er noch nicht nach Kapstadt aufgebrochen sei.

Der Gedanke, daß sein Vater Zeuge dieser demütigenden Szene sein könnte, ließ das Blut in Ralphs Gesicht steigen, und er ließ die lange Treckpeitsche knallen. Das zumindest war ein Trick, den er gelernt hatte, und er brüllte das Gespann an.

»Nkosana!« Jemand faßte Ralph am Ellenbogen. »Nkosi« bedeutete Häuptling, und »Nkosana« war das herablassende Diminutiv – gewöhnlich für einen kleinen weißen Jungen benutzt, für ein unerfahrenes Kind.

Ralph drehte sich um und funkelte den Sprecher an, der in demselben herablassenden Ton fortfuhr, zu erklären: »Der da vorn ist der Leitochse. Jeder Mann, der Ochsen kennt, kann das mit geschlossenen Augen erkennen.«

Er war ein kleiner schwarzer Gnom, reichte Ralph nicht ganz an die Schulter. Sein Gesicht war runzlig, wie das eines sehr alten Mannes, und seine Augen waren nur Schlitze in den fröhlich lächelnden Falten – doch seine Haube wolligen Haares und sein kleiner Ziegenbart waren von keiner einzigen grauen Strähne durchzogen, und seine Zähne waren ebenmäßig und weiß, die Zähne eines Mannes in der Blüte seiner Jahre.

Auf seinem Kopf trug er den polierten schwarzen Ring der Induna, und um seine Hüfte hing ein Kilt aus den Schwänzen wilder Katzen. Darüber trug er einen fadenscheinigen, militärisch wirkenden Waffenrock, von dem alle Würdenzeichen und Knöpfe entfernt worden waren und kleine Löcher hinterlassen hatten. An einem durchbohrten Ohrläppchen hing eine elfenbeinerne Schnupfdose, und am anderen ein Schnupflöffel aus demselben Material und ein Zahnstocher aus einem Stachelschweinstachel. Die Sprache, die er benutzte, war dem Matabele sehr verwandt, aber sie bewahrte die alte Betonung und die klassischen Wortstrukturen von Zululand.

Ralph fragte: »Zulu?« Die Frage war überflüssig, und der kleine Mann warf Bazo einen verächtlichen Blick zu.

»Echter Zulu, nicht aus dem verräterischen Haus von Kumalo, aus dem des Verräters Mzilikazi, der seinen König nicht anerkannte und dessen Blut nun so wäßrig durch Venda und Tswana und Mashona geworden ist, daß sie dir nicht sagen können, ob die Hörner eines Ochsen auf seinem Kopf oder an seinen Hoden wachsen.«

Bazo drehte sich blitzartig zu ihm um: »Höre ich da einen kleinen Pavian seine Prahlerei von der Kuppe des Kopje brüllen?«

Der Zulu grinste ihn freudlos an und nahm die Stockpeitsche aus Ralphs schwitzenden Händen. Dann ging er mit munterem Schritt zu dem verhedderten Gespann.

Er berührte den großen, schwarzen Ochsen am Genick. »Hau, Satan!« begrüßte er ihn und taufte ihn damit gleichzeitig.

Der große Ochse drehte ihm ein Auge zu, schien seine Sicherheit zu erkennen und beruhigte sich augenblicklich. Der kleine Zulu zog ihn vorwärts, und er sprach beruhigend auf ihn ein.

Er ging rasch zurück und zog den roten Ochsen an dem Zügel und seine Hörner aus dem Gewirr.

»Holländer –« so nannte er ihn ohne ersichtlichen Grund. »Komm, du roter Donner!«

Und er spannte ihn in das Führungsjoch neben Satan und rief die beiden ruhig an.

»Satan, zieh! Holländer, nimm die Kette auf.« Gehorsam streckte das Ochsenpaar die Vorderbeine und stemmte sich gegen das Joch – und ein Wunder geschah. Die lange, schwere, silberne Kette der Deichsel kam so gerade und starr wie eine Eisenstange in die Höhe, und die auf dem Boden liegenden Tiere waren gezwungen, sich auf ihre Beine zu stellen. Die, die zurückgewichen waren, wurden in das Gespann gezogen, und Hörner und Köpfe zeigten nach vorn.

Jetzt lief der kleine Zulu mit täuschend gleichgültigem Gehabe an der doppelten Ochsenreihe entlang, berührte die Tiere und sprach einschmeichelnd mit ihnen.

»He! Fransman, ich sehe an deinen weisen und schönen Augen, daß du fürs Rad geboren bist!« Und das kräftige, schwarzweiße Tier wurde zu seiner Position am abgewandten Rad zurückgeführt.

Es dauerte zehn Minuten, und dann ließ der kleine Zulu seine lange Peitsche durch die Luft schwingen. Sie zischte wie eine schwarze Mamba und schnellte dann über die Ohren des Gespanns, ohne auch nur ein einziges Haar zu berühren, als sie explodierte. Der schwere Wagen ruckte an, das weiße Segeltuchzelt, das den hinteren Teil des langen Kastens bedeckte, schüttelte sich wie das sich entfaltende Großsegel eines großen Schiffes, und dann rollte er ebenmäßig dahin.

Der Zulu kniff die Augen zusammen und rief Ralph die Frage zu: »*Yapi?* Wohin? Welchen Weg?«

»*Yakato!* Nach Norden!« schrie Ralph freudig zurück. Bazo ergriff wider Willen seinen Kriegsschild und den Assegai und wirbelte in einem wilden, herausfordernden Tanz herum, sprang und hüpfte vor einer Schar unsichtbarer Feinde, und brüllte der ganzen Welt Trotz und Herausforderung zu.

Die Straße zum Vaal-Fluß war die erste Etappe der Reise. Die Radspuren waren tief ausgewaschen. Der Staub legte sich wie Nebel in die windstille Luft, durch die man gerade bis zu den Hörnern der Leitochsen sehen konnte. Dieser Staub verwehrte Ralph den Abschiedsblick auf die quirlende Stadt und auf die hohen Gerüste über dem klaffenden Loch, das so viele Jahre lang sein Lebensinhalt und sein Gefängnis gewesen war. Als der Verkehr auf der Straße schließlich so dünn geworden war, daß die Staubwolke sich legte, hatten sie bereits fünf Meilen zurückgelegt.

Der kleine Zulu rief seinem Kind etwas zu, das die Leitochsen führte, und der Junge lenkte sie von der Straße. Die hohen Hinterräder sprangen aus den Radspuren und bahnten sich knirschend einen Weg durch hohes Wintergras.

Ralph dachte über die unerwartete Vergrößerung seiner Reisegesellschaft nach.

Das Kind war aus dem Vorhang roten Staubes gekommen, bis auf den kleinen Fetzen seiner *mutsha* an der Vorderseite nackt, und es balancierte eine gerollte Schlafmatte und einen Kochtopf auf seinem Kopf. Der Junge hatte seine wenige Habe auf die Wagenfläche abgesetzt und auf ein Wort und ein Nicken des Zulu hin den Leitzügel in die Hand genommen.

Ralph überlegte, daß er nicht älter als zehn sein konnte.

»Wie ist sein Name?« fragte er den Zulu.

»Ein Name?« Der kleine Mann zuckte mit den Schultern. »Der ist nicht wichtig. Nenn ihm Umfaan – der Junge.«

»Und wie ist dein Name?« fragte Ralph weiter, aber der kleine Treiber zeigte sich plötzlich sehr geschäftig. Ralph mußte die Frage noch einmal stellen, nach dem Ausspannen am Abend, als der Zulu neben dem Kochfeuer hockte und Umfaan zuschaute, der den Maisbrei in dem schwarzen Topf rührte.

»Wie ist dein Name?«

Der Zulu lächelte, als denke er an ein Geheimnis. Dann sagte er: »Ein Name kann gefährlich sein, er kann wie ein Geier über einem Mann schweben und ihn für den Tod kennzeichnen. Bevor die Soldaten zum königlichen Kral von Ulundi kamen, wurde ich nur mit einem Namen gerufen –«

Ralph fühlte sich unbehaglich bei der Erwähnung der Schlacht, die den Zulukrieg beendet hatte. Der zerfetzte Uniformrock, den der Zulu trug, war von demselben dunklen Blau wie die Polizeiuniform von Natal, und einer dieser Risse in dem fadenscheinigen Tuch mochte von einer Klinge herrühren. Lord Chelmsford hatte den Zulukönig und die meisten seiner Indunas in Ketten auf die Insel St. Helena geschickt, wo schon ein großer Herrscher in Gefangenschaft gestorben war. Einige seiner Kriegshäuptlinge waren aus Zululand entkommen, und jetzt wanderten heimatlose Männer dieses Stammes über den weiten Kontinent. Der Treiber trug den Kopfring der Induna.

»Es war ein Name, den die Menschen einst aussprachen, aber ich habe ihn so lange nicht gehört, daß ich ihn vergessen habe«, fuhr der Zulu fort.

Im Feuerschein musterte Ralph wieder den Uniformrock des Zulu, und er sagte sich, daß es unwahrscheinlich sei, daß er von der Leiche eines Engländers stammte, doch trotz der warmen Nacht erschauerte er kurz.

»Du hast also deinen Namen vergessen?« ermunterte er den kleinen Zulu, der seine Augen wieder zusammenkniff.

»Ich werde jetzt Isazi genannt, der Weise, aus Gründen, die selbst einem Matabele klar sein sollten.«

Auf der anderen Seite des Feuers schnaubte Bazo verächtlich, stand dann auf und trat aus dem Feuerschein in die Dunkelheit.

»Mein Name ist Henshaw«, erzählte Ralph. »Willst du bei mir bleiben und meinen Wagen den ganzen Weg treiben?«

»Warum nicht, Kleiner Falke?«

»Du hast nicht gefragt, wohin ich gehe.«

Isazi zuckte mit den Schultern. »Die Straße nach Norden ist nicht länger oder mühsamer als die Straße nach Süden.«

Der Schakal heulte, und Bazo blieb stehen, nahm den Assegai in seine rechte Hand und antwortete auf den Schrei.

»Bazo.« Die Begrüßung war ein Flüstern, leise wie der Nachtwind im bleichen Gras, und ein Schatten trat aus den Schatten des Mondes am Fuße des Kopje.

»Kamuza, mein Bruder.« Bazo ging zu ihm und umarmte ihn. »Ich habe einen Stein in meinem Bauch, schwer von Sorge über diese Trennung.«

Eines Tages werden wir wieder aus einem Biertopf trinken und zusammen kämpfen, und unsere Schultern werden sich berühren –«, antwortete Kamuza ruhig. »Doch jetzt stehen wir beide im Dienste des Königs.«

Kamuza löste die Riemen, die seinen Kilt hielten. Der Kilt fiel zu Boden, und Kamuza stand nackt da.

»Rasch«, sagte er. »Ich muß zurückkehren, bevor die Glocke die Polizeistunde einläutet.« Seit dem Diamond Trade Act durften Schwarze nicht mehr auf den Straßen von Kimberley sein, wenn die Polizeistundenglocke geläutet hatte.

»Hat die Polizei dich nicht beobachtet?« fragte Bazo, während er seinen eigenen Kilt ablegte und ihn mit dem Kamuzas tauschte.

»Sie sind überall, wie Zecken im frischen Frühlingsgras«, grunzte Kamuza. »Aber ich wurde nicht verfolgt.«

Bazo wog den Pelzkilt in der Hand.

»Zeig es mir«, forderte Bazo, und Kamuza nahm den Kilt wieder aus seinen Händen und breitete ihn auf einem der flachen Felsen aus, die vom Mondlicht übergossen wurden.

Er zog an dem verknoteten Riemen, der den Hüftgurt verstärkte, und als er sich löste, öffnete er den darin verborgenen Beutel aus braunem Leder, der mit Keramikperlen bestickt war. Der Beutel war so lang wie der breite Hüftriemen und war in mehrere Taschen unterteilt.

In jeder der Ledertaschen steckte ein großer Stein, der im Mondlicht glänzte.

»Zähl sie«, befahl Kamuza. »Nenn mir die Zahl und überreiche Lobengula, dem Großen Schwarzen Elefanten, dieselbe Zahl, wenn du vor ihm im Kral von GuBulawayo stehst.«

Bazo berührte jeden Diamanten mit seiner Fingerspitze, wobei sich seine Lippen stumm bewegten. »*Amashumi amatatu!*«

»Dreißig«, wiederholte Kamuza. »Das ist richtig.«

Und es waren alles große Steine, von denen der kleinste die Größe des ersten Gliedes des kleinen Fingers eines Mannes hatte.

Bazo band den Kilt um seine Hüfte, und die weichen Schwänze des fledermausohrigen Fuchses baumelten an seinen Knien.

Kamuza fuhr fort: »Sage Lobengula, dem Großen Elefanten, daß ich sein Hund bin und im Schmutz zu seinen Füßen krieche. Sag ihm, daß es mehr von den gelben Münzen und den hellen Steinen geben wird. Sag ihm, daß seine Söhne jeden Tag in der Grube arbeiten. Jeder Mann, der die Straße nach Norden nimmt, wird ihm Reichtümer bringen.« Kamuza legte seine rechte Hand auf Bazos Schulter.

»Geh in Frieden, Bazo, die Axt.«

»Bleibe in Frieden, mein Bruder, und mögen die Tage wie Regentropfen im Wüstensand verschwinden, bis wir uns wiedersehen.«

Isazi unterzog das Gespann der ersten richtigen Probe in der Furt des Vaal-Flusses.

Die grauen Wasser bewegten sich kaum, aber sie bedeckten die Naben der großen, eisenbeschlagenen Räder, und der Grund bestand aus vom Wasser geglätteten Felsen, die die Räder zu blockieren drohten und den Hufen der Tiere den Halt verweigerten.

Doch sie zogen den Wagen mit seiner Last hindurch, stemmten sich in die Joche, wobei ihre Nasen fast das Wasser berührten, und das Wagenzelt hüpfte und schaukelte hinter ihnen.

Bis die Hinterräder am steilen Ufer steckenblieben und der Wagen sich besorgniserregend neigte. Dann zeigte Isazi sein Können. Er ließ die Ochsen noch einmal auf das Ufer zurennen, und als er den Leitochsen anfeuerte und die Luft unter der zehn Meter langen Lederpeitsche erzittern ließ, trotteten sie steifbeinig an, zogen den Wagen frei und brachten die Ladung im Galopp aus dem Flußbett. Isazi brüstete sich stolz, und sogar Umfaan lächelte.

Ralph befahl ein frühes Ausspannen unter den großen Bäumen am anderen Ufer, da es saftiges Gras und unbegrenzt Wasser gab. Das nächste Stück Weges bis zur Missionsstation seines Großvaters-Moffat betrug hundertundzwanzig Meilen.

»Siehe, Kleiner Falke«, Isazi war noch immer begeistert von der Leistung des Gespannes. »– Sieh, wie klug sie sind. Sie suchen sich ein gutes Graskissen und fressen es auf; sie wandern nicht von Grasbüschel zu Grasbüschel und vergeuden Zeit und Kraft, wie es dumme Tiere tun würden. Bald werden sie sich hinlegen und wiederkäuen, und am Morgen werden sie stark und ausgeruht sein. Jeder von ihnen ist ein Prinz unter den Rindern!«

»Ab Morgen beginnen wir mit Nachtmärschen«, befahl Ralph, und Isazis Lächeln schwand.

»Ich hatte diese Entscheidung bereits getroffen«, sagte er ernst, »aber wo hast du je von Nachtmärschen gehört, Kleiner Falke? Es ist ein Trick der Weisen.«

»Dann zähle mich zu ihnen, Isazi«, sagte Ralph düster und ging aus dem Lager, um einen Platz am Flußufer zu finden, von dem aus er den Sonnenuntergang genießen konnte.

Es war der erste Tag seines Lebens, an dem Ralph frei und völlig auf sich gestellt war. Am Rad seines eigenen Wagens laufend, hatte er Träume gesponnen. Er hatte sich vorgestellt, daß seine Wagen – fünfzig oder hundert – seine Lasten über den Kontinent transportierten. Er hatte sie wieder nach Süden kommen sehen, beladen mit Elfenbein und Barren von gelbem Gold. In Gedanken hatte er das weite Land gesehen, die Elefantenherden, die Massen der Rinder der Eingeborenen, die Reichtümer, die im Norden lagen und ihm winkten. Er hatte sich so erhaben gefühlt, daß er jetzt ebenso tief stürzte, als seine Stimmung sank. Er blickte auf die verlassenen Minen an den Ufern auf der anderen Flußseite. Da plötzlich fühlte er sich sehr klein und einsam und ängstlich. Seine Gedanken kehrten zu seinem Vater zurück, und seine Stimmung wurde noch düsterer, als er sich der letzten Worte erinnerte, die er gesprochen hatte.

»Dann geh! Geh und sei verflucht!«

So hatte er es nicht haben wollen. Zouga Ballantyne war bis zu diesem Tage die wichtigste Person seines Lebens gewesen. Ein Koloß, der jede seiner Handlungen überschattete, jeden seiner Gedanken.

So sehr er unter den Fesseln gelitten hatte, welche die Pflicht seinem Vater gegenüber ihm auferlegt hatte, so sehr er jede Entscheidung übelgenommen hatte, die für ihn getroffen worden war, fühlte er sich doch einsam. Bis zu diesem Augenblick hatte er nicht geglaubt, seinen Vater wirklich zu verlieren. Er hatte die Erinnerung an ihren zornigen Abschied verdrängt. Aber jetzt plötzlich war dieser schmutzige Fluß die Barriere zwischen ihm und dem Leben, das er gekannt hatte. Es gab kein Zurück – weder jetzt noch irgendwann sonst. Er hatte seinen Vater verloren und seinen Bruder und Jan Cheroot, und er war allein. Er spürte die brennenden Tränen an seinen Augenlidern.

Sein Blick verschwamm. Sein Sehvermögen täuschte ihn, denn er glaubte, jenseits des breiten Flusses die Gestalt eines Reiters zu sehen.

Der Reiter saß bequem im Sattel, eine Hand in die Hüfte gestützt, den Ellenbogen angewinkelt; und die Haltung seines Kopfes auf den breiten Schultern war unverwechselbar.

Langsam erhob sich Ralph, starrte ungläubig auf den Mann, und dann plötzlich lief er und schlitterte über das Flußufer hinab und stürmte durch die grauen Wasser der Furt. Zouga schwang sich von Toms Rücken und rannte Ralph entgegen, als der das Ufer emporlief.

Dann blieben sie beide stehen und starrten sich an. Sie hatten sich seit der Nacht von Alettas Begräbnis nicht umarmt, und sie konnten sich auch jetzt nicht dazu überwinden, obwohl das

Verlangen danach deutlich in ihrer beider Augen geschrieben stand.

»Ich konnte dich nicht gehen lassen, nicht so«, sagte Zouga. Ralph fand keine Erwiderung, da seine Kehle zugeschnürt war.

»Es ist an der Zeit für dich, deinen eigenen Weg zu gehen.« Zouga nickte. »Du bist wie ein junger Adler, der für sein Nest zu groß geworden ist. Ich habe das schon lange erkannt, aber ich wollte nicht, daß du mich verläßt. Darum habe ich so harte Worte gebraucht.«

Zouga ergriff Toms Zügel, und das Pferd knuffte ihn liebevoll. Zouga streichelte seine samtene Schnauze.

»Ich habe zwei Abschiedsgeschenke für dich.« Er legte die Zügel in Ralphs Hand. »Das ist eines«, sagte er gleichmütig, aber die grünen Schatten in seinen Augen verrieten, wie schwer ihm diese Tat fiel. »Das andere ist in Toms Satteltasche. Es ist ein Notizbuch. Lies es in deiner freien Zeit. Es wird dich interessieren.«

Ralph konnte noch immer nicht sprechen. Er hielt die Zügel und unterdrückte das Stechen unter seinen Augenlidern.

»Dann ist da noch ein anderes Geschenk, aber es hat keinen wirklichen Wert. Es ist nur mein Segen.«

»Das ist alles, was ich wirklich wollte«, flüsterte Ralph.

Es waren sechshundert Meilen bis zum Shashi-Fluß, der Grenze von Matabeleland.

Isazi spannte bei Beginn der Dämmerung jeden Abend ein. Wenn der Mond unterging und es völlig dunkel war, warf Umfaan den Leitzügel über Satans Kopf, und der große schwarze Ochse senkte seine Nase und lief wie ein Jagdhund auf der Fährte, bis der erste Schimmer der Morgendämmerung das Ausspannen signalisierte.

In einer guten Trecknacht schafften sie fünfzehn Meilen – doch wenn das Vorankommen durch weißen Sand erschwert wurde, schafften sie nur fünf Meilen.

Tagsüber, während die Rinder weideten oder im Schatten wiederkäuten, sattelte Ralph Tom und ging mit Bazo auf die Jagd.

Sie fanden Büffelherden am Zouga-Fluß, jenem Fluß, an dessen Ufern Ralphs Vater geboren worden war. Sie hetzten sie, und Tom liebte diese wilden, fliegenden Jagden ebensosehr wie sein Reiter.

Sie gelangten, fünfzig Tage nachdem sie Kimberley verlassen hatten, an den Shashi-Fluß, und als sie ihn überquert hatten, war Bazo wieder auf seiner Heimaterde. Er legte seinen Kriegsschmuck an und trug seinen Schild auf seinen Schultern. Er führte Ralph mit Elan und Freude auf einen Hügel, von dem aus der Weg vor ihnen zu überblicken war.

»Sieh, wie die Hügel leuchten«, flüsterte Bazo mit fast ehrfürchtiger Inbrunst. Und es war wahr. Im frühen Sonnenlicht leuchteten die Granitspitzen wie kostbare Juwelen. Die Hügel streckten sich rollend dahin, erhoben sich allmählich zu dem hohen Zentralplateau über ihnen, und die Täler waren mit jungfräulichem Wald geschmückt.

»Solche Bäume hast du auf den Ebenen um Kimberley nie gesehen«, sagte Bazo herausfordernd, und Ralph nickte. Sie standen neben hohen Stämmen, einige geschuppt wie Krokodile, andere weiß und glatt wie aus Töpferlehm geformt. Sie waren von dichtem, grünem Flechtwerk gekrönt.

»Ist es nicht wunderschön, Henshaw?« fragte Bazo.

»Es ist wunderschön.«

Eine seltsame Ehrfurcht schwang in Ralphs Stimme mit. Er spürte ein eigenartiges Sehnen in seiner Brust, ein Verlangen, von dem er wußte, daß es nie gestillt werden würde – und plötzlich verstand er, warum sein Vater von diesem herrlichen Land so besessen war. »Mein Norden«, hatte Zouga es genannt.

»Mein Norden«, flüsterte Ralph, und dann, als er an seinen Vater dachte, folgte die nächste Frage sofort.

»Elefanten? Es gibt keine Elefanten, Bazo. Wo sind die Herden?«

»Frage Bakela – deinen Vater«, knurrte Bazo. »Er war der erste, der sie mit dem Gewehr jagte, aber andere folgten ihm, viele andere. Als Gandang, mein Vater, Sohn von Mzilikazi dem Zerstörer, Halbbruder des Großen Schwarzen Elefanten Lobengula, als er den Shashi als Kind auf den Hüften seiner Mutter überquerte, waren die Elefantenherden schwarz wie die Nacht, und ihre Zähne leuchteten wie Sterne. Jetzt finden wir ihre bleichen Knochen.«

In den letzten Stunden des Tageslichts, als Bazo, Isazi und Umfaan noch schliefen, um sich für den langen Treck der Nacht zu stärken, nahm Ralph das ledergebundene Notizbuch aus Toms Satteltasche. Inzwischen waren die Seiten eselsohrig und schmutzig durch den ständigen Gebrauch. Auf dem Umschlagdeckel stand:

Für meinen Sohn Ralph.
Mögen diese wenigen Notizen deine Füße
nordwärts leiten, und mögen sie dich anregen
zu wagen, was ich nicht gewagt habe.

Zouga Ballantyne

Die ersten zwanzig Seiten zeigten handgezeichnete Landkartenskizzen.

Auf Seite 21 des Notizbuches stand eine kurze Erklärung in Zougas deutlicher, spitzer Handschrift:

Im Winter 1860 schoß ich auf dem Weg von Tete am Sambesi-Fluß 216 Elefanten. In Ermangelung von Trägern oder Wagen war ich gezwungen, das Elfenbein an der Strecke zu verstecken.

Während meiner späteren Expeditionen zum Sambesi konnte ich den Großteil dieses Schatzes bergen.

Es bleiben noch fünfzehn Verstecke, die vierundachtzig Stoßzähne enthalten, an die ich aus verschiedenen Gründen nicht gelangen konnte.

Hier folgte eine Liste dieser Verstecke mit Richtungsangaben und Anweisungen, wie man zu ihnen gelangt. Die Liste begann auf Seite 22:

Versteck angelegt am 16. September 1860.

Position nach Sonnenstand 30° 55' Ost 17° 45' Süd

Ein Granitkopje, den ich Mount Hampden genannt habe. Der größte in vielen Meilen Umkreis. Auffälliger Gipfel mit drei Türmchen. Am Nordhang zwischen zwei großen Ficus-Bäumen ist eine Felsspalte. 18 große Stoßzähne im Gesamtgewicht von 426 Pfund in diesen Spalt gelegt und mit kleinen Felsen zugedeckt.

Der derzeitige Preis für Elfenbein betrug zweiundzwanzig Shilling und Sixpence das Pfund, und Ralph hatte das Gesamtgewicht des Elfenbeins zusammengerechnet, das noch da draußen im Feld lag. Es waren weit mehr als dreitausend Pfund: ein großes Vermögen, das nur darauf wartete, eingesammelt und auf seinen Wagen geladen zu werden.

Aber das war noch nicht alles. Ein Eintrag im Notizbuch lautete:

In meinem Buch Odyssee eines Jägers *habe ich meine Entdekkung der verlassenen Stadt geschildert, die die Stämme »SIMBABWE« nennen, einen Namen, der mit »Grabstätte der Könige« übersetzt werden kann.*

Ich habe beschrieben, wie ich Goldreste in den Innenhöfen der mit Mauern befestigten Ruinen gesammelt habe, insgesamt etwas über fünfzig Pfund des Metalls. Ich habe eine der alten vogelähnlichen Statuen mitgenommen. Ein Souvenir, das mich seit jener Zeit bis vor kurzem begleitet hat.

Es ist möglich, daß es dort kostbares Metall gibt, das ich übersehen habe, und gewiß sind in den ummauerten Anlagen sechs weitere Vögel, die ich nicht fortbringen konnte.

In Odyssee eines Jägers *habe ich bewußt die genaue Lage der alten Ruine nicht angegeben. Soweit ich weiß, ist sie von keinem anderen weißen Mann je betreten worden. Ein abergläubisches Tabu verbietet jedem Afrikaner, in dieses Gebiet einzudringen.*

Deshalb besteht also durchaus Grund zu der Annahme, daß die Statuen noch immer dort liegen, wo ich sie zuletzt gesehen habe.

Unter Berücksichtigung des Umstandes, daß mein Chronometer viele Monate lang nicht überprüft worden war, als diese Beobachtungen gemacht wurden, nenne ich Dir jetzt die Position der Stadt, wie ich sie zu dieser Zeit berechnet habe.

Die Ruinen liegen auf demselben Längengrad wie der Kopje, den ich Mount Hampden getauft habe, auf 30° 55' Ost – aber 175 Meilen weiter südlich bei 20° 0' Süd.

Darauf folgte eine detaillierte Beschreibung der Route, die Zouga genommen hatte, um Simbabwe zu erreichen, und dann endeten die Notizen mit der Feststellung:

Mr. Rhodes bot die Summe von tausend Pfund für die Statue, die ich mitbrachte.

Am folgenden Mittag nahm Ralph den Messingsextanten aus seinem Holzbehälter. Er hatte ihn für zehn Shilling auf einer der samstäglichen Auktionen auf dem Marktplatz von Kimberley ersteigert. Nach einer halben Stunde Arbeit hatte er eine annähernde Position festgelegt, die er mit der vergleichen konnte, die sein Vater in den Notizen angegeben hatte.

»Weniger als hundertundfünfzig Meilen«, murmelte er zu sich, noch immer über der Karte seines Vaters hockend, doch das Gesicht ostwärts gewandt.

»Sechstausend Pfund, die einfach da herumliegen«, sagte Ralph leise und schüttelte den Kopf. Es war eine schwer vorstellbare Summe.

Er packte den Sextanten ein, rollte die Landkarte zusammen und ging, um sich für den Rest des Nachmittags zu dem schlummernden Trio unter dem Wagen zu gesellen.

Ralph erwachte durch einen lauten Schrei, der in den Granitklippen über dem Lager zu verhallen schien.

»Wer wagt es, die Straße des Königs zu nehmen? Wer fordert den Zorn Lobengulas heraus?«

Ralph kroch unter dem Wagen hervor. Es war schon spät, und die Kälte des Abends ließ seine nackte Brust erschauern. Er blickte um sich. Aber sein Instinkt sagte ihm, daß er sein geladenes Gewehr, das an das Hinterrad des Wagens gelehnt stand, nicht berühren durfte. Die Schatten unter den Bäumen lebten, Schwärze bewegte sich in Schwärze, dunkel, Reihe um Reihe.

»Bleib stehen, weißer Mann«, befahl die Stimme. »Sag, was du willst – oder die weißen Speere Lobengulas werden sich rot färben.«

Der Sprecher trat vor. Hinter ihm hatte sich ein Ring sich überlappender, schwarz und weiß gescheckter Kriegsschilde, der das ganze Lager umgab, gebildet.

In diesem tödlichen Kreis standen viele hundert Krieger, die ihre Stoßspeere bereithielten.

Über jedem Schild zitterten und schwankten die weißen Federn des Kopfputzes in der leichten Abendbrise – die einzige Bewegung in dieser schweigenden Menge.

Der Mann, der die Reihen durchbrochen hatte, war eine der beeindruckendsten Gestalten, die Ralph je gesehen hatte. Die hohe Krone der Straußenfedern ließ ihn riesig erscheinen. Seine breite Brust schmückten Büschel weißer Ochsenschwänze. Jeder einzelne Schwanz war eine Belohnung seines Königs für eine Heldentat gewesen. Auch seine Knie waren mit Ochsenschwänzen geschmückt.

»Ich komme in Frieden«, rief Ralph, der die Beklommenheit seiner eigenen Stimme hörte.

»Frieden ist ein Wort, das so leicht auf der Zunge sitzt wie ein Sonnenvogel auf der offenen Blüte, und ebenso leicht davonfliegt.«

Es gab eine Bewegung neben Ralph, und Bazo tauchte auf.

»Baba!« sagte Bazo ehrerbietig und klatschte seine Hände leise in Gesichtshöhe zusammen. »Ich sehe dich, Baba! Die Sonne ist dunkel in all diesen Jahren gewesen, doch jetzt scheint sie wieder, mein Vater!«

Der große Krieger zuckte zusammen, trat einen raschen Schritt vor, und für einen Augenblick erblühte ein wundervolles Lächeln auf dem gemeißelten Ebenholz seines Gesichtes; dann faßte er sich wieder und richtete sich zu ganzer Größe auf. Sein Gesichtsausdruck war ernst – doch die Federn seines Kopfschmucks zitterten, und in seinen glänzenden Augen war ein Licht, das er nicht zu verbergen vermochte. Noch immer in die Hände klatschend, ging Bazo in die Knie.

»Gandang, Sohn des Mzilikazi – dein ältester Sohn – Bazo, die Axt, bringt dir die Grüße und die Ehrerbietung seines Herzens.«

Gandang blickte auf seinen Sohn herab, und in diesem Augenblick existierte nichts anderes für ihn auf der Welt.

»Baba, ich erbitte deinen Segen.«

Gandang legte seine offene Hand auf das kurz geschnittene wollige Haar.

»Du hast meinen Segen«, sagte er ruhig, aber die Hand zitterte, und die Geste des Segens wurde zu einem Streicheln. Dann zog Gandang langsam und widerwillig seine Hand zurück.

»Erhebe dich, mein Sohn.«

Bazo war so groß wie sein Vater, und für einen kurzen Augenblick schauten sie sich in die Augen. Dann wandte sich Gandang um und schwenkte seinen Kriegsschild. Im selben Augenblick drehte der ruhige und schweigende Ring der Krieger die Schilde auf die Schmalseite. Die Männer lösten sich mit geradezu wunderbarer Geschwindigkeit in kleine Gruppen auf und verschwanden im Wald.

Innerhalb weniger Sekunden schien es, als seien sie nie dagewesen. Nur Gandang und sein Sohn blieben am Lagerrand stehen, und dann wandten auch sie sich um und huschten wie zwei Schatten davon.

Isazi kam unter dem Wagen hervor, nackt bis auf die Scheide des ausgehöhlten Kürbisses, die seinen Penis bedeckte, und er spuckte nachdenklich ins Feuer.

»Chaka war zu weich«, sagte er. »Er hätte dem Verräter Mzilikazi folgen und ihm gute Manieren beibringen sollen. Die Matabele sind emporgekommene Bastarde, die keine Bildung und noch weniger Achtung haben.«

»Hätte ein Zulu-Induna sich so verhalten?« fragte Ralph, während er nach seinem Hemd griff.

»Nein«, gab Isazi zu. »Er hätte uns sicherlich alle durchbohrt. Aber das hätte er mit größerer Achtung und ausgezeichneten Manieren getan.«

»Was tun wir jetzt?« fragte Ralph.

»Wir warten«, sagte Isazi. »Während dieser prahlerische Geck, der den Induna-Kopfring nicht auf seiner Stirn, sondern wie das Band eines Hundes um seinen Hals tragen sollte, entscheidet, was aus uns wird.« Isazi spuckte wieder ins Feuer, dieses Mal voller Verachtung. »Wir müssen vielleicht lange warten – ein Matabele denkt mit derselben Geschwindigkeit, wie ein Chamäleon rennt.« Und er kroch unter den Wagen zurück und streifte die Decke über seinen Kopf.

Im Morgengrauen tauchte Bazo wieder auf, so schweigend, wie er verschwunden war.

»Mein Vater, Gandang, Induna des Inyati-Regiments, fordert dich zur Indaba auf, Henshaw.«

Ralph war sofort beleidigt. Er konnte fast die Stimme seines Vaters hören. »Denke immer daran, daß du ein Engländer bist, mein Junge, und daß du als solcher ein direkter Repräsentant deiner Königin in diesem Land bist.«

Ralph wollte antworten: »Wenn er mich sprechen will, dann soll er zu mir kommen.« Aber er unterdrückte diese Worte.

Gandang war ein Induna, was einem General entsprach. Er war der Sohn eines Herrschers und Halbbruder eines Königs, und dies war der Boden von Matabeleland.

»Sag deinem Vater, daß ich sofort kommen werde.« Und er ging, um ein frisches Hemd und ein anderes Paar Stiefel anzuziehen, die zu putzen er Umfaan gelehrt hatte.

»Du bist Henshaw, der Sohn von Bakela.« Gandang saß auf einem niedrigen Stuhl, der kunstvoll aus einem einzigen Stück Elfenbein geschnitzt war. Ralph war kein Sitz angeboten worden, und er hockte sich auf seine Fersen. »Bakela ist ein Mann.« Ein zustimmendes Murmeln wurde laut.

»Tshedi ist dein Urgroßvater und hat dir im Namen des Königs die Straße nach GuBulawayo gegeben. Tshedi hat das Recht, dies zu tun – denn er ist Lobengulas Freund, und davor war er Mzilikazis Freund.«

Ralph antwortete nichts. Er erkannte, daß diese Feststellungen über seinen Urgroßvater, den alten Dr. Moffat, dessen Matabele-Name Tshedi war, mehr den wartenden Kriegern galten als ihm.

»Aus welchem Grunde hast du die Straße zum Kral des Königs genommen?«

»Ich bin gekommen, um dieses schöne Land zu sehen, von dem mein Vater mir erzählt hat.«

»Ist das alles?« fragte Gandang.

»Nein, ich kam auch, um zu handeln – und wenn der König so freundlich ist, mir die Erlaubnis zu geben, dann würde ich gern Elefanten jagen.«

Gandang lächelte nicht, aber in seinen dunklen Augen war ein Funkeln. »Es steht mir nicht an, zu fragen, was du dir mehr wünschst, Henshaw. Den Blick von einem Hügel – oder eine Wagenladung Elfenbein.«

Ralph unterdrückte ein Lächeln und blieb stumm.

»Sage mir, Sohn des Bakela, welche Waren hast du zum Handeln mitgebracht?«

»Ich habe zwanzig Ballen feinsten Tuchs und Perlen.«

Gandang machte eine uninteressierte Geste. »Frauentand«, sagte er.

»Ich habe fünfzig Kisten mit Alkohol – von der Sorte, die König Lobengula und seine königliche Schwester Ningi bevorzugen.«

Dieses Mal verdünnte und verhärtete sich die Linie von Gandangs Mund. »Wenn ich das zu entscheiden hätte, dann würde ich den Inhalt dieser fünfzig Kisten in deine eigene Kehle einflößen.« Seine Stimme war fast ein Flüstern, doch dann sprach er wieder mit normaler Stimme. »Doch Lobengula, der Große Elefant, wird deine Fracht begrüßen.« Und dann schwieg er erwartungsvoll. Ralph wußte, daß Bazo seinem Vater alles erzählt haben mußte.

»Ich habe Gewehre«, sagte er einfach, und plötzlich war Gandang interessiert.

»Stich die Mamba mit ihrem eigenen Gift«, flüsterte er, und neben ihm zuckte Bazo zusammen. Es war die Prophezeiung der Umlimo, die sein Vater wiederholt hatte, und er wunderte sich, daß Gandang sie in Gegenwart eines Mannes ausgestoßen hatte, der kein Matabele war.

»Ich verstehe nicht«, sagte Ralph.

»Unwichtig.« Gandang wischte die Bemerkung mit einer graziösen Bewegung seiner Hand beiseite. »Sage mir, Henshaw. Sind diese Gewehre von jener Art, daß sie eine runde Kugel durch den Mund schlucken, und das Leben des Mannes, der sie abfeuert, in größere Gefahr bringt als den Mann, der davor steht?«

Ralph lächelte bei der Beschreibung der Musketen, mit denen früher gehandelt wurde.

»Diese Gewehre sind die besten«, erwiderte er schlicht.

»Mit verschlungenen Schlangen im Lauf?« fragte Gandang, und Ralph brauchte einen Moment, um die Anspielung auf die Züge im Lauf zu verstehen.

Er nickte. »Und der Lauf öffnet sich, um die Kugel zu nehmen.«

»Bring mir eines dieser Gewehre«, befahl Gandang.

»Der Preis für eines ist ein großer Elfenbeinzahn«, sagte Ralph, und Gandang starrte ihn einen Augenblick gleichgültig an. Dann lächelte er zum ersten Mal – doch das Lächeln war so scharf wie die Kante seines Stoßspeeres.

»Nun«, sagte er, »ich glaube wirklich, daß du nach Matabeleland gekommen bist, um zu sehen, wie hoch die Bäume sind.«

»Ich verlasse dich jetzt, Henshaw«, sagte Bazo, ohne seinen Blick von dem dicken, gelben Stoßzahn zu nehmen, den er von seinem Vater als Bezahlung für das Gewehr gebracht hatte.

»Wir wußten, daß es nicht für ewig war«, erwiderte Ralph.

»Das Band zwischen uns ist für ewig«, antwortete Bazo, »aber ich muß jetzt gehen, um mich meinem Regiment anzuschließen. Mein Vater wird zehn seiner Männer als Begleitung zurücklassen, die dich nach GuBulawayo bringen – wo König Lobengula dich erwartet.«

»Ist Lobengula nicht in Thabas Indunas, den Hügeln der Häuptlinge?« fragte Ralph.

»Es ist derselbe Kral, der in den Tagen von Mzilikazi Thabas Indunas war, aber jetzt hat Lobengula ihm den Namen GuBulawayo gegeben, Platz des Tötens.«

»Ich verstehe«, nickte Ralph und wartete, denn es war klar, daß Bazo noch mehr zu sagen hatte.

»Henshaw, diese zehn Krieger, die dich zum Kral des Königs begleiten, sind nicht nur zu deinem Schutz da. Schaue nicht zu aufmerksam auf die Steine und Felsen an der Straße, und grabe kein Loch, vergrabe nicht einmal deine eigenen Exkremente. Lobengula würde davon erfahren und glauben, daß du nach den glänzenden Steinen und gelbem Metall suchst. Das bedeutet Tod.«

»Ich verstehe.«

»Henshaw, während du in Matabeleland bist, laß von deiner Angewohnheit, nachts zu reisen. Nur Magier und Zauberer wandern in der Finsternis. Der König wird davon hören – und das bedeutet Tod.«

»Ja.«

»Jage das Flußpferd nicht. Es ist das Wild des Königs. Eines zu töten bedeutet Tod.«

»Ich verstehe.«

»In Anwesenheit des Königs sorge dafür, daß dein Kopf immer unter dem des Großen Elefanten ist, selbst wenn du auf deinem Bauch kriechen mußt. Und ich will dir auch sagen, daß die Mädchen von Matabeleland die schönsten auf der ganzen Welt sind. Sie entzünden ein brennendes Feuer in den Lenden eines Mannes, aber eines ohne das Wort des Königs zu nehmen, bedeutet Tod für beide, Mann und Mädchen.«

Eine Stunde lang hockten sie einander gegenüber, nahmen zuweilen eine kleine Prise oder reichten einen von Ralphs billigen schwarzen Stumpen hin und her, doch immer redete Bazo, und Ralph hörte zu.

Bazo sprach ruhig, eindringlich und wiederholte.

»Es ist Zeit«, sagte er schließlich und erhob sich. »Gehe in Frieden, Henshaw.« Und er ging aus Ralphs Lager hinaus, ohne zurückzublicken.

Als Ralphs Wagen mit seiner Eskorte von Kriegern aus dem flachen Feld herausrollte, schwand die Hitze. Die Luft war so süß und rein, daß Ralph sich fühlte, als ob das Blut in seinen Adern sprudelte und wallte.

Isazi empfand die gleiche gehobene Stimmung. Er komponierte neue Verse, die er seinen Ochsen vorsang, pries ihre Kraft und Schönheit und fügte gelegentlich eine Anspielung auf einen »gefiederten Pavian« ein oder ein anderes unwirkliches oder unliebenswürdiges Wesen, wobei er seine Augen bedeutungsvoll in Richtung auf die Leibwache der Matabele-Krieger verdrehte, die dem Wagen vorangingen.

Die Wälder lichteten sich, als sie höher gelangten. Dies war Rinderland, das Herzland der Matabele, und sie begegneten großen Herden. Riesige Versammlungen vielfarbiger Tiere. Kleiner als die großen Kap-Bullen, aber stämmig und wendig wie Wild.

Isazi betrachtete sie begierig und lief zu Ralph, der am Vorderrad des Wagens war und sagte: »So waren die Herden in Zululand, bevor die Soldaten kamen.«

»Es müssen Hunderttausende sein, und sie müssen pro Kopf zwanzig Pfund wert sein.«

»Wirst du es denn nie lernen, Kleiner Falke.« Isazi verfiel noch immer in die Verkleinerungsform, wenn ihn eine von Ralphs Dummheiten verärgerte. »Ein Mann kann den Wert einer guten Zuchtkuh oder einer schönen Frau nicht mit kleinen runden Münzen gleichsetzen.«

»Aber als Zulu zahlst du doch für eine Frau.«

»Ja, Kleiner Falke.« Isazi war Ralphs dummer Argumente überdrüssig. »Ein Zulu zahlt für eine Frau; aber er bezahlt mit Rindern, nicht mit Münzen, was ich dir ja die ganze Zeit zu sagen versuche.« Und er beendete die Diskussion mit einem donnernden Schlag seiner langen Treckpeitsche.

Kleine Krals durchsetzten die weiten Savannen, jeder um seine eigenen Viehumfriedungen gebaut und gegen Räuber befestigt. Als sie an den Ansiedlungen der strohgedeckten, bienenkorbähnlichen Hütten vorbeizogen, rannten die kleinen nackten Hirtenjungen los, um die Krale zu alarmieren, und dann kamen die Frauen heraus, barfüßig und barbusig. Sie balancierten die Tontöpfe und die hohlen Kürbisse auf ihren Köpfen, was ihren Bewegungen eine majestätische Würde verlieh.

Dann rastete Ralphs Leibwache, um sich an Torten und blubberndem Hirsebier zu erfrischen oder an der köstlichen gesäuerten Milch. Die jungen Frauen musterten Ralph mit mutigen und neugierigen Blicken. Da ihnen nicht bewußt war, daß er ihre Sprache sprach, sannen sie über ihn in so intimen Begriffen nach, daß seine Ohren sich hellrot färbten, und er ihnen zurief: »Es ist leicht, den Namen des Löwen auszusprechen und seine Größe und seine Stärke in Frage zu stellen, wenn er im hohen Gras versteckt ist, aber seid ihr auch so mutig, wenn er sich voller Zorn erhebt?«

Das Schweigen, verblüfft und ungläubig, währte nur eine Sekunde, dann bedeckten sie ihre Münder und schrien vor entzücktem Gelächter auf, bevor die Mutigsten herankamen, um ihm kokett einen Streifen Band oder eine Handvoll hübscher Perlen abzuschwatzen.

Als sie näher an die Festung Lobengulas gelangten, kamen sie an dem großen Kral der Regimenter vorbei. Hier gab es keinen Grußwechsel und keine Scherze. Die Krieger kamen wie Bienen aus einem gestörten Korb aus den Kralen geschwärmt, säumten beide Seiten der Wagenspur, ließen sich in tödlicher Stille nieder und beobachteten in völligem Schweigen, wie Ralphs Wagen vorbeizog. In ihren Augen war eine Leere, der unergründliche Blick, mit dem ein Löwe seine Beute beobachtet, bevor er sich auf sie stürzt.

Ralph passierte die dichten Reihen mit gemessenem Schritt und saß sehr aufrecht auf Toms Rücken, ohne einen Blick nach links oder rechts auf die schweigend drohenden Reihen zu richten; doch als sie wieder auf dem offenen Grasland waren, war sein Hemd unter den Armen und zwischen den Schulterblättern feucht. Sein Atem ging kurz, und in seiner Bauchgrube fühlte er ein Frösteln.

Der Khami war einer der letzten breiten Flüsse, die zu überqueren waren, bevor sie den Kral des Königs in GuBulawayo erreichten.

Sobald Ralph die dichter und grüner wachsenden Mimosenbäume sah, die den Flußlauf markierten, legte er Tom wieder den Sattel auf den Rücken und trabte voraus, um die Strömung zu erkunden.

Öffnungen waren in die steilen Flußufer gegraben worden, so daß ein Wagen zum Wasserlauf hinabfahren konnte, und die Sandbank zwischen zwei ruhigen grünen Teichen war mit sorgfältig ausgewählten Ästen zu einem Knüppeldamm befestigt worden. Die Äste lagen dicht an dicht auf dem weicheren Untergrund, um zu verhindern, daß die schmalen, eisenbeschlagenen Räder einsanken.

Wer immer vor Ralph auf diesem Weg gereist war, hatte ihm

viele Probleme erspart. Ralph pflockte Tom auf einem Flecken guten Grases an und ging zum Flußbett hinunter, um den Damm zu erkunden. Es war offensichtlich viele Monate her, seit der letzte Wagen hier gefahren war, und Ralph ging vorsichtig über den Knüppeldamm, reparierte die Schäden, die die Zeit gerissen hatte, trat die trockenen Äste nieder und füllte die Löcher, die Wasser und Wind hinterlassen hatten.

Es war brennendheiß in dem Flußbett, und der weiße Sand warf die Sonnenstrahlen so auf ihn zurück, daß er heftig schwitzte, als er das andere Ufer erreichte. Er setzte sich in den Schatten eines der Bäume und wischte sein Gesicht und die Arme mit seinem Halstuch ab, das er in den Wassern des Flußteiches befeuchtet hatte.

Plötzlich merkte er, daß er beobachtet wurde, und er sprang rasch auf die Beine. Da stand jemand auf dem Ufer über ihm, oben am Wege.

Mit ungläubigem Schreck erkannte er, daß es ein Mädchen war – ein weißes Mädchen, und es war ganz weiß gekleidet. Es trug ein weites Baumwollhemd, das ihm bis zu den Knöcheln über ihren nackten Füßen reichte. An der Hüfte war es mit einem blauen Band geschnürt, und sie war so zierlich, daß Ralph meinte, sie mit einer Hand hochheben zu können.

Ralph konnte deutlich die Kontur der Beine unter dem Kleid sehen. Ihre Beine waren lang und so schön geformt, daß er nur mit großer Willensanstrengung seinen Blick davon lösen konnte. Während sein Herz noch immer hämmerte, schaute er auf ihr Gesicht.

Es war so blaß wie Porzellan und schien fast durchsichtig, so daß er meinte, die zerbrechlichen Knochen unter der Haut sehen zu können.

Ihr Haar schimmerte silbrig blond und floß wie ein feiner Wasserfall über ihre Schultern.

Sie hatte einen Blumenkranz auf dem Kopf und hatte sich eine Girlande über die Schultern gelegt. Die Blumen waren Rosen. Das Mädchen und die Blumen schienen nicht in diese Wildnis zu gehören, sondern in einen gepflegten englischen Garten.

Sie kam den Hang herunter. Ihre Augen waren ein großes und

leuchtendes Blau in ihrem blassen Gesicht, und sie lächelte. Es war das süßeste Lächeln, das Ralph je gesehen hatte.

Während Ralph noch so dastand, befangen und linkisch, hob das Mädchen seine schlanken, glatten Arme und stellte sich auf die Zehenspitzen, um ihn auf den Mund zu küssen. Ihre Lippen waren kühl und weich, so zart wie die Rosenblätter auf ihrer Stirn.

»Oh, Ralph, wir freuen uns so sehr, dich zu sehen. Niemand hat von etwas anderem gesprochen, seit wir hörten, daß du auf der Straße bist.«

»Wer – wer bist du?« platzte Ralph heraus, dessen Überraschung und Verlegenheit ihn tölpelhaft wirken ließen.

»Salina«, sagte sie ungerührt und schob ihre Hand in die Beuge seines Ellenbogens, um ihn das Ufer emporzuführen. »Salina Codrington.«

»Ich verstehe nicht.« Er zog an der Hand, so daß sie ihm wieder ihr Gesicht zuwenden mußte.

»Salina –«, wiederholte sie jetzt lachend, und ihr Lachen war so warm und süß wie ihr Lächeln. »Ich bin Salina Codrington.« Und dann, als ihr bewußt wurde, daß ihm der Name nichts sagte: »Ich bin deine Kusine, Ralph. Meine Mutter ist die Schwester deines Vaters – Robyn Codrington – aber früher hieß sie Robyn Ballantyne.«

»Guter Gott!« Ralph starrte sie an. »Ich wußte nicht, daß Tante Robyn eine Tochter hat.«

»Das glaube ich. Onkel Zouga war nie ein guter Briefeschreiber.« Doch plötzlich schwand das Lächeln von Salinas Lippen, und Ralph erinnerte sich daran, daß er sich nie die Mühe gemacht hatte, den verschlungenen Strang der Familiengeschichte zu entwirren. Er wußte nur, daß es böses Blut und unbeglichene Rechnungen zwischen Zouga und seiner Tante Robyn gab.

Ralphs Rühren an familiäre Feindseligkeiten mußten der Grund für Salinas schnellen Stimmungsumschwung sein, aber er ging vorbei. Sie faßte wieder seinen Arm und lächelte, als sie das Ufer emporkamen.

»Sie hat nicht nur eine Tochter, Ralph. Von uns gibt es einen ganzen Stamm, wir sind vier, alle Mädchen.« Und sie blieb stehen, hob den Strohhut, um ihre Augen zu beschatten und blickte über den sich windenden überwachsenen Fahrweg, der sich durch die grasige Savanne schlängelte. »O ja!« rief sie aus. »Ich bin vorausgegangen, um dich zu warnen – und ich bin gerade rechtzeitig gekommen!«

Unten auf dem Weg stürmten drei kleine Gestalten heran, rempelten einander an, um Vorteile zu erringen. Ihre aufgeregten Schreie wurden rasch lauter, lange Haare flatterten und wehende Kleider aus fadenscheinigem und geflicktem Stoff hoben sich hoch über die Knie, so daß die nackten Beine blitzten. Die Gesichter waren sommersprossig und gerötet vor Anstrengung und Aufregung.

»Salina! Du hast versprochen zu warten!«

»Guter Gott!« flüsterte Ralph wieder, und Salina drückte seinen Ellenbogen.

»Das ist das zweite Mal, daß du den Namen des Herrn benutzt, Vetter Ralph. Bitte, tu das nicht.« Das also war der Grund für ihr leichtes Mißfallen.

»Oh – es tut mir schrecklich leid.« Und er erinnerte sich zu spät daran, daß Salinas Eltern fromme Missionare waren. »Ich wollte nicht –« Wieder war seine Stimme belegt, denn plötzlich war es für ihn das Wichtigste auf der ganzen Welt, auf Salina einen guten Eindruck zu machen. »Ich werde es nicht wieder tun. Das verspreche ich.«

»Danke«, sagte sie leise, und bevor einer von ihnen wieder sprechen konnte, waren sie von den anderen Mädchen umringt, die aufgeregt hin und her hüpften.

»Du hast uns beschwindelt, Salina. Du hast uns erzählt –«

»Ralph, Vetter Ralph. Ich bin Victoria, der ältere Zwilling.«

»Vetter Ralph, wir haben zu Gott gebetet, daß du schnell zu uns kommst.«

Salina klatschte in ihre Hände, aber das Stimmengewirr wurde kaum leiser.

»Dem Alter nach!« sagte sie ruhig.

»Das sagst du immer, weil du die Älteste bist!«

Salina ignorierte den Protest und legte einem dunkelhaarigen Kind eine Hand auf die Schulter.

»Dies ist Catharina.« Sie wandte sie zu Ralph. »Cathy ist vierzehn.«

»Einhalb, fast fünfzehn«, verbesserte sie, und ihr Verhalten änderte sich mit dieser Erklärung, wurde damenhaft und beherrscht.

Sie war schlank und ebenso flachbrüstig wie ein Junge, doch der junge Körper vermittelte sofort den Eindruck von Kraft und Geschmeidigkeit. Ihre Nase und ihre Wangen waren mit Sommersprossen übersät. Der Mund war voll, und ihre Augen hatten dasselbe Ballantyne-Grün wie Ralphs.

»Willkommen in Khami, Ralph«, sagte sie ruhig und machte einen Knicks, wobei sie ihr Kleid hob, wie man es ihr offensichtlich beigebracht hatte. Ralph bemerkte, daß das Kleid aus alten Mehlsäcken bestand, die zusammengenäht und grün gefärbt waren. Die Beschriftung schimmerte noch durch: »Kap Mehlmühlen.«

Dann streckte Cathy ihm die Arme entgegen und küßte ihn rasch. Der Kuß hinterließ eine kleine feuchte Stelle auf Ralphs Lippen. Küssen war offensichtlich der bevorzugte Familiengruß, und Ralph schaute voller Bestürzung auf die gierigen, aber schmutzigen Gesichter der Zwillinge.

»Ich bin Victoria, die Ältere.«

»Und ich bin Elizabeth, und wenn du mich ›Baby‹ nennst, werde ich dich verabscheuen, Vetter Ralph.«

»Du wirst niemanden verabscheuen«, sagte Salina, und Elizabeth warf sich an Ralphs Hals und preßte ihren Mund auf Ralphs Lippen.

»Ich habe nur gescherzt, Ralph. Ich werde dich lieben«, flüsterte sie feurig. »Immer! Immer!«

»Ich!« klagte Victoria empört. »Ich bin älter als Lizzie. Ich komme zuerst.«

Salina führte sie, und einige Male drehte sie sich um, um Ralph anzulächeln. Er meinte, noch nie etwas so Liebliches gesehen zu haben.

Jeder der Zwillinge hielt sich an einer von Ralphs Händen fest, und sie schwatzten über all die Dinge, die sie seit Wochen aufbewahrt hatten, um sie ihm zu erzählen. Cathy folgte ihnen und führte Tom. Sie und das Pferd hatten sich sofort verstanden.

»Oh, er ist wundervoll«, hatte sie gesagt und Toms samtweiche Schnauze gestreichelt.

»Wir haben kein Pferd«, erklärte Victoria. »Daddy ist ein Mann Gottes, und Männer Gottes sind zu arm, um Pferde zu haben.«

Die kleine Gruppe kletterte über die erste Anhöhe hinter dem Fluß, und Salina blieb stehen und deutete auf das flache Talbekken vor ihnen.

»Khami!« sagte sie einfach, und sie alle schauten Ralph fragend an.

In der nächsten Reihe von Granithügeln war ein Einschnitt, eine natürliche Wasserscheide für das unterirdische Wasser, das dieses Tal so fruchtbar machte.

Wie Küken unter der Henne duckten sich die Hütten unter die Hügel. Sie waren ordentlich angelegt, mit gelbem Gras gedeckt und mit gebranntem Kalk blendend weiß gestrichen. Auf dem Dachfirst des größten Gebäudes ragte stolz ein hölzernes Kreuz.

»Daddy und Mami haben die Kirche mit ihren eigenen Händen erbaut. König Silly Cat wollte seinem Volk nicht erlauben, ihnen zu helfen«, sagte Victoria.

»Silly Cat?« fragte Ralph verwirrt, der den Namen »Verrückte Katze« nicht kannte.

»König Mzilikazi«, übersetzte Salina. »Du weißt, daß Mama es nicht mag, wenn du für die Könige Spitznamen benutzt, Vicky«, tadelte sie das Kind milde; aber Victoria zerrte aufgeregt an Ralphs Hand und deutete auf eine ferne Gestalt in dem Tal unter ihnen.

»Daddy!« quietschten die Zwillinge gleichzeitig. »Dort ist Daddy!«

Er arbeitete in dem geometrisch angelegten Garten unterhalb der Kirche, eine schlanke Gestalt, deren Schultern auch gebeugt blieben, als er sich aufrichtete und zu ihnen schaute. Dann stach er den Spaten in die Erde und kam auf sie zu.

»Ralph!« Er nahm den schweißbefleckten Hut ab, und er war kahl wie ein Mönch, mit nur einem Kranz seidenen Haares.

Augenblicklich war erkennbar, von wem Salina ihre herrlichen weißgoldenen Zöpfe geerbt hatte.

»Ralph«, wiederholte der Mann, und er wischte seine rechte Hand an der Sitzfläche seiner Hose ab und streckte sie dann aus. Trotz seiner gebeugten Haltung war er ebenso groß wie Ralph, sein Gesicht war tief gebräunt, sein kahler Schädel so glänzend, als ob er gewachst und poliert sei, seine Augen waren hellblau, und sein Lächeln war wie das von Salina – ruhig und freundlich, so daß Ralph, als er die Hand nahm, begriff, daß dies der zufriedenste und glücklichste Mann war, dem er je in seinem Leben begegnet war.

»Ich bin Clinton Codrington«, sagte er. »Und ich muß annehmen, daß ich mich als dein Onkel zu betrachten habe, obwohl der Himmel weiß, daß ich mich nicht so alt fühle.«

»Ich hätte Sie überall erkannt, Sir«, sagte Ralph.

»Hättest du wirklich?«

»Ich habe Tante Robyns Bücher gelesen, und ich habe immer Ihre Heldentaten als Offizier der königlichen Marine bewundert.«

»Gute Güte.« Clinton schüttelte den Kopf in gespielter Bestürzung. »Ich dachte, ich hätte das alles weit hinter mir gelassen.«

»Sie waren einer der berühmtesten und mutigsten Offiziere in der afrikanischen Anti-Sklaven-Schwadron, Sir.« Ralphs Augen leuchteten in einer noch immer knabenhaften Heldenverehrung.

»Die Darstellung deiner Tante Robyn leidet schrecklich unter Vorurteilen, fürchte ich.«

»Daddy ist der tapferste Mann auf der Welt«, behauptete Victoria fest, und sie ließ Ralphs Hand los und stellte sich neben ihren Vater.

Clinton Codrington nahm sie hoch und setzte sie auf seine Hüfte.

»Und du, junge Dame, bist wahrscheinlich die unparteiischste Person in Matabeleland«, kicherte er, und Ralph war plötzlich heftig eifersüchtig auf diese Zuneigung und Liebe, die die kleine Gruppe ausstrahlte, und von der er sich ausgeschlossen fühlte. Es war etwas, was er nie kennengelernt hatte, und er hatte es bis zu diesem Augenblick nie vermißt. Irgendwie schien Salina seine

Melancholie zu spüren, und sie nahm die Hand, die Victoria losgelassen hatte.

»Komm«, sagte sie. »Mama wird schon auf uns warten. Und es gibt eines, das du bald lernen wirst, Ralph. In dieser Familie läßt niemand Mama warten.«

Sie gingen auf die Kirche zu und zwischen den Gemüsebeeten hindurch.

»Hast du kein Saatgut mitgebracht?« fragte Clinton, und als Ralph den Kopf schüttelte: »Nun, wie hättest du das auch wissen sollen?« Er zeigte voller Stolz auf die üppigen Beete. »Mais, Kartoffeln, Bohnen und Tomaten wachsen besonders gut hier.«

»Wir teilen das so hier auf«, erzählte Cathy, die ihren Vater neckte. »Zwei Teile für die Käfer, drei für die Paviane, vier für den Buschbock – und einen für Daddy.«

»Sei gut zu allen Geschöpfen Gottes.« Clinton streckte die Hand aus, um ihr dunkles Haar zu zausen, und Ralph erkannte, daß diese sanften Menschen einander immer berührten und sich küßten. So etwas hatte er noch nie erlebt.

An der Kirchenwand hockten geduldig zwanzig oder mehr Matabele jeden Alters und Geschlechts im Schatten. Von einem skelettdünnen Alten mit weißem Wollhaar bis hin zu einem neugeborenen Kind, das an die Brüste seiner Mutter gepreßt wurde.

Cathy band Tom neben der Kirchentür fest, und sie alle gingen der Reihe nach in das kühle Innere, das durch Stroh und dicke Mauern aus ungebrannten Ziegeln vor der Außenhitze isoliert war. Die Kirche roch nach selbstgemachter Seife und nach Jod. Die Bänke aus rohbearbeitetem Holz waren beiseite geschoben worden, um Platz für einen Operationstisch aus demselben Material zu machen.

An dem Tisch arbeitete eine junge Frau. Sie knüpfte gerade den letzten Knoten eines Verbandes und entließ ihren halbnackten Patienten mit einem Wort und einem Klaps. Dann kam sie, ihre Hände an einem sauberen, aber fadenscheinigen Tuch abwischend, durch den Kirchengang auf sie zu.

Ralph war sicher, daß es sich um Cathys Zwillingsschwester

handelte, da sie, obwohl etwas größer, ebenso schlank und flachbrüstig war; ihr Haar hatte dieselbe dunkle Farbe, die aber von rotbraunen und kastanienroten Tönen durchzogen war, ihre Haut denselben jugendlichen Glanz und ihre Nase und Kinn dieselbe Größe und Neigung.

Dann, als sie näher kam, bemerkte Ralph, daß er sich geirrt hatte und daß sie älter als Cathy war, vielleicht sogar älter als Salina, aber nicht viel.

»Hallo, Ralph«, sagte das Mädchen. »Ich bin deine Tante Robyn.« Ralph war so überrascht, daß er fast wieder geflucht hätte.

»Du bist so jung«, murmelte er unbeholfen.

»Sei gesegnet dafür«, lachte sie. »Du hast ein schöneres Kompliment gemacht, als dein Vater es je ausgesprochen hat.« Sie war die einzige, die keine Anstalten machte, ihn zu küssen.

»Also!« sagte sie statt dessen zu den Zwillingen. »Ich möchte vor dem Abendgebet zehn Seiten wie gestochen geschrieben haben – und ich möchte keinen einzigen Klecks sehen.«

»O Mama! Ralph –«

»Ralph ist seit zwei Wochen eure Ausrede gewesen. Geht – oder ihr eßt heute abend in der Küchenbaracke.«

Dann, an Cathy gerichtet: »Bist du schon mit dem Bügeln fertig, junge Dame?«

»Noch nicht, Mama.« Cathy folgte den Zwillingen.

»Salina, du gehst backen.«

»Ja, Mama.«

Dann waren die drei allein in der kleinen Kirche, und Robyn musterte ihren Neffen gründlich.

»Zouga hat einen vielversprechenden Jungen gezeugt«, gab sie ihre Meinung kund. »Aber ich habe nie etwas anderes erwartet.«

»Woher wußtet ihr, daß ich komme?«

»Großvater Moffat schickte einen Boten, als du Kurmuman verlassen hast, und Induna Gandang kam hier vor zwei Wochen auf seinem Wege zu König Lobengulas Kral vorbei. Sein ältester Sohn war bei ihm, und Bazos Mutter ist eine alte Freundin von mir.«

»Ich verstehe.«

»Nichts bewegt sich im Matabeleland, von dem nicht sofort das ganze Volk weiß«, erklärte Clinton.

»Ralph, wie geht es deinem Vater? Ich war sehr betrübt, als ich von Alettas Tod hörte. Sie war eine liebenswerte Person, so gut und zart. Ich habe Zouga geschrieben, aber er hat nie geantwortet.«

Robyn schien entschlossen, die Ereignisse einer ganzen Dekade in den ersten zehn Minuten zu besprechen, aber Clinton entschuldigte sich bald und ließ die beiden allein in der kleinen Kirche, um in seine Gärten zurückzukehren.

Ralph antwortete gehorsam auf alle Fragen, während er seinen ersten Eindruck von seiner Tante nochmals abschätzte. Sie sah jugendlich aus, aber kindlich war sie keineswegs. Jetzt endlich konnte er die bemerkenswerten Leistungen dieser eindrucksvollen Frau verstehen. Wie sie sich in einem berühmten Londoner Krankenhaus immatrikuliert hatte, das nie eine Frau in seiner Studentenschaft akzeptiert hätte, indem sie sich als Mann ausgab. In Breeches gekleidet war sie zu den Vorlesungen gegangen und hatte die Doktorwürde erlangt, als sie einundzwanzig Jahre alt war. Der Skandal, der auf die Entdeckung folgte, daß eine Frau in eine männliche Domäne eingedrungen war, hatte ganz England erschüttert.

Dann hatte sie Zouga nach Afrika begleitet, gleichwertige Partner bei der Expedition, um ihren Vater Fuller Ballantyne zu finden, der seit acht Jahren in dem unerforschten Landesinneren verschollen war. Als sie und Zouga sich wegen der Führung der Expedition überworfen hatten, hatte sie weitergemacht, eine weiße Frau, ganz allein mit primitiven schwarzen Eingeborenen als Begleitern, und hatte das Hauptziel der Expedition auf eigene Faust weiter verfolgt.

Ihr Buch, das die Expedition schilderte mit dem Titel *Afrika in meinem Blut,* war ein großer Erfolg gewesen. Über eine Viertelmillion Exemplare waren verkauft worden – dreimal soviel wie von Zouga Ballantynes *Odyssee eines Jägers,* das sechs Monate später veröffentlicht worden war.

Robyn hatte all ihre Tantiemen für das Buch der Londoner

Missionsgesellschaft übertragen, und diese erlauchte Einrichtung war über die Stiftung so erfreut gewesen, daß man sie als Beamten der Gesellschaft eingesetzt, ihren Ehemann zu ihrem Assistenten bestimmt und ihr die Leitung einer Mission in Matabeleland übertragen hatte.

Ihre beiden folgenden Veröffentlichungen erfreuten sich nicht desselben Erfolges wie die erste. *Der kranke Afrikaner,* eine praktische Studie der Tropenmedizin, hatte lächerliche Theorien enthalten, die ihr den Spott ihrer medizinischen Kollegen einbrachten – sie hatte zum Beispiel gewagt zu behaupten, daß Malariafieber nicht durch das Einatmen der faulen Nachtluft in tropischen Sümpfen verursacht wurde, obwohl diese Tatsache seit den Zeiten von Hippokrates irrtümlich verbreitet wurde.

Ihr weiterer Bericht über ihr Leben als medizinische Missionarin, *Blinder Glaube,* war im Stil zu schlicht gewesen und gegenüber den Eingeborenenstämmen, für die sie eintrat, zu voreingenommen. Sie hatte sich die Anschauungen von Jean Jacques Rousseau zu eigen gemacht und ihre eigenen Überlegungen hinzugefügt. Ihre pauschale Verurteilung aller Siedler, Jäger, Prospektoren und Händler und deren Behandlung der edlen Wilden waren für ihre europäischen Leser zu radikal gewesen.

Tatsächlich schienen Skandale und Streitereien Robyn Codrington zu folgen, wie Geier und Schakale dem Löwen folgen, und bei jeder neuen Provokation erinnerte man sich ihrer vorangegangenen Abenteuer:

Welche züchtige Missionarin würde Männer so sehr provozieren, daß ihretwegen ein blutiges Duell ausgetragen wurde? Robyn Ballantyne hatte das getan.

Welche gottesfürchtige Lady würde an Bord eines berüchtigten Sklavenschiffes segeln, ohne Begleitung und nur in Gesellschaft von Sklavenhändlern? Robyn Ballantyne hatte das getan.

Welche Dame würde sich einen Mann zum Gatten nehmen, der vor dem Kriegsgericht gestanden hatte, seiner Marinedienstgrade entledigt und wegen Piraterie und Pflichtvergessenheit eingekerkert worden war? Robyn Codrington hatte das getan.

Welcher loyale Untertan der Königin würde die schreckliche Niederlage der britischen Truppen bei Isandhlwana, den blutigen Tod Hunderter von Engländern durch die Hände der wilden Zulus als Strafe Gottes gepriesen haben? – Robyn Codrington hatte das in einem Brief an den *Evening Standard* getan.

Wer anders als Robyn Codrington hätte an Lord Kimberley schreiben und fordern können, daß die Hälfte der Gewinne von den Diamantenfeldern, die seinen Namen trugen, dem Griqua-Captain Nicholaas Waterboer zustünden?

Nur Robyn Codrington konnte von Paulus Krüger, dem neugewählten Präsidenten der kleinen Republik Transvaal verlangen, daß er das Land unterhalb der Cashan Berge an Lobengula, den König der Matabele, zurückgeben solle, jenes Land, aus dem die Burenkommandos seinen Vater Mzilikazi vertrieben hatten.

Sie verschonte niemanden. Nichts außer ihrem Gott war ihr heilig, den sie mehr wie einen Seniorpartner bei ihrem Unternehmen Afrika betrachtete.

Ihre Feinde, und die zählten Legionen, haßten sie abgrundtief, und ihre Freunde liebten sie ebenso leidenschaftlich. Es war unmöglich, ihr gegenüber gleichgültig zu bleiben. Ralph spürte, wie fasziniert er von ihr war, als er neben ihr auf der Kirchenbank saß und sie ihn über jeden Punkt seines Lebens und den seiner Familie abfragte.

»Du hast einen Bruder«, sie schien alles zu wissen, »Jordan? Das ist doch sein Name? Erzähl mir von ihm.« Es war ein Befehl.

»Oh, Jordie ist der Liebling aller; jeder liebt ihn.«

Ralph war noch nie jemandem wie ihr begegnet. Er bezweifelte, daß er sich je überwinden könnte, sie zu mögen, dazu war sie viel zu stachlig. Das war das exakte Wort, um sie zu beschreiben, aber er würde nie ihre Kraft und ihre Entschlossenheit in Frage stellen.

Clinton Codrington kam in die Kirche zurück, als es draußen zu dämmern begann.

»Meine Liebe, du mußt den armen Kerl aber jetzt wirklich in Ruhe lassen.« Er wandte sich an Ralph. »Dein Wagen ist gekommen. Ich habe deinem Treiber gezeigt, wo er ausspannen kann. Er scheint ein erstklassiger Bursche zu sein, muß ich sagen.«

»Du wirst im Gästehaus schlafen«, verkündete Robyn, als sie aufstand.

»Cathy hat deine schmutzige Kleidung vom Wagen geholt und sie gewaschen und gebügelt«, fuhr Clinton fort.

»Du wirst sicher ein frisches Hemd zur Abendandacht anziehen wollen«, sagte Robyn. »Wir werden mit dem Gottesdienst erst beginnen, wenn du fertig bist.«

Auf der offenen Straße hätte es ihm besser gefallen, da hatte er seine eigenen Entscheidungen getroffen – wie etwa, wann er sich wusch, wie er sich kleidete und wo er seine Abende verbrachte –, aber er ging, um gehorsam sein Hemd zu wechseln.

Die Codrington-Familie füllte die Vorderbank. Clinton Codrington blickte von der Kanzel auf sie. Ralph saß zwischen den Zwillingen; es hatte einen kurzen, aber heftigen Streit zwischen Victoria und Elizabeth darum gegeben, wer neben ihm sitzen dürfe.

Außer der Familie war sonst niemand in der Kirche, und Victoria sah seinen Blick und erklärte Ralph mit eindringlichem Geflüster: »König Ben erlaubt niemandem seines Volkes, in unsere Kirche zu kommen.«

»König Lobengula«, korrigierte Salina sie freundlich, »nicht König Ben.«

Obwohl Clinton volle Aufmerksamkeit hatte, verzögerte er den Beginn des Abendgottesdienstes, fand und verlor ein halbes Dutzend mal seine Stelle im Gebetbuch – und schaute wiederholt zur Hinterseite der kleinen Kirche.

Aus dieser Ecke gab es plötzlich eine Bewegung. Ein kleines Gefolge von Matabelefrauen war vor der Kirche angekommen. Sie waren eindeutig Dienerinnen, Haussklaven und Zofen der imposanten weiblichen Gestalt in ihrer Mitte. Sie entließ sie mit einer königlichen Geste und kam herein. Alle Codringtons drehten die Köpfe, und ihre Gesichter erhellten sich vor Freude.

Die Art, wie diese Matrone majestätisch durch den Gang schritt, ließ keinen Zweifel an ihrer hohen Geburt und ihrem Platz in der Aristokratie von Matabeleland. Sie trug Armreifen und Spangen aus getriebenem rotem Kupfer, Ketten von kostspieligen Sam-sam-Perlen, die sich nur ein Häuptling leisten konnte. Ihr Mantel war aus wundervoll gegerbtem Leder, mit

Federn des blauen Hähers verziert und mit Mustern aus Straußeneischale besetzt.

»Ich sehe dich, Nomusa«, erklärte sie.

Ihre gewaltigen nackten Brüste, die mit einer Salbe aus Fett und rotem Ton eingerieben worden waren, glänzten. Sie reckten sich wuchtig unter ihrem gegerbten Mantel vor, hingen schwer bis auf ihren Nabel.

Ihre Arme waren so dick wie die Schenkel eines erwachsenen Mannes, ihre Schenkel so dick wie seine Hüfte. Um ihren Bauch wölbten sich Speckfalten, und ihr Gesicht war ein schwarzer Vollmond, dessen glänzende Haut sich fest über ihr üppiges Fleisch spannte. Ihre fröhlichen Augen funkelten zwischen Fettpolstern, und ihre Zähne blitzten wie das Sonnenlicht auf dem Wasser eines Sees, wenn sie lächelte. Alles dies war für die Welt Beweis ihres Standes, ihrer ungewöhnlichen Schönheit und ihrer Fruchtbarkeit. Es war auch unerschütterlicher Beweis für die hohe Stellung ihres Mannes, seines Wohlstandes und seiner Wichtigkeit in den Ratsversammlungen von Matabeleland.

»Ich sehe dich, Mädchen der Gnade«, lächelte sie Robyn zu.

»Ich sehe dich, Juba, die kleine Taube«, antwortete Robyn.

»Ich bin keine Christin«, betonte Juba. »Möge kein Böser falsche Gerüchte zu Lobengula tragen, dem schwarzen und mächtigen Elefanten.«

»Wenn du es sagst, Juba«, antwortete Robyn kurz, und Juba fesselte sie mit einer gewaltigen Umarmung, wobei sie zugleich Clinton auf der Kanzel zurief.

»Ich sehe auch dich, Hlopi. Ich sehe dich, Weißkopf. Aber laß dich durch meine Anwesenheit hier nicht täuschen, ich bin keine Christin.« Sie holte Luft wie ein Elefant und fuhr fort: »Ich kam nur, um alte Freunde zu begrüßen – nicht um Hymnen zu singen und euren Gott zu verehren. Und ich warne dich auch, Hlopi, daß es mir mißfallen wird, wenn du heute abend die Geschichte eines Mannes vorliest, der der Fels heißt, der seinen Gott dreimal verleugnete, bevor der Hahn krähte.«

»Ich werde diese Geschichte nicht vorlesen«, erwiderte Clinton. »Denn inzwischen solltest du sie auswendig kennen.«

»Gut denn, Hlopi, dann laß uns zu singen beginnen.« Und

geleitet von Juba mit einem überraschend klaren und schönen Sopran, fiel die ganze Codrington-Familie ausgelassen in den ersten Vers von »Vorwärts, christliche Soldaten« ein – das Robyn in die Matabele-Sprache übersetzt hatte.

Nach dem Gottesdienst beugte sich Juba zu Ralph herab. »Du bist Henshaw?« fragte sie.

»*Nkosikazi!*« stimmte Ralph zu, und Juba neigte den Kopf, um die richtige Anrede zu bestätigen, mit der Ralph die Hauptfrau eines großen Häuptlings angesprochen hatte.

»Dann bist du der, den Bazo, mein erstgeborener Sohn, Bruder nennt«, sagte Juba. »Du bist sehr dünn und sehr weiß, Kleiner Falke – aber wenn du Bazos Bruder bist, dann bist du mein Sohn.«

»Du erweist mir eine große Ehre, *Umame!*« sagte Ralph, und Juba nahm ihn in ihre gewaltigen Arme. Sie roch nach Fett und Ocker und Holzrauch, aber die Umarmung war eigenartig und tröstlich.

Die Zwillinge knieten nebeneinander vor der niedrigen Schlafpritsche, beide in langen Nachthemden und die Hände vor den Augen gefaltet, die so fest geschlossen waren, als ob sie unter Schmerzen litten.

Salina, ebenfalls in ihrem Nachthemd, stand neben ihnen, um das letzte Gebet des Tages zu überwachen.

»Lieber Jesus, sanft und fromm –«

Cathy lag bereits in ihrem Bett, das Haar für die Nacht zusammengebunden und schrieb beim Licht einer tropfenden Kerze, die aus Büffelfett und einem Tuchdocht gemacht war, in ihr Tagebuch.

»... daß ich in den Himmel komm'«, plapperten die Zwillinge mit ungeheurer Geschwindigkeit.

Nachdem sie gleichzeitig beim »Amen« angelangt waren, sprangen sie in das gemeinsame Bett, zogen sich die Decken bis ans Kinn und schauten fasziniert zu, wie Salina ihr Haar zu bürsten begann, jeweils hundert Striche mit einer Hand, so daß es sich mit dem weißen Feuer des Kerzenlichtes kräuselte und flammte. Dann kam sie, um die Schwestern zu küssen, blies die

Kerze aus, und die Federn ihres Bettes quietschten an der anderen Seite der kleinen strohgedeckten Hütte, als sie hineinstieg.

»Lina?« flüsterte Victoria.

»Vicky, schlaf.«

»Nur eine Frage, bitte.«

»Also gut, aber nur eine.«

»Erlaubt Gott einem Mädchen, seinen eigenen Cousin zu heiraten?«

Das Schweigen, das auf diese Frage folgte, schien in dem dunklen Schlafzimmer wie ein kupferner Telegrafendraht zu summen, der von einem Schwert getroffen wird.

Cathy brach das Schweigen.

»Ja, Vicky«, antwortete sie ruhig. »Gott erlaubt das. Lies die Tafel der Verwandtschaften und Verschwägerungen auf der letzten Seite deines Gebetbuches.«

Jetzt war das Schweigen nachdenklich.

»Lina?«

»Lizzie, schlaf jetzt.«

»Du hast Vicky auch eine Frage erlaubt.«

»Also gut, aber nur eine.«

»Wird Gott böse, wenn man um etwas für sich betet – nicht für Daddy oder Mam oder die Schwestern, sondern so ganz für einen allein?«

»Ich glaube nicht«, Salinas Stimme begann schläfrig zu werden. »Er gibt es dir vielleicht nicht, aber ich glaube nicht, daß er böse wird. Und *jetzt* schlaft, ihr beiden.«

Cathy lag sehr still auf dem Rücken, die Hände an ihren Seiten geballt und starrte zu dem helleren Rechteck an der anderen Hüttenwand, wo der Mond das einzige Fenster beleuchtete.

»Bitte, lieber Gott«, betete sie. »Laß ihn mich doch so anschauen, wie er Salina anschaut, nur ein einziges Mal. Bitte.«

»Was hältst du von Zougas Jungen?« Robyn ergriff Clintons Arm, als sie nebeneinander auf der dunklen Veranda standen und auf den sternübersäten, schwarzsamtenen Vorhang der afrikanischen Nacht schauten.

»Er ist ein starker Bursche – und ich meine nicht nur die

Muskeln.« Clinton nahm die Pfeife zwischen den Zähnen hervor und schaute in den Kopf. »Sein Wagen ist mit Kisten beladen, langen Holzkisten, aus denen die Markierungen mit einem heißen Eisen weggebrannt sind.«

»Gewehre?« fragte Robyn.

»Ich glaube, ja.«

»Es gibt kein Gesetz, das den Handel mit Waffen nördlich des Limpopo verbietet«, erinnerte Robyn ihn. »Und Lobengula braucht alle Kraft, die er bekommen kann, um sich zu verteidigen.«

»Dennoch sind es Gewehre! Ich meine, es geht wider den Strich.« Clinton saugte an seiner Pfeife, und jede Rauchwolke, die er ausstieß, war dichter und üppiger. Sie schwiegen beide eine Weile.

»Er hat diese harte und unbarmherzige Ausstrahlung wie sein Vater«, urteilte Robyn schließlich.

»Die braucht ein Mann, um in diesem Land überleben zu können.«

Robyn erschauerte plötzlich und schlug die Arme um sich.

»Ist dir kalt?« Clinton war augenblicklich besorgt.

»Nein. Ich habe nur eine Gänsehaut.«

»Gehen wir zu Bett.«

»Einen Augenblick noch, Clinton. Die Nacht ist so wundervoll.«

Clinton legte einen Arm um ihre Schultern.

»Manchmal bin ich so glücklich, daß es mich erschreckt«, sagte er. »So viel Glück kann nicht ewig währen.«

Seine Worte schienen die lastende, aber formlose Furcht herbeizuführen, die den ganzen Tag über Robyn geschwebt hatte. Sie legte sich mit der Vorahnung auf sie, daß sich etwas in ihrer aller Leben verändert hatte.

»Möge Gott uns alle beschützen«, flüsterte sie.

Das Innere der strohgedeckten Halle war gewölbt und dunkel, so daß die Muster der Zweiggitter und das schön geknotete Rindenseil im Düster über ihren Köpfen wie die Gewölbe einer mittelalterlichen Kathedrale verschwanden.

Das einzige Licht kam von einem kleinen Feuer in dem Lehmherd in der Mitte des Bodens. Eine der Frauen des Königs warf noch eine Handvoll trockener Kräuter darauf, und blaue Ranken von Rauch schwangen sich zu dem unsichtbaren Dach empor.

Hinter dem Feuer, auf einer niedrigen Empore aus getrocknetem Ton, bedeckt von einer dicken Schicht aus Pelzen von silberrückigen Schakalen und blauen Affen, von fledermausohrigem Fuchs und gefleckter Zibetkatze, saß der König.

Er war eine gewaltige Gestalt, völlig nackt unter den Fellen, und seine Haut war so mit Fett eingeschmiert, daß er wie ein gigantischer Buddha glänzte, der aus einem soliden Anthrazitblock gemeißelt war. Sein Kopf war rund wie eine Kanonenkugel, umkrönt von dem Indunaring. Seine Arme waren massiv, voll Muskeln und Fett, doch die Hände in seinem Schoß waren seltsam zierlich, schmal an den rosafarbenen Handflächen und mit langen, schlanken Fingern.

Sein Rumpf war dick, seine Brüste hingen herab. Die Biertöpfe und Fleischnäpfe standen in Reichweite. Das zähflüssige Hirsebier blubberte leise, und die dicken Fleischscheiben waren von einer dicken Schicht gelben Fettes umzogen. Alle paar Minuten reagierte eine seiner Frauen auf ein Nicken oder eine kleine Bewegung seiner anmutigen Hand und reichte ihm einen Happen. Gewicht und Größe waren das Zeichen von Wohlstand und Würde. Nicht umsonst wurde Lobengula der Große Schwarze Elefant von Matabeleland genannt.

Seine Bewegungen waren langsam. Seine Augen wirkten nachdenklich und intelligent.

Jetzt starrte er über das Feuer auf den Mann, der dort hockte. Ein großartiger Krieger, dessen Körper durch lange Märsche und wilde Kämpfe zu schwarzem Stahl geworden war, dessen Verständnis und Mitleid sich durch nahen und täglichen Kontakt mit gemeinen Menschen erweitert hatten, dessen Mut und Loyalität aller Welt zehntausendfach bewiesen worden waren. Lobengula wünschte sich, sich der schrecklichen Bürde des Herrschens zu entledigen und sie auf die Schultern des anderen Mannes zu laden. Er merkte, daß er sich nach dieser ruhigen und geheimen Höhle in den Matopos-Hügeln sehnte, wo er die einzigen glücklichen Tage seines Lebens verbracht hatte.

Der Mann ihm gegenüber war sein Halbbruder. Er war ein Prinz des Hauses von Kumalo, weise und tapfer und nicht von Zweifeln geplagt.

»Ein solcher Mann hätte König werden sollen«, dachte Lobengula, und seine Liebe zu seinem Halbbruder machte seine Kehle eng, so daß er hustete. Er bewegte einen kleinen Finger, und eine Frau führte den Biertopf an seine Lippen. Er schluckte einmal und gab das Zeichen, ihn fortzunehmen.

»Ich sehe dich, Gandang.« Seine Stimme war heiser und leise. Er fühlte sich wie ein Mann auf einer einsamen Reise durch den Wald, in dem die Löwen jagen. Sein Erkennen löste Gandang aus seinem respektvollen Schweigen. Der Induna klatschte leise in die Hände und begann das rituelle Lob seines Halbbruders zu rezitieren.

»Erhebe dich, Gandang, mein Bruder. Deine Ruhe wärmt mich wie ein Wachfeuer in frostiger Nacht.«

Dann sprachen sie leise und innig, ein Leben lang vertraute Gefährten, bis schließlich Gandang seinem König das Martini-Henry-Gewehr reichte und Lobengula es in seinem Schoß hielt und das kalte bläuliche Metall des Verschlusses mit einem Zeigefinger rieb und dann den Finger an seine Nase führte, um das frische Fett zu riechen.

»Stich die Mamba mit ihrem eigenen Gift«, murmelte er. »Dies ist der Fang der Mamba.«

»Der Bursche, Henshaw, Sohn des Bakela, hat einen ganzen Wagen davon.«

»Dann ist er willkommen«, nickte Lobengula. »Doch jetzt laß mich all dies aus dem Munde deines Sohnes hören. Bring ihn zu mir.«

Bazo lag mit dem Gesicht nach unten auf dem harten Lehmboden in der Hütte des Königs, und er sang die rituellen Loblieder mit Beklemmung in seiner Kehle. Obwohl er mutig war, schwitzte er voller Furcht in der Anwesenheit des Königs.

»Erhebe dich, Bazo, die Axt«, fiel Lobengula ungeduldig ein. »Komm näher.«

Bazo kroch auf allen vieren vorwärts, und er reichte ihm den perlengeschmückten Kilt. Lobengula ließ die Diamanten herausrollen und berührte sie mit einem Finger.

»Es gibt schönere Steine in jedem Flußbett meines Landes«, sagte er. »Diese sind häßlich.«

»Die *buni* sind verrückt nach ihnen. Kein anderer Stein befriedigt sie, nur diese begehren sie so sehr, daß sie jeden töten würden, der sich ihnen in den Weg stellt.«

»Zerreiße den Löwen mit seinen eigenen Klauen.« Lobengula wiederholte die Prophezeiung der Umlimo und fuhr dann fort: »Sind diese häßlichen kleinen Steine die Klauen des Löwen? Nun, wenn sie es sind, dann sollen alle Männer sehen, daß Lobengula die Klauen hat.«

Und er klatschte in seine Hände, um seine Frauen um sich zu versammeln. Die königliche Hütte war jetzt gedrängt voll, Reihe um Reihe hockender Männer schaute auf die niedrige Empore, auf der Lobengula lag. Jeder Mann außer Bazo trug den Kopfring der Induna.

Da war Somabula, der löwenherzige alte Krieger, und neben ihm Babiaan, der königliche Prinz von Kumalo, und all die anderen. Sie waren stumm und aufmerksam, ihre Gesichter ernst im Lichtschein des Feuers, dessen Flammen jetzt fast bis zum hochgewölbten Dach der Königshütte leckten.

Sie schauten dem König zu.

Lobengula lag rücklings auf der Empore hinter dem Feuer. Unter seiner Nackenbeuge stand eine niedrige, geschnitzte Kopfstütze. Nur die Spitze seines Penis war mit einem getrockneten und ausgehöhlten Kürbis bedeckt, ansonsten war er völlig nackt. Sein großer Bauch war gewaltig und seine Gliedmaßen waren wie Baumstämme.

Vier seiner Frauen saßen in einem Kreis um ihn, jede von ihnen mit einer Kalebasse ausgelassenen weißen Rinderfettes neben sich. Sie rieben den König ein, schmierten das Fett dick vom Hals bis zu den Knöcheln auf seinen Körper. Nachdem das getan war, erhoben sie sich stumm und gingen gebückt durch die Öffnung an der Rückseite der Hütte hinaus, die zu den Frauenhäusern führte.

Leise singend, und zu dem Gesang schlurfend und schwankend, begann eine weitere Reihe jüngerer Frauen in die Hütte einzuziehen; jede von ihnen trug auf ihrem Kopf einen Biertopf aus gebranntem Ton; doch diese Töpfe waren nicht mit Hirsebier gefüllt.

Die Frauen knieten zu beiden Seiten des Königs, und auf ein Wort der Hauptfrau hin griffen sie in die Tontöpfe und jede zog einen großen rohen Diamanten mit ihren Fingern heraus. Sie begannen, die Steine auf die Haut des Königs zu kleben. Sie setzten sie in blitzenden Ornamenten auf die Fettschicht von Lobengulas Gliedmaßen.

Sie arbeiteten rasch, denn sie hatten das schon vorher getan, und unter ihren Händen wurde Lobengula verwandelt. Er wurde zu einer mythologischen Gestalt: halb Mensch, halb glänzend geschuppter Fisch.

Die Diamanten fingen das Licht des Feuers und warfen es wirbelnd an die strohgedeckten Wände und das hohe Dach. Die Blitzte verwirrten die Zuschauenden so, daß sie voller Erstaunen grunzten, und ihre Stimmen hoben sich zu einem Chor zum Lobpreis ihres Königs.

Schließlich war das Werk getan, und die Frauen krochen fort. Lobengula blieb, auf den dicken Fellen liegend, zurück, vom Hals bis zu den Handgelenken und Knöcheln von einem silbern funkelnden Schuppenpanzer bedeckt, von dem jedes Glied ein kostbarer Diamant war; und als Brust und Bauch des Königs sich im Rhythmus seines Atems hoben und senkten, funkelte und flammte dieser ungeheure Schatz.

»Indunas der Matabele, Prinzen von Kumalo, Heil eurem König.«

»*Bayete! Bayete!*« Der königliche Ehrengruß dröhnte aus ihren Kehlen. »*Bayete!*«

Dann herrschte erwartungsvolles Schweigen, denn es war des Königs Angewohnheit, nach dieser rituellen Zurschaustellung seines Schatzes, Ehren und Belohnungen zu verteilen.

»Bazo.« Lobengulas Stimme war volltönend. »Tritt vor!«

Der junge Mann erhob sich aus seiner liegenden Position in der hintersten Reihe.

»*Bayete, Nkosi.*«

»Bazo, du hast mich erfreut. Ich gewähre dir eine Gunst. Was soll es sein? Sprich!«

»Ich flehe nur darum, daß der König um die Tiefe meiner Treue und meiner Liebe zu ihm weiß. Übertrage mir eine Aufgabe, darum bitte ich dich. Wenn sie wild und schwer und blutig ist, werden mein Herz und mein Mund des Königs Lob für immer singen.«

»Bei Chakas königlichem Gesäß, dein Junge ist hungrig nach Ruhm.« Lobengula schaute Gandang an, der in der ersten Reihe der Indunas saß. »Und er beschämt all die, die um Flitter und Rinder und Frauen bitten.« Er dachte einen Augenblick nach und kicherte dann. »In Richtung Sonnenaufgang, einen Zweitagemarsch von den Wäldern Somabulas entfernt, auf einem hohen Hügel, lebt ein Mashona-Hund, der sich für einen so großen Zauberer und Regenmacher hält, daß des Königs Arm ihn nicht erreichen kann. Sein Name ist Pemba.« Das Zischen eingezogenen Atems aus den hockenden Reihen der Ältesten war laut zu hören. Dreimal hatte der König in der letzten Jahreszeit Impis zu Pembas Hügel geschickt, und dreimal waren sie mit leeren Händen zurückgekommen. Der Name Pemba verhöhnte sie alle. »Nimm fünfzig Männer deines alten Regiments, Kleine Axt, und schlage Pembas Kopf ab, damit ich sein unverschämtes Lächeln mit eigenen Augen sehen kann.«

»*Bayete!*« schrie Bazo und sprang auf. Er landete weich in dem Raum vor dem Feuer und wirbelte zu einem *giya*, dem wilden Kampftanz:

»*So werde ich den verräterischen Hund durchbohren – und so werde ich die Bäuche seiner Söhne aufreißen –*«

Die Indunas grinsten und nickten nachsichtig, doch ihr Lächeln mischte sich mit Bedauern darüber, daß die Wut und Leidenschaft in ihrer eigenen Brust schon längst abgekühlt war.

Lobengula saß auf der Bank seines Wagens. Es war ein großer, acht Meter langer Vierräder, in Kapstadt aus guter englischer Eiche gebaut, doch er zeigte all die Spuren der Mühen seines langen Trecks nach Süden.

Er war viele Jahre lang nicht bewegt worden, so daß Gras durch die Speichen der Räder und um die Achsen gewachsen war. Das Segeltuch des Zeltes war knochenweiß gebleicht und mit dem Mist der Hennen verklebt, aber das Segeltuch schützte Lobengula vor der Sonne, und der Sitz auf dem Wagenkasten hob seinen Kopf über die Menge seiner Höflinge und der Bittsteller, die sich um die Einfriedung drängten.

Der Wagen war Lobengulas Thron, und die offene Einfriedung sein Audienzzimmer. Weil dort auch weiße Männer und Frauen standen, um mit ihm Audienz zu sprechen, hatte er für diese Gelegenheit seine europäische Prunkuniform angelegt. Die lange, mit Goldtressen verzierte Jacke hatte einst einem portugiesischen Diplomaten gehört. Die Tressen waren matt und eine Epaulette fehlte. Die Vorderseite konnte über dem edlen Bauch des Königs nicht zugeknöpft werden, sie war acht Zentimeter zu eng, und die Manschetten reichten nur zur Hälfte über seine Unterarme.

Der Speer seines Königtums, das Heft aus rotem wilden Mahagoni und die Spitze aus hellstem Silber, war in seiner rechten Hand, und er benutzte ihn dazu, einen kleinen Jungen aus der Menschenmenge heranzuwinken.

Der Junge zitterte vor Angst, und seine Stimme bebte so sehr, daß Lobengula sich vorbeugen mußte, um seine Worte zu verstehen.

»Ich wartete, bis der Leopard im Ziegenstall war; dann schlich ich heran und schloß die Tür und verbarrikadierte sie mit Steinen.«

»Wie hast du die Bestie getötet?« wollte Lobengula wissen.

»Ich habe ihn durch die Spalten in der Wand mit dem Assegai meines Vaters durchbohrt.«

Der Junge kroch vorwärts und legte das herrlich goldschwarz gefleckte Fell Lobengula zu Füßen.

»Nimm drei Rinder deiner Wahl aus meinen königlichen Herden, Kleiner, und treibe sie zu deines Vaters Kral. Sage ihm, daß der König dir einen Ehrennamen gegeben hat. Von diesem Tag an wirst du ›Er, der in die Augen des Leoparden schaut‹ sein.«

Die Stimme des Jungen sprühte vor Freude, als er zurückwich und sein Lob schnatterte.

Als nächster kam ein Holländer, ein großer, arroganter Weißer mit nörgelnder Stimme.

»Ich habe drei Wochen gewartet, daß der König entscheidet –«

Die Worte wurden für Lobengula übersetzt, und er dachte laut nach.

»Sieh, wie rot das Gesicht des weißen Mannes wird, wenn er ärgerlich ist, wie die Kehllappen am Hals des schwarzen Geiers. Sag ihm, daß der König die Tage nicht zählt. Vielleicht wird er noch einmal so lange warten müssen, wer weiß?« Und er entließ ihn mit einer kurzen Speerbewegung.

Lobengula nahm einen Schluck aus der Champagnerflasche, die neben ihm auf dem Wagensitz stand. Der Wein sprudelte und schäumte auf die Vorderseite seiner goldbesetzten Jacke. Dann verzog sich sein Gesicht plötzlich zu einem seligen Lächeln, doch seine Stimme klang kritisch.

»Ich habe gestern nach dir geschickt, Nomusa, Mädchen des Mitleids. Ich habe große Schmerzen; warum bist du nicht schneller gekommen?«

»Ein Adler fliegt, ein Leopard rennt, aber ich bin an den Schritt eines Maultiers gebunden, o König«, sagte Robyn Codrington, die ihren Weg durch den Unrat nahm, der den Boden der Einfriedung übersäte. Mit dem Fliegenwedel in ihrer Hand bahnte sie sich einen Pfad durch die Menge auf den Wagen zu und gab sogar einem der schwarzgekleideten Henker des Königs einen derben Stich.

»Aus dem Weg, du Menschenfresser«, sagte sie barsch. »Fort mit dir, du Kinderschreck.« Und der Mann sprang flink beiseite und warf ihr einen finsteren Blick zu.

»Was ist, Lobengula?« fragte sie, als sie den Wagen erreicht hatte. »Was quält dich diesmal?«

»Meine Füße sind mit brennenden Kohlen gefüllt.«

»Gicht«, urteilte Robyn, als sie die grotesk geschwollenen Füße berührte. »Du trinkst zuviel Bier, o König, du trinkst zuviel Brandy und Champagner.« Sie öffnete ihre Tasche.

»Du willst mich vor Durst sterben lassen. Du hast nicht den richtigen Namen, Nomusa; in deinem Herzen ist kein Mitleid.«

»Auch nicht in deinem, Lobengula«, schnappte Robyn. »Man hat mir erzählt, daß du wieder Impi geschickt hast, um das Volk des Pemba zu töten.«

»Er ist nur ein Mashona«, kicherte Lobengula. »Spare dir dein Mitleid für mich, den König, dessen Magen sich anfühlt, als ob er mit scharfen Steinen gefüllt wäre.«

»Verdauungsstörungen«, schalt Robyn. »Gefräßigkeit hat deinen Vater umgebracht, und sie wird auch dich töten.«

»Du willst also auch, daß ich verhungere. Du willst, daß ich ein dürrer, kleiner, unwichtiger Mann werde.«

»Ein dünner Lebender oder ein fetter Toter«, gab Robyn zurück. »Öffne deinen Mund.«

Lobengula würgte und verdrehte theatralisch seine Augen.

»Der Schmerz ist besser als der Geschmack deiner Medizin.«

»Ich werde dir fünf von diesen Pillen hinterlassen. Iß eine, wenn deine Füße schwellen und der Schmerz stark ist.«

»Zwanzig«, forderte Lobengula. »Eine ganze Schachtel. Ich, Lobengula, König der Matabele, befehle das. Laß mir eine Schachtel dieser kleinen, weißen Pillen hier.«

»Fünf«, sagte Robyn entschlossen. »Oder du wirst sie alle auf einmal essen, wie du es schon einmal getan hast.«

Der König schüttelte sich unter ungeheurem Gelächter.

»Ich denke, ich werde dir befehlen, deine kleinen weißen Hütten bei Khami zu verlassen und näher zu mir zu ziehen.«

»Ich würde nicht gehorchen.«

»Darum befehle ich es ja nicht«, lachte Lobengula.

»Der Kral ist eine Schande, der Schmutz, die Fliegen –«

»Ein paar alte Knochen und ein bißchen Hundekot haben einen Matabele noch nie umgebracht«, behauptete der König, und dann wurde er ernst und winkte sie näher heran, senkte seine Stimme so, daß nur sie ihn verstehen konnte.

»Der Holländer mit dem roten Gesicht, weißt du, er will eine Handelsstation an der Furt des Hunyani-Flusses errichten.«

»Der Mann ist ein Gauner. Die Waren, die er bringt, sind wertlos, und er wird dein Volk betrügen.«

»Ein Läufer hat dieses Papier gebracht.« Er reichte Robyn das gefaltete und versiegelte Blatt. »Lies es mir vor.«

»Es ist von Sir Francis Good. Er wünscht ...« Fast eine Stunde lang beriet sich Lobengula, heiser flüsternd, damit ihn sonst niemand hören konnte, mit Robyn über viele verschiedene Dinge, angefangen mit dem Brief des britischen Kommissars bis zu den Menstruationsproblemen seiner jüngsten Frau. Dann schließlich sagte er: »Dein Kommen ist wie der erste süße Regen am Ende einer langen Trockenzeit. Kann ich irgend etwas für dein Glück tun?«

»Du kannst deinem Volk erlauben, zum Gottesdienst in meine Kirche zu kommen.«

Dieses Mal klang das Kichern des Königs kläglich. »Nomusa, du bist so hartnäckig wie die Termiten, die die Pfähle meiner Hütten zernagen.« Er runzelte nachdenklich die Stirn und lächelte dann wieder. »Also gut, ich werde dir erlauben, einen meines Volkes zu nehmen – solange es eine Frau ist, die Frau eines Induna von königlichem Blut und die Mutter von zwölf Söhnen. Wenn du eine in meinem Volk findest, die all diese Bedingungen erfüllt, kannst du sie nehmen und Wasser über sie spritzen und dein Zeichen auf ihrer Stirn machen; und wenn sie will, kann sie für deine drei weißen Götter Lieder singen.«

Robyn antwortete auf sein listiges und schelmisches Grinsen: »Du bist ein grausamer Mann, Lobengula, und du ißt und trinkst zuviel. Aber ich liebe dich.«

»Und ich liebe dich auch, Nomusa.«

»Dann will ich dich um eine weitere Gunst bitten.«

»Nenne sie«, befahl er.

»Da ist ein junger Bursche, der Sohn meines Bruders –«

»Henshaw.«

»Der König weiß alles.«

»Was ist mit diesem Jungen?«

»Wird der König sein Bittgesuch anhören?«

»Schicke ihn zu mir.«

Sogar von dem Platz aus, an dem Bazo stand, konnte er die Getreidebehälter sehen, die von Korn überflossen. Es war genug da, um eine Armee zu versorgen, stellte er bitter fest. Es gab keine Chance, sie auszuhungern.

Die Getreidebehälter waren zylindrisch, ihre Rundungen aus geflochtenen grünen Schößlingen mit Lehm und Kuhmist verklebt. Sie standen auf Stelzen aus Mopanipfählen, so daß die Luft unter ihnen zirkulieren konnte, und die Buschratten und anderes Ungeziefer ferngehalten wurden.

Sie hockten direkt am Rande des Abgrundes.

»Der Hund hat viel Regen auf seine Felder gebracht«, murmelte Zama, Bazos Leutnant. »Er hat viel Getreide. Vielleicht ist er ein Regenzauberer, wie er behauptet.«

»Wasser«, überlegte Bazo laut und starrte zu dem steilen Felsen. Hinter den Getreidebehältern konnte er die Strohdächer der Hütten des Stammes ausmachen. »Können wir sie dort heraustreiben?« fragte er ratsuchend, denn Zama war bei einem der letzten vergeblichen Überfälle auf die Festung dabeigewesen.

»Die drei anderen Indunas haben das schon versucht«, betonte Zama. »Aber dann erzählte ihnen einer der Mashona, die sie gefangen hatten, daß es dort eine Quelle gibt, aus der sie soviel Wasser holen können, wie sie wollen.«

Die Sonne stand hinter der Kuppe des Hügels, so daß Bazo seine Augen zusammenkneifen mußte. »Da unten ist üppiger grüner Bewuchs –« Er deutete auf eine schmale Schlucht, die die Spitze des Felsens teilte, aber völlig überwachsen war. »Das muß sie sein.«

Wie um seine Worte zu bestätigen, tauchte plötzlich die winzige, ferne Gestalt eines Mädchens aus der Schlucht auf. Sie balancierte einen Kalabassenkürbis auf ihrem Kopf, dessen Öffnung mit grünen Blättern verschlossen war, damit kein Wasser herausspritzte, wenn sie sich bewegte.

Sie verschwand hinter der Spitze der Klippe.

»Gut«, brummte Bazo. »Wir müssen hinaufklettern.«

»Es wäre leichter zu fliegen«, gab Zama zurück. »Dieser Felsen würde einen Pavian entmutigen – oder einen Klippläufer.«

Der Felsen war perlgrau und glatt wie Marmor. Darüber

zogen sich Streifen von Flechten, grün und blau und rot, wie trockene Farbe auf der Palette eines Künstlers.

»Komm«, befahl Bazo, und sie begannen mit langsamem Schritt den Hügel zu umgehen. Die bewaffneten Posten droben auf dem Hügel beobachteten jede ihrer Bewegungen, und wenn sie dem Fuß des Felsens einen Schritt zu nahe kamen, regnete ein Hagel von Steinen auf sie herab.

»So machen es die Mashona immer«, knurrte Zama. »Steine statt Speere.«

An einigen Stellen war der Stein von vertikalen Rissen durchfurcht, doch keiner davon führte vom Fuß bis zum Gipfel, keiner von ihnen bot einen Weg nach oben. Bazo suchte nach einer Stelle, die von den Pfoten wilder Paviane poliert war oder von den Hufen der winzigen, kleinen, gemsengleichen Klippspringer, die vielleicht einen Hinweis gaben, wie der Fels zu erklimmen war, doch es gab keinen. Das Gestein umschloß den ganzen Hügel und verwandelte ihn in eine Festung.

»Dort!« Zama deutete auf eine winzige Unregelmäßigkeit im Fels. »Das ist die Stelle, an der zwei Impi versuchten, einen Weg zum Gipfel zu erzwingen. Sie kletterten bis zu diesem kleinen Busch hinauf.« Er wuchs in einem Spalt der Oberfläche, etwa dreißig Meter über dem Fuß des Hügels. »Und dort verengte sich der Vorsprung und hörte auf. Sie konnten weder weitergehen noch umkehren. Dort hingen sie zwei Tage und drei Nächte, bis die Kraft nachließ und sie nacheinander stürzten, und sie wurden wie Käfer auf den Felsen geschmettert.«

Sie gingen weiter, und als die Sonne unterging, gelangten sie wieder dahin, von wo sie aufgebrochen waren – zu dem Biwak unter dem Leiterweg. Pembas Volk hatte eine Leiter aus kräftigen Mopani-Pfählen gebaut, die mit Rindenseil zusammengebunden waren. Sie führte direkt zu der Festung und konnte wie eine Zugbrücke hochgezogen werden.

Als die Sonne sich senkte, stand Bazo noch immer gegen seinen langen Schild gelehnt und betrachtete den Felsen. Er schien die leise geschrienen Beschimpfungen der Mashona nicht zu hören, die ihn im Schweigen des Abends schwach erreichten.

»Pickel auf Lobengulas fettem Hintern.«

»Hündchen des tollwütigen Hundes Lobengula.«

»Getrockneter Dreck des lahmen Matabele-Elefanten.«

Erst als es zu dunkel war, um die Spitze der Klippe noch erkennen zu können, wandte Bazo sich ab – doch selbst anschließend saß er noch lange neben dem Wachfeuer und rollte sich erst in seine Schlafdecke, als der große weiße Stern über dem Gipfel des Kopje aufging.

Sein Schlaf war von Träumen schwer. Er träumte von Wasser, von Strömen und Seen und Wasserfällen.

Er wachte noch vor Morgengrauen auf und überprüfte, ob seine Posten wachsam waren, bevor er aus dem Lager huschte und in der Deckung der Dunkelheit zum Fuß des Felsens schlich – zu einem Punkt direkt unter der Zugbrücke.

Bazo hörte das feuchte Gluckern, und sein Geist schwang sich auf. Von dem Geräusch geleitet, tastete er sich durch die Dunkelheit und fand die Quelle. Es war ein kleines, natürliches Becken aus grauem Fels, das überfloß und sich dann wieder in die trockene Erde der Ebene ergoß. Bazo schöpfte eine Handvoll. Es war eiskalt und süß auf seiner Zunge. Die Quelle sprudelte aus einem dunklen Spalt. Bazo erkundete ihn in der kurzen Zeit, die ihm blieb, bevor das stärker werdende Licht drohte, ihn den Posten droben auf der Klippe sichtbar zu machen.

»Auf!« schrie Bazo, als er in das Biwak eilte. »Ihr alle, auf mit euch!« Und seine Männer schnellten aus ihren Schlafmatten.

»Was ist?« zischte Zama.

»Wir werden tanzen«, rief Bazo, und sie sahen sich staunend und ungläubig an.

An der Nordseite des Hügels, am weitesten von der Quelle in der Felsspalte und der langen Leiterzugbrücke weg, tanzten sie. Während sie tanzten, standen Pembas Leute alle auf einer Seite des Hügels, um sie zu beobachten, zuerst in verblüfftem Schweigen und dann mit respektlosem Gelächter, und sie schleuderten Spott und Steine hinab.

»Ich zähle einhundert – ohne die Kinder«, keuchte Zama, während er stampfte und sprang.

»Es werden für jeden von uns genug sein«, knurrte Bazo und drehte sich, wobei er den Schild hoch über seinem Kopf hielt.

Sie tanzten, bis die Sonne hoch stand, und dann führte Bazo seine Männer zurück ins Lager. Als er sich auf seiner Matte ausstreckte und augenblicklich einschlief, schauten seine Krieger Zama voller Erbitterung an, doch Zama konnte nur mit den Schultern zucken und richtete seinen Blick gen Himmel.

Eine Stunde vor Sonnenuntergang erwachte Bazo. Er aß ein wenig Maiskuchen und trank saure Milch. Dann rief er nach Zama und sprach leise mit ihm, bis es fast dunkel war.

Zama lauschte und nickte. Seine Augen leuchteten. Bazo schärfte die silberne Klinge seines Assegai, bis sich das Licht in winzigen Sternen darauf spiegelte.

Bei Dunkelheit erhob sich Bazo, reichte Zama seinen langen, gescheckten Kriegsschild und ging, nur mit seinem Assegai bewaffnet, aus dem Biwak. An der Quelle streifte Bazo Kilt, Mantel und Kopfschmuck ab. Er rollte sie zu einem Bündel zusammen und versteckte es in einem Felsspalt. Dann watete er nackt, den Assegai mit einem Lederriemen auf seinen Rücken gebunden, durch den Teich. Die Reflexion der Sterne auf seiner Oberfläche explodierte in Splitter von Licht.

Das Wasser überschüttete ihn aus dem Quell in der Klippe, und er erschauerte und keuchte unter der Kälte. Doch dann griff er in die dunkle, felsige Öffnung, fand Halt für seine Finger, holte tief Atem.

Während ein kräftiger Wasserstrahl über seinem Kopf toste, hielt er den Atem an und arbeitete sich zu dem Loch in dem Felsen nach oben. Die Wucht des Wassers bestürmte ihn, und er mußte all seine Kräfte aufbieten, um dagegen anzukommen. Zentimeter um Zentimeter kämpfte er sich nach oben, und sein Herz hämmerte wild – und gerade als er wußte, daß er loslassen und sich zurück in den Teich spülen lassen mußte, konnte er plötzlich wieder atmen.

Er sog gierig die Luft ein und stemmte Schultern und Knie gegen den glatten, vom Wasser polierten Felsen, um sich in der Strömung festzuhalten. Es war stockfinster, nicht der kleinste Schimmer von Sternenlicht war zu sehen, und die Dunkelheit schien ein Gewicht zu haben, das ihn zu zermalmen drohte.

Er griff hoch, so weit er konnte und fand einen weiteren

glatten Halt. Mühsam gewann er weitere Zentimeter, ruhte einen Augenblick aus und griff dann wieder hoch. Der Felsen war wie Glas und an einigen Stellen mit einem dicken Algenbart überzogen, glatt wie die Haut eines Aales. Die Kälte war ein schreckliches Lebewesen, das seinen Körper durchdrang. Seine Knochen schmerzten, und seine Finger waren so taub, daß er sich kaum festhalten konnte.

Das Wasser zerrte an ihm, schmetterte auf seine Schultern, bahnte sich seinen Weg in seine Nase, in Mund und Ohren, und erfüllte seinen Kopf mit einem wütenden, animalischen Brüllen. Dennoch stieg er in dem sich unregelmäßig windenden Tunnel nach oben. Er kroch ein Stück auf dem Bauch vorwärts. Der Großteil des Tunnels stieg senkrecht hoch, und er preßte die Knie und Ellenbogen gegen die Wände, um sich gegen die Kaskade zu stemmen, während seine Haut, die durch das Wasser weich geworden war, sich löste und vom Gestein abgeschürft wurde; doch die Zentimeter wurden zu Metern, und die Minuten wurden zu Stunden, und er erklomm allmählich den Felsen.

Dann verengte sich der Tunnel so sehr, daß er festsaß. Kalter, schlüpfriger Felsen neben beiden Schultern. Er konnte weder vorwärts rücken noch zurückweichen. Er war im felsigen Schlund des Berges gefangen, und er schrie vor Entsetzen auf, doch seine Stimme verlor sich im Donnern des Wassers.

Er kämpfte mit all seiner Kraft gegen das Ertrinken an, und plötzlich fand er eine Ausweichstelle – eine Höhle, in der er wieder atmen konnte und das Wasser in kleinen Wirbeln strudelte, so daß er sich ein paar Augenblicke ausruhen konnte.

Noch während er hustete und keuchte, um seine Lungen freizubekommen, bemerkte er, daß er seinen Assegai verloren hatte. Er tastete danach, bis er das Rucken der Schnur an seiner Schulter spürte; an ihrem Ende war noch etwas befestigt. Hand über Hand holte er den Riemen ein, und dann schlossen sich seine Finger um den Schaft. Er schluchzte vor Erleichterung und preßte seine Lippen an den geliebten Stahl.

Er brauchte eine gewisse Zeit, bis er merkte, daß die Luft in der winzigen Höhle süß schmeckte, und er spürte, wie sie sich bewegte, gleich den Händen einer Geliebten auf seiner Haut, warm und weich – Wärme, das war es, was sein Herz auffliegen ließ. Wärme von der Außenwelt, jenseits dieser eisigen, brüllenden Wassergruft. Er fand den Schacht, durch den die Strömung die Luft von der Oberfläche ansaugte. Er kletterte langsam und mühsam hoch, und plötzlich war da ein weißer Stachel von trübem Licht vor ihm.

Er streckte seinen Kopf vor, und der Nachtwind streifte seine Wange, er roch Holzduft und Gras und Erde, die an die nachhaltende Wärme der Sonne erinnerten, und der große weiße Stern stand an dem Nachthimmel hoch über seinem Kopf.

Er hatte nicht die Kraft, sich mehr als ein paar Zentimeter von dem Loch wegzuschleppen. Er lag unter einem Busch und keuchte wie ein Hund.

Er mußte eingeschlafen sein, denn plötzlich schreckte er hoch. Der Himmel war schon heller geworden. Bazo rappelte sich auf. Sein ganzer Körper schmerzte, und seine gehäuteten Ellenbogen und Knie brannten selbst bei der Berührung des Morgenwindes.

Da war ein schmaler Pfad, gut markiert durch viele Fußabdrücke, die von der Quelle die letzten paar Meter zum Gipfel führten. Bazo blickte nach unten und sah tief unter sich den mondsilbernen Wald und die winzigen Funken der Wachfeuer seines eigenen Biwaks. Während er sich bewegte, spürte er, wie seine Muskeln sich lockerten und entspannten und das Blut wieder zirkulierte.

Auf dem Pfad stand kein Posten. Bazo spähte vorsichtig hinter den steinernen Portalen der Klamm hindurch auf das schlafende Dorf.

»Bei Chakas Zähnen, sie schlafen wie fette, faule Hunde«, dachte Bazo grimmig. Die Türen waren alle dicht geschlossen, und Rauch quoll aus jedem Ritz in den Wänden. Sie erstickten sich fast selbst, um die Moskitos fernzuhalten. Er konnte einen Mann heiser in einer der näheren Hütten husten hören.

Bazo wollte gerade aus seiner Deckung kommen, als eine leichte Bewegung im Dämmerlicht zwischen den Hütten ihn dazu brachte, vorsichtig zu Boden zu sinken. Eine dunkle Gestalt huschte direkt dorthin, wo er sich versteckt hielt. Er festigte den Griff um seinen Assegai, doch nur wenige Schritt vor ihm blieb die Gestalt stehen.

Sie war gegen die Kälte des Morgengrauens in einen Fellmantel gehüllt und ging gebückt wie eine alte Frau, bis sie sich aufrichtete und den Mantel abstreifte. Bazo spürte, wie ihm der Atem in der Kehle stockte.

Das nackte Mädchen war in diesem herrlichen Alter kurz nach der Pubertät, kurz vor der Schwelle ihrer ganzen Fraulichkeit. Da steckten die letzten verwundbaren Spuren ihrer Kindheit in den dicken kleinen Gesäßbacken. Sie war nackt, und das erste Licht streifte ihre schwarze Haut mit einem Limonenschein. Dann wandte sie ihren Kopf.

Sie hatte einen langen, schlanken Hals und einen schönen, kleinen Kopf. Ihr Schädel war mit einem kunstvollen Muster dicht geflochtener Zöpfe bedeckt.

Sie hockte sich kurz hin und ihr Wasser plätscherte auf die Erde. Es war ein Geräusch, das unerklärlicherweise Bazos Brust mit einem starken, zärtlichen Gefühl erfüllte.

Sie stand auf, und in dem Augenblick, bevor sie den Kopf wieder mit dem Mantel bedeckte, konnte er noch einen Blick auf ihr Gesicht werfen. Da wußte er, daß er noch nie etwas so Schönes gesehen hatte – und er starrte ihr mit einem Hunger nach, der sein ganzes Sein verschlang, als sie davoneilte.

Er brauchte viele Minuten, bis er sich erheben konnte, und dann, als er vorwärts schlich, merkte er, daß er das Bild des Mädchens nicht aus seinen Gedanken verdrängen konnte, wie sehr er sich auch bemühte. Der Pfad, der vom Dorf zu der Leiterzugbrücke führte, war nicht zu übersehen. Er war breit und seine Oberfläche war ausgetreten. Zu seinen beiden Seiten waren Wände aus behauenem Stein. In regelmäßigen Abständen waren Steinhaufen aufgetürmt – die Munition, die jeden Eindringling vertreiben sollte.

Der Pfad führte steil abwärts und endete auf einer breiten steinernen Plattform. Das Licht war jetzt kräftiger, und Bazo konnte sehen, daß dort Wächter standen. Zwei von ihnen befanden sich auf dem Vorsprung, beobachteten die Ebene fünfzehn Meter unter der Plattform und bewachten die massive Leiter mit dem Gegengewicht. Weiter hinten hockten vier weitere Posten um ein kleines, rauchendes Feuer. Die Wachposten sprachen mit gedämpften, schläfrigen Stimmen, und ihre Rücken waren der Schlucht zugewandt, da sie nicht damit rechneten, daß ein Feind aus dieser Richtung käme.

Bazo schlich näher heran. An der Ecke der Plattform war ein weiterer Steinhaufen. Bazo kroch in den Schatten dahinter. Er mußte nicht lange warten. Er hörte im Morgenwind sehr schwach das Singen. Zama hatte mit dem Tanz unterhalb des Felsens begonnen. Der Gesang war das Kampflied seines Regiments, und Bazos Blut erschauerte in seinen Adern. Er spürte, wie der göttliche Wahnsinn begann. Es war ein Gefühl, das andere, niedere Menschen nur durch ihre Hanfpfeifen erlebten. Er spürte, wie der Schweiß auf seiner Haut ausbrach und der Wahnsinn von seinem Bauch in sein Herz stieg – spürte, wie das Blut in seine Kehle drängte, spürte seine Augen brennen und hervorquellen.

Die Posten hatten jetzt das Feuer verlassen und drängten sich an den Rand der Plattform, spähten hinab, lachten und deuteten nach unten. »Hört Lobengulas Hündchen kläffen!«

»Schaut, wie sie tanzen, wie Jungfrauen beim Fest der ersten Früchte!«

Das Signal, das Bazo mit Zama vereinbart hatte, war der Augenblick, in dem der Kampfgesang endete, aber er konnte sich kaum so lange beherrschen. Er erhob sich aus seiner geduckten Stellung und seine Muskeln vibrierten, sein Kopf zuckte wie der eines Besessenen, und im Licht der Dämmerung waren seine Augen so glasig wie die Scherben eines Keramiktopfes. In diesem Augenblick endete der ferne Gesang.

Bazos Schrei ließ die Wachposten erstarren. Es war das Gebrüll eines Büffelbullen, der im Herzen getroffen ist, der Schrei des herabschießenden Adlers.

In dem lähmenden Augenblick, bevor sie sich umdrehen konnten, schlug Bazo zu. Er griff mit ausgestreckten Armen an und stieß vier von ihnen in die Leere. Sie drehten und überschlugen sich in der Luft, als sie stürzten, und sie schrien den ganzen Weg hinab, bis ihre schrillen Stimmen abrupt erstarben.

Bazos Angriff war so heftig gewesen, daß er ihnen fast über den Rand gefolgt wäre; einen winzigen Augenblick lang schwankte er dort, und dann gewann er sein Gleichgewicht wieder und wirbelte herum, um von unten auf einen der Überlebenden einzustoßen. Die Klinge fuhr durch den Bauch des Mannes und auf dem Rücken wieder heraus. Der letzte Wächter rannte schweigend auf den Pfad zu, und Bazo ließ ihn laufen.

Bazo sprang in gewaltigen Sätzen am Rand des Felsens entlang und erreichte den Punkt, an dem das Ende der Leiter gesichert war. Die Seile, die sie hielten, waren aus gedrehter und geflochtener Rinde, verstärkt mit Lianen und Lederriemen. Sie waren so dick wie Bazos Arm, und er wechselte den Griff um seinen Assegai zum zerteilenden Schlag.

Die Seile knallten und krachten, als er sie durchhackte. Er kniff seine Augen zusammen, um sie vor den fliegenden Stücken von Holz und Rinde zu schützen.

Hinter sich hörte er das Gebrabbel vieler Stimmen auf dem Pfad, aber Bazo dachte nicht daran, sich umzudrehen, bevor die Arbeit getan war. Ein Seil gab nach, und die massive, unhandliche Leiter sackte nach unten und drehte sich. Er schnitt wieder, wechselte den Griff zu einem Schlag, und die anderen Seile rissen.

Die Leiter schwang aus und gewann an Geschwindigkeit. Das Holz krachte und quietschte und übertönte die Stimmen der Männer. Das Fußende der Leiter schlug mit dröhnendem Krachen unten auf, und einige der Pfosten brachen unter der Wucht. Der Kopf der Leiter war zu Bazos Füßen noch immer gesichert, und das ganze verschlungene Durcheinander hing wie das Rigg eines entmasteten Schiffes herunter.

Bazo blieb so lange stehen, bis er sah, daß Zama seine Krieger zu dem Gewirr von Seil und Holz ausschwärmen ließ. Dann drehte er sich um.

Sie kamen den Pfad herunter, eine solide Phalanx schwarzer Leiber und blitzender Waffen; doch sie kamen so zögernd vorwärts, daß Bazo genug Zeit blieb, vorwärts zu stürmen und die enge Lücke in der Mauer vor den anderen zu erreichen. Der massive Felsen deckte seine Flanken. Er lachte sie aus, und es war ein Klang, der sie erstarren ließ. Die, die vorne standen, drängten zurück, und die dahinter drängten vorwärts.

Einer von ihnen warf einen langen Speer, der in Höhe von Bazos Kopf gegen den Felsen donnerte und abprallte. Er traf die vorderste Reihe der Männer. Das Schreien und Stöhnen stachelte Bazo an – und das Blut aus den klaffenden Wunden sprühte in sein Gesicht und spritzte in seinen offenen Mund, ein gräßlicher Trank, der ihn noch wahnsinniger machte. Die Verteidiger lösten sich auf und flohen.

Bazo blickte hinter sich. Noch keiner seiner Matabele hatte das Ende der Leiter erreicht. Er schaute wieder auf den Pfad und sah, daß jetzt richtige Krieger auf ihn zustürmten.

Es waren die besten Speerkämpfer – es gab keinen Zweifel, daß sie dem lärmenden Haufen überlegen waren, den Bazo gerade in die Flucht geschlagen hatte; sie waren größer und kräftiger, ihre Gesichter wirkten grimmig und entschlossen.

Sie kamen in engen Reihen auf Bazo zu, ihre Schilde erhoben, ihre Speere gerichtet, und vor ihnen tanzte ein dürrer, runzliger alter Mann mit einem Gesicht, das durch eine schreckliche Krankheit entstellt war. Seine Nase und seine Ohren waren weggefault, und seine Wangen und die Stirn waren mit silberweißen Beulen bedeckt.

Um Hüfte und Hals hatte er magische Symbole hängen, und er kreischte und geiferte wie ein zorniger Affe. Das mußte Pemba sein.

»Tötet den Matabele-Hund!«

Bazo war nackt und ohne Schild, doch er umfaßte den Assegai fester. Er hatte vor, sich ihnen und ihrem häßlichen Meister entgegenzustellen, und er lachte das wilde Lachen eines Mannes, der in wenigen Sekunden sein ganzes Leben durchlebt.

»Bazo!« Er drehte sich um.

Zama war auf die Plattform geklettert und ließ den großen, gefleckten Schild über die Plattform gleiten. Bazo faßte ihn und sprang vorwärts.

Sein Assegai bohrte sich in das faulende Fleisch des Zauberers, als sei es so weich wie eine gekochte Jamwurzel, und Pemba kreischte ein letztes Mal.

»Bazo, warte! Laß uns noch ein paar von ihnen übrig!« ertönten die Schreie seiner Gefolgsleute hinter ihm. Sie schlossen sich zu ihrer bewährten Kampfformation und starteten einen heftigen Angriff.

Es war ein wundervoller Kampf, von dem sein Volk noch lange erzählen würde.

Zum Schluß gingen die Matabele durch das Dorf, durchstöberten die Hütten.

Mit seiner Schulter durchbrach Bazo eine Hütte und Zama sprang an seiner Seite hinein. Eine Person versuchte, aus dem dunklen Innern der Hütte zu entkommen.

»Mein!« brüllte Zama und stach mit seinem langen Stahl zu. Die frühe Sonne warf einen Strahl durch die offene Eingangstür, funkelte auf Zamas Assegai und fiel auf die großen, geschrägten, entsetzten Augen und die hohen ägyptischen Wangenknochen des Mädchens, das er töten wollte.

Zamas Stahl schlug gegen Bazos großen Schild und wurde an der Wange des Mädchens um Fingerbreite vorbeigeführt, so daß der Stoß ins Leere ging. Bevor Zama wieder zustoßen konnte, stand Bazo vor dem Mädchen und breitete seinen Schild über sie.

Nach dem ersten beschwerlichen Tag des Rückmarsches, als die lange Reihe der gefesselten Gefangenen sich erschöpft und unglücklich in einem Hain von Msas-Bäumen niederließ, schritt Bazo die Reihe ab und blieb neben dem Mädchen stehen.

»Du!« sagte er und durchtrennte mit einem sorglosen Streich seines Assegai den Riemen an ihrem Hals. »Koche mein Mahl!«

Während sie an dem Feuer arbeitete, scherzte Bazo laut mit Zama und seinen Männern und versuchte, sie von dem Mädchen abzulenken. Er aß, was sie kochte, ohne Freude oder Mißfallen dabei zu zeigen, während sie in respektvoller Entfernung kniete.

Dann plötzlich, als er mit dem Essen fertig war, glitt sie mit dieser beunruhigenden stillen Anmut an seine Seite und hob das Büschel welker Blätter von der geschwollenen und verkrusteten Speerwunde in Bazos Flanke. Er hob eine Hand, um sie zu schlagen – und dann ließ er die Hand fallen. Sie war nicht zusammengezuckt, ihre Haltung wirkte sicher.

Sie reinigte die Wunde mit geschickten Fingern, und dann entstöpselte sie zwei der kleinen Bockhornbehälter, die sie an ihrem Gürtel trug. Mit dem Pulver, das sie enthielten, bereitete sie einen heißen Brei zu, den sie Bazo auf die Wunden schmierte. Ein paar Sekunden lang brannte die Medizin wie Feuer, aber dann fühlten sich die Verletzungen viel besser an.

Bazo zeigte keine Regung von Anerkennung, doch als einer seiner Matabele kam, um das Mädchen wieder mit den anderen Gefangenen zusammenzubinden, runzelte Bazo die Stirn, und der Mann ging an ihnen vorbei.

Als Bazo auf seiner Schlafmatte lag, rollte sie sich wie ein Hündchen zu seinen Füßen zusammen. Er rechnete damit, daß sie versuchen würde, zu entkommen, sobald es ruhig im Lager geworden war, doch sie rührte sich nicht, und er schlief ein.

In der Stunde vor der Dämmerung, als er sich erhob, um die Wachen zu kontrollieren, lag Frost auf dem Gras, und er hörte die Zähne des Mädchens leise klappern. Er legte seinen Regimentspelzmantel im Vorbeigehen über sie, und sie kuschelte sich rasch in ihn hinein.

Als er den Aufbruch zum Tagesmarsch befahl, balancierte sie seine Bettrolle und den Kochtopf auf ihrem Kopf, und Bazo ging ein dutzendmal während des Marsches an der sich dahinwindenden Kolonne zurück, ohne daß er Zama einen Grund dafür nennen konnte. Jedesmal verlangsamte sich sein Schritt, wenn er hinter dem Mädchen war, und er schaute dem Spiel der Muskeln auf ihrem Rücken zu, dem Rollen der vollen schwarzen Gesäßbacken und dem Wippen ihrer glänzenden schwarzen Brüste. Doch als sie ihren Kopf wandte und ihn scheu anlächelte, war seine Haltung kühl, und er stapfte an die Spitze der Kolonne zurück.

In dieser Nacht gestattete er sich ein zustimmendes Nicken, als er den ersten Happen aß, und als sie seine Wunde versorgt hatte, sagte er: »Die Hitze ist daraus vergangen.«

Sie hob ihre Augen nicht.

»Wer hat dich diese Kunst gelehrt?« wollte er wissen.

»Pemba, der Zauberer«, flüsterte sie.

»Warum?«

»Ich war seine Schülerin.«

»Warum du?«

»Ich habe die Gabe.«

»Also dann, kleine Hexe, mach mir ein Orakel«, lachte Bazo.

Sie hob ihren Kopf, und er schaute in diese beunruhigenden, geschrägten, funkelnden Augen.

»Spotte nicht, *Nkosi.*«

Bazo hörte zu lachen auf, und er spürte, wie die Geister das Haar in seiner Nackenbeuge kitzelten. In dieser Nacht öffnete er eine Falte seiner Decke, als er sie zittern hörte, und sie kroch zu ihm.

Bazo tat so, als ob er schliefe, aber sein Körper war angespannt, und er spürte jede winzige Bewegung, die das Mädchen machte, als es sich zum Schlafen bettete. Es wäre so leicht gewesen, die Hand auf ihre Brust zu pressen und sie festzuhalten, während er seine Knie zwischen die ihren zwang. Der Gedanke veranlaßte ihn, sich wegzudrehen und zu stöhnen.

»Herr?« flüsterte sie. »Etwas beunruhigt dich.«

»Wie ist dein Name?« fragte er und merkte, daß er ebenfalls flüsterte.

»Tanase.«

»Tanase.«

»Ich kenne deinen Namen – jeder spricht ihn mit Ehrerbietung aus«, sagte sie. »Bazo, die Axt.«

»Ich habe deinen Meister Pemba getötet. Ich habe ihn mit meiner eigenen Hand niedergestreckt.«

Er wußte nicht, was ihn dazu brachte, das zu sagen.

»Ich weiß«, flüsterte sie.

»Haßt du mich dafür, kleine Hexe?«

»Ich preise dich dafür!« Ihre Stimme bebte vor ruhiger Leidenschaft, und ihre Hüfte berührte die seine unter der Decke.

»Preisen? Hast du Pemba nicht geliebt, wie ein Hund seinen Herren liebt?«

»Ich haßte ihn, und als ich seinen Tod in der magischen Kalabasse vorhersah, war ich mit Freude erfüllt.«

»Du hast seinen Tod vorausgesehen?«

»Ja – so wie ich dein Gesicht sah, lange bevor du kamst, um mich zu holen.«

Bazo erschauerte unwillkürlich, und sie spürte das.

»Dir ist kalt, Herr.« Sie preßte sich ein wenig enger an ihn. Ihr Fleisch war heiß und weich, und er spürte, wie er auf ihre Berührung reagierte.

»Warum hast du Pemba gehaßt?«

»Er war so böse, daß man es nicht beschreiben kann. Die Dinge, die er mich zu tun zwang, werde ich nie vergessen.«

»Benutzte er deinen Körper?« In Bazos Frage schwang Schärfe mit.

»Nicht einmal Pemba hätte es gewagt, sich mit dem Körper einer Auserwählten zu vereinigen, denn den Schleier der Jungfernschaft zu zerreißen bedeutet, die Gabe zu zerstören.«

»Die Gabe?«

»Die Gabe der Vorhersehung, die Menschen wie Pemba so hoch schätzen.«

»Wozu hat er dich dann gezwungen?«

»Zu dunklen Zaubereien.«

Jetzt erschauerte sie, und er drehte sich ihr zu. Sie drückte sich an seine breite, glatte Brust, barg ihr Gesicht daran, so daß ihre Stimme gedämpft klang und er ihre nächsten Worte kaum verstehen konnte.

»Ich will nicht auserwählt sein, ich hasse und fürchte, was noch vor mir liegt, wenn ich der Straße folge.«

»Pemba ist tot.«

»Du verstehst nicht. Pemba war nur ein kleiner Zauberer, der mich bereits alles gelehrt hatte, was er wußte. Dann wäre ich von dem gerufen worden, dessen Namen ich nicht auszusprechen wage. Dieser Ruf wird noch kommen – und ich werde mich ihm nicht widersetzen können.«

»Du stehst unter meinem Schutz.«

»Es gibt nur einen Weg, wie du mich schützen kannst, Bazo, Herr.«

»Wie?«

»Mach mich für sie wertlos. Zerstöre diese Gabe, die eine so schreckliche Last ist.«

»Wie?«

»So, wie du Pemba mit dem stechenden Stahlspeer vernichtet hast, kannst du diese schreckliche Gabe mit deinem großen Fleischspeer vernichten, zerreiße meinen Schleier und nimm diesen Bann von mir.«

Sie spürte ihn, heiß und feurig, wie er sich gegen sie preßte, und ihr Körper schien zu schmelzen.

»O ja, Herr. Mach mich wie die anderen Frauen, so daß ich deinen edlen Bauch in den Nächten auf dem meinen spüren kann, damit ich fühle, wie dein Sohn in meinem Schoß wächst und an meiner Brust zieht, wenn ich ihn stille.«

»All diese Dinge wirst du haben, Tanase.« Bazos Stimme war heiser vor Verlangen. »Wenn wir GuBulawayo erreichen, wird der König mich belohnen und mir die Erlaubnis geben, zu den Frauen zu gehen und ein Weib zu nehmen.«

»Herr, es ist gefährlich, zu warten.«

»Ich will auf dir nicht brunften, wie auf einem Sklavenmädchen. Du wirst die erste all meiner Frauen sein, die Hauptfrau.«

»Herr –«

»Genug, Tanase, führe mich nicht weiter in Versuchung, denn was du fühlst, so hart es auch sein mag, ist nicht Stein, sondern nur Fleisch.«

»*Nkosi*, du weißt nichts von der Macht der Zauberer. Rette mich vor ihnen.«

»Ich kenne nur Gesetz und Sitte der Matabele, und das ist alles, was ein Mann wissen und beachten sollte.«

Bazos Kundschafter kam völlig atemlos angerannt, der Schweiß tropfte ihm vom Rücken und der Brust, und er brüllte seinen Bericht in dem Augenblick, als er die Spitze der Kolonne erreichte.

Bazo wirbelte herum und bellte drei scharfe Befehle. Augenblicklich schloß die Kolonne auf, und die Gefangenen wurden gezwungen, sich hinzuhocken. Ein Dutzend Krieger bewachte sie. Der Rest der Matabele formierte sich hinter Bazo, und er führte sie an.

Bazo wählte seinen Hinterhalt mit kundigem Auge. Er fand

einen Platz, an dem das unebene Gelände und das dicke Gestrüpp nur einen Durchgang ermöglichten, und der einzelne Reiter ritt dort hinein. Die langen Schilde umringten ihn plötzlich und umzäunten ihn, während sein sandfarbenes Pferd schnaufte und scheute.

Das Gewehr war halb aus dem Lederholster am Knie des Reiters gezogen, als Bazo ihn mit einem Schrei stoppte.

»Dazu ist es zu spät. Du könntest schon tot sein und den Schakalen ein gutes Futter bieten. Du bist sorglos geworden, trotz allem, was ich dich gelehrt habe, Henshaw.«

Ralph ließ das Gewehr in den Holster zurückgleiten, riß seine Hände hoch, und Freude und Ärger überzogen sein Gesicht gleichzeitig.

»Schüttle irgendeinen Baum, und schon fällt ein Matabele heraus.« Er schwang sich von Toms kräftigem Rücken und ging Bazo entgegen.

»Ich hatte erwartet, den Indunaring auf deiner Stirn zu sehen, mächtiger Schlächter der Mashona«, lachte er, als sie sich umarmten.

»Bald, Kleiner Falke, sehr bald. Aber du, ich dachte, dein Wagen würde von Elfenbein schwer sein –«

»Geschehen, Kleine Axt, schon geschehen.« Ralph trat zurück und betrachtete ihn. In den Monaten, seit sie sich getrennt hatten, hatten sich beide Männer verändert.

An Bazo war keine Spur mehr von dem jungen Minenarbeiter zurückgeblieben, der seine Schichten in der Grube gearbeitet und Zougas Rationen gegessen hatte. Hier war ein Krieger und ein Prinz, groß und stolz und mit Federn geschmückt.

Ralph war nicht mehr der unreife Bursche, der nur nach dem Willen seines Vaters handelte. Er war ein erwachsener Mann mit einem munter erhobenen Kinn und einer selbstsicheren Haltung. Die Freunde musterten sich aufmerksam, und die Zuneigung wurde durch gegenseitige Achtung ergänzt.

»Ich habe vor nicht ganz zwei Stunden eine junge Büffelkuh geschossen.«

»Ja«, Bazo nickte, »der Schuß hat uns aufmerksam gemacht.«

»Das Büffelfleisch ist fett, und selbst für einen hungrigen Matabele ist genug da.«

Bazo blickte zur Sonne. »Obwohl ich in Eile und im Auftrag des Königs unterwegs bin, brauchen meine Gefangenen eine Pause. Wir werden dir helfen, deinen Büffel zu essen, Henshaw, aber im Morgengrauen werden wir weiterziehen.«

»Dabei ist so viel zu besprechen – und wir haben so wenig Zeit.«

Das Knallen einer Treckpeitsche war zu hören, und Bazo schaute an Ralphs Schulter vorbei und sah die Ochsen, die zwischen den Bäumen herantrotteten. Der Wagen schlingerte und holperte hinter ihnen.

»Du hast noch immer schlechte Gesellschaft«, schalt Bazo mit einem Grinsen, als er Isazi und Umfaan neben dem Gespann erkannte. »Aber die Ladung, die du beförderst, ist willkommen.«

Vom Wagenkasten hingen die rohen Viertel und Schultern des frisch geschlachteten Büffels herab.

»Seit wir den Kral des Königs verlassen haben, haben wir kein frisches Fleisch geschmeckt.«

Ralph und Bazo saßen an einem Feuer, getrennt von den anderen.

»Der König hat eingewilligt, die Gewehre und die Flaschen zu kaufen, die ich von Kimberley hergebracht habe«, berichtete Ralph, »und er hat mich großzügig bezahlt.«

Er erzählte nicht, daß Lobengula ihm einen ungeschnittenen Diamanten angeboten hatte – einen großen, lupenreinen Stein. Er hatte sofort gewußt, woher dieser Stein stammte, und deshalb hatte er so lange gefeilscht, bis Lobengula ihm sechs wertvolle Steine überreicht hatte. Er schätzte ihren Wert auf zehntausend Pfund.

So konnte er mit einem einzigen Streich seine gesamten Schulden an Diamond Lil – die Zinsen und ihren Anteil – bezahlen und hatte bereits mehrere tausend Pfund Gewinn gemacht.

»Dann bat ich Lobengula, mich Elefanten jagen zu lassen, und er lachte und sagte, ich sei zu jung und daß der Elefant mich auffressen würde. Er ließ mich zehn Tage lang draußen vor seinem Kral warten.«

»Wenn er dich nur so kurz warten ließ, dann hast du ihm gefallen«, unterbrach Bazo. »Einige weiße Männer haben vom Beginn der Trockenzeit bis zur Mitte der Regenzeit gewartet, nur um die Erlaubnis zu erhalten, die Straße aus Matabeleland hinaus benutzen zu dürfen.«

»Zehn Tage waren für mich lange genug«, knurrte Ralph. »Aber als ich ihn fragte, in welchem Teil seiner Länder ich die Erlaubnis zum Jagen hätte, lachte er wieder und sagte, ›Der Elefant wird durch dich kaum in Gefahr kommen, Kleiner Falke, deshalb kannst du hingehen, wohin du willst, und alle töten, die dumm und lahm sind.‹«

Bazo kicherte. »Und wie viele lahme und dumme Elefanten hast du bisher gefunden, Henshaw?«

»Ich habe bereits fünfzig gute Stoßzähne auf meinem Wagen.«

»Fünfzig!« Bazos Kichern erstarb, und er starrte Ralph voller Erstaunen an; dann erhob er sich und ging zum Wagen hinüber. Er löste einen der Riemen und hob das Segeltuch, um auf die Ladung zu schauen, während Isazi von seinem Kochfeuer aufblickte, die Stirn runzelte und Ralph zurief: »Der Urgroßvater dieses Jungen, Mashobane, war ein Dieb, sein Großvater, Mzilikazi, war ein Verräter – du hast allen Grund, ihm dein Elfenbein anzuvertrauen, Henshaw.«

Bazo blickte in die Baumwipfel. »Die Affen hier schnattern ja schrecklich herum«, murmelte er und kam dann wieder zu Ralph zurück.

»Schöne Stoßzähne!« gab er zu. »Wie die, welche die Jäger erbeuteten, als ich noch ein Kind war.«

Ralph erzählte ihm nicht, daß die meisten tatsächlich aus dieser Zeit stammten. Er hatte bis auf zwei alle Verstecke entdeckt, die sein Vater ihm verraten hatte.

Das Elfenbein war ausgetrocknet – hatte fast ein Viertel seines frischen Gewichts verloren; doch das meiste davon war noch in gutem Zustand und würde einen guten Preis erzielen.

Obwohl Ralph emsig seine eigenen Elefanten gejagt hatte, während er nach Zougas Schätzen suchte, war er wenig erfolgreich gewesen. Er hatte fünf Tiere getötet, von denen nur einer ein Bulle war, dessen frische Stoßzähne nur etwas über sechzig Pfund gewogen hatten.

Die großen Herden, die Zouga in *Odyssee eines Jägers* beschrieben hatte, existierten nicht mehr. Seit jenen Tagen waren viele Jäger in diesem Land gewesen, manche angeregt durch Zougas Schilderung. Buren und Briten, Hottentotten und Deutsche hatten die großen grauen Tiere gejagt und verfolgt, und ihre weißen Knochen auf dem Feld und im Wald zurückgelassen.

»Ja, es sind gute Stoßzähne«, nickte Ralph. »Und mein Wagen ist jetzt schwer beladen. Ich bin auf dem Rückweg zum Kral des Königs, um ihn um Erlaubnis zu bitten, Matabeleland verlassen und nach Kimberley zurückkehren zu dürfen.«

»Dann werden wir dich wahrscheinlich nie mehr sehen«, sagte Bazo ruhig. »Du wirst wie die anderen weißen Männer sein, die in Matabeleland waren. Du wirst nehmen, was du willst, und nie zurückkommen.«

Ralph lachte. »Nein, alter Freund, ich werde zurückkommen. Ich habe nicht alles, was ich will, noch nicht. Ich werde mit mehr Wagen zurückkommen, vielleicht mit sechs Wagen, alle mit Handelsgütern beladen. Ich werde Handelsposten vom Shashi-Fluß bis zum Sambesi errichten.«

»Du wirst ein reicher Mann werden, Henshaw. Dessen bin ich sicher«, murmelte Bazo. »Aber reiche Männer sind nicht immer glückliche Männer. Das habe ich oft bemerkt. Es gibt doch noch etwas in Matabeleland für dich, außer Elfenbein und Gold und Diamanten.«

Ralphs Gesichtsausdruck veränderte sich. »Woher weißt du das?«

»Ich wußte es nicht mit Bestimmtheit«, behauptete Bazo, noch immer lächelnd. »Obwohl ich nicht in die magische Kalabasse schauen muß, um zu erkennen, daß es eine Frau ist – du hast plötzlich das Aussehen eines Hundes, der die Hündin riecht. Erzähle mir, Henshaw, wer ist sie, und wann wirst du sie zum Weibe nehmen?« Dann lachte er laut. »Du hast ihren Vater noch nicht gefragt? Oder hast du gefragt, und er hat dich abgewiesen?«

»Das ist nicht zum Lachen«, erwiderte Ralph steif.

»Verzeihe einem, der dich wie ein Bruder liebt, ich wußte nicht, daß es eine so ernste Angelegenheit ist.«

»Einst, vor langer Zeit, als wir im Förderkorb hochfuhren, sprachst du von einer Frau mit Haar, so weiß und schön wie Wintergras«, sagte Ralph schließlich, und Bazo nickte.

»Sie ist es, Bazo. Ich habe sie gefunden.«

»Begehrt sie dich ebenso sehr wie du sie?« fragte Bazo. »Wenn sie es nicht tut, dann ist sie so dumm, daß sie dich nicht verdient hat.«

»Ich habe sie noch nicht gefragt«, gab Ralph zu.

»Frage sie nicht, sag es ihr, und frage dann ihren Vater. Zeige dem Vater deine Elfenbeinstoßzähne; das wird die Sache regeln.«

»Du hast recht, Bazo.« Ralph wirkte unsicher. »Es wird einfach sein.« Und dann leise auf englisch, so daß Bazo es nicht verstehen konnte: »Gott weiß, was ich tun werde, wenn es nicht so ist. Ich kann mir nicht vorstellen, ohne sie zu leben.«

Wenn Bazo den Worten auch nicht folgen konnte, so verstand er doch ihren Sinn. Er seufzte, und seine Blicke streiften Tanase, die am Kochfeuer stand.

»Sie sind so weich und schwach, und doch verwunden sie einen Mann mehr als der schärfste Stahl.«

Ralph folgte seinem Blick, und plötzlich klärte sich sein Gesichtsausdruck, und nun war es an ihm, Bazo auf die Schulter zu klopfen.

»Jetzt erkenne ich, was du gemeint hast, als du von dem Hund und der Hündin gesprochen hast.«

»Es ist nicht zum Lachen«, sagte nun Bazo.

Lange nachdem der letzte abgenagte Büffelknochen auf das Feuer geworfen und der letzte Biertopf geleert worden war, saßen Bazo und Ralph noch immer an ihrem Feuer – und ihre leisen Stimmen und das Schmatzen der wiederkäuenden Ochsen waren die einzigen Geräusche im Lager.

Es war, als ob jeder Augenblick kostbar für sie sei, denn beide fühlten, daß sie anders sein würden, wenn sie sich wieder begegneten, und vielleicht hatte sich dann auch die Welt verändert.

»Ich werde vor Sonnenaufgang fort sein, Henshaw«, sagte Bazo schließlich.

»Gehe in Frieden, Bazo – und genieße die Ehrungen, die dich erwarten, und die Frau, die du erobert hast.«

Als Bazo seine Schlafmatte erreichte, lag das Mädchen bereits in seine Decke gewickelt da.

Kaum lag Bazo neben ihr, da streckte sie die Hand nach ihm aus. Sie war so heiß, daß er glaubte, sie habe hohes Fieber – denn ihr Körper brannte und ihre Haut war trocken. Stummes Schluchzen schüttelte sie, und ihr Griff war fest.

»Was ist los, Tanase?« Er war entsetzt und beunruhigt.

»Eine Vision. Eine schreckliche Vision.«

»Ein Traum.« Er war erleichtert. »Es war nur ein Traum.«

»Es war eine Vision«, beharrte sie. »O Bazo, willst du nicht diese schreckliche Gabe von mir nehmen, bevor sie uns beide zerstört?«

Er hielt sie und konnte ihr nicht antworten; ihre Pein bewegte ihn tief, aber er war hilflos.

Nach einer Weile wurde sie ruhiger, und er glaubte, daß sie schliefe, aber dann plötzlich flüsterte sie.

»Es war eine schreckliche Vision, Bazo – und sie wird mich bis an mein Grab verfolgen.«

Er antwortete nicht, aber er verspürte abergläubische Furcht.

»Ich sah dich hoch auf einem Baum –« Sie brach ab und ein weiteres, kurzes Schluchzen traf sie wie ein Schlag. »Der weiße Mann, der, den du Henshaw nennst, der Falke – vertraue ihm nicht.«

»Er ist wie mein Bruder, und ich liebe ihn wie einen Bruder.«

»Warum hat er dann nicht geweint, Bazo, warum hat er nicht geweint, als er zu dir hochschaute?«

Salina Codrington rollte den Teig aus. Die Ärmel ihrer Bluse waren hochgekrempelt, und ihre Arme waren bis zu den Ellenbogen voller Mehl. Kleine Teigklumpen klebten an ihren Händen und Fingern.

Eine Strähne ihres weißgoldenen Haares hatte sich aus dem Band gelöst und kitzelte jetzt ihre Nase. Salina pustete sie fort.

Ralph hielt diese kleine Geste für das Schönste, was er je gesehen hatte, aber alles an ihr faszinierte ihn. Ihr Lächeln war so sanft, so natürlich, daß seine Brust sich wieder verengte und seine Stimme in seinen Ohren erstickt klang.

»Ich breche morgen auf.«

»Ja«, nickte Salina. »Wir werden dich schrecklich vermissen.«

»Dies ist die erste Gelegenheit, die ich habe, mit dir allein zu sprechen, ohne die Monster –«

»O Ralph, das ist eine unfreundliche, wenn auch völlig präzise Beschreibung meiner lieben Schwestern.« In ihrem Lachen lag ein überraschendes Timbre. »Wenn du mit mir hättest sprechen wollen, hättest du mich fragen können.«

»Ich frage jetzt, Salina.«

»Wir sind allein.«

»Willst du nicht für einen Moment mit der Arbeit aufhören?«

»Der Teig wird verderben, aber ich kann dir auch beim Arbeiten zuhören.«

Ralph scharrte mit den Füßen. Es war nicht so, wie er es geplant hatte. Es würde ein Kunststück des richtigen Zeitpunkts und der Geschicklichkeit sein, sie in die Arme zu nehmen, so mit Mehl und Teig bedeckt, wie sie war, und mit dem schweren Nudelholz in ihren Händen.

»Salina, du bist das wunderschönste Mädchen – Frau – ich meine, die reizendste Dame, die ich je gesehen habe.«

»Das ist freundlich, aber nicht wahr, Ralph, ich habe einen Spiegel, weißt du.«

»Es ist wahr, ich schwöre –«

»Bitte, schwöre nicht, Ralph. Jedenfalls gibt es wichtigere Dinge im Leben als Schönheit – Freundlichkeit und Güte und Verständnis zum Beispiel.«

»O ja, und all diese Eigenschaften hast du.«

Plötzlich hielt Salina inne und starrte ihn mit einem Ausdruck von Bestürzung an.

»Ralph«, flüsterte sie. »Vetter Ralph –«

»Ich mag dein Vetter sein«, stotterte er, »aber ich liebe dich, Salina, ich liebte dich von dem ersten Augenblick an, als ich dich am Fluß sah.«

»O Ralph, mein armer, lieber Ralph.« Bestürzung mischte sich nun mit Mitleid.

»Ich hätte es nie gesagt, aber jetzt, nach meiner Expedition habe ich ein kleines Vermögen. Ich werde in der Lage sein, meine Schulden zu bezahlen, und wenn ich zurückkomme, habe ich einen eigenen Wagen. Ich bin noch nicht reich, aber ich werde es bald sein.«

»Wenn ich es doch nur gewußt hätte. O Ralph, wenn ich nur etwas geahnt hätte, dann wäre ich in der Lage gewesen –«

Aber er mußte jetzt alles gestehen und unterbrach sie: »Ich liebe dich, Salina, du ahnst nicht, wie sehr ich dich liebe. Ich möchte dich heiraten.«

Darauf kam sie zu ihm, und ihre Augen füllten sich mit Tränen, die an ihren Lidern zitterten.

»Lieber Ralph. Es tut mir so leid. Ich hätte alles darum gegeben, dir Schmerz zu ersparen. Wenn ich es doch nur gewußt hätte.«

Er erschrak. »Du willst nicht – heißt das, du willst mich nicht heiraten?« Sein Gesichtsausdruck verhärtete sich. »Aber warum nicht, ich werde dir alles geben, ich werde dich achten und –«

»Ralph«, sie berührte seine Lippen. »Psst, Ralph, psst.«

»Aber, Salina, ich liebe dich! Verstehst du denn nicht?«

»Doch, das tue ich. Aber, Ralph, ich liebe dich nicht!«

Cathy und die Zwillinge begleiteten Ralph bis zum Fluß. Vicky und Lizzie ritten gemeinsam auf Toms Rücken. Sie ritten im Herrensitz, die Kleider bis zu den Schenkeln hochgezogen, und quietschten vor Vergnügen, bis Ralph glaubte, daß seine Trommelfelle platzen würden. Er antwortete nicht auf Cathys Fragen, und schließlich wurde auch sie stumm.

Am Ufer des Flusses Khami sollten sie sich trennen. Das wußten alle, ohne darüber zu sprechen. Isazi hatte den Wagen bereits durch die Furt gefahren. Die eisenbeschlagenen Räder hatten tiefe Narben am Ufer hinterlassen. Er mußte etwa eine Stunde Vorsprung haben. Ralph blickte den Weg zurück, hob seinen Hut und beschattete die Augen mit der Krempe gegen das frühe Sonnenlicht.

»Salina kommt also nicht?« fragte er matt.

»Sie hat Bauchschmerzen«, erklärte Vicky.

»Das ist unhöflich«, sagte Cathy. »Und nur dumme kleine Mädchen sprechen über Dinge, die sie nicht verstehen.«

Lizzie senkte ihren Blick, und Vicky tat, als sei sie völlig unschuldig.

»Sagt Vetter Ralph auf Wiedersehen, ihr beiden.«

»Ich liebe dich, Ralph«, sagte Vicky und küßte ihn.

»Ich liebe dich auch, Vetter Ralph.« Lizzie hatte die Küsse gezählt, mit denen Vicky ihn überschüttet hatte, und sie machte sich daran, einen neuen Rekord aufzustellen, ein edler Versuch, der aber von Cathy vereitelt wurde.

»Schluß jetzt«, schalt Cathy. »Geht jetzt, ihr beiden.«

»Cathy weint«, stellte Lizzie fest, und beide Zwillinge waren hingerissen.

»Ich weine nicht«, protestierte Cathy wütend.

»O doch, das tust du«, sagte Vicky.

»Ich habe etwas in meinem Auge.«

»In beiden Augen?« fragte Lizzie skeptisch.

»Ich warne euch«, sagte Cathy. Die Zwillinge kannten diesen Gesichtsausdruck und begaben sich widerwillig außer Reichweite. Cathy drehte ihnen den Rücken zu, so daß ihnen die Hälfte dessen, was folgte, entging.

»Sie haben recht.« Ihr Flüstern war heiser. »Ich weine, Ralph, ich hasse es, dich gehen zu sehen. «

Ralph hatte sie noch nie richtig angeschaut, all seine Blicke hatten allein Salina gegolten, doch jetzt rührte ihn ihr freimütiges Geständnis, und er betrachtete sie zum ersten Mal richtig. Er hatte sie für ein Kind gehalten, aber er hatte sich geirrt. Die dichten, dunklen Augenbrauen und das feste Kinn verliehen ihrem Gesicht Stärke. Er spürte, daß alles, was sie zum Weinen brachte, tief empfunden war.

»Wirst du zurückkommen, Ralph? Ich kann dich nicht gehen lassen, wenn du es nicht versprichst.«

»Ich verspreche es«, sagte er, und plötzlich war der Schmerz erträglich, von Salina abgewiesen worden zu sein. Bis jetzt hatte er geglaubt, daß es ihn umbringen würde.

»Bis dahin werde ich jeden Tag für dich beten«, sagte Cathy und küßte ihn. Sie fühlte sich nicht mehr dünn und linkisch in seinen Armen an.

Ihr Mund hatte einen Geschmack, als kaue man auf einem Halm frischen Frühlingsgrases. Ihre Lippen waren weich und warm. Er hatte nicht gerade den brennenden Wunsch, die Umarmung zu lösen, und auch Cathy schien sehr zufrieden zu sein und ließ sie andauern. Der Schmerz der unerwiderten Liebe verebbte ein wenig mehr und wurde durch ein warmes und tröstendes Gefühl ersetzt, einem höchst erfreulichen Glühen, bis Ralph erschrak, weil er zwei Dinge bemerkte. Das erste war, daß die Zwillinge ein aufmerksames Publikum darstellten und mit riesigen Augen und unverschämtem Grinsen die Szene verfolgten. Das zweite war, daß dieses angenehme Glühen, das ihn durchströmte, nicht nur sein Herz betraf, sondern von fühlbaren körperlichen Veränderungen begleitet wurde, die auch bald der frischen, jungen Unschuld in seinen Armen offensichtlich werden mußten.

Er schob sie von sich und sprang mit unnötiger Vehemenz auf Toms Rücken. Als er zu Cathy hinabblickte, war der Strom der Tränen versiegt und an seine Stelle war ein Ausdruck von Zufriedenheit getreten. Ein seltsames Wissen umspielte ihre Lippen, das ohne jeden Zweifel bewies, daß sie kein Kind mehr war.

»Wann kommst du wieder?« fragte sie.

»Nicht vor Ende der Regenzeit. Von heute an gerechnet in sechs oder sieben Monaten.« Und plötzlich schien das auch für Ralph eine lange Zeit zu sein.

»Ich habe dein Versprechen.«

Bazo konnte nicht schlafen; Stunden zuvor hatte er seine Schlafmatte verlassen und hatte sich an das Feuer in der Mitte der Hütte gehockt. Die anderen hatten sich nicht einmal gerührt, als er aufstand.

Die Mäntel aus Federn und Fellen und Perlen, ihr Kopfputz und ihre Kilte lagen neben ihren Schlafmatten. Sie hatten sich versammelt, um das Fest der ersten Früchte zu feiern, das morgen bei Tagesanbruch beginnen sollte.

Bazo blickte jetzt zu Kamuza, Zama und Mondane, und seine Brust war übervoll von Freude, weil diese Gefährten der Jahre, mit denen er die Knabenzeit und die Jugend geteilt hatte, und jetzt das Mannesalter, an einem der wichtigsten Tage seines Lebens wieder dasein würden.

Jetzt saß Bazo allein am Feuer, während seine Freunde im Schlafe schnarchten und murmelten, und er dachte über sein Glück nach, wie ein Geizhals, der seine Schätze zählt.

Er durchlebte wieder jenen Augenblick seines Triumphes, als die Reihen der gefangenen Frauen Lobengula vorgeführt und die Beute vor seinem Wagen angehäuft worden war: die Barren und Rollen roten Kupfers, die Axtköpfe, die Lederbeutel mit Salz, die Tontöpfe voller Perlen. Pemba war ein berühmter Zauberer gewesen, und er hatte seinen Tribut bei einer Unzahl furchtsamer Klienten eingesammelt.

Lobengula hatte gelächelt, als er den Schatz sah. Das war der eigentliche Grund für seine Fehde mit Pemba gewesen. Der König war nicht über den Neid der gemeinen Menschen erhaben. Als Lobengula lächelte, lächelten all seine Indunas wohlwollend mit ihm und gaben diese kleinen schnalzenden Geräusche der Zufriedenheit von sich.

Bazo erinnerte sich, wie der König ihn vorgerufen hatte und wieder gelächelt hatte, als Bazo den Beutel leerte, den er über seiner Schulter trug. Der Kopf des Zauberers, der sich inzwischen in einem fortgeschrittenen Zustand der Verwesung befand, war zum Vorderrad des Wagens gerollt und hatte Lobengula mit zerfressenen Lippen angegrinst, die von den ungleichmäßigen, durch die Hanfpfeife befleckten Zähnen zurückgewichen waren.

Ein Rudel der dürren, räudigen Köter, die im Kral des Königs herumliefen, war gekommen, um zu knurren und um den Bissen zu streiten, und als einer der schwarzgekleideten Henker sie mit Schlägen seines Knüppels vertreiben wollte, hatte der König ihn daran gehindert.

»Die armen Tiere haben Hunger, laß sie.«

Er wandte sich an Bazo.

»Erzähle mir, wie es geschah.«

Bazo erzählte von seinem Triumph und den Anstrengungen, die er unternommen hatte, um den Sieg zu erringen. Er sang die Ode auf Pemba, die er gedichtet hatte.

»Bazo, Sohn des Gandang, gehe und wähle dir zweihundert Rinder aus den königlichen Herden«, sagte Lobengula schließlich.

»*Bayete!*« schrie Bazo.

»Bazo, Sohn des Gandang – du, der du fünfzig Männer so geschickt kommandiert hast – jetzt stelle ich eintausend unter deinen Befehl.«

»*Nkosi!* Herr!«

»Du wirst die jungen Männer befehligen, die jetzt im königlichen Kral am Shangani-Fluß warten. Ich gebe dir die Insignien für dein neues Regiment. Deine Schilde werden rot sein, deine Kilte die Schwänze der Ginsterkatze, dein Kopfputz die Schwungfedern des Marabus und dein Stirnband der Pelz des wühlenden Maulwurfs«, intonierte Lobengula und pausierte dann. »Der Name deines Regimentes wird *Izimvukuzane Ezembintaba* sein – die Maulwürfe, die unter einem Berg wühlen.«

»*Nkosi kahkula!* Großer König!« brüllte Bazo.

»Nun Bazo, erhebe dich und gehe zu den Frauen, um dir ein Weib auszusuchen. Vergewissere dich, daß sie tugendhaft und fruchtbar ist, und laß es ihre erste Pflicht sein, daß sie dir den Kopfring der Induna auf die Stirn setzt.«

»*Indhlovu! Ngi ya bonga!* Großer Elefant, ich preise dich!«

Bazo erinnerte sich jetzt an jedes Wort, das der König gesprochen hatte. Er seufzte vor Zufriedenheit und legte einen weiteren Scheit auf das Feuer.

Dann unterbrach ein fernes Geräusch seine Träumerei; es war das laute Schreien einer Hyäne, kein ungewöhnlicher Laut. Nur hatte er ihn in dieser Nacht noch nicht gehört. In jeder anderen Nacht ertönten die gräßlichen Schreie dieser Tiere kurz nach der Dämmerung und währten bis zum Sonnenaufgang. Der heulende Schrei unterbrach die Stille, die ihm vorangegangen war. Bazo lauschte noch ein paar Sekunden und ließ dann seine Gedanken zum morgigen Tage wandern.

Nach dem König war Gandang eine der wichtigsten Persönlichkeiten in Matabeleland – nur Somabula und Babiaan waren ihm ebenbürtig, so daß eine Hochzeit in seinem Kral selbst dann ein gewaltiges Ereignis gewesen wäre, wenn nicht sein ältester Sohn, der gerade Induna geworden war, der Bräutigam wäre.

Lobengula und sein Gefolge waren bereits unterwegs; sie schliefen heute nacht im Regimentskral des Intemba-Regimentes, nur fünf Meilen entfernt, und sie würden vor Mittag eintreffen.

Somabula begleitete den König, wohingegen Babiaan von Osten kam, mit einhundert Kriegern als Leibwache. Nomusa und Hlopi kamen von der Missionsstation in Khami als Jubas Ehrengäste, und sie brachten all ihre Töchter mit.

Gandang hatte fünfzig fette Ochsen aus seinen Herden ausgesucht, und der Bräutigam und seine jungen Gefährten würden mit dem Schlachten und Zerteilen in der Morgendämmerung beginnen – während die unverheirateten Mädchen die Braut zum Flußteich begleiteten, sie badeten und dann mit Fett und Lehm einrieben, bis sie im frühen Sonnenlicht glänzte. Dann würden sie sie mit wilden Blumen schmücken.

Die Hyäne schrie wieder, näher diesmal, und es klang, als ob sie direkt vor der Umfriedung sei – und dann geschah etwas Seltsames. Der einzelne Schrei wurde von einem Chor beantwortet, als ob eine gewaltige Menge der großen, struppigen, gefleckten, hundeähnlichen Bestien Gandangs Kral umkreist hätte.

Bazo schreckte hoch. Er hatte noch nie so etwas gehört – da draußen mußten hundert oder mehr dieser plumpen Tiere sein.

Es war, als ob alle Seelen der Toten aus ihren Gräbern auferstanden seien, um vor Gandangs Kral zu schreien. Sie kreischten und heulten, begannen mit einem tiefen Stöhnen, das sich zu einem schrillen Chor anhob.

»Oooooh – wiiiiie!«

Sie kreischten wie der Geist eines Mashona, der wieder das stählerne Blatt in seiner Brust spürt. Sie kicherten fast menschlich und lachten – dieses wahnsinnige und höhnische Gelächter. Plötzlich ertönten die Rufe der Wächter des Krales und das Gekreisch der erwachenden Frauen in den Hütten.

»Geh nicht hinaus«, rief Kamuza, als Bazo mit dem Schild auf seiner Schulter und dem Assegai in der rechten Hand zur Tür sprang. »Gehe nicht ins Dunkel, dies ist Hexerei. Das da draußen sind keine Tiere.«

Diese Worte ließen Bazo auf der Schwelle erstarren. Es gab nichts aus Fleisch und Blut, dem er nicht gegenübertreten würde, aber –

Der teuflische Chor erreichte einen Höhepunkt und endete dann abrupt. Das Schweigen, das folgte, war noch unheimlicher als der Lärm, und Bazo wich von der Tür zurück. Seine Gefährten hatten zu den Waffen gegriffen. Ihre Augen schimmerten groß und weiß im Feuerschein – aber keiner von ihnen bewegte sich.

Alle in Gandangs Kral waren jetzt wach, aber sie warteten. Die Frauen krochen in die fernsten Winkel ihrer Hütten und verhüllten ihre Köpfe mit den Pelzdecken.

Das Schweigen währte so lange, wie ein Mann zum Umlaufen der Einfriedung brauchen würde, und dann wurde es vom Schrei einer einzelnen Hyäne gebrochen. Die Köpfe der Krieger in Bazos Hütte hoben sich, und alle starrten zum Dach empor, denn von dort kam der geisterhafte Schrei – direkt aus der Luft über Gandangs Kral.

»Hexerei.« Kamuzas Stimme bebte, und Bazo schluckte das entsetzte Wimmern hinunter, das in seiner Kehle aufstieg.

Als der Tierschrei erstarb, war da ein anderes Geräusch zu hören. Der Schrei eines jungen Mädchens, der sich in schrecklicher Qual erhob.

»Bazo! Hilf mir, Bazo!«

Das war das einzige, was ihn zur Aktion treiben konnte. Bazo schüttelte sich wie ein Hund, der aus dem Wasser an Land springt und streifte die Angst ab, die ihn lähmte.

»Geh nicht!« schrie Kamuza ihm nach. »Es ist nicht das Mädchen, es ist eine Hexenstimme.«

Aber Bazo riß die Tür auf.

Er sah sie sofort. Tanase rannte aus den Frauenquartieren auf ihn zu.

Ihr nackter Körper wirkte wie ein Schatten, als sie auf ihn

zurannte. Bazo sprang ihr entgegen und sie trafen sich vor dem Haupttor der Einfriedung. Tanase klammerte sich an ihn.

Kein anderer Mensch hatte die Hütten verlassen; im Kral herrschte eine furchtbare Stille. Bazo hob seinen Schild, um sich und das Mädchen zu decken – und instinktiv drehte er sein Gesicht dem Tor zu. Erst da bemerkte er, daß es offenstand.

Er versuchte, die Hütte zu erreichen, und dabei das Mädchen mit sich zu ziehen, doch sie war starr in seinen Armen, wie mit der Erde verwurzelt.

»Bazo«, flüsterte Tanase. »Sie sind gekommen.«

Als sie sprach, loderte das Wachfeuer neben dem Tor auf, das längst zu Asche und verkohlten Scheiten niedergebrannt war. Die Flammen züngelten mannshoch und zischten wie ein Wasserfall, und die Einfriedung und das Tor waren von dem gelb tanzenden Licht hell erleuchtet. Jenseits des offenen Tores, direkt am Rand des Feuerscheins, stand eine menschliche Gestalt. Es war die Gestalt eines sehr alten Mannes mit steifen Gliedmaßen und gebeugtem Rücken. Sein Haar war so weiß wie Salz, und die Haut war vor Alter grau und staubig. Das Weiß seiner Augen funkelte, und glasige Fäden von Speichel tropften aus seinem zahnlosen Mund auf seine Brust.

Seine Stimme war ein zitterndes, uraltes Quieken.

»Tanase!« rief er. »Tanase, Tochter der Geister.«

Alles Leben wich aus Tanases Augen; sie wurden leer.

»Beachte ihn nicht –« krächzte Bazo. Ein bläulicher Schein tauchte über Tanases Augäpfeln auf, und sie wandte ihren Kopf zu der geisterhaften Gestalt jenseits der Tore.

»Tanase, dein Schicksal ruft dich!«

Sie löste sich aus Bazos Armen. Es schien ihr keine Mühe zu machen. Er konnte sie nicht halten. Ihre Kraft war übermenschlich.

Sie ging auf das Tor zu, und als Bazo versuchte, ihr zu folgen, merkte er, daß er sich nicht bewegen konnte. Tanase blickte nicht zurück. Sie bewegte sich mit fließender Anmut, leicht wie ein Flußnebel, auf die uralte, gebeugte Gestalt zu.

»Tanase!« Bazos Stimme war ein verzweifelter Schrei, und er fiel auf die Knie.

Der alte Mann streckte eine Hand aus, und Tanase ergriff sie. Während sie das tat, erstarb das Wachfeuer so plötzlich, wie es aufgeflammt war, und die Finsternis jenseits des Tores war undurchdringlich.

»Tanase!« flüsterte Bazo. Unten am Fluß schrie die Hyäne zum letzten Mal.

Die Zwillinge kamen in die Kirche gestürmt und überschlugen sich vor Eifer.

»Mama! Mama –«

»Vicky, ich hab' sie zuerst gesehen, laß mich!«

Robyn Codrington blickte von dem schwarzen Körper auf, der ausgestreckt auf dem Tisch lag, und verwies ihre Töchter mit einem Stirnrunzeln in die Schranken.

Sie hüpften aber dennoch voller Ungeduld.

»Also gut, Vicky. Was ist los?«

Sie begannen gemeinsam, und Robyn bremste sie.

»Ich sagte Vicky.«

Vicky blies sich wichtig auf.

»Da kommt jemand.«

»Aus Thabas Indunas?« fragte Robyn.

»Nein, Mama, von Süden.«

»Wahrscheinlich ist es einer der Boten des Königs.«

»Nein, Mama, es ist ein weißer Mann auf einem Pferd.«

Robyns Interesse verstärkte sich; sie hätte es nie zugegeben, nicht einmal vor sich selbst, daß sie sich manchmal nach Gesellschaft sehnte. Ein weißer Reisender würde Neuigkeiten bedeuten, Briefe vielleicht, Waren und Proviant oder sogar das Kostbarste von allem – Bücher. Selbst wenn er keine solchen Schätze bei sich hatte, würde doch ein fremdes Gesicht und eine Unterhaltung den Alltag beleben.

»Sag Papa, daß ich gleich kommen werde«, sagte sie, und die Zwillinge liefen davon.

Als Robyn schließlich den Patienten versorgt hatte, wusch sie sich die Hände und eilte hinaus. Der Fremde kam gerade über den Hügel. Clinton führte das Maultier, auf dem er saß. Es war ein großes, graues Tier, und der Reiter auf dem breiten Rücken wirkte klein und schlank. Er war ein Junge, mit einer alten Tweedjacke und einer Stoffmütze. Die Zwillinge tanzten zu beiden Seiten des Maultiers.

»Wer ist das, Mama?« Salina kam aus der Küche.

»Das werden wir gleich wissen.«

Clinton führte das Maultier zur Veranda.

»Ihr Großvater, Dr. Moffat, hat mich zu Ihnen geschickt. Ich habe Briefe und Geschenke von ihm für Sie.«

Robyn bemerkte, daß unter der geflickten Tweedjacke und der Mütze eine Frau steckte – und selbst in diesem Augenblick der Überraschung wurde ihr bewußt, daß es eine außergewöhnlich schöne Frau war, nicht viel älter als dreißig Jahre.

Sie sprang mit der Behendigkeit einer erfahrenen Reiterin von dem Maultier und ging die Stufen hinauf, um Robyns Hand zu ergreifen. Ihr Händedruck war so fest wie der eines Mannes.

»Mein Mann ist krank. Dr. Moffat sagt, daß sie die einzige sind, die ihn am Leben erhalten könnte. Werden Sie es versuchen? Oh, bitte, werden Sie ihm helfen?«

»Ich bin Ärztin.« Robyn zog behutsam ihre Finger aus dem schmerzhaften Griff der anderen Frau. Irgend etwas an dieser Fremden war zu eindringlich, zu leidenschaftlich. »Ich bin Ärztin, und ich könnte nie jemandem, der leidet, meine Hilfe verweigern. Natürlich werde ich alles tun, was ich kann.«

»Versprechen Sie das?« beharrte die Frau, und Robyn war fast beleidigt.

»Ich habe bereits gesagt, daß ich ihm helfen werde, wenn ich kann. Es gibt keinen Grund, ein Versprechen abzugeben.«

»Oh, danke.« Die Frau lächelte vor Erleichterung.

»Wo ist Ihr Mann?«

»Nicht weit hinter mir. Ich bin vorausgeritten, um Sie vorzubereiten – und um sicherzugehen, daß Sie uns helfen würden.«

»Was fehlt ihm?«

»Dr. Moffat hat das alles in einem Brief erklärt. Die Frau war ausweichend, entzog sich Robyns prüfendem Blick und eilte zu dem Maultier zurück.

Aus den Satteltaschen holte sie zwei in Öltuch gehüllte Päckchen. Sie waren so schwer und groß, daß Clinton sie ihr abnahm und sie in die Kirche trug.

»Sie sind müde«, sagte Robyn. »Es tut mir leid, daß ich Ihnen keinen Kaffee anbieten kann, wir haben den letzten vor einem Monat verbraucht – aber ein Glas Limonade vielleicht?«

»Nein, danke.« Die Frau schüttelte entschieden den Kopf. »Ich werde sofort zurückreiten, um meinen Mann zu holen – wir werden vor Einbruch der Nacht eintreffen.«

Sie sprang behende auf den Rücken des Maultieres. Keiner von ihnen hatte je zuvor eine Frau so etwas tun sehen.

»Danke«, rief sie noch einmal und trabte dann aus dem Hof.

Clinton kam aus der Kirche und legte einen Arm um Robyns Schultern.

»Was für eine schöne und ungewöhnliche Frau«, sagte er, und Robyn nickte. Das war eines der Dinge, die sie beschäftigten. Robyn mißtraute schönen Frauen.

»Wie ist ihr Name?« fragte sie.

»Ich hatte keine Gelegenheit, sie zu fragen.«

»Vielleicht hat dich ihr Anblick zu sehr abgelenkt«, meinte Robyn spitz und löste sich aus seiner Umarmung. Clinton sah ihr mit reumütigem Gesichtsausdruck nach, als sie die Kirche betrat.

Nach einem Augenblick machte er eine Bewegung, als wolle er ihr folgen – dann aber seufzte er und schüttelte den Kopf. Es war immer gut, Robyn allein zur Besinnung kommen zu lassen, gutes Zureden verärgerte sie nur noch mehr.

In der Stille der Kirche entknotete Robyn das erste Paket und legte den Inhalt auf den Tisch.

Es enthielt fünf schwere Flaschen mit Glasstöpseln, und sie las die Etiketten: »Karbolsäure, Alaun, Quecksilber, Jod, Trichlormethan.«

»Sei gesegnet, Großvater.« Sie lächelte beglückt – sie entstöpselte die letzte Flasche und roch vorsichtig an der Öffnung, um ihr Glück bestätigt zu wissen.

Der beißende, süße Geruch war unverkennbar. Chloroform war für sie kostbarer als ihr eigenes Blut; sie hätte es zu gern Tropfen für Tropfen getauscht.

Ihr Vorrat war bereits vor Monaten erschöpft gewesen, und die Londoner Missionsgesellschaft war mit ihren Lieferungen so geizig wie immer. Sie wünschte, sie hätte nur ein paar hundert Guineen ihrer gewaltigen Buchtantiemen gespart, um sich ihre eigene Medizin beschaffen zu können.

Sie preßte die Flasche für einen Augenblick an ihre Brust.

»Lieber Großvater«, wiederholte sie, und dann setzte sie die Flasche mit der kostbaren Flüssigkeit so ehrerbietig ab, als sei sie der berühmte Kohinoor-Diamant, und wandte sich dem zweiten Päckchen zu.

Eine Rolle Zeitungen – *The Cape Times* und *The Diamond Fields Advertiser*. In den kommenden Wochen würde jede Spalte gelesen und wieder gelesen werden, bis hin zu den Anzeigen für die Auktionen und die amtlichen Mitteilungen; und dann würde die Zeitung selbst für ein Dutzend Haushaltszwecke benutzt werden. Unter den Zeitungen befanden sich Bücher, wundervolle, dicke, ledergebundene Bücher.

»Sei gesegnet, Robert Moffat. Ibsen, Stevenson, Mark Twain.« Fast widerwillig legte sie die anderen Bücher für eine spätere Inspektion beiseite und wandte sich dem Brief ihres Großvaters zu. Es waren viele engbeschriebene Seiten. Die Schrift war zittrig und unstet. Sie überflog rasch die Begrüßungen und die persönlichen Neuigkeiten, bis sie die Mitte der zweiten Seite erreichte:

»Robyn, man sagt, daß ein Arzt seine Fehler begräbt: dreister Unsinn. Ich sende Dir den meinen. Der Patient, der mit diesem Brief bei Dir eintrifft, müßte schon längst in einem modernen Krankenhaus liegen. Er hat sich standhaft geweigert, ein solches aufzusuchen. Er hat seine Gründe dafür, und ich habe nicht nachgeforscht. Die Tatsache, daß er seit über einem Jahr eine Pistolenkugel in seinem Leib hat, mag auf seine Motive hinweisen.

Zweimal habe ich versucht, diesen Fremdkörper herauszuschneiden, aber meine Augen sind nicht mehr so klar und meine Hände nicht mehr so ruhig wie die Deinen. Jedesmal habe ich versagt, und ich fürchte, daß ich mehr Schaden als Gutes angerichtet habe.

Ich weiß, daß Du Interesse und Geschick bei der Behandlung dieser Art von Verletzungen hast, da Du durch die jungen Krieger Lobengulas endlos Gelegenheit hast, Deine Technik zu verfeinern.

So sende ich Dir also einen weiteren Patienten, an dem Du Deine Kunst demonstrieren kannst – und mit ihm meine letzte Flasche Chloroform; denn der arme Bursche hat – was immer seine Sünden sein mögen – genug unter meinem Messer gelitten.«

Der Brief verursachte ihr Unbehagen – so wie die Frau, die ihn überbracht hatte. Sie faltete den Brief zusammen und steckte ihn in ihre Rocktasche, als sie die Kirche verließ und über den Hof eilte.

»Cathy«, rief sie. »Wo ist das Mädchen? Sie muß im Gästehaus nach dem Rechten sehen.«

»Sie ist bereits dort, Mama.« Salina schaute auf, als sie in die Küche stürmte.

»Und wo ist dein Vater?«

Innerhalb einer Stunde war die Mission darauf vorbereitet, Gäste zu empfangen, und summte voller Erwartung; aber sie mußten bis zum frühen Abend warten, bis ein zweirädriger Karren vor dem Fluß auftauchte. Er wurde von zwei Maultieren gezogen.

Die ganze Familie versammelte sich auf der vorderen Veranda des Hauptgebäudes.

Die Frau lief neben dem Karrenrad her, das ihr fast bis zum Kopf reichte. Ein farbiger Diener in zerlumpter Kleidung führte die Maultiere. Über den Karren war ein Sonnendach aus Zweigen und geflecktem Segeltuch gespannt.

Der Wagen blieb vor der Veranda stehen. Der Patient lag auf einer Strohschütte auf dem Boden der Karre und stützte sich jetzt auf einen Ellenbogen.

Er war eine hagere Gestalt; das Fleisch schien bereits von den großen Knochen seiner Schultern gewichen zu sein. Seine Wangen waren eingefallen und hatten sich schmutziggelb gefärbt. Sein Haar wucherte wild auf seinem Kopf, dichtes, dunkles Haar, das mit weißen Strähnen durchsetzt war. Er hatte sich seit

Tagen nicht rasiert; dicke Stoppeln bedeckten sein Kinn. Ein Auge lag tief in seiner Höhle, und es hatte dieses fiebrige Glitzern, das Robyn sofort erkannte. Es war der Blick des Todkranken.

Das andere Auge war von einer schwarzen Augenklappe bedeckt. Es war etwas schrecklich Vertrautes an dieser großen, adlergleichen Nase und dem breiten Mund – doch erst als er dieses spöttische und doch irgendwie charmante Lächeln zeigte, wich Robyn zurück und riß eine Hand vor den Mund, zu spät, um ihren Schrei zu unterdrücken.

Sie suchte an einem der Mopani-Pfosten Halt, die das Dach stützten.

»Mama, ist alles in Ordnung?« Robyn stieß Salinas Hände beiseite und starrte den Mann im Karren an.

Nur eine Erinnerung aus so vielen hob sich wie eine Sturzwelle aus einer sturmgepeitschten See, um sie zu überschwemmen. Sie sah wieder, wie diese dichten, dunklen Locken, denen nur dieses Silber fehlte, sich über ihren nackten Busen beugten. Sie sah über sich das Balkendach der großen Kabine im Achterschiff des Sklavenschiffes *Huron*, und sie erinnerte sich, wie sie sich seitdem tausendmal in den zwanzig Jahren erinnert hatte, an den entsetzlichen Schmerz und das tiefe, qualvolle Eindringen, das sie so erschüttert hatte. Die vier Geburten seitdem hatten die Erinnerung daran nicht auslöschen können. Sie hatte Qualen erlitten, als dieser Mann sie zur Frau gemacht hatte.

Ihre Sinne waren umnebelt, in ihren Ohren tobte ein Rauschen, und sie stürzte fast. Clintons kräftige Stimme riß sie in die Wirklichkeit.

»Sie!« rief er.

Als Clinton sich aufrichtete, schienen die Jahre von ihm zu fallen. Er war wieder groß und geschmeidig, zornig wie der junge Offizier der königlichen Marine, der mit Pistolen und einem kurzen Marinesäbel an der Hüfte auf das Achterdeck des Sklavenschiffes getreten war, um sich diesem Mann zu stellen.

Robyn dachte an die Worte, die er damals mit derselben heftigen Stimme gesprochen hatte: »Captain Mungo St. John, Ihr Ruf eilt Ihnen voraus, Sir. Der erste Sklavenhändler, der mehr als dreitausend Seelen über die Mittelpassage in einem Zeitraum von nur zwölf Monaten befördert hat – ich würde den Sold von fünf Jahren geben, um Sie in Arrest nehmen zu können, Sir.«

Robyn erinnerte sich dann, daß es ein weiteres Jahr gedauert hatte, bis Clintons Wunsch sich erfüllte.

»Sie wagen es, hierherzukommen, zu uns?« Clinton war bleich vor Wut; seine blauen Augen, die so lange sanft gewesen waren, waren voller Haß. »Sie, Sie grausamer und blutiger Schlächter, Sie wagen es, uns unter die Augen zu treten?«

Mungo St. John lächelte noch immer. Er verspottete ihn mit dem Lächeln und Funkeln seines einzigen Auges, aber seine Stimme war leise und vor Schmerzen rauh.

»Und Sie, Sie gütiger und heiliger Christenmensch, Sie wagen es, mich abzuweisen?«

Clinton zuckte zusammen, als ob ihm ins Gesicht geschlagen worden wäre. Er trat einen Schritt zurück. Langsam schwanden die Gewandtheit und Jugendlichkeit aus seiner Haltung, und seine Schultern sackten wieder herab. Er schüttelte unsicher den Kopf und wandte sich dann an Robyn.

Robyn faßte sich mit großer Anstrengung. Trotz ihrer aufgewühlten Gefühle gelang es ihr, ihren Gesichtsausdruck neutral zu halten.

»Dr. Ballantyne.« Louise St. John trat an die Stufen der Veranda. Sie nahm die Mütze von ihrem Kopf, und der dicke, schwarze Zopf fiel auf ihre Schulter.

»Es fällt mir schwer zu bitten«, sagte sie. »Aber jetzt bitte ich Sie, uns zu helfen.«

»Das ist nicht nötig, Madame. Ich habe Ihnen mein Wort gegeben.« Robyn wandte sich ab. »Clinton, bitte hilf Mrs. St. John, diesen Patienten in das Bett im Gästehaus zu bringen.«

»Ja, meine Liebe.«

»Ich werde gleich da sein, um ihn zu untersuchen.«

»Danke, Doktor, ich danke Ihnen.« Robyn ignorierte Louise. Als diese dem Maultierkarren über den Hof zur Gästehütte gefolgt war, wandte sie sich ihren Töchtern zu.

»Keiner von euch – auch nicht du, Salina –, wird in die Nähe des Gästehauses gehen, solange dieser Mann dort ist. Ihr werdet weder mit ihm noch mit der Frau sprechen, ihr werdet nicht antworten, wenn sie euch anreden. Ihr werdet alles daran setzen, ihnen auszuweichen, und wenn ihr versehentlich mit ihnen zusammentrefft, werdet ihr augenblicklich gehen.«

Die Zwillinge zitterten vor Erregung, ihre Augen funkelten, und selbst ihre Ohren schienen zu erröten. Sie konnten sich an keinen Tag erinnern, der so aufregend gewesen war.

»Warum?« keuchte Vicky, die in dieser unglaublichen Folge von Ereignissen ihre Erziehung vergaß, und den Befehl der Mutter in Frage stellte. Einen Augenblick lang schien es, als müßte sie für diese Unverschämtheit mit einer Ohrfeige rechnen, aber Robyn ließ ihre Hand sinken.

»Weil« – sagte Robyn leise – »weil er der Teufel ist – der wahrhaftige Teufel.«

Er lag auf der Eisenpritsche, ein Polster unter seinen Schultern, und Louise erhob sich von der anderen Pritsche, als Robyn die Gästehütte mit ihrer Tasche betrat.

»Madame, würden Sie draußen warten«, befahl Robyn barsch, und ohne sich darum zu kümmern, ob sie gehorchen würde, stellte Robyn ihre Tasche auf den Stuhl neben der Pritsche. Hinter ihr fiel die Tür ins Schloß.

Mungo St. John trug nur eine weite, weiße Hose, von der ein Bein in Schenkelhöhe abgetrennt worden war. Wie sein Gesicht war sein Körper durch Krankheit ausgemergelt, aber da waren noch die breiten Schultern und die Festigkeit der Knochen, an die sie sich so gut erinnerte. Sein Bauch war eingesunken wie der eines Windhundes, und seine Rippen stachen darüber hervor.

»Hallo Robyn«, sagte er.

»Ich werde nur sprechen, wenn es für Ihre Behandlung absolut notwendig ist, und Sie werden dasselbe tun«, sagte sie, ohne ihm ins Gesicht zu schauen.

Sie begann mit den Wunden an seiner Seite und am Rücken – Schußwunden, wie sie erkannte, aber durch und durch – und völlig verheilt. Dann bemerkte sie die andere alte, längst verheilte Narbe, direkt unter der Schußwunde.

Sie erkannte die kleinen weißen Nahtstiche wieder, die den Messerschnitt verschlossen hatten – es war ihre eigene Arbeit.

Dann zeigte sich Entsetzen auf ihrem Gesicht. Das schartige Messer ihres Großvaters hatten das Bein vom Knie bis zur Leiste zerschnitten, wo er nach der Kugel gesucht hatte. Die Nähte waren plump und verwachsen, streckenweise noch eitrig.

Ihr Großvater hatte Kanülen in den Wunden gelassen, dicke schwarze Pferdehaare, die steif aus den Stichen herausragten. Sie zog jetzt eines heraus, und Mungo stöhnte, zuckte aber nicht zusammen. Ein schwaches, kleines Rinnsal wäßrigen Eiters folgte dem Haar. Sie bückte sich und roch daran und schnitt eine Grimasse. Offensichtlich war das Gewebe schon teilweise verfault.

»Sagen Sie mir, wie es passiert ist.«

»Das, Doktor, ist meine Angelegenheit.«

»Eine schmutzige Angelegenheit, daran habe ich keinen Zweifel«, schnappte sie. »Und ich will keine genaue Erklärung dafür, aber wenn ich die Kugel lokalisieren soll, muß ich wissen, aus welcher Position auf Sie geschossen wurde. Nennen Sie mir den Waffentyp, das Gewicht und das Kaliber –«

»Natürlich«, sagte er rasch. »Ihr Großvater hat sich darum nicht gekümmert.«

»Lassen Sie meinen Großvater aus dem Spiel.«

»Der Mann benutzte eine Pistole; sie sah wie ein Remington-Army-Modell aus. In dem Fall wäre das Kaliber 44, zylindrisch, Gewicht etwa einundfünfzig und als Treibsatz Schwarzpulver.«

»Niedriger Einschlagswinkel, Ablenkung der Kugel beim Auftreffen auf den Knochen«, murmelte sie.

»Der Mann lag auf dem Boden, etwa fünfundzwanzig Schritt entfernt, und ich wollte von meinem Pferd absteigen, hatte dieses Bein gehoben –«

»Er war vor Ihnen.«

»Etwas vor mir, rechts.«

Robyn nickte. »Das wird schmerzhaft werden.« Und zehn Minuten später trat sie zurück und rief: »Mrs. St. John.«

Kaum war Louise eingetreten, sagte sie: »Ich werde operieren, sobald das Licht morgen früh ausreicht. Ich werde Ihre Hilfe brauchen. Aber ich möchte Sie warnen. Selbst wenn ich Erfolg habe, wird Ihr Mann das Bein nicht wieder voll benutzen können. Er wird für immer hinken.«

»Und wenn Sie keinen Erfolg haben?«

»Brand und Fäulnis –«

»Sie sind ehrlich, Doktor«, flüsterte Louise.

»Ja«, nickte Robyn, »das bin ich immer.«

Robyn konnte nicht schlafen, aber sie erinnerte sich daran, daß sie das selten konnte vor einer Operation, bei der eine Narkose nötig war. Chloroform war eine so unberechenbare Substanz, und eine Überdosierung, eine zu hohe Konzentration oder eine unzureichende Sauerstoffverbindung würden zu einem Kollaps mit verhängnisvollen Folgen führen.

Sie lag neben Clinton in der Dunkelheit und ging in Gedanken die kleine Liste ihrer Vorbereitungen für morgen durch, richtete ihre Gedanken auf ihre Vorgehensweise. Zuerst mußte sie die Schnitte öffnen und die Quelle des Brandes finden. Clinton bewegte sich neben ihr und murmelte im Schlaf. Sie erstarrte und wartete darauf, daß er wieder ruhig wurde.

Sie trank nur eine Tasse heißen Kaffee-Ersatzes, und während sie das tat, sammelte sie ihre Gedanken.

Kurze Zeit später ließ sie den Patienten in die Kirche bringen. Sie beugte sich über den Tisch und gab ihm die Narkose. Mungo St. Johns flaches Atmen war das einzige Geräusch in der stillen Kirche. Robyn überprüfte die Tiefe seiner Bewußtlosigkeit, indem sie mit einer Sonde in seinen Finger stach, und dann hob sie sofort die chloroformgetränkte Maske aus geflochtenem Bambus und Zupfleinwand von Nase und Mund.

Dann lauschte sie seinem gleichmäßiger werdenden Atem und merkte, daß sie sein Gesicht musterte. Er war noch immer ein gutaussehender Mann, trotz des fehlenden Auges. Louise hatte sich am Tage zuvor Clintons Rasiermesser ausgeliehen. Jetzt war Mungo St. John glattrasiert.

Clinton blickte zu ihr hinüber, und sie wendete rasch ihr Gesicht ab, bevor er ihren Gesichtsausdruck sehen konnte.

»Sind Sie bereit, Madame?« Robyn ließ ihre Stimme kühl und geschäftsmäßig klingen, und Louise nickte. Sie war sehr blaß. Die feinen Sommersprossen standen in scharfem Kontrast zu ihren Wangen und ihrem Nasenrücken.

Robyn zögerte noch. Sie wußte, daß sie die Augenblicke vergeudete, in denen das Chloroform seine gesegnete Wirkung hatte, aber sie war von einer schrecklichen Furcht erfüllt. Zum ersten Mal in ihrem Leben fürchtete sie sich, das Messer zu führen, und ein Gedanke durchbohrte sie: »Wenn man einmal einen Mann liebt, kann man dann je ganz von ihm lassen?«

Sie wagte nicht, Mungo St. Johns schlafendes Gesicht wieder zu betrachten; sie hatte das Bedürfnis, aus der Kirche zu fliehen.

»Geht es Ihnen nicht gut, Doktor?« Louise St. Johns Sorge stählte sie. Sie würde dieser Frau keine Schwäche zeigen.

Das Bein war durch die Jodtinktur braun, es sah wie eine faulende Banane aus. Robyn zerschnitt die Stiche ihres Großvaters und die Wunde klaffte auf. Sie sah die Eiterbeulen und wußte aus schrecklicher Erfahrung, daß eine solche Wunde nie heilen würde, vor allem nicht nach einem zweiten Eingriff. Ihre Hauptaufgabe bestand nicht darin, die Pistolenkugel zu finden, sondern das Gewebe zu säubern.

Sie vertiefte den Schnitt bis auf den Knochen, und wieder spürte sie, wie ihr Mut sank. Der Knochen war mißgebildet, gelb und käseweich.

Aufgrund dessen vermutete sie, daß die Pistolenkugel hier eingeschlagen und abgelenkt worden war. Sie hatte einen langen Splitter aus dem Oberschenkelknochen gerissen, und Robyn nahm etwas aus dem toten, stinkenden Gewebe mit der Zange heraus und hielt es ins Licht des Fensters.

Es war eine Flocke schwarzen Bleis. Sie ließ sie in den Eimer unter dem Tisch fallen und beugte sich wieder über den offenen Spalt in Mungos Fleisch. Darin war kaum Blut, ein paar Tropfen nur. Der Rest war eine schleimige, gelbe Masse, die wie ein Leichnam stank.

Sie wußte um die Risiken, dieses sich auflösende Gewebe chirurgisch zu entfernen; sie hatte es schon vorher versucht –

und der Patient war gestorben. Es war eine drastische Behandlung, die nur ein sehr kräftiger Mann überleben konnte, aber sie hatte keine andere Wahl.

Sie schabte den freigelegten Oberschenkelknochen ab. Stinkender Eiter quoll aus dem Knochen. Knochenerweichung, der Zerfall des Knochengewebes. Sie arbeitete entschlossen daran, und der Schaber war das einzige Geräusch im Raum, bis Louise St. John würgte.

»Madame, wenn Sie sich übergeben müssen, gehen Sie bitte nach draußen«, sagte Robyn, ohne aufzublicken.

»Es geht schon wieder«, flüsterte Louise.

»Dann benutzen Sie den Tupfer, wie ich es Ihnen gesagt habe.«

Die verfaulte Knochenschicht wurde entfernt. Das Gewebe kräuselte sich in kleinen, gelben Wirbeln wie Späne unter dem Hobel des Zimmermanns, bis Robyn das poröse Mark erreichte – und endlich stieß sie auf gesundes Gewebe.

Robyn seufzte vor Erleichterung, und im selben Augenblick stöhnte Mungo und wäre zusammengezuckt, wenn Clinton sein Bein nicht an dem Knöchel festgehalten hätte. Rasch legte Robyn wieder den kleinen Bambuskorb über seine Nase und den Mund und ließ ein paar Tropfen Chloroform auf das Leinen fallen.

Sie schnitt die Eiterschwären weg, arbeitete gefährlich nah an der Arterie und dem weißen Strang des Oberschenkelnervs. Sie fand weitere Brandherde um die Nähte, mit denen ihr Großvater die Blutgefäße verschlossen hatte. Sie reinigte diese und schnitt das tote Gewebe sorgfältig weg.

Jetzt floß viel Blut, reines, helles Blut. Robyn wußte, daß auch unter dem gesunden Gewebe Infektionsherde sein konnten, die weiter schwären konnten, wenn sie die Wunde geschlossen hatte.

Sie hatte das Antiseptikum in der Nacht zuvor gemischt, einen Teil Karbolsäure auf einhundert Teile Regenwasser. Damit wusch sie die offene Höhle aus. Diese Mixtur stoppte die Blutung.

»Madame, ich werde jetzt die Kugel suchen«, sagte sie. »Aber ich werde nur Zeit für einen Versuch haben.«

Sie tastete mit ihrem Zeigefinger, stieß kräftig in das Gewebe über dem abgeschabten Knochen. Die Schußrichtung, von vorn und aufwärts, mußte auf dieser Linie gewesen sein.

Sie stieß auf Widerstand und versuchte es wieder, und dann noch einmal. Plötzlich stieß ihr Finger in einen engen Kanal, und dann, fast am Rande ihrer Reichweite, berührte sie etwas Hartes. Es hätte der Kopf des Oberschenkelknochens sein können oder der untere Rand des Beckenknochens – aber sie griff dennoch zum Skalpell.

Ein nadelfeiner Blutstrom aus einem durchgetrennten Blutgefäß spritzte auf ihre Wange und Stirn, bevor sie es zudrücken konnte, und sie hörte Louise wieder würgen. Doch ihre Hände mit dem Tupfer zitterten kaum, als sie das Blut wegwischte. Plötzlich quoll eine dicke, gelbe Masse aus dem Schnitt, wie ein Damm, der unter trüben Wassern gebrochen ist. In der Flut waren kleine Splitter und Fragmente geborstenen Metalls.

»Gelobt sei Gott!« flüsterte Robyn und zog ihre Hand heraus, die mit stinkendem gelbem Eiter bedeckt war und einen Klumpen Blei hielt.

Die Zwillinge hatten schon vor langer Zeit den literarischen Schatz entdeckt, den Robyn in dem Schrank an der Wand ihres Schlafzimmers unter Verschluß hielt. Natürlich konnten sie nur an ihn herankommen, wenn ihre Eltern und die älteren Schwestern anderweitig beschäftigt waren.

Sie schlichen sich bei solchen Gelegenheiten ins Schlafzimmer und stellten den Stuhl an die Wand, so daß Vicky, auf Lizzies Schultern stehend, den Schlüssel erreichen konnte.

In dem Schrank waren über fünfzig Bücher. Unglücklicherweise enthielten die meisten keine Illustrationen. Aber die wenigen bebilderten waren eine verbotene Köstlichkeit, die durch Gefahr und Schuldgefühl noch herrlicher wurde. Es gab sogar einen Band, in dem Zeichnungen des Inneren einer Frau waren, mit und ohne ein Baby, und ein anderes, bei dem das Baby gerade herauskam.

Ihr Lieblingsbuch jedoch war das, welches sie »Das Teufelsbuch« nannten – denn auf jeder zweiten Seite war eine anschauliche, lebensechte und deutliche Illustration von gequälten Seelen und Teufeln, die sie heimsuchten. Der Künstler, der diese Edition von Dantes *Inferno* illustriert hatte, hatte gräßlich in Enthauptungen und aufgeschlitzten Bäuchen, rotglühenden Eisen und Haken, heraushängenden Zungen und hervorquellenden Augen geschwelgt. Selbst das kürzeste Durchsehen dieses Meisterwerks genügte, um die Zwillinge den größten Teil der folgenden Nacht eng aneinandergeklammert in ihrem Bett verbringen zu lassen.

Der heutige Besuch des verbotenen Schrankes jedoch erfolgte im Interesse wissenschaftlicher Forschung, andernfalls hätten sie das Risiko nie gewagt, solange Robyn Ballantyne in der Khami-Mission war.

Sie wählten die Zeit der morgendlichen Visite, in der Mama sicher in der Kirche sein würde, um sich um ihre Patienten zu kümmern. Daddy mistete gerade die Schweineställe aus, und Salina und Cathy erfüllten ihre Haushaltspflichten.

Lizzie hielt am Fenster Wache, von wo aus sie die Küche, die Kirche und die Schweineställe überblicken konnte – während Vicky den Wandschrank öffnete, das »Teufelsbuch« herausnahm und die richtige Seite aufschlug.

»Sieh!« flüsterte sie. »Ich hab' es dir gesagt.«

Das war er – Satan, Luzifer, der König der Unterwelt –, und Vicky hatte recht gehabt. Er hatte keine Hörner. Alle niederen Dämonen hatten Hörner, nicht aber der Teufel. Was er hatte, war ein Schwanz.

»Wahrscheinlich hat er ihn abgeschnitten, um uns zu täuschen«, raunte Vicky. »Schau her!« Sie nahm eine Spange aus ihrem Haar und benutzte die dicke, runde Spitze, um eines von Luzifers Augen zu bedecken. Augenblicklich war die Ähnlichkeit erkennbar, die dicken, dunklen Locken, die breite Stirn, die geschwungene Nase und das durchdringende Auge unter der gewölbten Braue – und das Lächeln – dasselbe satanisch höhnende Lächeln.

Lizzie erschauerte voller Wonne. Vicky hatte recht, sie hatte völlig recht.

Vicky zischte eine Warnung. Salina kam aus der Küche.

Schnell stellten sie das Buch zurück auf seinen Platz, verschlossen den Schrank, legten den Schlüssel in sein Versteck. Sie saßen unschuldig über ihren Lesebüchern, als Salina schließlich den Hof überquert hatte und nach ihnen schaute.

»Gut.« Salina lächelte sie liebevoll an, sie waren so ein engelhaftes Paar – manchmal. »Gute Mädchen«, lobte sie und ging in die Küche zurück.

»Wo hat er ihn?« fragte Lizzie leise, ohne von ihrem Lesebuch aufzublicken.

»Was?«

»Seinen Schwanz.«

»Paß auf!« befahl Vicky. »Ich werd's dir zeigen.«

Napoleon, der alte gelbe Hund, schlief im Sonnenlicht auf der Veranda. Er hatte eine Furche auf seinem Rücken, und seine Schnauze war schon grau. Alle paar Minuten ließ ein Traum von Kaninchen und Perlhühnern seine Hinterbeine krampfartig schlagen, und er ließ vor Erregung einen stinkenden Furz fahren.

»Böser Hund!« sagte Vicky laut. »Napoleon, du bist ein böser, böser Hund!«

Napoleon sprang auf die Beine, erschreckt durch diese ungerechte Anschuldigung. Als er sich bemühte, die Gunst der Mädchen zurückzugewinnen, verschwand sein langer, federnder Schwanz zwischen seinen Beinen und rollte sich unter seinem Bauch zusammen.

»So versteckt er ihn. Genau wie Napoleon«, verkündete Vicky.

»Woher weißt du das?«

»Wenn du genau hinschaust, kannst du die Wölbung sehen, wo er vorne bei ihm herauskommt.«

»Glaubst du, wir könnten seinen Schwanz sehen?«

»Wie?«

»Was, wenn wir –« Als Lizzie ihren Plan halbwegs dargelegt hatte, erbebte sie. Sogar ihr wurde klar, daß es unmöglich war, ein Guckloch durch die Rückwand der Latrine zu bohren, ohne erwischt zu werden. Ihre Motive würden sie nie überzeugend erklären können, besonders nicht Mama.

»Und außerdem«, Vicky verwarf den Plan endgültig. »Teufel

sind wahrscheinlich wie Feen, sie müssen einfach nicht aufs Klo.«

Sie schwiegen.

Offensichtlich erleichtert darüber, daß niemand die anfängliche Anschuldigung weiter verfolgte, gab sich Napoleon wieder seinen Träumen hin.

»Wir werden ihn einfach fragen«, sagte Vicky plötzlich.

»Aber«, stammelte Lizzie, »aber Mama hat uns verboten, mit ihm zu sprechen –« Sie wußte, daß ihr Protest vergeblich sein würde; dieses Leuchten in Vickys Blick war eindeutig.

Zehn Tage, nachdem sie die Pistolenkugel entfernt hatte, ging Robyn mit einer aus Mopaniholz geschnitzten Krücke zum Gästehaus.

»Mein Mann hat sie für Sie gemacht«, sagte sie zu Mungo St. John. »Und Sie werden sie von heute an jeden Tag benutzen.«

Am ersten Tag gelang Mungo ein schwankender Kreis auf dem Hof, und am Ende war er blaß und schwitzte. Robyn sah sich das Bein an. Die Nähte hatten gehalten, doch die Muskeln des Schenkels waren geschrumpft und hatten sich zusammengezogen, so daß das Bein etwa zweieinhalb Zentimeter kürzer als das andere war. Am nächsten Morgen war sie wieder da, um ihn bei seiner Übung zu beobachten. Er bewegte sich leichter.

Nach fünfzehn Tagen entfernte sie die letzten Katzendarmfäden, und die rote Narbe war zwar erhaben und verdickt, aber es gab keine Anzeichen für Wundbrand. Es sah aus, als würde die Heilung fortschreiten.

Nach fünf Wochen tauschte Mungo die Krücke gegen einen Gehstock aus und nahm den Fußweg, der um den Kopje hinter der Khami-Mission führte.

Jeden Tag ging er weiter und blieb länger draußen. Es war eine Erleichterung, Louises bitteren Vorwürfen entfliehen zu können.

Er hatte einen Aussichtspunkt hinter dem Kamm des Hügels gefunden, eine natürliche Plattform und eine Bank aus dunklem Felsen unter den ausgebreiteten Zweigen eines schönen alten Baumes. Dort konnte er sitzen und über das sanft geschwungene Grasland bis hin zur fernen blauen Silhouette der Hügel schauen, die die Lage von Lobengulas Kral markierten.

Sein Instinkt sagte ihm, daß sich dort für ihn eine Gelegenheit bot, Beute zu machen.

Er dachte an Louise. Sie war ein Feuer in seinem Blut gewesen, das immer heftiger wurde, je mehr sie sich ihm entzog. Diese Frau hatte ihn geschwächt, ihn abgelenkt, ihn von seinem unbarmherzigen Streben abgebracht.

Sie war die Tochter eines seiner Aufseher in Fairfields gewesen, seinem weitläufigen Besitz in Louisiana. Als sie sechzehn Jahre alt war, hatte er ihr erlaubt, die Palomino-Pferde seiner Frau auszubilden; als sie siebzehn war, hatte er dafür gesorgt, daß sie als Gefährtin und Zofe seiner Frau in das große Haus zog, und als sie achtzehn war, hatte er sie vergewaltigt.

Seine Frau war im Schlafzimmer nebenan gewesen und hatte wieder unter ihrer Migräne gelitten. Er hatte Louise die Kleider vom Leibe gerissen, von einem Wahnsinn erfaßt, den er nie zuvor erlebt hatte. Sie hatte sich ihm mit der Wildheit eines ihrer Schwarzfußindianer-Ahnen widersetzt, doch auf irgendeine perverse Weise hatte ihn ihr Widerstand ebenso verrückt gemacht wie die Blicke auf ihr festes junges Fleisch.

Plötzlich jedoch hatte sie ihre Beine und Arme um ihn geschlungen und dann heiser und gebrochen geflüstert: »Ich liebe dich, ich habe dich immer geliebt und ich werde dich immer lieben.«

Als die Armeen des Nordens gegen sie marschiert waren und seine Frau mit den Kindern in ihre Heimat, nach Frankreich, geflohen war, war Louise bei ihm geblieben. Wenn sie konnte, war sie bei ihm auf dem Schlachtfeld gewesen, und wenn sie es nicht konnte, hatte sie auf ihn gewartet und verbrachte die Tage und die meisten Nächte damit, die Verwundeten im Konföderierten Hospital in Galveston zu pflegen, und dort hatte sie ihn gepflegt, als er halbblind und verletzt vom Schlachtfeld gebracht worden war.

Sie war bei ihm gewesen, als er zum letzten Mal nach Fairfields zurückgekehrt war, und hatte sein Elend angesichts der verbrannten Felder und zerstörten Gebäude geteilt. Seitdem war sie immer an seiner Seite gewesen. Vielleicht wären die Dinge jetzt anders, wenn sie das nicht getan hätte, denn sie hatte ihn geschwächt; sie hatte die Schärfe seiner Entschlossenheit abgestumpft. Der Gedanke an Louise hatte ihn damals, in dieser schrecklichen Nacht sein Ziel verfehlen lassen. Er hatte einen Wimpernschlag zu spät und einen Hauch zu weit geschossen. Er hatte Hendrick Naaiman nicht getötet, doch wenn er es getan hätte, hätte Louises Reaktion nicht schlimmer sein können.

Er war dahin zurückgeritten, wo sie wartete, im Sattel schwankend, und der verletzte Hengst hatte sich unter ihm dahingeschleppt. Er hatte ihr Gesicht im Mondlicht gesehen. Obwohl sie ihn aufgefangen hatte, als er zu stürzen drohte, und obwohl sie seine Wunden versorgt und Hilfe geholt hatte, war ihm klargeworden, daß sie eine Scheidelinie überschritten hatten, von der es kein Zurück mehr gab.

Wie um das zu bestätigen, hatte er Zouga Ballantyne beobachtet, der Louise mit diesem eindeutigen Gesichtsausdruck betrachtet hatte. Viele Männer hatten sie im Laufe der Jahre so angesehen, doch diesmal hatte sie Zougas prüfenden Blick offen erwidert und keinen Versuch unternommen, ihn abweisend zu behandeln.

Auf der langen Straße nach Norden, während sie neben dem Karren ging, auf dem er verwundet lag, hatte er sie immer wieder danach gefragt, und sie hatte beharrlich geschwiegen.

»Zumindest ist Zouga Ballantyne ein Ehrenmann«, hatte sie einmal gesagt.

»Warum verläßt du mich dann nicht?«

»Du weißt, daß ich dich nicht verlassen kann, nicht solange –« Sie beendete den Satz nicht, und sie hatten nie wieder darüber gesprochen.

Er überlegte, ob er Louise gehen lassen würde, wenn sie sich dazu entschließen sollte. Es hatte eine Zeit gegeben, in der er sie eher umgebracht hätte; aber seit sie Khami erreicht hatten, hatte sich vieles verändert. Sie stürmten auf einen Höhepunkt zu, und Mungo spürte, daß er explosiv sein würde.

Mungo hatte vergessen, daß Robyn Ballantyne ihn einst so fasziniert hatte, aber jetzt war er durch die reife Frau, Robyn Codrington, lebhaft daran erinnert worden. Sie wirkte jetzt noch attraktiver auf ihn, als sie es als Mädchen getan hatte. Er spürte, daß ihre Kraft einem Mann Sicherheit verleihen würde.

Er wußte, daß sie die Vertraute des Matabelekönigs war und daß, wenn sein Glück hier im Norden auf ihn wartete, wie er inzwischen vermutete, ihre Fürsprache von unschätzbarem Wert war.

Er seufzte und schüttelte den Kopf, erhob sich und benutzte den Stock, um sich aufzurichten. Er sah sich zwei kleinen Gestalten gegenüber.

»Guten Tag, meine Damen.« Er lächelte und verbeugte sich so tief, wie sein Bein es erlaubte. Sein Lächeln war unwiderstehlich, und die Starre wich aus den beiden kleinen Körpern, doch ihre Gesichter blieben blaß und steinern. Ihre Augen, groß vor Angst, waren auf den Hosenschlitz seiner Breeches gerichtet, so daß Mungo St. John nach ein paar Sekunden des Schweigens verwirrt war und unbehaglich seine Stellung verlagerte.

»Was kann ich für euch tun?« fragte er.

»Wir würden gerne Ihren Schwanz sehen, Sir.«

»Aha!« Mungo ließ sich durch eine Frau nie in Verlegenheit bringen, egal, wie alt sie war. »Davon solltet ihr noch gar nichts wissen«, sagte er.

Ihre Blicke blieben auf die Stelle unter seiner Hüfte gerichtet. Vicky hatte recht, dort war eindeutig etwas.

»Wer hat euch davon erzählt?« Mungo setzte sich wieder, und ihre Enttäuschung war offensichtlich.

»Mama sagte, Sie seien der Teufel – und wir wissen, daß der Teufel einen Schwanz hat.«

»Ich verstehe.« Mungo nickte und verbiß sich mühsam das Lachen. Sein Gesichtsausdruck blieb ernst, und seine Stimme klang verschwörerisch.

»Ihr seid die einzigen, die das wissen«, erzählte er ihnen. »Das werdet ihr doch niemandem verraten?« Ganz plötzlich wußte Mungo, daß die Zwillinge wertvolle Verbündete in Khami sein könnten – zwei Paar scharfe Augen, die alles sahen, und lange Ohren, die alles hörten.

Wir werden niemandem davon erzählen«, versprach Vicky. »Wenn Sie ihn uns zeigen.«

»Das kann ich nicht tun.«

»Warum nicht?«

»Hat eure Mutter euch nicht gelehrt, daß es Sünde ist, einem anderen zu zeigen, was unter den Kleidern steckt?«

Sie blickten sich an, und dann gab Vicky widerwillig zu: »Doch, wir dürfen uns ja eigentlich nicht mal selbst anschauen.«

»Na, seht ihr«, nickte Mungo. »Aber ich werde euch sagen, was ich tun werde – ich erzähle euch die Geschichte, wie ich meinen Schwanz bekam.«

»Eine Geschichte!« Vicky klatschte in die Hände, und sie breiteten ihre Röcke aus und hockten sich mit gekreuzten Beinen zu Mungos Füßen. Wenn es etwas gab, das besser als ein Geheimnis war, dann war es eine Geschichte. Mungo St. John kannte wunderbare Geschichten.

Jeden Nachmittag, wenn er den Aussichtspunkt unter dem Baum erreichte, warteten sie auf ihn, um diesen erstaunlichen Geschichten von Geistern und Drachen, von bösen Hexen und wunderschönen Prinzessinnen, die immer Vickys Haar oder Lizzies Augen hatten, zu lauschen.

Nach jeder Geschichte begann er vorsichtig ein lebhaftes Gespräch über das, was sich in der Khami-Mission ereignete. An einem Tag erfuhr er, daß Cathy damit begonnen hatte, aus dem Gedächtnis ein Porträt von Vetter Ralph zu malen.

Er erfuhr, daß der König der ganzen Familie befohlen hatte, bei Neumond an der Chawala-Zeremonie teilzunehmen.

Ihm wurde in allen Einzelheiten geschildert, wie Papa von Mama am Eßtisch wissen wollte, wieviel länger dieser »infame Pirat« noch in Khami bleiben würde, und Mungo mußte den Zwillingen erklären, was »infam« bedeutete – »famos, aber eben noch viel mehr«.

Dann, an einem dieser Nachmittage, erfuhr Mungo von Lizzie, daß der König wieder einmal *Khombisile* bei seinen Indunas gemacht haben. Gandang, einer der Brüder des Königs, hatte das Juba erzählt, die seine Frau war, und Juba hatte das Mama erzählt.

»*Khombisile*?« hatte Mungo ehrerbietig gefragt. »Was bedeutet das?«

»Es bedeutet, daß er ihn ihnen gezeigt hat.«

»Ihnen was gezeigt?«

»Den Schatz«, fiel Vicky ein, aber Lizzie unterbrach sie.

»Ich erzähl's ihm!«

»Also gut, Lizzie.« Mungo beugte sich vor. »Du erzählst es mir.«

»Es ist ein Geheimnis. Mama sagt, daß andere Leute, böse Leute, nichts davon wissen dürfen – es wäre für den König furchtbar. Dann könnten Räuber kommen.«

»Es ist also ein Geheimnis«, stellte Mungo fest.

»Bekreuzige dich.«

Und Lizzie erzählte ihm alles, bevor er das Glaubenszeichen machen konnte. Lizzie war entschlossen, sich diesmal von Vicky nicht übervorteilen zu lassen.

»Er zeigt ihnen die Diamanten. Seine Frauen reiben ihn ganz mit Fett ein, und dann stecken sie die Diamanten in das Fett.«

»Woher hat denn der König all diese Diamanten?«

»Seine Männer bringen sie aus Kimberley mit. Juba sagt, es ist eigentlich kein Stehlen. Der König Ben meint, daß es nur ein Tribut ist, den ein König fordern darf.«

»Hat Juba gesagt, wie viele Diamanten es sind?«

»Töpfe voll, Töpfe über Töpfe voll.«

Mungo St. John wandte sein einziges Auge von dem geröteten Gesicht des Kindes und blickte über die grasigen goldenen Ebenen zu den Hügeln der Indunas.

Jordan freute sich auf diese frühe Stunde des Tages. Es war eine seiner Pflichten, jeden Abend im nautischen Almanach die Zeit des Sonnenaufgangs nachzuschlagen und Mr. Rhodes eine Stunde zuvor zu wecken.

Rhodes liebte es, die Sonne aufgehen zu sehen, ob es nun vom Balkon seines prächtigen privaten Eisenbahnwaggons war oder beim Kaffeetrinken auf dem staubigen Hof der Wellblechhütte.

Es war die Zeit, in der Jordan mit seinem Boß allein war. Am Morgen hatte Mr. Rhodes die besten Ideen. Unglaubliche Ideen, durchdacht und großartig oder wild phantastisch, aber immer faszinierend.

Das war die Zeit, in der Jordan spürte, daß er zu diesem wunderbaren Mann gehörte.

Am anderen Morgen ritten sie schweigend, bis Mr. Rhodes sein Kinn von der Brust hob und Jordan mit diesen starren blauen Augen ansah. Jedesmal hatte er etwas Verwirrendes zu sagen. Einmal sagte er: »Du solltest Gott jeden Tag danken, Jordan, daß du als Engländer geboren bist.«

Ein anderes Mal: »Hinter all dem steckt nur eine einzige wirkliche Absicht. Es geht nicht um die Anhäufung von Reichtum. Ich hatte das Glück, das so früh zu erkennen. Die wirkliche Absicht ist die, die ganze zivilisierte Welt unter britische Herrschaft zu bringen, Nordamerika der Krone zurückzugewinnen und ein großes Reich zu gründen.«

Mr. Rhodes blickte oft nach Norden. Dann murmelte er: »Mein Norden – meine Idee. Dort wird es tatsächlich beginnen, Jordan. Und wenn die Zeit kommt, werde ich dich hinschicken. Die Person, der ich vertrauen kann.«

Jordan wußte den genauen Tag, an dem es begonnen hatte, nicht nur den Tag, sondern auch die Stunde. Jordan hatte Mr. Rhodes' Trauer um Pickering respektiert. Eines Nachmittags hatte er das Büro früh verlassen und war ins Lager zurückgekehrt. Er ließ die Vogelstatue von dort holen, wo sie im Hof zurückgelassen worden war, und schaffte sie mit Hilfe dreier schwarzer Arbeiter in die Hütte.

In der kleinen Hütte gab es nur einen freien Platz für den Götzen, und der befand sich in Mr. Rhodes' Schlafzimmer am Kopfende seiner schmalen Pritsche. Die Statue paßte perfekt in den Raum. Am nächsten Morgen, als Jordan kam, um ihn zu wecken, hatte Mr. Rhodes bereits seine Pritsche verlassen, trug einen Morgenmantel und stand vor der Statue.

In dem frischen rosa Licht des Sonnenaufgangs hatte Mr. Rhodes plötzlich gesagt, während sie die Straße zu den Büros von De Beers hinunterritten: »Ich habe eine Idee gehabt, Jordan, eine, die ich mit dir teilen möchte. Während ich diese Statue anschaute, dachte ich, daß der Norden das Tor ist, der Norden ist das Hinterland dieses Kontinents.« So hatte es begonnen, im Schatten eines Vogels.

Als der Architekt, Herbert Baker, sich mit Mr. Rhodes über die Ausstattung und Möblierung des Landhauses beriet, das sie auf seinem Anwesen am Kap, »Groote Schuur« – »Die große Scheune« – bauten, hatte Jordan etwas abseits von den beiden Männern gesessen. Mr. Rhodes war von seinem Sitz auf der Kiste an der Hüttenwand aufgesprungen und hatte begonnen, auf und ab zu schreiten.

»Ich habe einen Gedanken, Baker. Ich möchte, daß es ein Thema für dieses Haus gibt, etwas, das meinem Wesen entspricht, was mein Leitmotiv noch dann erkennen läßt, wenn ich längst tot bin, etwas, woran sich die Männer, wenn sie darauf schauen, und sei es auch noch in tausend Jahren, an den Namen Cecil John Rhodes erinnern.«

»Ein Diamant vielleicht?« hatte Baker einfach gesagt und einen stilisierten Stein auf seinen Block skizziert.

»Nein, nein, Baker.«

»Der Vogel«, rief Jordan. Er hatte das gar nicht sagen wollen, und beide Männer schauten ihn überrascht an.

»Was sagtest du, Jordan?«

»Der Vogel, Mr. Rhodes. Der Steinvogel. Ich meine, das sollte Ihr Motiv sein.«

Rhodes starrte ihn einen Augenblick an und schlug dann seine große Faust in die offene Handfläche seiner linken Hand.

»Das ist es, Baker. Der Vogel, zeichnen Sie ihn für mich. Zeichnen Sie ihn gleich.«

So war der Vogel zum Geist von Groote Schuur geworden. Es gab kaum einen der großen, höhlenartigen Räume, in denen er nicht auf Friesen oder geschnitzten Türpfosten zu sehen war, und selbst das Bad war an allen vier Ecken mit dem Bild des Falken verziert.

Die Originalstatue war von Kimberley dorthin transportiert worden, und man hatte eine spezielle Nische für sie hoch über der prunkvollen Eingangshalle errichtet, von wo aus sie starr auf jedermann herunterblickte, der durch die massiven Türen des Herrenhauses trat.

An diesem Morgen waren sie früher als gewöhnlich ausgeritten, denn Mr. Rhodes hatte schlecht geschlafen und Jordan aus seinem kleinen Schlafzimmer am anderen Ende des Korridors herbeigerufen.

Mr. Rhodes war in mürrischer Stimmung, saß stumm und schwer im Sattel und hatte seinen Kragen bis über die Ohren hochgeschlagen, und der breite Hut saß tief darauf. Jordan lenkte sein Pferd neben das seine und musterte sein Gesicht.

Rhodes war noch in den Dreißigern, und doch sah er heute morgen fünfzehn Jahre älter aus.

»Ich fühle mich wie ein Rennpferd«, sagte er plötzlich. »Wie ein Vollblutaraber mit dem Herzen und dem Willen und dem Bedürfnis zu rennen, aber auf meinem Rücken sitzt ein finsterer Reiter, der mich mit harter Eisenkandare zügelt oder mich mit grausamen Sporen sticht.« Er rieb seine geschlossenen Augen mit Daumen und Zeigefinger und massierte dann seine Wangen, als ob er das Blut in ihnen wieder zum Zirkulieren bringen wollte. »Er war letzte Nacht bei mir, Jordan. Vor langer Zeit bin ich aus England in dieses Land geflohen, und ich dachte, ich sei ihm entkommen, aber er sitzt jetzt wieder im Sattel. Sein Name ist Tod, Jordan, und er läßt mir wenig Zeit.« Er preßte seine Hand an seine Brust, die Finger gespreizt, als wolle er damit sein krankes Herz beruhigen. »Es bleibt so wenig Zeit, Jordan. Ich muß mich beeilen. Wie ich dich beneide, mein Junge – denn du wirst noch viel sehen, was mir vorenthalten bleibt.«

In diesem Augenblick glaubte Jordan, sein eigenes Herz würde brechen, und als Rhodes seinen Gesichtsausdruck sah, hob er seine Hand und berührte seine Wange.

»Es ist alles zu kurz, Jordan, Leben und Ruhm – sogar Liebe – es ist alles zu kurz.« Er wandte sich wieder seinem Pferd zu. »Komm, wir haben viel Arbeit.«

Als sie aus dem Wald hinausritten, hatte Rhodes den Tod aus seinen Gedanken verdrängt, und er sagte plötzlich: »Wir werden ihn bestechen müssen, Jordan. Ich weiß, daß er dein Vater ist – aber wir werden ihn bestechen müssen. Denk darüber nach und laß mich deine Überlegungen wissen, doch denke daran, daß die Zeit knapp wird und wir ohne ihn nichts tun können.«

Die Straße über den Paß zwischen dem Hauptmassiv des Tafelberges und dem Signal Hill war stark befahren, und Jordan passierte zwanzig Kutschen oder mehr, bevor er den Gipfel erreichte. Er mußte noch zwei weitere Stunden reiten, und die Straße wurde leerer, bis sie schließlich zu einer verlassenen Wagenspur wurde, die in eine der Schluchten der Berglandschaft führte.

Die Hütte sah ordentlich und gepflegt aus. Das Stroh war kürzlich erneuert worden. Es war noch hellgolden, und die dicken Wände waren weiß getüncht. Mit Erleichterung sah Jordan Rauch aus dem Schornstein kräuseln. Sein Vater war zu Hause.

Jordan stieg ab, band das große, glänzende Jagdpferd an das Geländer unterhalb der Veranda und ging die Vordertreppe hinauf. Er schaute auf die Säule aus blaumarmoriertem Stein, die am Ende der Stufen wie ein Wächter stand, und ein kleiner Schatten überflog sein Gesicht, als er sich an jenen schicksalhaften Tag erinnerte, an dem Ralph ihn aus dem Teufelsloch gehauen und an die Oberfläche gebracht hatte.

»Ist jemand da?«

Im Vorderraum war eine Bewegung, und dann sprang die Vordertür auf.

»Jordie, mein Jordie!« heulte Jan Cheroot und kam die Stufen hinuntergehüpft. Sein Haar war weiß geworden, doch seine Augen waren klar, und das Gespinst der Fältchen darum hatte sich nicht vertieft.

Er umarmte Jordan.

»So groß, Jordie«, kicherte er. »Wer hätte je gedacht, daß du so groß werden würdest, mein kleiner Jordie.«

Er sprang zurück und schaute in Jordans Gesicht. »Wenn ich dich anschaue, dann wette ich eine Guinee gegen einen Pavian, daß du schon ein paar Herzen gebrochen hast.«

»Nicht so viele wie du.« Jordan zog ihn wieder an sich und drückte ihn.

»Ich habe einen Vorsprung«, gab Jan Cheroot zu und grinste dann verschmitzt. »Und ich habe noch die Energie für ein oder zwei Sprints.«

»Ich fürchtete schon, daß ihr nicht zu Hause sein könntet.«

»Wir sind vor drei Tagen heimgekommen.«

»Wo ist Papa?«

»Jordan!«

Die vertraute, geliebte Stimme ließ ihn zusammenzucken. Zouga Ballantyne stand im Eingang der Hütte.

Er hatte seinen Vater noch nie so zufrieden gesehen. Er schien größer und aufrechter zu sein, mit lockeren Schultern, die sich so von der besiegten, schlaffen Haltung unterschieden, mit er die Diamantenfelder verlassen hatte.

»Jordan!« sagte er wieder, und sie gingen aufeinander zu und schüttelten sich die Hände. Jordan musterte das Gesicht seines Vaters aus der Nähe.

Der Stolz und die Entschlußkraft, die in der Diamantgrube weggebrannt worden waren, waren wiedergekehrt. Jetzt hatte er den Blick eines Mannes, der sich den Bedingungen des Lebens stellte.

»Jordan«, sagte er zum dritten Mal, und dann tat er etwas, was die gründliche Veränderung demonstrierte, die sich bei ihm vollzogen hatte. Er beugte sich vor und preßte kurz die weichen goldenen Locken seines Bartes an Jordans Wange.

»Ich habe oft an dich gedacht«, sagte er ohne Verlegenheit. »Danke, daß du gekommen bist.« Dann führte er Jordan in das vordere Zimmer.

Jordan durchquerte den Raum und stellte sich vor den begehbaren Kamin. Er schaute sich um. Es war ein Männerzimmer – Regale mit Büchern für Männer gefüllt, Enzyklopädien und Almanache und dicke, ledergebundene Bände über Reisen und Forschungen.

Waffen hingen an den Wänden, Bogen und Spitzen von vergifteten Buschmannpfeilen, Schilde und Assegai von Matabele und Zulu und natürlich Feuerwaffen.

Daneben hingen die Souvenirs und Trophäen: Hörner von Antilopen und Büffeln, ein Zebrafell, die goldene Mähne eines Kalahari-Löwen und Elfenbein, große mannshohe Bögen.

»Hattest du eine gute Reise?« fragte Jordan, und Zouga zuckte mit den Schultern.

»Es wird mit jeder Saison schwerer, gute Exemplare für meine Kunden zu finden.«

Seine Kunden waren reiche und aristokratische Sportsleute, die wegen der Jagd nach Afrika gekommen waren.

»Aber zumindest scheinen die Amerikaner endlich Afrika entdeckt zu haben. Für die nächste Saison hat eine gute Gruppe gebucht – darunter ein junger Bursche namens Roosevelt, Marineminister.« Er machte eine kurze Pause. »Ja, es gelingt uns, Körper und Seele zusammenzuhalten, dem alten Jan Cheroot und mir. Du scheinst auch erfolgreich zu sein.«

Er musterte das teure englische Tuch von Jordans Anzug und das weiche Leder seiner Reitstiefel.

»Du hast die richtige Entscheidung getroffen, als du beschlossen hattest, bei Rhodes zu bleiben. Mein Gott, wie der Stern dieses Mannes mit jedem Tag höher und höher steigt!«

»Er ist ein großer Mann, Papa.«

»Oder ein großer Schurke.« Dann lächelte Zouga entschuldigend. »Es tut mir leid, ich weiß, wie sehr du ihn schätzt. Laß uns ein Glas Sherry trinken, Jordan, während Jan Cheroot für uns das Essen zubereitet.« Er lächelte wieder. »Uns fehlt deine Kochkunst. Ich fürchte, dir wird es bei uns nicht besonders schmekken.«

Während er süßen Kap-Sherry in hohe Gläser schenkte, fragte er über seine Schulter: »Und Ralph, was hörst du von Ralph?«

»Wir treffen uns oft in Kimberley oder an der Eisenbahnstation. Er erkundigt sich immer nach dir.«

»Wie geht es ihm?«

»Er wird ein großer Mann werden, Papa. Seine Wagen fahren bereits bis Pilgrim's Rest und zu diesen neuen Goldfeldern am Witwatersrand. Er hat gerade den Schnellkutschenvertrag zur Algoa Bay bekommen und Handelsposten am Tati und am Shashi-Fluß eingerichtet.«

Sie aßen vor dem Feuer. Es gab gesäuertes Brot und Käse, ein kaltes Stück Hammelbraten und Wein. Jan Cheroot umhegte Jordan, schalt ihn liebevoll wegen seines mangelnden Appetits und schenkte sein Glas nach, wenn er nur einen Schluck getrunken hatte.

Schließlich waren sie fertig und streckten die Beine zum Feuer aus, während Jan Cheroot einen brennenden Fidibus brachte, um die Zigarren zu entzünden, die Jordan aus einem goldenen Etui hervorgeholt hatte.

»Papa, die Konzession –« begann Jordan schließlich, und Zougas Gesichtsausdruck verfinsterte sich.

»Ich hatte gehofft, du seist gekommen, um uns zu sehen«, sagte er kühl. »Ich hatte vergessen, daß du eher Rhodes' Mann als mein Sohn bist.«

»Ich bin beides«, widersprach Jordan. »Darum kann ich so mit dir reden.«

»Welche Botschaft hat der berühmte Mr. Rhodes diesmal für mich?« fragte Zouga.

»Maund und Selous haben seine Angebote angenommen. Sie haben ihre Konzessionen verkauft, und beide sind um zehntausend Pfund reicher.«

Maund war ein Soldat und ein Abenteurer. Fred Selous war wie Zouga ein Jäger und Forscher. Diese beiden Männer hatten Lobengula zu verschiedenen Zeiten dazu überredet, ihnen die Konzession für Elfenbein und Mineralien in seinen östlichen Herrschaftsgebieten zu gewähren.

»Mr. Rhodes möchte, daß ich dir klarmache, daß die Maund- wie die Selous-Konzession für dasselbe Territorium gelten, das Mzilikazi dir zugeteilt hat. Ihm gehören jetzt beide – die Gültigkeit all dieser Verträge ist hoffnungslos verwirrt und undurchsichtig.«

»Die Ballantyne-Konzession wurde zuerst erteilt – die anderen sind ungültig«, schnappte Zouga.

»Mr. Rhodes' Rechtsanwälte haben gesagt –«

»Verfluchter Mr. Rhodes und seine Anwälte. Zur Hölle mit ihnen.«

Jordan senkte den Blick und schwieg.

Nach einer langen Pause seufzte Zouga und erhob sich. Er ging zum Wandschrank und nahm ein fleckiges und eselsohriges Dokument heraus, so zerfetzt, daß es auf ein anderes Papier geklebt worden war, damit es nicht auseinanderfiel.

Die Tinte war zu einem Braun verblaßt, doch die Schrift war

scharf und exakt, die Handschrift eines arroganten und selbstbewußten jungen Mannes.

Das Dokument war überschrieben:

EXKLUSIVE KONZESSION, UM GOLD ZU GRABEN UND NACH ELFENBEIN ZU JAGEN IM STAATSGEBIET VON MATABELELAND

Und darunter befand sich ein rohes Wachssiegel mit dem Bildnis eines Elefantenbullen und die Worte:

NKOSI NIKULU – GROSSER KÖNIG

MZILIKAZI

Zouga legte das Dokument auf den Tisch zwischen ihnen, und sie beide starrten darauf.

»Also gut«, kapitulierte Zouga. »Was raten Mr. Rhodes' Anwälte?«

»Daß diese Konzession aufgehoben werden kann.«

»Dagegen würde ich ankämpfen.«

»Papa. Er ist ein entschlossener Mann. Sein Einfluß ist enorm. Er wird bei der nächsten Wahl Premierminister des Kap-Parlamentes werden, daran besteht kaum ein Zweifel.« Jordan berührte das rote Wachssiegel. »Sein Vermögen ist riesig.«

»Dennoch werde ich ihn bekämpfen«, beharrte Zouga. »Jordan, verstehst du denn nicht. Ein Mann muß etwas haben, einen Traum, ein Licht, dem er in der Dunkelheit folgen kann. Ich kann das niemals verkaufen, es ist zu lange mein ganzer Lebensinhalt gewesen. Ohne das hätte ich nichts.«

»Papa –«

»Ich weiß, was du sagen willst, daß ich meinen Traum nie verwirklichen kann. Ich habe nicht das Geld dazu. Du könntest vielleicht sogar sagen, daß ich nicht einmal mehr die Kraft habe, etwas zu erreichen. Aber solange ich dieses Stück Papier habe, kann ich noch immer hoffen.«

»Das habe ich ihm erzählt, und er hat es sofort verstanden. Er möchte, daß du Teilhaber wirst.«

Zouga hob den Kopf und starrte seinen Sohn an.

»Ein Sitz im Vorstand der Gesellschaft, für die Mr. Rhodes einen Freibrief Ihrer Majestät erbitten will. Zudem wirst du Farmland, Goldclaims und ein aktives Befehlskommando bewilligt bekommen. Verstehst du nicht, Papa, er will dir nicht deinen Traum nehmen, sondern ihn endlich verwirklichen.«

Das Schweigen zog sich hin, ein Scheit knisterte leise im Kamin; Funken schossen auf, und die Flamme erhellte Zougas Gesicht.

»Wann will er mich sehen?« fragte er.

»In vier Stunden können wir bei ihm sein.«

»Bis dahin ist es dunkel.«

»Du kannst zwischen fünfzehn Schlafzimmern wählen«, lächelte Jordan, und Zouga lachte wie ein Mann, der plötzlich wieder jung war.

»Warum sitzen wir dann noch hier?« fragte er. »Jan Cheroot, bring mir meinen dicken Mantel.«

Zouga betrat die Veranda, blieb an der obersten Stufe stehen und berührte mit der rechten Hand die Säule aus blauem Stein.

»Aberglaube«, erklärte er seinem Sohn. »Glück.«

»Glück?« schnaubte Jan Cheroot, der unterhalb der Treppe stand und Zougas Pferd hielt. »Verdammter Stein – den ganzen Weg von Kimberley her bin ich über diesen Geröllklumpen gestolpert.«

»Jan Cheroot würde vor Gram vergehen, wenn er nicht etwas hätte, worüber er klagen könnte.« Zouga zwinkerte Jordan zu, während er sich in den Sattel schwang.

»Ich denke oft an den Tag, als wir auf das Blau stießen«, sagte Jordan. »Wenn wir es nur gewußt hätten.«

»Wie hätten wir es wissen sollen?«

»Ich war es – ich war so sicher. Ich war es, der dich davon überzeugt hatte, daß der blaue Boden wertlos ist.«

»Jordan, du warst noch ein Knabe.«

»Aber ich galt als Diamantengelehrter. Wenn ich nicht so sicher gewesen wäre, hättest du das Teufelsloch nie verkauft.«

»Ich habe es nicht verkauft. Ich habe es verspielt.«

»Aber nur, weil du glaubtest, es sei wertlos. Du wärst nie auf Mr. Rhodes' Wette eingegangen, wenn du gewußt hättest, daß das Blau nicht das Ende, sondern der Anfang war.«

»Das wußte damals keiner.«

»Mr. Rhodes spürte es. Er hat nie den Glauben verloren. Er wußte, was das Blau war. Er wußte es mit einem sicheren Instinkt, den sonst niemand hatte.«

»Ich bin nie wieder in Kimberley gewesen, Jordie. Ich wollte nie zurückkehren, aber natürlich gelangen die Nachrichten über die Eisenbahnlinie auch zu mir. Ich hörte davon, daß der Wert der Teufelsloch-Claims auf eine halbe Million Pfund geschätzt wurde, als Rhodes und Baranato ihr Geschäft machten.«

»Sie waren die Schlüssel zum Feld«, erklärte Jordie. »Sie waren ganz zufällig die zentralen Claims in der Hauptschicht. Aber das hättest du nie ahnen können, Papa.«

»Seltsam, wie richtig die Instinkte eines Mannes sein können«, sinnierte Zouga. »Und wie falsch die eines anderen. Ich *wußte* immer, oder ich glaubte zu wissen, daß meine Straße nach Norden in diesem Loch beginnen würde, in diesem schrecklichen Loch.«

»Vielleicht tut sie das noch. Das Geld, das uns alle nach Norden bringen wird, kommt ja aus ihm: Mr. Rhodes' Millionen.«

»Erzähl mir von dem Blau. Du bist doch die ganze Zeit bei Rhodes gewesen. Erzähl mir darüber.«

»Es verändert sich«, sagte Jordan. »So einfach ist das, es wird anders.«

Zouga schüttelte den Kopf. »Das klingt wie ein Wunder.«

»Ja«, nickte Jordan. »Diamanten sind die herrlichsten Wunder der Natur. Ich werde nie mein eigenes Erstaunen vergessen, als Mr. Rhodes es mir zeigte. Dieser harte blaue Felsen ist ebenso unnachgiebig wie jeder andere Granit, wenn er aus der Erde kommt, doch wenn er ein oder zwei Jahre auf den Abraumhalden gelegen hat, beginnt er zu zerfallen. Wir denken, daß das Sonnenlicht das verursacht. Er zerbröckelt wie ein trockener Brotlaib – und die Diamanten, o Papa, die Diamanten! Unglaubliche Steine, jeden Tag elftausend Karat! Das Blau ist die Hauptader, das Blau umschließt das Herz.« Er brach vor Verlegenheit ab. »Manchmal kann ich mich nicht beherrschen«, gestand er, und Zouga lächelte. Wer konnte diesem schönen jungen Mann widerstehen?

»Papa«, sagte Jordan. »Oh, Papa, du wirst nie wissen, wie glücklich ich darüber bin, daß du schließlich doch noch an allem teilhast. – Du und Mr. Rhodes.«

»Sie sind ein Engländer, Ballantyne, ein Mann von Ehre und Hingabe; diese Dinge haben mich bei Ihnen immer angezogen.« Rhodes war unwiderstehlich, vermochte eine ganze Skala von Emotionen mit wenigen Worten zu beschwören, und Zouga lächelte.

»Ich will weit mehr von Ihnen als Ihre Konzession. Sie verstehen, Sie wissen, was ich suche, nicht nur Reichtum und persönlichen Wert. Nein, nein, es ist etwas Größeres, etwas Heiliges.«

Dann kam er plötzlich, ohne Schnörkel, auf den Punkt.

»So«, sagte Rhodes, »Sie wissen, was ich brauche – Sie und Ihre Konzession. Was wollen Sie von mir als Gegenleistung?«

»Welche Aufgabe habe ich durchzuführen?« fragte Zouga.

Rhodes nickte mit seinem unordentlichen, löwengleichen Kopf. »Ruhm vor Geld. Sie gefallen mir, Ballantyne – aber zum Geschäft. Ich wollte Sie bitten, die Besatzungsexpedition durch das Land zu führen, das Sie so gut kennen – aber andere Männer können das ebenso erledigen. Ich werde Selous das tun lassen. Für Sie habe ich etwas Wichtigeres. Sie werden mein anderes Ich im Kral des Matabele-Königs sein. Die Wilden kennen und respektieren Sie, Sie sprechen ihre Sprache, kennen ihre Sitten, Sie sind für die Matabele ein mutiger Krieger. Wir dürfen uns nicht selbst täuschen, Ballantyne, es könnte zu einer militärischen Auseinandersetzung kommen. Nur wenige andere Männer kennen die Matabele so gut wie Sie, das könnte auch bei strategischen Problemen von großem Nutzen sein.«

Sie starrten sich über den massiven Schreibtisch an, beide Männer beugten sich vor, und dann sprach Rhodes wieder.

»Ich bin kein geiziger Mann, Ballantyne. Erledigen Sie diese

Arbeit für mich, und verlangen Sie Ihre Belohnungen. Geld, zehntausend Pfund – Land, jedes zugeteilte Stück wird viertausend Morgen haben – Goldclaims, jeder wird fünfhundert Quadratmeter haben. Zehntausend Pfund in bar, zwanzigtausend Morgen besten Landes Ihrer Wahl, fünf Claims auf dem reichen Goldriff. Was sagen Sie, Ballantyne?«

»Zehntausend Pfund, zehn Landzuweisungen und zehn Goldclaims.«

»Abgemacht!« Rhodes schlug auf den Schreibtisch. »Schreib es auf, Jordan, schreib es auf. Aber was ist mit Ihrem Gehalt, während Sie als Agent in Lobengulas Kral sind? Zweitausend, viertausend pro Jahr?«

»Ich bin nicht gierig.«

»Also viertausend.«

Zouga blieb fünf Tage in Groote Schuur, fünf Tage voller Reden und Planen und Zuhören.

Rhodes umgab sich mit Männern; es gab keine Mahlzeit, an der nicht mindestens fünfzehn Gäste an seiner Tafel saßen. Und was für Männer es waren – klug oder reich oder beides, Grafen oder auf der Farm geborene Buren, Politiker und Finanziers, Richter und Soldaten. Wenn sie nicht vermögend waren, waren sie einflußreich oder nützlich.

Männer dutzendweise, doch nie eine Frau. Rhodes weigerte sich, weibliche Bedienstete im Hause zu haben. Es gab nicht einmal das Bildnis einer Frau an den Wänden.

Als sie die große Expedition nach Norden zu planen begannen, hatte Zouga geglaubt, Rhodes würde sich selbst um jede Einzelheit kümmern. Er irrte sich.

Er definierte das Ziel: »Wir brauchen ein Dokument von Lobengula, in dem er uns alles überschreibt und das ich mit nach London nehmen kann. Rudd, Sie haben Juristenverstand. Gehen Sie, und schließen Sie einen umfassenden Vertrag ab. Nehmen Sie Jordan mit. Er spricht die Sprache. Heuern Sie jeden an, den Sie sonst noch brauchen.«

Dann zu Zouga: »Wir brauchen eine Besatzungsmacht, klein genug, um beweglich zu sein, stark genug, um sich auch gegen einen Hinterhalt schützen zu können. Ballantyne, das wird Ihre erste Aufgabe sein. Lassen Sie mich wissen, was Sie entscheiden, aber denken Sie daran, daß wir wenig Zeit haben.«

Etwas, wofür ein anderer Mann sechs Monate gebraucht hätte, erledigte Rhodes in fünf Tagen.

Als Zouga Groote Schuur verließ, ritt Jordan bis zum Bergpaß mit ihm.

»Ist er nicht ein großer Mann? Jede Minute, die man in seiner Gesellschaft verbringt, ist wie ein Schluck besten Weines. Er ist so großzügig.«

»Obwohl er derjenige ist, der am meisten von seiner Großzügigkeit profitiert«, lachte Zouga.

»Das ist gemein, Papa.«

»Ein Heiliger macht nicht ein solches Vermögen in so kurzer Zeit. Aber wenn überhaupt jemand diesen Plan verwirklichen kann, dann ist es Rhodes, und dafür würde ich ihm sogar in die Hölle folgen.«

»Laß uns beten, daß das nicht nötig sein wird. Papa, die Begleitkolonne. Du brauchst einen Mann, der Wagen besitzt, der die Strecke kennt, der Vorräte beschaffen und Männer rekrutieren kann.«

»Wer ist das, Jordie?«

»Ralph.«

Zouga dachte einen Moment nach und nickte. Dann verabschiedeten sie sich voneinander.

Zehn Landschenkungen bedeuteten vierzigtausend Morgen Land, aber es zu erhalten, dafür waren mehr als zehntausend Pfund nötig. Häuser und Brunnen und Zäune waren zu bauen. Vieh mußte gekauft und Männer mußten angeheuert werden – all das würde Geld kosten, sehr viel Geld.

Die Goldclaims – Zouga konnte sich nicht einmal vorstellen, wieviel es kosten würde, Stampfmühlen und Waschkisten von der Eisenbahnstation zu transportieren. Aus Geldmangel würde er Hunderte von Gelegenheiten, die das neue Land bieten würde, nicht ausnutzen können.

Doch all das konnte seine Stimmung nicht verdrießen, weder der kalte Regen in seinem Gesicht noch die Erkenntnis, daß sein

Traum immer noch nur ein Traum war. Er trieb sein Pferd an, in dem Bewußtsein, daß nun endlich das Glück auf seiner Seite stand.

Die Regenschauer verbargen die Hütte vor Zouga, bis er in den Milchholzhain einbog; und dann riß eine Windböe die schrägen silbernen Wasserlachen auf und seine Hochstimmung zerplatzte wie eine Blase.

Er hatte sich geirrt, das Glück war nicht auf seiner Seite. Es war alles nur Illusion gewesen, die Karawane seiner Fehlschläge rollte ungehindert weiter – denn sein Heim war zum Teil zerstört.

Einer der alten Bäume war umgestürzt und auf die Vorderseite der Hütte gekracht. Das Dach hatte unter der Wucht nachgegeben und war eingestürzt. Die Pfosten der Veranda waren zerbrochen, und ein Gewirr von Dachbalken und Ästen blockierte den Vordereingang. Das Wohnzimmer würde von Regen überschwemmt sein – seine Bücher, seine Papiere.

Entsetzt angesichts der Verheerung, sprang er vom Pferd. Sein Atem stockte, und er verspürte das abergläubische Entsetzen eines Mannes, der die Götter beleidigt hat.

Die blaue Säule, die er als Glücksbringer aufgestellt hatte, war umgefallen. Einst war sie hart und glatt wie Granit gewesen, doch das Sonnenlicht und die Luft hatten sie zersetzt, und der Herbst hatte sie wie Kalk zerschmettert.

Zouga ließ sich auf ein Knie herab und berührte einen rohen, unregelmäßigen Klumpen des zerschlagenen blauen Gesteins. Die Zerstörung seines Heimes war nichts dagegen. Dies war das einzige seiner Besitztümer, das unersetzlich war, und das Omen seiner Zerstörung schlug Eiseskälte in die geheimsten Winkel seiner Seele.

Dröhnend kam eine neue Regenböe durch das Tal, rüttelte an den Bäumen und riß an dem zerfetzten Stroh. Regen trommelte auf die gebrochene Oberfläche des Felsens, die er berührte. Zouga nahm einen winzigen Blitz weißen Lichtes wahr, so verwirrend, so blendend, daß es schien, als würde er die Haut von seinen Fingern sengen, als er ihn berührte. Aber er war kalt, kalt wie ein Kristall aus arktischem Eis.

Er war noch nie dem Tageslicht ausgesetzt gewesen, nicht ein einziges Mal in den zweihundert Millionen Jahren, seit er seine gegenwärtige Form angenommen hatte, und doch schien er in seinem Kern einen Tropfen Sonnenlicht gespeichert zu haben.

Zouga hatte noch nie etwas so Wunderschönes gesehen oder berührt. Es machte all die Mühen und den Kummer wett, es war die Rechtfertigung für die Jahre, die er verschwendet zu haben glaubte, es befreite ihn von dem einst festen Glauben, daß seine Straße in den Norden in dem klaffenden Abgrund von De Beers New Rush begann.

Mit Händen, die wie die eines greisen Mannes zitterten, öffnete er die Klinge seines Klappmessers und barg diesen Regenbogen von Licht vorsichtig aus seiner Nische in dem zerschmetterten blauen Felsen und hielt ihn vor seine Augen.

»Der Ballantyne-Diamant«, flüsterte er und starrte in die klarfeuchten Tiefen wie ein Zauberer in seine zukunftssagende Kristallkugel.

Sie hatten ihn nicht erwartet. Er kam so schnell, daß kein Läufer von seiner Ankunft berichten konnte. Er hatte Rudd und den Rest der Gruppe verlassen, die ihm vom Shashi folgen würden, und war vorausgeritten, hatte zwei Reservepferde mit sich geführt und jedesmal gewechselt, sobald das Pferd unter ihm müde wurde. Die Pferde waren die Auslese aus den De-Beer-Ställen, und er brauchte fünf Tage von der Grenze von Matabeleland zur Khami-Mission.

»Ich bin Jordan Ballantyne«, sagte er und blickte auf die Familie hinab, die sich eilends auf der vorderen Veranda der Mission versammelt hatte. Die Bestürmung war vorüber, ohne daß ein Schuß abgefeuert worden war; er ging hinein mit seinen schimmernden Locken und diesem warmen, fast scheuen Lächeln auf seinen Lippen und gewann ihre Herzen im Sturm.

Die Geschenke, die er mitgebracht hatte, waren mit offensichtlicher Sorgfalt ausgewählt und verrieten Wissen um jeden von ihnen und ihre individuellen Bedürfnisse.

Da waren zwei Dutzend Pakete mit Saatgut für Clinton – Gemüse und seltene Kräuter. Für Robyn ein Kasten mit Medikamenten, einschließlich einer Flasche Chloroform, und eine Falttasche mit glänzenden, scharfen, chirurgischen Instrumenten.

Die neueste Ausgabe von Tennysons Dichtkunst für Salina, ein Paar herrlich lebensnaher Porzellanhunde mit beweglichen Augen für die Zwillinge und für Cathy das Schönste von allem, eine Schachtel Ölfarben, ein paar Pinsel und ein Brief von Ralph.

In der ersten Woche, während er darauf wartete, daß Rudd und der Rest der Gruppe nachkam, benutzte Jordan eine Wünschelrute, um Wasser zu suchen. Er half Clinton, den neuen Brunnen zu graben. In drei Meter Tiefe stießen sie auf klares, süßes Wasser. Er erzählte Cathy von Ralph, beginnend mit Tag und Stunde seiner Geburt.

Er krempelte seine Ärmel auf und produzierte aus dem schwarzen Holzbrennofen einen Strom kulinarischer Köstlichkeiten, während Salina ihm zuschaute, begierig zu lernen und zu helfen.

Er zeigte den Zwillingen, wie man aus einem Stück Zeitungspapier alle Arten phantastischer Vögel und Tierfiguren schneiden und falten konnte, und er erzählte Geschichten, die die besten waren, die sie je gehört hatten, seit Mungo St. John Khami verlassen hatte.

Für Robyn hatte er die neuesten Nachrichten vom Kap. Er konnte ihr von den aufsteigenden Sternen am politischen Horizont erzählen und ihre Stärken und Schwächen nennen. Und er berichtete von England.

Gewöhnlich endeten die Abendessen in Khami bei Einbruch der Dunkelheit, und die Familie lag eine Stunde später im Bett, nach Jordans Ankunft jedoch plauderten sie manchmal bis Mitternacht.

»Jordan, es gibt keinen Zweifel daran, daß wir deine Tante für uns einnehmen müssen, wenn wir Matabeleland haben wollen. Ich höre, daß Lobengula keine wichtigen Entscheidungen ohne sie trifft. Ich möchte, daß du Rudd und den anderen vorausreitest. Geh nach Khami und spricht mit deiner Tante.« Das war Mr. Rhodes' eindringlicher Befehl beim Abschied gewesen. Jordan hatte keine Gewissensbisse, dieser Pflicht nachzukommen und der Loyalität seiner Familie gegenüber Genüge zu tun.

Wieder und wieder lobte Jordan Mr. Rhodes und überzeugte Robyn von seiner Integrität und Ernsthaftigkeit. Er erzählte ihr von seiner Vision, die ganze Welt in Frieden zu vereinen.

Instinktiv wußte er, welche von Rhodes' Charaktereigenschaften er vor Robyn hervorzuheben hatte: Patriotismus, Nächstenliebe, seine wohlwollende Behandlung der schwarzen Arbeiter, seine Opposition gegen den Stropping Act im Kap-Parlament, der, wenn er verabschiedet worden wäre, den Arbeitgebern das Recht gegeben hätte, ihre schwarzen Diener auszupeitschen. Erst, als er glaubte, daß Robyn von seinen Ansichten beeinflußt war, erwähnte Jordan die Konzession. Doch trotz seiner Vorbereitungen erfolgte ihre Opposition sofort und heftig.

»Nicht noch ein Stamm, der seiner Ländereien beraubt wird!« schrie sie.

»Wir wollen nicht Matabeleland, Tante. Mr. Rhodes würde Lobengulas Souveränität garantieren und ihn schützen –

Ich habe den Brief gelesen, den du an die *Cape Times* geschrieben hast, Tante, in dem du deine Sorge über die Raubzüge der Matabele in Mashonaland zum Ausdruck gebracht hast. Wenn die britische Flagge über den Shona-Stämmen weht, werden sie vom britischen Gesetz geschützt.

Die Deutschen und Portugiesen und die Belgier sammeln sich wie die Geier. Du weißt, daß es nur eine Nation gibt, die den kleinen Ländern Schutz gewähren kann.«

Jordans Argumente waren berechnet und überzeugend, sein Vertrauen in Cecil John Rhodes war rührend und ansteckend, und er kam immer wieder auf sein stärkstes Argument zurück. »Tante, du hast die Matabele-Männer aus Mashonaland zurückkehren sehen, als das Blut noch an ihren Speeren klebte und die gefangenen Shona-Mädchen aneinandergefesselt waren. Denke an die Verwüstung, die sie hinter sich gelassen haben, die verbrannten Dörfer, die ermordeten Kinder und Alten, die hingeschlachteten Shona-Krieger. Du kannst dem Shona-Volk die Hilfe nicht verweigern, die wir bieten werden.«

In dieser Nacht sprach sie mit Clinton darüber.

»Meine Liebe, für mich war es immer so klar wie die afrikanische Sonne, daß Gott diesen Kontinent für den Schutz der einzigen Nation auf Erden vorgesehen hat, die genügend Staatstugend hat, ihn zum Wohle seiner eingeborenen Völker zu regieren.«

»Clinton, Mr. Rhodes ist nicht die britische Nation.«

»Er ist ein Engländer.«

Sie schwiegen für viele Minuten, und dann sagte Robyn plötzlich: »Clinton, hast du etwas Ungewöhnliches an Salina bemerkt?«

»Ist sie krank?«

»Ich fürchte unheilbar. Ich glaube, sie ist verliebt.«

»Barmherzigkeit. Und in wen ist sie verliebt?«

»Wie viele junge Männer sind denn derzeit in Khami?«

Am Morgen, auf dem Weg in die Kirche, blieb sie an der Küchentür stehen. Am Abend zuvor hatte Clinton ein Schwein geschlachtet, und jetzt machten Salina und Jordan Würste. Er drehte den Griff der Fleischhackmaschine, während sie Fleischbrocken in den Trichter steckte. Sie waren so vertieft, sprachen so fröhlich miteinander, daß sie Robyns Anwesenheit gar nicht bemerkten.

Sie waren ein wunderschönes Paar, zu perfekt.

Salina sah sie und schreckte zusammen und errötete. »O Mama, du hast mich erschreckt.«

Robyn wünschte sich, sie wäre noch zu solch reiner und unschuldiger Emotion fähig, und plötzlich sah sie das Bild von Mungo St. John vor sich, mager und vernarbt und gewissenlos. Was sie empfand, erschreckte sie so, daß ihre Stimme barsch klang.

»Jordan, ich habe einen Entschluß gefaßt. Wenn Mr. Rudd eintrifft, werde ich mit euch zu Lobengulas Kral gehen und für eure Sache sprechen.«

Nach einer ausgedehnten und unergiebigen Handelsexpedition, die sie bis zum Sambesi geführt hatte, war Mungo mit Louise zum Kral von GuBulawayo zurückgekehrt, wo sie sich bereits seit sieben Monaten aufhielten. Aber Lobengulas Verzögerungen halfen Mungo St. John.

Robyn Codrington hatte sich geweigert, mit dem König wegen Mungos Anliegen zu sprechen, und folglich war er nur einer unter einem Dutzend weißer Konzessionssucher, die um Lobengulas königlichen Kral lagerten.

Der König wollte Mungo nicht gehen lassen. Er schien es zu genießen, mit ihm zu sprechen, und lauschte eifrig Mungos Berichten über den amerikanischen Bürgerkrieg und seine Seereisen. Jede Woche ließ er Mungo zu einer Audienz kommen und ihn durch seinen Dolmetscher befragen.

Einmal erteilte er Mungo die Erlaubnis, südlich des Shangani-Flusses zu jagen, wenn er weder Elefanten noch Nilpferde tötete. Auf dieser Expedition schoß Mungo einen riesigen Straußenhahn, dessen Haut er salzte und trocknete, und der prächtige Federschmuck blieb unversehrt.

Bei drei anderen Gelegenheiten erlaubte ihm der König, zur Khami-Missionsstation zu fahren, als Mungo klagte, daß sein Bein ihn schmerze. Mungos Raubtierinstinkt sagte ihm, daß Robyn Codrington durch diese Rückkehr beunruhigt und erregt war, und jedesmal gelang es ihm, den Besuch über Tage hinzuziehen und allmählich seine Position ihr gegenüber zu festigen. Als er sie wieder bat, sich zu seinen Gunsten bei Lobengula zu verwenden, dachte sie tatsächlich einen halben Tag darüber nach, bevor sie ablehnte.

»Ich kann eine Katze nicht auf eine Maus ansetzen, General St. John.«

»Madame, ich habe meine eigenen Sklaven vor vielen Jahren befreit.«

»Als Sie dazu gezwungen wurden«, räumte sie ein. »Aber wer wird Sie hier, in Matabeleland kontrollieren?«

»Sie, Robyn, und dem würde ich mich mit Freuden unterwerfen.«

Sie war errötet und hatte ihr Gesicht von ihm abgewandt. »Ihre Vertraulichkeit ist anmaßend, Sir.«

Er hatte die Zwillinge wieder unter dem Baum getroffen. Sie waren unschätzbare Verbündete geworden. Niemand anders hätte ihm die wichtigen Informationen verraten können, die er für sein Planen brauchte. Mungo hatte Zweifel an der Existenz der Diamanten geäußert und erklärt, daß er nur dann überzeugt sei, wenn die Zwillinge ihm erzählen könnten, wo Lobengula den Schatz aufbewahrte.

Juba vermutete niemals Gefahr von einem solch unschuldigen Paar, und am späten Nachmittag, als sie einen Viereinhalblitertopf ihres Bieres getrunken hatte, war sie immer lustig und geschwätzig.

»Ningi bewahrt die Diamanten unter ihrer Schlafstelle auf«, informierte Vicky Mungo.

»Wer ist Ningi?«

»Die Schwester des Königs, und sie ist fast genauso fett wie er.«

Ningi mußte die Person sein, der Lobengula am meisten vertraute – und ihre Hütte in den verbotenen Frauenquartieren war in ganz Matabeleland am sichersten.

»Ich glaube euch jetzt. Ihr seid kluge Mädchen, ihr beiden«, sagte Mungo, und sie strahlten voller Freude. Es gab nichts, worum er sie nicht bitten konnte.

»Vicky, ich brauche etwas Farbe. Die ist für etwas Geheimes. Ich werde euch später davon erzählen, wenn ihr mir die Farbe beschaffen könnt.«

»Welche Farbe?« fragte Lizzie. »Ich beschaffe sie für dich.«

»Rot, Weiß und Gelb.«

Lizzie stand Wache, während Vicky Cathys Malkasten plünderte, und sie überreichten Mungo ihr Geschenk und genossen sein übermäßiges Lob.

Es war nicht nur wichtig, an die Diamanten heranzukommen; weit lebenswichtiger war es, den Folgen zu entgehen. Kein Mann und keine Frau konnten hoffen, die Grenze ohne die Erlaubnis des Königs zu erreichen; es waren Hunderte von Meilen wilden Landes, dessen Grenzen streng bewacht wurden. Er konnte nicht einfach davonlaufen. Er mußte eine List anwenden und vielleicht sogar die Furcht der Matabele vor Dunkelheit und Zauberei zu seinem eigenen Vorteil nutzen.

So plante er mit peinlicher Sorgfalt und wartete mit der Geduld eines pirschenden Leoparden auf den richtigen Augenblick, denn er wußte, daß dies seine letzte Chance war. Wenn er diesmal versagte, dann könnten ihn nicht einmal seine weiße Haut oder sein Status als Gast des Königs retten.

Er achtete sorgsam darauf, seine Vorbereitungen vor Louise zu verbergen.

Obwohl sie die strohgedeckte Hütte teilten, die Lobengulas Männer für sie in dem Hain hinter dem königlichen Kral errichtet hatten, und obwohl sie die Mahlzeiten gemeinsam einnahmen, verbrachte Louise ihre Tage allein. Sie ritt auf einem der Maultiere am frühen Morgen aus und kehrte nicht vor Einbruch der Dämmerung zurück. Ihre Strohmatratze im fernsten Winkel der Hütte hatte sie mit dem zerfetzten Sonnensegel des Karrens abgeschirmt, und er hatte nur einmal versucht, an diesem Schirm vorbeizukommen.

»Nein«, schrie sie ihn an. »Niemals wieder!« Und sie hatte ihm das Messer gezeigt, das sie unter ihren Röcken hatte.

So konnte er tagsüber ungestört arbeiten und seine Ausrüstung jeden Abend unter seiner eigenen Matratze verstecken. Er schnitzte die Maske aus dem natürlich geschwungenen Stück eines hohlen Baumstammes, eine gräßliche, grimassenhafte, affenähnliche Visage mit stieren Augen und einem klaffenden Mund voll weißer Fänge – und er bemalte sie mit den Farben aus Cathys Malkasten. Aus der gefiederten Straußenhaut fertigte er einen Mantel, der ihm vom Hals bis zu den Knöcheln reichte, und für seine Füße und Hände nähte er groteske Handschuhe aus schwarzer Ziegenhaut. Im vollen Kostüm würde er selbst den tapfersten Krieger erschrecken.

Robyn Codrington hatte ihm wiederholt Laudanum gegen den fortwährenden Schmerz in seinem Bein gegeben, aber er hatte es aufbewahrt. Er hatte sich für eines der Matabele-Feste entschieden, und er wartete bis zur dritten Nacht, als alle, nach dem vielen Bier und drei Tagen und Nächten wilden Tanzes, eingeschlafen waren.

Bei Nachteinbruch gab er Louise Laudanum in einer Schale saurer Milch. Eine Stunde nach Anbruch der Dunkelheit zog er den Vorhang beiseite und lauschte eine Minute lang Louises gleichmäßigem Atem, bevor er sich über sie beugte und ihr leicht auf die Wangen schlug. Sie bewegte sich nicht.

Er streifte rasch den Federmantel über, legte aber Maske und Handschuhe noch nicht an, sondern schwärzte sein Gesicht, Arme und Beine mit einer Mischung aus zerstoßener Holzkohle und Fett. Dann schlich er, die Maske und ein Stück Seil unter einem Arm, und einen schweren Assegai in der anderen Hand, aus der Hütte.

An der äußeren Umfriedung verharrte er, um sich umzuschauen und zu lauschen, und dann warf er das Seil über die Barriere der spitzen Pfosten.

Er kletterte vorsichtig hinauf, schonte sein krankes Bein und spähte in den Kral.

Er war ruhig, aber ein niedriges Wachfeuer brannte vor dem geschlossenen Tor.

Mungo glitt am Seil herab und durchquerte schnell die Schatten zur nächsten Hütte. Dort blieb er stehen, um seine Handschuhe anzuziehen und die Maske über seinen Kopf zu stülpen, bevor er weiter auf die innere Umfriedung zukroch, die die Frauenquartiere schützte.

Es war ein doppelter Kreis von Hütten, und in der Mitte stand eine größere Hütte mit kunstvollen Strohmustern und Verzierungen – dies war die Residenz der Schwester des Königs.

Jetzt erreichte er das Tor der inneren Umfriedung. Wieder blieb ihm sein Glück treu. Er war darauf vorbereitet, hier den Assegai zu benutzen, doch beide Wachen lagen ausgestreckt da, in ihre Pelze gewickelt, und keiner der beiden bewegte sich, als Mungo über ihre erschöpften Körper stieg.

Aus dem Inneren einer Hütte hörte er ein leises, regelmäßiges Schnarchen.

Die Tür war verschlossen. Mungo hatte die Kante des Assegai rasiermesserscharf geschliffen, und damit sägte er die Schlingen des Rindenseils durch, die die Öffnung sicherten. Das Raspeln und Knistern der Klinge dröhnte donnernd in seinen Ohren, und seine Haut prickelte. Alles um ihn blieb still. Er trat zurück und holte die Blasen mit Ziegenblut unter dem Mantel hervor.

Er schlitzte die Blasen auf und verspritzte das stinkende, geronnene Blut über die Türschwelle. Er hatte von den Zwillingen gelernt, die Autoritäten in Sachen Aberglaube waren, daß ein

Tokoloshe, der böse Geist, immer Blut auf jeder Tür verspritzte, durch die er ging.

Mungo trat gebeugt in die Hütte und wartete, bis seine Augen sich an das Licht gewöhnten.

Das Feuer in der Mitte der Hütte war heruntergebrannt. Es gab gerade genug Licht, daß er zwei Gestalten ausmachen konnte, die wie Hunde zusammengerollt, zu seinen beiden Seiten lagen – und dahinter die plumpe Masse der Prinzessin unter ihren Fellen.

Ihr Schnarchen begann als leises Grollen, wie ein Vulkan, und hob sich zu einem pfeifenden Crescendo, das jedes Geräusch überlagerte, das Mungo verursachte, als er über die erste schlafende Dienerin trat.

Bevor sie sich rühren konnte, hatte er einen Knebel aus Ziegenhaut in ihren Mund gesteckt und sie mit einem Lederriemen an Knöcheln und Handgelenken gefesselt. Sie wehrte sich nicht, sondern starrte mit weit aufgerissenen weißen Augen auf seine gräßliche Maske. Er fesselte und knebelte die zweite Frau, bevor er zu Ningis Schlafplatz hinüberging.

Sie schnarchte und grunzte weiter, als er ihre Arme und Beine fesselte. Nur als er ihr den Knebel in den Mund stopfte, schnaufte und stöhnte sie.

Er rollte sie von ihrer Schlafplattform, und sie fiel mit einem dumpfen Schlag auf den Lehmboden. Er zerrte sie dorthin, wo die Dienerinnen lagen. Es war Schwerarbeit, denn sie war sehr schwer.

Er warf einen Scheit auf das Feuer, und als es aufloderte, stolzierte und hüpfte er um seine Gefangenen herum, preßte seine gräßliche Maske in ihre Gesichter. Den Frauen brach der Angstschweiß aus und rann in kleinen Bächen an ihren Körpern hinab, während sie sich krümmten und an ihren Fesseln zerrten.

Plötzlich gab es einen lauten Knall, als Ningi in entsetzlicher Angst ihre Därme entleerte, und der heiße Gestank von Fäkalien erfüllte die Hütte. Mungo warf eine Pelzdecke über die Frauen, und augenblicklich waren sie still, und ihr Jammern verebbte.

Dann bewegte er sich schnell. Er kehrte zu der Schlafplattform zurück und warf die Pelze beiseite. Er hob die Pritsche wie eine

Falltür, und in der flachen Vertiefung darunter standen ein Dutzend kleiner Tontöpfe.

Seine Hände begannen zu zittern, als er nach einem griff und ihn aus der Vertiefung nahm. Sein eigener Schweiß blendete ihn halb – doch trotz seines verschwommenen Blickes konnte er das seifige Glänzen des reflektierten Feuerscheins in der Öffnung des Topfes sehen.

Er konnte nicht alles stehlen. Es waren zu viele Diamanten, als daß er sie hätte tragen können.

Er schüttete den Inhalt aller zwölf Töpfe zu einem glitzernden Haufen neben dem Feuer und wählte in dem schwachen Licht die größten und klarsten Steine aus. Dreißig von ihnen füllten den ledernen Schnürbeutel, den er mitgebracht hatte. Er band ihn wieder um seine Hüfte, ergriff den Assegai und huschte aus der Hütte.

Die Wachen schliefen noch immer, und er passierte sie lautlos. Unter der Wand der äußeren Umfriedung streifte er Mantel, Handschuhe und Maske ab und warf sie auf das vernachlässigte Wachfeuer. Dann häufte er Äste darauf – am Morgen würde dort nur Asche sein.

Er kletterte rasch an dem Seil hoch und zog es hinter sich her. Der königliche Kral war noch immer still.

Er badete in dem Teich unterhalb des Lagers, wusch Holzkohle und Fett ab, und fand dann sein Hemd und seine Breeches in der Höhle eines Baumstumpfes neben dem Teich, wo er sie versteckt hatte.

In der Hütte kniete er neben Louise und legte eine eiskalte Hand auf ihre Wange. Sie seufzte und drehte sich auf die Seite. Er versteckte den Beutel mit den kostbaren Steinen unter seiner Matratze und rollte sich in seine Decke. Er konnte nicht schlafen, und in der Morgendämmerung hörte er aus dem Kral des Königs das Schreien von Frauen und die Rufe von Männern.

»Es ist grausam«, sagte Robyn bitter zu Lobengula.

»Nomusa, du bist eine weise Frau, die weiseste, die ich je gekannt habe – aber du kennst die Geister und Dämonen von Matabeleland nicht.«

»Ich weiß, daß die Welt voller böser Menschen ist, aber es gibt nur wenige böse Geister.«

»Das Wesen, das die Hütte meiner Schwester betreten hat, kam aus der Luft. Alle Tore zum Kral waren von meinen Männern bewacht; sie haben mir geschworen, daß sie vom Einbruch der Dämmerung bis zum Morgengrauen auf ihren Posten gestanden haben, die Augen weit offen und die Speere in ihren Händen. Nichts ist an ihnen vorbeigekommen.«

»Selbst deine besten Männer können dösen und dann lügen, um sich zu schützen.«

»Niemand wagt es, den König zu belügen. Es kam aus der Luft, und es spritzte faulendes, stinkendes Blut auf die Pfosten von Ningis Hütte.« Wider Willen erschauerte Lobengula. »Bei Chakas hagerem Hintern, das ist ein *Tokoloshe* gewesen. Kein Mensch kann das tun.«

»Außer, wenn er Blut in einem Topf mit sich trägt.«

»Nomusa –« Lobengula schüttelte sorgenvoll den Kopf. »Meine Schwester und ihre Dienerinnen sahen dieses große, haarige Ding, das so schwarz wie die Nacht war und nach Grab stank, Blut und nicht Schweiß strömte von seiner Haut. Seine Augen waren groß wie der Vollmond, und seine Stimme war die von Löwe und Adler, es hatte keine Hände und keine Füße, nur haarige Ballen.« Lobengula erschauerte wieder.

»Und es stahl Diamanten«, sagte Robyn. »Was will ein Dämon mit Diamanten?«

»Wer weiß, was ein Dämon für seine Zauberei braucht?«

»Menschen gieren nach Diamanten.«

»Nomusa, für schwarze Menschen haben Diamanten keinen Wert, also kann es kein schwarzer Mann gewesen sein. Und wenn ein weißer Mann die Hütte meiner Schwester betreten hätte, hätte er sich nicht mit ein paar Steinen begnügt. Ein weißer Mann hätte alle genommen, denn so sind die Weißen. Es kann also weder ein weißer Mann noch ein schwarzer Mann gewesen sein – was anders als ein Dämon bleibt übrig?«

»Lobengula, Großer König, du kannst nicht zulassen, daß das geschieht.«

»Nomusa, eine schreckliche Zauberei ist im königlichen Kral

begangen worden. Eine böse Person oder viele böse Personen haben einen schwarzen Dämonen herbeibeschworen, und ich wäre kein König, wenn ich ihnen erlaubte, zu leben. Die Bösen müssen gefunden werden, und meine Vögel müssen fressen, damit wir von diesem widerlichen Ding befreit werden.«

»Lobengula –«

»Sag nichts mehr, Frau des Mitleids, denn Worte können meine Entscheidung nicht ändern. Dir und deiner Familie und allen Gästen meines Krals ist befohlen zuzusehen, wie Gerechtigkeit geschieht.«

Eine eigentümliche Stille lag über dieser ungeheuren Versammlung, nur die federgeschmückten Kopfhauben bewegten sich leise in der leichten, unruhigen Brise, und Furcht hing über ihnen, so greifbar, daß sie die Hitze der Sonne zu nehmen schien und ihre Strahlen schwächte.

Das Schweigen war drückend; es schien den Atem aus ihren Lungen zu quetschen. Nur einmal, als eine schwarze Krähe tief über die geschlossenen Reihen flog und ihren heiseren Schrei in die Stille krächzte, hoben sich ihre Köpfe, und ein leiser Seufzer schüttelte sie, wie der Wind, der durch die Wipfel des Waldes streicht.

Vor den Toren des königlichen Krals, die Blicke auf diese gewaltige Ansammlung gerichtet, waren die obersten Indunas der Matabele zusammengekommen, Somabula und Babiaan und Gandang, und die niedrigeren Prinzen von Kumalo, während hinter ihnen, ihre Rücken an den Pfählen der Umfriedung, Lobengulas weiße Gäste standen, fast einhundert von ihnen, Deutsche und Franzosen, Holländer und Engländer, Jäger und Forscher und Geschäftsleute und Abenteurer, Bittsteller und Missionare und Händler.

Nur zwei weiße Frauen waren anwesend, da Robyn sich strikt geweigert hatte, ihre Töchter von Khami zu der Zeremonie mitzubringen, und Lobengula hatte nachgegeben und eine Ausnahme gemacht.

Der König hatte Erlaubnis gegeben, daß die beiden Frauen sich setzen durften. Robyn saß neben dem Eingang zu der Umfriedung, und Clinton stand schützend über ihr, während die Mitglieder von Mr. Rhodes' Abordnung sie flankierten. Mr. Rudd, rotgesichtig und schnurrbärtig, mit seinem viereckigen Derbyhut auf dem Kopf, und Jordan Ballantyne, barhäuptig und goldhaarig zu Robyns anderer Seite.

Weiter unten in der Reihe der Gäste saß Louise St. John auf einem Hocker aus Lederriemen. Ihre dicken schwarzen Zöpfe hingen ihr bis auf die Hüfte hinab, und die Blicke der Männer ringsum kehrten immer wieder zu ihr zurück. Hinter ihr lehnte Mungo St. John auf seinem Stock und lächelte in sich hinein, als er die Blicke der Männer bemerkte.

Das Matabele-Volk wogte wie ein schlummerndes schwarzes Meer, das von einem plötzlichen Windstoß erfaßt wird, und die Federn tanzten wie weiße Gischt. Von Zeit zu Zeit stampften sie auf die harte Erde und verkündeten das Lob des Königs.

»Bayete!«

Der Große Schwarze Elefant der Matabele kam durch das Tor, und hinter ihm schwankten und schlurften seine Frauen, angeführt von Ningi.

Mit seinem Speer in der Hand schritt Lobengula auf den Hügel aus gestampftem Lehm zu, auf dem der Rollstuhl aufgestellt war, der seinem Vater als Thron gedient hatte, und Gandang und Babiaan, seine Brüder, traten vor, um ihm die Stufen ersteigen zu helfen. Von der Erhöhung aus blickte Lobengula auf sein Volk, und die, die ihm am nächsten standen, erkannten die schreckliche Sorge in seinen Augen.

»Laßt uns beginnen«, sagte er und fiel in seinen Stuhl.

Ein abgehackter Chor von Kreischen und Gewinsel und wahnsinnigem Gelächter war hinter den Wänden der Umfriedung zu hören, und durch das Tor kam eine entsetzliche Prozession von Hexen, von stolzierenden Teufelsfurien und schwätzenden Geisterbeschwörern.

An ihren Hälsen und Hüften hingen die Symbole ihrer Zauberkünste, Schädel von Pavianen und Kleinkindern, Reptilienhäute, Schildkrötenpanzer und andere Zaubermittel.

Kreischend und heulend versammelten sie sich vor Lobengulas Thron.

»Finstere Schwestern, könnt ihr die Bösen riechen?«

»Wir riechen ihren Atem – sie sind hier! Sie sind hier!«

Eine der Hexen brach im Staub zusammen, und Schaum blubberte über ihre zahnlosen Kiefer; ihre Augen verdrehten sich, und ihre Glieder zuckten in Krämpfen. Eine ihrer Schwestern schüttete rotes Pulver aus einem Schnupfhorn in ihr Gesicht, und sie kreischte und hüpfte in die Luft.

»Finstere Schwestern, werdet ihr die Übeltäter vorbringen?« fragte Lobengula.

»Wir werden sie dir bringen, großer Bulle von Kumalo. Wir werden sie bringen, Sohn von Mzilikazi.«

»Geht!« befahl Lobengula. »Tut, was getan werden muß!«

Einige von ihnen wirbelten und sprangen herum, schwangen ihre Wünschelruten und Giraffenschwänze.

Andere huschten davon, schleichend wie die nächtlichen Hyänen. Andere krochen auf allen vieren, beschnüffelten die Erde wie Jagdhunde, die Witterung aufnehmen, während sie sich unter den Reihen des wartenden Volkes verteilten.

Eine der Hexen kam zu den weißen Gästen und hüpfte wie ein alter Pavian. Ihre leeren Brüste klatschten gegen ihren Bauch. Ihre Haut war mit grauem Schmutz verkrustet, und ihre Zaubergeräte klapperten und klirrten. Sie blieb vor Mungo St. John stehen und hob ihre Nase, um in der Luft zu schnüffeln, und dann heulte sie wie eine läufige Hündin.

Mungo St. John nahm die lange, schwarze, handgerollte Zigarre aus heimischem Tabak zwischen seinen Lippen hervor und musterte die Asche an ihrer Spitze. Die alte Hexe hüpfte näher und schaute in sein Gesicht. Er steckte die Zigarre wieder zwischen die Lippen und erwiderte ihren Blick gleichgültig.

Sie machte einen Satz und reckte ihm ihr Gesicht entgegen. Sie sog geräuschvoll den Geruch aus seinen Nasenlöchern ein, und dann tanzte sie davon. Aber sie kam wieder auf ihn zu, den langen Giraffenschwanz hoch über ihren Kopf erhoben. Sie kreischte wie eine niederstürzende Eule und setzte zum Schlag an.

Dann erstarrte sie, und Mungo St. John nahm die Zigarre aus seinem Mund und blies einen perfekten Rauchring, der sich um sich drehte und sich erst im Gesicht der Hexe auflöste und zu feinen Wölkchen zerstob.

Sie kicherte wild und wahnsinnig und ging dann die Reihe entlang, um vor Robyn Codrington stehenzubleiben.

»Du stinkst wie die Hyäne, die dich geboren hat«, sagte Robyn gleichmütig in perfektem Matabele, und die Hexe wirbelte herum und raste auf Juba zu, die in der vordersten Reihe der edlen Matronen stand. Die Alte hob wieder den Schwanz, um damit zuzuschlagen.

Robyn war knochenweiß geworden und erhob sich. »Nein«, flüsterte sie. »Bitte, laß sie in Ruhe.«

Die Hexe ließ ihren Arm sinken und kam zurück, um vor Robyn umherzustolzieren und sich zu brüsten; dann kreischte sie wieder, wirbelte herum und lief erneut zu Juba, und dieses Mal schlug sie, und der Schwanz klatschte auf schwarzes Fleisch – doch in letzter Sekunde wechselte die Hexe das Ziel, und der Schlag traf auf das bestürzte Gesicht der jungen Frau, die neben Juba stand.

»Ich rieche Böses«, kreischte die Hexe, und die Frau fiel auf ihre Knie. »Ich rieche Blut.«

Die Hexe schlug wieder und wieder zu, und der Schwanz schnitt in das ungeschützte Gesicht der Frau, bis Tränen ihre Wangen hinabrollten.

Die Scharfrichter traten vor und zogen sie auf die Beine. Die Frau war wie gelähmt, so daß sie sich nicht wehrte, als sie vor Lobengula gezerrt wurde. Er blickte mit traurigem und mitleidsvollem Gesichtsausdruck auf sie hinab, bevor er den Zeigefinger seiner rechten Hand hob.

Einer der Scharfrichter schwang seine Kriegskeule, ein voller Schlag traf den Schädel der Frau. Der Knochen knirschte, und die Augen der Frau wurden durch die Wucht wie überreife Trauben aus den Höhlen getrieben. Als sie mit dem Gesicht voran in den Staub fiel, war eine blutlose Vertiefung in ihrem Hinterkopf zu sehen, in den ein Mann seine Faust hätte stecken können. Die Hexe eilte davon, um die Jagd fortzusetzen, und Juba schaute zu Robyn hinüber. Robyn war auf ihren Stuhl gesunken, zitternd und bleich.

In den dichten Reihen wurde ein weiteres triumphierendes Kreischen laut, und die Scharfrichter zerrten einen gutaussehenden jungen Krieger von seinem Platz. Er schüttelte ihre Hände ab und ließ sich vor Lobengulas Thron auf ein Knie sinken.

»Vater des Volkes, höre meine Gebete. Großer schwarzer Elefant, laß mich mit deinem Namen auf meinen Lippen sterben. Oh, Lobengula, der wie der Wind –«

Der König hob einen Finger, und die Keule zischte durch die Luft.

Das Geheul und Kreischen war markerschütternd, als die Hexen und Zauberer sich noch mehr in ihre Arbeit steigerten, und die Opfer wurden herausgezogen und abgeschlachtet – ihre Leichen wurden auf einen ständig wachsenden Haufen geschmissen.

Einhundert, zweihundert Menschen starben, und der Gestank und die Hitze lockte Fliegen an, die in die starren Augen und offenen Münder der Toten krochen. Die Hexen sprangen und kicherten und schlugen mit ihren Wünschelruten.

Hier und da fiel ein Mädchen ohnmächtig um, und die Hexen stürzten sich auf diesen unwiderlegbaren Beweis von Schuld.

Die Sonne begann ihren langsamen Abstieg zum westlichen Horizont, und endlich krochen die Hexen eine nach der anderen zu dem Berg der Toten zurück, den sie geschaffen hatten. Sie wankten vor Erschöpfung – der Staub hatte sich mit ihrem Schweiß verbacken. Sie winselten und heulten wie Hunde, als sie über die Leichen krochen, und die aussuchten, die sie mit sich nehmen würden. Ein Stück der Gebärmutter einer Jungfrau war ein mächtiger Fruchtbarkeitszauber, ein Stück vom Herzen eines verbluteten Kriegers ein prächtiger Talisman für den Kampf.

»Ist das Werk getan?« fragte Lobengula.

»Es ist getan, oh, König.«

»Sind alle Übeltäter tot?«

»Sie sind alle tot, Sohn des Mzilikazi.«

»Geht dann – und geht in Frieden«, sagte Lobengula erschöpft.

»Bleibe in Frieden, großer König.«

Dreimal in ebenso vielen Wochen bat Mungo St. John den König, ihn ziehen zu lassen, doch jedesmal plauderte der König freundlich eine Stunde lang mit ihm und winkte ihn dann davon. »Ich werde darüber nachdenken, Helles Einauge. Bist du hier unglücklich? Füllen das Fleisch und das Bier, das ich dir schicke, deinen Magen nicht? Vielleicht willst du wieder einmal auf die Jagd gehen?«

»Ich möchte nach Süden gehen, o König.«

»Vielleicht beim nächsten Vollmond, Helles Einauge, oder wenn der Regen vorbei ist oder nach der Chawalazeremonie, wer weiß? Wir werden das zur rechten Zeit sehen.«

Eines Morgens ritt Louise früh aus, so wie es ihre Gewohnheit geworden war. Mungo bemerkte, daß sie diesmal das Gewehr und Munition mitgenommen hatte, dazu ihre Decke und die Wasserflasche.

Er war verwirrt, aber er war erst beunruhigt, als die Nacht einbrach und sie nicht zurückgekehrt war. Er saß die ganze Nacht wach neben dem Feuer, nahm beim ersten Tageslicht das zweite Maultier und überquerte den Fluß dort, wo Rudds Gruppe auf einer herrlichen Waldlichtung kampierte. Sie hatten sechs Wagen und ebenso viele Zelte, die aus bestem, wasserdichtem Segeltuch gefertigt waren.

Die Pferde waren Vollblutaraber, und eines von ihnen hätte Mungo und seinen kleinen Beutel in sechs Tagen oder weniger zum Shashi-Fluß bringen können. Er betrachtete sie gierig, als Robyn Codrington gebückt aus einem der Zelte trat. Sie sah ihn und wollte wieder hineingehen, aber er rief sie an und sprang von seinem Maultier.

»Dr. Codrington, bitte, es ist eine Angelegenheit von äußerster Dringlichkeit.«

Widerwillig drehte sie sich um.

»Meine Frau ist verschwunden, sie ist letzte Nacht nicht zurückgekommen.«

Augenblicklich wurde Robyns abweisender Gesichtsausdruck besorgt.

»Hat sie gesagt, wohin sie wollte?«

Er schüttelte den Kopf. »Ich kann nur vermuten, daß sie nach

Khami geritten ist – Sie wissen, sie hat sich mit Ihrer ältesten Tochter angefreundet –«

»Ich werde einen Diener zur Mission schicken.«

»Können Sie nicht den König bitten, mich gehen zu lassen?«

»Der König ist zu seinen Frauen gegangen – niemand, nicht einmal ich, wage es, ihn zu stören, bis er aus den Gemächern der Frauen kommt.«

»Wie lange wird das dauern?«

»Einen Tag, eine Woche – das kann man nicht sagen. Ich werde Ihnen eine Nachricht schicken, sobald ich Neuigkeiten habe.«

In dieser Nacht wartete Mungo wieder. Als er in der Dämmerung am Feuer hockte und nach dem Geräusch von Hufschlägen lauschte, schoß ihm ein Gedanke, der sein Blut erstarren und seine Eingeweide sich vor Furcht zusammenziehen ließ, durch den Kopf.

Er sprang auf, rannte in die Hütte und riß seine Matratze weg. Mit einem Seufzer der Erleichterung umschlossen seine Finger den Beutel. Er zog ihn hervor und öffnete zitternd den Schnürverschluß. Er ließ die funkelnden Steine in seine Handfläche gleiten. Sie waren alle da, aber er fand etwas, was er nicht in den Beutel gelegt hatte. Es war ein gefaltetes Blatt Papier. Er nahm es zum Feuer und hielt es so, daß er es lesen konnte.

»Wenn Du dies findest, wirst Du wissen, warum ich gegangen bin. Sogar jetzt, da ich diese Zeilen schreibe, steigt die Erinnerung an die armen Teufel in mir auf, die zu Hunderten für Deine Gier bezahlen.

Ich lasse Dir diese blutbefleckten Steine in der sicheren Gewißheit, daß sie verflucht sind.

Folge mir nicht. Schicke mir niemanden nach. Denke nie wieder an mich.«

Sie hatte nicht unterschrieben.

Rudds Gruppe war beim Frühstücken unter dem offenen Eßzelt.

Die Unterhaltung war geistreich, und Robyn ergötzte sich daran.

Sie saß am Kopfende, und die Herren hofierten sie. Mr. Rudd war offenkundig seit ihrer ersten Begegnung von ihr eingenommen und richtete all seine Bemerkungen direkt an sie.

Jordan hatte die Vorbereitung eines üppigen englischen Frühstücks überwacht, frische Eier und gebratener Räucherschinken, gesalzener Bückling und Schweinewurst aus Dosen, eingemachte Shrimps und Heringscreme, dazu frisch geschlagene Butter und heiße Weizenmehlkuchen.

Mr. Rudd, noch immer von der spontanen, festlichen Stimmung ganz hingerissen, rief nach der Flasche Champagner, die über Nacht zum Kühlen in einem feuchten Sack gehangen hatte.

»Nun«, er hob sein Glas Robyn zu, »ich bin sicher, wir werden auch dieses harte Leben und das primitive Essen überstehen, bis der König eine Entscheidung trifft.«

Trotz Robyns Fürsprache hatte Lobengula die Konzession noch nicht unterzeichnet, die sie haben wollten. Seine obersten Indunas hatten wochenlang getagt, konnten aber keine Übereinstimmung erzielen. Lobengula reagierte auf Mr. Rudds Hartnäckigkeit, indem er sich in die Quartiere seiner Frauen zurückzog, wo ihn niemand erreichen konnte.

»Es kann noch Monate dauern.« Robyn hob ihr Glas und erwiderte Rudds Toast. »Ich rechne nicht damit, daß Lobengula eine so wichtige Entscheidung trifft, ohne in die Hügel zu gehen und das Orakel zu befragen, die Umlimo.«

Plötzlich blickte Clinton flußabwärts, runzelte die Stirn und flüsterte Robyn zu. »Es ist dieser Halunke St. John, weshalb kommt er hierher?«

Mungo St. John war am Rande des Lagers abgestiegen, näherte sich aber der Gesellschaft nicht.

Robyn erhob sich rasch. »Bitte, entschuldigen Sie mich, meine Herren. General St. Johns Frau wird vermißt, und er ist natürlich besorgt.«

»Danke für Ihr Kommen«, sagte Mungo, als sie zu ihm eilte. »Ich habe sonst niemanden, an den ich mich wenden kann, Robyn.«

Sie versuchte, die Vertrautheit seiner Anrede zu ignorieren.

»Haben Sie Neuigkeiten?« fragte sie.

»Ich habe eine Nachricht entdeckt, die Louise mir hinterlassen hat.«

»Lassen Sie mich sehen.« Robyn streckte ihre Hand aus.

»Ich bedaure. Sie ist sehr persönlich und enthält, wie ich fürchte, beleidigende Anspielungen«, entgegnete Mungo. »Aber Louise will Matabeleland über die Straße nach Süden verlassen.«

»Das ist Wahnsinn«, flüsterte Robyn. »Ohne die Erlaubnis des Königs, ohne Begleitung. Die Straße ist abgelegen und gefährlich. Ihre Frau kann nicht darauf hoffen, den Grenzimpis zu entkommen – und sie haben Befehl, jeden zu töten, der nicht Lobengulas Erlaubnis hat, die Straße zu benutzen.«

»Sie weiß das«, sagte Mungo.

»Was hat sie dann dazu gebracht, es zu versuchen?«

»Wir haben gestritten. Sie nimmt mir meine Empfindungen Ihnen gegenüber übel.«

Robyn wich einen Schritt zurück, ihre Wangen wurden bleich, und der Atem schien in ihrer Kehle zu ersticken.

»General St. John, ich verbiete Ihnen, auf diese Weise zu reden.«

»Sie haben mich gefragt, Robyn. Ich werde die Nacht auf der *Huron* nie vergessen –«

»Hören Sie auf! Schweigen Sie! Wie können Sie so sprechen, wo Ihre Frau in höchster Lebensgefahr ist?«

»Louise war nicht meine Frau«, erklärte er ruhig. »Sie war meine Reisegefährtin, niemals meine Frau.«

Robyn schwankte, und die Farbe stieg wieder in ihre Wangen.

»Sie haben mir – einmal – erzählt, daß Sie verheiratet seien.«

»Das war ich, Robyn. Jedoch nicht mit Louise.«

Robyn war betürzt. Vor ihr stand die Verkörperung des Bösen, die leibhaftige Schlange aus Eden.

»Ich werde zum König gehen«, sagte sie und wurde sich schmerzlich des Bebens in ihrer Stimme bewußt. »Ich werde ihn bitten, Männer hinter Ihrer – der Dame herzuschicken. Ich werde ihn auch bitten, Ihnen die Reiseerlaubnis zu geben. Ich würde es für eine angemessene Gegenleistung halten, wenn Sie

sie sofort aufbrechen und niemals nach Matabeleland zurückkehren.«

»Was zwischen uns ist, wird nie vergessen sein, Robyn, solange wir beide leben.«

»Ich wünsche, Sie nie wiederzusehen.« Mit einer Willensanstrengung festigte sie ihre Stimme und hielt seinem Blick stand.

»Robyn –«

»Ich werde einen Boten mit der Antwort des Königs zu Ihnen senden.«

»Robyn –«

»Bitte.« Ihre Stimme brach wieder. »In Gottes heiligem Namen, bitte, lassen Sie mich allein.«

Es dauerte noch zwei Tage, bis Robyn Jordan Ballantyne zu Mungos Lager schickte.

»Dr. Codrington bittet mich, Ihnen zu sagen, Sir, daß der König einen Induna und Krieger ausgesandt hat, um Ihre Frau zu suchen. Sie haben Befehl, sie vor den Grenzposten zu schützen und sie bis zum Shashi-Fluß zu begleiten.«

»Danke, junger Mann.«

»Außerdem bat sie mich, Ihnen mitzuteilen, daß der König Ihnen die Reiseerlaubnis gewährt hat. Sie können Ihrer Frau sofort folgen.«

»Auch dafür meinen Dank an Dr. Codrington.«

»General St. John, Sie erinnern sich nicht an mich –«

»Ich fürchte –« Mungo blickte zu Jordan auf, der auf dem tänzelnden Araber saß.

»Jordan – Zouga Ballantynes Sohn.«

»Ah! Natürlich, verzeihen Sie mir. Sie haben sich verändert.«

»General, ich weiß, daß es mich nichts angeht, aber da Sie ein guter Freund meines Vaters sind, ist es meine Pflicht, Ihnen zu sagen, daß es nach Ihrer Abreise aus Kimberley sehr unfreundliche Gerüchte gegeben hat.«

»Das wußte ich nicht«, entgegnete Mungo gleichgültig. »Aber es ist eben eine der unerfreulichen Wahrheiten des Lebens, daß, je prominenter ein Mann wird, desto entschlossener das kleine, gemeine Volk wird, ihn in den Schmutz zu zerren.«

»Das weiß ich, General. Ich arbeite für einen großen Mann –« Jordan hielt inne. »Aber ein Polizeiagent, ein Griqua namens Hendrick Naaiman, behauptete, daß Sie illegal Diamanten an sich bringen wollten und versucht hätten, ihn zu töten, als Sie merkten, daß es eine Falle war.«

Mungo machte eine ungeduldige Geste. »Warum sollte jemand meines Standes und mit meinem Vermögen ein so lächerliches Risiko eingehen?«

»Das war es, was Mr. Rhodes sagte, Sir. Er hat wiederholt zum Ausdruck gebracht, daß er Sie für unschuldig hält.«

»Wenn ich meine Frau gefunden habe, werde ich sofort nach Kimberley zurückkehren, um diese Person Naaiman zu stellen.«

»General St. John, das wird weder notwendig noch möglich sein. Naaiman wurde vor einigen Monaten bei einer Messerstecherei in einer der Bars getötet. Er kann weder für noch gegen Sie aussagen. Aber da es weder Zeugen noch Ankläger gibt, geht man davon aus, daß Sie unschuldig sind.«

»Verdammt –« Mungo blickte finster drein, um seine Erleichterung zu verbergen. »Ich hätte die Gelegenheit begrüßt, ihn zur Rede zu stellen. Jetzt wird es bei einigen Männern für immer Zweifel geben.«

»Nur bei dem kleinen, gemeinen Volk.« Jordan berührte den Schirm seiner Mütze. »Ich will Sie nicht länger aufhalten; Sie müssen darauf brennen, Ihrer Frau zu folgen und sie zu finden. Viel Glück und Gottes Segen. Ich bin sicher, wir werden uns wieder begegnen, General.«

Mungo St. John starrte Jordan nach. Es fiel schwer, das ganze Ausmaß seines Glücks zu fassen.

Eine Stunde später hatte er einen der Händler aufgesucht und den Karren und seine andere wenige Habe, die er nicht mehr brauchte, gegen ein gutes Gewehr und hundert Schuß Munition getauscht. Er saß auf dem breiten Rücken des Maultieres, dessen Kopf nach Süden gerichtet war.

Louise St. John beeilte sich, um mögliche Verfolger abzuschütteln. Sie wußte, daß sie die Krale an der Straße meiden mußte. Sie hatte Gewissensbisse, weil ihre Mitwisserschaft sie zu Mungos Komplizin machte.

Vor ihr lag jetzt wildes Land, heiß und dicht bewaldet, und sie wußte, daß es von wilden Tieren wimmelte und von den gnadenlosen Grenzimpis bewacht wurde.

Ihr verzweifeltes Verlangen von Mungo St. John und allem, was er verkörperte, wegzukommen, war so groß, daß sie nicht einmal daran dachte, zurückzukehren – obwohl sie wußte, daß Robyn Codrington für sie zum König gehen und er ihr eine Eskorte von Kriegern geben würde, die sie zur Grenze geleitete.

Sie konnte nicht zurück. Sie konnte die Vorstellung nicht ertragen, Mungo St. John je wieder nahe zu sein. Die Liebe, die sie ihm einst entgegengebracht hatte, war völlig umgeschlagen. Keine Gefahr war ihr zu groß, ihm zu entfliehen, und es gab kein Zurück.

Wenn sie den Tati-Fluß erreichen und ihm nach Süden folgen konnte, bis sie auf einen von Khamis Stämmen stieß, die sie zu Sir Sidney bringen könnten – dann würde er dafür sorgen, daß sie nach Süden, nach Kimberley gebracht würde.

Der Gedanke an diese Stadt ließ sie den wahren Grund für ihre verzweifelte Eile erkennen. Zum ersten Mal wurde sie sich ihrer schrecklichen Sehnsucht bewußt. Sie mußte zu Zouga, das war das einzige, was sie mit Sicherheit wußte.

Nach einer einsamen Nacht stand sie beim ersten blassen Licht des Tages auf, streute Sand über das Feuer, sattelte das Maultier, steckte das Gewehr in den Holster, befestigte Wasserflasche und Decke am Sattelknauf und schwang sich auf den Rücken des Tieres.

Am dritten Abend wußte sie, daß sie verloren war, hoffnungslos verloren.

Die Wasserflasche war leer. Sie hatte den letzten Schluck kurz vor Mittag getrunken. Sie hatte kein Wild gesehen, und sie hatte den letzten trockenen Maiskuchen am vorherigen Abend gegessen. Das Maultier war zum Grasen zu erschöpft und zu durstig. Es stand müde unter dem wilden Bergahornbaum, den sie als Nachtlager ausgewählt hatte. Obwohl sie ihm das Kniehalfter angelegt hatte, wußte sie, daß es nicht weglaufen würde.

Sie legte einen kleinen, runden, weißen Kiesel unter ihre Zunge, um den Speichelfluß anzuregen und streckte sich neben dem Feuer aus. Erschöpfter Schlaf übermannte sie, wie der plötzliche schwarze Tod – und sie wachte auf, als würde sie sich aus den Tiefen der Hölle selbst emporkämpfen.

Der Mond war aufgegangen, voll und gelb. Das ängstliche Schnaufen des Maultieres und das Stampfen seiner Hufe auf der steinigen Erde hatte sie geweckt. Sie zog sich am Stamm des Bergahorns hoch und schaute sich um. Etwas bewegte sich am Rande ihres Blickfeldes, etwas Großes und geisterhaft Blasses. Das Maultier wieherte vor Entsetzen und fiel in Galopp, doch es wurde durch das Halfter behindert. Das große, helle Ding stürzte blitzschnell los, hob sich wie eine riesige, weiße Fledermaus gegen den vom Mondlicht erhellten Himmel und sprang auf den Rücken des Maultieres.

Das Maultier brüllte einmal, und Louise hörte seine Wirbelsäule brechen, als die Löwin auf seinem Rücken in sein Genick biß.

Das Maultier fiel mit ungeheurer Wucht auf die harte Erde, und die Löwin legte sich flach hinter den zitternden Kadaver und begann die weiche Haut um den Anus aufzureißen, um an die Eingeweide zu gelangen.

Louise sah, daß noch mehrere Löwen in den Schatten lauerten, und sie hatte gerade noch genug Geistesgegenwart, das Gewehr zu ergreifen, bevor sie in die Gabel des Bergahorns kletterte.

Sie klammerte sich an den oberen Ast und lauschte dem Knurren und Streiten der Löwen, die um den Kadaver lagen und sich gütlich taten.

Als das Tageslicht langsam stärker wurde, erstarben die Geräusche. Die großen Katzen hatten ihre Beute aufgefressen und zogen sich in den Busch zurück. Dann blickte Louise am Stamm des Bergahorns hinab in zwei unerbittliche gelbe Augen.

Ein vollmähniger Löwe stand neben dem Stamm. Sein Rücken war so breit wie der eines Zugpferdes. Er schaute zu ihr hoch, und als sie vor Schreck erstarrte, richteten sich seine Nackenhaare vor Erregung auf, so daß er riesig zu werden schien.

Plötzlich stellte er sich auf seine Hinterbeine und schlug nach ihr. Die langen, geschwungenen, gelben Krallen schossen aus den wuchtigen Pfoten, und er hieb lange Risse in die Rinde des Bergahorns.

Dann öffnete der Löwe sein Maul, und sie starrte in die rosafarbene Höhle. Die glänzenden weißen Fänge waren so lang wie der Zeigefinger eines Mannes und so scharf wie eine Lanze.

Der Löwe brüllte, und der Lärm traf sie wie ein Keulenschlag. Dann kam die riesige Bestie auf sie zu. Sie kletterte auf den Baum, und die gelben Klausen rissen feuchte Rinde von dem Stamm, als sie ihre Hinterläufe anspannte und höher gelangte.

Louise schrie, und der Baum schwankte, und die Zweige splitterten und krachten, als das riesige Tier sich mit einer Geschwindigkeit und Kraft vorwärtsbewegte, die Louise nie für möglich gehalten hatte. Noch immer schreiend, stieß sie den langen Lauf des Gewehres nach unten und betätigte ohne zu zielen den Abzug – nichts geschah.

In ihrer Panik hatte sie den Sicherungshebel des Gewehres vergessen. Es war fast zu spät; der Löwe schlug mit seiner riesigen Pranke nach dem Lauf. Der Schlag rüttelte an ihren Handgelenken und betäubte ihre Arme, aber sie hielt den Kolben fest, schob den Sicherungshebel mit ihrem Daumen vor und preßte die Mündung zwischen die Kiefer des Tieres, als sie den Abzug wieder betätige. Der Schuß wurde vom Brüllen des Löwen fast erstickt.

Der Rückschlag riß ihr die Waffe aus der Hand. Direkt unter ihr klammerte sich der Löwe noch immer an den Baumstamm, aber der riesige zottige Kopf war nach hinten zurückgeworfen, und ein heller Strahl von Blut sprudelte aus dem offenen Maul, und die funkelnden Fänge färbten sich rosa.

Langsam löste sich der Griff der gekrümmten Krallen, und die Katze stürzte zu Boden. Ein letzter Atemzug rasselte keuchend und blutig aus ihrer Kehle hoch – und dann erschlaffte die Bestie und starb.

Louise kletterte vom Baum und nahm ihr Gewehr wieder an sich, wobei sie großen Abstand von dem Kadaver hielt. Der

Kolben war gebrochen und der Verschlußblock verklemmt. Sie kämpfte ein paar Minuten lang vergeblich damit, und ließ die wertlose Waffe dann fallen.

Entsetzen raubte ihr noch immer den Atem. Hektisch öffnete sie die Segeltuchtasche, in der sich ein Zündstahl, ein Klappmesser und ein paar Schmuckstücke und andere persönliche Kleinigkeiten befanden. Sie ließ den Patronengurt, die Decke und die leere Wasserflasche zurück. Sie hatte das verzweifelte Bedürfnis, diesen schrecklichen Ort zu verlassen.

Ein einziges Mal schaute sie zurück. Zwei Schakale beschäftigten sich bereits mit dem Kadaver des Löwen, und der erste Geier erschien am Himmel.

Louise rannte in panischer Verzweiflung fort. Sie erschöpfte sich fast bei dieser wilden Flucht, und als sie stürzte, blieb sie mit dem Gesicht nach unten liegen.

Sie brauchte fast bis Mittag, um ihre Kräfte zu sammeln, ihre Entschlossenheit wiederzuerlangen und ihre Angst zu beherrschen. Dann ging sie weiter. Am frühen Nachmittag brach ein Absatz ihrer Stiefel ab, aber sie humpelte weiter, bis sich die Dunkelheit um sie senkte.

Louise kletterte in die hohe Gabel eines Mopani-Baumes. Die verkrampfte Haltung auf dem harten Stamm, die Kälte und ihre Angst hinderten sie am Schlafen. Ihr Knöchel war geschwollen, und sie wußte, daß sie ihren Stiefel nie wieder anziehen konnte, wenn sie ihn erst einmal abgestreift hatte. Sie zog so fest sie konnte die Strippen hoch und schnitt einen Mopani-Ast als Krücke ab.

Der Mittag war windlos und feurig heiß. Die Schleimhäute ihrer Nase waren ausgetrocknet und so geschwollen, daß sie gezwungen war, durch den Mund zu atmen. Ihre Lippen platzten und begannen zu bluten. Das metallische Salz ihres Blutes schien ihre Zunge zu verbrennen. Am späten Nachmittag war ihre Zunge zu einem erstickenden Knebel geschwollen, der in ihren Mund gezwängt worden war.

In dieser Nacht hatte sie nicht die Kraft, in die Astgabel eines Baumes zu klettern. Sie kauerte sich auf den Boden, und schließlich übermannte sie ein bleierner Schlaf.

Am Morgen raffte sie sich wieder auf. Jeder Schritt war jetzt eine Anstrengung, zu der sie sich zwingen mußte. Sie stützte sich auf den Stock, starrte durch blutunterlaufene Augen und geschwollene Lider auf die Stelle, auf die sie ihren Fuß setzen wollte, sprang dann vorwärts und schwankte, um das Gleichgewicht zu finden, bevor sie ihren verletzten Fuß neben den anderen zog.

»Fünfhundertundvier –«

Sie zählte jeden Schritt. Jedesmal, wenn sie eintausend gezählt hatte, ruhte sie sich aus und schaute sich in der wabernden, spiegelnden Hitze um.

Am Nachmittag hob sie ihren Kopf während einer dieser Ruhepausen und sah vor sich menschliche Gestalten. Ihre Freude war so groß, daß sie fast ohnmächtig wurde. Dann nahm sie all ihre Kräfte zusammen und versuchte zu schreien. Kein Geräusch kam aus ihrem trockenen, gesprungenen und geschwollenen Mund.

Sie hob die Krücke und winkte den herankommenden Gestalten zu – und begriff in diesem Augenblick, daß die Spiegelung und ihre eigenen Halluzinationen sie getäuscht hatten. Vor ihren Augen löste sich die Reihe der menschlichen Gestalten zu einer wabernden Wolke auf.

Es gab keine Tränen mehr, die sie vergießen konnte. In der Dämmerung fiel sie mit dem Gesicht zu Boden und ihr letzter bewußter Gedanke war: »Es ist vorbei. Ich kann nicht weiter.«

Aber die Kühle der Morgendämmerung weckte sie wieder, und sie hob den Kopf unter Schmerzen. Vor ihren Augen bog sich ein Grashalm unter dem Gewicht der Tautropfen, die an ihm hingen, unsicher zitternd und funkelnd, wie kostbare Juwelen. Sie streckte ihre Hand aus und berührte ihn, und augenblicklich fielen die herrlichen Tropfen auf die trockene, verdorrte Erde.

Sie kroch zum nächsten Halm und ließ diesmal die flüssigen Diamanten in ihren geschwollenen Mund fallen. Die Sonne stieg rasch auf und trocknete den Tau, aber sie hatte zumindest genug Kraft gewonnen, um sich aufrichten und weitergehen zu können.

In der folgenden Nacht wehte eine leichte, warme Brise, deshalb fiel kein Tau. Louise wußte, daß dies der Tag war, an dem sie sterben würde.

Tausend Schritte schienen eine Unendlichkeit zu sein, und sie hatte wieder Halluzinationen. Einmal ging einer ihrer Indianervorfahren eine Weile neben ihr her. Er trug eine Kriegshaube aus Adlerfedern und seinen mit Perlen und Quasten besetzten Wildlederanzug. Als sie mit ihm zu reden versuchte, lächelte er traurig, und sein faltiges Gesicht verschwand. Ein anderes Mal galoppierte Mungo St. John auf Shooting Star vorbei. Er schaute nicht in ihre Richtung und die Hufe des großen goldenen Hengstes verursachten kein Geräusch. Sie wirbelten in staubige Fernen davon. Dann plötzlich öffnete sich die Erde unter ihr, und sie fiel leicht wie eine Schneeflocke zu Boden, dann riß sie ein stechender Schmerz zurück in die Wirklichkeit.

Sie lag mit dem Gesicht nach unten in einem Bett zuckerweißen Sandes. Einen Augenblick lang glaubte sie, es sei Wasser, und sie schaufelte zwei Handvoll und hob es an ihre Lippen, doch die trockenen, scharfen Körner waren wie Salz auf ihrer Zunge. Sie blickte sich um und erkannte mit einem gewissen bitteren Triumph, daß sie einen Fluß erreicht hatte und jetzt in dem ausgetrockneten Flußbett lag. Der feine Sand reichte von Ufer zu Ufer – sie würde in einem Fluß verdursten.

»Ein Teich –«, dachte sie. »Es muß einen Teich geben.« Sie begann, durch den Sand zu kriechen, hinab zu der ersten Biegung.

Der weiße, glitzernde, feine Sand verspottete sie. Sie wußte, daß sie nicht die Kraft hatte weiterzukriechen. Ihr Blickfeld trübte sich und drohte wieder zu verschwimmen; aber sie starrte voller Konzentration auf die Haufen kugelförmiger Klumpen in der Mitte des Flußbettes. Vage wurde ihr klar, daß es Elefantendung war, der von Sandhügeln umgeben war.

Sie erinnerte sich plötzlich an eine Beschreibung der Elefantengruben in Zouga Ballantynes Buch – und das mobilisierte ihre letzten Kräfte. Sie richtete sich auf und wankte zum nächsten Sandhügel. Die Elefanten hatten den Sand beiseite getreten und eine hüfttiefe Höhlung in den Grund des Flußbettes gegraben. Sie glitt da hinein und begann wild mit ihren bloßen Händen zu graben. In wenigen Minuten waren ihre Nägel abgebrochen, und ihre Fingerspitzen bluteten. Der Sand rutschte wieder in das Loch zurück, aber sie grub hartnäckig weiter.

Dann veränderte der weiße Sand seine Farbe, wurde feucht und fest, und schließlich war da ein Glitzern am Boden. Sie riß einen Streifen Tuch vom Saum ihres zerfetzten Rockes und preßte ihn in das Loch. Nach einem Augenblick hob sie ihn an ihren Mund und drückte mit blutenden Fingern einen Tropfen Wasser auf ihre geschwollene Zunge.

Es war so, wie Zouga es sich immer vorgestellt hatte.

Er überquerte den Shashi-Fluß eine Stunde vor Mittag an einem heißen, windlosen Tag, und die Gewitterwolken türmten sich an den fernen Horizonten und über den wilden Wäldern von Matabeleland.

Er saß aufrecht auf einem guten, ausdauernden Pferd, und zu seiner Rechten ritt sein ältester Sohn, ein erwachsener Mann, aufrecht und stark.

»Dort ist es, Papa.« Ralph zog seinen Hut vom Kopf und machte eine Bewegung, die den Horizont der rauchblauen Hügel und grünen Wälder umschloß. »Dort ist endlich dein Norden. Jetzt sind wir hier, um ihn in Besitz zu nehmen.«

Zouga lachte mit ihm, sein goldener Bart leuchtete im Sonnenlicht, und seine Zähne waren ebenso weiß und gleichmäßig wie die seines Sohnes.

»Noch nicht ganz, mein Junge. Dieses Mal sind wir gekommen, um ihn zu umwerben – und beim nächsten Mal werden wir ihn zum Bräutigam nehmen.«

Zouga hatte seine Reise für drei Monate in Kimberley unterbrochen und zweihundert Männer ausgewählt, die Mashonaland erobern und halten sollten, um die Grenzen der Farmen zu sichern und die goldführenden Adern abzustecken. Sie würden von einer Abteilung von Sir Sidneys Polizei aus Khamas Kral unterstützt werden. Zouga legte fest, was sie an Waffen und Ausrüstung brauchten, und Rhodes genehmigte seine Forderungen mit der kühnen, schwungvollen Unterschrift.

Vier Tage später war Ralph mit zwei Dutzend Wagen von den Goldfeldern in Witwatersrand gekommen, und Zouga saß mit ihm die ganze Nacht in seiner Suite in Lils neuem Hotel.

»Das Unternehmen ist gigantisch – so viele Männer, soviel Ausrüstung –«

»Kannst du mir helfen, Ralph?«

»Du willst, daß ich die Kosten für meine Männer und die Ausrüstung ausrechne und alles besorge, daß ich Wagen und Ochsen, Pferde für die Männer, Gewehre und Munition stelle. Außerdem muß eine Straße gebaut werden, auf der alles zu einem Ort, den du Mount Hampden genannt hast, transportiert werden soll. Und das alles soll in neun Monaten erledigt sein.«

»Du hast mich sehr gut verstanden«, lächelte Zouga. »Kannst du das?«

»Gib mir eine Woche Zeit für meine Antwort«, sagte Ralph.

Fünf Tage später war er zurück. »Das ist zu groß für mich, fürchte ich, Papa«, sagte er und grinste dann schelmisch, als er Zougas Enttäuschung sah. »Ich mußte mir einen Partner nehmen – Frank Johnson.«

Johnson war auch ein ehrgeiziger junger Mann und stand bereits wie Ralph in dem Ruf, große Dinge vollbringen zu können.

»Hast du einen Preis errechnet?«

»Wir werden achtundachtzigtausend und zweihundertundfünfundachtzig Pfund und zehn Shilling fordern.« Ralph überreichte ihm das unterschriebene Angebot, und Zouga studierte es schweigend. Als er schließlich aufblickte, fragte er: »Sag mir, Ralph, wofür stehen diese zehn Shilling am Ende?«

»Nun, Papa – das ist unser Gewinn bei dem Geschäft.«

Zouga hatte das Angebot an Rhodes in Claridges Hotel in London gekabelt, und am folgenden Tag traf Rhodes' prinzipielle Zustimmung ein.

Alles, was jetzt noch fehlte, war Lobengulas Unterschrift auf den Konzessionen – und Zouga bekam von Rhodes Anweisungen, sich sofort nach GuBulawayo zu begeben, um von Rudd die Gründe für die Verzögerung zu erfahren.

Ralph hatte sich sofort entschlossen, mit Zouga zu reiten.

»Wenn Mr. Rhodes erst einmal das Zeichen zum Aufbruch gibt, wird keine Zeit mehr für andere Dinge sein. Ich habe auch noch in der Khami-Mission etwas zu erledigen und außerdem –« Ein verträumter Blick war in Ralphs Augen getreten. »Dies ist die Zeit, es zu tun. Solange ich noch die Gelegenheit habe.«

Zouga und Ralph ritten Seite an Seite nach Matabeleland hinein.

»Wir werden ein paar Tage in Khami ausspannen, Papa«, sagte Ralph; es erschien Zouga immer noch ungewohnt, daß sein Sohn Entscheidungen traf, ohne Rücksicht auf ihn zu nehmen.

»Die Weiden sind gut und süß, und wir werden die Ochsen ausruhen lassen und ein wenig jagen.«

Sie schlugen ein Lager für die Nacht auf.

Am nächsten Morgen, kurz nach ihrem Aufbruch, brüllte Zouga plötzlich: »Krieger. Auf dem Kriegspfad, Ralph. Schließ dicht auf!«

Ralph beschattete seine Augen und spähte durch die hitzewabernde Luft auf die weitgezogene schwarze Linie. »Sind das Khamas Männer oder Plünderer? Wir sind nur ein paar Meilen von der Grenze entfernt.«

»Wir wollen nichts riskieren«, sagte Zouga grimmig. »Halt die Pferde ruhig. Vielleicht müssen wir fliehen.«

Aber Ralph unterbrach ihn plötzlich. »Lange Schilde! Und sie sind rot, das sind die Maulwürfe, Bazos Leute.«

Ralph trieb Tom auf die herannahenden Impi zu. »Und ich will verflucht sein, wenn das nicht Bazo selbst ganz vorne ist.«

Als Zouga herangekommen war, war Ralph schon längst abgestiegen und losgerannt, um seinen alten Gefährten zu umarmen.

»Die Maulwürfe, die unter dem Berge wühlen, kehren von einem Kriegszug ohne Frauen oder Vieh zurück. Hat Khamas' Volk dir eine stählerne Abfuhr erteilt?«

Bazos erfreutes Lächeln schwand, und er schüttelte ernst den Kopf.

»Sprich nicht wie eine alte, schwatzhafte Frau, Henshaw – nicht einmal im Scherz. Wenn der König uns nach Khama geschickt hätte«, und er stieß seinen Assegai in die Luft, »hätte es ein wundervolles Töten gegeben.«

Er brach ab, als er Zouga erkannte.

»*Baba!*« rief er. »Bakela – ich sehe dich, und meine Augen sind weiß vor Freude.«

»Es ist schon lange her, Bazo – jetzt trägst du den Kopfring um deine Stirn und hast einen Impi hinter dir – wir werden ein Tier schießen und heute nacht zusammen essen.«

»Oh, Bakela, es grämt mich – aber ich bin im Auftrag des Königs unterwegs. Ich kehre in Eile nach GuBulawayo zurück, um dem König den Tod der Frau zu melden.«

»Frau?« fragte Zouga ohne echtes Interesse.

»Eine weiße Frau. Sie lief ohne Erlaubnis des Königs aus GuBulawayo fort, und der König schickt mich ihr nach –« Bazo brach mit einem Ausruf ab. »*Hau!* Aber du kennst diese Frau, Bakela!«

»Es ist nicht Nomusa, meine Schwester?« fragte Zouga voller Sorge. »Keine ihrer Töchter?«

»Nein, keine von ihnen.«

»Es gibt keine anderen weißen Frauen in Matabeleland.«

»Sie ist die Frau von Hellem Einauge. Dieselbe Frau, die in Kimberley mit dir um die Wette geritten ist und gesiegt hat. Aber jetzt ist sie tot.«

»Tot?« Alles Blut war aus Zougas Gesicht gewichen. »Tot?« flüsterte er und schwankte so sehr im Sattel, daß er gestürzt wäre, wenn er nicht den Sattelknauf umklammert hätte.

»Louise – tot.«

Zouga fand den Bergahorn, den Bazo ihm beschrieben hatte, indem er einfach die Spuren der Krieger zurückverfolgte.

Sie hatten eine gute, breite Fährte hinterlassen, und Zouga erreichte den Baum am Nachmittag.

Er wußte nicht, warum er sich selbst so quälte. Es konnte keinen begründeten Zweifel daran geben, daß sie tot war. Bazo hatte ihm die traurigen Überreste gezeigt, die er mitgenommen hatte. Das beschädigte Gewehr und den Patronengurt, die leere Wasserflasche, und die Fetzen von Tuch und Sattelzeug, die von den alles verschlingenden Kiefern der Hyänen zerfetzt und zerkaut waren.

Die Pfoten von Schakalen und Hyänen hatten Louises Spuren verwischt.

Bis auf ein paar Knochensplitter und Haarbüschel war jede Spur des Tierkadavers und der menschlichen Leiche vernichtet, und die wenigen übriggebliebenen Fetzen Stoff waren blutbefleckt.

Es war sehr leicht zu rekonstruieren, was geschehen war. Louise war auf ein Rudel Löwen gestoßen. Es war ihr gelungen, einen einzigen Schuß abzugeben, da eine leere Hülse in dem Verschluß des beschädigten Gewehres steckte, und sie hatte eine der Katzen getötet, bevor sie von dem Maultier heruntergezogen worden war.

Zouga konnte sich jeden Augenblick ihrer Qual vorstellen, fast ihre Schreie hören. Ihm war übel, und er fühlte sich schwach. Er wollte an der Stelle beten, an der sie gestorben war, aber er schien nicht einmal die Energie für eine so kleine Anstrengung zu haben. Es war, als ob die schiere Lebenskraft aus ihm gewichen sei. Bis zu diesem Augenblick war ihm nicht klargewesen, was ihm die Erinnerung an Louise bedeutet hatte.

Zweimal kehrte er zu seinem Pferd zurück, um aufzusteigen und zu gehen, doch jedesmal zögerte er und wanderte dann zurück, um den Staub mit seinen Fingern zu durchsieben und nach einer letzten Spur von ihr zu suchen.

Schließlich blickte er zur Sonne. Er konnte die Wagen nicht mehr vor der Dämmerung erreichen. Er hatte Ralph gesagt, daß er Jan Cheroot und die Reservepferde an der Furt des Shashi zurücklassen solle, wenn er mit den Wagen weiterzog, und deshalb drängte ihn nichts. Er hatte keine Eile. Ohne Louise war sein Leben schal. Nichts zählte mehr, doch er ging zu seinem Pferd, zog den Gurt fest und stieg auf. Er warf noch einen zögernden Blick auf die zertrampelte Erde und drehte dann den Kopf seines Pferdes dem Shashi und den Wagen zu. Er war noch keine fünfzig Meter geritten, als er merkte, daß er im Kreis ging. Es war keine bewußte Entscheidung gewesen, nach einer sich entfernenden Spur zu suchen. Er wußte, daß das vergeblich war, aber sein Widerwille, den Platz zu verlassen, diktierte sein Tun.

Einmal umrundete er in weitem Bogen den Bergahorn, lehnte sich aus dem Sattel und musterte die geborstene und steinige Erde, dann ritt er etwas weiter weg und wieder im Kreis, und dann wieder und wieder. Jedesmal vergrößerte er den Radius des Kreises.

Plötzlich hüpfte sein Herz, und neue Hoffnung flutete in seine verzweifelte Seele. Er beugte sich aus dem Sattel und untersuchte einen Dornenzweig.

Die weiße Bruchstelle war ihm ins Auge gefallen. Der Zweig war halb durchgebrochen. Die weichen, grünen Blätter waren verwelkt, und der Bruch war zwei oder drei Tage alt, aber das war es nicht, was Zougas Finger zittern ließ.

Von einer der geschwungenen rotspitzigen Dornen hing ein kleines, rotes Stoffstück herab. Zouga nahm es ehrfurchtsvoll in die Hand und führte es an seine Lippen, als sei es eine heilige Reliquie.

Louise hatte diese Richtung eingeschlagen, nachdem sie von dem Baum fortgelaufen war. Sie war zu Fuß gewesen, und der gebrochene Zweig und der zerrissene Stoff waren Beweis für ihre Hast.

Zouga preßte seine Hacken in die Flanken seines Pferdes und galoppierte nach Westen. Es war sinnlos, auf diesem felsigen Boden nach einer drei Tage alten Fährte zu suchen. Der Wind hatte mit Sicherheit die Spuren verwischt.

Er mußte auf Glück und Geschwindigkeit bauen. Er hatte die leere Wasserflasche gesehen, und er wußte, wie groß die Überlebenschancen zu Fuß und ohne Wasser in diesem Land waren. Er galoppierte ihrer Fluchtlinie nach, durchquerte sie von einer Seite zur anderen und suchte entschlossen. Er ließ sich diesmal nicht wieder von Zweifeln beirren, sondern konzentrierte all seinen Verstand auf die Suche nach einem Zeichen. In den letzten Minuten vor Einbruch der Dämmerung fand er es. Es war der Absatz eines braunen Reitstiefels, der von der Sohle gerissen war. Das Funkeln des Stahlnagels hatte ihn darauf aufmerksam gemacht. Er zog das Gewehr aus dem Holster und feuerte drei Schüsse in den sich verdunkelnden Himmel.

Er wußte, daß Louise kein Gewehr mehr hatte, um zu antworten – aber wenn sie irgendwo da voraus sein Signal hörte, gab es ihr vielleicht Hoffnung und Kraft. Er wartete bei einem kleinen Feuer, bis der Mond aufging, und ritt dann weiter. Jede Stunde blieb er stehen und feuerte Signalschüsse in den dunklen Himmel. Danach lauschte er aufmerksam. Aber da war nur das Schreien einer jagenden Eule über ihm und das Jaulen eines Schakals weit draußen auf der silbernen Ebene.

In der Morgendämmerung erreichte er den breiten, weißen Lauf des Tati-Flusses. Er war so trocken wie die Dünen der Kalahariwüste, und die Hoffnungen, die er die ganze Nacht gehegt hatte, begannen zu schwinden.

Er suchte den Morgenhimmel nach der hohen Spirale kreisender Geier ab, die einen Tod verraten würde, aber alles, was er sah, war ein Paar Sandhühner, die sich auf schnell schlagenden Schwingen nach unten senkten. Ihre Anwesenheit bewies, daß es Wasser gab – irgendwo. Louise hatte es vielleicht gefunden – das war die einzige Chance. Er nahm einen Schluck aus seiner Feldflasche, und sein Pferd wieherte, als es die kostbare Flüssigkeit witterte. Bald würde der Durst auch an ihm zehren.

Er mußte annehmen, daß Louise dem Fluß abwärts folgen würde, falls sie ihn erreicht hatte. Sie war Halbindianerin und sie würde sicherlich ihre Richtung mit Hilfe der Sonne bestimmen können und wissen, daß ihre einzige Chance im Süden lag, wo der Tati mit dem Shashi zusammentraf. Er wandte sich in diese Richtung, blieb oben auf dem Ufer und beobachtete das Flußbett und das gegenüberliegende Ufer.

Elefanten hatten in dem Flußbett gewühlt, aber ihre Löcher waren jetzt trocken.

Weit entfernt wühlte ein Chacma-Pavian im Sand. Zouga suchte nach anderen Pavianen – wahrscheinlich waren sie in den Bäumen jenseits der Ebene. Chacma-Paviane brauchten täglich Wasser. Zouga beschattete seine Augen gegen das Gleißen, um das Tier besser beobachten zu können. Der Pavian schien eine wilde Wüstenmelone zu fressen, aber auf diese Entfernung war das schwer erkennbar.

Dann fiel ihm plötzlich ein, daß er soweit westlich noch nie auf Paviane gestoßen war, und im selben Augenblick war er überzeugt davon, daß es keine Horde gab. Sofort darauf erkannte er, daß dieses Tier zu groß für einen Pavian war.

Mit singender, aufjubelnder Freude galoppierte er voll an, und die Hufe schlugen einen eilenden Staccatorhythmus auf die eisenharten Erde, doch als er sein Pferd zum Halt brachte und sich aus dem Sattel schwang, schwand seine Freude.

Louise hockte auf der Erde, ihre Kleider waren nur noch Fetzen. Die Sonne hatte ihre Arme und Beine zu roten, rohen Blasen verbrannt. Ihre Füße waren in die Reste ihres Kleides eingewickelt, aber das Blut hatte die Lumpen bereits durchtränkt.

Ihre Lippen waren schwarze Grinde, verbrannt und rissig. Ihre Augenlider waren geschwollen, als sei sie von Bienen gestochen worden. Sie sah zu ihm auf wie ein blindes altes Weib durch Schlitze, die mit getrocknetem gelben Schleim verklebt waren. Sie war dürr und ausgemergelt.

Sie kauerte wie ein Tier über den Rankenblättern, und sie hatte eine der wilden grünen Melonen mit ihren Fingern aufgebrochen und stopfte den Brei in ihren blutenden Mund. Der Saft rann über ihr Kinn herab, schnitt eine Rinne durch den Schmutz, der ihre Haut verklebte.

»Louise.« Er ließ sich auf ein Knie nieder und schaute sie an. »Louise –« Seine Stimme versagte.

Sie gab ein kleines wimmerndes Geräusch von sich, das tief aus ihrer Kehle kam, und berührte dann mit einer herzergreifenden weiblichen Geste ihr Haar und versuchte, die steifen, von Staub bedeckten Zöpfe zu glätten.

»Ist das?« krächzte sie und schaute ihn mit blutunterlaufenen Augen an. »Ist das nicht –«

Tastend versuchte sie, eine weiche, weiße Brust mit den Fetzen ihrer Bluse zu verhüllen. Sie begann zu zittern, wild und unbeherrscht, und dann schloß sie fest ihre Augen.

Er streckte die Hand aus, und bei dieser Berührung fiel sie, noch immer zitternd, an seine Brust. Zouga hielt sie fest. Sie fühlte sich so leicht und zerbrechlich wie ein Kind an.

»Ich wußte –«, murmelte sie. »Es machte keinen Sinn, aber irgendwie wußte ich, daß du kommen würdest.«

»Willst du die Laterne nicht löschen, Ralph?« flüsterte Cathy, und ihre Augen waren groß und dunkel und kläglich, als sie unter das Segeltuch seines Wagens kroch.

»Warum?« fragte er lächelnd und stützte sich auf einen Ellenbogen.

»Es könnte jemand kommen.«

»Dein Vater und deine Mutter sind noch in Lobengulas Kral. Da ist niemand –«

»Meine Schwester – Salina –«

»Salina schläft schon lange und träumt ohne Zweifel von Jordan. Wir sind allein, Cathy, ganz allein. Warum also sollten wir die Laterne löschen?«

»Weil ich mich schäme«, sagte sie, und ein neuer scharlachroter Schatten glitt über ihr Gesicht. »Du neckst mich immer nur. Ich wünschte, ich wäre nicht gekommen.«

»O Cathy.« Sein Kichern klang verliebt und milde. Er richtete sich auf seiner Pritsche auf, und die Decke glitt zu seiner Hüfte hinab. Rasch wandte sie ihren Blick von seiner nackten Brust und seinen muskulösen Oberarmen. Die Haut war so weiß und marmorglatt im Vergleich zu seiner gebräunten Stirn und dem Gesicht. Es verursachte seltsam ungewohnte Regungen in ihr.

»Komm!« Er umfaßte ihr Handgelenk und zog sie auf die Pritsche, aber sie sträubte sich.

Bevor sie sich befreien konnte, hatte er ihr dickes Haar am Hinterkopf ergriffen und ihr blasses Gesicht zu sich gedreht. Eine Weile zappelte sie noch, dann wurde ihr Körper weich wie Wachs in einer Kerzenflamme.

»Wünschst du dir noch immer, du wärst nicht gekommen, Cathy?« fragte er, aber sie antwortete nicht, statt dessen schloß sie krampfhaft ihre Arme um seinen Nacken. Wieder suchte ihr Mund den seinen, und sie gab ein kleines Stöhnen von sich.

Er regte sie mit Mund und Zunge an, so wie es Lil ihn vor so langer Zeit gelehrt hatte, und sie war wehrlos. Cathy erregte ihn wie keine der erfahrenen und berechnenden Frauen, für die er seine Goldsovereigns ausgegeben hatte.

Sein Atem begann kürzer zu werden, und seine Finger tasteten an den Schnüren ihres Mieders. Er berührte ihre Schulter mit seiner Zungenspitze, und sie erschauerte und keuchte. Er streifte ihr das Mieder ab.

Er war auf diese zarten und schrecklich verwundbaren jungen Brüste unvorbereitet, die so weiß und fest waren.

Er starrte ihren Körper an, und Cathy betrachtete ihn durch halb geschlossene Lider, machte aber keine Anstrengungen, sich zu bedecken, obwohl ihre Wangen heftig errötet waren und ihre Lippen zitterten, als sie flüsterte.

»Ralph, ich bin froh, bei dir zu sein.«

»Die Laterne –« Er streckte die Hand danach aus, aber jetzt hielt sie ihn zurück.

»Ralph, ich schäme mich nicht für dich und mich. Ich will keine Dunkelheit, ich will dein Gesicht sehen.«

Sie zog das Band von ihrer Hüfte los und streifte dann den Rock ab. Ihre Gliedmaßen waren lang und schön. Ihre Haut glänzte im Laternenlicht in diesem besonderen Schimmer von gesunder, bebender Jugend. Cathy hob den Zipfel der groben Wolldecke und glitt neben Ralph. Die langen schlanken Arme und Beine schlangen sich um ihn.

»Es gibt nichts, was ich nicht für dich täte. Ich würde stehlen, lügen und betrügen – und sogar für dich töten, mein wundervoller, schöner Ralph«, flüsterte sie. »Ich bin mir nicht sicher, was ein Mann und eine Frau tun, aber wenn du es mir zeigst, werde ich das glücklichste Mädchen auf dieser Erde sein.«

»Cathy, ich wollte nicht, daß das geschieht –« Er versuchte sie in einem letzten, plötzlichen Anfall von Gewissensbissen von sich zu schieben.

»Ich wollte es«, sagte sie und klammerte sich an ihn. »Warum sollte ich sonst hergekommen sein?«

»Cathy –«

»Ich liebe dich, Ralph, ich habe dich vom ersten Augenblick an geliebt, als ich dich sah.«

»Ich liebe dich auch, Cathy.« Und er war erstaunt, festzustellen, daß es die Wahrheit war. »Ich liebe dich wirklich und wahrhaftig«, sagte er wieder, und dann später, sehr viel später: »Bis jetzt wußte ich gar nicht, wie sehr.«

»Ich wußte nicht, daß es so sein würde«, flüsterte sie. »Ich habe oft darüber nachgedacht, jeden Tag, seitdem du zum ersten Mal nach Khami kamst. Ich habe sogar in der Bibel darüber gelesen – darin steht, daß David sie erkannte. Erkennen wir uns jetzt gegenseitig, Ralph?«

»Ich möchte dich besser kennenlernen – und häufiger.« Er grinste sie an. Sein zerzaustes Haar war noch schweißnaß.

»Ich fühlte mich, als sei ich durch ein dunkles Loch in meiner Seele in eine andere wundervolle Welt gefallen, und ich wollte nicht wieder zurückkehren.« Cathys Stimme war voller Ehrfurcht und Verwunderung. »Hast du das auch gespürt, Ralph?«

Sie hielten sich unter der Decke fest umarmt, sprachen leise miteinander und unterbrachen sich alle paar Minuten, um sich zu küssen.

Es war Cathy, die sich schließlich entzog. »Die Vögel zwitschern schon, es wird bald hell werden.« Dann, mit raschen Worten: »Oh, Ralph, ich will dich nicht gehen lassen.«

»Es wird nicht für lange sein, das verspreche ich. Dann komme ich zurück.«

»Nimm mich mit.«

»Du weißt, daß ich das nicht kann.«

»Warum nicht – weil es gefährlich ist, nicht wahr?«

Er wich der Frage aus, indem er versuchte, sie wieder zu küssen. Sie legte ihre Hand auf seinen Mund.

»Jeden kleinen Augenblick der Zeit, die du fort bist, werde ich ein wenig sterben, aber ich werde für dich beten. Ich werde darum beten, daß Lobengulas Krieger dich nicht finden.«

»Sorge dich nicht um mich«, flüsterte er. »Wir werden bald wieder durch das dunkle Loch in deiner Seele fallen.«

»Versprich es«, forderte sie und streifte die feuchten Locken mit ihren Lippen von seiner Stirn. »Versprich mir, daß du zurückkommen wirst, mein schöner, geliebter Ralph.«

Ralph brach mit seinem Wagenzug auf, und am ersten Morgen ritt er an der Spitze der ungewöhnlich leicht beladenen Fahrzeuge. Am Mittag gab er Befehl zum Ausspannen. Er und Isazi verschliefen den heißen Nachmittag, während die Ochsen und Pferde grasten und ausruhten.

Dann, bei Anbruch der Dämmerung, trieben sie die fünf ausgewählten Ochsen aus der Herde heraus und banden sie mit Lederzügeln, die sie um die Buckel ihrer Hörner wickelten, an die Wagenräder, während sie die Traglasten darauf packten.

Jordan hatte Ralph die genauen Abmessungen und das Gewicht der Vogelstatue geliefert, die jetzt die Eingangshalle von Mr. Rhodes' neuem Landsitz schmückte, und Ralph hatte diese Zahlen dazu benutzt, die Kisten zu bauen. Er vertraute sonst niemandem seine geheimen Absichten an.

In jeder Kiste war Platz für zwei Statuen.

Isazi, der kleine Zulutreiber, führte die fünf Ochsen leise aus dem Lager. Ralph blieb nur so lange zurück, um den anderen Treibern seine Befehle zu wiederholen.

»Ihr werdet im Eilschritt zum Shashi-Fluß marschieren. Wenn die Impi fragen, wo ich bin, werdet ihr ihnen sagen, daß ich im Osten mit Erlaubnis des Königs jage und daß ihr jederzeit damit rechnet, daß ich wieder zu den Wagen stoße. Habt ihr verstanden?«

»Ich verstehe, *Nkosi*«, sagte Umfaan, der, obwohl er vom *voorlooper* zum Treiber befördert worden war, noch immer auf den Namen »Junge« hörte.

»Wenn ihr erst einmal den Shashi überquert habt, werdet ihr so weit ziehen, bis ihr das Buschmanngebiet erreicht habt, einen Fünftagemarsch jenseits der Grenze. Lobengulas Impi werden euch nicht so weit folgen. Wartet dort, bis ich komme, verstehst du, Umfaan?«

»Ich verstehe, *Nkosi.*«

»Dann wiederhole das.«

Endlich zufrieden, schwang sich Ralph in Toms Sattel und trabte aus dem Lager. Am frühen Vormittag des folgenden Tages waren sie weit von der Wagenstraße entfernt und hatten die mystischen Matopos-Hügel erreicht. Während die Ochsen grasten und ruhten, ritt Ralph voraus, um einen Weg zwischen den tiefen und düsteren Schluchten zu finden. Bei Dunkelheit bepackten sie die Ochsen wieder mit ihren Lasten und ritten weiter.

»Wie lange müssen wir durch diese Hügel marschieren?« fragte Isazi bei der nächsten Rast. Er buk Maiskuchen auf einem kleinen, rauchlosen Feuer aus trockenem Holz. »Meine Tiere leiden auf diesen Felsen und den steilen Wegen«, brummelte er. »Wir hätten weiter nach Süden und unterhalb der Hügel über offenes Gelände gehen sollen.«

»Wo Lobengulas Männer warten und jeden Tag um die Möglichkeit beten, einen Assegai durch einen hageren kleinen Zulu stechen zu können«, lächelte Ralph.

»Dieselbe Gefahr besteht hier.«

»Nein.« Ralph schüttelte den Kopf. »Kein Matabele kommt in diese heiligen Hügel. Wir werden hier keinen Impi finden, und wenn wir auf der anderen Seite herauskommen, werden wir von den nächsten Regimentskrals weit entfernt sein.«

»Und in diesem Steinort, zu dem wir gehen, wird kein Impi auf uns warten?«

»Lobengula verbietet jedem Mann auch nur in das Tal zu blicken, in dem die Steine stehen. Es ist der Ort, der vom Tode gezeichnet ist, verflucht von Lobengula und seinen Piestern.«

Isazi rutschte unbehaglich hin und her. »Wer kümmert sich schon um den Fluch eines fetten Matabele-Hundes?« fragte er und berührte den Talisman an seinem Gürtel, der ihn vor Teufeln und Kobolden und anderen finsteren Dingen beschützte.

Trotzdem bewegte sich Ralph mit äußerster Vorsicht durch das Labyrinth. Am Tage versteckte er die Ochsen in dickem Gestrüpp und ging voraus, um jeden Meter des Weges zu erkunden. Diese Vorsichtsmaßnahmen bewahrten ihn vor einer Katastrophe. Am dritten Tage hatte er Tom in guter Deckung angebunden und war zu Fuß zum Kamm eines Hügels vorausgegangen, von dem aus er in das nächste Tal blicken konnte.

Knapp unterhalb der Höhe war er durch den heiseren Schrei eines grauen Lourie, des Fluchtvogels, gewarnt worden. Der Schrei kam direkt von der anderen Seite des Kammes, und als er erstarrte, um zu lauschen, hörte er ein feines Rauschen wie das des Windes in hohem Grase; er duckte sich und sprang vom Wege und rollte sich unter die ausgebreiteten Äste eines niedrigen Vogelbeerbusches – gerade als die erste Reihe von Matabele-Kriegern über der Erhebung vor ihm auftauchte.

Ralph konnte sie nur bis zur Kniehöhe sehen, als sie vorbeizogen.

Er zählte sie. Insgesamt kamen zweihundert Krieger vorbei. Ralph lag noch lange unter dem Busch und wagte nicht einmal, tiefer in das Unterholz zu kriechen. Minuten später hörte er den leisen Gesang von Trägern. Sie trotteten an seinem Versteck vorbei.

Ralph wußte wegen der Schrittweite und Schwere ihres Ganges, daß sie eine schwere Sänfte trugen.

Er hatte vermutet, daß die erste Gruppe nur eine Vorhut war. Die Person in der Sänfte war ohne jeden Zweifel Lobengula selbst, und ihm folgten seine Diener, seine hohen Indunas und andere wichtige Persönlichkeiten. Hinter ihnen kamen weitere Träger, die Schlafmatten und Felldecken trugen, Biertöpfe und Ledersäcke mit Maismehl und andere Lasten. Sie trabten vorbei und verschwanden, aber Ralph erhob sich nicht aus seinem Versteck.

Wieder herrschte eine lange Stille, und dann kam mit einem leisen, warnenden Rascheln die Nachhut, zweihundert weitere Krieger. Nach fünf Minuten wähnte Ralph sich sicher und kroch zurück auf den Weg.

Von der Spitze des Kammes blickte er in die Richtung zurück, die Lobengulas Truppe genommen hatte. Er wußte von Cathy, daß Rudd und seine Gesellschaft noch in GuBulawayo war, und daß Clinton Codrington und Robyn bei ihnen waren und um die Konzession verhandelten, die Mr. Rhodes so verzweifelt brauchte. Warum hatte Lobengula so wichtige Gäste in seinem Kral zurückgelassen?

Ralph wußte keine Antwort. Er mußte damit zufrieden sein, so knapp einer Entdeckung entronnen zu sein.

Er bewegte sich noch vorsichtiger, so daß es drei weitere Tage dauerte, bevor sie auf einen anderen Paß zwischen kahlen Granitklippen kamen und die offenen Wälder mit großen und herrlichen Bäumen unter sich sahen.

In der Morgendämmerung erkletterte Ralph den Felsen des letzten Matopos-Hügels, und am östlichen Horizont – fast genau dort, wo er ihn zu finden gehofft hatte – entdeckte er die ferne blaue Silhouette eines einzelnstehenden Kopje, der die bewaldete Ebene überragte. Er war fast noch dreißig Meilen entfernt, aber die Kontur eines geduckten Löwen war unverkennbar, und sie entsprach genau der Beschreibung in Zouga Ballantynes Notizen:

»Der Hügel, den ich Löwenkopf getauft habe, ragt hoch über das Gelände und führt den Reisenden untrüglich zu dem großen Simbabwe –«

Ein Mann hätte im Schatten der massiven Steinmauern laufen können und nicht einmal gewußt, daß sie dort waren, so dicht waren sie bewachsen. Es war ein Dschungel aus Lianen und blühenden Schlingpflanzen.

Über die Mauern ragten die Wipfel hoher Bäume, die im Lauf der Zeit zu Giganten gewachsen waren. Als Zouga Ballantyne vor Ralphs Geburt diese massive Festung entdeckt hatte, hatte er fast zwei Tage gebraucht, um das enge Tor unter der Masse der dichten Vegetation zu finden, aber Ralph konnte sich an seine Beschreibungen halten. Er stand vor den verwitterten Portalen und empfand plötzlich eine uralte, abergläubische Ehrfurcht.

Obwohl er die Spuren der Axt seines Vaters sehen konnte und die Stümpfe der Bäume, die zu beiden Seiten der Öffnung weggeschlagen worden waren, war doch wieder ein Vorhang von Rankpflanzen nachgewachsen, der den Zugang verbarg – Beweis dafür, daß kein menschliches Wesen seit Zougas Besuch vor jetzt über fünfundzwanzig Jahren die Stadt betreten hatte.

Ralph holte tief Atem und erinnerte sich daran, daß er ein zivilisierter Christ war; doch seine abergläubischen Ängste blieben, als er sich unter den Schlingpflanzen duckte und durch den Toreingang trat.

Er fand sich in einer engen, gewundenen Steinklamm zwischen hohen Mauern, die nur zum Himmel hin offen war. Er folgte dem Durchgang, kletterte über eingestürztes Gemäuer und schlug sich einen Weg durch Gebüsch und Unterholz frei, bis er plötzlich auf einen weiten Hof kam, der von einem gewaltigen, zylindrischen Turm aus flechtenbedecktem grauem Granit beherrscht wurde.

Es war genauso, wie sein Vater es beschrieben hatte, bis hin zu der geborstenen Brüstung, wo Zouga eingedrungen war, um festzustellen, ob sich im Inneren des Turms eine Schatzkammer befand. Er wußte, daß sein Vater die Ruinen nach Schätzen durchsucht hatte. Er hatte sogar auf der Suche nach Gold die Erde dieser Tempelanlage aufgerissen und durchsiebt. Er hatte fast eintausend Unzen des gelben Metalls gefunden, kleine Stücke und Blattgold, fein gewebten Draht und winzige Klumpen. Ralph wußte, daß der einzige Schatz, der ihm geblieben war, die Götzenbilder aus grünem Speckstein waren.

Der Mut verließ Ralph, weil er für einen Augenblick glaubte, ihm sei jemand zuvorgekommen. Zouga zufolge hätten die steinernen Falken in diesem Hof sein müssen.

Er stürzte sich in das hüfthohe Unterholz und watete auf den Turm zu – und er stolperte über die erste Statue und stürzte fast. Er bückte sich und riß mit seinen Händen das Gestrüpp weg. Leere, grausame Augen über dem geschwungenen Schnabel starrten ihn an. Es war das Pendant der Statue, die auf der Veranda von Zougas Hütte in Kimberley gestanden hatte. Ralph fuhr mit seinen Händen über den grünen Speckstein und folgte dann mit einem Finger dem Haizahnmuster um die Plinthe, an die er sich so gut erinnerte.

»Endlich bin ich zu dir gekommen«, flüsterte er laut und blickte sich dann rasch um. Seine Stimme hallte unheimlich von den umgebenden Wänden wider, und er erschauerte. Dann erhob er sich und suchte weiter.

Da waren sechs Statuen, so wie Zouga berichtet hatte. Eine war wie durch einen Schlag mit einem Vorschlaghammer zertrümmert, und der abgeschlagene Kopf lag daneben. Drei andere waren nur leicht beschädigt, aber die anderen beiden Statuen waren perfekt.

»Dies ist ein böser Ort«, intonierte unerwartet eine Grabesstimme, und Ralph schreckte auf und wirbelte herum.

Isazi war ihm gefolgt und stand dicht hinter ihm. »Wann

können wir von hier weggehen, *Nkosi?*« Isazi warf unruhige kurze Blicke in die düsteren Winkel der eingestürzten Durchgänge. »Das ist kein Ort, an dem ein Mann zu lange bleiben sollte.«

»Wie schnell können wir die auf Ochsen laden?« Ralph tätschelte und streichelte eines der Götzenbilder. »Schaffen wir das vor Einbruch der Nacht?«

»Yebho, Nkosi«, versprach Isazi hastig. »Bei Nachteinbruch werden wir einen guten Marsch von hier entfernt sein. Darauf hast du mein Wort.«

Wieder einmal hatte der König Bazo für eine besondere Aufgabe auserwählt – und Bazos Herz war groß vor Stolz, als er die Vorhut seines Impi über die geheime Straße führte, die sie tiefer und tiefer in die träumenden Hügel von Matopos brachte.

Geplagt von den lästigen Bitten der Gesandten eines weißen Mannes, den er nie gesehen hatte, verwirrt durch Papierstücke, deren Zeichen er nicht lesen konnte, besorgt durch Zweifel und gequält von Ängsten, besuchte Lobengula nun die geheime Höhle.

Er lag auf den weichen, gelbschwarz gefleckten Fellen des Leoparden in seiner Sänfte, durchgeschüttelt von der Trabbewegung der Träger.

Lodzi – das war der Name auf den Lippen aller weißen Männer.

»Ist dieser Lodzi ein König, wie ich ein König bin?« hatte er den weißen Mann mit dem roten Gesicht gefragt; denn Lobengula konnte als Matabele das »R« des Namens nicht aussprechen.

»Mr. Rhodes ist kein König, und doch ist er größer als ein König«, hatte Rudd erwidert.

»Warum kommt Lodzi nicht selbst zu mir?«

»Mr. Rhodes ist über das Meer gefahren, und deshalb schickt er uns geringere Männer, um seine Geschäfte zu erledigen.«

»Wenn ich in das Gesicht von Lodzi schauen könnte, dann würde ich wissen, ob sein Herz groß ist.«

Aber Rhodes kam nicht, und Tag um Tag hatte Lobengula

Lodzis Untergebenen lauschen müssen, und in den Nächten hatten seine Indunas ihn gewarnt und untereinander gestritten.

Hinter Lobengulas Sänfte kamen die Träger mit den Geschenken für das Orakel, Rollen von Kupferdraht, Lederbeuteln mit grobem Salz, Töpfen mit Perlen, sechs großen Stoßzähnen aus gelbem Elfenbein, Ballen hellen Tuches, Messer, die sein Meisterschmied gefertigt hatte, mit Griffen aus Rhinozeroshorn, ein beachtlicher Schatz, den er für die Worte zahlte, die ihm, wie er hoffte, Trost bringen würden.

Der Pfad wand sich durch die Hügel. Die Ranken- und Dornenvegetation schob sich dicht an den Weg und bildete streckenweise ein Dach über ihren Köpfen, und das Schweigen war bedrückend, denn kein Vogel sang und kein Tier raschelte im Unterholz.

Bazo führte sie im gleichen Schritt weiter. Sein Kopf drehte sich von Seite zu Seite und suchte nach Gefahr oder Bedrohung.

Plötzlich lichtete sich das Dickicht, und die Felsen ragten wie ein natürliches Tor aus Stein auf, das in den düsteren Abgrund führte.

Hier konnte ein entschlossener Speerkämpfer tausend Mann halten. Bazo musterte das Gelände, und dann hob er seinen Blick zu dem Vorsprung hoch droben, auf dem eine kleine, strohgedeckte Wachhütte stand.

Bazo schlug das dicke Ende seines langen, roten Schildes auf den Boden und rief. »Ich, Bazo, Induna von Eintausend, begehre Durchlaß.« Seine Stimme dröhnte und brach sich an den steinernen Wänden zu vielen Echos.

»In wessen Namen kommst du, um die Geister der Luft und der Erde zu stören?« erwiderte eine nörgelnde Stimme, und eine steile Gestalt erschien auf dem Vorsprung.

»Ich komme im Namen des Königs, Lobengula, dem schwarzen Elefanten von Matabele.« Bazo wartete die Erlaubnis oder Genehmigung nicht ab. Er sprang durch die unheimlichen Portale vorwärts.

Der Durchgang dahinter war so eng, daß seine Krieger nur im Gänsemarsch folgen konnten. Dann stand Bazo plötzlich über einem verborgenen Tal.

Das Tal war völlig von steilen Felsen eingeschlossen, und diese enge Passage war der einzige Zugang. Hier wucherte eine üppige Vegetation und ein klarer Bach schlängelte sich durch den Kessel. In der Mitte lag ein winziges Dorf. Etwa zwanzig Strohhütten standen in einem exakten Kreis. Bazo führte seine Krieger hinunter und ließ sie mit einer Geste seines Assegai zu beiden Seiten des Weges, der zu den Hütten führte, in Doppelreihe antreten.

Sie warteten reglos und schweigend, bis der ferne Gesang der Sänftenträger lauter wurde und schließlich des Königs Gefolge in das versteckte Tal drang. Bazo stimmte mit seinen Männern einen tiefen Chor des Lobes und der Begrüßung an.

Die königliche Gesellschaft lagerte zwei Tage neben dem winzigen Fluß und wartete auf Umlimos Gunst.

Jeden Tag kamen ihre Diener zu Lobengula, um Geschenke und Tribut für das Orakel entgegenzunehmen. Ihre Helfer waren weniger bedeutende Zauberer und Hexen; einige von ihnen, erfaßt von den Geistern, denen sie dienten, waren verrückt, andere waren junge, mannbare Mädchen, ihre Körper bemalt und ihre Augen ausdruckslos und leer wie die der Hanfraucher. Da waren Kinder mit weisen, alten Augen, die nicht lachten oder spielten wie andere Kinder, und Alte mit verdorrten Körpern und listigen Augen, die zum König mit leisen, schmeichelnden Stimmen sprachen und seine Geschenke nahmen.

In der Morgendämmerung des dritten Tages schickte Lobengula nach Bazo. Als Bazo zum Lagerfeuer des Königs kam, stand sein Vater schon bereit. Bei ihm waren sechs der anderen alten Indunas.

»Bazo, meine gute Axt mit der scharfen Schneide. Ich habe dich auserwählt, an meiner Seite zu stehen, wenn ich vor die Umlimo trete – du wirst mich vor Verrat schützen«, befahl Lobengula, und Bazo spürte, wie seine Brust vor Stolz über diesen Vertrauensbeweis schwoll.

Eine Hexe führte sie durch das Dorf und an die gegenüberliegende Seite des Tales. Unter der Last seiner gewaltigen Körperfülle blieb Lobengula oft stehen, und sein Atem kam stoßweise. Er stützte sich auf Gandangs Arm, bis sie schließlich eine Höhle erreichten. Ihr Eingang war hundert Schritt breit. Vor langer Zeit war der Eingang mit quadratisch gemeißelten Steinen verschlossen worden, doch die Wand war eingefallen und hatte dunkle Lücken.

Auf ein Nicken seines Vaters stellte Bazo den geschnitzten Stuhl des Königs vor die Höhle, und Lobengula ließ sich darauf nieder. Bazo stand hinter dem Rücken des Königs.

Plötzlich drang das schreckliche, fauchende, wilde Knurren eines wütenden Leoparden aus dem Mund der Höhle, so laut und nah, daß die Gruppe der gestählten alten Krieger zusammenschreckte und schwankte. Die Hexe kicherte, und Speichel rann über ihr Kinn.

Dann erklang eine Stimme, die Stimme eines Kindes, süß und flötenklar. Sie drang nicht aus der Höhle, sondern kam aus der Luft über dem Kopf des Königs, so daß alle ihre Blicke hoben. Doch bis auf die Stimme war da nichts.

»Die Sterne werden auf die Hügel scheinen, und der schwarze Elefant wird sie nicht abkühlen.«

Die kleine Gruppe der Indunas rückte näher zusammen, als ob sie beieinander Trost suchen wollten, und wieder senkte sich das Schweigen. Bazo spürte, daß er fröstelte, obwohl ihm Schweiß ausbrach. Dann hob er ruckartig den Kopf, als eine andere Stimme ertönte. Sie kam aus dem Boden zu den Füßen des Königs, und es war die fließende, schnurrende Stimme einer verführerischen Frau.

»Die Sonne wird um Mitternacht scheinen, und der große Elefant wird sie nicht löschen.«

Wieder dieses bedeutungsschwere und erschreckende Schweigen, bevor etwas hoch über ihnen krächzte.

»Befolge die Weisheit der Füchsin vor der des Fuchses, Lobengula, König von –« Die Stimme brach ab, und es ertönte ein knisterndes Geräusch aus dem schwarzen Schlund der Höhle. Die Hexe, die zu Lobengulas Füßen genickt und gegrinst hatte, raffte sich auf und schrie in unbekannter Sprache einen Befehl.

Jetzt hörte man eine Bewegung in der Höhle. Lobengula und seine Indunas waren bestürzt, denn sie hatten die Höhle oft besucht, aber sie hatten die Umlimo nie gesehen.

Dies war etwas, das gegen Ritual und Sitte verstieß, und die alte Vettel hüpfte ärgerlich schreiend herum. Jetzt konnten sie erkennen, was geschah. Es schien, als ob zwei Diener der Umlimo versuchten, eine kleine Gestalt zurückzuhalten. Sie waren erfolglos, denn die Person löste sich aus ihren Griffen und lief zur Schwelle der Höhle, wo das frühe Sonnenlicht die Umlimo endlich preisgab.

Sie war so wunderschön, daß alle, sogar der König, erstarrten. Ihre Haut war geölt und schimmerte wie Bernstein.

Ihre Gliedmaßen waren lang und geschmeidig, ihre Füße und Hände schmal. Obwohl ihr Bauch so köstlich wie eine reifende Frucht war, waren ihre Hüften so schmal wie die eines Jungen. Sie trug nur ein Band von scharlachroten Perlen um die Taille, das in der tiefgeformten Grube ihres Nabels gebunden war.

Ihre Gesichtszüge waren asiatisch, die großen Augen geschrägt, ihre Wangenknochen hoch und ihre Nase fein und gerade – aber ihr Mund war schmerzverzerrt und in ihren Augen standen Tränen. Sie betrachtete den Induna, der hinter dem König stand.

Langsam hob sie eine Hand und streckte sie ihm entgegen; die Geste wirkte unendlich traurig.

»Tanase!« flüsterte Bazo. Seine Hände zitterten so, daß die Klinge seines Assegai gegen den Rand seines Schildes schlug.

Dies war die Frau, die er auserwählt hatte und die so grausam von ihm genommen worden war. Seit ihrem Weggang hatte sich Bazo keine andere Frau gesucht. Er wollte zu ihr eilen und sie fassen, sie hoch auf seine Schulter schwingen und sie forttragen, aber er stand wie angewurzelt da, und ihre Pein spiegelte sich in seinen Augen wider.

Denn obwohl sie vor ihm stand, war sie so weit entfernt wie der Vollmond. Sie war ein Kind der Geister und wurde von deren gräßlichen Dienern beschützt, war jenseits der Reichweite seiner liebenden Hände und seines treuen Herzens.

Jetzt kamen die Diener aus der Höhle.

»Tanase!« rief Bazo wieder, und ihre Schultern zuckten beim Klang seiner Stimme.

Dann geschah etwas Schreckliches. Ein zitternder Krampf lief über Tanases Rücken, von der perfekten Wölbung ihres festen, harten Gesäßes bis zur Beuge ihres Nackens, so daß ihre Nerven und Muskeln sich zu beiden Seiten des Rückgrates streckten und zusammenzogen. Dann begann ihr Rückgrat sich nach hinten zu biegen, wie der Bogen eines Jägers.

»Der Geist ist über ihr«, kreischte die Hexe. »Laßt den Geist sie ergreifen!«

Jeder Muskel ihres Körpers stand unter Anspannung, ihr Rückgrat beugte sich in einem unmöglichen Winkel, so daß ihre Schädeldecke fast ihre Kniekehlen berührte.

Ihr Gesicht war schmerzverzerrt; ihre Augen rollten so in ihren Kopf zurück, daß sich nur das Weiß zeigte. Ihre Lippen waren zurückgezogen, so daß die kleinen, perfekt weißen Zähne in einem grausamen Grinsen schimmerten.

Obwohl ihre Lippen sich nicht bewegten, dröhnte eine Stimme aus ihrer gepeinigten Kehle. Es war der tiefe Baß eines Mannes, die überlaute Stimme eines Kriegers:

»Die Falken! Der weiße Falke hat das Steinnest aufgerissen. Die Falken fliegen. Rettet die Falken! Die Falken!«

Die Stimme hob sich plötzlich zu einem wilden Kreischen, und dann brach Tanase zusammen und krümmte sich wie ein zerquetschtes Insekt auf dem Boden.

»Kein schwarzer Mann würde es wagen, das Nest der Falken zu entweihen«, sagte Lobengula, und die Indunas nickten. »Nur ein weißer Mann würde die Unverschämtheit besitzen, dem Wort des Königs zu trotzen und den Zorn der Geister herauszufordern.«

Er schwieg und schnupfte. Er zog das kleine Ritual hin, um den Augenblick der Entscheidung hinauszuzögern.

»Wenn ich einen Impi nach Simbabwe sende und wir einen weißen Mann beim Plündern der alten Stätte erwischen, kann ich es wagen, einen Stahl durch sein Herz zu bohren?« Lobengula wandte sich an Somabula, und der alte Mann hob den grauen Kopf und blickte seinen König traurig an.

»Töte einen von ihnen, und die anderen werden kommen wie Ameisenschwärme«, sagte er.

Lobengula seufzte und blickte Gandang an.

»Sprich, meines Vaters Sohn.«

»O König, Somabula ist weise, und seine Worte haben dasselbe Gewicht wie Felsen aus schwarzem Eisenstein. Doch die Worte des Königs wiegen noch schwerer, und dem Wort des Königs ist zu gehorchen – *die Schänder der alten Stätten müssen sterben.* Dies sind die Worte Lobengulas.«

Der König nickte langsam.

»Bazo!« sagte er leise, und der junge Induna sank vor dem Stuhl des Königs auf die Knie.

»Nimm einen der Zauberer, der dein Impi zum Nest der Falken führt. Wenn die Steinvögel fort sind, folge ihnen. Finde den Räuber. Wenn es ein weißer Mann ist, führe ihn an einen Ort, wo keine Augen dich sehen können, nicht einmal die deiner vertrautesten Krieger. Töte den Mann und begrabe ihn. Sprich mit niemandem darüber, als zu deinem König. Hörst du die Worte Lobengulas?«

»Ich höre, o großer König, und hören heißt gehorchen.«

Holländer, der Ochse mit den Hörnern, die am engsten zusammenstanden, war der einzige, den Isazi dazu bringen konnte, durch die engen Durchgänge und über die geborstenen Mauern in die Ruinen des Tempels zu gehen. In den Körben auf seinem kräftigen, gescheckten Rücken brachten sie die Statuen hinaus, auch die beschädigten, und packten sie auf die Rücken der anderen Ochsen, die vor den massiven Mauern warteten.

Dank Isazis geschicktem Umgang mit den Ochsen und ihrer Last war die Arbeit am frühen Nachmittag vollbracht. Sie banden die Ochsen aneinander. Isazi war erleichtert, als sie weiterziehen konnten.

Ralph fühlte sich weniger gut. Er hatte sich seit der zufälligen Begegnung mit den Matabele in den Hügeln Sorgen gemacht. Nun ließ er Isazi mit den Ochsen ziehen, während er zum Nordwesten der Ruinenstadt zurückritt, und dabei auf dem Boden mit dem Auge des Jägers nach irgendwelchen Spuren suchte, die ihm zeigten, ob sie verfolgt wurden.

Er war nicht gänzlich beruhigt, als er zurückkehrte und die

Spur der Ochsen fünf Meilen hinter den Ruinen wieder aufnahm. Er trabte neben der breit ausgetretenen Fährte, und seine Besorgnis kehrte zurück: Die Ochsen hatten eine deutliche Spur hinterlassen, der sogar ein Blinder folgen könnte.

Bei Anbruch der Dämmerung holte er Isazi und seinen Ochsenzug ein, und er half ihm, die schweren Lasten von den Rücken der Ochsen zu heben und die Tiere auf wunde Stellen und Satteldruck zu untersuchen, bevor sie sie anpflockten und grasen ließen. Mehr als einmal schreckte er in dieser Nacht auf und lauschte – doch er hörte nur das Heulen eines Schakals.

Im frühen Licht erreichten sie eine weite, fruchtbare Ebene, auf der riesige Zebraherden grasten.

Auf halber Strecke der Ebene ließ Ralph den Ochsenzug im rechten Winkel zu ihrer Spur abbiegen, und sie marschierten bis zum Mittag in Richtung Osten, dann kamen sie wieder in einen Wald. Ralph machte keine Rast bis zum Einbruch der Dunkelheit.

Isazi beklagte sich über den vergeudeten Tag und den großen Umweg.

»Warum tun wir das?«

»Für das Wohl derer, die uns folgen.«

»Sie werden uns ohnehin folgen können, bei der Spur, die wir gelegt haben«, protestierte Isazi.

»Das werde ich morgen früh ändern«, versicherte Ralph. In der Morgendämmerung befahl er Isazi, in südlicher Richtung weiterzuziehen. »Wenn ich nicht zu dir stoße, warte nicht auf mich. Zieh weiter, bis du die Wagen erreichst, in weitem Abstand von der Grenze zu Matabele. Warte dort auf mich«, sagte er und ritt auf ihrer Spur vom Vortag zurück.

Er erreichte die fruchtbare Ebene mit den Zebraherden.

»Das wird dir gefallen, alter Tom.« Ralph klopfte den Hals des Pferdes und trabte dann auf die Zebraherde zu. Es waren über hundert Tiere, und sie ließen Pferd und Reiter bis auf ein paar hundert Schritt herankommen, bevor sie aufschreckten und davongaloppierten.

»Ihnen nach, Tom!« schrie Ralph. Er jagte sie und trieb die Herde über die ganze Ebene. Er scheuchte eine weitere Herde auf und dann noch eine, bis schließlich etwa zweitausend Zebras vor ihm herliefen.

Er trieb die Tiere dort über den Boden, wo seine Ochsen am Tage zuvor gestapft waren. Tausende breiter Hufe zermalmten die Erde in kleinen Staubexplosionen. Dann galoppierten sie über das offene Gelände zurück.

Ralph sattelte im Schatten der Baumlinie ab, während die Zebraherden – durch die Verfolgung scheu und nervös – noch immer in ziellosen Kreisen herumliefen und die Erde zertrampelten.

»Niemand, nicht einmal ein Buschmann, könnte die Spur finden«, erzählte Ralph Tom und bückte sich, um Toms Hufeisen mit einem Klappmesser abzulösen.

Ohne die Eisen war Toms Spur fast identisch mit der eines Zebrahengstes. Er würde vielleicht lahmen, bis sie die Wagen im Buschmanngebiet erreichten, aber sie waren sicher, daß es keine Verfolgung geben würde. Wenn sie erst einmal den Wagen erreicht hatten, konnte er Tom wieder beschlagen lassen.

Ralph rieb Tom mit der Satteldecke trocken und ließ ihn eine Stunde rasten, bevor er ihn wieder sattelte. Dann ritt er unter die zerstreuten Zebraherden, damit sich Toms Hufabdrücke mit den ihren mischten und darunter verloren, bevor er sich nach Westen wandte – in die entgegengesetzte Richtung von Isazis Ochsen. Er setzte sich tief in den Sattel, um eine falsche Spur in den Wald zu legen, bevor er einen weiten Bogen schlug.

Ralph schlief bis zum Sonnenaufgang des folgenden Morgens. Er war endlich in Sicherheit, und die Verlockung, Kaffee zu trinken, war zu groß für ihn. Er wagte es, ein kleines Feuer anzufachen, und genoß das starke, heiße Gebräu.

Als er losritt, stand die Sonne schon hoch und klar über den Wipfeln des Waldes.

Ralph fühlte sich beschwingt durch den Erfolg seines Coups; er plante bereits den Verkauf der Statuen. Er würde Briefe an das Britische Museum und an die Smithsonian Institution in Washington, D. C. schicken.

Auf der grasigen Lichtung vor Ralph ertönte ein heiseres

»Kwali! Kwali!« nur zweimal. Das klang in Ralphs Ohren irgendwie falsch. Diese braunen Rebhühner riefen gewöhnlich fünf- oder sechsmal.

Ralph zügelte Tom und richtete sich in den Steigbügeln auf. Wachsam beobachtete er den schmalen Streifen Elefantengras. Plötzlich schoß ein Flug brauner Rebhühner aus dem Gras und wirbelte auf geräuschvollen Schwingen davon.

Ralph grinste und ließ sich wieder in den Sattel sinken, und Tom trabte auf die wiegenden Büschel des hohen Grases zu – plötzlich tauchten überall dunkle Gestalten, tanzende Federn und rote Schilde auf. Sie umschwärmten Tom.

»Los, Tom!« drängte Ralph, und trat seine Absätze in seine Flanke, während er das Gewehr aus dem Holster riß und es an seine Hüfte hielt.

Als Tom vorwärtssprang, machte einer der gefiederten Krieger einen Satz, um seinen Zügel zu fassen, und Ralph feuerte. Die schwere Bleikugel riß dem Matabele den Kiefer halb weg; für einen Augenblick blitzten Zähne und weißer Knochen in dem zerschmetterten Gesicht, und dann sprudelte helles Blut.

Tom sprang in die Lücke in ihrer Linie, die der Mann hinterlassen hatte, doch als er losstürmen wollte, sprang ein Krieger von der Seite heran. Tom grunzte.

Mit Entsetzen sah Ralph die lange Stahlklinge in Toms Rippen dringen, zwei Zentimeter von seiner Stiefelspitze entfernt. Er schwang das leere Gewehr gegen den Kopf des Kriegers, doch der Mann duckte sich darunter, und während Ralph sich im Sattel drehte, stürmte ein zweiter Matabele heran. Tom zitterte und verkrampfte sich zwischen Ralphs Knien, als der Mann tief und heftig in den Hals des Pferdes stach.

Dann hatten sie die Linie der Matabele durchbrochen, doch der Assegai war dem Krieger aus der Hand gerissen worden, und der Schaft ragte in einem Winkel aus Toms Hals, der verriet, daß die Spitze in seiner Lunge stecken mußte. Noch immer trug das tapfere, alte Pferd seinen Herrn über die Lichtung und zwischen die ersten Bäume des Waldes.

Dann schoß plötzlich ein Strom schaumigen, hellen Lungenblutes aus Toms Nüstern und spritzte über Ralphs Stiefel. Tom starb im vollen Galopp. Seine Nase senkte sich zur Erde, und er überschlug sich, so daß Ralph über seinen Kopf geschleudert wurde.

Ralph schlug auf die Erde und ihm war, als seien seine Rippen gebrochen und die Zähne aus seinen Kiefern geschlagen. Er kroch zu seinem Gewehr und schlug eine frische Patrone in den Verschluß.

Als er aufschaute, waren sie fast über ihm, eine Linie rennender, roter Schilde und darunter klopfende, nackte Füße; die Kriegsrasseln an ihren Knöcheln klapperten, und der Jagdchor klang wie das tiefe Heulen von Hunden.

Ein großer Krieger hob seinen Schild hoch, um seinen Speerarm für den Todesstoß frei zu haben. Die Klinge blitzte, als sie nach unten schoß, und dann erstarrte die Bewegung.

»Henshaw!« Der Name explodierte aus der Kehle des Kriegers, Bazo drehte im letzten Augenblick sein Handgelenk, und nur die Flachseite der schweren Klinge schmetterte gegen Ralphs Schädel. Er stürzte mit dem Gesicht nach unten auf die sandige Erde und blieb reglos liegen.

»Du hast die Eisen von den Hufen des Pferdes genommen.« Bazo nickte anerkennend. »Das war ein guter Trick. Wenn du heute morgen nicht so lange geschlafen hättest, hätten wir dich nie eingeholt.«

»Tom ist tot«, erwiderte Ralph.

Er war an den Stamm eines Mopani-Baumes gefesselt. Seine Wange war aufgerissen. Das Haar über seiner Schläfe war mit trockenem, schwarzen Blut verklebt. Durch die straffen Fesseln waren seine Hände bereits geschwollen und blau.

»Ja!« Bazo nickt wieder ernst und blickte zu dem Kadaver des Pferdes, der fünfzig Schritt entfernt lag. »Er war ein gutes Pferd, und jetzt ist er tot.« Er schaute wieder zu Ralph. »Der Mann, den wir heute begraben, war ein guter Mann – und jetzt ist auch er tot.«

Um sie hockten die dichten Reihen der Matabele-Krieger.

»Deine Männer fielen ohne Warnung über mich her, als ob ich ein Dieb oder ein Mörder sei. Ich verteidigte mich, wie es jeder Mann tun würde.«

»Du bist also kein Dieb, Henshaw?« unterbrach ihn Bazo.

»Was ist das für eine Frage?« wollte Ralph wissen.

»Die Vögel, Henshaw. Die steinernen Vögel.«

»Ich weiß nicht, wovon du sprichst«, erwiderte Ralph ärgerlich.

»Du weißt es, Henshaw. Du weißt, welche Vögel ich meine, denn wir haben viele Male darüber gesprochen. Du kennst auch die Warnung des Königs: Jeder, der diese alte Stätte beraubt, muß sterben. Ich selbst habe dir davon erzählt.«

Ralph funkelte ihn noch immer trotzig an.

»Deine Fährte führt direkt zu der Begräbnisstätte der alten Könige und wieder von ihr fort – und die Vögel sind verschwunden. Wo sind sie, Henshaw?«

Ralph setzte sein Theater noch einen Augenblick fort, und dann zuckte er mit den Schultern, lächelte und ließ sich zurück gegen den Baum sinken.

»Sie sind fort, Bazo, so weit weggeflogen, daß du ihnen nicht folgen kannst. Es war die Prophezeiung der Umlimo.«

Bei der Erwähnung der Weissagerin glitt ein Schatten über Bazos Gesicht. »Ja, es war Teil der Prophezeiung. Und jetzt ist es an der Zeit, die Befehle des Königs auszuführen.« Er stand auf und wandte sich an die Reihen der Matabele.

»Ihr alle, hört des Königs Wort«, sagte er. »Laßt mich allein und geht!« befahl Bazo. »Wartet auf mich am großen Simbabwe und wischt aus euren Augen die Dinge, die ihr heute gesehen habt.«

Seine Krieger sprangen auf und grüßten ihn. Sie schulterten den Leichnam des Mannes, den Ralph getötet hatte, wobei sie ihre Schilde als Bahre benutzten, und trugen ihn fort. Die Doppelreihe der rennenden Krieger schlängelte sich in den Wald.

Bazo schaute zu, wie sie gingen, auf seinen Schild gestützt, und dann wandte er sich unwillig wieder Ralph zu.

»Ich bin der Mann des Königs«, sagte er leise. »Ich habe den Auftrag, dich zu töten. Was ich heute zu tun habe, wird für mein ganzes Leben eine tiefe Narbe in meinem Herzen hinterlassen. Die Erinnerung an diesen Tag wird mir den Schlaf rauben und das Essen sauer machen und schwer in meinem Bauch lasten.

Diese Tat werde ich nie vergessen, Henshaw, obwohl ich nie darüber sprechen können werde, weder zu meinem Vater noch zu meiner Lieblingsfrau.«

»Wenn du es tun mußt, dann tu es schnell«, forderte Ralph ihn heraus, der versuchte, keine Furcht zu zeigen.

»Ja«, nickte Bazo.

Ralph schrie bei dem stechenden Brennen des rasiermesserscharfen Stahles auf, und sein Blut schoß aus der Wunde und tränkte die trockene Erde.

Bazo ließ sich neben ihm auf die Knie sinken und fing das Blut mit seinen Händen auf. Er spritzte es auf seine Arme und seine Brust, verschmierte es auf Schaft und Spitze seines Speeres.

Dann sprang Bazo auf und riß einen Streifen Rinde von dem Mopani-Baum, rupfte ein Büschel grüner Blätter und ging wieder an Ralphs Seite. Er preßte die Ränder der tiefen Wunde an Ralphs Unterarm zusammen, legte dann das Büschel Blätter darauf und band es mit dem Rindenstreifen fest.

Die Blutung hörte allmählich auf, und Bazo hackte die Rohlederfesseln von Ralphs Knöcheln und Handgelenken und trat zurück.

Er deutete auf seine eigenen blutüberströmten Arme und die Waffe.

»Wer von denen, die mich so sehen, würde glauben, daß ich ein Verräter an meinem König bin?« fragte er leise. »Und doch ist die Liebe eines Bruders stärker als die Pflicht einem König gegenüber.«

Ralph zog sich an dem Mopani-Stamm hoch, preßte seinen verwundeten Arm gegen die Brust und starrte den jungen Induna an.

»Geh in Frieden, Henshaw«, flüsterte Bazo. »Aber bete für mich zu deinem Gott, denn ich habe meinen König betrogen und meine Ehre verwirkt.«

Zehn Tage später wankte Ralph in den Kreis der Wagen, die neben den Brunnen der Buschmänner ausgespannt standen. Isazi rief nach Umfaan und rannte herbei, um Ralph aufzufangen, bevor er stürzte.

»Isazi«, krächzte Ralph, »die Vögel, die steinernen Vögel?«

»Sie sind in Sicherheit, Nkosi.«

Ralph grinste, so daß seine trockenen Lippen platzten und seine blutunterlaufenen Augen sich zu Schlitzen verengten.

»Fürwahr, Isazi, du bist ein weiser Mann. Jetzt kann ich dir auch sagen, daß du wundervoll anzuschauen bist, so wundervoll wie der Falke im Flug«, sagte Ralph.

Lobengula saß mit gekreuzten Beinen auf der Schlafmatte in seiner großen Hütte und dachte über das Orakel nach.

»Folge der Weisheit der Füchsin vor der des Fuchses.«

Er nahm jedes Wort und wog es einzeln ab, dann überdachte er das Ganze und betrachtete es unter jedem Gesichtspunkt.

In der Morgendämmerung blieb nur eine einzige mögliche Lösung, die die Nacht überdauert hatte. Ein einziges Mal schien das Orakel einen Rat gegeben zu haben, der eindeutig war. Es lag nur bei ihm, zu entscheiden, wer die »Füchsin« des Orakels war.

Er zog jede seiner Frauen in Erwägung – und da war nicht eine unter ihnen, die andere Interessen hatte als am Zeugen und Säugen von Kindern oder an dem Tand und den Bändern, die die Händler nach GuBulawayo brachten.

So war Lobengula schließlich auf das zurückgekommen, was der Schlüssel zum Rätsel der Umlimo sein mußte, wie er die ganze Zeit gewußt hatte.

»Wachen!« schrie er plötzlich, und schnelle, hastige Schritte wurden laut, und einer seiner bemantelten Scharfrichter beugte sich in den Türeingang und fiel auf der Schwelle zu seinen Füßen.

»Geh zu Nomusa, dem Mädchen des Mitleids, und bitte sie, schnellstens zu mir zu kommen«, befahl Lobengula.

In Anbetracht dessen, daß ich, König Lobengula, in letzter Zeit von verschiedenen Personen belästigt worden bin, die in meinen Territorien Bewilligungen und Konzessionen von Land- und Minenrechten suchten, treffe ich folgende Entscheidung...

In seiner schönen Handschrift setzte Jordan Ballantyne dieses Dokument nach Mr. Rudds Diktat auf.

Robyn Codrington las Lobengula den Text vor und erklärte

ihm, was er bedeutete. Dann half sie ihm, das Siegel des Großen Elefanten darunter zu setzen. Schließlich beglaubigte sie das Zeichen, das Lobengula danebengesetzt hatte.

»Jordan, keiner von uns kann so schnell reiten, wie Sie.« Rudd gab sich keine Mühe, seine Begeisterung zu verbergen, als sie allein waren. »Jetzt zählt allein Geschwindigkeit. Wenn Sie sofort aufbrechen, können Sie die Khami-Mission bei Einbruch der Nacht erreichen. Nehmen Sie drei der besten Pferde und reiten Sie wie der Wind, mein Junge. Übergeben Sie Mr. Rhodes die Konzession – und sagen Sie ihm, daß ich sofort aufbreche.«

Die Zwillinge rannten die Vordertreppe der Khami-Mission hinab und drängten sich um ihn, als er aus dem Sattel sprang.

Cathy hielt eine Laterne hoch, und Salina stand mit gefalteten Händen neben ihr. Ihre Augen leuchteten im Laternenschein.

»Willkommen, Jordan«, rief sie.

»Ich kann nur eine Nacht bleiben«, sagte er, und ein kleiner Teil ihrer Freude erstarb und damit ihr Lächeln. »Morgen, beim ersten Licht, reite ich weiter nach Süden.«

»Nur eine Nacht«, murmelte sie. »Dann müssen wir das Beste daraus machen.«

Sie nahmen zum Abendessen geräucherten Schinken und gebratene süße Jams zu sich. Danach saßen sie auf der Veranda, und Salina sang, während Jordan eine Zigarre rauchte und mit offensichtlichem Vergnügen lauschte.

In dem Augenblick, als Salina aufhörte, sprang Vicky auf.

»Jetzt bin ich dran«, verkündete sie. »Lizzie und ich haben ein Gedicht geschrieben.«

»Nicht heute abend«, sagte Cathy.

»Warum?« wollte Vicky wissen.

»Cathy«, jammerten die Zwillinge unisono. »Es ist Jordans letzte Nacht.«

»Genau aus diesem Grunde.« Cathy stand auf. »Kommt jetzt, ihr zwei.«

»Cathy hat recht«, seufzte Jordan, als er mit Salina allein war.

»Ich werde morgen zwölf Stunden im Sattel sitzen – es ist Zeit für uns alle, ins Bett zu gehen.«

Salina antwortete nicht. Sie stand auf und lehnte sich an das Geländer.

Nach einem Augenblick folgte ihr Jordan und fragte leise: »Habe ich dich gekränkt?«

»Nein«, erwiderte sie rasch. »Ich bin nur ein wenig traurig, daß du so schnell wieder weggehst!«

Jordan schwieg, und nach einer Minute fragte sie:

»Was wirst du jetzt tun, Jordan?«

»Das werde ich erst wissen, wenn ich in Kimberley bin. Wenn Mr. Rhodes schon in Groote Schuur ist, werde ich dorthin gehen, aber wenn er noch in London ist, wird er wollen, daß ich zu ihm komme.«

»Wie lange wird das dauern?«

»Von Kimberley nach London und zurück? Vier Monate oder länger.«

»Erzähl mir von London, Jordan. Ich habe darüber gelesen und davon geträumt.«

Er sprach leise, und die Minuten wurden zu Stunden, bis Jordan sich plötzlich selbst unterbrach.

»Es ist fast Mitternacht.«

Sie suchte nach irgendeiner Gelegenheit, ihn am Fortgehen zu hindern. »Du hast versprochen, mir von Mr. Rhodes' Haus in Groote Schuur zu erzählen.«

»Ein anderes Mal, Salina.«

»Wird es ein anderes Mal geben?« fragte sie.

»Oh, dessen bin ich sicher«, erwiderte er sorglos.

»Du wirst nach England gehen und nach Kapstadt, und es könnte Jahre dauern, bis du wieder nach Khami kommst.«

»Nicht einmal Jahre können unsere Freundschaft trüben, Salina.« Und sie schaute ihn an, als ob er sie geschlagen hätte.

»Ist es das – Jordan – sind wir Freunde, nur Freunde?«

Er nahm ihre beiden Hände in die seinen. »Die liebsten, kostbarsten Freunde«, versicherte er ihr.

Sie war in dem düsteren Licht so bleich wie Elfenbein, und sie umklammerte seine Hände wie eine Ertrinkende.

»Nimm mich mit dir, Jordan.«

»Salina, ich weiß nicht, was du meinst.«

»Ich kann es nicht ertragen, dich zu verlieren – nimm mich mit. Bitte, nimm mich mit.«

»Aber –«, er war verwirrt und irritiert, »aber, was willst du tun?«

»Was immer du mir sagst. Ich will deine Sklavin sein, deine liebende Sklavin, Jordan – für immer.«

Er löste behutsam seine Hände aus ihrem Griff.

»Du kannst nicht einfach fortgehen und mich verlassen, Jordan. Als du nach Khami kamst, war es, als ob die Sonne in meinem Leben aufgegangen sei; und wenn du gehst, wirst du das Licht mit dir nehmen. Ich liebe dich, Jordan. Verzeih mir, aber ich liebe dich mehr als mein Leben.«

»Salina, hör auf! Bitte, sei still.«

»Ich kann dich nicht gehen lassen, ohne es dir zu sagen – ich liebe dich, Jordan, ich werde dich immer lieben.«

»Salina.« Seine Stimme war ergriffen. »Oh, Salina. Ich liebe jemand anderen.«

»Es ist nicht wahr«, flüsterte sie. »Oh, bitte, sag, daß es nicht wahr ist.«

»Es tut mir leid, Salina. Es tut mir so schrecklich leid.«

»Niemand anders kann dich so sehr lieben, wie ich es tue, niemand würde opfern, was ich opfern würde.«

»Bitte, schweig, Salina. Ich möchte nicht, daß du dich erniedrigst.«

»Mich erniedrigen?« fragte sie. »Oh, Jordan, das wäre ein so kleiner Preis.«

»Salina, bitte.«

»Laß es mich dir beweisen, Jordan, laß mich dir beweisen, wie freudvoll ich jedes Opfer bringen werde.« Und als er zu sprechen versuchte, legte sie seine Hände sanft über ihren Mund. »Wir brauchen nicht einmal auf eine Hochzeit zu warten. Ich werde mich dir in dieser Nacht schenken. Gib mir die Chance, lieber Jordan, bitte gib mir die Chance zu beweisen, daß ich lieben kann. Du wirst sehen, wie die Liebe dieser anderen Frau zu nichts verblaßt neben der Flamme der meinen.«

»Salina«, flüsterte Jordan, »es ist keine andere Frau.«

Sie starrte ihn erschrocken an, während die Tragweite seiner Worte sich langsam wie Rauhreif über ihre Seele breitete.

»Keine andere Frau?« fragte sie schließlich, und als er den Kopf schüttelte: »Dann kann ich niemals hoffen – niemals?«

Er antwortete nicht.

»Wirst du mich zum Abschied küssen, Jordan, ein letztes Mal?«

»Es muß nicht das letzte –« Sie erstickte mit ihrem Mund die Worte auf seinen Lippen.

»Lebwohl, Jordan«, sagte sie und wandte sich von ihm ab.

Ralph Ballantyne kaufte eintausend Gewehre – zehn Wagenladungen, dazu kamen weitere zehn Wagenladungen Munition und weitere drei Wagenladungen Schnaps. Ein einzelner Wagen wurde mit Möbeln und Hausrat für den Bungalow, den Zouga sich in GuBulawayo baute, beladen.

Ralph überquerte den Shashi-Fluß mit einem nagenden, hohlen Gefühl in seiner Magengrube.

Er wußte nicht, ob Bazo ihn Lobengula als Entführer der Steinfalken gemeldet hatte oder ob einer von Bazos Kriegern ihn erkannt und trotz der Warnung des Königs geplaudert hatte. Doch die Gewinne, die er auf dieser Fahrt erzielen würde, und die Aussicht, die Khami-Mission wieder zu besuchen, waren das Risiko wert.

Jenseits des Shashi wurde Ralph auf die Probe gestellt. Bazo kam an der Spitze seiner Rotschilde auf ihn zu.

»Wer wagt es, die Straße zu benutzen? Wer fordert Lobengulas Zorn heraus?«

Als Bazo die beladenen Wagen inspiziert hatte und er und Ralph allein am Lagerfeuer saßen, fragte Ralph ihn leise: »Ich hörte, daß ein weißer Mann in dem Busch zwischen dem großen Simbabwe und dem Limpopo gestorben ist. Wie war der Name des Mannes?«

»Niemand weiß etwas von einem toten Weißen, bis auf Lobengula und einer seiner Indunas«, erwiderte Bazo, ohne seinen Blick von den Flammen zu wenden. »Und nicht einmal der

König weiß, wer der Fremde war oder woher er kam, noch weiß er, wo die Grabstätte des namenlosen Fremden liegt.« Bazo schnupfte und fuhr dann fort: »Wir werden nie wieder darüber sprechen, weder du noch ich.«

Schließlich sah Bazo ihn direkt an, und es war etwas in den dunklen Tiefen dieser Augen, was nie zuvor dagewesen war. Es war der Blick eines Mannes, der nie wieder einem Bruder vertrauen würde.

Am Morgen war Bazo fort, und Ralph wandte sich nach Norden. Seine Zweifel waren zerstreut. Zouga erwartete ihn an der Furt des Khami-Flusses.

»Du hast eine gute Zeit geschafft, mein Junge.«

»Niemand war je schneller«, nickte Ralph.

»Hat Mr. Rhodes das Geld geschickt?«

»In guten goldenen Sovereigns«, berichtete Ralph. »Ich habe sie in meinen Satteltaschen.«

»Dann müssen wir nur noch Lobengula dazu bringen, sie anzunehmen.«

»Das, Papa, ist deine Aufgabe. Du bist Mr. Rhodes' Agent.«

Drei Wochen später standen die Wagen noch immer vor Lobengulas Kral, während Zouga jeden Tag vom Morgen bis zur Dämmerung vor der großen Hütte des Königs wartete.

»Der König ist krank«, hieß es.

»Der König ist bei seinen Frauen.«

»Vielleicht wird der König morgen kommen.«

Schließlich wurde Zouga ärgerlich. »Sag dem König, daß Bakela, die Faust, jetzt zu Lodzi reitet, um ihm zu sagen, daß der König seine Geschenke verschmäht«, antwortete er Gandang, der gekommen war, um die Entschuldigung dieses Tages vorzubringen, und Zouga befahl Jan Cheroot, die Pferde zu satteln.

»Der König hat dir noch nicht die Erlaubnis für die Reise gegeben.« Gandang war aufgebracht und beunruhigt.

»Dann sage Lobengula, daß seine Impi den Botschafter von Lodzi auf der Straße töten können, aber es wird nicht lange dauern, bis die Nachricht Lodzi überbracht wird. Lodzi sitzt jetzt gerade im großen Kral der Königin jenseits des Wassers und erfreut sich ihrer Gunst.«

Die Botschafter des Königs holten Zouga ein, bevor er die Mission in Khami erreicht hatte.

»Der König bittet Bakela, sofort zurückzukehren.«

»Sagt Lobengula, daß Bakela heute Nacht in der Mission in Khami schlafen wird und daß er vielleicht morgen zurückkehrt.«

Irgend jemand in Khami mußte ein Fernglas auf die Straße gerichtet haben, denn als Zouga noch eine Meile von den Hügeln entfernt war, kam ihm ein Reiter in vollem Galopp entgegen, eine schlanke Gestalt mit langen dunklen Zöpfen.

Als sie aufeinander trafen, sprang Zouga aus dem Sattel und hob sie aus dem ihren.

»Louise«, flüsterte er. »Du wirst nie wissen, wie langsam die Tage vergehen, wenn ich von dir getrennt bin.«

»Es ist ein Kreuz, das du uns beide tragen läßt«, erwiderte sie. »Ich habe mich jetzt ganz erholt – dank Robyn – und dennoch läßt du mich in Khami faulenzen und schmachten. O Zouga, willst du mich nicht mit dir nach GuBulawayo nehmen?«

»Das werde ich tun, meine Liebe, sobald wir ein Dach über dem Kopf haben und du einen Ring an deinem Finger trägst.«

»Du bist immer so korrekt.« Sie schnitt eine Grimasse. »Wer sollte je daran Anstoß nehmen?«

»Ich«, sagte er, und küßte sie wieder, bevor er sie zurück in den Sattel des Araberfuchses hob, der sein Verlobungsgeschenk an sie gewesen war.

Sie ritten nebeneinander.

»Wir müssen nur noch ein paar Tage warten«, versicherte Zouga. »Ich habe Lobengula unter Druck gesetzt. Die Sache mit den Gewehren wird bald geregelt sein, und dann kannst du wählen, wo du mich zum glücklichsten Mann der Erde machen willst.«

»Zouga, deine Familie in Khami war so freundlich zu mir. Die Mädchen sind wie meine eigenen Schwestern geworden, und Robyn hat sich so liebevoll um mich gekümmert, als ich krank war.«

»Ich bin sicher, daß Clinton uns den Segen geben wird.«

»Er hat bereits zugestimmt, aber da ist noch mehr. Die Hochzeit ist bereits geplant, und es wird eine Doppelhochzeit werden.«

»Eine Doppelhochzeit – wer sind die anderen?«

»Darauf kommst du nie, nicht einmal in tausend Jahren.«

Sie sahen wie Brüder aus, als sie vor dem geschnitzten Altar in der kleinen, weißgetünchten Kirche von Khami standen.

Zouga trug seine Uniform, und die scharlachrote Jacke, die vor zwanzig Jahren geschneidert worden war, paßte ihm noch immer perfekt.

Ralph war in teures Wolltuch gekleidet und trug einen Stehkragen und eine Krawatte aus grauer Seide. Sein dichtes, dunkles Haar war mit Pomade glänzend frisiert worden, und sein prächtiger Schnurrbart, mit Bienenwachs gezwirbelt, reckte sich in zwei starren Spitzen.

Beide schauten starr auf die Altarkerzen, die Clinton für eine solche Gelegenheit gehütet und erst Minuten zuvor entzündet hatte. Hinter ihnen zappelte einer der Zwillinge vor nervöser Vorfreude herum, und Salina spielte auf dem kleinen Harmonium »Hier kommt die Braut«, während Ralph grinste und seinem Vater aus dem Mundwinkel zuzischte: »Nun, los geht's, Papa. Pflanze die Bajonette auf und empfange die Kavallerie!«

Sie drehten sich mit einer Präzision wie auf dem Exerzierplatz zur Kirchentür um, gerade als die Bräute hindurchtraten.

Cathy trug das Kleid, das Ralph aus Kimberley mitgebracht hatte. Robyn hatte ihr eigenes Hochzeitskleid hervorgeholt und die Taille etwas enger gemacht und den Saum ausgelassen, damit es Louise paßte.

Nach der Zeremonie zogen sie alle über den Hof. Die Zwillinge bewarfen die Brautpaare mit Händen voll Reis, bevor sie zur Veranda vorausrannten, wo die Hochzeitstafel hergerichtet worden war.

Salina saß sehr aufrecht auf der Holzbank, die Hände in ihrem Schoß gefaltet. Sie lächelte, aber eine einzige Träne rollte über ihre Wange. »Entschuldigt mich«, murmelte sie. »Bitte, entschuldigt mich –«

Sie stand, noch immer lächelnd, auf und ging über die Veranda. Cathy erhob sich mit besorgtem Gesicht, doch Robyn hielt sie zurück.

»Laß sie«, flüsterte sie. »Sie muß eine Weile allein sein. Du würdest sie nur noch mehr aufregen.«

»Schande über dich, Louise«, rief Clinton mit gezwungener Heiterkeit über den Tisch. »Das Glas deines Mannes ist leer, vernachlässigst du ihn schon jetzt?«

Eine Stunde später war Salina noch nicht zurückgekehrt.

Cathy blickte ständig über die Veranda, und dann flüsterte sie Robyn etwas zu. Robyn runzelte die Stirn.

Cathy wartete, bis Robyn wieder in die Unterhaltung vertieft war, und dann huschte sie so leise davon, daß Robyn es erst bemerkte, als Cathy das Ende der Veranda erreicht hatte. Einen Augenblick sah es aus, als wolle sie sie zurückrufen, doch statt dessen machte sie nur ein verärgertes Gesicht und wandte sich dann an Zouga.

»Wie lange werdet ihr in GuBulawayo bleiben?«

»Bis die Kolonne Mount Hampden erreicht. Mr. Rhodes will keine Mißhelligkeiten zwischen den Freiwilligen und Lobengulas jungen Männern.«

»Ich werde frisches Gemüse und auch ein paar Blumen schikken können, wenn ihr im Kral des Königs seid«, bot Clinton an.

»Du bist immer so freundlich«, dankte ihm Louise, und dann brach sie ab, und ein Ausdruck tiefer Sorge überzog ihr Gesicht.

Sie alle drehten sich hastig in die Richtung um, in die sie schaute.

Cathy war zurückgekehrt. Sie lehnte sich an einen der weißgekalkten Pfosten. Ihr Gesicht hatte die gelbe Farbe eines Malariakranken. Ihre Augen waren starr, und ihr Mund war vor Entsetzen verzerrt.

»In der Kirche«, sagte sie. »Sie ist in der Kirche.« Und dann sank sie zu Boden.

Robyn erreichte die Kirchentür als erste. Sie starrte nur einen Augenblick hinein, wirbelte dann herum und verbarg ihr Gesicht an Clintons Brust.

»Bring sie fort«, befahl Zouga Clinton barsch, und dann zu Ralph: »Hilf mir!«

Die Girlande aus rosa Rosen war von Salinas Kopf gefallen und lag unter ihr auf dem Boden des Kirchenschiffes. Sie hatte einen Anbindestrick über einen der Dachbalken geworfen, und sie mußte auf den Tisch geklettert sein, den Robyn für ihre Operationen benutzte.

Ihre Hände hingen an ihren Seiten herab.

Ihr Kopf war in einem unmöglichen Winkel nach einer Seite verdreht. Es schien Zouga, als sei ihr Gesicht auf das doppelte seiner normalen Größe angeschwollen.

Cathy Ballantyne hatte nie solches Glück erfahren wie in den Monaten, die sie im Lager der British South Africa Company am Macloutsi-Fluß verbrachte.

Sie war die einzige Frau unter fast siebenhundert Männern und der Liebling aller.

Die harten Bedingungen des Lagerlebens hätten eine andere junge Frau vielleicht abgeschreckt, aber Cathy war nichts anderes gewöhnt, und sie machte die Hütte aus Lehm und Stroh, die Ralph für sie gebaut hatte, zu einem gemütlichen Heim.

Ralph hatte jetzt den Rang eines Majors, und er schien mit jedem Tag größer zu werden, sein Körper noch kräftiger und seine Energie noch gewaltiger. Selbst wenn er fort war, um die Wagen zusammenzustellen oder die Heliographen-Stationen zu errichten, fühlte Cathy sich nicht einsam. Irgendwie schien er immer anwesend zu sein.

Dann plötzlich kam er zurück, galoppierte in das Lager, um sie zu umarmen und zu küssen. »Nicht in aller Öffentlichkeit«, protestierte sie dann und errötete. »Die Leute schauen ja zu, Ralph.«

»Und werden grün vor Neid«, lachte er und trug sie in die Hütte.

Wenn er zu Hause war, war das Leben wie ein atemloser Wirbel. Er war überall, spornte seine Männer mit einem Wort der Ermutigung oder einem Scherz an und machte gelegentlich seinen plötzlichen Wutausbrüchen Luft.

Sein Zorn erschreckte Cathy, obwohl er nie gegen sie gerichtet war.

Mit Ralph war das Leben aufregend, egal ob sie allein oder in Gesellschaft waren. Sie liebte es, die Ehrerbietung zu beobachten, mit der andere Männer ihn behandelten.

In der Nacht, nachdem sie sich ungestüm und schamlos geliebt hatten, sprachen sie in der Dunkelheit manchmal die ganze Nacht hindurch, und seine Träume und Pläne waren noch bezaubernder für Cathy, weil sie wußte, daß er sie verwirklichen würde.

Eines Tages, Anfang Juli 1890, zwinkerte der Spiegel eines Heliographen über die staubigen, sonnenverdorrten Fernen. Es war der Befehl, auf den sie in all diesen Monaten gewartet hatten. Das britische Außenministerium hatte endlich der Besetzung von Mashonaland durch die Repräsentanten der British South Africa Company zugestimmt.

Die lange, schwerfällige Kolonne entrollte sich wie eine Schlange. An ihrer Spitze ritt Colonel Pennefather und zu seiner rechten Hand der Kundschafter Frederick Selous, dessen Aufgabe es war, die Kolonne in weitem Abstand um die Krals herumzuführen.

Der Union Jack entfaltete sich über ihren Köpfen, und ein Hornist blies zum Abmarsch.

»Helden, jeder einzelne von ihnen.« Ralph grinste Cathy an. »Aber es liegt bei Leuten wie mir, unsere Helden durchzubringen. Wenn ich zurückkomme, werden wir um achtzigtausend Pfund reicher sein«, sagte er und umarmte sie.

»Oh, Ralph, wie sehr ich mir wünsche, dich begleiten zu können.«

»Du weißt, daß Mr. Rhodes jeder Frau verboten hat, die Grenze zu überqueren – und du wirst in Lils Hotel in Kimberley sicher sein und es bequem haben. Jordan kann sich um dich kümmern.«

»Sei vorsichtig, mein Liebling.«

»Das ist nicht nötig, meine süße Cathy. Der Teufel sorgt für die Seinen.«

»Dies sind keine Männer, die kommen, um Löcher zu graben.« Gandang erhob sich im Kreise der Indunas. »Sie sind wie Soldaten gekleidet; sie bringen Waffen mit, die die Granithügel zerbrechen können.«

»Was hat der König Lodzi versprochen?« fragte Babiaan. »Daß er in Frieden kommen kann, um nach Gold zu suchen. Warum schickt er uns eine Armee?«

Bazo sprach für die jungen Männer. »O großer König, die Speere sind hell und unsere Augen sind rot. Wir sind fünfzehntausend Männer; können die Feinde des Königs uns widerstehen?«

Lobengula blickte in Bazos stattliches, eifriges Gesicht. »Manchmal ist der gefährlichste Feind ein hitziges Herz«, sagte er leise.

»Und zu anderen Zeiten, Elefantenbulle von Kumalo, kann es ein träger Speerarm sein.«

Ein Schatten der Verärgerung huschte über die Augen des Königs; dann seufzte er. »Wer weiß?« räumte er ein. »Wer weiß, wo der Feind liegt?«

»Der Feind liegt vor uns, großer König; er hat den Shashi-Fluß überquert und ist gekommen, um dir dein Land zu nehmen«, sagte Somabula. Gandang erhob sich wieder: »Laß die Speere gehen, Lobengula, Sohn des Mzilikazi, laß deine jungen Männer laufen – oder du wirst es so sicher bedauern, wie morgen die Sonne aufgeht.«

Lobengula sagte leise: »Noch nicht. Ich kann den Assegai nicht benutzen, wenn meine Worte vielleicht genügen.« Er faßte sich, und seine Stimme war fest. »Gehe, Gandang, mein Bruder, und nimm deinen heißblütigen Sohn mit dir. Geh zum Führer dieser Soldaten und frage ihn, warum er in Kampfordnung in mein Land kommt. Bringe mir seine Antwort.«

Frederick Selous ritt voran, ein Soldat mit einer Axt folgte ihm, und er deutete auf die Bäume, die gefällt werden sollten.

Der Soldat ritzte sie mit einem Axthieb und folgte Selous weiter. Die Holzfäller, insgesamt fünfzig, kamen ihnen paarweise nachgeritten. Ein Mann stieg ab, reichte seinem Partner die Zügel, spuckte in seine schwieligen Hände und widmet sich, den Axtstiel umklammernd, dem Stamm des markierten Baumes.

Während seine Axt dröhnte und die Holzspäne ins Sonnenlicht flogen, saß der zweite Mann im Sattel, das Gewehr in seinen Händen und beobachtete den Wald ringsum. Wenn der Baum umstürzte, stieg der Mann mit der Axt wieder auf, und sie ritten zum nächsten weiter, wo er dann die Wache übernahm, während sein Gefährte die Axt schwang. Hinter ihnen kamen die Ochsengespanne, in deren Ketten die gefällten Bäume gehängt und weggeschleppt wurden. Dann rumpelte die ganze, schwerfällige Karawane weiter vorwärts.

Es war eine langsame Arbeit, und am dritten Tage ritt Ralph an die Spitze der Kolonne, um mit Selous über die Möglichkeit zu sprechen, die Dampfmaschine zu benutzen, um die kleineren Bäume mit Wurzeln und allem aus dem sandigen Boden zu ziehen. Sie ließen ihre Pferde bei einem Soldaten und gingen ein Stück weiter vor, um den Weg besser überschauen zu können, als Ralph leise sagte: »Bleiben Sie stehen, Mr. Selous. Ziehen Sie nicht Ihre Pistole, und zeigen Sie, in Gottes Namen, keine Feindseligkeit.«

Rings um sie im Wald waren dunkle und sich bewegende Schatten, und dann plötzlich waren die gefürchteten langen Schilde da und bildeten vor ihnen eine Wand.

»Hat der König weiße Männer getötet?« verlangte eine tiefe Stimme zu wissen. »Wenn nicht, warum hat dann dieser Impi von Kriegern seine Grenze überschritten?«

»Lobengula hat niemanden getötet«, rief Ralph zurück.

»Haben die weißen Männer etwas Wertvolles verloren, daß sie kommen, um es hier zu suchen?«

Ralph sagte leise zu Selous. »Ich kenne diesen Mann. Er ist einer der obersten Indunas des Königs. Der mit dem roten Schild hinter ihm ist sein Sohn; ihnen unterstehen achttausend Mann. Es wäre gut, wachsam zu sein. Mr. Selous. Wir sind von einer Armee umstellt.«

Dann wandte er sich an die Krieger: »Der König hat uns die Erlaubnis gegeben.«

»Der König hat keine Armee gerufen, die in sein Hoheitsgebiet eindringen soll.«

»Wir sind keine Armee«, stritt Ralph ab. Gandang warf seinen Kopf zurück und lachte kurz und bitter. Dann sprach er wieder: »Hör mich, Henshaw, kein weißer Mann wird ohne Lobengulas Erlaubnis über diese Stelle hinwegtreten. Sag das deinen Herren.«

Ralph flüsterte kurz mit Selous und richtete sich daraufhin wieder an Gandang. »Wir werden auf das Wort des Königs warten.«

»Und wir werden euch beim Warten zuschauen«, versprach Gandang drohend, und auf eine Geste hin verschmolzen die Krieger wieder mit dem Wald, und es schien, als seien sie nie dagewesen.

»Stellt Wachen auf«, befahl Colonel Pennefather. »Fahrt die Wagen zu einer Burg zusammen. Ballantyne, schicken Sie eine Nachricht über Heliograph nach Tuli, und lassen Sie jemanden in GuBulawayo herausfinden, was die wirklichen Absichten Lobengulas sind. Oh, und noch etwas, Ballantyne, können Sie den Generator anwerfen und den Scheinwerfer bereithalten, um das Gelände heute Nacht zu beleuchten? Wir wollen nicht, daß diese Burschen sich in der Dunkelheit heranschleichen.«

Gandang und sein Sohn standen zusammen auf einem kleinen felsigen Hügel.

Sie waren allein.

Bazo wußte, daß er nur seinen rechten Arm über seinen Schild zu heben brauchte, um seine Männer am Fuß des Hügels auf die Beine zu bringen.

Die schwache Nachmittagsbrise, die vom Fluß herüberwehte, fächelte ihre Kriegsfedern, und sie blickten zu der Wagenburg der weißen Männer hinunter.

Die Ochsen waren im Kreis der Wagen zusammengetrieben worden, und sie konnten die Gewehre sehen.

»In der dunklen Stunde vor der Morgendämmerung könnten wir sie angreifen, bevor sie zu ihren Waffen kommen«, murmelte Bazo.

»Wir werden auf des Königs Wort warten«, entgegnete sein Vater, und dann schreckte er zusammen und stieß einen Schrei aus.

»Was ist, Vater?«

Gandang hob seinen Assegai und deutete damit nach Süden, auf den blaßblauen Horizont weit hinter dem Shashi-Fluß. Auf diesen fernen blassen Hügeln glitzerte und funkelte etwas, ein winziger Fleck hellsten weißen Lichtes, wie ein fliegendes Glühwürmchen oder wie das Zwinkern des Morgensterns.

»Die Sterne«, flüsterte Gandang in abergläubischer Scheu, »die Sterne scheinen auf den Hügeln.«

Die kleine Gruppe von Offizieren richtete ihre Teleskope auf das ferne Zwinkern des Lichts.

Der Bediener des Heliographen rief die Nachricht laut und schrieb sie zugleich auf seinen Signalblock. »Jupiter rät, Position zu halten, Klärung von Lobengulas Absichten wird erwartet.« Jupiter war das Kodewort für Mr. Rhodes.

»Sehr gut.« Pennefather schob sein Teleskop mit einem Schnappen zusammen. »Senden Sie ›Nachricht empfangen und verstanden‹.«

Pennefather wandte sich ab und ging munter zu der gewaltigen Dampfmaschine auf ihren großen Stahlrädern hinüber. Er schaute Ralph an. »Sind Sie zum Beleuchten bereit, Ballantyne?«

Ralph nahm die lange, schwarze Zigarre aus dem Mund und parodierte einen militärischen Gruß.

»Wir haben noch nicht genügend Druck auf dem Kessel. Noch eine halbe Stunde und dann wird sie aus dem Ventil pfeifen.«

»Sehr gut. Wenn wir nur bei Nachtanbruch Licht haben.«

Gandang saß auf seinem Schild und hatte sich eine Decke aus Affenhäuten um die Schultern geworfen. Die Winterabende waren kalt, selbst hier in den Ebenen. Im Biwak brannten keine Feuer – und er konnte kaum die Gesichter seiner jungen Befehlshaber erkennen, die ihm gegenüber saßen, denn die letzte Röte des Sonnenuntergangs schwand vom westlichen Himmel ...

»Es war etwas, das wir alle gesehen haben, und etwas, das wir nie zuvor gesehen haben.«

Sie murmelten Zustimmung.

»Es war ein Stern, vom Himmel gefallen, und er lag auf den Hügeln. Wir alle haben es gesehen.«

»Am Morgen werde ich zwei unserer schnellsten Läufer zum König schicken. Er muß von dieser Zauberei erfahren.« Er erhob sich und ließ seine Decke fallen. »Jetzt gehe ich –« Er beendete den Satz nicht.

Statt dessen ließ er sich schutzsuchend fallen und schwang seinen Schild zur Deckung über seinen Kopf. Rings um ihn jammerten seine Krieger wie erschreckte Kinder.

Die Abendsterne verblaßten durch das Gleißen des großen weißen Strahles, der von der Erde zum Himmel reichte.

»Die Sonne ist zurückgekehrt«, krächzte Gandang in gottesfürchtigem Entsetzen. »Es ist die Prophezeiung, die ganze Prophezeiung. *Die steinernen Falken sind geflogen, die Sterne scheinen auf den Hügeln und jetzt brennt die Sonne um Mitternacht.*«

»Wir müssen Matabeleland haben. So einfach ist das«, sagte Zouga Ballantyne, und Jordan blickte erschreckt auf.

Sein Vater saß in einem der tiefen, gepolsterten Ledersessel gegenüber von Mr. Rhodes' Schreibtisch.

Mr. Rhodes bedeckte seine Augen, sackte schwer auf den Tisch und bedeutete Zouga, fortzufahren.

»Die Aktien der Company stehen in London bei sechs Shilling, gegenüber drei Pfund fünfzehn an dem Tage, als wir vor drei Jahren die Flagge in Fort Salisbury hißten –«

»Ich weiß, ich weiß«, nickte Rhodes.

»Ich habe mit den Männern gesprochen, die übriggeblieben sind; ich habe die letzten drei Monate damit verbracht, von Fort Victoria nach Salisbury zu reisen, wie Sie mich gebeten hatten. Sie wollen nicht bleiben, Mr. Rhodes. Sie wollen nicht bleiben.«

»Matabeleland.« Rhodes hob seinen großen, struppigen Kopf, und Jordan erkannte plötzlich, wie schrecklich er in diesen letzten drei Jahren gealtert war. »Matabeleland«, wiederholte er leise.

»Sie sind krank durch die ständige Bedrohung von Lobengulas Horden an ihren Grenzen; sie sind der Überzeugung, daß das Gold, das sie in Mashonaland nicht finden, unter Lobengulas Boden liegt; sie haben Lobengulas fette Rinder gesehen und sie mit ihren eigenen hageren Tieren verglichen, die auf dem kargen, sauren Land verhungern, das ihnen zugewiesen ist –«

»Weiter«, nickte Rhodes.

»Sie wissen, daß sie durch Matabeleland reisen müssen, um den Telegrafen und die Eisenbahnstation zu erreichen. Sie sind krank, und die ständige Furcht vor den Matabele lähmt sie. Wenn Sie Rhodesien behalten wollen, dann müssen Sie ihnen Matabeleland geben.«

»Ich habe dies die ganze Zeit gewußt. Ich glaube, das haben wir alle. Und doch müssen wir vorsichtig vorgehen.« Rhodes stand auf und begann vor den Regalen, die mit ledergebundenen und goldgeprägten Büchern beladen waren, auf und ab zu gehen.

»Wir müssen uns vorbereiten. Vergessen Sie nicht, Ballantyne, daß wir rein faktisch nur das Recht haben, nach Gold zu graben. Solange Lobengula uns nicht belästigt, können wir ihm nicht den Krieg erklären.«

»Aber wenn Lobengula auf irgendeine Weise unsere Leute und ihre Rechte bedroht?«

»Das wäre eine andere Sache.« Rhodes blieb vor Zougas Sessel stehen. »Dann würde ich sicherlich sein Spiel beenden.«

»Inzwischen liegen die Aktien der Gesellschaft bei sechs Shilling«, erinnerte Zouga ihn.

»Wir brauchen einen Zwischenfall«, murmelte Rhodes. »Aber in der Zwischenzeit müssen wir uns vorbereiten, und ich wage nicht, das über den Telegraf zu befehlen. Ich möchte, daß Sie sofort nach Fort Victoria aufbrechen, um mit Jameson zu sprechen.« Rhodes schwang seinen großen Kopf zu Jordan. »Notiere das nicht, Jordan«, befahl er, und Jordan gehorchte. »Weisen Sie Jameson an, mir eine Reihe von Telegrammen über die neuen Leitungen zu schicken. Telegramme, in denen er sich gegen Krieg äußert, die wir der britischen Regierung und den Leuten zeigen können, wenn alles vorbei ist – aber sagen Sie ihm, daß er sich inzwischen auf den Krieg vorbereiten soll.«

Rhodes wandte sich wieder an Jordan. »Notiere eine Anweisung, Jordan. Verkaufe fünfzigtausend B.-S.-A.-Company-Aktien für jeden Preis, den sie bringen. Jameson muß haben, was er braucht, um seine Sache zu erledigen. Sagen Sie ihm das, Ballantyne. Ich werde hinter ihm stehen – aber wir brauchen einen Zwischenfall.«

Ralph Ballantyne lenkte sein Pferd auf den Steilhang. Die Luft war so klar und hell, daß er die Telegrafenlinie bis zum Horizont sehen konnte.

Ralphs Männer hatten diese Linien gebaut. Ralph hatte gute Männer verpflichtet, sie gut bezahlt und sie kaum einmal im Monat besucht. Jetzt war er stolz, als er die Drähte funkeln sah und dachte an die Wichtigkeit und Bedeutung dieser Leistung.

Neben ihm fluchte plötzlich ein Vorarbeiter. »Dort ist es! Diese diebischen Bastarde!« Und er deutet dahin, wo die Reihe der Telegrafenmasten sich an einer Seite eines bewaldeten Hügels hochzog. Ralph hatte geglaubt, daß Wolkenschatten das Funkeln des Kupferdrahtes an diesem Hang gedämpft hätten, doch als er jetzt sein Fernglas darauf richtete, sah er, daß die Masten kahl waren.

»Kommen Sie«, sagte er grimmig und ritt voran. Als sie den Fuß des Hanges erreichten, stellten sie fest, daß einer der Telegrafenmasten wie ein Baum gefällt worden war. Die Drähte waren durchschnitten und die Spuren auf dem Boden, wo sie zusammengerollt worden waren, waren noch nicht vom Wind verweht.

Langsam ritten sie den Hang hinauf, und Ralph mußte nicht absteigen, um die Spuren der nackten Füße zu lesen.

»Es waren mindestens zwanzig«, sagte er. »Frauen und Kinder bei ihnen – ein Familienausflug, verdammt.«

»Es sind die Frauen, die sie dazu gebracht haben«, stimmte der Vormann zu. »Aus diesem Draht kann man herrliche Armreifen und Spangen machen. Die schwarzen Mädchen lieben so etwas.«

»Die sind mit fünfhundert Metern Draht verschwunden«, knurrte Ralph. »Beim nächsten Mal könnten es fünftausend sein. Wissen Sie, wer die sind?«

Der Vormann zuckte mit den Achseln. »Der Häuptling hier ist Matanka. Sein Dorf liegt auf der anderen Seite des Tales. Man kann den Rauch von hier aus sehen.«

Ralph zog sein Gewehr aus dem Holster unter seinem Knie. Es war ein prächtiges neues Winchester-Repetier-Modell 1890, und sein Name war in das Metall des Verschlusses eingraviert und mit Gold eingelegt. Er schob eine Patrone in den Verschluß.

»Dann besuchen wir Bruder Matanka.«

Er war ein alter Mashona, und eine Kappe reinweißer Wolle bedeckte seinen Kopf. Er zitterte voller Furcht und fiel vor dem wütenden, jungen, weißen Mann, der das Gewehr in der Hand hatte, auf die Knie.

»Fünfzig Stück«, sagte Ralph zu ihm. »Und wenn deine Leute die Drähte wieder anrühren, werden es hundert sein.«

Ralph und sein Vormann holten die fettesten Rinder aus Matankas Herden und trieben sie vor sich her in die kleine Ansiedlung der Weißen, Fort Victoria. Ralph sagte zu seinem Vormann: »Sie können sie von hier aus führen. Geben Sie sie einem Auktionator, wir sollten zehn Pfund pro Stück dafür bekommen.«

»Das wird die Kosten für den Drahtersatz fünfzigmal dekken«, grinste der Vormann.

Ralph lachte. »Nun los mit Ihnen, ich muß mit dem guten Doktor sprechen.«

Doktor Jamesons Büro, er war Verwalter der Charterlands der British South Africa Company, war ein Gebäude aus Holz und Eisen mit einem unordentlichen Strohdach, das direkt gegenüber der einzigen Kantine von Fort Victoria lag.

»Ah, der junge Ballantyne«, begrüßte Jameson Ralph und genoß insgeheim Ralphs verärgertes Stirnrunzeln. Er teilte nicht die allgemein hohe Meinung über diesen jungen Burschen. Er war zu anmaßend und zu erfolgreich.

Es wurde behauptet, daß Ralph Ballantyne eines Tages die Hälfte der Charterlands besitzen würde. Aber selbst Jameson mußte zugeben, daß wenn man etwas schnell und gründlich erledigt haben wollte, Ralph der richtige Mann war.

»Jameson«, zahlte Ralph es ihm heim, indem er den Doktortitel des unauffälligen kleinen Mannes bei der Begrüßung einfach wegließ, und sich sofort an den anderen Mann in dem Raum wandte.

»General St. John.« Ralph ließ dieses unwiderstehliche Lächeln blitzen. »Wie schön, Sie zu sehen, Sir! Wann sind Sie nach Fort Victoria gekommen?«

Mungo St. John humpelte durch den Raum, um Ralphs Hand zu ergreifen und sein Auge funkelte.

»Heute morgen.«

»Glückwünsche zu Ihrer Anstellung, Sir. So wie die Dinge stehen, brauchen wir einen guten Soldaten.« Ralphs Kompliment war eine offensichtliche Stichelei über Dr. Jamesons eigenes militärisches Können. Rhodes hatte erst kürzlich Mungo St. John zum Generalstabschef der Company ernannt. Er würde natürlich Jamesons Verwaltung unterstehen, aber für polizeiliche und militärische Angelegenheiten in den Charterlands von Rhodesien direkt verantwortlich sein.

»Haben Ihre Männer den Schaden gefunden?« unterbrach Jameson sie.

Ralph nickte. »Sie haben Armbänder aus den Drähten gemacht. Ich habe dem zuständigen Häuptling eine Lektion erteilt, die ihn, wie ich hoffe, lehren wird, sich zu benehmen. Ich habe ihn mit fünfzig Stück Vieh bestraft.«

Jameson runzelte die Stirn.

»Lobengula betrachtet Matanka als seinen Vasallen. Ihm gehören diese Rinder, und Matanka hütet sie nur für den König.«

Ralph zuckte mit den Schultern. »Dann wird Matanka etwas zu erklären haben.«

»Lobengula wird das nicht einfach hinnehmen –«, Jameson stockte, und das Stirnrunzeln legte sich. Er begann hinter seinem Schreibtisch mit aufgeregten, hüpfenden, vogelgleichen Schritten auf und ab zu gehen. »Vielleicht«, er zwirbelte an seinem dürren kleinen Schnurrbart, »vielleicht ist es das, worauf wir gewartet haben. Lobengula wird das nicht hinnehmen und – bei Gott, wir auch nicht.« Er schwieg und schaute Ralph an. »Wie schnell werden Sie die Drähte repariert haben?«

»Morgen mittag«, sagte Ralph prompt.

»Gut! Gut! Wir müssen eine Nachricht an Ihren Vater in GuBulawayo schicken. Wenn er bei Lobengula dagegen protestiert, daß seine Vasallen Eigentum der Company stehlen und ihn darüber informiert, daß wir ihn mit der Wegnahme von Rindern bestraft haben, was wird Lobengula tun?«

»Er wird ein Impi schicken, um Matanka zu bestrafen.«

»Ihn bestrafen?«

»Ihm den Kopf abschneiden, seine Männer töten, seine Frauen vergewaltigen und sein Dorf niederbrennen.«

»Genau.« Jameson schlug seine Faust in die Handfläche. »Und Matanka steht unter dem Schutz der britischen Flagge. Es wird unsere Pflicht sein, unsere heilige Pflicht, Lobengulas Männer zu vertreiben.«

»Krieg!« sagte Ralph.

»Krieg«, stimmte St. John leise zu. »Gut gemacht, junger Freund. Darauf haben wir gewartet.«

»Ballantyne, machen Sie mir ein Angebot, um Wagen und Versorgungsgüter für ein Expeditionskorps zu beschaffen; wir werden fünfundzwanzig Wagen und sechshundert Pferde brauchen, wenn wir nach GuBulawayo ziehen.«

»Wann wollen Sie marschieren?«

Jameson war entschlossen. »Wir müssen es beenden, bevor die Regenzeit beginnt.«

»Ich werde ein Angebot für Sie haben, wenn der Telegraf wieder in Betrieb ist.«

Ralph sprang aus dem Sattel und warf seine Zügel einem Diener zu.

Obwohl es nur eine vorübergehende Unterkunft war, die Ralph bei seinen unregelmäßigen Besuchen benutzte, um den Fortgang der Arbeit seiner Bautrupps, seiner Frachtstationen und Handelsposten zu überprüfen – war es das größte Haus in Fort Victoria, mit verglasten Fenstern und Fliegendraht an den Türen.

Seine Sporen klapperten auf den Stufen, als er auf die Veranda stürmte, und Cathy hörte ihn und kam mit dem Baby auf dem Arm herbeigelaufen.

»Du kommst aber früh heim«, rief sie erfreut und knöpfte ihr Mieder zu, das sie zum Stillen geöffnet hatte.

»Ich konnte euch doch nicht so lang allein lassen.« Er lachte und preßte einen Kuß auf ihren Mund, und dann nahm er ihr das Baby aus dem Arm.

»Sei vorsichtig.« Cathy hüpfte ängstlich, um es wieder an sich zu nehmen, aber der kleine Jonathan gluckste freudig und strampelte vor Aufregung.

»Schmutziger kleiner Teufel.« Ralph hielt ihn hoch und

schnüffelte an seinem Sohn. Er reichte ihr das Kind wieder und umschlang ihre Hüfte.

»Wir ziehen nach GuBulawayo«, sagte er.

»Wer?« Sie blickte verwirrt zu ihm hoch.

»St. John und der gute Doktor und ich, und wenn wir dort sind, werden die B.-S.-A.-Aktien auf fünf Pfund steigen. Der letzte Preis, den ich hörte, bevor die Telegrafendrähte zerschnitten wurden, lag bei fünf Shilling. Die erste Meldung, die morgen rausgeht, ist mein Kaufauftrag für Aaron Fagan – fünfzigtausend British South Africans!«

Bazos Impi kam aus den westlichen Wäldern heruntergestürmt, schweigend wie Schatten und mörderisch wie wilde Jagdhunde.

»Töte diesen Hund Matanka«, hatte der König befohlen. »Töte ihn und alle seine Männer.« Und Bazo überraschte sie in der Morgendämmerung, als die ersten von ihnen gähnend aus ihren Hütten kamen und sich den Schlaf aus den Augen rieben, und dann jagten sie die jungen Mädchen, die wie Hennen schnatterten und schrien, um die Hütten und banden sie zusammen. »Und all seine Männer«, hatte der Befehl des Königs gelautet. Einige von Matankas Männern arbeiteten für die weißen Männer in der Prince-Mine, eine der wenigen Goldadern in Mashonaland, die ergiebig war.

»Greift nicht ein«, sagte Bazo zu dem Minenaufseher. »Dies ist Sache des Königs. Kein weißer Mann wird verletzt werden, das ist der Befehl des Königs.« Und sie jagten die Mashona in das Mahlwerk und erstachen sie, als sie sich unter den Sortiertischen versteckten.

Fünfhundert rote Schilde stürmten jetzt den Abhang hinunter.

»Kein weißer Mann wird verletzt werden«, schrie Bazo, aber er war verrückt vor Mordlust. »Dies gilt nicht euch, weiße Männer. Noch nicht, weiße Männer, aber euer Tag wird kommen.«

Sie zerrten die Mashona von den Telegrafenmasten und brüllten wie Hunde, die einen Fuchs in Stücke reißen, während die Mashona nach ihren weißen Herren schrien, sie zu beschützen.

»Bringt alles Vieh her, die Matanka-Rinder«, hatte der König befohlen, und Bazos Männer überschwemmten die Weiden und trieben die großen Herden nach Westen. Unter den Herden waren einige Rinder der Weißen – denn ein Tier sieht wie das andere aus, und die Zeichen, die mit heißem Eisen in die Haut gebrannt waren, sagten den Matabele nichts.

Das alles geschah so schnell, daß Jameson mit seiner Gruppe hastig gesammelter Freiwilliger schnell reiten mußte, um sie einzuholen, bevor sie die Grenze des Charterlands erreichten.

Er hatte dreiundachtzig Männer bei sich, und als Bazo die Reiter sah, drehte er sich um und begrüßte Jameson.

»*Sakubona, Daketala!* Ich sehe dich, Doktor! Fürchte dich nicht, denn auf Befehl des Königs wird kein weißer Mann belästigt.«

Aber die Freiwilligen trieben ihre Pferde zusammen, und dann hörte man das Klacken der Verschlüsse und das Rasseln der Bolzen, als sie luden. Dreiundachtzig gegen fünfhundert.

Der kleine Doktor trieb sein Pferd voran, und Ralph murmelte St. John zu: »Bei Gott, der Mann ist ein Zwerghahn, und er wird uns alle umbringen.«

Aber Jameson zeigte keine Aggression, als er sich in den Steigbügeln aufrichtete und rief: »Männer von Matabele, warum habt ihr die Grenze überquert?«

»*Hau, Daketela!*« antwortete Bazo ihm mit spöttischem Erstaunen. »Von welcher Grenze sprichst du? Dieses Land gehört Lobengula. Es gibt keine Grenzen.«

»Die Männer, die ihr getötet habt, stehen unter meinem Schutz.«

»Die Männer, die wir töteten, waren Mashona«, erwiderte Bazo verächtlich. »Und die Mashona sind Lobengulas Hunde – die getötet werden oder leben, wie er es wünscht.«

»Die Rinder, die ihr gestohlen habt, gehören meinem Volk.«

»Alle Rinder der Mashona gehören dem König.«

Dann schrie St. John ihm zu: »Vorsicht, Jameson, da ist Verrat. Achten Sie auf die Männer zu Ihrer Linken!«

Einige von Bazos Männern hatten sich vorgedrängt, um besser sehen und hören zu können. Ein paar von ihnen waren mit alten Martini-Henry-Gewehren bewaffnet.

Jameson schwang sein Pferd herum, um sie sehen zu können.

»Zurück!« brüllte er. »Zurück, sage ich.« Er hob sein Gewehr, um seinem Befehl Nachdruck zu verleihen, und einer der Matabele ahmte instinktiv die Geste nach und bedrohte die kleine Gruppe der berittenen weißen Männer mit seinem Gewehr.

Mungo St. John riß seine Waffe hoch, und als sie an seiner Schulter lag, feuerte er. Der Schuß war ein donnerndes Gebrüll in der heißen, staubigen Luft, und die schwere Kugel schmetterte in die nackte Brust des Matabele. Sein Gewehr klapperte zu Boden und ein kleiner, heller, scharlachroter Bach spritzte aus seiner Brust. Dann brach der Krieger zusammen.

»Rührt keinen weißen Mann an!« bellte Bazo in das furchtbare Schweigen, aber nicht mehr als ein halbes Dutzend der Reiter verstand die Sprache. Für die anderen klang es wie ein Mordbefehl. Das Krachen der Gewehrsalven mischte sich mit dem Trampeln von Hufen und dem Wiehern verängstigter Pferde.

Bazos Impi wich in den Wald zurück, langsam ließ das Gewehrfeuer nach und verebbte dann ganz, und die Pferde beruhigten sich. Die kleine Gruppe starrte entsetzt auf die toten Matabele, die den Boden vor ihnen übersäten. Sie sahen wie verlassenes Spielzeug eines launischen Kindes aus.

Ralph Ballantyne hatte die goldgravierte Winchester nicht aus seinem Holster gezogen, und zwischen seinen weißen Zähnen steckte eine lange, nicht entzündete Zigarre. Er sprach und lächelte ironisch, aber seine Augen waren kalt.

»Ich zähle dreiunddreißig Tote, Doktor Jim«, sagte er laut. »Keine schlechte Beute, obwohl sie ja wie Hühner dasaßen.«

Lobengula drehte den kleinen Leinenbeutel mit den Sovereigns in seinen schmalen, zierlichen Händen. Er stand in der Mitte des Ziegenkrals, und bei ihm waren nur drei Matabele, Gandang und Somabula und Babiaan. Die anderen hatte er fortgeschickt.

Vor ihm stand eine kleine Gruppe von Weißen. Zouga hatte Louise zu dem Treffen mitgebracht. Er hatte es nicht gewagt, sie allein in der Hütte jenseits der Einfriedung des königlichen Krales zu lassen, nicht bei der Stimmung, die seit Jamesons Massaker bei Fort Victoria herrschte.

Neben ihnen standen Robyn und Clinton Codrington.

Noch immer den Goldbeutel betastend, wandte Lobengula sein Gesicht Robyn zu.

»Sieh, Nomusa, dies sind die goldenen Königinnen, die du mir von Lodzi anzunehmen geraten hast.«

»Ich bin tief beschämt, o König«, flüsterte Robyn.

»Sage mir aufrichtig, habe ich mein Land weggegeben, als ich das Papier unterzeichnete?«

»Nein, König, du hast nur das Gold darunter weggegeben.«

»Aber wie können Männer nach Gold graben, ohne das Land zu besetzen?« fragte Lobengula, und Robyn schwieg. Ihr war jämmerlich zumute.

»Nomusa, du sagtest, daß dieser Lodzi ein Mann von Ehre sei. Warum tut er mir dann diese Dinge an? Seine Männer stolzieren über mein Land und nennen es ihr eigen. Sie schießen meine Krieger nieder, und jetzt sammeln sie eine große Armee gegen mich, mit Wagen und Waffen und Tausenden von Soldaten. Wie kann Lodzi mir das antun, Nomusa?«

»Ich kann dir darauf nicht antworten, o König. Ich habe dich getäuscht, wie ich selbst getäuscht worden bin.«

Lobengula seufzte. »Ich glaube dir, Nomusa. Zwischen uns ist kein Streit. Bring deine Familie, all deine Leute hierher in meinen Kral, damit ich dich in den dunklen Zeiten beschützen kann, die vor uns liegen.«

»Ich verdiene die Rücksicht des Königs nicht.« Sie brachte die Worte erstickt heraus.

»Nichts wird dir geschehen, Nomusa. Du hast Lobengulas Wort darauf.« Langsam wandte er sich wieder an Zouga.

»Dieses Gold, Bakela. Bezahlt es mich für das Blut meiner jungen Männer?« Und er warf den Beutel Zouga vor die Füße. »Hebe dein Gold auf, Bakela, und bringe es Lodzi zurück.«

»Lobengula, ich bin dein Freund – und ich sage dir dies als Freund. Wenn du die monatliche Bezahlung ablehnst, wird Lodzi dies als Bruch des Versprechens betrachten.«

»War das Töten meiner jungen Männer nicht der Bruch des

Versprechens?« fragte Lobengula traurig. »Das Blut von Matabele ist vergossen worden, Bakela, und die Feinde des Königs sammeln sich gegen ihn.«

»Höre mich, o König, und denke nach, bevor du deine jungen Männer rennen läßt. Was wissen sie von kämpfenden Engländern?« Zouga war jetzt wütend, und die Narbe auf seiner Wange brannte rot wie ein Schmiß von einem Peitschenschlag.

»Meine jungen Männer werden sie aufessen«, sagte Lobengula schlicht. »So wie es die Zulu am Hügel der Kleinen Hand taten.«

»Nach Kleine Hand kam Ulundi«, erinnerte Zouga ihn. »Die Erde war schwarz von Zulu, und sie legten Ketten um die Beine des Zulu-Königs und schickten ihn auf eine Insel weiter über der See.«

»Bakela, es ist zu spät. Ich kann meine jungen Männer nicht zurückhalten, sie haben keine Geduld mehr.«

»Deine jungen Männer sind tapfer, wenn alte Mashona-Frauen niederzustechen sind und jungen Babys die Bäuche aufgeschlitzt werden, aber sie sind noch nie auf wirkliche Männer gestoßen.« Gandang zischte voller Wut hinter den Schultern des Königs, aber Zouga fuhr unbeirrt fort. »Schick sie nach Hause. Wenn du sie rennen läßt, kannst du dich glücklich schätzen, wenn du erlebst, wie deine Krale verbrennen und deine Herden fortgetrieben werden.«

Dieses Mal zischten alle drei Indunas, und Gandang sprang impulsiv vor, aber Lobengula hob seine Hand, um ihn zurückzuhalten.

»Bakela ist ein Gast des Königs«, sagte Lobengula. »Solange er in meinem Kral steht, ist jedes Haar seines Kopfes heilig.« Doch der Blick des Königs war nicht von Zougas Gesicht gewichen. »Gehe, Bakela, brich noch heute auf und nimm deine Frau mit dir. Gehe zu Daketela und sage ihm, daß meine Impi bereit sind. Wenn er den Gwelo-Fluß überquert, werde ich meine jungen Männer rennen lassen.«

»Lobengula, wenn ich gehe, dann ist das letzte Glied zwischen schwarzen Männern und weißen Männern zerbrochen. Dann wird es kein Reden mehr geben. Es wird Krieg sein.«

Es war ein anstrengender Ritt. Sie nahmen die Straße, die Ralph Ballantynes Wagen kürzlich von Fort Salisbury nach GuBulawayo gebaut hatten. Sie reisten mit leichtem Gepäck, mit einer Decke am Sattelknauf und einem Lebensmittelsack auf einem der Reservepferde, das Jan Cheroot hinter sich am Zügel führte.

Am fünften Tage stießen sie überraschend auf Jamesons Kolonne, die um den Iron Mine Hill lagerte, wo sich die Freiwilligen aus Salisbury und Fort Victoria vereint hatten.

»Zouga, will Jameson so gegen Lobengulas Impi antreten?«

Das kleine Lager sah jämmerlich aus. Da waren zwei Dutzend Wagen, und an den Segeltuchzelten der meisten davon konnte Zouga das Zeichen von Ralphs Transportgesellschaft erkennen. Aber er deutete auf die Ecken der Wagenburg.

»Maschinengewehre«, sagte er. »Sechs Stück, und jedes ist so gut wie fünfhundert Mann. Sie haben auch Feldgeschütze, schau auf ihre Stellungen.«

»Oh, Zouga, mußt du mit ihnen ziehen?«

»Du weißt, daß ich das tue.«

Sie kamen ins Lager.

»Papa!« Ralph kam aus einem Wagen herbeigeeilt.

»Mein Junge.«

Zouga sprang aus dem Sattel, und dann umarmten sie sich glücklich.

»Ich hätte wissen müssen, daß du überall da bist, wo etwas zu tun ist.«

Louise beugte sich aus dem Sattel, und Ralph streifte ihre Wange mit seinem dünnen Schnurrbart.

»Mir fällt noch immer schwer zu glauben, daß ich eine so junge und schöne Stiefmutter habe.«

»Du bist mein Lieblingssohn«, lachte sie. »Aber ich würde dich noch mehr lieben, wenn du für ein heißes Bad sorgen könntest –«

Hinter der Segeltuchwand rief Louise ständig nach weiteren Eimern heißen Wassers, und Zouga mußte sie vom Feuer herbeitragen und die verzinkte Sitzbadewanne füllen, in der sie hockte.

Ralph und Zouga saßen an einem Lagertisch mit Kaffee und einer Whiskyflasche.

»Wir haben insgesamt sechshundertundfünfundachtzig Männer.«

»Ich habe Rhodes gesagt, daß wir fünfzehnhundert brauchen«, sagte Zouga finster.

»Weitere fünfhundert Freiwillige unter Major Goold-Adams sind bereit, aus Macloutsi abzumarschieren.«

»Sie können nie rechtzeitig hier sein, um am Kampf teilzunehmen.« Zouga schüttelte den Kopf. »Was ist mit Versorgungslinien und Verstärkung? Was passiert, wenn es Schwierigkeiten mit den Matabele gibt?«

Ralph grinste. »Du glaubst doch nicht ernsthaft, daß ich die Gewinne mit jemandem teilen würde?«

»Versorgung? Entsatz?«

Ralph breitete verneinend seine Hände aus. »Der Doktor sagt, daß wir das nicht brauchen. Gott und Mr. Rhodes sind auf unserer Seite.«

»Wenn es hart kommt, bedeutet das Tod und Verstümmelung jedes Mannes, jeder Frau und jedes Kindes auf dieser Seite des Shashi-Flusses. Lobengulas Impi sind jetzt versessen auf Krieg. Weder der König noch seine Indunas werden sie unter Kontrolle haben, wenn sie erst einmal anfangen.«

»Dieser Gedanke ist mir auch gekommen«, gestand Ralph ein. »Cathy und Jonathan sind in Fort Victoria, haben gepackt und sind reisebereit, und der alte Isazi und einer meiner besten jungen Männer sind bei ihnen. Ich habe auf dem ganzen Weg frische Maultiere zum Wechseln postiert. In der Stunde, in der Jameson der Kolonne den Marschbefehl gibt, wird meine Familie auf dem Weg nach Süden sein.«

»Ralph, ich bringe Louise nach Fort Victoria. Kann sie bei Cathy bleiben und mit ihr gehen?«

»Mich hat niemand gefragt«, rief Louise hinter dem Vorhang hervor und platschte ärgerlich ins Wasser. »Ich habe einen Eid abgelegt, ich folge dir auf all deinen Wegen – Zouga Ballantyne.«

»Du hast auch Liebe, Ehre und Gehorsam geschworen«, erinnerte Zouga sie und zwinkerte Ralph zu.

»Schlage sie regelmäßig und gib ihnen viele Kinder«, riet

Ralph. »Natürlich, Louise muß mit Cathy gehen, aber du wärst besser gleich nach Fort Vicky geritten – der Doktor beißt schon auf die Stange, um Lobengula zu zerhacken.« Er brach ab und deutete auf einen Soldaten, der durch die Wagenburg zu ihrem Wagen geeilt kam. »Und es sieht so aus, als hätte er endlich von deiner Ankunft gehört!«

Der Soldat grüßte Zouga atemlos. »Sind Sie Major Zouga Ballantyne, Sir? Dr. Jameson bittet Sie, zu seinem Zelt zu kommen, so schnell es geht.«

Dr. Jameson sprang von seinem Reiseschreibtisch auf und hetzte vor das Zelt, um Zouga entgegenzulaufen.

»Ballantyne, ich habe mir Sorgen um Sie gemacht. Kommen Sie direkt von Lobengula? Wie stehen die Chancen? Welche Streitmacht, schätzen Sie, steht ihm zur Verfügung?« Er unterbrach sich und schalt sich mit einem abbittenden Tadel. »Wie kann ich das vergessen? Lassen Sie mich Ihnen einen Drink anbieten!«

Er führte Zouga ins Zelt. »Natürlich kennen Sie General St. John –« Und Zouga erstarrte.

»Zouga.« Mungo St. John saß in einem Segeltuchsessel, und er machte keine Anstalten, sich zu erheben oder ihm die Hand zu reichen. »Du siehst gut aus. Die Ehe bekommt dir gut – ich hatte noch keine Gelegenheit, dir zu gratulieren.«

»Danke.« Zouga nickte. Natürlich hatte er gewußt, daß Mungo der Stabschef des Doktors war – aber dennoch war er nicht auf den Ärger und die Bitterkeit dieser Begegnung vorbereitet. Dies war der Mann, der Louise als Mätresse gehalten, ihren zarten, kostbaren Körper gehabt hatte. Er spürte, daß er zitterte.

»Ich habe gehört, daß deine Frau mit dir gereist ist –« St. Johns einziges Auge funkelte boshaft. »Ihr müßt mit mir heute zu Abend essen; es wird erfreulich sein, über alte Zeiten zu sprechen.«

»Meine Frau hat eine lange, anstrengende Reise gehabt.« Zouga beherrschte sich; er wollte nicht, daß Mungo bemerkte, wie wütend er war. »Und morgen bringe ich sie nach Fort Victoria.«

»Gut!« fiel Jameson munter ein. »Das paßt in meine Pläne – ich brauche einen vertrauenswürdigen Mann, der eine Nachricht per

Telegraf an Mr. Rhodes schickt. Aber jetzt, Ballantyne, welche Neuigkeiten bringen Sie von GuBulawayo und wie bewerten Sie unsere Chancen?«

»Lobengula ist auf Sie vorbereitet – seine jungen Männer sehnen sich nach Kampf – und Sie haben eine unzulängliche Streitmacht hier. Normalerweise würde ich sagen, daß ein Einmarsch nach Matabeleland ohne Verstärkung oder ohne Ersatzheer Selbstmord wäre. Jedoch –«

»Jedoch?« fragte Jameson eifrig.

»Vier von Lobengulas Regimentern – die, die er gegen Lewanika, den König der Barotse geschickt hat, sind noch am Sambesi, und Lobengula wird sie nicht einsetzen können.«

»Warum nicht?«

»Pocken«, sagte Zouga.

»Damit entfällt die Hälfte der Matabele-Armee«, frohlockte Jameson. »Das ist ein Zeichen von oben, St. John – was meinen Sie?«

»Ich würde sagen, es ist dennoch ein Risiko, ein verdammtes Risiko. Denken Sie daran, was auf dem Spiel steht. Ein ganzes Reich ist zu gewinnen, mit all seinen Ländern und Herden und allem Gold. Ich würde sagen, wenn wir jemals marschieren wollen, dann müssen wir jetzt marschieren.«

»Ballantyne, Ihre Schwester, ist sie noch in Khami? Ist ihre Familie bei ihr?«

Zouga nickte verblüfft, und Jameson ergriff einen Stift und schrieb eine Nachricht auf seinen Block. Dann riß er das Blatt ab und reichte es Mungo St. John. Mungo las es und lächelte. Er schaute wie ein Raubvogel auf, hakennasig und wild.

»Ja«, sagte er. »Perfekt.« Er reichte Zouga das Blatt. Jameson hatte in Großbuchstaben geschrieben:

DRINGEND AN JUPITER STOP MATABELE-REGIMENTER ZUM ANGRIFF MASSIERT STOP ENGLISCHE FRAUEN UND KINDER IN DER GEWALT DES MATABELE-DESPOTEN STOP ZWINGEND SOFORT MARSCHIEREN UM SIE ZU RETTEN STOP ERBITTEN SCHNELLSTENS ANTWORT

»Nicht einmal Labouchère könnte so spitzfindig sein«, bemerkte Zouga. Labouchère war der Londoner Redakteur des Truth-Magazins, ein Kämpfer für die Unterdrückten und einer von Rhodes beredsamsten und hartnäckigsten Gegnern. Zouga hielt Jameson das Blatt hin, aber der winkte ab.

»Behalten Sie es. Senden Sie es. Heute abend werden Sie wohl nicht aufbrechen können?« fragte Jameson.

»Es wird in einer Stunde dunkel, und meine Frau ist erschöpft.«

»Also gut«, stimmte Jameson zu. »Aber Sie werden so schnell wie möglich mit Mr. Rhodes Antwort hierher zurückkehren?«

»Natürlich.«

»Und dann gibt es da noch etwas, um das ich Sie bei Ihrer Rückkehr bitten möchte, einen sehr wichtigen Auftrag.«

»Was wäre das?«

»General St. John wird das erklären.« Und Zouga wandte sich mißtrauisch an Mungo.

Mungos Verhalten war plötzlich versöhnlich. »Zouga, es gibt niemanden unter uns, der dein Buch *Odyssee eines Jägers* nicht gelesen hätte. Ich möchte sagen, daß es die Bibel für jedermann ist, der etwas über dieses Land und seine Menschen lernen möchte.«

»Danke.« Zouga war unnachgiebig kurz.

»Und einer der interessantesten Abschnitte ist die Beschreibung deines Besuches des Orakels der Umlimo in den Hügeln südlich von GuBulawayo.«

»Die Matopos«, sagte Zouga.

»Ja, natürlich, die Matopos. Könntest du den Weg zu der Höhle der Hexe wiederfinden? Es ist schließlich über fünfundzwanzig Jahre her?«

»Ja, ich könnte ihn wiederfinden.« Zouga zögerte nicht.

»Ausgezeichnet«, unterbrach Jameson. »Kommen Sie schon, St. John, erzählen Sie ihm, warum.« Aber Mungo schien abzuschweifen.

»Du kennst diesen alten Zulu, der für deinen Sohn arbeitet?«

»Isazi, Ralphs Obertreiber?« fragte Zouga.

»Der ist es. Nun, wir haben vier Matabele-Kundschafter gefangengenommen, und wir haben Isazi zu ihnen gesteckt. Man kann ihn für einen Matabele halten, und deshalb sprachen die Gefangenen in seiner Gegenwart völlig offen. Eines, was wir erfahren haben, ist, daß die Umlimo alle Medizinmänner des Volkes zu einem Ritual in die Hügel befohlen hat.«

»Ja«, nickte Zouga. »Davon habe ich gehört, bevor ich GuBulawayo verließ. Die Umlimo predigt Krieg und verspricht den Impis einen Zauber, der unsere Kugeln in Wasser verwandeln wird.«

»Ah, es ist also wahr. Welchen Einfluß hat diese Wahrsagerin eigentlich?«

»Die Umlimo ist eine überlieferte Gestalt, eine Art jungfräuliche Halbgöttin, die ihre Ursprünge in einer Zeit hat, die lange vor dem Auftauchen der Matabele in diesem Land liegt, vielleicht vor eintausend Jahren oder noch länger.«

»Dann hat sie also große Macht über die Matabele?«

»Ungeheure Macht. Lobengula trifft keine wichtige Entscheidung ohne ihr Orakel. Kein Impi würde marschieren, wenn ihr Zauber ihn nicht schützt.«

»Wenn sie an dem Tag sterben würde, an dem wir in Matabeleland einmarschieren?«

»Es würde den König und seine Krieger in Angst versetzen. Wahrscheinlich würden sie unbesonnen handeln. Die Zauber der Umlimo würden mit ihr sterben. Die Matabele wären demoralisiert – und es würde mindestens drei Monate dauern, um eine Prophetin auszuerwählen, die ihren Platz einnimmt. Während dieser Zeit wäre das Volk verwundbar.«

»Zouga, ich möchte, daß du eine Gruppe berittener Männer nimmst – die härtesten und besten, die wir haben. Ich möchte, daß du zu der Höhle der Hexe reitest und sie und alle ihre Zauberer tötest.«

Will Daniel war Zougas Sergeant. Er war ein Kanadier, der seit zwanzig Jahren in Afrika lebte. Er hatte gegen die Stämme am Fish-Fluß und in Zululand gekämpft. Er prahlte damit, daß er drei von Cetewayos Männern mit einem einzigen Schuß bei Ulundi getötet und seinen Tabaksbeutel aus dem Skalp eines von ihnen gemacht hatte. Er war bei der Rebellion in Gazaland dabei gewesen und hatte am Taubenhügel gegen die freien Bürger der Republik Transvaal gekämpft. Wo immer es Kampf und Schießerei gegeben hatte, hatte Will Daniel seinen blutigen Ruf gefestigt. Er war ein großer Mann und vorzeitig kahl geworden. Seine Fäuste waren knorrig, seine Beine durch den Sattel gebeugt, und er grinste ständig, ohne wirklich fröhlich zu sein.

»Du mußt ihn weder mögen noch ihm vertrauen«, hatte Mungo St. John Zouga geraten. »Aber er ist der beste Mann für diese Aufgabe.«

Mit Will Daniel zog sein treuer Diener, Jim Thorn, halb so groß wie Will, aber ebenso bösartig. Ein dürrer kleiner Cockney mit grauer Hautfarbe.

Die anderen dreizehn Soldaten hatten sich freiwillig auf Dr. Jims Victoria Agreement hin gemeldet und das Anwerbungsdokument unterzeichnet, ein Dokument, das Jameson geheimhielt, denn darin wurde den Freiwilligen ein Anteil an Lobengulas Land und Vieh und Schätzen versprochen; das Wort »Beute« war ausdrücklich im Text erwähnt.

In der ersten Nacht draußen war Will Daniel leise dorthin gekommen, wo Zouga ein wenig abseits schlief, und als er sich über Zougas ruhende Gestalt beugte, hatte sich plötzlich ein Arm um seinen Hals geschlungen und die Mündung eines Webley Revolvers preßte sich mit solcher Wucht in seine Rippen, daß ihm die Luft aus den Lungen gepreßt wurde.

»Wenn Sie sich beim nächsten Mal an mich heranschleichen, werde ich Sie töten«, zischte Zogua ihm ins Gesicht; und Wills Zähne blitzten im Mondlicht, als er anerkennend grinste.

»Man hat mir gesagt, daß Sie ein ganz Scharfer sind.«

»Was wollen Sie?«

»Ich und die Jungs wollen unsere Landrechte verkaufen – Sie können die Anteile für je hundert haben.«

»Die habt ihr euch noch nicht verdient.«

»Das ist ein Risiko, das Sie wagen müssen, Skipper.«

»Ich dachte, Sie hätten Wache, Sergeant.«

»Naja, ist ja nur für einen Augenblick, Sir.«

»Wenn Sie das nächste Mal Ihren Posten verlassen, dann

werde ich Sie selbst erschießen, ohne ein Kriegsgericht abzuwarten.«

Daniel starrte einen Augenblick lang in sein Gesicht.

»Ich schätze, das würden Sie tun«, grinste Will.

Zouga führte die Patrouille südlich und westwärts durch die Wälder, wo er vor langer Zeit die wandernden Elefantenherden gejagt hatte. Er mied die festen Straßen zwischen den Regimentsstädten der Matabele, und wenn sie dicht an einer Siedlung oder den Äckern, die sie umgaben, vorbei mußten, taten sie das bei Nacht. Obwohl er wußte, daß alle Impi Lobengulas Ruf gefolgt waren und sich bereits in Thabas Indunas versammelt hatten, verspürte er doch große Erleichterung, als die Granitdome der Matopos über den Baumwipfeln vor ihnen aufragten.

In dieser Nacht kam eine Abordnung von vier Soldaten, die von Will Daniel und Jim Thorn geführt wurde.

»Die Jungs haben alle abgestimmt, Skipper. Wir nehmen einhundert für das Ganze.« Will grinste gewinnend. »Kein einziger ist unter uns, der einen Drink bezahlen könnte, um zu feiern, wenn wir heimkommen – und Sie haben den Geldgürtel um Ihren Bauch. Er muß inzwischen verdammt schwer sein, und er wird Ihnen nichts nützen, wenn ein Matabele-Scharfschütze Ihnen eine Kugel in den Rücken schießt.«

Das Lächeln lag noch immer auf Wills Gesicht, aber die Drohung stand in seinen Augen. Wenn Zouga ihre Landanteile nicht kaufte, könnte das eine Kugel in den Rücken bedeuten. Den Inhalt seines Geldgürtels würden sie ohnehin aufteilen.

Zouga erwog, den großen, häßlichen Sergeanten herauszufordern, aber sie waren zu fünfzehn. Das Gold in Zougas Gürtel konnte sein Todesurteil bedeuten.

»Ich habe fünfundsiebzig Sovereigns in meinem Gürtel«, sagte er grimmig.

»Fein«, willigte Will ein. »Sie haben ein gutes Geschäft gemacht, Major.«

Zouga schrieb einen Vertrag über den Landanteilverkauf auf die Rückseite seines Meldeblocks, und zwölf von ihnen unterzeichneten. Will Daniel und zwei weitere Analphabeten machten ihre Zeichen. Zouga war erleichtert, sie los zu sein, und als er den Block wieder in seine Satteltasche steckte, erkannte er plötzlich, daß Will Daniel recht hatte, wenn diese Anteile gültig wurden. Er hatte ein gutes Geschäft gemacht.

Zouga hatte vergessen, wie tief diese eigentümliche, drükkende Stille der magischen Matopos-Hügel war. Kein Vogel zwitscherte, und kein Geräusch war zu hören. Diese unnatürliche Ruhe und die Hitze lasteten selbst auf den harten und arglosen Männern, die Zouga im Gänsemarsch folgten.

Er ließ die Patrouille halten und sie eine schnelle Mahlzeit, neben ihren Pferden stehend, einnehmen, während er die Reihe abschritt, ihre Ausrüstung überprüfte und jedem von ihnen eine separate Aufgabe zuwies.

»Sergeant, Sie und Soldat Thorn werden dicht hinter mir bleiben. Wir werden als erste durch den Paß und in das Tal gehen. In seiner Mitte liegt ein kleines Dorf, und zwischen den Hütten könnten Matabele sein. Bleiben Sie nicht stehen – selbst wenn Krieger darunter sind; überlassen Sie die den anderen. Reiten Sie direkt zu der Höhle am Ende des Tales; wir müssen die Hexe finden, bevor sie fliehen kann.«

»Diese Hexe, wie sieht sie aus, Skipper?«

»Ich bin nicht sicher, sie könnte sehr jung sein, wahrscheinlich ist sie nackt.«

»Die überläßt du mir, Kumpel.« Jim Thorn grinste lüstern und knuffte Will, aber Zouga ignorierte ihn.

»Die Frau, die ihr in der Höhle findet, ist die Hexe. Laßt euch durch den Schrei wilder Tiere oder eigenartige Stimmen nicht erschrecken – sie ist eine geschickte Bauchrednerin.« Er fuhr fort, nannte genaue Einzelheiten und schloß schließlich grimmig: »Unsere Befehle sind hart, aber sie könnten am Ende das Leben vieler unserer Kameraden retten, indem wir die Moral der kämpfenden Matabele-Impi brechen.«

Die Straße verengte sich so, daß die Äste ihre Steigbügel im Vorbeireiten streiften. Der Eingang zu der Passage durch den Felsen war ein dunkler, senkrechter Spalt, und hoch darüber drückte sich eine strohgedeckte Wachhütte in einer Nische des Granits.

Als er darauf blickte, nahm Zouga eine kaum erkennbare Bewegung auf dem Rand wahr.

»Vorsicht! Von oben!« Noch während er brüllte, tauchte ein Dutzend schwarzer Männer am Rand des Felsens auf, und jeder schleuderte ein Bündel Stahlspeere über den Rand. Ringsum in der Luft war ein pfeifendes Geräusch, weich wie die Schwingen von Schwalben, und dann das Klirren von Stahl gegen Felsen und das dumpfe Dröhnen der Spitzen, die unter den Hufen der Pferde in die Erde drangen.

Einer dieser Wurfspeere mit stählerner Spitze traf einen Soldaten seitlich am Hals und drang in seine Lunge ein. Sein Pferd stieg und wieherte wild, und er fiel rücklings aus dem Sattel; und dann war nur noch drängende, schreiende Verwirrung auf dem engen Pfad.

Zouga reckte den Hals, um den Vorsprung zu beobachten, und er sah, daß die Verteidiger sich wieder dort postierten, jeder mit einem weiteren Bündel Wurfspeere auf seiner Schulter. Zouga ließ seine Zügel fallen und nahm beide Hände, um mit seinem Gewehr senkrecht nach oben zu zielen.

Er leerte das Magazin und feuerte so schnell er konnte, und obwohl sein Ziel durch das tanzende Pferd unter ihm unsicher war, stürzte einer der Männer ab und schlug vor Zougas Pferd auf.

Die anderen Männer auf dem Vorsprung eilten davon, und Zouga schwenkte das leere Gewehr über seinem Kopf.

»Vorwärts!« brüllte er. »Folgt mir!« Er galoppierte in den Spalt, der den Felsen vom Fuß bis zur Spitze teilte.

Die Passage war so eng, daß seine Steigbügeleisen zu beiden Seiten Funken von den Felswänden schlugen.

Das verborgene Tal der Umlimo lag in einem grünen Becken unter ihnen. Am Fuße des Felsens auf der anderen Seite, vielleicht eine Meile entfernt, konnte Zouga den niedrigen Höhleneingang ausmachen. Alles war genauso, wie er es in Erinnerung hatte.

»Truppe, in Linie anreiten!« brüllte er, als seine Reiter hinter ihm ins Freie galoppierten; und sie schwangen zu breiter Formation herum, die Gesichter aufs Tal gerichtet, die Gewehre gezogen und gespannt. Sie waren ungeduldig und hitzig, als sie vor sich die Beute sahen, deretwegen sie von so weit gekommen waren.

»*Amadoda*«, brüllte Will Daniel und deutete auf die Gruppe von Kriegern, die aus dem Dorf gelaufen kam, um sich den Reitern zu stellen.

»Es sind zwanzig«, zählte Zouga rasch. »Die werden uns keine Schwierigkeiten machen. Vorwärts, marsch!«

Die Reiter bewegten sich den Abhang hinab und hielten Linie – während die Krieger ihre Schilde hochhoben und ihnen entgegenrannten.

»Trupp, halt!« befahl Zouga, als der erste Matabele einhundert Schritt entfernt war. »Ziel ansprechen.«

Die erste Salve, von harten und erfahrenen Soldaten sorgfältig gezielt, mähte die Linie der heranstürmenden Krieger nieder.

»Feuer frei!« rief Zouga und schaute über das Visier seines Gewehres auf einen heranspringenden Matabele, sah ihn mit jedem Schritt größer werden und war von einem seltsamen Widerwillen erfaßt, einen so mutigen Mann zu töten.

»Jee! Jee!« schrie der Matabele herausfordernd und hob seinen Schild, um seinen Speerarm freizusetzen. Zouga schoß ihm in die Kerbe unter seinem Kehlkopf, und der Matabele wirbelte jäh herum, traf mit einer Schulter auf den Boden und rollte gegen die Beine von Zougas Pferd.

Ein halbes Dutzend Krieger hatte angesichts der tödlichen Salven aufgegeben und rannte zum Dorf zurück. Die anderen lagen verstreut vor der Linie der Reiter.

»Ihnen nach.« Zouga sprach kaum lauter als bei einer Unterhaltung. »Vorwärts! Attacke!«

»Sergeant Daniel. Soldat Thorn, mir nach zur Höhle.« Er spornte sein Pferd zum Galopp, vorbei an der Traube der Hütten, und vor ihm lag die Leiche eines der gefallenen Matabele genau in seinem Weg. Er änderte seine Richtung, um ihr auszuweichen, und Daniel und Thorn galoppierten eine Länge vor ihm.

Dann rollte sich der Matabele behende auf seine Beine und duckte sich vor Zouga. Tot zu spielen war ein alter Zulu-Trick, und Zouga hätte darauf vorbereitet sein müssen.

Der Matabele streckte seinen Speerarm steif aus und ließ das rennende Pferd sich selbst auf der breiten Silberklinge aufspießen. Sie fuhr tief in die bebende Brust zwischen den Vorderbeinen, und das Pferd wirbelte durch die Wucht herum und stürzte dann auf die Seite.

Zouga hatte kaum Zeit seine Füße aus den Steigbügeln zu ziehen und herunterzuspringen, bevor das Pferd auf die Erde schlug.

Zouga landete wuchtig, fing sich aber und wirbelte herum, um sich dem Krieger zu stellen. Er konnte gerade noch rechtzeitig den blutbeschmierten Assegai abwehren. Der Stahl klirrte gegen den Lauf seines Gewehres, und dann kämpften sie Mann gegen Mann.

Der Mann roch nach Holzrauch und Ocker und Fett, und sein Leib war hart wie geschnitztes Ebenholz und so schlüpfrig wie ein Fisch. Zouga wußte, daß er ihn nicht länger als ein paar Sekunden halten konnte, und er rammte, mit einer Hand an der Mündung und der anderen am Verschluß, den Gewehrlauf unter das Kinn des Mannes.

Sie stürzten rücklings zu Boden, Zouga obenauf, und er legte all sein Gewicht auf das Gewehr, als sie auf den harten Boden schlugen und trieb es heftig in die Kehle des Matabele. Sein Genick brach mit einem Knirschen wie eine Walnuß in einem silbernen Nußknacker. Die Lider des Kriegers senkten sich über seine rauchfarbigen, blutunterlaufenen Augen, und der Körper unter Zougas Brust wurde schlaff.

Zouga stieß sich hoch und blickte sich rasch um. Seine Soldaten waren zwischen den Hütten, und das Donnern von Gewehrfeuer war zu hören. Er sah einen seiner Männer eine davonlaufende alte Hexe jagen, deren leere Brüste schwangen und deren dünne Beine vor Entsetzen fast unter ihr nachgaben. Er ritt sie nieder und wendete dann sein Pferd, um sie zu zertrampeln – und er brüllte und fluchte vor Erregung und feuerte in den zerbrechlichen, faltigen Körper, der zerquetscht auf der Erde lag.

Hinter dem Dorf sah Zouga zwei Pferde den Hang zum Fuß der Klippe in vollem Galopp hochjagen. Daniel und Thorn sprangen aus den Sätteln und verschwanden im Mund der Höhle.

Es dauerte lange Minuten, bis er den Hang erreichte, und dann war er außer Atem.

Er lehnte sich an das steinerne Portal der Höhle und blickte in die schwarzen und drohenden Tiefen, während jeder seiner Atemzüge seinen Körper erbeben ließ. Tosende Echos dröhnten aus der Schwärze der Höhle.

Zouga stieß sich vom Felsen ab und trat gebückt durch den Eingang. Fast augenblicklich stolperte er über einen Körper. Es war der eines alten Mannes, dessen Haar reinweiß und dessen Haut so geschrumpft wie die einer getrockneten Pflaume war. Zouga trat über ihn hinweg, in eine Pfütze seines dunklen, klebrigen Blutes.

Während Zouga sich vorwärts bewegte, gewöhnten sich seine Augen an das Düster, und er blickte um sich, auf die mumifizierten Körper längst Gestorbener, die an den Wänden der Höhle gehäuft waren.

Zouga bewegte sich durch die gräßliche Katakombe und sah vor sich eine diffuse Lichtquelle. Er beschleunigte seinen Schritt, da ein weiterer Sturm wilder Schreie diesmal mit unmenschlichem Gelächter vermischt war, das von den felsigen Wänden und der Decke widerhallte.

Er bog um eine Ecke zerklüfteter Felsen und blickte in ein natürliches Amphitheater auf dem Boden der Höhle hinab. Es war durch die Flammen eines flackernden Feuers erleuchtet, und von oben fiel ein einzelner Strahl von Sonnenlicht durch einen schmalen Spalt in der gewölbten Decke.

Zouga rannte die Stufen hinunter und hatte seine Männer fast erreicht, bevor ihm bewußt wurde, was sie taten.

Daniel und Thorn hatten ein junges schwarzes Mädchen auf den felsigen Boden gelegt. Der geölte Körper des Mädchens war so glänzend wie der Pelz eines Panthers, und die Gliedmaßen waren lang und wohlgeformt. Sie kämpfte mit der Verzweiflung eines wilden Tieres, das in einer Falle steckt. Aber ihre Schreie wurden durch die Decke erstickt, die um ihren Kopf gewickelt war. Jim Thorn kniete auf ihren Schultern und hielt die Hilflose fest.

Will Daniel war über dem Mädchen, sein Gesicht geschwollen und dunkel von geronnenem Blut. Gürtel und Hose waren bis zu seinen Knien heruntergezogen. Er grunzte und schnaufte wie ein Bär in der Suhle. Sein weißes Gesäß war mit einem Flaum dünnen, schwarzen Haares besetzt. Er warf sich mit einem feuchten, klatschenden Geräusch gegen das Mädchen.

Bevor Zouga ihn erreichen konnte, versteifte sich Will Daniels ganzer Körper und zuckte krampfartig, und dann rollte er sich von dem zarten, jungen Leib. Er war von den Knien bis zum Nabel seines dicken, haarigen Wanstes blutbeschmiert.

»Bei Gott, Jim, Junge«, keuchte er dem kleinen Soldaten zu, »das war besser als Bauchschmerzen. Steig du auf die Hexe, jetzt bist du dran –« Dann sah er Zouga aus den Schatten kommen, und er grinste ihn an.

Zouga trat mit dem Absatz seines Reitstiefels in seinen lächelnden Mund. Will Daniels Unterlippe platzte wie eine Rosenblüte auf, und er rappelte sich auf die Beine, spuckte weiße Zahnsplitter aus und zerrte seine Breeches über seine monströse Nacktheit.

»Dafür bring' ich dich um.« Er faßte nach dem Messer an seinem baumelnden, ungeschlossenen Gürtel, aber Zouga schlug die Mündung seines Gewehres in seinen Bauch, so daß er in der Hüfte zusammenknickte, wirbelte dann herum und schmetterte den Kolben gegen Jim Thorns Schläfe, als Thorn nach seinem Gewehr langte.

»Steh auf«, sagt Zouga kalt zu ihm. Schwankend und die Schwellung über seinem Ohr betastend, wich Jim Thorn an die Höhlenwand zurück.

»Dafür nehm' ich Sie mir vor«, keuchte Will Daniel, der noch immer seinen Bauch hielt. Zouga richtete das Gewehr wieder auf ihn.

»Raus«, sagte er leise. »Raus hier, ihr dreckigen, verdammten Schweine.«

Sie schlurften die Stufen des Amphitheaters hinauf, und Will Daniel brüllte aus den Schatten des Höhleneingangs, und seine Stimme war drohend und wütend. »Das vergesse ich nicht, verfluchter Major Ballantyne. Ich erwisch' Sie noch.«

Zouga wandte sich wieder dem Mädchen zu. Sie hatte die Decke von ihrem Kopf gezogen und hockte auf dem Steinboden. Sie versuchte den Fluß ihres Jungfrauenblutes mit ihren Händen zu hemmen und starrte Zouga mit der gepeinigten Wildheit eines Leoparden an, der von den zackigen Kiefern einer Federfalle gehalten wird.

Zouga spürte, wie ihn überwältigendes Mitleid überkam – und doch wußte er, daß er ihr keinen Beistand geben konnte.

»Du, der du die Umlimo warst, bist nicht mehr die Umlimo«, sagte er schließlich, und sie zog ihren Kopf zurück und spuckte auf ihn. Der schaumige Speichel spritzte auf seine Stiefel. Die Anstrengung ließ sie vor Schmerz wimmern, und sie preßte ihre Hände gegen ihren Unterleib. Ein frisches Rinnsal hellen Blutes schlängelte sich über ihren Schenkel.

»Ich kam, um die Umlimo zu vernichten«, sagte er. »Aber sie ist nicht durch die Kugel eines Gewehres getötet worden. Geh, Kind. Die Gabe der Geister ist von dir genommen worden. Gehe rasch, aber gehe in Frieden.«

Wie ein verwundetes Tier kroch sie auf Händen und Füßen in das dunkle Labyrinth der Tunnel hinter dem Amphitheater.

Nur einmal schaute sie zu ihm zurück. »Frieden sagst du, weißer Mann. Es wird niemals Frieden geben!«

Und dann war sie in den Schatten verschwunden.

Die Regenfälle hatten noch nicht begonnen – doch gewaltige Kumuluswolken ballten sich am Himmel zusammen. Die Hitze schien unter ihnen gefangen zu sein. Die Impi saßen wie Wanderameisen an den Hängen; sie hockten in dichten Reihen, ihre Schilde unter sich, ihre Assegais und ihre Gewehre auf der felsigen Erde vor ihnen – Tausend um Tausende, so warteten sie, und ihre gefiederten Köpfe reckten sich zum königlichen Kral am Fuße des Hügels.

Der Schlag einer einzelnen Trommel war zu hören. Und die große, schwarze Masse der Krieger regte sich wie ein formloses Seeungeheuer, das aus den Tiefen aufsteigt.

»Der Elefant kommt! Er kommt! Er kommt!« Es war ein leises Knurren in ihrer aller Kehlen.

Durch die Tore der Einfriedung kam im Gänsemarsch eine kleine Prozession, zwanzig Männer.

Lobengula hatte all den europäischen Tand abgelegt, die Messingknöpfe und Spiegel, den mit Goldbrokat verzierten Rock – und er war mit den Würdezeichen eines Matabele-Königs geschmückt. Der Kopfring saß auf seiner Stirn und Reiherfedern steckten in seinem Haar. Sein Mantel war aus königlichem Leopardenfell, goldgefleckt, und sein Kilt bestand aus Leopardenschwänzen. Seine geschwollenen Knöchel, die durch Gicht verkrüppelt waren, zierten Kriegsrasseln.

In seiner rechten Hand trug er den Speer aus poliertem Rotholz, den Speer der Königswürde. Jetzt hob er die Waffe hoch, und sein Volk erhob sich. Die langen Schilde blühten auf dem Hang des Hügels auf und bedeckten ihn.

»*Bayete!*« Der Gruß hallte von den Hügeln wider.

Nach diesem gewaltigen Lärmausbruch, war das Schweigen erschreckend, doch Lobengula schritt langsam die Reihen entlang, und in seinen Augen lag die schreckliche Sorge eines Vaters um die Söhne, die sterben müssen. Dies war die Stunde, vor der er sich vom ersten Tag an gefürchtet hatte, als er den kleinen Rotholzspeer in seine rechte Hand genommen hatte. Dies war das Schicksal, dem er zu entrinnen versucht hatte – und jetzt hatte es ihn eingeholt.

Seine Stimme dröhnte, und er hob den Speer und deutet nach Osten. »Der Feind, der jetzt zu uns kommt, ist wie –«, der Speer zitterte in seiner Hand, »wie der Leopard im Ziegenkral, wie die weißen Termiten im Tragepfosten einer Hütte. Sie werden nicht aufhören, bevor alles zerstört ist.«

Die massierten Regimenter der Matabele knurrten und spannten sich wie Jagdhunde gegen die Leinen, und Lobengula blieb in der Mitte ihrer Linien stehen und warf den Leopardenfellmantel von seinem rechten Arm.

Er drehte sich langsam, bis er nach Osten blickte, wo Jamesons Kolonne weit hinter dem Horizont versammelt war, und sein Speerarm holte in weitem Schwung aus. Es war ein leises Rauschen in der Luft, als zehntausend Lungen sich mit Atem füllten und ihn anhielten.

Dann, mit einem Ruf, der das Herz stocken ließ, dem Schrei eines Mannes, der von dem eisernen Rad seines eigenen Schicksals zermalmt wird, schleuderte Lobengula den Kriegsspeer nach Osten, und sein Schrei hallte aus zehntausend Kehlen wider.

»Jee! Jee!« Sie brüllten und durchstachen die Luft mit den breiten silbernen Klingen, stießen nach dem noch unsichtbaren Feind.

Dann formierten sich die Impi, geführt von ihren Indunas, und zogen an dem König vorbei. Lobengula grüßte sie. Sie zogen in die östlichen Grasländer fort, und Lobengula konnte sie noch leise in der heißen Luft singen hören, lange nachdem der letzte von ihnen aus dem Blickfeld verschwunden war.

Eine kleine Gruppe von Indunas und Wachen war im Kral geblieben.

Lobengula war allein auf dem verlassenen Hang des Hügels; all die Würde und der königliche Stolz waren aus seiner Haltung verschwunden. Sein mächtiger Körper sackte zusammen wie der eines sehr alten und kranken Mannes. Seine Augen waren trübe von ungeweinten Tränen, und er starrte nach Osten, ohne sich zu bewegen.

Schließlich seufzte er, schüttelte sich und humpelte auf seinen verkrüppelten Füßen vorwärts. Unter Schmerzen bückte er sich, um den kleinen Rotholzspeer aufzuheben, doch er verharrte, bevor seine Finger ihn berührten. Die Klinge des Speers der Königswürde war zerbrochen.

Die Company-Flagge stand hoch über dem Lager an einem leicht gekrümmten Mopani-Pfahl.

Den ganzen Morgen hatte sie in der betäubenden Hitze schlaff gehangen, aber als jetzt die Patrouille über das offene Gelände des Flußufers hereinritt, entfaltete sie sich in einem kurzen Luftwirbel, knatterte, als wolle sie Aufmerksamkeit auf sich lenken und streckte sich zu ihrer ganzen Glorie aus, bevor sie wieder zusammensackte.

An der Spitze der Patrouille wandte sich Ralph Ballantyne an seinen Vater, der neben ihm ritt. »Diese Flagge verschweigt nichts, Papa.«

Über den schönen Kreuzen von St. George, St. Andrew und St. Patrick, die den Union Jack bildeten, waren die Insignien der Company, der gewaltige Löwe, der einen Elfenbeinstoßzahn in seiner Pranke hielt, abgebildet, und darunter standen die Buchstaben »B. S. A. C.« – British South Africa Company.

»Angehörige der Company zuerst, und die Königin erst sehr viel später.«

»Du bist ein zynischer Halunke, Ralph.« Zouga konnte das Lächeln nicht unterdrücken. »Willst du damit etwa sagen, daß es einen Mann in unserer Company gibt, der aus persönlichem Gewinnstreben hier ist, statt zum Ruhme des Empires?«

»Vergiß den Gedanken.« Dieses Mal kicherte Ralph. »Übrigens, Papa, wie viele Landanteile hast du bisher aufgekauft? Ich komme mit dem Zählen nicht mehr nach – sind es dreißig oder fünfunddreißig?«

»Dies ist ein Traum, für den ich mein ganzes Leben gearbeitet habe, Ralph. Er wird vor unseren Augen wahr. Ich will meine faire Belohnung haben und nicht mehr.«

Die Wagenburg war in ihrem starren Viereck dreihundert Meter von den steilen Ufern des Shangani-Flusses entfernt aufgestellt worden. Sie waren zwei Tage draußen gewesen, hatten die Straße jenseits des Flusses erkundet, und Zouga war darüber erfreut, daß St. John während seiner Abwesenheit seinen Rat befolgt hatte, und seine Holzfäller das Dickicht an den Ecken der Ebene beseitigt hatten, um das Schußfeld zu öffnen. Jetzt mußte jeder Angreifer dreihundert Meter nackten Bodens überqueren, um das Geviert der Wagen zu erreichen.

Als sie herangaloppierten, kettete eine Gruppe die Räder eines der Wagen los und zog ihn beiseite, um ihnen Einlaß zu geben, und ein Sergeant in Uniform der Company grüßte Zouga im Vorbeireiten und rief hinter ihm her.

»General St. Johns Empfehlung, Sir. Sie möchten ihm sofort berichten.«

»Ich wette, daß du einen Drink brauchst.« Mungo St. John warf einen Blick auf den Staub, der wie Mehl an Zougas Bart klebte. Zouga nickte kühl seinen Dank und schenkte sich aus der Flasche ein, die eine Ecke der Landkarte beschwerte.

»Die Impi stehen in Schlachtordnung«, berichtete er, und ließ den Whisky den stickigen Staub aus der Tiefe seiner Kehle spülen, bevor er fortfuhr. »Ich habe die meisten von ihnen identifiziert. Da sind Gandangs Inyati und Manondas Insukamini –« Er spulte die Namen der Indunas und ihrer Impi herunter. »Wir hatten ein Scharmützel mit den ›Maulwürfen‹ und mußten uns den Weg freischießen, aber wir erreichten den Bembesi-Fluß.«

»Wo sind die Impi, Ballantyne? Verdammt, Mann, wir sind siebzig Meilen vom Iron Mine Hill vorgerückt und haben weder Haut noch Haar von ihnen gesehen«, wollte Jameson fast ungeduldig wissen.

»Sie sind rings um uns, Doktor. Eintausend oder mehr in den Bäumen direkt hinter dem Fluß, und ich bin auf Spuren gestoßen, die zeigten, daß zwei weitere Impi uns umgangen haben und hinter uns liegen. Wahrscheinlich liegen sie hinter den Longiwe-Hügeln und beobachten jeden unserer Schritte.«

»Wir müssen sie zum Kampf zwingen«, murmelte Jameson. »Jeder Tag, den dieser Feldzug dauert, kostet die Aktionäre Geld.«

»Sie werden uns hier nicht angreifen, nicht solange wir in der Wagenburg sind.«

»Wo denn?«

»Sie werden auf die Zulu-Art angreifen, in hügligem Gelände oder in dichtem Busch. Ich habe vier mögliche Hohlwege markiert, Stellen, an denen sie zu beiden Seiten nah heranschleichen können oder den Wagen einen Hinterhalt legen können, wenn wir vorbeiziehen.«

»Du willst, daß wir in ihre Falle laufen, statt sie herauszulokken?« fragte Mungo.

»Du wirst sie nicht herauslocken. Ich glaube, daß ihr Befehlshaber Gandang ist, der Halbbruder des Königs. Er ist sehr klug. Wenn du gegen sie kämpfen willst, dann muß das in unwegsamem Gelände sein.«

»Wenn die Schlange aufgerollt ist, ihren Kopf zurückgezogen hat und ihr Maul geöffnet ist, um das Gift zu zeigen, das wie

Tautropfen an ihren Fängen hängt – dann streckt der weise Mann nicht seine Hand nach ihr aus.« Gandang sprach leise, und die anderen Indunas neigten ihre Köpfe, um seinen Worten zu lauschen. »Der weise Mann wartet, bis sich die Schlange entrollt und fortzukriechen beginnt, und dann tritt er auf ihren Kopf und zermalmt ihn. Wir müssen warten, um sie in den Wäldern anzugreifen, wo die Reiter sich nicht sehen können. Dann schneiden wir die Kolonne in Stücke und schlucken sie einzeln, immer einen Mundvoll.«

»Aber die jungen Männer sind des Wartens müde«, sagte Manonda, der Gandang über das Feuer anschaute. Manonda war der Kommandeur der Insukamini, der Elite-Impi. Sie alle wußten, daß er bis zur Tollkühnheit mutig war, rasch eine Kränkung einsteckte und noch schneller damit war, sie zu rächen. »Diese weißen Barbaren sind ohne Widerstand über unser Land marschiert, während wir sie wie schüchterne Mädchen begleiten. Meine jungen Männer sind des Wartens überdrüssig, Gandang, und ich mit ihnen.«

»Es gibt eine Zeit für Schüchternheit, Manonda, mein Vetter, und es gibt eine Zeit, in der man mutig ist.«

»Die Zeit des Mutes kommt, wenn dein Feind dreist vor dir steht. Sie sind sechshundert, du hast sie selbst gezählt, Gandang, und wir sind sechstausend.« Manonda grinste höhnisch im Kreise der lauschenden Männer. »Schande über die, die zögern«, sagte Manonda, der Kühne. »Schande über dich, Bazo. Schande über dich, Ntabene. Schande über dich, Gambo.« Seine Stimme war mit Verachtung erfüllt, und als er ihre Namen nannte, zischten sie voll ärgerlichen Trotzes.

Dann wurde plötzlich ein Geräusch hinter dem Kreis der hockenden Indunas laut, das sie alle frösteln und stillschweigen ließ. Es war das unheimliche, klagende Gejammer um die Toten, und als sie lauschten, kam es näher und mit ihm viele andere Stimmen.

Gandang sprang auf und rief laut: »Wer kommt?«

Aus der Dunkelheit kam ein Dutzend Männer, die eine alte Frau hinter sich herzerrten. Sie trug um ihren Hals die gräßlichen Gerätschaften und Zeichen des Hexengeschäftes. Ihre Augen hatte sie verdreht, so daß das Weiß im Feuerschein blitzte, und ihr Speichel schäumte auf ihre schlaffen Lippen. Aus ihrer Kehle drang das klagende Gejammer um die Toten.

»Was ist, Hexe?« fragte Gandang, und seine abergläubischen Ängste verzerrten seinen Mund und verdunkelten seinen Blick. »Welche Nachrichten bringst du?«

»Die weißen Männer haben die heiligen Stätten entweiht. Sie haben die Auserwählte der Geister vernichtet. Sie haben die Priester des Volkes hingeschlachtet. Sie sind in die Höhle der Umlimo in den heiligen Hügeln eingedrungen – und ihr Blut ist auf den uralten Felsen verspritzt. Wehe uns allen. Wehe denen, die keine Rache suchen. Tötet die weißen Männer! Tötet sie alle!«

Die Hexe streifte die stützenden Hände der Wachen ab und warf sich mit einem wilden Schrei mitten in die lodernden Flammen des Wachfeuers.

Ihr Rock barst in Flammen. Ihre wilde Haarmähne brannte wie eine Fackel. Die Krieger wichen voller Entsetzen zurück.

»Tötet die weißen Männer«, schrie die Hexe aus den Flammen, und die Männer starrten sie an, während ihre Haut sich schwärzte und ihr Fleisch sich von ihren Knochen schälte. Sie brach zusammen, und ein Funkenwirbel flog in das Geäst des Waldes.

Bazo stand in benommenem Schweigen da, und er spürte, wie unmenschlicher Zorn aus der Tiefe seiner Seele aufstieg. Er sah in den gelben Flammen ein Abbild von Tanases geliebtem Gesicht, und etwas schien seine Brust zu zerreißen.

»Jee!« rief er. »Jee!« Er hob den Assegai und richtete die Klinge auf den Fluß und die Wagenburg der weißen Männer, die kaum mehr als eine Meile jenseits der schwarzen Silhouette der Hügel lag. »Jee!« und der Nachtwind trocknete die Tränen auf seinen Wangen.

«Jee!« Manonda fiel in den Gesang ein, und der göttliche Wahnsinn senkte sich auf sie. Gandang war der einzige, dem Vernunft und die Furcht vor den Folgen blieb.

»Wartet!« schrie er. »Wartet, meine Brüder!« Aber sie waren schon gegangen, um ihre schlafenden Impis zu wecken.

Zouga Ballantyne konnte nicht schlafen, obwohl sein Rücken und seine Schenkel sich nach dem anstrengenden Ritt nach Ruhe sehnten.

Die lebhaften Erinnerungen an die kleine Tragödie in der Höhle der Umlimo plagten ihn – und er fragte sich, wie lange es dauern würde, bis die Nachricht von dieser Greueltat den König und seine Indunas erreichte.

Von der anderen Seite der Wagenburg stieg eine Rakete zischend in den Nachthimmmel empor und zerplatzte hoch in den Himmeln zu kleinen roten Sternen. Die Posten hatten eine Rakete abgefeuert, um eine überfällige Patrouille in das Lager zu leiten.

Jetzt griff Zouga unter den Sattel, der sein Kissen war, und holte seine goldene Uhr hervor. Im Licht der Rakete schaute er, wie spät es war. Es war drei Uhr morgens. Er streifte seine Decke ab und tastete nach seinen Stiefeln. Ihn überfiel eine Vorahnung nahenden Unheils.

Er streifte seinen Patronengurt über und überprüfte den Webley Dienstrevolver, der an dem Gurt hing. Dann trat er über die schlafenden, in Decken gehüllten Gestalten ringsum hinweg und ging zu den Pferden. Der Fuchswallach wieherte, als er ihn erkannte, und Jan Cheroot erwachte.

»Alles in Ordnung«, sagte Zouga leise zu ihm, aber der kleine Asiate gähnte und rutschte vor, die Decke wie einen Schal über die Schultern gehängt, um in der Asche seines Kochfeuers zu rühren. Er setzte den blauen Kaffeetopf auf die Kohlen.

»Weniger als sechzig Meilen bis GuBulawayo, murmelte Jan Cheroot. »Wir haben über dreißig Jahre gebraucht – aber jetzt endlich habe ich das Gefühl, daß wir nach Hause kommen.«

»Ich habe fast vierzig Landschenkungen aufgekauft«, erzählte Zouga. »Das sind fast eine Viertelmillion Morgen. Ja, Jan Cheroot, endlich kommen wir heim. Bei Gott, es ist dennoch ein langer, harter Weg gewesen von der Grube in Kimberley bis zum Sambesi –« Zouga brach ab und lauschte. Da war ein leiser Schrei gewesen, fast wie ein Nachtvogel, von jenseits der Wagenburg.

»Die Mashona«, brummte Jan Cheroot. »Der General hätte sie in der Wagenburg lassen sollen.«

Während des langsamen Trecks vom Iron Mine Hill waren

viele kleine Gruppen Mashona zu den Wagen gekommen und hatten um Schutz vor den sich sammelnden Matabele gebeten. Sie wußten aus bitterer Erfahrung, was zu erwarten war, wenn die Impis in Schlachtformation durch das Land zogen.

»Der General konnte das nicht riskieren.« Zouga schüttelte den Kopf. »Unter ihnen könnten Spione der Matabele sein, und er muß sich vor Verrat hüten.«

Mungo St. John hatte den Flüchtlingen befohlen, sich weit von der Wagenburg entfernt zu halten. Vierhundert, zumeist Frauen und Kinder, lagerten unter den Kameldornbäumen am Flußufer, fünfhundert Meter von den Wagen entfernt.

Zouga hob den Kaffeetopf von den Kohlen und schenkte das dampfende, schwarze Gebräu in seinen Becher, und dann neigte er den Kopf, um wieder zu lauschen. Da war ein leiser Lärm, ein ferner Chor von Kreischen und Geschrei aus der Richtung des Flusses. Zouga ging zum nächsten Wagen in dem Geviert und kletterte auf die Deichsel. Er starrte aus der Wagenburg zum Fluß hinüber.

Da war nichts zu sehen – außer – er blinzelte – nichts, nur daß die schwarze Baumlinie näher zu stehen schien.

Jetzt war da ein Geräusch wie das Rascheln von Heuschrekkenflügeln, wenn die Schwärme über einen hinwegziehen, und die Schwärze kam mit unheimlicher Geschwindigkeit näher.

In diesem Augenblick schoß eine weitere Rakete in den Nachthimmel, und als sie zerbarst überflutete Licht das Gelände. Zouga ließ den Becher mit dem dampfenden Kaffee fallen.

Die Erde war schwarz von den Matabele-Horden. Sie schwappte wie eine schwarze Woge auf die Wagen zu, Reihe um Reihe großer, ovaler Schilde, und die Assegai funkelten im Aufflammen der Rakete.

Zouga zog die Pistole aus seinem Holster und feuerte auf die heranrennende schwarze Schilderwand.

»Zu den Waffen«, bellte er, und der schwere Revolver sprang und krachte in seiner Faust. »Die Matabele kommen! Zu den Waffen!« Und aus der schwarzen Flutwelle hob sich ein Geräusch wie ein Bienenschwarm. Zouga sprang von der Deichsel und rannte an den Wagen entlang zu der Stelle, wo die nächste Maxim aufgebaut war.

Der Ladeschütze war nirgends zu sehen, und so steckte Zouga den Revolver in seinen Gürtel und ließ sich neben der plumpen Waffe auf die Knie sinken. Er riß den Deckel der Munitionskiste ab und zog das erste Stück des Segeltuchgurtes heraus.

»Gut Mann, Junge«, murmelte der Schütze, der herbeigeeilt war, und Zouga hob die Verriegelung seitlich des Verschlusses und steckte den Messingladestift des Gurtes hindurch.

»Fertig! Eins laden!« schnappte er, und der Schütze zog den Hebel auf der anderen Seite des Blocks zurück und ließ ihn einschnappen.

Die Speere trommelten jetzt auf die Rohlederschilde und der summende Chor der Krieger war fast ohrenbetäubend. Sie konnten nur noch wenige Meter von der Wagenbarrikade entfernt sein, aber Zouga blickte nicht auf. Er konzentrierte seine ganze Aufmerksamkeit auf das komplizierte Laden der Maxim.

»Zwei geladen!« Der Schütze repetierte wieder und der Verschlußblock klapperte. Zouga ruckte an dem Messingladestift, und der Schütze ließ den Verschluß zum zweiten Mal zurückschnellen. Die erste Patrone glitt in das Verschlußstück.

»Geladen und gespannt!« sagte Zouga und klopfte dem Schützen auf die Schulter. Jetzt blickten sie beide auf. Die vorderste Reihe der Schilde und Federn schien über sie zu schwappen wie eine Welle am Strand.

Das fröhliche Brüllen des Schlachtgesanges zerriß die Nacht: Die Matabele waren an den Wagen und brachen in die Wagenburg ein. Der Schütze preßte seine Daumen auf den karierten Feuerknopf.

Die Mündung berührte fast den Bauch eines großen, gefiederten Kriegers, der zwischen den Wagen auftauchte, als der dicke Lauf erzitterte. Ein heller Balken funkelnden Lichts sprang aus der Mündung, und das hämmernde Klappern dröhnte auf Zougas Trommelfellen. Es klang, als ob ein Gigant einen stählernen Balken über Wellblech ziehen würde.

Der Schütze schwenkte die Maxim hin und her, und das

ständige Mündungsfeuer erhellte die offene Pfanne des Bodens mit einem tanzenden, unirdischen Licht.

Die schwarze Welle der Matabele drang nicht weiter vorwärts; sie stand vor den Wagen wie erstarrt. Der massive Strom von Kugeln spielte wie ein Strahl aus einem Feuerschlauch auf ihnen, und immer, wenn ein singender Krieger herbeirannte, starb er auf derselben Stelle wo der Mann vor ihm gestorben war, und er fiel auf seinen Leichnam, während ein weiterer Krieger in der Lücke auftauchte, die er hinterlassen hatte, und das Gewehr schwenkte zurück, hämmernd und zuckend, und auch dieser Mann ging zu Boden.

Rings um das Geviert bellten und brüllten die Maxims, und sechshundert Repetiergewehre unterstrichen den höllischen Chor. Die Luft war blau von Pulverrauch und der Korditgestank brannte in den Kehlen der Soldaten und ließ ihre Augen tränen.

Doch die Matabele stürmten noch immer heran, obwohl sie jetzt über eine formlose Barrikade ihrer eigenen Toten klettern mußten, und der Schütze neben Zouga nahm seine Daumen von den Abzugshebeln und drehte die Höhenverstellung der Maxim, um die Mündung etwa zwei Zentimeter zu heben, um das Feuer auf Bauchhöhe der Krieger gerichtet zu halten, die über die Berge von Leichen kletterten.

Dann spuckte und brüllte das Gewehr wieder, und die glänzenden schwarzen Körper zuckten und drehten sich und bäumten sich, als der Strom der Kugeln in sie schlug.

Und noch immer stürmten die Matabele heran.

»Bei Gott, dieser Strom hört ja nie auf!« brüllte der Schütze. Die Mündung des Maschinengewehrs glühte kirschrot, wie ein Hufeisen, das frisch aus der Esse kommt, und der Dampf aus dem Wassermantel pfiff schrill, als der Kühler kochte. Die glänzenden Messinghülsen wurden von dem Auswerfer ausgespuckt; sie klirrten und schepperten gegen das eisenbeschlagene Wagenrand und bildeten darunter einen glitzernden Haufen.

»Gewehr leer!« brüllte Zouga, als das Ende des Gurtes in den klappernden Verschluß rutschte. Sie hatten weniger als sechzig Sekunden lang gefeuert, und die Kiste mit fünfhundert Schuß war leer.

Zouga trat sie beiseite und zerrte eine neue Kiste heran, und die Matabele drängten auf das schweigende Maschinengewehr zu.

»Fertig, eins geladen!« schrie Zouga.

»Zwei laden!« Die Krieger schwärmten in die Lücke zwischen den Wagen.

»Geladen und gespannt!« Und wieder betäubte dieses Knattern ihre Sinne.

»Sie hauen ab!« brüllte der Schütze. »Sieh nur, wie sie laufen!«

Vor den Wagen lagen nun Haufen von Leichen. Hier und da machte ein sterbender Mann kraftlose, kleine Bewegungen, tastete nach einem verlorenen Assegai oder versuchte, eines der schrecklichen Löcher in seinem Fleisch mit zitternden Fingern zu stopfen.

Hinter den aufgehäuften Leichen schleppten sich die Verwundeten zurück zur Baumlinie und hinterließen dunkle, feuchte Schmierspuren auf dem Boden.

Hinter den Bäumen stand der Himmel in einer wundervollen Farbabstufung von Rosatönen, und die Wolken wurden durch rauchendes Scharlachrot und Fäden von blassem Gold hervorgehoben, als die Morgendämmerung in stummer Wut über dem rauchenden Feld aufstieg.

»Diese schwarzen Bastarde haben genug.« Der Maxim-Schütze kicherte.

»Die kommen wieder«, behauptete Zouga ruhig, während er die nächste Kiste mit gegurteter Munition heranzog und den Deckel wegtrat.

»Hast du gut gemacht, Kamerad«, kicherte der Schütze wieder, der mit vor Entsetzen weit aufgerissenen Augen auf die Berge von Toten schaute.

»Füllen Sie das Wasser in Ihrem Kühler nach, Soldat«, befahl ihm Zouga. »Die Waffe ist überhitzt.«

»Sir!« Der Schütze merkte plötzlich, wer Zouga war. »Entschuldigung, Sir.«

»Hier ist Ihr Ladeschütze.« Ein Junge kam atemlos herbeigerannt.

»Wo waren Sie, Schütze?« fragte Zouga.

»Bei den Pferden, Sir. Es war alles so schnell vorbei.«

»Bleiben Sie bei Ihrer Waffe, Schütze«, befahl Zouga. »Es ist noch nicht vorbei.« Und er machte auf dem Absatz kehrt.

Singend schritt Bazo die hockenden Linien seiner Impi ab, und seine Krieger sangen mit ihm.

Er hatte ihre auseinanderbrechenden Reihen kurz hinter der Baumlinie aufgehalten, als sie von dem Wagengeviert zurückgelaufen kamen. Sie waren jetzt wieder formiert und sangen, um Mut für ihren nächsten Angriff zu fassen. Was von Manondas Impi geblieben war, hatte sich zu seinem gesellt. Sie waren in der ersten Angriffswelle gewesen, und nur sehr wenige von ihnen waren übriggeblieben.

Plötzlich gab es ein starkes, rauschendes Geräusch in der Luft über den Baumwipfeln wie das Nahen des ersten, wilden Sturmes im Sommer. Dann zischte mitten in den hockenden Reihen eine riesige Säule von Rauch und Staub und Feuer in die Luft, und die Leiber der Männer wurden mit ihr hochgeschleudert.

»Tötet den Rauchteufel«, schrie jemand, und eine weitere Granate explodierte zwischen ihnen, und dann noch eine. Die vor Angst wahnsinnigen Krieger feuerten ihre alten Martini-Henry-Gewehre auf diese Rauchteufel ab und töteten und verletzten ihre Kameraden auf der anderen Seite.

»Das sind keine Teufel«, brüllte Bazo, aber seine Stimme ging in dem Lärm unter.

»Kommt!« bellte Bazo. Es gab nur einen Weg, die Männer unter Kontrolle zu bringen. »Zu den Wagen. Vorwärts, zu den Wagen.« Und die, die nahe genug waren, um ihn zu verstehen, folgten, und die anderen, die sie laufen sahen, sprangen hinter ihnen her. Sie kamen in einem Schwarm aus der Baumlinie, und die anderen zerschlagenen Impi hörten den Kriegsgesang wieder anschwellen und machten kehrt, die Wagen zu stürmen.

»Sie kommen wieder«, sagte Zouga leise, fast zu sich selbst.

»Es ist Wahnsinn«, murmelte Mungo St. John, als die rennenden Reihen wieder auf sie zukamen.

Die Feldgeschütze waren auf kürzeste Reichweite gerichtet, die Ladungen entsprechend vermindert.

Der Sturm der Handfeuerwaffen war wie der Monsunregen, der auf ein Blechdach trommelt, und als die Impi in die treibenden Schwaden des Gewehrrauches kamen, lichteten sich die dichten Reihen.

Wieder wankte die Welle und blieb kurz vor den Wagen stehen, zögerte und lief dann zurück, und der Sturm des Gewehrfeuers dauerte noch lange an, nachdem die letzten Matabele zwischen den Bäumen verschwunden waren.

Neben Zouga stehend, rieb sich Dr. Jameson in hämischer Freude die Hände. »Es ist vorbei. Die Impi sind vernichtet, zerschlagen, weggepustet. Es ist besser gelaufen, als wir hätten hoffen können. Sagen Sie mir als Soldat, St. John, wie hoch schätzen Sie ihre Verluste bisher?«

Mungo St. John dachte ernsthaft über die Frage nach, kletterte auf einen der Wagen, um das Feld besser überblicken zu können.

Mungo St. John steckte sich eine Zigarre an, ohne seine Aufmerksamkeit von dem Blutbad zu nehmen, das sie umgab. Schließlich sagte er feierlich: »Nicht weniger als zweitausend Tote – vielleicht sogar dreitausend.«

»Warum schicken Sie nicht eine Gruppe los, um die Leichen zu zählen, Doktor?« schlug Zouga vor. Jameson bemerkte den Sarkasmus nicht. »So bedauerlich es ist, aber die Verzögerung können wir uns nicht erlauben. Wir können noch eine ganze Tagestrecke schaffen. Das wird sich im Bericht an die Company gut machen.« Er zog die goldene Uhr aus seiner Westentasche und ließ den Uhrendeckel aufspringen. »Acht Uhr«, staunte er. »Es ist erst acht Uhr morgens. Begreifen Sie, daß wir eine entscheidende Schlacht vor dem Frühstück gewonnen haben und daß wir bereits um zehn Uhr auf dem Weg zu Lobengulas Kral sein können?«

»Ich glaube«, fiel Zouga ein, »daß wir noch etwas mehr Arbeit zu tun haben. Sie kommen wieder.«

»Das denke ich nicht«, ließ Mungo St. John verlauten.

Bazo ging langsam durch die dünnen Reihen. Dies war kein Impi mehr. Es war eine klägliche kleine Gruppe von Überlebenden. Die meisten von ihnen hatten ihre Wunden mit blutigen Bündeln grüner Blätter verbunden, und ihre Augen hatten den seltsamen starren Blick von Männern, die gerade in die Ewigkeit geschaut hatten. Sie sangen nicht mehr, sie hockten schweigend da – aber ihre Blicke waren noch immer auf die Wagenburg der weißen Männer gerichtet.

Bazo blieb unter dem breiten Geäst eines Teakbaumes stehen. Er blickte nach oben.

Manonda, der Kommandeur des einst so ruhmreichen Insukamini-Impi, hing am Halse von einem der großen Äste. Ein Rohhautriemen schlang sich um seine Kehle, und seine Augen standen noch offen. Sein rechtes Bein, über dem Knie durch Maschinengewehrfeuer zerschmettert, war in einem häßlichen Winkel verdreht und hing tiefer als sein anderes Bein.

Bazo hob seinen Assegai zu einem Gruß an den toten Induna. »Ich grüße dich, Manonda, du, der du den Tod gewählt hast«, schrie er. »Ich preise dich, Manonda, du, der du den Tod gewählt hast, statt einem Leben als Krüppel und als Sklave. Gehe in Frieden, Manonda – und sprich für uns zu den Geistern.«

Bazo drehte sich um und stand vor den wartenden, schweigenden Reihen. Die frühe Morgensonne, die sich gerade über die Baumwipfel hob, warf lange schwarze Schatten vor ihnen.

»Sind die Augen noch rot, meine Kinder?« sang Bazo in hoher, klarer Stimme aus. »Sie sind noch rot, Baba!« antworteten sie ihm im Baßchor.

»Dann laßt uns gehen und die Arbeit tun, die noch getan werden muß.«

Wo in der ersten Welle zehn Krieger angestürmt waren, rannten jetzt zwei zum letzten Angriff über den blutgetränkten Boden. Nur eine dieser bedauernswerten Gruppen legte mehr als die Hälfte des Weges zwischen den Baumlinien und den Wagen zurück. Der Rest von ihnen machte kehrt, und Bazo lief allein weiter. Er schluchzte bei jedem Schritt, und der Schweiß rann in öligen Schlangen über seine nackte Brust. Er spürte die erste

Kugel nicht, die ihn traf. Es war einfach eine plötzliche Taubheit, als ob ein Teil seines Körpers fehlte. Er rannte weiter, sprang über einen Haufen verdrehter Leichen, und jetzt schien das Geräusch der Gewehre gedämpft.

Er spürte wieder ein scharfes Stechen. Das Brüllen in seinem Kopf wurde lauter und sein Gesichtsfeld verengte sich so, daß er durch einen langen Tunnel in die Dunkelheit zu blicken schien.

Das Geräusch der Gewehre war verebbt, doch an seine Stelle trat ein anderes Geräusch. Es war das Geräusch von Jubelrufen; hinter der Wagenwand bejubelten die weißen Männer sich selbst.

Bazo war müde, so unendlich todmüde. Er schloß die Augen und ließ die Dunkelheit kommen.

Der Wind war plötzlich umgesprungen und wehte, völlig untypisch für die Jahreszeit nach Osten, und ein kalter feuchter Nebel lag auf den Hügeln. Tanase erschauerte, als sie einen schmalen Pfad hochstapfte, der zu einem Sattel zwischen zwei perlgrauen Granitspitzen führte. Um ihre Schultern hing ein Ledermantel und auf ihrem Kopf balancierte sie ein Bündel, das sie aus der Höhle der Umlimo gerettet hatte.

Sie erreichte den Sattel und blickte in ein anderes Tal, das mit dichtem, dunklem, grünem Unterholz bewachsen war. Sie durchforschte es aufmerksam, doch dann sank ihr Mut langsam wieder. Wie all die anderen war es menschenleer.

Seit sie das verborgene Tal verlassen hatte, war der Mond voll geworden und in Nichts verschwunden, und war wieder eine geschwungene gelbe Sichel am Nachthimmel. Die ganze Zeit hatte sie nach Frauen und Kindern des Matabele-Volkes gesucht. Sie wußte, daß sie hier waren, irgendwo in den Matopos versteckt, denn so war es immer. Wenn ein mächtiger Feind das Volk bedrohte, wurden die Frauen und Kinder in die Hügel geschickt – aber es war ein so riesiges Gebiet, so viele Täler und tiefe labyrinthartige Höhlen, daß sie ein ganzes Leben lang hätten suchen können, ohne sie zu finden.

Tanase stieg langsam in das verlassene Tal hinab. Ihre Beine fühlten sich bleischwer an und eine neue Welle von Übelkeit ließ ihren Speichel unter der Zunge fließen. Sie schluckte ihn herunter. Als sie die Sohle des Tales erreichte, sank sie auf einen moosbedeckten Felsen neben einem kleinen Fluß.

Sie wußte, was die Ursache ihrer Übelkeit war. Sie wußte, daß der ekelhafte Samen, den der blasse, haarige, ballonbäuchige Schänder in sie gepumpt hatte, Halt gefunden hatte. Und sie wußte, was sie zu tun hatte.

Sie legte ihre Last beiseite und suchte unter den Bäumen nach trockenem Reisig. Sie häufte es im Schutz eines Felsens an und kauerte sich darüber.

Viele Minuten lang konzentrierte sie ihre ganze Willenskraft darauf. Doch schließlich seufzte sie, und ihre Schultern erschlafften. Selbst diese winzige Macht, dieser kleine Zauber des Feuermachens, war von ihr gegangen. Sie war keine Umlimo mehr, genauso, wie der weiße Mann mit dem goldenen Bart es ihr gesagt hatte. Sie war nur eine junge Frau ohne Gaben, und sie war frei. Die Geister konnten nichts mehr von ihr verlangen. Endlich war sie frei, um den Mann zu suchen, den sie liebte.

Während sie die Vorbereitungen traf, um das Feuer auf herkömmliche Art zu entzünden, gaben ihr zwei Gefühle die Kraft, der Aufgabe, die ihr bevorstand, ins Gesicht zu sehen – ihre Liebe und ihr wilder Haß.

Als der Inhalt des kleinen Tontopfes kochte, fügte sie die Fetzen getrockneter Tambooti-Rinde hinzu. Das gerade, spitze, schwarze Antilopenhorn war an der Spitze abgeschnitten worden, so daß es zum Löffeln von Blut benutzt werden konnte oder als Trichter für das Einführen von Flüssigkeiten in den Körper.

Tanase breitete den Lederumhang im Schutz der Felsen aus und legte sich flach mit dem Rücken darauf. Ihre Füße stützte sie hoch gegen den rauhen Fels. Sie hatte das Horn mit Fett eingeschmiert, und sie holte tief Atem, biß ihre Zähne aufeinander und schob dann das Horn in sich hinein. Als es auf Widerstand stieß, drehte sie es vorsichtig, aber fest, und dann drang ihr Atem in einem schmerzvollen Keuchen aus ihr, als die Spitze die Öffnung fand und sich ihren Weg in ihren geheimen Tiefen erzwang.

Der Schmerz vermittelte ihr eine schreckliche Freude, gerade so, als ob sie ihn auf das verhaßte Ding übertrug, das in ihr

Wurzeln gefaßt hatte. Sie stützte sich auf einem Ellenbogen und prüfte den Inhalt des kleinen Tontopfes, den sie vorher vom Feuer genommen hatte. Er war gerade so abgekühlt, daß sie die Hitze ertragen konnte, als sie den Zeigefinger hineinsteckte.

Sie nahm den Topf in die Hand und schüttete den Inhalt in die Öffnung des langen, schwarzen Trichters. Sie stöhnte, und ihr Rücken wölbte sich unwillkürlich. In ihrem Mund war der kupfrig-salzige Geschmack von Blut und sie merkte, daß sie ihre Lippe durchgebissen hatte. Sie zog das Horn aus sich heraus, und dann kauerte sie auf dem Ledermantel und preßte ihre Knie an ihre Brust. Das Feuer in ihrem Schoß ließ sie stöhnen.

In der Nacht packten sie die ersten schrecklichen Krämpfe, und sie spürte, daß ihre Bauchmuskeln sich so hart wie eine Kanonenkugel unter ihren Händen verkrampften.

Sie wünschte, es wäre etwas Geformtes gewesen, ein winziges Ebenbild dieses weißen Tieres, an dem sie sich hätte rächen können. Mit Freuden hätte sie es verstümmelt und verbrannt, aber da war nichts Substantielles, auf das sie ihren Haß hätte richten können. Und so trug sie trotz der Befreiung den Haß mit sich, wild und unvermindert, als sie tiefer und tiefer in die Matopos eindrang.

Die freudigen Schreie und das süße Gelächter von spielenden Kindern hatten sie geführt, und Tanase kroch am Uferrand entlang und nutzte die hohen flaumbedeckten Schilfkolben als Schutz, bis sie den grünen Teich zwischen den zuckrigen Sandbänken überblicken konnte. Die Mädchen waren geschickt worden, um Wasser zu holen. Die großen schwarzen Tontöpfe standen in einer Reihe auf dem weißen Sand und in die Öffnungen waren grüne Blätter gestopft, damit nichts überschwappen konnte, wenn sie auf den Köpfen der Mädchen balanciert wurden.

Doch nachdem die Töpfe erst einmal gefüllt waren, hatten sie der Versuchung des kühlen, grünen Wassers nicht widerstehen können, und sie hatten ihre Röcke abgestreift und kreischten und spielten im Teich. Die ältesten Mädchen mit schwellenden Brustknopsen waren geschlechtsreif, und eine von ihnen entdeckte Tanase im Schilf und rief eine Warnung.

Tanase konnte gerade das jüngste und langsamste Kind erhaschen, als es auf dem anderen Ufer verschwinden wollte, und sie hielt den zappelnden kleinen Körper an ihren Busen gedrückt, während das Kind jammerte und voller Entsetzen um sich schlug.

Tanase besänftigte das kleine Mädchen und streichelte es mit zarten Händen, bis es sich beruhigte.

»Ich gehöre zum Volk«, flüsterte sie. »Hab keine Angst, Kleine.«

Eine halbe Stunde später führte das Kind Tanase an der Hand. Die Mütter kamen aus den Höhlen geschwärmt, um Tanase zu begrüßen, und sie drängten sich um sie.

»Ist es wahr, daß es zwei große Schlachten gegeben hat?« bettelten sie.

»Wir haben gehört, daß die Impi in Shangani gebrochen wurden und diejenigen, die übriggeblieben sind, wurden wie Vieh an den Ufern des Bembesi geschlachtet.«

»Unsere Männer und Söhne sind tot – bitte erzähl uns, daß es nicht so ist«, flehten sie.

»Es heißt, der König sei aus seinem königlichen Kral geflohen und daß wir Kinder ohne Vater sind. Ist das wahr, kannst du uns sagen, ob das wahr ist?«

»Ich weiß nichts«, sagte Tanase. »Ich kam her, um Neuigkeiten zu erfahren, nicht, um welche zu bringen. Ist niemand unter euch, der mir sagen kann, wo ich Juba finde, die Hauptfrau von Gandang, dem Bruder des Königs?«

Sie deuteten über die Hügel, und Tanase ging weiter. Sie fand eine weitere Gruppe von Frauen, die sich im dichten Busch versteckten.

»Wir haben kein Essen«, erzählten die Frauen Tanase. »Bald werden wir verhungern.« Und sie schickten sie weiter nach Norden.

Schließlich kam Tanase eines Tages zum Eingang einer düsteren und rauchigen Höhle. Eine vertraute Gestalt erhob sich, um sie zu begrüßen.

»Tanase, mein Kind, meine Tochter.«

Erst da erkannte Tanase sie. Das üppige Fleisch war vom

Körper der Frau gewichen und ihre einst vollen Brüste hingen schlaff wie leere Beutel auf ihrem Bauch.

»Juba, meine Mutter«, weinte Tanase und lief in ihre Arme. Erst lange danach konnte sie unter Schluchzen sprechen.

»Oh, meine Mutter, weißt du, was aus Bazo geworden ist?«

Juba hielt sie eine Armlänge von sich und blickte in ihr Gesicht. Als Tanase die verheerende Sorge in Jubas Augen sah, weinte sie voller Furcht auf.

»Er ist nicht tot!«

»Komm, meine Tochter«, flüsterte Juba und führte sie in die Höhle.

Die zweite Höhle war nur durch einen brennenden Docht erhellt, der in einer Ölschale schwamm. Eine Bahre stand an der anderen Wand. Darauf lag ein ausgezehrter Körper. Der Geruch des Todes war überwältigend.

Furchtsam kniete Tanase neben der Bahre nieder und hob ein Bündel Blätter von einer der stinkenden Wunden.

»Er ist nicht tot«, murmelte Tanase. »Bazo ist nicht tot.«

»Noch nicht«, stimmte Juba zu. »Sein Vater und die Männer, die die Kugeln der weißen Männer überlebt haben, haben meinen Sohn auf seinem Schild fortgetragen. Sie baten mich, ihn zu retten – aber niemand kann ihn retten.«

»Er wird nicht sterben«, schrie Tanase. »Ich werde ihn nicht sterben lassen.« Und sie beugte sich über seinen ausgemergelten Körper und preßte ihre Lippen auf das fieberheiße Fleisch. »Ich werde dich nicht sterben lassen«, flüsterte sie.

Die Hügel waren verlassen; kein Tier graste auf ihnen, denn die Herden waren schon längst weit fortgetrieben worden.

Der königliche Kral von GuBulawayo war fast verlassen. Die Frauenquartiere waren stumm. Die Unterkünfte der kämpfenden Regimenter waren leer.

Von all den kämpfenden Impi der Matabele war nur einer übriggeblieben, das Inyati-Regiment von Induna Gandang, dem Halbbruder des Königs. Gandang allein war imstande gewesen, dem Wahnsinn zu widerstehen, seine Männer über offenes Gelände gegen die wartenden Maxim-Gewehre anrennen zu lassen, und jetzt wartete er auf die Befehle des Königs in den Hügeln nördlich des königlichen Krals. Sein Impi hatte sich um ihn versammelt.

In ganz GuBulawayo war nur eine kleine Gruppe zurückgeblieben. Sechsundzwanzig davon waren weiße Männer und Frauen. Es waren die Händler und Konzessionsjäger, die im Kral gewesen waren, als Jameson von Iron Mine Hill losmarschiert war. Bei ihnen war die Familie Codrington, Clinton und Robyn und die Zwillinge. Lobengula hatte ihnen allen befohlen, unter seinem Schutz zu bleiben, während die Impi in Schlachtordnung unterwegs waren, und jetzt hatte er sie im Ziegenkral zu seiner letzten Audienz zusammengerufen.

Vor dem neuen, aus Ziegelsteinen erbauten Haus, das die große Strohhütte ersetzt hatte, standen Lobengulas vier Kap-Wagen, und die Zugtiere waren bereits eingespannt.

Um die Wagen stand eine kleine Gruppe des königlichen Gefolges: zwei von den Hauptfrauen des Königs, vier ältere Indunas und etwa ein Dutzend Sklaven und Bedienstete.

Der König selbst saß auf dem Kasten des Leitwagens. Auf diesem Wagen waren Lobengulas sämtliche Schätze, einhundert große Elfenbeinstoßzähne, die kleinen verschlossenen Töpfe mit ungeschnittenen Diamanten und die Leinensäcke, die mit dem Namen »The Standard Bank Ltd.« beschriftet waren und die Sovereigns enthielten, die ihm während der vier Jahre bezahlt worden waren, seit er die Konzession der British South Africa Company erteilt hatte. Viertausend Sovereigns – weniger als einen Sovereign für jeden seiner toten Krieger.

Um die Wagen hatten sich die weißen Männer versammelt und Lobengula blickte auf sie herab. Der König war in den kurzen Wochen, seit er den Kriegsspeer auf den Hügeln der Indunas geschleudert hatte, ein alter Mann geworden. Tiefe Furchen durchzogen sein Gesicht. Sein Haar war zu einem Silbergrau gebleicht, sein Körper war aufgedunsen und mißgestaltet, und sein Atem war kurz und unregelmäßig wie der eines sterbenden Tieres.

»Sagt eurer Königin, daß Lobengula sein Wort gehalten hat. Keinem von euch ist etwas geschehen«, schnaufte er. »Daketela und seine Soldaten werden morgen hier sein. Wenn ihr auf der östlichen Straße hinausgeht, könnt ihr sie sogar vor Einbruch der Nacht treffen.« Lobengula machte eine Pause, um zu Atem zu kommen, und fuhr dann fort. »Geht jetzt. Mehr habe ich euch nicht zu sagen.«

Die Weißen blieben stumm, als sie aus dem Ziegenkral zogen. Nur Robyn und ihre Familie blieben.

Die Zwillinge standen zu beiden Seiten Robyns. Mit ihren einundzwanzig Jahren waren sie genauso groß wie sie. Clinton Codrington stand gebeugt und kahl hinter ihnen.

Der König blickte mit Bedauern auf sie herab. »Es ist das letzte Mal, daß du meine Augen erfreust, Nomusa«, sagte er.

»O König, mein Herz brennt für dich. Ich denke an das, was geschehen ist, und daran, was ich dir geraten habe.«

Lobengula hob die Hand, um sie zum Schweigen zu bringen. »Quäle dich nicht selbst, Nomusa. Du warst viele Jahre lang eine wahre Freundin, und was du getan hast, hast du aus Freundschaft getan. Weder du noch ich hätten die Sache ändern können. Es war die Prophezeiung; es war so sicher wie der Fall der Blätter von den Msasa-Bäumen, wenn der Frost auf den Hügeln liegt.«

Robyn eilte zu dem Wagen, und Lobengula beugte sich vor, um ihre Hand zu ergreifen. »Bete zu deinen drei Göttern, Nomusa.«

»Lobengula, du bist ein guter Mensch.«

»Kein Mensch ist gänzlich gut oder böse«, seufzte der König. »Nun, Nomusa, bald werden Daketela und seine Soldaten hier sein. Sag ihm, daß Lobengula so spricht: ›Ich bin geschlagen, weiße Männer, meine Impi sind aufgefressen. Laßt mich nun gehen, jagt mich nicht weiter, denn ich bin ein alter, kranker Mann. Ich wünsche nur, einen Platz zu finden, wo ich mein Volk beweinen und schließlich in Frieden sterben kann.‹«

»Ich werde es ihnen sagen, Lobengula.«

»Und werden sie das befolgen, Nomusa?«

Sie konnte ihn nicht ansehen. »Du weißt, daß sie nicht hören werden.«

»Mein armes Volk«, flüsterte Lobengula. »Wirst du dich um mein armes Volk kümmern, wenn ich gegangen bin, Nomusa?«

»Das schwöre ich dir, o König«, sagte Robyn ungestüm. »Ich werde bis zu dem Tag, an dem ich sterbe, in der Khami-Mission bleiben, und ich werde mein Leben deinem Volke widmen.«

Daraufhin lächelte Lobengula. »Ich gebe dir die königliche Erlaubnis, die ich dir all die Jahre verweigert habe, Nomusa. Von diesem Tage an kannst du jedem – ob Mann, Frau oder Kind, die dich darum bitten – Wasser auf ihre Köpfe gießen und das Kreuz deiner drei Götter über ihnen machen.«

Robyn konnte nicht antworten.

»Bleibe in Frieden«, sagte Lobengula, und sein Wagen rumpelte langsam durch die Tore der Einfriedung.

Clinton Codrington zügelte das Maultier auf der Kuppe der Anhöhe über dem königlichen Kral und tastete nach Robyns Hand. Sie saßen schweigend auf der Bank des kleinen Scotch-Karrens und schauten zu, wie die letzten blassen Staubwolken verschwanden, die von den Wagen des Königs aufgewirbelt wurden, die nach Norden über die grasige Ebene zogen.

»Sie werden ihn nie in Frieden lassen«, sagte Robyn leise.

»Lobengula ist der Preis«, stimmte Clinton zu. »Ohne ihn haben Jameson und Rhodes keinen Sieg.«

»Was werden sie mit ihm tun?« fragte sie traurig. »Wenn sie ihn fangen.«

»Sicherlich ins Exil bringen«, sagte Clinton. »St. Helena, wahrscheinlich. Dahin haben sie auch Cetewayo geschickt.«

»Armer Mann«, flüsterte Robyn. »Zwischen zwei Zeitaltern gefangen, halb Wilder und halb zivilisierter Mann, halb grausamer Despot und zur Hälfte ein scheuer und empfindsamer Träumer. Armer Lobengula.«

»Sieh doch, Papa!« rief Vicky plötzlich und wies über die Wagenspur nach Osten. Dort hob sich eine dicke Staubwolke über die Wipfel der Dornenbäume, und während sie dorthin schauten, ritt ein Trupp von Männern auf die grasige Ebene.

»Soldaten«, flüsterte Lizzie. »Soldaten«, wiederholte Vicky vergnügt. »Hundert.« Die Zwillinge wechselten einen fröhlichen Blick. Clinton nahm die Zügel auf – doch Robyn festigte ihren Griff um sein Handgelenk, um ihn zurückzuhalten.

»Warte, sagte sie. »Ich möchte sehen, wie es geschieht. Irgendwie wird es das Ende eines Zeitalters sein.«

Lobengula hatte einen seiner vertrauten Indunas im königlichen Kral zurückgelassen und ihm Anweisung gegeben, Feuer zu legen, sobald die letzten Wagen fort waren. In dem Lehmziegelgebäude hinter der neuen Residenz des Königs lagerten die Reste der hunderttausend Schuß Martini-Henry-Munition, für die er sein Land und sein Volk verkauft hatte.

»Da!« sagte Robyn, als die Säule aus schwarzem Rauch und Flammen Hunderte von Metern hoch senkrecht in die reglose Luft schoß.

Erst Sekunden später erreichten die Druckwelle und das gewaltige Donnern sie auf dem Kamm.

Lobengulas Haus, das ihm soviel Freude und Stolz bereitet hatte, war nur noch Asche. Die Hütten der Fauen lohten auf, und noch während sie zuschauten, erfaßten die Flammen die Umfriedung und die Dächer dahinter. In wenigen Minuten war ganz GuBulawayo ein wirbelndes, loderndes Flammenmeer.

»Jetzt können wir gehen«, sagte Robyn ruhig, und Clinton trieb das Maultier an.

Die Vorausabteilung bestand aus dreißig Reitern – und als sie herangaloppierte, war die große, kräftige Gestalt, die sie führte, unverkennbar.

»Gott sei Dank, daß ihr in Sicherheit seid!« rief Zouga ihnen zu. Er sah in der mit Schnüren besetzten Uniform und seinen bronzenen Rangabzeichen, die im Sonnenlicht funkelten, stattlich und heldenhaft aus, und der Schlapphut war in sein hübsches, ernst wirkendes Gesicht gezogen.

»Wir befanden uns nie in Gefahr«, sagte Robyn. »Und das weißt du sehr genau.«

»Wo ist Lobengula?« Zouga versuchte ihren Zorn abzulenken, aber sie schüttelte nur den Kopf.

»Ich habe mich bereits eines Verrates an Lobengula schuldig gemacht –«

»Du bist Engländerin«, erinnerte Zouga sie. »Du solltest wissen, wem gegenüber du loyal zu sein hast.«

»Ja, ich bin Engländerin«, stimmte sie eisig zu, »aber ich schäme mich für diesen Krieg. Ich werde dir nicht sagen, wo der König ist.«

»Wie du willst.« Zouga blickte Clinton an. »Erst wenn wir Lobengula haben, gibt es Frieden.«

Clinton senkte sein kahles Haupt. »Der König ist mit seinen Wagen und Frauen und dem Inyati-Regiment nach Norden gezogen.«

»Danke«, nickte Zouga. »Ich werde euch mit einer Eskorte zur Hauptkolonne schicken. Sie ist nicht weit hinter uns. Sergeant!«

Ein junger Soldat mit drei Streifen auf seinem Ärmel ritt herbei. Er war ein gutaussehender, junger Mann mit breiten Schultern.

»Sergeant Acutt. Nehmen Sie sechs Männer aus den hinteren drei Reihen, und sorgen Sie dafür, daß diese Gruppe in Sicherheit gebracht wird.«

Zouga salutierte kurz vor seiner Schwester und seinem Schwager und befahl dann: »Trupp, im Galopp vorwärts!«

Die ersten beiden Dutzend Soldaten klapperten auf GuBulawayo zu, während der Sergeant und seine sechs Männer neben dem Karren blieben.

Vicky wandte den Kopf und schaute direkt in die Augen des jungen Sergeanten. Sie holte lange und tief Atem, so daß ihr Busen unter der verblichenen Baumwolle ihrer Bluse anschwoll. Der Sergeant starrte sie an, und eine Welle heißen Blutes färbte seine Wangen.

Vicky befeuchtete ihre geschürzten Lippen mit der Spitze ihrer rosa Zunge und kniff ihre Augen zusammen. Sergeant Acutt schien aus dem Sattel zu fallen, den Vickys Blick hatte ihn über eine Entfernung von weniger als einem Meter getroffen.

»Victoria!« schnappte Robyn scharf, ohne über ihre Schulter zu schauen.

TELEGRAMM ERHALTEN FORT VICTORIA 10. NOVEMBER 1893 WEITERGEGEBEN ÜBER HELIOGRAPH NACH GUBULAWAYO:

FÜR JAMESON STOP IHRER MAJESTÄT REGIERUNG LEHNT ES AB MATABELE ZUR KRONKOLONIE ZU ERKLÄREN ODER ES UNTER DIE GERICHTSBARKEIT DES HOCHKOMMISSARS ZU STELLEN STOP DER AUSSENMINISTER IHRER MAJESTÄT IST EINVERSTANDEN DASS DIE CHARTERED COMPANY DEN VERWALTUNGSAPPARAT FÜR DAS NEUE TERRITORIUM STELLT STOP MASHONALAND UND MATABELELAND FALLEN DAMIT IN DEN ADMINISTRATIONSBEREICH DER COMPANY STOP COMPANY-AKTIEN BEI BÖRSENSCHLUSS LONDON MIT £ 8 NOTIERT STOP HERZLICHSTE GLÜCKWÜNSCHE AN IHRE OFFIZIERE UND MÄNNER VON JUPITER

AN JAMESON DRINGEND UND VERTRAULICH ZERSTÖREN SÄMTLICHER KOPIEN STOP WIR MÜSSEN LOBENGULA HABEN STOP KEIN RISIKO ZU GROSS KEIN PREIS ZU HOCH VON JUPITER

»Reverend Codrington, ich sende eine beachtliche Streitmacht aus, um Lobengula hierher zu eskortieren.« Jameson stand vor dem Eingang seines Zeltes und blickte über die Wagenburg zu den geschwärzten Ruinen des königlichen Krales. »Ich habe diese Botschaft bereits an den König gesandt.« Jameson ging zu seinem Schreibtisch zurück und las von seinem Block:

»Um dieses sinnlose Töten zu beenden, muß der König nach GuBulawayo zurückkehren. Ich garantiere, daß sein Leben in Sicherheit ist und daß er freundlich behandelt wird.«

»Hat der König Ihnen eine Antwort geschickt?« fragte Clinton. Er stand steif vor dem Klapptisch, der Jameson als Schreibtisch diente.

»Hier.« Der Doktor reichte Clinton ein schmutziges, gefaltetes Stück Papier. Clinton überflog es rasch:

»Ich habe die Ehre, Sie zu informieren, daß ich Ihren Brief erhalten habe und alles gehört habe, was Sie gesagt haben, ich werde also kommen ...«

»Dies wurde von einem Mischling namens Jakob geschrieben,

der sich Lobengula angeschlossen hat«, murmelte Clinton, während er den Rest der weitschweifigen, fehlerhaften und schlecht formulierten Nachricht las. »Ich kenne seine Handschrift.«

»Glauben Sie, daß der König es ernst meint?« fragte Mungo St. John. »Glauben Sie, daß er tatsächlich herkommen will?«

Clinton wandte seinen Kopf nicht zur anderen Seite des Zeltes, wo Mungo sich in einem Segeltuchsessel fläzte.

»Dr. Jameson, ich heiße weder ihre Aktionen gut noch die ihrer infamen Chartered Company, aber ich bin auf Ihre Bitte hin hergekommen, um das Wenige, was ich tun kann, auszuführen. Aber ich lehne es ab mit Ihrem grausamen General zu sprechen.«

Jameson runzelte verärgert die Stirn. »Reverend, ich möchte Sie bitten sich zu vergegenwärtigen, daß ich General St. John zum Verwalter und obersten Richter von Matabeleland bestellt habe –«

Clinton fiel brüsk ein. »Sie sind sich natürlich bewußt, daß Ihr oberster Richter einmal ein berüchtigter Sklavenhändler war, der die schwarzen Menschen gekauft und verkauft hat, über die Sie ihm nun völlige Machtbefugnis geben?«

»Ja, danke, Reverend, mir ist bekannt, daß General St. John früher ein Händler war, und mir ist auch bekannt, daß Sie als Offizier in der Marine Ihrer Majestät einen Angriff auf sein Schiff geleitet haben – eine Tat, die zu einer Kriegsgerichtsverhandlung, Kerkerstrafe und unehrenhafter Entlassung Ihrerseits führte. Lassen Sie uns nun fortfahren, Reverend. Wenn Sie nicht direkt mit General St. John sprechen wollen, können Sie sich an mich wenden. Reverend, General St. John führt eine fliegende Kolonne, um Lobengula herzubringen. Ich möchte, daß Sie ihn begleiten, bitte«, sagte Jameson.

»Warum ich, Doktor?«

»Sie sprechen die Sprache fließend.«

»Das tun viele andere auch – Zouga Ballantyne ist einer von ihnen. Er ist auch Soldat.«

»Ihr Schwager hat eine wichtige Arbeit zu erledigen –«

»Die Rinder des Königs zu stehlen«, fiel Clinton beißend ein.

Es war bereits allgemein bekannt, daß Zouga Ballantyne die

Aufgabe zugewiesen worden war, die großen Herden zusammenzutreiben und zur Verteilung nach GuBulawayo zu bringen.

Jameson schien die Bemerkung jedoch nicht gehört zu haben und fuhr glatt fort. »Zudem, Reverend, sind Sie und Ihre Frau jahrelang enge Freunde Lobengulas gewesen, er vertraut Ihnen. Da es aber Major Ballantyne war, der unser Ultimatum überbrachte, betrachtet Lobengula ihn als Feind.«

»Nicht ohne Grund«, murmelte Clinton trocken. »Doktor, ich weigere mich, Ihr Judas zu sein.«

»Ihre Anwesenheit in der Kolonne könnte dazu beitragen, einen weiteren blutigen Konflikt zu verhindern. Ich möchte meinen, daß es Ihre Christenpflicht ist, ein Blutbad zu verhindern.«

Clinton zögerte, und Mungo murmelte. »Verweisen Sie darauf, Doktor Jim, daß nach Lobengulas Aufgabe Reverend Codrington in der Lage ist, ihn zu trösten und zu beschützen, dafür zu sorgen, daß der König freundlich behandelt wird und daß ihm nichts zustößt. Ich gebe ihm mein Wort darauf.«

»Also gut«, kapitulierte Clinton traurig. »Unter der Voraussetzung, daß ich des Königs Beschützer und Ratgeber sein soll, werde ich Ihre Kolonne begleiten.«

»Sie folgen«, sagte Gandang leise. »Sie folgen noch immer.« Und Lobengula hob sein Gesicht und blickte zum Himmel. Die Regentropfen, schwer und hart wie neu geprägte Silbershillinge, schlugen auf seine Wange und seine Stirn.

»Der Regen«, sagte Lobengula. »Wer sagte, sie könnten uns im Regen nicht folgen?«

»Das war ich, mein König, aber ich habe mich geirrt«, gab Gandang zu. »Als Helles Einauge von GuBulawayo wegmarschierte, hatte er dreihundert Mann und vier der kleinen Gewehre mit drei Beinen, die wie alte Frauen schwatzen. Er hatte auch Wagen und eine große Kanone.«

»Ich weiß das«, sagte der König.

»Als die Regen kamen, dachte ich, daß sie umkehren würden, aber jetzt sind meine Kundschafter gekommen, um wichtige Nachrichten zu berichten. Helles Einauge hat die Hälfte seiner Männer und Wagen zurückgeschickt, die Kanone und zwei der kleinen dreibeinigen Gewehre. Sie konnten nicht durch den Schlamm reiten – aber –« Gandang hielt inne.

»Verschone mich nicht, mein Bruder, erzähle mir alles.«

»Er zieht mit der Hälfte seiner Männer weiter, und zwei kleine Maschinengewehre werden von Pferden gezogen. Sie kommen schnell voran, selbst im Schlamm.«

»Wie schnell?« fragte der König ruhig.

»Sie sind einen Tagesmarsch hinter uns, morgen abend werden sie an diesem Fluß hier lagern.«

»Einhundertundfünfzig Mann, Gandang«, seufzte der König. »Wie viele haben wir?«

»Zweitausend«, sagte Gandang. »Und morgen vielleicht oder übermorgen kommt Gambo, um sich uns mit weiteren tausend anzuschließen.«

»Und doch können wir ihnen nicht widerstehen?«

»Die Männer würden wir aufessen. Es sind diese kleinen Waffen mit den drei Beinen, o König, nicht einmal zehntausend Krieger, die alle das Herz eines Löwen haben, könnten siegen, wenn sie zu lachen beginnen. Aber wenn der König befiehlt, werden wir rennen –«

»Nein! Es ist das Gold«, sagte Lobengula plötzlich. »Die weißen Männer werden mich erst in Ruhe lassen, wenn sie das Gold haben. Ich werde es ihnen schicken. Vielleicht lassen sie mich dann in Frieden. Wo ist Kamuza, mein junger Induna? Er spricht die Sprache der weißen Männer. Ich werde ihn zu ihnen senden.«

Kamuza kam schnell auf das Geheiß des Königs.

»Liefere die kleinen Goldbeutel in die Hände der weißen Männer, Kamuza, mein vertrauter Induna, und sage ihnen dies: ›Ihr habt meine Regimenter aufgegessen und meine jungen Männer getötet, ihr habt meine Krale verbrannt und die Frauen und Kinder von Matabeleland in die Hügel versprengt, wo sie wie wilde Tiere nach Wurzeln graben, ihr habt meine königlichen Herden genommen, und jetzt habt ihr mein Gold. Weiße Männer, ihr habt dies alles, wollt ihr mich jetzt in Frieden lassen, damit ich mein verlorenes Volk beweinen kann?‹«

Es waren zehn weiße Leinensäcke, mit schwarzen Buchstaben

abgestempelt. Sie waren für einen Mann eine schwere Traglast. Kamuza kniete und band sie zu Bündeln zusammen, und dann packte er jedes Bündel in einen ledernen Kornbeutel.

»Hören heißt gehorchen, Großer Elefant«, grüßte Kamuza seinen König.

»Gehe rasch, Kamuza«, befahl Lobengula leise. »Denn sie sind schon nahe bei uns.«

Will Daniel saß auf seinem Pferd und hatte die Krempe seines Hutes heruntergezogen, um den Kopf seiner Tonpfeife vor dem Regen zu schützen.

An Leitzügeln führte er zwei andere Pferde, von denen das eine ein Packpferd war, dessen Last mit einer weißen Segeltuchplane bedeckt war. Daniel stand nicht mehr im stolzen Rang eines Sergeanten. Nach seinem Verhalten in dem verborgenen Tal der Umlimo hatte Zouga Ballantyne ihn zum Soldaten degradieren lassen, und als zusätzliche Demütigung war er jetzt der Bursche eines der Offiziere der fliegenden Kolonne. Das Packpferd schleppte Captain Coventrys Habe.

Das andere Pferd gehört Wills altem Waffengefährten Jim Thorn, der ein Stück entfernt hinter einem dornigen Gestrüpp hockte und fluchte.

»Verdammtes Blutwasser, verdammter stinkender Regen – gottverlassenes Land –«

»He, Jim, dein Hintern muß jetzt aber in Flammen stehen. Das ist das zwölfte Mal heute.«

»Halt deinen häßlichen Mund, Will Daniel«, schrie Jim zurück und verfiel wieder in seine elende Monotonie. »Verfluchte Plackerei –«

»Komm schon, Jim, mein Junge.« Will hob die Krempe seines Hutes, um zu ihm hinüberzuschauen. »Wir dürfen nicht zu weit hinter den anderen zurückfallen.«

Jim Thorn kam hinter dem Busch hervor und schnallte seinen Gürtel zu, aber er krümmte sich unter einem neuen Anfall von Bauchkrämpfen. Er stieg in den Sattel, und die drei Pferde trotteten in den tiefen, gelben Schlammspuren der Karren, mit denen die beiden Maxim-Maschinengewehre gezogen wurden.

Das Ende der Kolonne war zwischen den tropfenden Mopani-Bäumen außer Sicht. Die beiden hatten rasch gelernt, am Ende zu trödeln, um sich der Kontrolle der Offiziere zu entziehen, so daß sie nicht in den tiefen Schlamm beordert werden konnten, wenn die Maxim-Karren feststeckten und durch eines der klebrigen »Mopani-Löcher« geschoben werden mußte.

»Vorsicht, Will!« schrie Jim Thorn plötzlich.

Ein Matabele war leise aus dem dichten Busch getreten, und jetzt stand er direkt vor den Pferden und hielt seine leeren Hände hoch, um den weißen Männern zu zeigen, daß er unbewaffnet war.

»Warte, Jim!« rief Will Daniel. »Laß mal sehen, was der Bastard will.«

»Das gefällt mir nicht, Mann. Das ist eine Falle.« Jim blickte nervös in das Gebüsch um sie. »Laß uns den schwarzen Lumpen erschießen und von hier verschwinden.«

»Ich komme in Frieden!« rief der Matabele auf Englisch. Er trug nur einen Fellkilt. Auf seinem Kopf saß der Stirnring eines Induna. Die beiden Männer hatten jetzt ihre Gewehre gezogen und zielten auf Kamuzas Hüfte.

»Ich habe eine Botschaft vom König.«

»Schön, dann spuck sie aus«, schnappte Will.

»Lobengula sagt, nehmt mein Gold und geht zurück nach GuBulawayo.«

»Gold?« fragte Jim Thorn. »Welches Gold?«

Kamuza trat zurück in das Gebüsch, hob den ledernen Getreidesack hoch und trug ihn zu ihnen.

Will Daniel lachte aufgeregt, als er die kleinen Leinensäcke herauszog. Sie klirrten leise in seinen Händen.

»Bei Gott, das ist die süßeste Musik, die ich je gehört habe!«

»Was werdet ihr tun, weiße Männer?« fragte Kamuza. »Werdet ihr das Gold zu eurem Häuptling bringen?«

»Mach dir keine Sorgen, mein Freund.« Will Daniel klopfte ihm auf die Schulter. »Es wird an die richtige Person gehen, darauf hast du das Wort von William Daniel persönlich.«

Jim Thorn öffnete seine Satteltaschen und stopfte die Leinensäcke hinein.

»Weihnachten und mein Geburtstag auf einmal«, zwinkerte er Will zu.

»Weiße Männer, werdet ihr kehrtmachen und jetzt zurück nach GuBulawayo gehen?« rief Kamuza ängstlich.

»Mach dir darüber keine Gedanken«, sagte Will und zog einen Laib Hartbrot aus seiner Satteltasche. »Hier ist ein Geschenk für dich.« Dann zu Jim. »Nun weiter, Mr. Thorn, von jetzt an werde ich dich Mister nennen, da du reich bist.«

»Nur zu, Mr. Daniel«, grinste Jim ihn an, und sie trabten an Kamuza vorbei.

Clinton Codrington ging rutschend und platschend am Ufer des Shangani-Flusses entlang.

Der Donner grollte mürrisch, so als ob Felsen über das Dach des Himmels gerollt werden würden, und ein paar Sekunden lang ergoß sich der Regen schwerer und wurde dann wieder zu einem feinen Nieseln. Clinton erschauerte und schlug den Kragen seines Schaffellmantels hoch, als er dorthin eilte, wo die Maxim-Karren an der Spitze der Kolonne standen.

Zwischen den beiden Karren war eine Persenning gespannt, und darunter hockte eine kleine Gruppe von Offizieren. Mungo St. John blickte auf, als Clinton herantrat.

»Ah, Pfarrer!« begrüßte er ihn. Mungo hatte gemerkt, daß diese Anrede Clinton ärgerte. »Sie haben sich Zeit gelassen.«

Clinton antwortete nicht; er stand gebeugt im Regen und keiner der Offiziere machte für ihn unter dem Segeltuch Platz.

»Major Wilson wird mit einem Dutzend Männer auf Spähtrupp über den Fluß gehen. Ich möchte, daß Sie mit ihm gehen und dolmetschen, falls er auf Feinde stößt.«

»Es wird in weniger als zwei Stunden dunkel sein«, verwies Clinton schwerfällig.

»Dann beeilen Sie sich.«

»Der Regen wird jede Minute beginnen«, beharrte Clinton. »Ihre Truppe könnte zerschlagen werden –«

»Pfarrer, kümmern Sie sich um Erlösung – und überlassen Sie uns das Militärische.« Mungo wandte sich wieder an seine Offiziere. »Sind Sie marschbereit, Wilson?«

Allan Wilson war ein derber Schotte mit langem dunklen Schnurrbart.

»Geben Sie mir noch genaue Befehle, Sir?« fragte er steif. Seit sie GuBulawayo verlassen hatten, hatte es Verstimmungen zwischen ihm und St. John gegeben.

»Ich möchte, daß Sie Ihren gesunden Menschenverstand benutzen«, schnappte St. John. »Wenn Sie Lobengula fassen können, dann packen Sie ihn, setzen ihn auf ein Pferd und kommen hierher zurück. Wenn Sie angegriffen werden, ziehen Sie sich sofort zurück.«

»Jawohl, General.« Wilson berührte die Krempe seines Schlapphutes. »Kommen Sie, Reverend«, sagte er zu Clinton. »Wir haben nicht viel Zeit.«

Burnham und Ingram, die beiden amerikanischen Kundschafter führten die Patrouille das steile Ufer des Shangani hinunter; Wilson und Clinton folgten unmittelbar dahinter.

Clintons hagere, gebeugte Gestalt in der abgewetzten Schafslederjacke und dem formlosen, fleckigen Hut, den er über seine Ohren gezogen hatte, wirkte seltsam unpassend in der Mitte der uniformierten Patrouille. Als er auf einer Höhe mit Mungo St. John war, der auf dem Ufer stand, die Hände hinter seinem Rücken verschränkt, beugte sich Clinton aus dem Sattel seines geliehenen Pferdes und sagte so leise, daß nur Mungo es verstehen konnte. »Lesen Sie Samuel II, Kapitel elf, Vers fünfzehn.« Dann richtete Clinton sich auf, trieb den alten, grauen Wallach an.

An dieser Stelle war der Shangani zweihundert Meter breit, und als die kleine Patrouille durch die Furt watete, reichte das schlammige Wasser bis an ihre Steigbügel. Sie erklommen das andere Ufer und waren fast augenblicklich in dem tropfenden Wald und dem schwachen Licht aus dem Blickfeld verschwunden.

Mungo St. John stand viele Minuten lang da, starrte über den Fluß und ignorierte den feinen Nieselregen. Er wunderte sich über sich selbst, fragte sich, warum er eine so kümmerliche Streitmacht über den Fluß geschickt hatte, da nur noch wenige

Stunden Tageslicht blieben. Der Priester hatte natürlich recht, es würde bald wieder regnen. Die Himmel waren übervoll davon. Die Matabele waren formiert. Der Priester hatte gesehen, daß der Inyati-Impi unter seinem alten und listigen Befehlshaber Gandang die Wagen beim Abzug aus GuBulawayo eskortiert hatte.

Wenn er das Gelände jenseits des Flusses auskundschaften wollte, dann, so wußte er, hätte er das letzte Tageslicht nutzen sollen, um mit seiner ganzen Streitmacht hinüberzuwaten. Es war die richtige taktische Vorgehensweise. Auf diese Art konnte sich die Patrouille jederzeit während der Nacht in den Schutz der Maxims zurückziehen, oder er konnte vorwärts marschieren, um ihr Entsatz zu schaffen, wenn sie in Schwierigkeiten geriet.

Irgendein Dämon hatte von ihm Besitz ergriffen, als er die Befehle gab. Vielleicht hatte Wilson ihn schließlich doch zu sehr verärgert. Der Mann hatte mit ihm bei jeder Gelegenheit gestritten und sein Bestes getan, um Mungos Autorität bei den anderen Offizieren zu untergraben.

Plötzlich kam ihm ein Gedanke, und er rief die Linie entlang: »Captain Borrow?«

»Sir?«

»Sie haben doch eine Bibel? Geben Sie sie mir bitte?«

Mungos Offiziersbursche hatte Feuer gemacht und Kaffee gekocht. Er nahm Mungos Mantel, um ihn zu trocknen, und breitete eine graue Wolldecke über seine Schultern, als Mungo sich neben das Feuer hockte und langsam in der kleinen, ledergebundenen Bibel blätterte.

Er fand das Zitat und starrte nachdenklich darauf:

Und er schrieb in dem Brief: Stellt Uriah in die vorderste Schlachtlinie und weicht von ihm zurück, auf daß er erschlagen werden kann und stirbt.

Mungo nahm einen brennenden Stock aus dem Feuer und entzündete seine Zigarre.

»Gut, gut, Pfarrer«, murmelte er laut. »Du hast einen schärferen Instinkt, als ich dir je zugetraut habe.«

Dann dachte er an Robyn Codrington und versuchte, seine Gefühle objektiv und leidenschaftslos zu ergründen.

»Liebe ich sie?« fragte er, und die Antwort kam augenblicklich. »Ich habe nie eine Frau geliebt und, bei Gott, das werde ich nie. – Begehre ich sie denn?« Und wieder gab es kein Zögern. »Ja, ich will sie. Ich begehre sie so sehr, daß ich jeden, der mir im Wege steht, in den Tod schicke. – Warum will ich sie?« überlegte er. »Wenn ich nie eine Frau geliebt habe – warum will ich dann diese eine? Sie ist nicht mehr jung, und Gott weiß, ich hätte zwischen hundert schöneren wählen können. Warum begehre ich sie?« und er grinste über seine Erkenntnis. »Ich will sie, weil sie die einzige ist, die sich mir widersetzt hat.«

Den Spuren Lobengulas Wagen war selbst bei dem schlechter werdenden Licht gut zu folgen, und Wilson trieb vom Schritt zum Galopp.

Clintons alter Grauer war durch die zwei Wochen harten Reitens erschöpft. Er fiel Stück um Stück zurück, bis sie nach fünf Meilen neben Captain Napiers Nachhut waren. Der Schlamm, der vor den Hufen vor ihm hochgeworfen wurde, hatte Clintons Gesicht gesprenkelt, als ob er unter einer eigenartigen Krankheit litte.

Die Bäume lichteten sich plötzlich vor der winzigen Patrouille und zu beiden Seiten lagen dort flache, nackte Hügel.

»Sehen Sie dort, Padre«, rief Wilson Clinton zu, und deutete auf die Hügel. »Dort müssen Hunderte von ihnen sein.«

»Frauen und alte Männer«, brummte Clinton. Die Hänge waren mit Gestalten übersät. »Die kämpfenden Männer werden beim König sein.«

Die zwölf Reiter galoppierten ohne Halt weiter, und der Donner murmelte und schüttelte den Himmel über den niedrigen, wirbelnden Wolken.

»Trupp, halt!«

Clintons Grauer blieb mit gesenktem Kopf und schwer atmender Brust stehen – und Clinton war dankbar. Er war an ein so hartes Reiten nicht gewöhnt.

»Reverend Clinton, nach vorn!« Der Befehl wurde weitergegeben, und Clinton spornte den Grauen zu einem schwerfälligen Schritt an.

»Dort sind sie!« sagte Wilson kurz und bündig, und durch den Nieselregen konnte Clinton die fleckige und zerfetzte Segeltuchplane eines Wagens sehen, die sich keine zweihundert Schritt voraus über das Gestrüpp hob.

»Sie wissen, was zu sagen ist, Padre.«

Clinton trieb den Grauen ein paar weitere Schritte vorwärts und holte dann tief Atem.

»Lobengula, König der Matabele, ich bin es – Hlopi. Diese Männer wünschen, daß du nach GuBulawayo kommst, um zu verhandeln. Hörst du mich, o König?«

Das Schweigen wurde nur durchbrochen von dem Scharren eines Astes.

Dann hörte er ganz deutlich das Klicken eines Martini-Henry-Gewehres, das geladen wurde, und eine junge Stimme fragte in geflüstertem Matabele aus dem Gestrüpp in der Nähe des Wagens:

»Sollen wir schießen, Baba?«

Eine tiefere, feste Stimme erwiderte in derselben Sprache. »Noch nicht. Laß sie näher herankommen, damit wir sie nicht verfehlen.«

Und dann wurden die Stimmen durch das grollende Rollen des Donners übertönt, und Clinton nahm den Grauen zurück.

»Es ist eine Falle, Major. Bei den Wagen liegen bewaffnete Matabele im Hinterhalt. Ich hörte sie reden.«

»Glauben Sie, daß der König hier ist?«

»Das nehme ich nicht an, aber ich bin sicher, daß in diesem Augenblick der Hauptteil des Impi den Fluß durchzieht.«

»Wie kommen Sie darauf?«

»So machen es die Zulu, die Einkreisung und dann das Zusammenziehen.«

»Was raten Sie, Padre?«

Clinton zuckte mit den Achseln und lächelte. »Ich habe meinen Rat am Flußufer gegeben –« Er wurde durch eine gebrüllte Warnung vom Ende der Kolonne unterbrochen. Es war einer der Amerikaner.

»Hinter uns bewegt sich eine Streitmacht.«

»Wie viele?« schrie Wilson zurück.«

»Viele, ich kann ihre Kopfhauben sehen.«

»Trupp, kehrt marsch!« befahl Wilson. »Im Galopp, vorwärts!«

Als die Pferde über den unebenen Weg stürmten, ergoß sich der Regen, der so lange drohend über ihnen gehangen hatte, in einer eisigen, silbernen Kaskade auf sie. Er peitschte ihre Gesichter und stach in ihre Augen und trommelte auf ihre Ölmäntel.

»Das deckt unseren Rückzug«, grunzte Wilson.

Durch die dicken Silberlanzen des fallenden Regens konnte Clinton die wogenden Kriegshauben über dem Gestrüpp erkennen; sie rannten, um die Patrouille abzuschneiden. In diesem Augenblick stolperte der Graue, und Clinton wurde auf seinen Hals geworfen.

»Jee!« Er hörte den Kriegsgesang näher kommen und klammerte sich verzweifelt an den Hals des Grauen, der sich mühte, sein Gleichgewicht wiederzufinden.

»Kommen Sie, Padre!« schrie jemand, als die anderen Soldaten in Schlamm und Regen an ihm vorbeiritten. Dann rannte sein Pferd wieder.

»Wollen Sie mir sagen, Napier, daß Major Wilson sich vorsätzlich entschlossen hat, die Nacht auf dem anderen Ufer zu verbringen, trotz meines klaren Befehles, vor Nachteinbruch zurückzukehren?« fragte Mungo St. John. Das einzige Licht war das einer Sturmlaterne. Der Regen hatte die Feuer ausgelöscht.

Die Persenning über den Köpfen der beiden Offiziere flatterte im Wind und schüttete Bäche von Regenwasser auf sie.

»Wir sind ganz nah an Lobengula herangekommen, General, bis auf Rufweite zu seinen Wagen. Major Wilson meint, daß ein Rückzug nicht gerechtfertigt sei. In jedem Fall aber, Sir, wimmelt der Busch vom Feind. Die Patrouille hat eine bessere Chance, die Nacht im dichten Busch zu überleben, und auf das Tageslicht zu warten.«

»Das ist also Wilsons Einschätzung?« fragte Mungo und machte ein grimmiges Gesicht. Innerlich hingegen gratulierte er sich zu einer so genauen Einschätzung des ungestümen Charakters des Schotten.

»Sie müssen die Patrouille verstärken, Sir. Sie müssen zumindest eine der Maxims hinüberschicken – jetzt, sofort.«

»Lauschen Sie genau, Captain«, befahl Mungo ihm. »Was hören Sie?«

Selbst durch den Regen und den Wind war ein Echo zu hören, wie das Rauschen einer Muschel, die man ans Ohr hält.

»Der Fluß, Captain«, sagte Mungo zu ihm. »Der Fluß schwillt an!«

»Ich habe ihn gerade durchwatet. Sie können noch hinüber, Sir, wenn Sie jetzt den Befehl geben! Wenn Sie bis zum Morgengrauen warten, wird die Flut hoch stehen.«

»Danke für Ihren Rat, Napier. Ich werde die Maxims nicht aufs Spiel setzen.«

»Sir, Sir – Sie können zumindest eine Maxim von dem Karren nehmen. Wir können sie in einer Decke tragen und hinüberschwimmen.«

»Danke, Captain. Ich werde Borrow mit zwanzig Mann hinüberschicken.«

»General St. John, ohne die Maxim unterzeichnen Sie das Todesurteil dieser Männer.«

»Captain Napier, Sie sind überreizt. Ich erwarte eine Entschuldigung von Ihnen, wenn Sie sich ausgeruht haben.«

Clinton saß mit dem Rücken an einen Baum gelehnt. Er hatte eine Hand vorne in seine Schafslederjacke gesteckt, um seine Reisebibel vor dem Regen zu schützen. Vor allen anderen Bedürfnissen wünschte er sich, genug Licht zu haben, um darin lesen zu können.

Ringsherum lag der Rest der winzigen Patrouille ausgestreckt auf der schlammigen Erde, in ihre Gummidecken und das Ölzeug eingehüllt, obwohl Clinton sicher war, daß keiner von ihnen schlief.

Er hatte die sichere Vorahnung seines Todes, und er machte die erstaunliche Entdeckung, daß er sich nicht fürchtete.

Er dachte an Liebe, die Liebe seines Gottes und seiner Frau und seiner Töchter – und das war alles, was er mit Bedauern hinter sich lassen würde.

Plötzlich setzte sich Clinton aufrechter und neigte den Kopf, um zu lauschen, und spähte in die völlige Dunkelheit, aus der das Geräusch gekommen war.

Nein, es war kein wirklicher Laut – das einzig wirkliche Geräusch war der Regen. Es war mehr wie eine Vibration in der Luft. Vorsichtig steckte er das kostbare Buch in seine Innentasche, dann formte er mit seinen bloßen Händen einen Trichter und preßte sie auf die nasse Erde und lauschte aufmerksam, indem er sein Ohr darauf drückte.

Die Vibration, die vom Boden kam, war die rennender Füße, nackter Füße, Tausender von Füßen, die im Rhythmus eines marschierenden Impi trabten. Es klang wie der Pulsschlag der Erde selbst.

Clinton ertastete sich seinen Weg zu Major Wilson.

»Was ist, Padre?«

»Sie sind hier, rings um uns, sie bewegen sich zurück, um zwischen uns und den Fluß zu kommen.«

Sie bereiteten sich auf den Angriff vor, während die Morgendämmerung vergeblich versuchte, die niedrige Wolkendecke über ihnen zu durchdringen. Die gesattelten Pferde waren nur bucklige Konturen, die ein wenig dunkler waren als die Nacht um sie. Sie waren zu einem Kreis zusammengezogen, in dem die Männer standen, und die Gewehre ruhten auf den Sätteln, während sie in den dichten Busch spähten, der sie umgab.

In der Mitte des Kreises der Pferde kniete Clinton im Schlamm. Mit einer Hand hielt er die Zügel des grauen Pferdes, und mit der anderen preßte er die Bibel an seine Brust. Seine ruhige Stimme trug klar zu jedem Mann in dem dunklen, wartenden Kreis: »Unser Vater, der du bist im Himmel, geheiligt werde dein Name –«

Das Licht wurde stärker; sie konnten die Umrisse der nächsten Büsche ausmachen. Eines der Pferde, vielleicht angesteckt durch die Anspannung der wartenden Männer, wieherte und drehte seine Ohren. »Wie im Himmel also auch auf Erden –« Jetzt hörten sie alle, was das Pferd erschreckt hatte. Das schwache Trommeln näherte sich aus der Richtung des Flusses und wurde mit dem Licht des Morgendämmers stärker. »– denn dein ist das Reich, und die Kraft und die Herrlichkeit –« Da war das metallische Klirren eines Gewehrverschlusses aus dem stumm wartenden Kreis der Männer zu hören, und ein halbes Dutzend rauher Stimmen sprach Clintons ruhiges »Amen!« nach.

Dann plötzlich schrie jemand. »Pferde! Da draußen sind Pferde!«

Und ein abgehacktes schwaches Jubeln wurde laut, als sie die Umrisse von Schlapphüten erkannten, die sich gegen den mürrischen grauen Himmel zeichneten.

»Wer ist da?« rief Wilson.

»Borrow, Sir, Captain Borrow!«

»Bei Gott, Sie sind willkommen.« Wilson lachte, als die Kolonne der Reiter aus dem Wald in ihren Verteidigungskreis ritt. »Wo ist General St. John? Wo sind die Maxims?«

Die beiden Offiziere schüttelten sich die Hände, nachdem Borrows abgestiegen war, aber er erwiderte Wilsons Lächeln nicht.

»Der General ist noch am Südufer.«

Wilson starrte ihn ungläubig an, und das Lächeln wich von seinem Gesicht.

»Ich habe zwanzig Mann, nur Gewehre, keine Maxims«, fuhr Borrows fort.

»Wann wird die Kolonne übersetzen?«

»Wir mußten mit unseren Pferden hinüberschwimmen. Der Fluß ist inzwischen drei Meter tief.« Borrow senkte seine Stimme. »Sie werden nicht kommen.«

»Haben Sie Berührung mit dem Feind gehabt?« fragte Wilson.

»Wir hörten sie um uns herum. Sie riefen sich etwas zu, während wir vorbeiritten, und wir hörten, daß sie zu beiden Seiten im Wald mit uns Schritt hielten.«

»Sie sind also zwischen uns und dem Fluß massiert, und selbst wenn wir uns bis zum Fluß durchschlagen, ist die Furt unpassierbar. Ist das so?«

»Ich fürchte ja, Sir.«

Wilson nahm seinen Hut vom Kopf und schlug ihn auf den Schenkel.

»Es scheint, als bliebe uns dann nur eine Richtung, die wir nehmen können, eine Richtung, mit der die Matabele nicht rechnen.« Er wandte sich wieder an Borrows. »Unser Befehl lautet, den König zu fassen, und jetzt hängt unser Leben davon ab. Wir müssen Lobengula als Geisel haben. Wir müssen vorwärts marschieren – und das sofort!« Er hob seine Stimme. »Truppe, aufgesessen! Im Trott, marsch!«

Sie ritten dicht aufgeschlossen. Clintons altem Grauen hatte die Nachtruhe gut getan, und er hielt seinen Platz in der dritten Reihe.

Ein junger Soldat ritt rechts neben Clinton.

»Wie ist dein Name, Sohn?« fragte er ruhig.

»Dillon, Sir – ich meine, Reverend.« Er war glattwangig und hatte ein frisches Gesicht.

»Wie alt bist du, Dillon?«

»Achtzehn, Reverend.«

Sie sind alle so jung, dachte Clinton. Selbst Major Allan Wilson ist kaum dreißig Jahre alt.

»Padre!«

Clinton blickte auf. Seine Aufmerksamkeit hatte nachgelassen. Sie waren schon lange zuvor aus dem dichten Busch herausgekommen und erreichten jetzt dieselbe Stelle, von der sie sich am vorherigen Abend zurückgezogen hatten.

Die Wagen standen noch verlassen neben der Spur; die Planen zeichneten blasse, geometrische Rechtecke aus solidem Segeltuch gegen das dunkle, nasse Gestrüpp.

Wieder ließ Wilson die Patrouille halten, und Clinton trieb den Grauen vorwärts.

»Sagen Sie ihnen, daß wir nicht kämpfen wollen«, befahl Wilson.

»Hier ist niemand.«

»Versuchen Sie es trotzdem«, drängte Wilson. »Wenn die Wagen verlassen sind, dann werden wir weiterreiten, bis wir den König eingeholt haben.«

Clinton ritt vorwärts und rief dabei: »Lobengula, fürchte dich nicht. Ich bin es. Hlopi.« Er erhielt keine Antwort, nur das Rauschen des Windes in den zerfetzten Wagenplanen.

»Krieger der Matabele – Kinder der Mashobane, wir wollen nicht kämpfen –« rief Clinton wieder; und dieses Mal antwortete ihm eine bellende Bullenstimme, hochmütig und wütend und stolz. Sie kam aus dem Düster und Regen, schien aus der bloßen Luft zu dringen, denn nirgendwo war ein Mensch zu sehen.

»Hau, weiße Männer! Ihr wollt nicht kämpfen – aber wir wollen kämpfen, denn unsere Augen sind rot und unser Stahl ist durstig!«

Das letzte Wort wurde von einem ungeheuren Getöse weggetragen, und das Geräusch über ihnen vernebelte sich mit blauem Pulverrauch, und die Luft über ihnen wurde von einem Sturm von Schüssen zerrissen.

»Zurück! Zurück!« brüllte Wilson, und die Pferde wichen zurück und stampften. Die meisten Schüsse gingen über die Köpfe hinweg. Wie immer hatten die Matabele so hoch wie möglich gezielt; aber es mußten hundert oder mehr von ihnen im Gestrüpp versteckt gewesen sein, und manche Kugel traf.

Einer der Soldaten wurde ins Auge getroffen. Das Pferd des jungen Dillon brach unter einem Schuß zusammen. Clinton brüllte Dillon zu, als er zurückgaloppierte. »Schneide deine Satteltasche ab. Du wirst jede Patrone brauchen, Junge.« Clinton kam heran, um ihn aufs Pferd zu nehmen, aber Wilson schnitt ihn wie ein Polospieler ab.

»Ihr Gaul ist halbtot, Padre. Er kann nicht zwei tragen. Weg mit Ihnen!«

Sie versuchten, Stellung in dem Dickicht zu beziehen, in dem sie die Nacht verbracht hatten, aber die versteckten Matabele schlichen nah heran.

»Tja, Padre, jetzt sind wir dran – und daran ist nicht zu rütteln.« Der Soldat grinste ihn an. »Wir können uns hier nicht verteidigen. Zwei Verwundete auf ein Pferd und ein Mann, um sie zu führen. Sie gehen mit denen in die Mitte, die ihre eigenen Pferde verloren haben. Wir anderen reiten als Deckung um sie herum.«

Sie zogen sich langsam zurück, und aus dem Dickicht zu beiden Seiten des Weges krachten und rauchten die Musketen.

Die Matabele waren gut versteckt. Natürlich riskierten sie nichts, nicht einmal bei dieser winzigen Gruppe von etwa dreißig Mann.

Clinton ging neben dem Grauen und hielt das gesunde Bein des verwundeten Mannes, um zu verhindern, daß er aus dem Sattel fiel. Er trug die beiden Gewehre, die den verwundeten Männern gehörten, um seine Schulter gehängt.

»Padre!« Clinton blickte auf und sah Wilson über sich. »Wir haben drei Pferde, die ausgeruht genug sind, um einen Galopp zum Fluß zu versuchen. Ich habe Burnham und Ingram befohlen, zu versuchen, zum Hauptlager zu gelangen und St. John über unsere schlimme Lage zu informieren. Da ist ein Pferd für Sie. Sie werden Sie mitnehmen.«

»Danke, Major«, antwortete Clinton, ohne einen Augenblick zu zögern. »Ich bin Seemann und Priester, kein Reiter; außerdem glaube ich, daß ich hier etwas zu tun habe. Lassen Sie jemand anderen reiten.«

Wilson nickte. »Ich hatte erwartet, daß Sie das sagen würden.« Er brachte sein Pferd in Trab und ritt an die Spitze der traurigen kleinen Kolonne. Minuten später hörte Clinton den schnellen Schlag fliegender Hufe. Er sah drei Reiter aus der Linie ausscheren und in das Gebüsch galoppieren, das sie umgab.

Ein Chor wütenden Geschreis wurde laut, als die Matabele versuchten, ihnen den Weg abzuschneiden, doch Clinton sah ihre Hüte über dem niedrigen Gebüsch hüpfen, und er rief ihnen nach: »Gott gebe euch Flügel, Jungs!«

Und dann, während er in dem Schlamm weitertrottete, der sich an die Sohlen seiner Reitstiefel klebte – begann er stumm zu beten.

Sie zogen langsam weiter, und nach einer Weile bemerkte Clinton, daß sie nicht mehr der Wagenspur folgten. Wilson schien sie ostwärts zu führen.

Dann blieb die Kolonne stehen, und jetzt hörte das hartnäckige Knattern der Musketen verborgener Schützen im Gestrüpp zum ersten Mal auf.

Wilson hatte sie in einen herrlichen, parkähnlichen Wald geführt. Sie konnten durch die weit auseinanderstehenden Bäume tief in den Wald hineinsehen. Dort, direkt der Patrouille voraus, in ganzer Breite ausgedehnt, wartete Lobengulas Armee. Es war unmöglich zu sagen, wie viele Tausend es waren. Noch während die weißen Männer auf ihren Feind starrten, begann das *Jikela,* das »Einkreisen«, was die Zulus seit der Zeit des großen Chaka immer getan hatten.

Die »Hörner« wurden gespreizt, die jüngsten und schnellsten Krieger rannten zu den Flanken hinaus, bis die Spitzen der Hörner sich hinter der Gruppe der weißen Männer trafen.

Der Patrouille gegenüber stand die »Brust des Bullen«, die harten und erfahrenen Veteranen; wenn die Hörner sich zusammenzogen, war es die Brust, die herandrängte und zuschlagen würde. Jetzt aber warteten sie, Reihe dicht an Reihe, schweigend und wachsam. Bei ihrem Schweigen und ihrer Reglosigkeit war es nicht erforderlich, daß Wilson lauter als bei einer normalen Unterhaltung sprach.

»Nun, Gentlemen. Wir werden nicht weiterziehen – jedenfalls eine Weile nicht. Steigen Sie freundlicherweise ab und bilden Sie einen Kreis.«

Ruhig wurden die Pferde zu einem Kreis geführt. Hinter jedes Pferd duckte sich sein Reiter, sein Gewehr auf den Sattel gelegt und auf die umgebende Wand aus stummen, wartenden, schwarzweiß gefleckten Schilden gerichtet.

»Padre!« rief Wilson leise, und Clinton verließ die Verwundeten, die er in der Mitte versorgte und trat rasch an seine Seite.

»Ich möchte, daß Sie übersetzen, falls sie verhandeln wollen.«

»Es wird kein Reden mehr geben«, versicherte Clinton, und als er das sagte, teilten sich die gedrängten Reihen der Brust, und ein großer Induna trat hindurch. Selbst auf eine Entfernung von zweihundert Schritt war er eine imposante Erscheinung.

»Gandang«, sagte Clinton leise. »Der Halbbruder des Königs.«

Lange Sekunden blickte Gandang auf den Kreis der regennassen Pferde und die grimmigen, weißen Gesichter, und dann hob er seinen breiten Assegai hoch über seinen Kopf. Es war fast ein Gladiatorengruß. Dann drang seine Stimme deutlich dorthin, wo sie warteten.

»Laßt es beginnen!« rief er, und sein Speerarm sank herab.

Augenblicklich kamen die Hörner hereingerannt, verengten sich wie der Griff eines Würgers um die Kehle.

»Ruhig!« rief Wilson. »Nicht schießen! Leute, wir dürfen keine Kugel vergeuden! Erst schießen, wenn ihr sicher seid.«

Die Klingen kamen mit einem rasselnden Grollen aus den Riemen, die sie am Schildgriff hielten, und der Kriegsgesang schwoll an, tief und hallend: »Jee! Jee!«

»Wartet, Leute.« Die vorderste Reihe war fünfzig Meter entfernt und stürmte aus dem sanften, seidigen, grauen Regennebel heran.

»Ziel erkennen! Ziel erkennen!« Zwanzig Meter, Singen und Trommeln zum Rhythmus ihrer stampfenden, nackten Füße.

»Feuer!« Gewehrfeuer donnerte aus dem engen, kleinen Kreis, nicht als eine einzige Salve, sondern in einem Abstand, der verriet, daß jeder Schuß gezielt war. Die vorderste Reihe der Angreifer sank auf den durchnäßten Boden.

Die Verschlußblöcke klirrten, und das Gewehrfeuer setzte sich fort wie das Krachen von Chinakrachern, und ein Echo kam zurück, das klatschende Geräusch von Bleikugeln, die auf nacktes schwarzes Fleisch schlugen.

An zwei Stellen drangen Krieger in den Kreis ein und verzweifelte Sekunden lang war da ein Gewühl ringender Männer, und das Knallen von Revolvern ertönte. Dann verlor die schwarze Woge an Wucht, zögerte und zog sich schließlich zurück. Die überlebenden Krieger huschten in den Wald zurück und ließen ihre Toten auf dem nassen Gras verstreut liegen.

»Wir haben's geschafft, wir haben sie zurückgeschlagen!« schrie jemand, und dann jubelten sie alle.

»Ein bißchen früh zum Feiern«, murmelte Clinton trocken.

»Lassen Sie sie schreien.« Wilson lud seine Pistole nach. »Sie müssen sich Mut machen.« Er blickte von seiner Waffe auf zu Clinton. »Sie wollen uns also nicht helfen?« fragte er.

Clinton schüttelte den Kopf. »Ich habe den letzten Mann vor über fünfundzwanzig Jahren getötet, aber ich werde mich um die Verwundeten kümmern und alles andere tun, was Sie von mir verlangen.«

»Gehen Sie zu jedem Mann. Sammeln Sie die Reservemunition ein und füllen Sie die Patronengurte.«

Clinton wandte sich zur Mitte des Kreises, da lagen drei neue Männer – einer war tot, ein anderer hatte eine gebrochene Hüfte, und aus der Brust des dritten ragte der Schaft eines Assegai.

Die Wellen der Krieger kamen vor Mittag viermal wieder. Jedesmal schien es unmöglich, daß es ihnen nicht gelänge, den Kreis zu überwinden, doch jedesmal drehten sich sich, zogen sich in den Wald zurück.

Nach jedem Angriff mußte der Kreis ein wenig enger gezogen werden, um die Lücken zu schließen, die gefallene Pferde und tote und verwundete Männer gerissen hatten, und dann schlichen die Schützen der Matabele wieder heran, bewegten sich wie schnelle, schweigende Schatten von Baum zu Baum und boten kaum ein Ziel.

Wilson ging ruhig in dem Kreis herum; sprach beruhigend mit seinen Männern und kam dann in die Mitte zurück.

»Sind Sie dem gewachsen, Padre?«

»Uns geht es gut, Major.«

Clinton hatte Satteldecken über die Gesichter der Toten gelegt. Zwölf lagen jetzt da – und es war erst kurz nach Mittag, noch sieben Stunden Tageslicht blieben.

Wilson hockte sich neben Clinton hin.

»Munition?« fragte er leise.

»Vierhundert Schuß«, erwiderte Clinton ebenso leise.

»Macht weniger als dreißig Schuß pro Mann«, rechnete Wilson rasch. »Die Verwundeten natürlich nicht mitgerechnet.«

»Nun, sehen wir's mal so, Major, zumindest regnet es nicht mehr.«

»Padre, das habe ich noch gar nicht bemerkt.« Wilson lächelte schwach und blickte zum Himmel. Die Wolkendecke war aufgerissen.

»Sie sind verwundet, Major«, rief Clinton plötzlich aus. Bis zu diesem Augenblick hatte er das nicht bemerkt. »Lassen Sie mich nachschauen.«

»Es hat fast aufgehört zu bluten. Lassen Sie nur.« Wilson schüttelte den Kopf. »Bewahren Sie Ihre Verbände für die anderen auf.«

Er wurde durch einen Schrei von einem der Soldaten im Kreis unterbrochen.

»Da ist er wieder!« Und augenblicklich peitschten feuernde Gewehre, und dieselbe Stimme fluchte ärgerlich.

»Dieser Bastard, dieser verdammte Bastard –«

»Was ist denn Soldat?«

»Dieser große Induna – er wollte wieder hierher; aber der Teufel beschützt ihn. Wir haben gerade eine Schachtel Patronen an ihn vergeudet.«

Während er sprach, warf Clintons altes graues Pferd seinen Kopf hoch und fiel, am Hals getroffen, auf die Knie. Es mühte sich, wieder aufzustehen, und rollte dann auf die Seite.

»Armer alter Kerl!« murmelte Clinton, und sofort stieg ein anderes Pferd, schlug mit seinen Vorderhufen wie wild in die Luft und stürzte dann auf den Rücken.

»Sie schießen jetzt besser«, sagte Wilson ruhig.

»Ich nehme an, das ist Gandangs Werk«, murmelte Clinton. »Er visiert für sie an und überwacht ihre Schüsse.«

»Es ist Zeit, den Kreis wieder zu verengen.«

Nun standen nur noch zehn Pferde da; die anderen lagen, wo sie gefallen waren, und ihre Soldaten lagen hinter ihnen auf dem Bauch und warteten geduldig auf ein sicheres Ziel.

»Zusammenrücken.« Wilson stand und deutete auf den Kreis der Soldaten. »Kommt in die Mitte –«

Er brach abrupt ab, drehte sich halb im Kreis und faßte an seine Schulter, blieb aber dennoch stehen.

»Sie sind wieder getroffen!« Clinton sprang auf, um ihm zu helfen, und augenblicklich wurden seine beiden Beinde unter ihm weggeschlagen, und er fiel auf die schlammige Erde zurück und starrte auf seine zerschmetterten Kniescheiben.

Es mußte eine der alten Elefantenbüchsen gewesen sein, die einige der Matabele benutzten.

Gandang kniete hinter dem Baum und riß das Martini-Henry-Gewehr einem jungen Krieger aus der Hand.

»Selbst ein Pavian merkt sich, was man ihm beibringt«, fauchte Gandang. »Wie oft ist dir gesagt worden, daß du das nicht tun sollst?«

Das lange Klappvisier auf dem blauen Lauf war auf Höchstreichweite eingestellt, auf tausend Meter.

Unter Gandangs ruhiger Anweisung legte der junge Matabele die Waffe in eine Astgabel und feuerte.

Das Gewehr schlug heftig zurück, und er schrie freudig auf. In dem kleinen Kreis sackte ein großes, starkrückiges, graues Pferd in die Knie, kämpfte kurz, um sich zu erheben und kippte dann auf die Seite.

»Habt ihr gesehen, meine Brüder?« heulte der Krieger. »Habt ihr mich das graue Pferd töten sehen?«

Vambas Hand zitterte vor Erregung, als er das Gewehr nachlud und wieder anlegte.

Er feuerte, und diesmal stieg ein Fuchswallach und krachte dann auf den Rücken.

»Jee!« sang Vamba und schwenkte das rauchende Gewehr über seinem Kopf. Der Kriegsgesang wurde von einem Hundert anderer versteckter Schützen aufgenommen, und ihre Salve donnerte.

»Sie sind fast soweit«, dachte Gandang, als er sah, wie ein weiterer Verteidiger in dem neuen Sturm des Gewehrfeuers fiel. »Es können nur noch wenige sein, die noch schießen. Es wird jetzt bald Zeit, die Speere zum Einschließen zu schicken, und heute nacht werde ich meinem Bruder, dem König, einen Sieg bringen können. Einen kleinen Sieg bei all den schrecklichen Niederlagen.«

Er schlüpfte aus der Deckung und eilte rasch dorthin, wo andere Schützen so schnell feuerten, wie sie nachladen konnten. Auf halbem Wege spürte Gandang den zerrenden Schlag an seinem Oberarm, aber er lief über das offene Gelände, ohne zu halten, und lehnte sich dann an einen Mopani und untersuchte die Wunde. Die Kugel war in seinen Arm geschlagen. Das Blut tropfte von seinem Ellenbogen wie dicker schwarzer Sirup. Gandang nahm eine Handvoll Schlamm und schmierte ihn auf die Wunde.

Dann sagte er zornig zu dem knienden Krieger an seiner Seite. »Du schießt wie eine alte Frau, die Mais enthülst.« Und er nahm ihm das Gewehr aus den Händen.

Clinton schleppte sich auf seinen Ellenbogen rückwärts, und seine Beine streiften ihm lose durch den Schlamm nach. Er hatte den Gurt eines der toten Männer zum Abbinden benutzt, und er blutete nur wenig. Der Schock hielt noch an, so daß der Schmerz gerade noch erträglich war, obwohl das Geräusch der zerschmetterten Knochenenden, die aneinander scharrten, als er sich bewegte, in seiner Kehle Übelkeit erzeugte.

Alle Pferde waren tot; sie lagen in einem Gewirr von Sattelzeug und zerbrochener Ausrüstung, zwischen zerknüllten, gelben Fetzen von Wachspapier aus den Munitionsschachteln, leeren Messinghülsen und weggeworfenen Gewehren. In diesem Durcheinander lag nur die Reihe der toten Männer ordentlich. Wie lang diese Reihe war, dachte Clinton, o Gott, welche Vergeudung, welch schreckliche Vergeudung!

Er hob seinen Blick, der Sonnenuntergang färbte bereits die Wolken.

Sie hatten den ganzen Tag in diesem blutigen Schlammflecken gekämpft. In einer Stunde würde es dunkel sein, doch jetzt schon bewegten sich dunkle Flecken wie Motten vor dem hohen, singenden Blau des Abendhimmels. Die winzigen Flecken drehten sich in langsamen Kreisen wie ein träger Strudel, denn die Geier standen noch sehr hoch, warteten und beobachteten.

Clinton senkte seinen Blick, und Wilson beobachtete ihn von der anderen Seite des Kreises.

Er saß mit dem Rücken an den Bauch eines der toten Pferde gelehnt. Sein rechter Arm hing nutzlos an seiner Seite, und die Polsterung über der Wunde in seinem Bauch war scharlachrot von durchgedrungenem Blut, aber er hielt seinen Revolver in seinem Schoß.

Die beiden Männer schauten sich an, während das Singen anschwoll und leiser wurde und wieder anschwoll.

»Sie werden jetzt kommen – zum letzten Mal«, sagte Wilson.

Clinton nickte, und dann hob er sein Kinn, und auch er begann zu singen: »Näher, mein Gott, zu dir, näher zu dir –«

Seine Stimme klang überraschend klar und fest, und Wilson sang mit ihm und preßte Stoff auf seine Bauchwunde. »– Dunkelheit fällt über mich, mein Ruhekissen ist ein Stein –«

Und dann war da ein Donnern in der Luft, das Trommeln von zweitausend Assegai auf schwarzweiß gefleckten Schilden, und der Donner kam rollend auf den kleinen Kreis zu.

Wilson zog sich auf die Beine, um ihnen ins Gesicht zu schauen.

Die Leichen waren nackt ausgezogen. Ihre Haut, nie berührt von der Sonne, war schneeweiß.

Um das Schlachtfeld war eine große Menge Krieger versammelt, von denen einige bereits erbeutete Uniformstücke trugen, und sie alle keuchten noch, aufgestachelt vom letzten wilden Angriff.

Aus den dichten Reihen trat ein alter, grauhaariger Krieger, seinen Assegai von unten gehalten, wie ein Schlachtermesser. Er beugte sich über den nackten Leichnam von Clinton Codrington. Es war an der Zeit, die Geister der weißen Männer freizulassen, sie aus ihren Körpern entfliehen und fliegen zu lassen, damit sie nicht auf Erden blieben, um die Lebenden zu beunruhigen. Es war Zeit für das rituelle Bauchaufschlitzen. Der alte Krieger richtete die Spitze seiner Klinge auf Clintons Bauch und sammelte sich, um den Stoß auszuführen.

»Halt!« Eine klare Stimme ließ ihn erstarren, und der Krieger trat zurück und salutierte respektvoll, als Gandang durch die weichenden Reihen der Krieger schritt.

In der Mitte des schrecklichen Feldes blieb Gandang stehen und blickte auf die nackten Körper seiner Feinde. Sein Gesicht war ausdruckslos, doch seine Augen waren furchtbar, so, als ob er die ganze Erde beklagte.

»Laßt sie liegen«, sagte er leise. »Dies waren die Männer der Männer, denn ihre Väter waren vor ihnen Männer.«

Dann wandte er sich um und ging den Weg zurück, den er

gekommen war, und seine Männer formierten sich hinter ihm und trotteten nach Norden davon.

Lobengula war ans Ende seines Herrschaftsbereiches gelangt. Unter ihm öffnete sich die Erde zum Steilabfall des Sambesi-Tales, einem wilden Ort mit eingestürzten Felsschluchten und undurchdringlichen Dickichten, mit wilden Tieren und einer schwelenden, drückenden Hitze.

Im Westen zeichnete sich eine große, silberne Wasserstaubwolke gegen den Himmel; sie markierte die Stelle, an der der Sambesi donnernd über einen Steilfelsen in schrecklichem, schäumendem Wirbel hundert Meter tief in die schmale Schlucht darunter stürzte.

Lobengula saß auf dem Bock seines Leitwagens und betrachtete all diese Großartigkeit mit teilnahmslosen Blicken. Der Wagen wurde von zweihundert seiner Krieger gezogen. Die Ochsen waren alle tot. Das Gelände war zu zerklüftet und felsig für die meisten von ihnen gewesen, und sie waren zusammengebrochen und verendet.

Dann war der Zug in den ersten Gürtel der Tsetsefliege geraten, und das gefürchtete kleine Insekt war in Schwärmen zu den verbliebenen Ochsen gekommen und hatte Männer und Frauen in Lobengulas langer Karawane geplagt. In wenigen Wochen waren die von den Fliegen gestochenen Tiere tot und Männer, die gegenüber dem Stich widerstandsfähiger waren, hatten ihre Plätze im Gespann eingenommen und ihren König auf seiner ziellosen Flucht weitergezogen.

Jetzt waren selbst sie entmutig durch das, was vor ihnen lag. Sie ruhten in den Jochen und schauten zu Lobengula.

»Wir werden heute nacht hier schlafen«, sagte der König, und augenblicklich eilte das geschwächte, hungernde Gefolge, das den Wagen gefolgt war, um das Lager aufzuschlagen. Die jungen Mädchen holten Wasser in ihren Tontöpfen, die Männer bauten die Schutzdächer und schlugen Holz für die Feuer, und die Frauen bereiteten ein karges Mahl zu.

»Dein Bett wird bald bereit sein, *Nkosi Nkulu.*« Lobengula starrte verträumt zu dem steilen felsigen Hügel.

»Ist das dort droben eine Höhle, mein Bruder?« fragte Lobengula leise. Ein dunkler Spalt war in das Antlitz des Felsens gerissen, der die Kuppe des Hügels umsäumte. »Ich möchte zu dieser Höhle gehen.«

Zwanzig Männer trugen Lobengula auf einer Bahre aus Pfählen und Fellen.

Unmittelbar unter dem Felsen gab Gandang den Trägern ein Zeichen, und sie setzten die Bahre behutsam auf den Felshang ab, während Gandang seinen Schild auf seine Schulter hob und seine breite Klinge aus dem Lederriemen befreite.

Die Höhle war eng, aber tief und dunkel. Der kleine Vorsprung an ihrem Mund war mit den pelzigen Überresten und zermalmten Knochen kleiner Tiere übersät. Die Höhle selbst strahlte den Gestank eines fleischfressenden Tieres aus, und als Gandang sich am Eingang hinhockte und in die düsteren Tiefen schaute, war da das plötzliche boshaft fauchende Knurren eines Leoparden zu hören, und er sah undeutlich, wie die Bestie sich in den Schatten bewegte. Gandang zog sich langsam aus dem Sonnenlicht zurück und blieb stehen, damit seine Augen sich an das Düster gewöhnten. Der Leopard warnte ihn wieder mit einem schrecklichen, wütenden Knurren in der Enge der Höhle. Er war näher herangekrochen und lag flach auf einem schmalen Vorsprung in Höhe von Gandangs Kopf.

Vorsichtig begab sich Gandang unterhalb des Vorsprungs in Position. Halb geduckt balancierend, die Spitze des Assegai hochgehoben und auf die Kehle des wütenden Tieres gerichtet, hob Gandang seinen Schild und forderte das Tier heraus.

»Komm, du Teufelsbrut!« Und mit einem erschreckenden Wutausbruch sprang der Leopard auf den großen gefleckten Schild. Aber als er hinabstürzte, hob Gandang die Speerspitze und bohrte sie in das Herz der Bestie.

Die Klinge war noch in die Brust des Leoparden gegraben. Er hustete einmal, erstickte an seinem eigenen Blut und entzog sich dann dem Stahl, um aus der Höhle zu kriechen. Als Gandang ihm vorsichtig ins Sonnenlicht folgte, lag das herrliche Tier auf dem Felssims in einer Pfütze seines Blutes hingestreckt. Es war ein prächtiges altes Männchen mit narbenlosem Fell.

»Der Weg ist sicher, o König«, rief Gandang den Hang hinunter, und die Träger brachten Lobengula herauf und setzten ihn behutsam auf dem Vorsprung ab.

Der König entließ die Träger, und er und sein Halbbruder waren allein auf dem Hügel, hoch über diesem harten und barbarischen Land. Lobengula schaute auf den toten Leoparden und dann auf den dunklen Eingang der Höhle.

»Dies wäre ein passendes Grab für einen König«, sagte Lobengula nachdenklich. Gandang konnte ihm nichts antworten. Sie schwiegen eine lange Zeit.

»Ich bin ein toter Mann«, sagte Lobengula schließlich, und hob eine zierliche Hand, um Gandangs Protest zu unterbinden. »Ich gehe noch, ich spreche noch, aber mein Herz in mir ist tot.«

Gandang schwieg, und er vermochte nicht, dem König ins Gesicht zu schauen.

»Gandang, mein Bruder. Ich will nur Frieden. Wirst du mir den gewähren? Wenn ich es befehle, wirst du deinen Speer zu mir bringen und mein totes Herz durchbohren, um meinen Geist freizulassen, damit er Frieden finden kann?«

»Mein König, mein Bruder, niemals habe ich deine Befehle nicht befolgt. Jedes deiner Worte war die Mitte meines Seins. Verlange alles von mir, mein Bruder, alles, bis auf dies. Nie werde ich meine Hand gegen dich erheben können, Sohn meines Vaters.«

Lobengula seufzte. »O Gandang, ich bin so schwach und krank vor Leid. Wenn du mir keine Linderung geben willst, wirst du dann meinen obersten Medizinmann kommen lassen?«

Der Zauberer kam und lauschte ernst dem Befehl des Königs; dann erhob er sich und ging, um den Kadaver des Leoparden zu holen.

Er schnitt die langen, steifen, weißen Barthaare ab und verbrannte sie zu Pulver. Um den Trank noch stärker zu machen, rieb er ein Dutzend Samenkörner eines giftigen Strauches zu einer Paste und mischte sie mit der todbringenden Asche. Dann schüttete er aus einem verstöpselten Bockhorn an seinem Gürtel eine ätzende grüne Flüssigkeit hinein und verrührte sie.

Auf seinen Knien, das Gesicht zu Boden gerichtet, rutschte er zu dem König wie ein kriechender Hund und stellte den Topf auf den Felsvorsprung. Als seine verdorrten, klauengleichen Finger das tödliche Gefäß losließen, erhob sich Gandang schweigend hinter ihm und trieb seinen Assegai zwischen die knochigen Schulterblätter des Zauberers.

Dann nahm er den welken, skelettenen Körper und trug ihn in die Tiefen der Höhle. Als er zurückkam, kniete er wieder vor Lobengula nieder.

»Du hast recht«, nickte Lobengula. »Kein Mann außer dir sollte wissen, wie der König stirbt.«

Er ergriff den Topf und hielt ihn zwischen seinen rosafarbenen Handflächen.

»Jetzt wirst du der Vater meines armen Volkes sein. Bleibe in Frieden, mein Bruder«, sagte Lobengula, hob den Topf an seine Lippen und leerte ihn mit einem einzigen Zug.

Dann legte er sich auf die Bahre zurück und zog eine Felldecke über seinen Kopf.

»Gehe in Frieden, mein geliebter Bruder«, sagte Gandang. Seine edlen Gesichtszüge waren wie gemeißelter Granit. Als er sich neben der Totenbahre des Königs setzte, liefen die Tränen über seine Wangen.

Sie begruben Lobengula in der Höhle, aufrecht auf dem Steinboden sitzend und in die Haut des Leoparden gehüllt. Sie zerlegten seine Wagen und trugen sie den Hügel hinauf und stapelten die Teile hinten in der Höhle.

Sie häuften Lobengulas Schätze zu beiden Seiten auf, und zu seinen Füßen legte Gandang den zerbrochenen Speer seines Königtums. Seine Biertöpfe und Eßteller, seine Messer und Spiegel und das Schnupfhorn, seine Perlen und seinen Schmuck, einen Beutel Salz und einen anderen mit Korn für die Reise – und schließlich die kleinen verschlossenen Tontöpfe mit den ungeschnittenen Diamanten, damit er sein Wegegeld in der Geisterwelt seiner Vorväter zahlen konnte, legten sie neben ihn.

Unter Gandangs Aufsicht verschlossen sie den Eingang der Höhle mit schweren Brocken schwarzen Eisensteins und dann, des Königs Lob traurig singend, gingen sie den Hügel hinab.

Es gab weder Vieh, das zum Begräbnismahl geschlachtet werden konnte, noch Korn für das Bier. Gandang rief die Führer des trauernden Volkes zu sich.

»Ein Berg ist gefallen«, sagte er einfach. »Und ein Zeitalter ist vorbei. Ich habe meine Frau und meinen Sohn und das Land, das ich liebte, hinter mir gelassen. Ohne diese Dinge ist ein Mann nichts. Ich gehe zurück. Niemand muß mir folgen. Jeder soll seinen eigenen Weg wählen. Der meine führt wieder nach Süden, nach GuBulawayo und zu den magischen Hügeln der Matopos – um diesen Mann Lodzi zu treffen und mit ihm zu sprechen.«

Am Morgen, als Gandang wieder nach Süden aufbrach, blickte er zurück und sah, was vom Matabele-Volk übriggeblieben war. Es war kein großes und kriegerisches Volk mehr.

Robyn Codrington stand im kühlen Schatten der Veranda der Khami-Mission. Es hatte an diesem Morgen geregnet, und die Luft war reingewaschen, und die nasse Erde roch wie frisch gebackenes Brot, als der helle Sonnenschein sie erwärmte.

Robyn trug die schwarzen Bänder der Trauer an ihren Ärmeln.

»Warum sind Sie hergekommen?« fragte sie ruhig, aber ohne zu lächeln, den Mann, der die Vorderstufen der Veranda hochstieg.

»Mir blieb keine Wahl«, antwortete Mungo St. John. Er blieb an der obersten Stufe stehen und musterte sie einen Augenblick, ohne daß eine Spur von Spott in seinem Gesicht war.

»Ich wäre Ihnen dankbar, Sir, wenn Sie sagen, was Sie vorzubringen haben, und dann gehen.«

»Robyn, es tut mir leid, aber vielleicht ist es das beste, wenn wir Klarheit schaffen.«

In den vier Monaten seit der Rückkehr der fliegenden Kolonne vom Shangani waren ein Dutzend Gerüchte aus dem Busch gedrungen.

An diesem schicksalhaften Morgen hatte Mungo St. Johns Kolonne, die durch hochwasserführenden Fluß abgeschnitten war, schweres Feuer vom anderen Ufer gehört. Fast augenblicklich waren sie selbst unter heftiges Feuer angreifender Matabele-

Truppen geraten. Sie waren gezwungen gewesen, sich zurückzuziehen. Es war ein langer, ermüdender Rückzug im Regen, der Wochen an Hunger und Entbehrungen gekostet hatte, bis die verfolgenden Impi sie schließlich hatten laufenlassen, aber erst nachdem die Waffenkarren aufgegeben und die Hälfte der Pferde tot waren.

Niemand hatte gewußt, was aus Allan Wilsons Patrouille am Nordufer des Shangani geworden war, doch dann war das Gerücht nach GuBulawayo gedrungen, daß die kleine Gruppe sich durch die Impi durchgeschlagen und den Sambesi erreicht hätte und auf Flößen die dreihundert Meilen flußabwärts zu der portugiesischen Ansiedlung Tete gefahren sei. Später wurde das von den Portugiesen dementiert, und die Hoffnungen sanken, um dann wieder aufzuleben, als ein Induna sich ergab und behauptete, daß die weißen Männer vom Inyati-Regiment gefangengenommen worden seien – Gerüchte, Dementis und Gegengerüchte, vier schreckliche Monate lang, und jetzt stand Mungo St. John vor Robyn.

»Es ist sicher«, sagte er. »Ich wollte nicht, daß ein Fremder die Nachricht überbringt.«

»Sie sind tot«, sagte sie einfach.

»Sie alle. Dawson erreichte das Schlachtfeld und fand sie.«

»Er hätte sie gar nicht erkennen oder sich der Zahl der Leichen sicher sein können. Nicht nach all diesen Monaten, nicht, nachdem die Geier und Hyänen –«

»Robyn, bitte.« Mungo streckte eine Hand nach ihr aus, aber sie wich zurück.

»Ich glaube es nicht. Clinton hätte entkommen können.«

»Im Busch stieß Dawson auf den obersten Induna der Matabele. Er kommt mit seinem ganzen Volk, um sich zu ergeben. Er schilderte Dawson, wo die letzte Stellung der Patrouille war und wie sie starben.«

»Clinton hätte –« Sie war sehr blaß und schüttelte entschieden den Kopf.

»Robyn, es war Gandang. Er kannte Ihren Mann sehr gut. ›Hlopi‹ nannte er ihn. Er sah ihn bei den anderen Toten liegen. Es ist sicher. Es kann keine Hoffnung mehr geben.«

»Sie können jetzt gehen«, sagte sie, und dann weinte sie ganz plötzlich.

»Ich kann Sie so nicht hier lassen«, sagte Mungo und trat auf sie zu.

»Kommen Sie mir nicht zu nah«, sagte sie heiser und wich zurück. »Rühren Sie mich nicht an.«

Er kam näher, geschmeidig und schleichend wie ein Leopard; doch die grausamen und dunklen Züge seines Gesichts waren weich geworden, wie sie es zuvor nie gesehen hatte.

»Nicht, o bitte, nein –« Jetzt hielt sie beide Hände hoch, als wolle sie ihn abwehren, und sie wandte ihr Gesicht ab. Sie hatte das Ende der Veranda erreicht; ihr Rücken preßte sich an die Tür des Zimmers, das Cathy und Salina einst geteilt hatten, und sie begann mit tränenerstickter Stimme zu beten.

»O lieber Jesus, hilf mir, stark zu sein –« Seine Hände fielen auf ihre Schultern. Sie erschauerte und keuchte.

» – Haben Sie Mitleid. Ich bitte Sie. Lassen Sie mich.«

Er nahm ihr Kinn in seine Hand und zwang sie, ihn anzuschauen.

»Willst du mir denn nie Frieden geben?« murmelte sie, und dann bedeckte sein Mund den ihren. Langsam wich die Starre aus ihrem Körper, und sie drückte sich an ihn. Sie schluchzte einmal und ließ sich dann in die Umarmung seiner harten, muskulösen Arme fallen. Er hob sie wie ein schlafendes Kind an seine Brust.

Er trat die Tür zum Schlafzimmer auf, ging hinein und schloß sie mit seinem Absatz.

Auf dem Bett lag nur eine Staubdecke. Er legte sie darauf und kniete neben ihr, sie noch immer an seiner Brust haltend.

»Er war ein Heiliger«, keuchte sie. »Und du hast ihn in den Tod geschickt. Du bist der Teufel.«

Und dann löste sie mit den zitternden, wilden Fingern einer Ertrinkenden die Perlmuttknöpfe an der Vorderseite seines Leinenhemdes auf.

Aus seinem Kämmerchen konnte Jordan Ballantyne die geräumigen Küchen von Groote Schuur überblicken.

Drei Köche waren an den glänzenden Reihen der Aga-Kohlenherde bei der Arbeit, und einer von ihnen eilte mit dem emaillierten Topf und einem Silberlöffel zu ihm hinüber. Jordan probierte die Sauce Bernaise, die zum Fisch gereicht werden würde.

»Perfekt«, nickte Jordan. Der kleine Franzose eilte strahlend davon, und Jordan wandte sich der schweren Teakholztür zu, die zu den Weinkellern unter den Küchen führte.

Jordan hatte den Port persönlich an diesem Nachmittag dekantiert, zehn Flaschen des vierzig Jahre alten Vilanova de Gaia des Jahrgangs 1853; er war zu der wundervoll braungelben Farbe wilden Honigs gereift. Jetzt kam ein malaysischer Ober in langem, weißen Kanzu-Gewand, mit scharlachroter Schärpe und Fez die steinernen Stufen herauf und trug ehrerbietig die erste gläserne Karaffe auf einem georgianischen Silbertablett.

Jordan schenkte einen Fingerhut voll in den ziselierten silbernen *tastevin,* den er an einer Kette um seinen Hals trug. Er nippte, rollte ihn auf der Zunge und sog dann scharf den Atem durch geschürzte Lippen, um den Wein für sich selbst sprechen zu lassen.

»Ich hatte recht«, murmelte er. »Welch ein glücklicher Kauf. Ramallah, wir werden zur Suppe wahlweise einen Sherry Finos Palma oder Madeira offerieren, zum Fisch den Chablis oder den 1889 Krug –« Jordan ging rasch das Menü durch, entließ den Diener dann und ging in den Eßsalon.

Am Kopfende des langen Tisches blieb Jordan stehen. Das Service war das vergoldete silberne Königinmuster, das Mr. Rhodes von den Direktoren der Chartered Company als Geschenk erhalten hatte, die Gläser, langstielige, hauchdünne, venezianische Gläser mit zweiundzwanzigkarätigem Goldrand als Vervollständigung der Vergoldung. An diesem Abend war für zweiundzwanzig gedeckt, und Jordan hatte sich mit den Sitzarrangements gequält. Schließlich hatte er beschlossen, Dr. Jameson an das Tischende zu setzen und Sir Henry Loch, den Hochkommissar an die rechte Seite von Mr. Rhodes. Er nickte befriedigt über dieses Arrangement.

Die Blumen hatte Jordan selbst arrangiert, große Gestecke

aus Proteablüten von den Hängen des Tafelberges. In der Mitte gelbe englische Rosen aus den Gärten von Groote Schuur, und natürlich Mr. Rhodes Lieblingsblumen, die wunderschönen blauen Bleiwurzblüten.

Hinter den Doppeltüren wurde das Klappern vieler Füße auf dem Marmorboden der Eingangshalle laut, und die hohe, fast nörgelnde Stimme, die Jordan kannte und so sehr liebte, drang zu ihm.

»Wir werden den alten Mann einfach bestechen müssen.« Jordan lächelte zärtlich bei diesen Worten. Der alte Mann war sicherlich Kruger, der Präsident der Burenrepublik, und »bestechen« war immer noch eines der Lieblingsworte von Mr. Rhodes. Kurz bevor die Türen aufschwangen, um die Gesellschaft der brillanten und berühmten Männer einzulassen, die in dunkle Smokings gekleidet waren, huschte Jordan aus dem Salon. Er bezog so Position, daß er die Unterhaltung an der langen, glitzernden Tafel in der Halle dahinter hören konnte.

Es vermittelte ihm ein herrliches Gefühl von Macht, so dicht am Zentrum all dessen zu sitzen und dem Pulsschlag der Geschichte zu lauschen, zu wissen, daß es an seinem Scharfsinn lag, zu verändern und zu lenken und daß er dies im geheimen tun konnte. Ein Wort hier, eine Andeutung da, oder auch nur etwas so Triviales, wie die Plazierung zweier mächtiger Männer nebeneinander an dem langen Eßtisch.

Dieses Leben war für Jordan eine Droge geworden, und es verging kaum ein Tag, an dem er diesen schweren Trank nicht bis zur Neige auskostete.

Es war fast Mitternacht, und im Speisesalon erhob sich Mr. Rhodes.

»Nun, Gentlemen, ich wünsche Ihnen allen eine angenehme Nachtruhe.«

Rasch huschte er über den Dienstbotengang.

An dessen Ende öffnete er die Tür einen Spalt breit und beobachtete besorgt, wie die stämmige, scheinbar unbeholfene Gestalt die Treppen erklomm. Die Gesellschaft hatte dem Wein ausgiebig zugesprochen, doch Mr. Rhodes war noch unerschütterlich. Obwohl er einmal am Ende der geschwungenen Marmortreppe taumelte, gewann er sein Gleichgewicht wieder. Jordan schüttelte erleichtert den Kopf.

Als der letzte Diener gegangen war, verschloß Jordan Weinkeller und Küche. Auf seinem Schreibtisch war ein Silbertablett geblieben, und darauf ein Glas des Vilanova und zwei Biskuits, die dick mit gesalzenem Beluga-Kaviar bestrichen waren. Jordan trug das Tablett durch das stille Haus. Eine einzige Kerze brannte in der weitläufigen Eingangshalle. Sie stand auf dem massiven geschnitzten Teaktisch in der Mitte.

Jordan ging langsam über das schwarzweiße, marmorne Schachbrettmuster wie ein Priester, der sich dem Altar nähert, und stellte das Silbertablett ehrerbietig auf den Tisch. Dann blickte er zu der gemeißelten Statue in ihrer schattigen Nische hoch, und seine Lippen bewegten sich, als er die Beschwörung der Vogelgöttin Panes begann.

Als er damit fertig war, stand er schweigend und erwartungsvoll im flackernden Licht der Kerze. Die falkenköpfige Göttin schaute mit blicklosen Augen nach Norden, eintausend und mehr Meilen auf ein uraltes Land, das jetzt mit einem neuen Namen gesegnet – oder verflucht – war: Rhodesien.

Jordan wartete ruhig und starrte wie ein Gläubiger vor einer Marienstatue zu dem Vogel hoch, und dann plötzlich drang in das Schweigen aus den Tiefen der Gärten der traurige und unheimliche Schrei einer Adlereule. Jordan entspannte sich und wich von dem Opfer zurück, das er auf dem Tisch gelassen hatte. Dann machte er kehrt und eilte die Marmortreppe hinauf.

In seinem kleinen Zimmer streifte er rasch seine Kleidung ab, die mit den Gerüchen der Küche behaftet war. Er wusch sich mit kaltem Wasser und betrachtete seine geschmeidige Gestalt in dem deckenhohen Spiegel an der anderen Wand. Er trocknete sich mit einem rauhen Handtuch ab und spülte dann seine Hände in Eau de Cologne.

Mit einem Paar silberner Bürsten strich er durch sein Haar. Dann schlüpfte er in einen brokatverzierten Mantel aus mitternachtsblauem Satin, gürtete ihn um die Hüfte, nahm die Lampe, um seinen Weg zu beleuchten und trat auf den Gang hinaus.

Er schloß leise die Tür zu seinem Schlafzimmer und lauschte

ein paar Sekunden. Das Haus war noch immer ruhig, die Gäste schliefen. Auf leisen, nackten Füßen huschte Jordan über den dicken Teppich zu den Doppeltüren am Ende des Ganges. Er klopfte zweimal und dann wieder zweimal, und eine Stimme rief leise: »Komm rein!«

»Es ist ein Hirtenvolk. Du kannst ihnen nicht einfach die Herden wegnehmen.« Robyn Ballantyne sprach mit leiser, beherrschter Eindringlichkeit, aber ihr Gesicht war bleich und ihre Augen funkelten wütend.

»Bitte, willst du dich nicht setzen, Robyn.«

Mungo St. John wies auf einen Sessel, eines der wenigen Möbelstücke in seiner Lehmhütte, die das Büro des Verwalters von Matabeleland war. »Du hast es bequemer.« Er lehnte sich in seinem Drehstuhl zurück, und seine gestiefelten Knöchel waren auf dem Schreibtisch vor ihm übereinandergeschlagen. Er war in Hemdsärmeln, ohne Schleife oder Krawatte, und seine Weste war nicht zugeknöpft.

»Danke, General. Ich werde so lange stehenbleiben, bis ich deine Antwort habe.«

»Die Kosten für die Befreiung von Matabeleland und die der Kriegsführung wurden von der Chartered Company getragen. Selbst du mußt einsehen, daß es eine Reparation geben muß.«

»Ihr habt alles genommen. Mein Bruder, Zouga Ballantyne, hat über einhundertundfünfundzwanzigtausend Stück Matabele-Rinder zusammengetrieben –«

»Der Krieg hat uns hunderttausend Pfund gekostet.«

»Also schön.« Robyn nickte. »Wenn du nicht auf die Stimme der Menschlichkeit hörst, dann wird dich vielleicht hartes Bargeld überzeugen. Das Matabele-Volk ist versprengt und völlig verwirrt; die Pocken wüten unter ihnen –«

»Eine besiegte Nation erleidet immer Entbehrungen, Robyn. Nun setz dich doch, ich bekomme ja einen steifen Hals.«

»Wenn du ihnen nicht einen Teil ihrer Herden wiedergibst, zumindest genug für Milch und als Schlachtvieh, dann wirst du mit einer Hungersnot konfrontiert werden, die dich mehr kostet, als es euer sauberer, kleiner Krieg je getan hat.«

Das Lächeln wich aus Mungo St. Johns Gesicht, und er neigte leicht seinen Kopf und musterte die Asche seiner Zigarre.

»Denk darüber nach, General. Wenn die Regierung des Empire das Ausmaß der Hungersnot sieht, wird sie deine berühmte Chartered Company zwingen, die Matabele zu ernähren. Wie hoch sind die Transportkosten von Getreide vom Kap hierher? Einhundert Pfund pro Fuhre? Wenn die Hungersnot die Ausmaße von Völkermord annimmt, dann werde ich dafür sorgen, daß die Regierung Ihrer Majestät mit einem solchen Aufschrei der Öffentlichkeit konfrontiert wird, angeführt von Menschenrechtsvertretern wie Labouchbère und Blunt, daß sie sich gezwungen sieht, den Freibrief zurückzuziehen und Matabeleland schließlich doch zu einer Kronkolonie zu machen.«

Mungo St. John nahm seine Stiefel vom Schreibtisch und setzte sich aufrecht hin.

»Wer hat dich eigentlich aufgefordert, diese Wilden zu unterstützen?« fragte er. Sie ignorierte seine Frage.

»Ich schlage vor, General, daß du diese Gedanken an Mr. Rhodes weiterleitest, bevor die Hungersnot sich ausbreitet.«

Sie strahlte angesichts seiner sichtbaren Bemühung, seine Gleichmut zu bewahren.

»Du könntest recht haben, Robyn.« Sein Lächeln war wieder spöttisch. »Ich werde darauf vor den Direktoren der Company verweisen.«

»Sofort«, beharrte sie.

»Sofort«, kapitulierte er und breitete seine Hände in gespielter Hilflosigkeit aus. »Wünscht du sonst noch etwas von mir?«

»Ja«, sagte sie. »Ich möchte, daß du mich heiratest.«

Er erhob sich langsam und starrte sie an.

»Du wirst es nicht glauben, meine Liebe, aber nichts würde mir eine größere Freude bereiten. Dennoch bin ich verwirrt. Ich habe dich das an dem Tag in der Khami-Mission gefragt. Warum hast du deine Meinung geändert?«

»Ich brauche einen Vater für den Bastard, den du mir verschafft hast. Er wurde vier Monate nach Clintons Tod empfangen.«

»Ein Sohn«, sagte er. »Es wird ein Sohn.«

»Du sollst wissen, daß ich dich hasse«, sagte sie.

Sein einziges Auge flackerte, als er sie anlächelte.

»Ja, und das ist wahrscheinlich der Grund, warum ich dich liebe.«

»Sag das nie wieder«, zischte sie ihn an.

»Oh, das muß ich aber. Weißt du, ich habe das nicht einmal selbst gewußt. Ich habe immer geglaubt, daß ich vor einer so irdischen Regung wie Liebe gefeit sei. Ich habe mich getäuscht. Du und ich, wir müssen dieser Tatsache jetzt mutig ins Auge sehen. Ich liebe dich.«

»Ich will nichts von dir außer deinen Namen, du wirst nichts als Haß und Verachtung von mir erhalten.«

»Heirate mich zuerst, meine Liebe, und später werden wir entscheiden, wer was von wem bekommt.«

»Rühr mich nicht an«, sagte sie, und Mungo St. John küßte sie voll auf den Mund.

Es hatte fast zehn Tage gemächlichen Reitens bedurft, um die Grenzen des Ranchlandes zu umreiten, das Zouga jetzt gehörte.

Es erstreckte sich ostwärts vom Khami-Fluß, fast bis hin zum Zusammenfluß mit dem Bembesi, und südwärts bis zum Rand von GuBulawayo – üppiges Grasland mit Wäldern und niedrigen goldenen Hügeln. Darin schlängelten sich ein Dutzend kleinerer Flüsse und Ströme, in denen die Herden getränkt wurden.

Mr. Rhodes hatte Zouga zum Verwalter des matabelischen Besitzes ernannt – mit der Vollmacht, die königlichen Herden Lobengulas zu beschlagnahmen. Die hundert Soldaten, die sich für diese Aufgabe freiwillig gemeldet hatten, trieben fast hundertdreißigtausend Stück besten Viehs zusammen.

Die Hälfte davon gehörte der Chartered Company, die andere Hälfte sollte an die Männer verteilt werden, die mit Jameson und St. John nach GuBulawayo geritten waren. In letzter Minute jedoch hatte Mr. Rhodes seine Meinung geändert und Anweisungen an St. John telegrafiert, vierzigtausend Stück an den Matabele-Stamm zurückzugeben.

Die Freiwilligen waren erzürnt darüber, so viel ihrer rechtmäßigen Beute verloren zu haben, und bald verbreitete sich das

Gerücht in den behelfsmäßigen Bars und Kantinen von GuBulawayo, daß das Vieh auf Betreiben und nach Drohungen der Ärztin aus der Khami-Mission an den Stamm zurückgegeben worden war. Dieses Gerücht gewann an Glaubwürdigkeit durch die Tatsache, daß mit demselben Telegramm der Khami-Mission sechstausend Morgen Land überlassen wurden. Mr. Rhodes bestach die Gottesdiener, und die Freiwilligen wollten das nicht hinnehmen.

Fünfzig Soldaten, alle voller Whisky, ritten hinaus, um die Mission niederzubrennen und die Ärztin aufzuhängen, die für ihren Verlust verantwortlich war. Zouga Ballantyne und Mungo St. John stellten sie am Fuße der Hügel. Mit ein paar gepfefferten Scherzen brachten sie sie zum Lachen, und schließlich trieben sie sie zurück in die Stadt, wo sie ihnen ein Dutzend Runden Drinks spendierten.

Trotz der Rückgabe an den Stamm brachten die Rinder auf dem Markt nicht mehr als zwei Pfund pro Stück, und Zouga brauchte den halben Erlös aus dem Ballantyne-Diamanten, um zehntausend Stück für die Zucht aufzukaufen.

Als Zouga und Louise jetzt gemeinsam ritten, und Jan Cheroot ihnen in der Scotch-Kutsche mit dem Zelt und der Lagerausrüstung folgte, kamen sie an kleinen Herden vorbei, die von Matabele-Hirten gehütet wurden, die Zouga eingestellt hatte.

Ralph hatte sich verpflichtet, sämtliches Baumaterial für das neue Heim von der Eisenbahnendstation in Kimberley herzubringen – und mit demselben Zug würden zwanzig Hereford-Zuchtbullen kommen, die Zouga mit seinen Kühen paaren wollte.

»Dies ist die Stelle«, rief Louise voller Freude.

»Wie kannst du so sicher sein – so schnell?« lachte Zouga.

»O Liebling, es ist perfekt. Ich kann den Rest meines Lebens damit verbringen, dieses Bild zu betrachten.«

Unter ihnen fiel das Land steil zu tiefgrünen Teichen ab.

»Zumindest ist hier gutes Wasser – und auf dem Boden wird ausgezeichnetes Gemüse wachsen –«

»Sei nicht so unromantisch«, schalt sie ihn. »Sieh dir die Bäume an.«

Sie ragten über ihren Köpfen wie die gewölbten und geschwungenen Bögen einer großen Kathedrale, und das Herbstlaub waren tausendfache Schattierungen von Rot und Gold, murmelnd von Bienen und erfüllt von fröhlichem Vogelgezwitscher.

»Die werden uns in der heißen Jahreszeit guten Schatten spenden«, stimmte Zouga zu.

»Schäm dich«, lachte sie. »Wenn du ihre Schönheit nicht sehen kannst, dann schau auf die Thabas Indunas.«

Die Hügel der Indunas waren walrückig und von träumendem Blau unter den großen, silbernen Wolken. Die grasigen Ebenen dazwischen waren von kleinen Gruppen von Zougas Vieh übersät und von Wild – Zebras und blauen Antilopen.

»Sie sind nah genug«, nickte Zouga. »Wenn Ralphs Ingenieursgesellschaft endlich GuBulawayo mit der Eisenbahnlinie erreicht, dann sind wir nur ein paar Stunden von dem Bahnhof und allen anderen Annehmlichkeiten der Zivilisation entfernt.«

»Du willst mir hier ein Heim bauen – an genau dieser Stelle?«

»Erst wenn du ihm einen Namen gibst.«

»Wie würdest du es nennen wollen, geliebter Mann?«

»Ich hätte gerne einen Hauch vom alten Heimatland – in King's Lynn habe ich meine Kindheit verbracht.«

»Also heißt es so.«

»King's Lynn.« Zouga überdachte den Namen. »Ja, das klingt sehr hübsch. Jetzt sollst du das Heim haben, das du willst.«

Louise nahm seine Hand, und sie gingen unter den Bäumen zum Fluß hinunter.

Ein Mann und eine Frau kamen den schmalen, gewundenen Pfad durch das dichte Uferdickicht herunter.

Der Mann trug seinen Schild auf der linken Schulter, den breitklingigen Assegai mit Rohlederriemen daran gebunden; doch sein rechter Arm war verkürzt und deformiert, als ob der Knochen gebrochen und schlecht gerichtet worden sei.

An seiner kräftigen, knochigen Gestalt war kein überflüssiges Gramm Fett; der Bogen seiner Rippen war zu sehen und seiner Haut mangelte es an gesundem Glanz. Sie hatte die matte, leblose Farbe von Lampenruß, als sei er gerade von einer langen Krankheit genesen. Auf seiner Brust und seinem Rücken glänzten die seidigen Rosetten frisch geheilter Schußwunden.

Die Frau, die ihm folgte, war jung. Ihre Augen waren geschrägt, und ihre Brüste waren dick und voller Milch. Ihr kleiner Sohn war fest an ihren Rücken gebunden.

Bazo erreichte das Flußufer und wandte sich an seine Frau. »Wir werden hier rasten, Tanase.«

Sie löste den Knoten und schwang das Kind auf ihre Hüfte. »Wann werden wir das nächste Dorf erreichen?« fragte sie.

»Wenn die Sonne dort ist.« Bazo deutete auf die halbe Höhe des Himmels. »Bist du nicht müde? Wir sind so weit und so lang gereist.«

»Ich werde nie müde werden, nicht bevor wir das Wort jedem Mann und jeder Frau und jedem Kind in Matabeleland gebracht haben«, erwiderte sie, und sie begann, das Baby zu wiegen und ihm leise vorzusingen:

»Tungata ist dein Name, denn du wirst ein Sucher sein. Zebiwe ist dein Name, denn was du suchst ist das, was dir und deinem Volk gestohlen wurde. Trinke meine Worte, Tungata Zebiwe, so wie du meine Milch trinkst. Erinnere dich all deiner Tage an sie, Tungata, und lehre sie deine eigenen Kinder. Erinnere dich der Wunden in deines Vaters Brust und der Wunden in deiner Mutter Herz – lehre deine Kinder zu hassen.«

Sie erreichten das Dorf eine Stunde vor Sonnenuntergang. Weniger als hundert Menschen lebten in den verstreut liegenden Hütten. Sie sahen das junge Paar von weitem, und ein Dutzend der Männer kam herbei, Bazo mit Ehrerbietung zu begrüßen und sie hineinzuführen.

Die Frauen brachten ihnen gebackene Maiskuchen und dicke saure Milch in Kalabassen, und die Kinder kamen, um die Fremden anzustarren und untereinander zu flüstern. »Dies sind die Wanderer – dies sind die Leute aus den Hügeln der Matapos.«

Als sie gegessen hatten und die Sonne untergegangen war, errichteten die Dorfbewohner das Feuer. Tanase stand im Feuerschein, und sie hockten im Kreis um sie herum, schweigend und aufmerksam.

»Ich werde Tanase genannt«, sagte sie. »Und einst war ich die Umlimo.«

Es gab ein leises erschrecktes Keuchen bei der Erwähnung dieses Namens.

»Ich war die Umlimo«, wiederholte Tanase. »Aber dann wurden die Kräfte der Geister von mir genommen.«

Sie seufzten leise.

»Da ist eine andere, die jetzt die Umlimo ist, und sie lebt an dem geheimen Ort in den Hügeln, denn die Umlimo stirbt niemals.«

Ein kleines zustimmendes Summen ertönte.

»Jetzt bin ich nur die Stimme der Umlimo. Ich bin die Botin, die euch das Wort der Umlimo bringt. Hört gut zu, denn die Umlimo prophezeit dies.« Sie schwieg, und jetzt war die Stille mit gläubiger Furcht erfüllt.

»Wenn die Mittagssonne unter Schwingen dunkel wird und die Bäume im Frühling bar der Blätter sind – dann, Krieger der Matabele, schärft euren Stahl.«

Tanase machte eine Pause und der Feuerschein glänzte in den Hunderten von Augen, die sie beobachteten.

»Wenn das Vieh daliegt und die Köpfe verdreht sind und es nicht aufstehen kann – dann ist die Zeit gekommen, sich zu erheben und mit dem Stahl zuzustechen.«

Sie breitete die Arme wie ein Kruzifix aus und schrie laut: »Dies ist die Prophezeiung. Hört darauf, Kinder der Mashobane. Hört auf die Stimme der Umlimo. Denn Matabele wird einst wieder groß sein.«

In der Morgendämmerung zogen die beiden Wanderer weiter, die das Kind mit sich trugen, das »Suchen nach dem, was gestohlen wurde« hieß.

Im Frühling des Jahres 1896 geschah an den Ufern eines Sees nahe dem südlichen Ausläufer des Rift Valley etwas Bizarres.

Die riesigen Eimengen der Wüstenheuschrecke, die in der losen Erde längs dem Ufer des Sees vergraben waren, brachten unzählige Myriaden flugunfähiger Insekten hervor. Die Eier waren von Weibchen in der Einsiedlerphase des Lebenszyklus der Heuschrecken gelegt worden. Die Brut war so gewaltig, daß die Erde sie nicht halten konnte, und obwohl sie sich über ein Gebiet von fast fünfzig Quadratmeilen verbreiteten, waren sie gezwungen, auf die Rücken der Artgenossen zu kriechen.

Die ständige Erregung und Stimulation durch den Kontakt mit anderen Heuschrecken verursachte eine wunderbare Wandlung in dieser wimmelnden Flut von Insekten. Ihre Farbe wandelte sich zu einem lebhaften Orange und Mitternachtsschwarz, anders als das schmutzige Braun ihrer Eltern. Sie wurden überaktiv und nervös. Ihre Beine wuchsen länger und kräftiger, und ihre Schwarminstinkte wurden mächtiger. Sie waren in die Schwarmphase ihres Lebenszyklus getreten, und als sie sich schließlich zum letzten Mal häuteten und ihre frischen Flügel getrocknet waren, hob sich der ganze Schwarm in die Luft.

Erst in der Abendkühle ließen sie sich in so dichten Schwärmen nieder, daß die Äste der Wälder unter ihrem Gewicht brachen. Sie fraßen gierig die ganze Nacht, und am Morgen trieb sie die aufsteigende Hitze wieder dazu, weiterzufliegen.

Sie erhoben sich in einer so dichten Wolke, daß das Geräusch ihrer Schwingen das trommelnde Brüllen eines Hurrikans war. Die Bäume, die sie hinter sich ließen waren völlig ihres zarten Frühlingslaubkleides beraubt. Ihre Flügel verfinsterten die Mittagssonne, und ein tiefer Schatten fiel über das Land.

Sie flogen südwärts, zum Sambesi-Fluß.

Vom Großen Sud, wo der junge Nil sein Netz durch grundlose Sümpfe treibenden Papyrus webt, wanderten riesige Büffelherden.

Sie waren nie von den primitiven Eingeborenenstämmen gejagt worden, die leichteres Wild bevorzugten; nur ein paar Europäer mit schnellen Waffen hatten in diesen abgelegenen Gegenden gejagt. Nicht einmal die Löwen, die den Herden folgten, könnten ihrer natürlichen Vermehrung Einhalt gebieten.

Die Grasländer waren schwarz von den riesigen Rindern. Zwanzig- oder dreißigtausend Stück stark waren die Herden. Geschwächt durch ihre Überzahl waren sie reif für die Plage, die aus dem Norden kam. Es war dieselbe Plage, die Moses Gott über den Pharao von Ägypten gebracht hatte, die Rinderpest, eine Viruskrankheit, die Widerkäuer befällt. Die befallenen Tiere wurden durch die Absonderung dicken Schleimes aus ihren Augen blind. Er quoll in Strängen aus ihren klaffenden Mäulern und Nüstern, um die Weiden zu vergiften und andere Tiere zu infizieren.

Ihre abgemagerten Körper wurden von Ruhrkrämpfen geschüttelt. Wenn sie schließlich stürzten, verdrehten sie ihre Köpfe, und sie konnten nie wieder aufstehen.

So schnell verbreitete sich die Krankheit, daß eine Herde von zehntausend großen, gehörnten, schwarzen Tieren zwischen Morgendämmerung und Sonnenuntergang starb. Ihre Kadaver lagen so dicht nebeneinander, daß sie einander berührten, und der charakteristische stinkende Geruch der Krankheit mischte sich mit dem Gestank verwesenden Fleisches. Obwohl die Geier sich vollfraßen, konnten sie nicht einmal einen tausendsten Teil dieser schrecklichen Ernte des Todes vertilgen.

Schnell, getragen von den Geiern und den stolpernden, muhenden Herden, gelangte die Pest nach Süden, zum Sambesi-Fluß.

An den Ufern dieses mächtigen Flusses stand Tanase neben einem Wachfeuer und wiederholte die Prophezeiung der Umlimo:

»Wenn die Mittagssonne unter Schwingen dunkel wird und die Bäume im Frühling bar der Blätter sind – dann, Krieger der Matabele, schärft euren Stahl.

Wenn das Vieh daliegt und die Köpfe verdreht sind und es nicht aufstehen kann – dann ist die Zeit gekommen, sich zu erheben und mit dem Stahl zuzustechen.«

So rief sie, und das Volk der Matabele lauschte und faßte neuen Mut und schärfte den Stahl.